LES PROPHÈTES

Robert Jones Jr. est né à New York, où il vit toujours. Titulaire d'un master de création littéraire du Brooklyn College, il écrit régulièrement pour des revues ou journaux américains tels que le *New York Times* ou la *Paris Review*. Son premier roman, *Les Prophètes*, s'est retrouvé sur la liste des meilleures ventes du *New York Times* dès sa sortie. Il est aussi le créateur du site communautaire Son of Baldwin, engagé pour la justice sociale.

ROBERT JONES, JR.

Les Prophètes

ROMAN TRADUIT DE L'ANGLAIS (ÉTATS-UNIS)
PAR DAVID FAUQUEMBERG

GRASSET

Titre original :

THE PROPHETS
Publié par Putnam en 2021.

ISBN : 978-2-253-93759-3 – 1re publication LGF

À mes grand-mères Corrine et Ruby,
mes grands-pères Alfred et George,
mes grands-oncles Milton, Charles, Cephas et Herbert,
mon père Robert, mes cousins Trebor, Tracey et Daishawn,
mes parrains Delores Marie et Daniel Lee,

à Mère Morrison et Père Baldwin,
et à tous mes aînés et parents qui sont passés de l'autre côté,
qui sont désormais auprès des ancêtres,
qui sont à présent, eux-mêmes, des ancêtres,
ils me guident et me protègent, me murmurent que,
moi aussi, je peux partager le témoignage.

Juges

Vous ne nous connaissez pas encore.

Vous ne comprenez pas encore.

Nous qui sommes des ténèbres, et parlons dans les sept voix. Car sept est l'unique nombre divin. Car c'est là qui nous sommes, qui nous avons toujours été.

Et c'est la loi.

À la fin, vous saurez. Et vous demanderez pourquoi nous ne vous l'avons pas dit plus tôt. Croyez-vous donc être les premiers à poser cette question ?

Vous n'êtes pas les premiers.

Il y a, cependant, une réponse. Il y a toujours une réponse. Mais vous ne l'avez pas encore méritée. Vous ne savez pas qui vous êtes. Comment pourriez-vous donc saisir qui nous sommes, *nous* ?

Vous n'êtes pas tant perdus que trahis par des fous qui, voyant un miroitement, l'ont pris pour un pouvoir. Ils ont révélé tous les symboles puissants. La pénitence en sera longue. Votre sang aura depuis longtemps été dilué par le temps quand la raison, enfin, s'imposera. Ou bien le monde lui-même aura été réduit en cendres, rendant la mémoire futile. Mais, oui, on vous a fait du tort. Et vous en ferez vous-mêmes. Encore. Et encore. Et encore. Jusqu'à ce que, finalement, vous vous réveilliez. C'est pour cela que nous sommes ici, maintenant, à vous parler.

Une histoire vient.

Votre histoire vient.

C'est votre unique raison d'être. D'être là(-bas). Quand vous êtes arrivés pour la première fois, vous ne portiez pas de chaînes. On vous a accueillis avec chaleur, et vous avez partagé nourriture, art et but avec ceux qui savaient que l'on ne peut posséder ni les hommes ni la terre. Notre devoir est de vous dire la vérité. Mais, étant donné que personne ne vous l'a jamais dite, vous la prendrez pour un mensonge. Les mensonges sont plus affectueux que la vérité, ils vous serrent à deux bras. Vous arracher à eux est notre châtiment.

Oui, nous aussi, nous avons été punies. Nous l'avons tous été. Car il n'y a pas d'innocents. L'innocence, nous l'avons découvert, est la plus grave de toutes les atrocités. Elle est ce qui sépare les vivants des morts.

Hein ?

Quoi, comment ça ?

Ha ha.

Pardonnez notre rire.

Vous pensiez que les vivants, c'étaient *vous*, et que *nous*, nous étions les morts ?

Ha ha.

Proverbes

À genoux dans le noir, je leur parle.

C'est dur, des fois, de comprendre ce qu'elles racontent. Elles sont parties depuis si longtemps, elles parlent encore les vieux mots que, moi, j'ai à moitié perdus à force de coups. Et ça aide pas qu'elles chuchotent. Ou bien en fait elles crient et sont juste si loin que j'entends un chuchotement. C'est bien possible. Qui peut savoir ?

N'importe comment, je creuse à l'endroit qu'elles disent et j'enterre la pierre de mer qui brille, tout comme elles veulent. Mais peut-être que je m'y prends pas bien, vu que Massa Jacob te vend ailleurs, après même que le Maître a dit que je fais partie de sa famille. C'est ça que font les toubabs à ceux de leur famille ? Les arracher aux bras de leur mère et les charger dans un chariot, comme la moisson ? J'en suis venue à supplier. Devant mon homme, j'en suis venue à supplier au point que le seul homme que j'ai jamais aimé peut même plus me regarder droit. Ses yeux me font sentir comme si c'était ma faute et pas la leur.

Je leur demande, aux vieilles voix des ténèbres, je pose des questions sur toi. Elles disent que t'es bien fier. Que c'est ton tour bientôt de devenir homme.

Que t'as beaucoup des tiens en toi, mais tu le sais pas encore. Et que t'es vif, peut-être trop vif pour ton propre bien. Ça me surprend que tu vives encore. Je leur demande, je dis : « Vous pouvez lui porter un message ? Dites-lui que je me rappelle chaque frisure sur sa tête, chaque recoin de son corps jusqu'aux plis entre ses doigts de pied. Dites-lui que même le fouet peut pas y remédier. » Elles répondent pas, mais elles disent que t'es là-bas dans le Mississippi maintenant, où les choses entières, on en fait des moitiés. Pourquoi elles me disent ça, j'en sais rien. Quelle mère veut entendre que son enfant va se faire découper et tailladér sans nulle raison du tout ? Ça importe peu, j'imagine. Ici ou là-bas, tous autant qu'on est, ils vont nous faire payer d'une manière ou d'une autre.

Ephraïm dit plus un mot depuis qu'ils t'ont pris. Pas un seul mot de tout ce temps. T'imagines un peu ? Je vois ses lèvres qui bougent, mais que je sois damnée si aucun son en sort. Parfois, je voudrais dire ton nom, le nom qu'on t'a donné, pas celui-là si laid que le Massa t'a jeté dessus et on a fait comme si c'était d'accord. J'ai idée qu'à dire ton nom, ça me le ramènera peut-être. Mais avec cette manière qu'il a de baisser la tête, comme passée dans un nœud coulant que je peux pas voir, j'en ai guère le courage. Et si dire ton nom, c'est ce qui va me l'arracher une fois pour toutes ?

« Je peux le voir ? je demande à l'obscurité. Et Ephraïm, il peut ? On va même pas le toucher. Juste jeter un œil, bien vite, pour voir qu'il est encore à nous, même s'il appartient à un autre. » Elles disent, tout ce qu'Ephraïm doit faire, c'est regarder dans un de ces miroirs. « Et moi, alors ? » je leur demande. Elles disent, regarde dans les yeux d'Ephraïm. « Comment je pourrais, je leur dis, maintenant qu'il me regarde plus guère ? » Tout ce que j'entends, c'est le vent qui souffle dans les arbres, le cric-cric des bestioles dans l'herbe.

T'es comme les tiens. Tu es *comme les tiens*. Je m'accroche à ça, ça remplit le creux dedans moi. Ça tourbillonne, ça tourbillonne comme des vers luisants dans la nuit. Ça bonde, ça bonde, comme l'eau dans le puits. J'suis pleine. J'suis vide. J'suis pleine, et puis vide. J'suis pleine et j'suis vide. Ça doit être ça qu'on ressent quand on meurt.

Ça sert à rien. À rien de brailler sur des gens qui vont pas vous entendre. De pleurer devant des gens qui peuvent pas sentir votre douleur. Eux pour qui votre souffrance, c'est comme une règle de maçon : elle sert à mesurer combien ils vont bâtir dessus. Je suis rien du tout, ici. Et je serai jamais rien.

Il t'a échangé contre quoi ? Garder ces terres pourries qui brisent l'âme et vous saignent l'esprit ? Je vais vous dire une chose : cet ici-là, ça durera plus trop. Nan, m'sieur. Prenez-moi, avec Ephraïm, et on s'en va d'ici. Pas besoin de partir nulle part, juste s'en aller. Ce sera tout comme abattre un cochon. Rien qu'une lame bien affilée, vite et profond à travers gorge, et tout sera terminé comme ça.

Après, on sera des voix qui chuchotent dans le noir, et qui racontent à d'autres gens comment leurs petits ils s'en sortent, là-dehors, dans la forêt.

Ah, mon pauvre bébé !

Tu me sens ?

Je suis Anna du Milieu et lui, là, Ephraïm. On est ta m'man et ton papa, Kayode. Pour sûr, tu nous manques.

Psaumes

Juillet avait tenté de les tuer.

D'abord, il avait tenté de les brûler. Puis de les suffoquer. Enfin, aucune de ces manières n'ayant réussi, il avait rendu l'air épais comme de l'eau dans l'espoir qu'ils s'y noient. Cela avait échoué. Sa seule victoire était de les avoir rendus moites et mauvais – parfois, les uns envers les autres. Le soleil du Mississippi se frayait un chemin jusque dans l'ombre, au point que, certains jours, même les arbres n'apportaient aucun réconfort.

Et puis, il n'y avait aucune bonne raison d'être avec des gens quand il faisait chaud à ce point, mais le besoin de compagnie rendait la chose plus ou moins supportable. Samuel et Isaiah avaient longtemps aimé être avec les autres, jusqu'à ce que les autres changent. Au début, ils avaient cru que toutes ces lèvres retroussées, ces moues outrées, ces airs dégoûtés – et même ces têtes qu'on secouait – étaient signe d'une mauvaise odeur émanant de leurs corps, à cause des travaux de la grange. La seule odeur de la pâtée donnée aux porcs les forçait souvent à se mettre nus et à passer près d'une heure à se baigner dans la rivière. Chaque jour, juste avant le coucher du soleil, quand les autres, tout recourbés de leur labeur au champ, s'efforçaient de trouver une paix inatteignable dans leurs cabanes, c'était là qu'on pouvait voir Samuel et Isaiah, en train de se frotter l'un l'autre avec des feuilles de menthe, de genévrier, parfois même de la racinette, pour récurer toutes les couches de puanteur.

Mais ces bains ne changeaient rien à l'attitude de mépris qu'on réservait à Ces Deux-Là, bruits de bouche en prime. Alors ils avaient pris l'habitude, pour l'essentiel, de rester dans leur coin. Ils ne se montraient jamais inamicaux, non, pas vraiment, mais la grange était devenue une sorte de lieu sûr dont ils s'éloignaient peu.

La corne avait sonné, annonçant la fin du travail. Une sonnerie trompeuse, car le travail ne finissait jamais, il ne s'agissait là que d'une brève interruption. Samuel posa son seau d'eau et contempla la grange devant lui. Il recula de quelques pas pour pouvoir embrasser l'ensemble. La grange aurait bien eu besoin d'une couche de peinture, les parties rouges autant que les blanches. *Bien*, songea-t-il. *Qu'elle reste laide, pour que ce soit la vérité.* Il n'allait rien peindre du tout, à moins que les Halifax ne lui forcent la main.

Il se déplaça de quelques pas vers la droite et étudia les arbres en bas, loin derrière la grange, sur l'autre rive de la rivière. Le soleil avait faibli et commençait à s'enfoncer dans les bois. Samuel se tourna sur sa gauche et, scrutant le champ de coton, il aperçut les silhouettes des gens qui portaient les sacs pleins sur leurs dos et leurs têtes, avant de les faire basculer dans les charrettes qui attendaient, à l'écart. James, le contremaître en chef, et une douzaine de ses sous-fifres étaient alignés de part et d'autre de ce flot constant de personnes. James portait son fusil en bandoulière ; ses hommes tenaient les leurs à deux mains. Ils les pointaient sur les gens qui passaient, comme s'ils voulaient tirer. Samuel se demanda s'il aurait eu le dessus sur James. Certes, le toubab avait l'avantage du poids, et la puissance de feu, mais, tout cela mis à part, s'ils devaient se livrer une bagarre bien franche, poings contre poings et cœur contre cœur comme il se devait, Samuel se pensait capable de finir par le briser – peut-être pas comme une brindille, mais à coup sûr comme un homme poussé à bout.

« Tu vas me filer un coup de main, ou quoi ? » dit Isaiah, faisant sursauter Samuel.

Samuel se retourna brusquement. « Ça va pas, d'arriver en douce ? lança-t-il, gêné de s'être fait prendre au dépourvu.

— Personne arrive *en douce*. Je suis venu droit sur toi. T'es tellement occupé à te mêler des affaires des gens…

— Bah, répondit Samuel en giflant l'air de sa main comme s'il repoussait un moustique.

— Tu viens m'aider à rentrer les chevaux dans leurs stalles ? »

Samuel roula de gros yeux. On n'était pas obligé de se montrer aussi obéissant qu'Isaiah l'était toujours. Le problème n'était peut-être pas qu'Isaiah soit si obéissant, mais fallait-il vraiment qu'il leur donne autant de sa personne, et si volontiers ? Pour Samuel, cela disait la peur.

Isaiah toucha le dos de Samuel et sourit en se dirigeant vers la grange.

« Je crois bien », murmura Samuel, et il lui emboîta le pas.

Ils rentrèrent les chevaux et leur donnèrent à boire, puis les nourrirent d'une pelletée de foin et balayèrent le reste en un tas bien net dans le coin gauche à l'entrée de la grange, près des ballots bien droits. La mauvaise volonté de Samuel fit sourire Isaiah, ses grognements et ses soupirs et sa tête qui se secouait, même s'il saisissait le danger que cela contenait. Les menues résistances étaient une forme de remède dans ce lieu des pleurs.

Le temps qu'ils en terminent, le ciel était noir et jonché d'étoiles. Isaiah ressortit, laissant Samuel seul avec ses griefs. Ce serait son petit acte de rébellion à lui : il s'appuya contre la clôture en bois qui entourait la grange et contempla les cieux. *Pleins à craquer*, songea-t-il, et il se demanda si, peut-être, cette abondance n'était pas excessive ; si le poids de tout retenir n'était pas trop lourd et si la nuit, fatiguée comme elle l'était, ne risquait pas un jour de tout lâcher, et alors les étoiles dégringoleraient de là-haut, ne laissant plus que les ténèbres se déployer à travers tout.

Samuel donna une tape sur l'épaule d'Isaiah, l'arrachant à sa rêverie.

« Et là, qui s'occupe pas de ses affaires ?

— Ah, parce que le ciel a des affaires ? rétorqua Isaiah avec un sourire en coin. Au moins, mon boulot est fait pour ce soir.

— T'es un bon esclave, hein ? » Samuel lui planta son doigt dans le ventre.

Isaiah gloussa, se détacha de la barrière et marcha vers la grange. Juste avant d'atteindre la porte, il se pencha pour ramasser des cailloux. Il les lança sur Samuel, coup sur coup.

« Ah ! cria-t-il, et il courut dans la grange.

— Raté ! » cria Samuel en retour, et il se précipita derrière lui.

Ils coururent en tous sens à l'intérieur, Isaiah se baissant pour esquiver et éclatant de rire chaque fois que Samuel tendait le bras pour l'attraper, mais il était trop vif. Quand Samuel finit par bondir et s'écrasa contre son dos, ils s'effondrèrent tous les deux, tête la première, dans le foin fraîchement empilé. Isaiah se tortilla pour lui échapper, mais le rire l'affaiblissait trop. Samuel répétait « mmh mmh », encore et encore, riant dans les cheveux d'Isaiah, à l'arrière de son crâne. Les chevaux laissaient échapper des souffles sonores qui faisaient vibrer leurs lèvres. Un cochon couina. Les vaches ne faisaient aucun bruit, mais les cloches pendues à leur cou tintaient au gré de leurs mouvements.

Après avoir lutté un moment encore, Isaiah capitula et Samuel se radoucit. Ils se tournèrent sur le dos et virent la lune par une ouverture dans le toit ; sa pâle lumière était braquée sur eux. Leurs torses nus se soulevaient et ils haletaient bruyamment. Isaiah leva la main vers l'ouverture pour voir s'il pouvait bloquer la lumière avec sa paume. Un éclat doux se faufilait dans les espaces entre ses doigts.

« L'un de nous va devoir se mettre à réparer ce toit, dit-il.

— Pense pas au travail maintenant. Laisse-toi tranquille », répliqua Samuel d'un ton un peu plus dur qu'il ne l'aurait voulu.

Isaiah regarda Samuel. Il étudia son profil : la manière dont ses lèvres épaisses saillaient du visage et son large nez, moins. Ses cheveux entortillés dans tous les sens. Il baissa les yeux sur la poitrine en sueur de Samuel – la lueur de la lune changeait en scintillement sa peau sombre – et fut captivé par son rythme.

Samuel se tourna vers Isaiah, répondant à son doux regard de sa version à lui. Isaiah sourit. Il aimait la manière qu'avait Samuel de respirer la bouche ouverte, lèvre du bas légèrement tordue et la langue plantée à l'orée de sa joue, comme qui s'apprêterait à commettre une bêtise. Il toucha le bras de Samuel.

« T'es fatigué ? demanda Isaiah.

— Je devrais. Mais nan. »

Isaiah se décala jusqu'à ce que leurs corps se touchent. Le point où leurs épaules s'étaient rejointes se fit bientôt humide. Leurs pieds se frictionnèrent. Sans savoir pourquoi, Samuel commença à trembler, ce qui le mit en colère car il se sentait mis à nu. Isaiah ne vit pas la colère ; il vit plutôt l'invite. Il se redressa pour se glisser sur Samuel, qui tressaillit juste un instant avant de se détendre. Isaiah fit courir sa langue, lentement et avec douceur, sur le téton de Samuel, qui s'anima dans sa bouche. Tous deux gémissaient maintenant.

C'était différent du premier baiser – cela faisait combien de saisons déjà, seize ou plus ? Il était plus facile de compter les saisons que les lunes, qui parfois ne se montraient pas car il lcur arrivait d'avoir ces caprices-là. Isaiah se souvenait que les pommes étaient alors plus pleines et plus rouges que jamais auparavant, ni depuis – dans lequel ils étaient tombés, et la honte les avait empêchés de se regarder dans les yeux. Isaiah se rapprocha et laissa ses lèvres s'attarder sur celles de Samuel. Samuel n'eut qu'un léger mouvement de recul. Son incertitude s'était mise à couvert sous la répétition. Le conflit qui lui avait jadis donné envie d'étrangler Isaiah tout autant que lui-même était en rémission. Il n'en restait plus que des traces, d'insignifiantes batailles aux confins de ses yeux, peut-être un tout petit morceau au fond de sa gorge. Mais qui étaient vaincues par d'autres choses.

Ils ne se laissèrent même pas le temps de se dévêtir complètement. Le pantalon d'Isaiah était baissé jusqu'aux genoux ; celui de Samuel, pendu à une cheville. Impatients, s'enfonçant l'un dans l'autre au creux d'une meule de foin, la lumière de la lune miroitant faiblement sur les fesses d'Isaiah et le dessous des pieds de Samuel – ils se balançaient.

Le temps que l'un se glisse hors de l'autre, ils avaient déjà dégringolé de la meule de foin et s'étaient encore enfoncés dans l'obscurité, étalés sur le sol. Ils étaient si épuisés qu'aucun des deux n'avait envie de bouger, même s'ils brûlaient d'envie d'un bon bain dans la rivière. En silence, ils décidèrent de demeurer où ils étaient le temps, au moins, de reprendre le contrôle de leur souffle et de laisser les spasmes se calmer.

Dans le noir, ils entendirent les animaux taper du pied, et aussi les bruits étouffés des gens tout près dans leurs cabanes, qui chantaient ou pleuraient peut-être. Les deux hypothèses étaient viables. Plus clairement, ils entendaient des rires qui venaient de la Grande Maison.

Même si deux murs au moins et un espace conséquent le séparaient du rire, Samuel tourna son regard en direction de la maison et tenta de se concentrer sur les voix qui émanaient de l'intérieur. Il lui sembla en reconnaître certaines.

« Rien change jamais. Un nouveau visage, mais toujours la même langue, dit-il.

— Quoi ? demanda Isaiah, qui cessa de contempler la charpente et se tourna vers Samuel.

— Eux. »

Isaiah inspira profondément, puis expira sans hâte. Il hocha la tête. « On fait quoi, alors ? On cogne le visage ? On tranche la langue ? »

Samuel éclata de rire. « La tête a été cognée. La langue tranchée. T'as déjà vu les serpents. Vaut mieux s'en aller aussi loin qu'on peut. Les laisser ramper là tout seuls.

— C'est le seul choix, alors : s'enfuir ?

— Si le visage écoute pas, et sait même pas qu'il écoute pas. Si la langue cède pas. Oui. »

Samuel soupira. Peut-être qu'Isaiah avait peur du noir, mais pas lui. C'était là qu'il trouvait refuge, là où il se fondait et où, pensait-il, se trouvait sûrement la clé de la liberté. N'empêche, il se demandait ce qui arrivait aux gens qui s'aventuraient dans une forêt sauvage qui n'était pas la leur. Certains se changeaient en arbres, pensait-il. D'autres devenaient le limon sur le lit des rivières. Certains ne gagnaient pas leur course contre le lion des montagnes. D'autres mouraient, tout simplement. Il resta allongé là en silence pendant un moment, à écouter la respiration d'Isaiah. Puis il s'assit.

« Tu viens ?

— Où ça ?

— À la rivière. »

Isaiah bascula sur le flanc mais ne répondit rien. Il scruta les ténèbres dans la direction d'où venait la voix de Samuel, tenta d'en détacher les contours de celui-ci. Tout ne fut qu'une masse indifférenciée jusqu'à ce que Samuel bouge et trace la limite entre vivants et morts. Mais quel était ce bruit ?

Un grattement résonnait quelque part.

« T'entends ça ? demanda Isaiah.

— Ça quoi ? »

Isaiah s'était figé. Le grattement avait cessé. Isaiah reposa sa tête sur le sol. Samuel se remit à bouger, comme s'il s'apprêtait à se lever.

« Attends », murmura Isaiah.

Samuel laissa échapper un bruit de bouche dédaigneux mais reprit sa position, allongé à côté d'Isaiah. Il commençait à se sentir à l'aise, quand le bruit reprit. Il ne l'entendit pas mais Isaiah tourna les yeux vers l'endroit d'où il provenait, près des stalles où l'on mettait les chevaux. Quelque chose prit forme, là-bas. Un point minuscule, d'abord, comme une étoile, qui s'élargit peu à peu jusqu'à devenir la nuit où Isaiah était arrivé sur la plantation.

Ils étaient vingt, peut-être davantage, entassés dans un chariot tiré par des chevaux. Enchaînés les uns aux autres par les chevilles et les poignets, ce qui rendait tout mouvement pénible et unifié. Certains portaient un casque de fer qui leur enveloppait tout le crâne, transformait leur voix en écho, leur souffle en cliquetis. Ces engins surdimensionnés reposaient sur leurs clavicules, laissant derrière eux des entailles dont le sang s'écoulait jusqu'à leur nombril et les étourdissait. Tout le monde était nu.

Ils avaient voyagé sur des pistes cahoteuses et poussiéreuses pendant ce qui, pour Isaiah, avait semblé durer toute une vie – le soleil calcinant leurs chairs durant le jour et les moustiques les déchirant la nuit. Pourtant, les pluies torrentielles leur faisaient l'effet d'une bénédiction, quand ceux qui n'avaient pas de casque pouvaient boire à leur convenance, et plus à celle des hommes en armes.

Quand ils avaient fini par atteindre Empty – « Vide », le nom que, dans les lieux tranquilles, les gens donnaient à la plantation Halifax, et pour de bonnes raisons –, Isaiah n'avait d'abord rien distingué qu'une pâle lumière venant de la Grande Maison. Alors, on les avait fait descendre un par un du chariot, tous trébuchant car ils ne sentaient plus leurs jambes. Certains, ployant sous le poids du casque, n'avaient pu se lever. D'autres avaient pour fardeau le cadavre auquel ils étaient enchaînés. Isaiah, qui n'était qu'un enfant, n'avait pas su apprécier la générosité de l'homme qui l'avait pris dans ses bras pour le porter, lui que ses propres jambes soutenaient à peine.

« Je m'occupe de toi, petit », avait dit l'homme. Sa voix, sèche et harassée. « Ta m'man me l'a fait jurer. Et je vais te dire ton nom. »

Puis tout était devenu noir.

Quand Isaiah avait repris connaissance, c'était le matin et tous étaient enchaînés ensemble : les vivants comme les morts. Ils étaient allongés par terre près du champ de coton. Isaiah avait faim et soif, et avait été le premier à se redresser pour s'asseoir. C'est alors qu'il les avait vus : des gens portant des seaux qui remontaient le chemin, droit vers eux. Certains aussi jeunes que lui. Ils apportaient de l'eau et de la nourriture – enfin, ce qui ressemblait le plus à de la nourriture dans ce qu'on voulait bien lui offrir. Des morceaux de porc suffisamment épicés pour couvrir le goût âcre et atténuer les haut-le-cœur.

Un garçon s'était approché de lui avec une louche. Il avait tendu celle-ci vers son visage. Isaiah avait décollé ses lèvres l'une de l'autre et fermé les yeux. Il avait avalé d'un trait l'eau tiède et douce, qui avait reflué aux coins de sa bouche. Une fois terminé, il avait levé les yeux sur le garçon ; le soleil lui avait fait plisser les yeux, si bien qu'il n'avait d'abord aperçu que les contours du garçon. Celui-ci s'était déplacé légèrement, bloquant la lumière du soleil. Il contemplait Isaiah avec ses grands yeux sceptiques et un menton plus fier que quiconque n'aurait dû l'avoir en de telles circonstances.

« T'en veux encore ? » lui avait demandé le garçon nommé Samuel.

Isaiah n'avait plus soif, mais avait acquiescé quand même.

Quand l'obscurité l'enveloppa à nouveau, Isaiah toucha son propre corps pour s'assurer qu'il n'était plus un enfant. Il était bien lui-même, aucun doute là-dessus, mais ce qui venait de se projeter sur lui, depuis un minuscule point dans le noir, démontrait que le temps pouvait disparaître quand et où cela lui plaisait, et Isaiah n'avait pas encore trouvé le moyen de le récupérer.

Il ne pouvait en être sûr, mais le souvenir qui venait de s'imposer à Isaiah lui rappelait que Samuel et lui avaient à peu près le même âge, seize ou dix-sept ans, si chacune des quatre saisons avait été comptée comme il fallait. Déjà presque vingt ans, et tant de choses entre eux restaient encore inexprimées. Les laisser dans le silence était la seule manière qu'elles puissent exister sans vous briser l'esprit en deux. Travailler, manger, dormir, jouer. Baiser intentionnellement. Pour survivre, toutes les choses apprises devaient être transmises en tournant autour plutôt qu'en les dévoilant. Qui, après tout, était assez idiot pour montrer ses blessures à des gens toujours prêts à enfoncer dedans leurs doigts pourléchés ?

Le silence était mutuel, non pas tant d'un commun accord que par héritage ; sûr, mais contenant en lui une capacité à causer un désastre. Allongé là dans l'obscurité, exposé de trop près à un rêve vivant, Isaiah l'entendit s'exprimer.

« Tu te demandes jamais… où est ta m'man ? » l'entendit-il demander.

Puis il se rendit compte que c'était sa propre voix, mais ne se rappelait pas avoir parlé. C'était comme si une autre voix, une voix ressemblant à la sienne, s'était échappée de sa gorge. La sienne, mais pas la sienne. Comment ? Isaiah se figea un instant. Puis il bougea sur le côté, plus près de Samuel. Il trouva son chemin à tâtons sur le corps de Samuel et posa la main sur son ventre.

« Je voulais pas… ce que je veux dire, c'est que j'ai pas dit…

— Tu craches et puis t'essaies de rattraper ça une fois sorti de ta bouche ? » demanda Samuel.

Isaiah était perdu. « Je voulais pas dire ça. C'est sorti tout seul.

— Ouais, grogna Samuel.

— Je… T'entends jamais une voix et tu crois que c'est pas la tienne, mais c'est la tienne ? Enfin, plus ou moins. Ça t'arrive, de voir ta vie du dehors ? Je sais pas. Je peux pas l'expliquer. »

Isaiah se dit que c'était peut-être l'abrutissement qu'il voyait parfois s'emparer des gens, car la plantation avait ce pouvoir-là – pousser l'esprit à se retirer pour pouvoir protéger le corps de ce qu'on le forçait à faire, mais en laissant la bouche baragouiner. Pour se calmer, il caressa le ventre de Samuel. Ce geste les berça tous les deux. Isaiah se mit à cligner des paupières de plus en plus lentement. Il était presque endormi quand sa bouche le réveilla.

« Peut-être un bout de toi, quelque part au-dedans, ton sang peut-être, ou bien tes tripes, s'accroche encore à son visage ? lança Isaiah, surpris par ses propres mots, qui se précipitaient comme obstrués par un barrage. Peut-être que quand tu te regardes dans la rivière, c'est son visage à elle que tu vois ? »

Il y eut un silence, puis Samuel inspira soudain, sèchement.

« Peut-être. Y aura jamais moyen de savoir, finit-il par répondre.

— Mais y a peut-être moyen de sentir, laissa échapper Isaiah.

— Hein ?

— Je disais qu'il y a peut-être moyen…

— Non. Pas toi. Laisse tomber, dit Samuel. Allons à la rivière. »

Isaiah tenta de se lever, mais son corps préférait rester allongé là avec celui de Samuel.

« Je connais ma m'man *et* mon papa, mais tout ce que je me rappelle, c'est leurs visages qui pleurent. Quelqu'un m'arrache à eux et ils restent à me regarder pendant que tout le ciel dégringole sur eux. Je tends la main mais ils font que s'éloigner, s'éloigner, et puis j'entends plus que des cris et après, rien. Ma main tendue encore, et qui attrape rien. »

Tous deux étaient abasourdis, Isaiah par ce souvenir et Samuel de l'avoir entendu raconter, mais pas un ne bougea. Ils restèrent silencieux un moment. Puis Samuel se tourna vers Isaiah.

« T'as connu ton *papa* ?

— Un homme m'a amené ici, répondit Isaiah, écoutant son histoire racontée par sa propre voix. Pas mon papa, mais quelqu'un qui disait connaître mon nom. Mais bon, il me l'a jamais dit. »

À cet instant, Isaiah vit sa propre main se tendre dans les ténèbres de la grange, petite, paniquée, comme ce fameux jour. Il songea que, peut-être, il ne la tendait pas seulement vers sa maman ct son papa, mais aussi vers toutes ces personnes à demi effacées qui se tenaient derrière eux, dont les noms, eux aussi, étaient perdus à tout jamais, et dont le sang nourrissait la terre et la hantait. Dont les cris résonnaient comme des murmures, à présent – murmures qui seraient le tout dernier son produit par l'univers. Samuel empoigna la main d'Isaiah et la reposa sur son ventre.

« Quelque chose, là.

— Quoi ?

— Nan. »

Isaiah recommença à caresser Samuel, ce qui encouragea sa voix.

« La dernière chose qu'ils m'ont dite, c'est "Coyote". Ça, j'ai pas encore compris ce que ça voulait dire.

— "Fais attention", peut-être, dit Samuel.

— Pourquoi tu dis ça ? »

Samuel ouvrit la bouche, mais Isaiah ne le vit pas. Il cessa de flatter le ventre de Samuel et posa la tête sur sa poitrine.

« Je veux pas dire ces choses », gémit Isaiah, d'une voix soudain rauque. Ses joues étaient mouillées quand il enfouit son visage plus profond dans la chair de Samuel.

Samuel secoua la tête. « Ouais. »

Il regarda autour de lui, serra Isaiah plus fort puis ferma les yeux.

La rivière pouvait bien attendre.

Deutéronome

Samuel fut le deuxième à s'éveiller, un soleil lent à se lever parant son visage d'un éclat orangé. Le coq faisait son boucan, mais Samuel l'avait entendu tant de fois qu'il se fondait dans l'arrière-plan comme s'il s'agissait du silence. Isaiah était déjà debout. Tôt ce matin-là, Samuel lui avait dit de s'autoriser à rester couché là, à se reposer, à se souvenir de ces moments. Cela serait tenu pour un vol, ici, Samuel le savait, mais, pour lui, il était impossible de voler ce qui était déjà à vous – ou aurait dû l'être.

Il gisait là, aussi tranquille que l'aube qui lui avait teint le corps de sa lumière naissante, bien décidé à ne pas bouger tant qu'il ne serait pas absolument obligé de le faire. Il ne voyait pas Isaiah, mais l'entendait par-delà les portes ouvertes de la grange, qui se dirigeait vers le poulailler. Samuel se redressa. Il scruta la grange alentour, étudia le foin éparpillé de la nuit dernière et se fit la réflexion que l'obscurité dissimulait ces choses et que le jour laissait derrière lui des pistes qui n'étaient pas très claires. On ne supposerait pas forcément que ce désordre était fruit du plaisir. Les gens y verraient plus probablement le résultat d'un manque de soin, qui méritait par conséquent d'être puni. Samuel expira et se leva. Il marcha jusqu'au mur de la grange où les outils étaient suspendus en rangs. Il s'approcha du coin le plus proche et décrocha le balai. À contrecœur, il rassembla en un tas bien net la preuve de leur félicité, tout près de là où leur malheur était soigneusement empilé. Tout cela devant de toute façon servir de nourriture aux bêtes.

Isaiah rentra dans la grange, tenant deux seaux à bout de bras.

« Bonjour », lança-t-il dans un sourire.

Samuel se tourna vers lui en le lui rendant à demi, mais sans répondre à son salut. « T'es levé trop tôt.

— Faut qu'un de nous le fasse. »

Samuel secoua la tête, ce qui fit aussi sourire Isaiah. Il posa ses seaux, s'approcha et toucha le bras de Samuel. Il fit glisser sa main jusqu'à ce qu'elle s'unisse à celle de Samuel. Isaiah serra et, au bout d'un moment, Samuel serra à son tour. Isaiah regarda Samuel, dont les yeux défiants finirent par l'embrasser pleinement. Il s'aperçut là, dans le regard au brun le plus foncé qu'il avait jamais vu en dehors des rêves, aussi chaleureux qu'apprécié. Il ouvrit ses propres yeux un peu plus grand, invitant Samuel à entrer, afin qu'il sache qu'une chaleur l'y attendait aussi.

Samuel céda le premier. « Bon, maintenant qu'on est levés, autant... » Il désigna d'un geste la plantation en général. Isaiah prit de nouveau sa main et l'embrassa.

« Pas en plein jour », dit Samuel, le front plissé.

Isaiah secoua la tête. « Y a pas de fond dessous le fond. »

Samuel soupira, tendit le balai à Isaiah et sortit dans le matin sur lequel un ciel humide descendait peu à peu.

« J'suis pas d'humeur à ça.

— À quoi ? demanda Isaiah, qui marchait derrière lui.

— Ça. » Samuel montra du doigt tout ce qui les entourait.

« On est bien obligés », répliqua Isaiah.

Samuel secoua la tête. « Y a rien qu'on est *obligés* de faire.

— Tu veux risquer le fouet, c'est ça ?

— T'as oublié ? On n'a même pas besoin d'en faire autant pour risquer le fouet. »

En entendant ces mots, Isaiah se replia sur lui-même. « Je supporte pas de te voir souffrir.

— Peut-être que tu supportes pas non plus de me voir libre ?

— Sam ! » Isaiah, exaspéré, se remit en marche vers le poulailler.

« Pardon », murmura Samuel.

Isaiah ne l'entendit pas, au soulagement de Samuel. Samuel se dirigea vers les cochons. Il ramassa un seau et alors, tandis qu'il suivait encore Isaiah du regard, cela s'approcha derrière lui, insidieusement. Les souvenirs revenaient souvent ainsi, par bouts épars.

Ce jour-là – c'était la nuit, en fait, un ciel noir tout entier recouvert d'une poussière d'étoiles –, ils étaient trop jeunes encore pour saisir leur condition. Ils avaient vu ce ciel à travers un trou dans le bois de la toiture. Un simple coup d'œil, rien de plus. Et l'épuisement les clouait sur leur paillasse de foin.

Étourdis par un travail que leurs corps étaient à peine capables d'endurer. Plus tôt dans la soirée, leurs mains s'étaient frôlées à la rivière, s'attardant plus longtemps que Samuel ne s'y attendait. Confusion du regard, mais alors Isaiah avait souri et le cœur de Samuel n'avait pas su s'il fallait battre ou pas, et il s'était levé et avait marché vers la grange. Isaiah l'avait suivi.

Ils étaient dans la grange et il faisait noir. Aucun d'eux n'avait envie d'allumer une torche ou une lampe, si bien qu'ils avaient juste éparpillé un peu de foin et jeté dessus la couverture que Be Auntie avait cousue pour eux dans des chutes de tissu, puis s'étaient allongés à plat dos. Samuel avait soufflé et Isaiah brisé le silence d'un « Oui, m'sieur ». Qui avait frappé autrement l'oreille de Samuel, alors. Pas tout à fait une caresse, mais quelque chose de doux quand même. Ses replis étaient moites et il tentait de les cacher, même à ses propres yeux. C'était là un réflexe. Pendant ce temps, Isaiah s'était tourné sur le flanc pour se retrouver face à Samuel et toutes ses parties sensibles étaient exposées et libres, palpitant sans honte. Ils s'étaient regardés et alors, chacun était devenu l'autre, là, dans l'obscurité.

Il n'avait fallu qu'un instant, si bien qu'ils savaient désormais combien le temps était précieux. Imaginez un peu, en avoir autant qu'on voulait. Chanter des chansons. Ou se laver dans une rivière scintillante sous un soleil limpide, bras grands ouverts pour enlacer votre Unique, celui dont le souffle était désormais votre souffle, inspirer, expirer, d'un même rythme, avec le même sourire. Samuel ignorait cette chaleur en lui jusqu'à ce qu'il sente celle d'Isaiah.

Oui, les souvenirs revenaient par bouts. Selon ce qui essayait de se ressouvenir, ils pouvaient venir en pagaille. Samuel avait commencé à donner la pâtée aux cochons quand l'aiguille qui lui tourmentait du dedans la poitrine depuis le réveil finit par transpercer. Elle n'avait qu'un petit peu de sang sur la pointe, mais le sang était quand même là. Qui savait que le sang pouvait parler ? Il avait entendu les gens évoquer la mémoire du sang, mais ce n'était là qu'une image, pas vrai ? Personne n'avait jamais parlé des voix. Pourtant, cette nuit-là, Isaiah en avait fait entrer tellement avec eux sous le toit de la grange, dans le sillage de sa question, cette question qui faisait voler en éclats toutes leurs règles établies, celles qu'ils s'étaient eux-mêmes créées, celles que tant des leurs comprenaient.

Samuel jeta un peu plus de pâtée aux porcs. Il ignora l'aiguille qui ressortait de sa poitrine et le chuchotement du sang, qui s'écoulait maintenant par gouttelettes fines, un peu comme une pluie, charriant en lui sa propre multitude, ses propres reflets, un monde – tout un monde !

Samuel commença à ressentir une chaleur au-dedans, une démangeaison.

Tu te demandes jamais où est ta m'man ?

Jusqu'alors, il était toujours parvenu à échapper au pincement de ce genre de questions, à les diluer dans l'abondance de peine qui imprégnait le paysage. Nul n'interrogeait autrui sur les cicatrices, les membres amputés, les tremblements ou les terreurs nocturnes, de sorte qu'on pouvait les planquer dans un recoin derrière des sacs, les jeter à l'eau, les enfouir sous la terre. Mais voilà qu'Isaiah se mettait à vouloir déterrer des trucs qui ne le regardaient pas, à dire des choses qu'il « voulait pas ». Alors, pourquoi les dire ? Samuel croyait qu'ils avaient signé un pacte : laisser les foutus cadavres là où ils reposaient.

Dans le noir de la nuit dernière, Isaiah n'avait pu voir, heureusement, Samuel se décaler sur le plancher, se lever presque et annoncer qu'il descendait à la rivière, où il s'immergerait pour ne plus jamais refaire surface. Au lieu de quoi il était resté assis là, muscles bandés dans un effort pour attraper une chose absente. Il avait cligné des paupières, cligné des paupières, mais cela n'avait pas empêché ses yeux de le brûler. *Qu'est-ce que c'était que cette question ?*

Il avait laissé échapper un souffle chargé de colère. Même dans l'obscurité, il sentait l'attente calme d'Isaiah, sa manière de le tirailler sans relâche, de l'amadouer pour qu'il s'ouvre à nouveau. Mais ne s'était-il pas ouvert bien assez grand, déjà ? Personne d'autre qu'Isaiah n'avait jamais su comment c'était – à quoi ça ressemblait, quel était le goût, la sensation – tout au fond de lui. Qu'aurait-il pu donner de plus, qui n'était déjà tout ? Il avait eu envie de taper dans quelque chose. Empoigner une hache et taillader un arbre. Ou peut-être tordre le cou d'une poule.

Le calme entre eux était comme une piqûre. Samuel avait avalé une longue bouffée d'air, tandis que l'ombre d'une femme s'élevait dans le noir, juste à ses pieds. Plus obscure que l'obscurité, elle se dressait nue : seins pendants, hanches larges. Son visage lui était étrangement familier, même s'il ne l'avait jamais vu. Et puis, une ombre dans le noir, ça n'avait pas de sens. Les ombres habitaient le plein jour. Pourtant, elle était bien là : une noirceur qui rendait la nuit jalouse, des yeux qui étaient en soi des questions. Pouvait-il s'agir de sa mère, réveillée par le pacte brisé d'Isaiah ? Cela voulait-il dire qu'il était une ombre, lui aussi ? Tout à coup, elle l'avait pointé du doigt. Alarmé, il s'était soudain mis à parler.

Peut-être. Aucun moyen de savoir.

Peut-être qu'elle avait fait parler Isaiah, aussi ?

Pendant que les cochons mangeaient, Samuel tenta d'essuyer le sang sur l'aiguille, de la faire sortir de sa chair. Il s'interrompit en entendant un bruit au loin. Un bruissement d'herbes ? Un hurlement ? Il ne le savait pas, au juste. Se tournant vers les arbres, il distingua une forme. Ça ressemblait à l'ombre. Elle était revenue dans la lumière du matin, comme un rappel. Invoquée par une simple question, elle errerait désormais partout où il errait, car c'était, disait-on, ce que les mères étaient censées faire : surveiller le moindre geste de leur enfant jusqu'au jour où l'enfant n'était plus un enfant, et c'était alors à lui qu'il appartenait de donner la vie et de la regarder fleurir ou se faner.

« 'Zay ! Viens par ici et regarde ça. » Samuel désignait les bois.

Isaiah le rejoignit en courant. « Tu vas donc pas t'excuser de ce que tu m'as dit ?

— Je l'ai fait. C'est juste que t'as pas entendu. Mais regarde. Par là. Ça, là-bas. Qui bouge.

— Les arbres ? » Isaiah s'était hâté de prononcer ces mots, distraitement, voulant parler de l'autre chose.

« Non, non. Cette chose, là. Je sais pas quoi… une ombre ? »

Isaiah plissa les yeux et repéra comme une agitation.

« Je sais pas…

— Tu l'as vue ?

— Ouais. Je sais pas ce que c'est.

— Allons voir.

— Et se prendre des coups de fouet parce qu'on s'approche de la limite ?

— Bah », grommela Samuel, mais il ne bougea pas non plus.

Comme ils scrutaient tous deux l'orée de la forêt, ce qui avait d'abord été noir se fit blanc, quand James le contremaître émergea de l'armée des arbres. Il était suivi de trois des toubabs placés sous son commandement.

« Tu crois qu'ils ont trouvé quelqu'un ? demanda Samuel, étrangement soulagé qu'il s'agisse de James et pas de l'ombre.

— Paraît qu'on peut le savoir à leurs oreilles, répondit Isaiah en observant James et ses hommes. À la manière dont le bas pend. Mais je peux pas voir d'ici.

— Peut-être qu'ils font juste une patrouille. C'est pas l'heure de l'appel au champ ?

— Mmh mmh. »

Ni l'un ni l'autre n'esquissèrent un geste, tandis qu'ils regardaient les hommes se frayer un chemin à travers broussailles et herbes folles, marchant toujours le long de la frontière en direction du champ de coton, qui se déployait jusqu'à l'horizon et donnait parfois l'impression que ses nuages rejoignaient ceux du ciel.

Empty commençait à montrer des signes de vie, au fur et à mesure que les autres sortaient de leurs cabanes pour regarder la lumière en face. Samuel et Isaiah attendirent de voir qui ferait cas de leur présence, si toutefois quelqu'un en faisait cas. Ces derniers temps, ils avaient perdu les bonnes grâces de tous, hormis, pour d'obscures raisons, Maggie et une poignée d'autres.

Le son de la corne fit sursauter Isaiah. « Je m'y ferai jamais », dit-il.

Samuel se tourna vers lui. « Si t'es sensé, y a pas de raison. »

Isaiah fit un bruit de bouche.

« Oh, t'es heureux ici, 'Zay ?

— Des fois, répondit Isaiah en fixant Samuel dans les yeux. Tu te souviens de l'eau ? »

Samuel se surprit à rire, même s'il n'en avait pas envie.

« Et faut penser pour être heureux, pas juste faire, ajouta Isaiah, revenant à la question que Samuel avait posée.

— Alors je dis qu'on devrait se mettre à penser. »

La corne souffla de nouveau. Samuel se tourna vers le son, là-bas, près du champ. Ses yeux se firent plus fins. Puis il sentit la main d'Isaiah sur son dos. Isaiah la laissa là, calme et immobile, la chaleur qu'elle dégageait n'empirant pas les choses. Un moment, qui passerait trop vite et pourtant ne passait jamais assez vite. Comme si Isaiah le soutenait, le poussait en avant, lui offrait un appui quand ses jambes étaient un peu lasses.

Samuel dit : « Pas en plein jour. »

Pourtant, Isaiah laissa sa main un moment encore. Puis il se mit à fredonner. Il faisait ça parfois en caressant les cheveux de Samuel, lorsqu'ils étaient allongés côte à côte au cœur de la nuit et que cela aidait Samuel à s'endormir.

Samuel avait une expression qui disait : *Ça suffit, maintenant !* Mais sous son crâne, gravé dans son esprit d'une voix étincelante, il y avait :

Isaiah réconfort. Il est toujours un réconfort.

Maggie

Elle se réveilla.

Elle bâilla.

Une tombe. C'est une foutue tombe ici, murmura Maggie, avant qu'il ne soit l'heure de passer dans l'autre pièce, la cuisine à laquelle une chaîne l'attachait, même si l'on n'en voyait pas un seul chaînon. Mais elle était pourtant là, rivée à sa cheville, cliquetant malgré tout.

Elle maudit comme pour elle-même, mais c'était destiné à d'autres. Elle avait appris à faire ça, murmurer assez bas dans sa gorge pour pouvoir lancer une insulte sans que la cible en sache rien. C'était devenu son langage secret, vivant juste au-dessous de l'autre, l'audible, plus loin derrière sa langue.

Le ciel était encore sombre, mais elle resta allongée sur sa paillasse un moment, sachant ce que cela risquait de lui coûter. Les Halifax possédaient chacun sa manière d'exprimer leur déplaisir, certaines moins cruelles que d'autres. Elle avait des histoires à vous raconter.

Elle se leva de la paillasse et fit les gros yeux aux chiens de chasse affalés par terre à ses pieds. Oh, elle dormait sur la véranda de derrière avec les animaux.

Pas son choix. Même si l'endroit était clos et offrait une vue sur le jardin de Ruth Halifax. Par-delà ce dernier, une prairie de fleurs sauvages éclatantes de mille couleurs, mais c'étaient les bleus qui, dans leur perfection, pouvaient vous blesser. Plusieurs rangées d'arbres marquaient l'extrémité du champ et cédaient la place à un sol sableux qui débouchait sur la berge de la rivière des Yasoux. Là, les gens, quand cela était permis, se récuraient dans l'eau parfois boueuse sous l'œil vigilant de l'homme dont Maggie avait cessé de prononcer le nom, pour une bonne raison. Sur l'autre rive, qui semblait plus éloignée qu'elle ne l'était en réalité, un amas d'arbres si entremêlés que Maggie avait beau scruter, elle n'arrivait pas à voir au-delà de la première rangée.

Elle aurait voulu détester le fait qu'on l'oblige à dormir là, sur la véranda, à ras le sol sur une paillasse improvisée avec le foin donné par Samuel et Isaiah, qu'elle appelait Ces Deux-Là. Mais parfois, l'odeur du champ la calmait et, quitte à être dans cette foutue Grande Maison avec Paul et sa famille, autant loger au plus éloigné d'eux.

Les chiens, c'était l'idée de Paul. Six au total, qui avaient appris à connaître toutes les âmes de la plantation, au cas où l'une d'elles tenterait de prendre le large. Maggie en avait été témoin, par le passé : les bêtes pourchassaient les gens jusque dans le ciel et parvenaient à les rabattre au sol, quelle que soit la hauteur à laquelle ils croyaient pouvoir s'élever. Foutus chiens : leurs oreilles qui s'agitaient à peine, ces aboiements lugubres qu'ils avaient, leurs yeux tristes et tout le reste. On avait presque de la peine pour eux, jusqu'à ce qu'ils vous croquent le cul et vous le mordent tout du long jusqu'au champ de coton – ou, parfois, le billot.

Ils gémissaient et Maggie détestait ce son. Pourquoi ils gardaient les animaux enfermés, ça dépassait son entendement. Les animaux, leur place était dehors. Mais bon, les Halifax vivaient dedans, ce qui voulait dire que la création tout entière avait bien le droit d'y être aussi.

« Filez, lança-t-elle aux molosses, déverrouillant la porte qui donnait sur le jardin. Trouvez-vous un lièvre et fichez-moi la paix. »

Les six chiens se ruèrent dehors. Elle inspira profondément, espérant saisir assez du champ pour tenir la journée. Elle laissa sa main sur la porte pour qu'elle se referme sans bruit. Elle claudiqua jusqu'à une deuxième porte à l'autre bout de la véranda, et entra dans la cuisine. Celle-ci aurait pu être un logement à part, puisqu'elle était deux fois plus vaste que la plus grande des cabanes où les gens vivaient, à Empty. Pourtant, Maggie s'y sentait à l'étroit, comme si une force invisible pesait sur elle de toutes les directions à la fois.

« Respire, ma vieille », dit-elle tout haut, et elle traîna sa jambe infirme jusqu'au plan de cuisine qui se déployait sous une rangée de fenêtres orientées au nord, donnant sur la grange.

Elle prit deux jattes et le sac de farine rangés dans les placards, sous le plan de cuisine. Elle sortit un pichet d'eau et un tamis du meuble situé sur la gauche de celui-ci. Après les avoir mélangés, elle entreprit de pétrir les ingrédients pour en faire une pâte à biscuit : une chose épaisse qui, avec la chaleur, le temps et le travail de ses jointures endolories, deviendrait un repas, lequel, une fois de plus, échouerait à assouvir l'appétit des Halifax.

Elle se dirigea vers le devant de la cuisine pour chercher des bûches pour le fourneau. Il y en avait un tas sous une autre fenêtre qui, elle, ouvrait sur l'est. Pendant la journée, cette fenêtre lui permettait de voir au-delà du saule qui se dressait devant la maison, jusqu'au bout de la longue allée menant à l'entrée du domaine, où elle rejoignait la route poussiéreuse qui menait à la grand-place de Vicksburg.

Elle n'avait vu cette place qu'une fois, quand on l'avait traînée hors de Géorgie et expédiée dans le Mississippi. Son ancien maître l'avait fait monter dans un chariot où elle s'était assise, enchaînée par les pieds, parmi d'autres gens apeurés. Le voyage avait duré des semaines. Une fois qu'ils étaient sortis de l'exploitation forestière, la piste avait débouché sur une multitude de bâtiments, d'un genre qu'elle n'avait jamais vu. Elle était descendue du chariot sur une sorte d'estrade, où elle s'était tenue debout devant une foule immense. Un toubab, sale et empestant la bière, s'était dressé à côté d'elle et il hurlait des chiffres. Les gens dans la foule la regardaient, aucun n'avait levé la main pour elle – aucun, sauf Paul, qu'elle avait entendu glisser à son jeune protégé qu'elle ferait une bonne cuisinière et tiendrait compagnie à Ruth.

Elle ramassa deux bûches et les porta jusqu'au fourneau, installé près d'une des portes. La cuisine en comptait deux. La plus proche du fourneau, qui faisait face à l'ouest, donnait sur la véranda couverte où elle dormait. L'autre, face au sud, menait à la salle à manger, de l'autre côté de laquelle se trouvaient le vestibule, le séjour et le salon où Ruth recevait lorsqu'elle était en état de le faire. L'une des fenêtres du salon ouvrait sur les champs de coton. Ruth restait souvent des heures assise là, à contempler dehors. Sur son visage, un sourire si délicat que Maggie n'était jamais sûre qu'il en soit vraiment un.

À l'arrière de la maison était aménagé le bureau de Paul, qui contenait plus de livres que Maggie n'en avait jamais vu en un même endroit. Ses brefs aperçus de cette pièce n'avaient fait qu'intensifier son désir de pouvoir un jour ouvrir l'un de ces livres et réciter les mots, n'importe lesquels, du moment qu'elle puisse les dire elle-même.

À l'étage, quatre grandes chambres ancraient chaque coin de la maison. Paul et Ruth dormaient dans les deux orientées vers l'est, jointes par un balcon d'où ils pouvaient surveiller l'essentiel du domaine. À l'arrière de la maison, Timothy, le seul de leurs enfants à avoir survécu, occupait la chambre nord-ouest quand il n'était pas dans le Nord, pour ses études. Ruth tenait à ce que les draps de son lit soient lavés chaque semaine et ouverts tous les soirs, malgré son absence. La dernière chambre était destinée aux invités.

Les personnes avisées appelaient la plantation Halifax par son nom légitime : Empty. Et il n'y avait aucun moyen de s'en échapper. Entourée par une forêt dense et foisonnante – érables rouges, ostryers de Virginie, halesiers de Caroline et pins dont la densité, la hauteur et l'enchevêtrement défiaient l'imagination – et par des eaux traîtresses sous la surface desquelles des dents patientes et éternelles attendaient de se planter dans vos chairs, elle était l'endroit idéal où amasser des captifs.

Le Mississippi ne savait qu'être chaud et poisseux. Maggie suait si abondamment qu'à peine avait-elle commencé à rassembler ses ustensiles de cuisine, le foulard noué sur sa tête était déjà trempé. Elle allait devoir en changer avant que les Halifax ne se lèvent pour déjeuner. Son apparence soignée était importante à leurs yeux, eux qui ne se savonnaient même pas les mains avant de passer à table et ne se lavaient jamais en ressortant du cabanon des toilettes.

De ses mains poudrées, Maggie se caressa les flancs, satisfaite que sa silhouette – pas seulement ses courbes particulières, mais également le fait qu'elle ne brûlait jamais ni ne rougissait sous ce soleil écrasant – la distingue ainsi de ses ravisseurs. Elle s'aimait, quand elle en avait le loisir. Elle ne regrettait rien, si ce n'est sa boiterie (pas la boiterie en soi, mais son origine). Le monde s'efforçait néanmoins de lui inspirer d'autres sentiments. Il avait tenté de la rendre amère vis-à-vis d'elle-même. Il avait tenté de retourner ses propres pensées contre elle-même. Il avait tenté de la forcer à contempler son propre reflet et à juger repoussant ce qu'elle avait sous les yeux. Elle ne faisait rien de tout cela. Au contraire, sa peau lui plaisait, en dépit de ces cruautés. Car elle était d'un noir qui faisait saliver les toubabs et reculer ceux de son peuple. Elle savait bien que, dans l'obscurité, elle luisait.

Palper ses formes réveillait en elle une autre qualité hors la loi : la confiance. Rien de tout cela n'était visible à l'œil nu. C'était une rébellion muette, mais Maggie ne savourait rien tant que son aspect intime. Car il n'y avait pas beaucoup de cela, ici – intimité, joie ou tout ce que vous voulez –, et ça n'en était que plus précieux. Il n'y avait que les quatre coins ennuyeux de la cuisine, où le chagrin était pendu comme un crochet et où la rage bondissait à l'intérieur à travers la moindre ouverture. Elle s'infiltrait par les interstices du plancher, les fissures entre les portes et leurs montants, l'entrebâillement des lèvres.

Maggie jeta les bûches dans la panse du fourneau, puis attrapa un plat à four dans le placard, au-dessus. Elle regagna le plan de cuisine, sortit la pâte de la jatte. Tendrement, elle la façonna en biscuits, qu'elle disposa avec soin dans le plat, bien espacés. Puis au four. Mais cela ne voulait pas dire qu'elle allait pouvoir se reposer. Il y avait toujours de nouvelles tâches à accomplir quand on était au service de gens inventifs. Qui inventaient pour inventer : par ennui, dans le seul but de pouvoir s'émerveiller de quelque chose, même si cela ne le méritait pas.

Leur créativité la déroutait. Une fois, Paul l'avait fait monter dans sa chambre. En entrant, elle l'avait trouvé debout devant la fenêtre, le soleil rognant ses contours.

« Viens ici », avait-il ordonné, d'un calme chargé de venin.

Il lui avait demandé de tenir sa virilité pendant qu'il urinait dans un pot de chambre. Elle s'était estimée chanceuse, étant donné les autres possibilités. Mais il lui avait ordonné de pointer la fente du membre sur ses seins, et elle avait quitté la chambre tout aspergée de jaune et attirant les mouches. Elle mesurait sa chance, mais tout de même : c'était déroutant.

Elle essaya de se rappeler ce que lui avait dit Manman Cora – sa grand-mère de Géorgie, qui lui avait appris qui elle était. Maggie n'était qu'une enfant alors, et elles n'avaient passé que peu de temps ensemble. Mais certaines choses imprimées dans l'esprit ne peuvent être effacées – devenir floues, peut-être, mais pas disparaître. Elle essaya de se rappeler le mot ancien de l'autre côté de la mer que Manman Cora employait pour décrire les toubabs. Oyibo ! Oui, c'était ça. Il n'existait pas d'équivalent en anglais. Le plus proche était « accident ». Très simple, donc : ces gens étaient un accident.

Maggie ne s'offusquait pas trop de leur brutalité, cependant, car c'était ce qu'elle avait pris l'habitude d'attendre de leur part. Les gens déviaient rarement de leur nature, et, même si cela lui faisait mal de l'admettre, cette familiarité lui procurait un rien de réconfort. Leur gentillesse, à l'opposé, provoquait la panique en elle. Car, comme tout bon piège, celle-ci était imprévisible. Maggie la rejetait et s'exposait aux conséquences. Là, au moins, les représailles prenaient une forme reconnaissable et ne la rendaient pas idiote.

À son arrivée à Empty, des années en arrière, elle avait été accueillie avec tant de chaleur par Ruth, qui semblait à peu près du même âge. Elles étaient encore des petites filles, toutes les deux, malgré le sang qui depuis peu coulait.

« Tu peux arrêter de pleurer, maintenant », lui avait dit Ruth, les yeux joyeux et ses fines lèvres retroussées en un sourire, dévoilant ses dents de travers.

Elle l'avait poussée à la hâte dans ce qui était la plus grande maison que Maggie avait jamais vue. Ruth avait même emmené Maggie dans sa chambre, à l'étage, où elle avait sorti une robe de la commode. Maggie avait eu l'audace de l'adorer, séduite par les boutons de rose de son motif, orange, si minuscules qu'on aurait pu les prendre pour des points. Elle n'avait jamais rien vu d'aussi joli. Qui n'aurait pas tremblé d'excitation ? Ruth attendait un enfant à l'époque – l'un de ceux qui ne survivraient pas –, et s'était servie de sa nouvelle silhouette pour justifier le don d'un article aussi précieux.

« Ils disent que je dois accoucher cet hiver. C'est terrible, d'avoir un enfant en hiver. Tu ne trouves pas ? »

Maggie n'avait pas répondu, car toute réponse la condamnait.

« Eh bien, nous devrons juste faire en sorte que la pneumonie mortelle ne le prenne pas, n'est-ce pas ? » avait ajouté Ruth pour meubler le silence.

Ça, c'était une question à laquelle on pouvait répondre sans risque. Maggie avait fait oui de la tête.

« Oh, tu seras si jolie dans cette robe ! Tu brilles tant. J'ai toujours pensé que le blanc allait mieux aux nègres qu'aux personnes. »

Maggie était jeune alors, et ignorait le prix. Le danger qu'il y avait à accepter ainsi. La robe pouvait être réclamée à tout moment, avec une accusation en prime. Et, de fait, quand on avait reproché à Maggie de l'avoir volée, après que Ruth n'avait été que douceur avec elle, Maggie n'avait pas nié, car à quoi bon ? Elle avait enduré sa volée comme une femme de deux fois son âge devant moitié moins de témoins.

Oh, Ruth avait pleuré avec conviction, s'imaginant que cela rendrait sa sincérité indubitable. Ces larmes semblaient réelles. Elle avait en outre débité des sottises au sujet d'un prétendu lien entre sœurs, sans jamais demander à Maggie si cet arrangement lui convenait. C'était acquis : Ruth pouvait pisser ce qu'elle voulait, Maggie se ferait un plaisir de le recueillir dans ses mains et de boire. Si bien que Ruth avait pleuré et Maggie avait compris alors que les larmes d'une toubab étaient la plus puissante des lotions ; elles avaient le pouvoir d'éroder la pierre et de rendre les gens gauches, étourdis, stupides, indulgents, quelle que soit leur couleur. À quoi aurait-il donc servi de demander : *Pourquoi n'as-tu pas dit la vérité ?*

L'hiver était venu et Ruth avait accouché d'une fille, qu'elle avait nommée Adeline. Elle avait apporté l'enfant – pâle et mécontent – dans la cuisine, et dit à Maggie : « Tiens. Je vais t'aider à défaire ta robe. »

Maggie avait vu d'autres femmes se soumettre à cela, et craignait que son tour ne vienne. C'est la mort dans l'âme qu'elle avait endossé le rôle de vache pour cette enfant. Elle avait le regard inexpressif et des paupières dont la couleur était si proche de celle de sa peau qu'on aurait pu l'en croire privée. Maggie détestait le contact des lèvres chercheuses de la créature sur sa poitrine. Elle se forçait à sourire pour se retenir de fracasser par terre son corps frêle. De quelle espèce étaient ces gens, pour ne pas nourrir leurs propres petits ? Pour refuser à leur progéniture la bénédiction de leur lait ? Même les animaux étaient plus avisés.

À compter de ce jour, tous les enfants avaient importuné Maggie, y compris les siens. Elle jugeait durement tous ceux qui avaient l'audace de mettre au monde un rejeton : les hommes, qui avaient le culot de le déposer à l'intérieur ; les femmes, qui n'essayaient pas, coûte que coûte, de s'en débarrasser. Elle les regardait tous avec une grande suspicion. Donner naissance à Empty était un acte de cruauté délibéré, et elle ne se pardonnait pas de l'avoir accompli trois fois sur les six occasions qui s'étaient présentées. Et qui savait où se trouvaient le premier et le deuxième, à présent ? Vous voyez bien : pure cruauté.

Les zanfans, comme elle les appelait, n'avaient même pas la grâce de savoir ce qu'ils étaient, pas plus d'ailleurs qu'une bonne partie des adultes, mais chez eux c'était volontaire : l'ignorance ne faisait pas le bonheur, mais les humiliations étaient plus aisées à supporter quand on faisait semblant de les mériter. Les gamins couraient à travers la plantation, entraient et sortaient de l'écurie, se cachaient dans le champ de coton, affairés comme des mouches à fumier. Leurs têtes virevoltantes, pleines de nœuds, ignoraient tout de l'enfer façonné tout spécialement pour chacun d'eux. Ils étaient stupides, impuissants et indignes d'amour, mais le dédain qu'ils inspiraient à Maggie était atténué par les épreuves que, savait-elle, ils endureraient un jour.

Les enfants des toubabs, de toute manière, deviendraient ce que leurs parents feraient d'eux. Elle n'avait aucun moyen d'intervenir. Quels que soient les trésors de gentillesse qu'elle pouvait déployer, ils deviendraient les créatures voraces et sinistres qu'ils étaient destinés à être, ce fléau que leur dieu dénué d'humour encourageait. Maggie n'éprouvait pour eux que pitié, et cette pitié ne faisait qu'amplifier son dégoût.

L'idée lui était venue assez vite de frotter des pétales de morelle noire sur ses tétons avant qu'on la force à donner le sein. Sur son teint, le violet ne se voyait guère. Cela fonctionnait. Adeline était morte pour des raisons en apparence inexplicables. Elle avait de l'écume aux lèvres. Mais cela n'avait éveillé aucun soupçon, car Ruth avait déjà fait une fausse couche et récemment accouché d'un enfant mort-né.

Mais le quatrième enfant, Timothy, avait une volonté de vivre presque aussi forte que celle de Maggie. C'était un jeune homme, à présent. Bien fait de sa personne, pour un de *ceux-là*. Plus gentil qu'elle ne l'aurait cru possible, étant donné ce qu'il était. *Qu'est-ce qu'il fait, maintenant ?* se demanda-t-elle. Il peignait, sans doute. Il avait un certain talent pour ces choses-là. Ruth avait demandé à Maggie de récurer la maison en vue de son retour, qui n'aurait pas lieu avant plusieurs semaines. Récuré ou pas, tout restait pareil aux yeux de Maggie et le serait aussi pour Timothy.

Elle n'épargnait pas les adultes. Elle était consciente de l'insignifiance de ses tentatives, infimes conjurations plus dangereuses pour elle que pour ses cibles. Mais si minuscule fût-il, un pouvoir demeurait un pouvoir. Par conséquent, dès qu'elle le pouvait, quand nul ne la surveillait, ce qui était rare mais pas inexistant, une fois qu'elle pensait avoir gagné un rien de leur confiance, elle cherchait toutes sortes d'ingrédients à ajouter à ses recettes. Lentement, patiemment, quelques gouttes de venin de serpent dans le thé bien sucré. Un rien de verre pilé sous son talon dans le gruau de maïs. Jamais de selles ni d'urine car cela était trop personnel. Pas même un cheveu de sa tête, raison pour laquelle le foulard était si important. Pas question de leur accorder le plaisir, le privilège de leur offrir pour rien une quelconque part d'elle-même. Et puis, c'était tout simplement insultant ; cela ne ferait que leur conférer une maîtrise plus grande encore sur sa personne. Comme dans toute bonne magie, elle parachevait cela d'un doux fredonnement que les auditeurs prenaient à tort pour une ode à un lointain charlatan là-haut, dans le ciel. Mais, faute de les tuer, elle pouvait au moins leur causer des désagréments. Ventres irascibles et selles sanglantes, à l'occasion, constituaient des résultats plaisants, réconfortants.

Mais elle se rappela qu'il ne fallait pas éveiller les soupçons. Cette fois, elle ne mettrait rien dans les biscuits. Elle avait récemment reçu un avertissement, en songe. En général, elle ne rêvait que des ténèbres. Ils appelaient cela dormir comme un mort, et elle l'avait payé plus d'une fois sous les mains de Paul. Si bien que lorsque sa mère était venue la voir en murmurant, toute de blanc vêtue et le visage voilé, Maggie avait reconnu là les signes d'un danger, et elle avait compris qu'il allait falloir redoubler de prudence. Biscuits sans rien de plus, jusqu'à nouvel ordre.

Les chiens étaient de retour, geignant et faisant leur tapage à la porte de derrière, excités par l'odeur du porc qu'elle avait mis à frire dans la poêle. Elle sortit sur la véranda de derrière, dans la pénombre du matin. Le ciel commençait tout juste à pâlir sur les bords, mais le soleil demeurait invisible. Elle embrassa l'air bruyamment dans l'espoir d'attirer l'attention des chiens, de faire taire toute la meute. Ils se calmèrent, l'espace d'un instant. Puis ils repartirent de plus belle. Elle descendit dans le champ et ramassa un bâton. Elle l'agita au-dessus d'eux puis le lança aussi loin qu'elle put dans les broussailles. Ils se lancèrent à sa poursuite.

« Merci, mon Dieu », soupira-t-elle.

Elle contempla les ténèbres, dans la direction où les chiens avaient couru. Ce qui se trouvait dans ces bois, et au-delà, était forcément meilleur qu'ici, songea-t-elle. En tout cas, ça ne pouvait pas être pire. Plus jeune, elle s'était parfois autorisée à réfléchir à ce qu'il pouvait y avoir de l'autre côté de cet amas d'arbres. Une autre rivière, certainement. Peut-être une ville avec des gens qui lui ressemblaient un peu. Un trou gigantesque au fond duquel vivaient des créatures. Ou bien une fosse commune où l'on jetait les gens quand ils ne servaient plus à rien.

À moins que, comme l'affirmaient les toubabs, il n'y ait rien du tout par-delà ces forêts que le rebord du monde, et ceux qui s'y aventuraient étaient condamnés à être engloutis par le néant. Mais enfin, le néant semblait être un choix aussi bon que les autres. Elle scrutait, scrutait, sans faire le moindre geste. Elle ne voulait pas l'admettre, ni aux autres, ni à elle-même, mais elle était brisée. Ses années à Empty avaient réussi à la vider de l'intérieur, comme le nom des lieux le promettait. D'amie à poupée de chiffons, puis de vache à lait à cuisinière, sans qu'on lui demande jamais son avis. Cela n'aurait-il pas rompu n'importe qui ? Donc, oui, elle était brisée. Mais pas fracassée. Elle était encore capable de rendre ses malheurs à leur source. Il s'agissait peut-être là d'une forme de raccommodage.

Essie, qui aidait quelquefois Maggie dans la maison, devait être levée à présent. Sûrement en train de s'occuper de son petit fardeau hurlant, celui qui avait manqué la tuer en venant au monde.

« Mag, je sais pas ce que je vais faire. Il me regarde avec ses yeux vitreux, ça me fait si peur », lui avait dit un jour Essie. Ses cheveux décoiffés, sa robe froissée, son visage tout cireux de larmes séchées : Maggie ne l'avait vue dans cet état qu'une fois auparavant. Les deux fois, cela l'avait contrariée.

« Ma fille, y a rien que tu puisses faire maintenant. Ce qui est fait est fait. Ce bébé est à toi. Si c'est ses yeux qui te font si peur, ferme les tiens. Ou bien laisse-le à Be Auntie, qui aime cette couleur plus que la sienne. » Maggie avait répondu d'un ton plus sec qu'elle ne l'aurait voulu. Elle s'était interrompue pour frotter l'épaule d'Essie.

« Peut-être, avait-elle repris d'une voix douce, peut-être que je pourrais venir t'aider de temps en temps. » Elle s'était forcée à sourire. « Et on pourra demander à Amos de filer un coup de main ; et je me fiche bien de ce qu'il dira – surtout maintenant que vous autres avez sauté le balai des épousailles. »

Maggie se fichait assez de ce que pouvait dire Amos. Elle se souvenait du jour, déjà lointain, où il était entré dans le bureau avec Paul Halifax et en était ressorti méconnaissable ; plus beau aux yeux de certains, mais, pour Maggie, chaque lueur au fond de ses yeux, chaque claquement de sa langue n'était que supercherie. Il était pourtant si fier. Les gens aimaient la fierté. Ils confondaient fierté et résolution.

« Bonjour », lançait Amos le matin, avec un sourire trop empressé pour être honnête. Maggie répondait d'un hochement de tête en passant devant lui, puis faisait sa moue indignée dès qu'elle l'avait dépassé. Elle comprenait néanmoins ce qu'Essie avait vu en lui quand Paul l'avait envoyé la trouver. C'était agréable qu'on vous demande au lieu de vous prendre, qu'on vous serre plutôt que d'être plaquée au sol. N'empêche : un serpent restait un serpent et sa morsure faisait mal, venimeuse ou pas.

Parfois, quand Maggie observait de plus près Amos – la manière qu'il avait de balancer son pas, de pointer haut son nez, de trimballer sa prétention –, elle riait. Elle voyait ce qu'il voulait faire, qui il essayait d'imiter, et elle savait pourquoi. Elle n'éprouvait aucun mépris pour lui, mais aucune chaleur non plus. Il avait le visage doux, quoique triste ; ce qui le reliait aux leurs, et à ce lieu. Il était aussi noir qu'un sol vierge, même si sa loyauté semblait ailleurs, là où les choses pouvaient à tout moment se retourner contre vous.

Maggie secoua la tête et posa les mains sur ses hanches.

« La bêtise même », dit-elle sans s'adresser à personne.

Elle fit demi-tour pour retourner dans la cuisine et vit que le ciel commençait à s'éclaircir un peu, et elle distinguait à présent les contours de la grange au milieu des ombres. C'était là que Samuel et Isaiah passaient l'essentiel de leur temps à travailler, à s'occuper des bêtes, à respirer, à dormir, et à faire d'autres choses. Les pauvres garçons : Ces Deux-Là. Ils avaient appris, très tôt, que le fouet était tout juste aussi haïssable que la personne qui le maniait. Parfois, ils se rendaient la vie encore plus dure à force d'être si foutrement entêtés. Mais jamais l'entêtement n'avait été à ce point enchanteur.

Elle ne s'était pas entichée d'eux tout de suite. Comme tous les enfants, on ne pouvait pas les distinguer l'un de l'autre. Ils se fondaient en un amas de corps ignorants et pitoyables, et ils avaient ce rire haut perché, sans retenue, qui les rendait trop tentants pour être ignorés. Pas un seul brin d'herbe qui ne ployât sous la désolation de ce lieu, et pourtant ces petits-là se comportaient comme si l'on pouvait la défier ouvertement. À l'âge où les premiers poils avaient commencé à germer autour de leur sexe, Ces Deux-Là avaient déjà trouvé (ou peut-être plutôt dévoilé) un ingénieux moyen de s'écarter des autres : en étant eux-mêmes. Et cette rupture avait mis au jour un sentiment longtemps enfoui au fond d'elle-même.

Elle ne pouvait toujours pas l'expliquer, mais ses seins se faisaient plus tendres en présence de ces garçons, comme ils auraient dû l'être, mais ne l'avaient pas été, quand on l'avait obligée à devenir la jument nourricière d'Empty. Et cette tendresse des seins s'accompagnait d'un attendrissement du cœur. Ce n'était pas seulement qu'ils se montraient serviables, au point qu'elle n'avait jamais à porter le moindre seau d'eau depuis le puits, la moindre bûche pour le feu ou le moindre galet pour frapper la lessive quand ils étaient dans les parages. Ce n'était pas seulement qu'ils ne lui demandaient jamais rien, pas même son approbation. Peut-être que ce sentiment n'avait rien à voir avec eux, naissait plutôt de ce souvenir qu'ils réveillaient en elle.

Elle avait vu quelque chose, une nuit. Alors que la lune venait tout juste d'atteindre son point le plus haut, Maggie s'était glissée dehors pour leur apporter la nourriture qu'elle avait cachée ce matin-là : un morceau de caille grillée, la moitié d'un œuf, quelques tranches de pomme qu'elle avait écrasées pour en faire une sauce, sans poison. Elle avait marché discrètement de la maison jusqu'à la grange. Elle avait contourné le bâtiment et voulu entrer par une porte latérale, mais celle-ci était verrouillée. Entendant des bruits, elle avait collé son oreille contre le mur. Une plainte, peut-être ; un halètement ; le plus long soupir qu'elle avait jamais entendu. Puis elle avait jeté un coup d'œil par une fissure entre les planches. Elle n'avait pu les voir que grâce à la lune qui filtrait à travers les parties du toit où le bois avait besoin d'être réparé. Des silhouettes indistinctes. De loin, on aurait dit qu'ils se bagarraient.

Elle était certaine d'avoir vu Samuel mordre l'épaule d'Isaiah dans un effort pour se libérer de son étreinte. Ils bataillaient autour de la meule de foin, écrasant des selles mal rangées et effrayant des grillons récalcitrants qui finissaient par s'envoler. Ils étaient nus, en sueur, aussi entortillés que des vers de terre, et grognant des airs de cochons. Quand ils avaient fini par s'arrêter, leurs visages étaient plaqués l'un contre l'autre, maintenus en place, aurait-on dit, par leurs langues tremblantes. Puis l'un d'eux s'était retourné sur le ventre. Elle s'était précipitée vers la Grande Maison.

Pour apaiser une autre souffrance, forcément. Forcément.

Mais quelle était cette chose qui virevoltait sous son crâne, et pourquoi était-elle en nage ? De quoi se souvenait-elle soudain ?

Son voyage jusqu'à la grange était devenu une routine nocturne. Sans bruit, elle jetait un coup d'œil à l'intérieur, offrant volontiers son âme contre un simple éclat de lune. Elle les observait cachée sous des échelles, derrière des meules de foin ou à travers les parois des stalles où dormaient les chevaux. Elle n'avait aucune envie d'interrompre ni même de questionner ce qu'elle voyait ; le simple fait d'en être témoin était un trésor. Car ils étaient aussi fougueux et joueurs que des corbeaux et leur proximité lui donnait l'impression d'être suspendue dans le ciel noir, flottant sur le dessus de leurs ailes. Oh, si noir. Oh, si haut. Tout là-haut, où étaient la sécurité et la lumière.

Mais ici-bas, ils avaient intérêt à faire attention.

Elle avait essayé de trouver un mot pour décrire ce qu'elle voyait. Aucun ne lui était venu ; du moins, aucun qui fût assez extraordinaire, surtout dans la langue qu'elle parlait désormais.

Pourquoi n'ont-ils pas peur ? se demanda soudain Maggie dans la cuisine, d'où elle contemplait encore la grange depuis la fenêtre donnant sur le nord. Dans un coin de son champ de vision, elle vit une forme s'animer fugacement, chatoyer, puis s'estomper aussi vite qu'elle était apparue. Un contour sombre. Puis quelque chose se mit à tournoyer. La puanteur l'accompagna. Elle ne voyait qu'une forme indécise, mais cela aurait pu être une personne en feu. Le temps qu'elle attrape un pichet d'eau, cela avait disparu. Une tache de sang séché par terre, à l'endroit précis où le spectre s'était présenté, constituait l'unique preuve qu'elle n'était pas victime de son imagination.

Le martèlement au creux de sa poitrine se calma peu à peu et elle se griffa la joue pour contenir les pleurs. S'agissait-il d'un souvenir ou d'une prophétie ? Elle n'aurait su le dire. Parfois, il n'y avait aucune différence. Elle parvint tout de même à retrouver son sang-froid et à repousser les choses passées et futures aussi loin que celles-ci le lui permettaient – comme si cela changeait quoi que ce soit. Les visions possédaient les clés de la cage et pouvaient s'évader quand bon leur semblait. Cette disposition, il fallait vivre avec. On n'avait pas le choix.

La cage se déverrouillait lorsqu'elle pensait à Ces Deux-Là. Alors, Maggie n'était pas surprise qu'ils se soient choisis l'un l'autre plutôt que les autres options, c'était plus facile d'accès. Le fait qu'ils ne prêtent quasiment aucune attention aux femmes, même quand on les y forçait, n'avait rien d'extraordinaire. Pas même en juillet, quand les femmes toubabs attendaient que les hommes toubabs perdent connaissance à force de spiritueux. Ces femmes – les mêmes qui péroraient à longueur de journée sur ce que voulait dire être une dame (terme que Maggie jugeait idiot) – s'allongeaient par terre dans les granges, remontaient leurs robes jusqu'au-dessus des seins, écartaient grand leurs jambes et se tortillaient pour des hommes qu'en public, elles méprisaient.

Isaiah et Samuel restaient tout aussi indifférents en janvier, quand les gens se serraient parfois les uns contre les autres en quête de chaleur. Se tenir si près d'une femme – dont la peau et les cheveux étaient noirs d'empressement, dont le souffle réconfortait et troublait à la fois, dont les basses odeurs menaçaient de faire exploser de désir les entrailles des hommes – et aucun de Ces Deux-Là ne levait même le petit doigt. Non, ces garçons prenaient plus de risques que de raison à scruter ainsi le visage de l'autre, encore et encore, guettant ce qui poussait les fleuves à couler vers la mer. Il y en avait toujours un qui riait, l'autre qui entrouvrait la bouche avec colère. Quelle imprudence.

Elle observa de nouveau la grange à travers la fenêtre, et vit le soleil pointer la tête à travers les arbres, vers l'est. Le porc était presque cuit. Elle prit une assiette, l'essuya du rebord de sa robe et marcha jusqu'à la salle à manger.

Elle avait mis la table avec un insondable ressentiment. Nappe blanche aux rebords tranchants, strangulation des ronds de serviette, la coutellerie déjà mortelle en soi. Toute chose vivante dépérissait, y compris les fleurs sauvages qui ornaient le centre de table. L'éclairage pâle des bougies projetait une ombre cuivrée, conférant à l'ensemble, et même à Maggie, une solennité de circonstance.

Elle devait reproduire chaque jour le même plan de table : Paul siégeant toujours au bout ; Ruth toujours à sa droite ; Timothy, lorsqu'il revenait à la maison, toujours à sa gauche, et trois couverts supplémentaires pour les invités occasionnels. Elle se tenait debout, tout près, après avoir mis la table et écoutait la famille remercier, à l'unisson, l'homme aux cheveux longs dont le regard demeurait tourné vers le haut – parce qu'il ne pouvait supporter, peut-être, la vue des ravages causés en son nom. Ou peut-être, tout simplement, ne voulait pas se donner la peine de regarder. Maggie ne le connaissait, cet homme, que parce qu'elle s'était laissé persuader par Essie d'aller assister à l'un des sermons d'Amos, un dimanche.

Ils tenaient audience dans les bois, au milieu du cercle d'arbres qui se dressait à l'orée du champ de coton, vers le sud-est. L'homme dont elle ne pouvait pas dire le nom, pour une bonne raison, était là avec quelques-uns de ses disciples hirsutes et Maggie avait aussitôt voulu faire demi-tour en l'apercevant. Mais Essie l'avait suppliée de rester. Elle semblait si fière – et autre chose aussi, mais Maggie n'aurait su dire quoi.

Amos se tenait debout sur un énorme rocher dont ni le temps ni l'eau n'avaient su venir à bout. Mais c'était exactement l'odeur qu'avait pour elle cette clairière : celle des choses humides et fatiguées qui se cachaient derrière les rochers – ou, en l'occurrence, dessus. La foule rassemblait une trentaine de personnes ce jour-là, assises sur des rondins de bois ou à même le sol. C'était avant que les gens ne commencent à croire en Amos. Il avait ouvert la bouche, et Maggie n'avait pu cacher son dédain. Il ne faisait que répéter des bribes de ce qu'elle avait entendu Paul évoquer à la table du dîner. Elle savait d'expérience que lorsque les gens passaient tout ce temps seuls avec les toubabs, cela ne donnait jamais rien de bon.

Tout ça lui avait paru assez ennuyeux. Amos avait une manière à lui de parler, on ne pouvait le nier. Cela ressemblait davantage à un chant qu'à autre chose. Ce rocher le montrait sous une lumière nouvelle. Les rayons du soleil perçaient à travers le feuillage, teintant sa noirceur d'un genre d'éclat doré, l'aspergeant également de ces ombres déchiquetées qui rendent les hommes mystérieux, ce qui était une autre manière de dire : forts. Et Essie avait l'air si contente. C'est ce qui avait poussé Maggie à lui promettre de revenir et de s'asseoir avec elle au même endroit ombragé qu'Essie réservait juste pour elles. Jusqu'au jour où cela était devenu impossible.

Jusqu'à ce que les mots d'Amos prennent un tour différent, évoquant des choses qui firent baisser les yeux à Essie et se redresser Maggie. Elle avait aussitôt saisi la méchanceté qu'ils contenaient – à l'égard de Ces Deux-Là, eux qui ne faisaient de mal à personne ! – et elle avait gratifié Amos d'un regard dur, faute de pouvoir faire davantage.

Mmh mmh, avait-elle songé, *nous y voilà !*

« C'est une chose ancienne », avait-elle lancé à Amos. Mais il n'écoutait pas. Elle n'avait pas voulu entendre un mot de plus sortir de la bouche de cet homme. Elle avait décroché son bras de celui d'Essie, s'était levée et avait marché vers la Grande Maison, dos bien droit et lèvres retroussées, les ombres tombant sur son dos et la lumière frissonnant sur sa poitrine. Elle n'avait lancé qu'un seul regard en arrière, pour qu'Essie voie son visage et sache que ce n'était pas à cause d'elle.

Maggie cessa un instant de dresser le couvert et se tourna vers la fenêtre pour regarder la grange.

« Mmh », dit-elle tout haut.

Maggie soupçonnait Essie de savoir, pour Ces Deux-Là, et de ne rien dire. C'était mieux ainsi, d'ailleurs, car certaines choses ne devaient jamais être mentionnées, n'avaient nul besoin de l'être, pas même entre amies. Il existait bien des moyens de se cacher et d'échapper à un sort funeste, et garder pour soi ce genre de secrets en faisait partie. Aux yeux de Maggie, exposer clairement une chose aussi précieuse avait tout d'un acte suicidaire. Peut-être parce qu'elle était incapable d'imaginer une chose – non, pas une seule – méritant qu'elle se mette elle-même en péril.

Tout ce qu'elle aurait pu aimer, on le lui avait pris avant même que cela n'advienne. Du moins, jusqu'à ce qu'elle se lève en douce et voie ces deux garçons, lesquels avaient la décence d'éveiller un sentiment qui ne lui donnait pas envie de hurler.

Elle retourna dans la cuisine, empoigna un torchon et sortit les biscuits du four. Ils avaient bruni à la perfection. Elle les fit glisser dans un bol garni d'un carré de tissu et posa celui-ci sur la table. Elle prit deux biscuits dans sa main et serra jusqu'à ce que les miettes s'enfoncent entre ses doigts.

Son regard balaya la pièce puis revint se fixer sur la table. Elle se demanda si elle avait assez de forces pour la renverser, car elle savait déjà qu'elle en avait la rage. Elle cala sa main sous l'un des coins et tira légèrement.

« Lourd », marmonna-t-elle entre ses dents.

Elle entendit quelqu'un dans l'escalier. Elle sut que c'était Paul, à la détermination de chaque pas. Paul allait faire son entrée dans la salle à manger, s'asseoir en bout de table et la dévisager, comme si sa misère à elle lui apportait de la joie. Il aurait peut-être même le toupet de la toucher ou de fourrer sa langue là où elle n'avait rien à faire. Elle aurait voulu connaître un sortilège capable de lui trancher la gorge mais, hélas, il aurait fallu pour cela utiliser ses mains, et elle n'était pas sûre d'avoir le dessus.

« Merde. »

Essie

Même si les déesses avaient plus de sens, elle acceptait de s'agenouiller devant le dieu de seconde main d'Amos – surtout si cela lui assurait davantage de rations et un mur entre elle et nombre de souffrances.

Peut-être pas un mur, non, pas exactement. Un genre de clôture plutôt, une clôture en bois comme celle de la grange, plantée sur un terrain isolé du reste, comme jaillie du sol, empêchant les bêtes et les gens d'entrer. Une clôture et pas un mur, car, si rusée que puisse parfois l'être une colère enfantine, elle n'avait pas d'assez grandes jambes pour escalader un obstacle aussi haut. Mais elle pouvait se glisser dans les fissures entre les planches. Elle se croyait tout bonnement innocente. Et quelquefois, c'était à cela que les toubabs lui faisaient penser : à des enfants éternellement capricieux, qui déchiraient et rugissaient de manière insatiable ; piétinaient les champs avec une énergie sans bornes ; trouvaient tout curieux et drôle ; exigeaient le sein de la mère ; et ne finissaient par s'effondrer de sommeil qu'à condition d'être bercés avec douceur.

Ils étaient donc trop jeunes pour comprendre les traités, et encore moins les respecter. Leur signature n'avait sans doute été qu'un exercice de calligraphie ou une simple fioriture. Pourtant, c'était la seule assurance dont les gens disposaient. Alors Essie s'agenouillait ; avec ce bébé pâle serré au chaud contre sa hanche, elle s'agenouillait. Plus sensuelle que sa robe en loques, sa peau empoussiérée et ses nattes à demi défaites n'auraient dû le permettre. La stratégie qu'on lui avait inculquée était un mensonge. Une femme négligée ne suffisait pas, en réalité, à décourager les hommes toubabs. Paul Halifax se contentait d'ôter les couches superficielles, il voyait plus loin que les doigts ensanglantés à force de piqûres qui ramassaient un total fort respectable de cent cinquante livres de coton chaque jour, excepté le dimanche. Pour lui, les cuisses épaisses et les poignets délicats d'Essie étaient une sorte de monnaie. Elle savait désormais qu'ils permettaient d'acheter tout, sauf la pitié.

« Cela n'arrivera plus jamais. Ça, je te le promets », lui avait dit Amos sept jours après avoir failli à son égard.

Plus tard, bien plus tard, elle avait fait à celui qui avait sauté avec elle le balai des épousailles la preuve de son engagement en plongeant ses genoux dans la boue au côté des siens. Elle n'en demeurait pas moins sceptique. Le scepticisme était la seule et unique chose qu'elle pût véritablement revendiquer comme sienne. Elle l'avait emmené dans la grange, le jour où Amos l'y avait envoyée avec un message.

« C'est pas une tarte ; c'est la paix », avait-elle lancé à Isaiah en guise de salut, la tarte aux fruits des bois en équilibre sur sa paume ; recouverte d'un tissu si blanc qu'il luisait. Dans son autre main, elle tenait le pâle nourrisson qu'elle avait baptisé Salomon pour de bonnes raisons, connues d'elle seule. Elle portait l'appréhension au-dessus de sa tête, posée en équilibre, comme le faisaient les femmes de l'ancien temps.

Salomon était agité. Il menaçait de tout faire tomber à force de tirer sur sa robe, à l'endroit exact où elle était mouillée de lait. Essie détestait ce pouvoir qu'il avait sur son corps, ces cris pareils à un sortilège auquel ses seins réagissaient en laissant goutter un peu de son substantifique sérum afin de le nourrir. Elle faillit le lâcher, mais Isaiah l'attrapa par les fesses et l'arracha à l'étreinte lâche de sa mère. Salomon contempla Isaiah de ses grands yeux vides, bleus comme un chant d'oiseau, posés sur les bords d'un visage qui semblait presque dénué de peau. Pourtant, Isaiah trouvait dans la frisure naturelle des tresses du bébé, couleur soleil, quelque chose d'assez familier.

« T'as faim, hein ? » dit-il au bébé qui se calmait déjà et lui touchait le nez tout en le regardant, subjugué, avant de laisser glisser sa main minuscule jusqu'aux lèvres d'Isaiah, et de tirer sur celle du bas. « Je crois qu'on va manger ensemble, alors. » Isaiah se tourna vers Essie. « Toi, ça va ?

— Ici, dans ce corps. Tu sais comme c'est, répondit-elle, faisant la moue d'abord avant de laisser peu à peu les commissures de ses lèvres s'incurver en un sourire.

— Sûr, dit Isaiah, et ses yeux l'étudièrent, puis redescendirent se poser sur Salomon, dont il frotta le nez du bout du sien.

— Il a quel âge maintenant ?

— Presque deux ans.

— Et il marche pas encore ? »

Elle haussa les épaules.

« Tu veux entrer ? T'asseoir un moment ?

— Volontiers », dit Essie en le suivant dans la grange.

Elle était toujours surprise par la propreté d'Isaiah, malgré sa proximité avec les animaux. Il sentait comme les baies de genévrier au plus fort du mois de mai, luisant dans la nuit noire. Elle était présente au premier jour, quand Samuel lui avait porté l'eau. Trop jeune elle-même, mais elle savait déjà reconnaître ce qui brillait ; c'était comme si l'eau s'était changée en argent, capturant toute la lumière tandis qu'on la versait, parcourue d'arcs-en-ciel, gouttant des lèvres soucieuses d'Isaiah, qui voulait trop boire à la fois. N'était-ce pas fâcheux – de gaspiller des couleurs comme ça, quel que soit votre âge ? Pourtant, une chose était suspendue au-dessus d'eux, inaperçue car invisible, mais dont on pouvait sentir la vibration. C'est pour cela que les mains d'Essie avaient tremblé, alors, et qu'elles tremblaient encore chaque fois que ces deux-là étaient dans les parages.

À l'intérieur, Samuel avait les bras en l'air. Il tournait le dos à Essie, Isaiah et Salomon lorsqu'ils entrèrent. Essie n'aurait su dire s'il rendait hommage à la création, tenait audience avec les bêtes dégénérées ou cherchait simplement à s'étirer hors de lui-même. Parfois, l'espace au-dedans du corps se faisait trop étroit et il fallait tendre les membres pour faire de la place à l'esprit, ou, peut-être, lui ménager une ouverture par laquelle s'envoler. Samuel ne portait pas de chemise, chaque goutte de sueur sur sa peau était visible, courant de haut en bas. Sa chair ne montrait aucune imperfection *naturelle*, mais la moiteur soulignait celles que des lâches y avaient imprimées. Même si elle avait horreur de l'admettre, elle trouvait de la beauté dans la manière dont ces balafres serpentaient sur toute la largeur du corps, en courbes délicates.

« T'as de la place pour un bout de tarte ? » lança-t-elle au dos de Samuel, dressé comme un ciel.

Il retomba brusquement mais se tourna avec lenteur. Il n'y avait pas de joie sur son visage, mais un sourire se dessina soudain lorsqu'il regarda Isaiah et qu'Isaiah hocha la tête. Essie comprit alors qu'il était fabriqué, mais elle dévoila tout de même ses dents dans un large rictus, sans même tenter de dissimuler l'espace laissé par la manquante.

Elle connaissait Isaiah depuis plus longtemps que Samuel. Elle appréciait la douceur de son caractère et la manière dont – quand Paul les parquait pendant ce qui lui semblait durer des jours dans cette vieille cahute pourrie qu'ils appelaient la Cabane à Baise – Isaiah lui prenait d'abord la main. Il tentait, gauchement, d'enfoncer sa partie flasque dans son interstice à elle qui n'en voulait absolument pas, mais ils faisaient quand même semblant de se balancer tous azimuts. *Ça fait vraiment mal quand quelqu'un vous oblige à baiser votre ami*, se disaient-ils tous deux, après.

Paul avait chargé James de les épier et, parfois, James sortait son propre machin, laissant à la vue de tous la petite flaque qu'Isaiah simulait. Après coup, remettant leurs habits en place comme s'ils avaient vraiment fait quelque chose, Isaiah et elle échangeaient des regards plissés, des gloussements muets, une chanson où leurs harmonies s'entremêlaient et se faisaient écho, ils avaient même partagé la première crêpe fourre-tout qu'elle avait jamais préparée, ils l'avaient dévorée ensemble, assis côte à côte. Elle était encore pâteuse à l'intérieur, et leur avait flanqué des crampes d'estomac – leur faisant partager aussi un accroupissement entre arbres et rochers.

Amos n'avait pas la décence d'Isaiah, mais cela n'était pas un reproche qu'on pouvait lui adresser en particulier, car elle faisait défaut à la plupart des hommes. La plupart des hommes obéissaient à leurs élans sans se demander où ceux-ci allaient les mener, ou le sachant peut-être et passant outre. Il était difficile de reprocher à un étron de sentir mauvais. Mieux valait en tirer parti au mieux et le laisser fertiliser le sol pour qu'une chose puisse pousser. Il n'y avait toutefois aucune garantie, jamais, que celle-ci vaille un jour la peine d'être récoltée.

De tous ces moments sans intimité dans la puanteur de l'endroit, sous le regard fixe de James, était née une amitié entre Essie et Isaiah – et rien d'autre. Mécontent, Paul avait donné trois coups de fouet à Isaiah et l'avait renvoyé dans la grange, hurlant de douleur. Cinq minutes ne s'étaient pas écoulées depuis qu'Essie avait reboutonné sa robe jusqu'au cou, quand Paul avait prié James d'aligner un groupe de neuf hommes. Essie les avait regardés aussi intensément que Paul. Avait-il l'intention de leur donner chacun son tour, l'un après l'autre ? Allaient-ils la laisser si engourdie qu'après coup, la marche jusqu'à sa cabane devrait se faire jambes écartées, les mains posées sur l'atroce douleur au creux de son ventre ?

Paul l'avait surprise. Il avait choisi l'un d'eux : celui qui la fixait bien droit sans détourner le regard ni la disséquer en se demandant quelle forme avaient ses seins ou quelles courbes pouvaient bien dissimuler ses vêtements. C'est à Amos qu'on avait ordonné de s'avancer et, quand il s'était exécuté, il avait pris la main d'Essie et l'avait frottée contre sa joue.

Pendant des mois, Essie avait été stupéfiée par Amos. Elle ne se savait pas capable d'éprouver une telle tendresse pour un homme. Elle ignorait que cette union des corps pouvait s'avérer intéressante et pas seulement laborieuse. Elle avait toujours cru que le picotement qui secouait son corps n'était accessible qu'en faisant appel à ses doigts. Quand Amos la serrait fort après tout ça, mêlant ses spasmes aux siens, elle s'autorisait à se laisser aller entre ses bras.

Mais ces mois-là ne l'avaient pas menée où Paul l'imaginait. Plutôt que de demander à James de former un nouveau rang, Paul était intervenu en personne.

Le fait d'être forcés à faire leur travail eux-mêmes redoublait le vice des toubabs, ils perdaient leur belle assurance et se montraient sous un jour… ordinaire. Autant dire que cela les tuait. Par conséquent, ils voulaient que tout le reste meure aussi.

C'était ainsi qu'elle se sentait à présent : morte, mais continuant étrangement de marcher-jouer, de sourire, de cuisiner, de ramasser le coton, de frapper dans ses mains, de crier, de chanter et, la nuit, de se coucher – comme une personne vivante, et cela trompait tout le monde. Ou bien peut-être que personne n'était dupe car les morts se reconnaissaient entre eux, à l'odeur sinon à l'aspect. Elle se demandait donc ce qu'Isaiah pouvait bien voir, et se disait que s'ils n'étaient plus ami-amie, ce n'était peut-être pas à cause du fait qu'Amos occupait tout son temps et la maintenait attachée à la clairière, mais parce que les vivants et les morts ne pouvaient se côtoyer sans qu'un funeste augure se réalise.

« J'ai apporté une petite paix », dit Essie à Samuel en soulevant la tarte enveloppée de son tissu.

Samuel ferma les yeux et huma l'air.

« J'espère qu'elle est pas toute crue au milieu », dit Isaiah dans un rire, en berçant Salomon, bien serré contre sa poitrine.

Essie prit un air vexé et aspira sèchement entre les dents qu'il lui restait, avant de tendre le bras pour donner la tarte à Samuel.

Isaiah pointa du doigt un tabouret. « Tu peux t'asseoir là si ça te dit. Tu veux que je te rende le bébé ? »

Essie manifesta son indifférence en agitant sa main dans l'air. Elle se tourna sur le côté, l'air entendu, et s'affala sur le tabouret. Isaiah s'assit par terre devant elle.

« Il veut quoi, Amos ? » demanda Samuel, regardant de haut le bébé sur les genoux d'Isaiah.

Essie eut un sourire narquois car elle appréciait la manière qu'avait Samuel de faire sortir la vérité des recoins où elle se cachait. Elle lissa sa robe et cala fermement ses fesses sur le tabouret. « La paix, il dit.

— Et toi, tu dis quoi ? répliqua Samuel en la fixant droit dans les yeux, mais sans le moindre soupçon d'animosité.

— Eh bien, vous avez pas la même idée de ce qu'est la paix, ça, vous le savez déjà.

— C'est pas le cas de tout le monde ? » demanda Samuel en se tournant vers Isaiah.

Isaiah continuait de bercer l'enfant.

« Si, je crois, répondit Essie. On peut parler de tout ça autour de cette tarte. C'est pas ce que les toubabs aiment faire, d'après Mag – parler pendant le repas, plutôt que manger ? »

La vibration naquit de leur rire partagé. Même le bébé roucoula et gloussa, ce qui réduisit soudain Essie au silence, la fit sortir d'elle-même et la poussa à chercher de nouveau le prétendu abri de la clôture.

« Tarte », dit tout haut Isaiah, comme s'il étudiait la sonorité de ce mot. Sa voix riche, chargée de souvenirs, fit revenir Essie.

« Quel genre de tarte t'as fait ? demanda Isaiah, qui chatouillait les bras de Salomon pour le faire sourire.

— Tu vois le buisson qu'il y a près de la rivière, à côté de la souche toute bossue, deux ricochets plus loin, là où Sarah a attrapé ce serpent noir et a fichu une trousse pas possible à Puah ?

— Oui ! J'adore les mûres, moi, répondit Isaiah.

— Ça, et d'autres baies rouges qu'on trouve là-bas, dans la forêt. C'est drôle comme elles ont un goût aigre, prises à part, et sucré ensemble. » Essie regarda autour d'elle. « Vous avez de quoi la couper ? » demanda-t-elle, et Samuel marcha jusqu'au mur de la grange pour décrocher l'un des outils.

« Je pense que tu ferais mieux de l'emporter au puits pour le laver d'abord, dit Isaiah.

— Je sais ! Tu me prends pour qui ? » répliqua Samuel, sortant d'un pas vif, la chaleur d'un mensonge lui brûlant le dessus du crâne.

Essie et Isaiah sourirent tous les deux, puis ces sourires quittèrent leur bouche quand ils se tournèrent vers le bébé. Un silence s'installa entre eux, parfois interrompu par Salomon, qui soufflait entre ses lèvres. Isaiah le fit rebondir sur sa jambe.

Essie pencha la tête de côté et étudia Isaiah. Comme il avait grandi, le petit garçon dont la bouche n'était pas encore assez vaste pour contenir un butin d'arcs-en-ciel. Elle voulait lui demander s'il se souvenait encore de l'odeur. Dans la Cabane à Baise, tout était recouvert d'une épaisse couche de moisissures et de mousse, à tel point qu'il s'en dégageait une odeur que même se rouler par terre en guise de simulacre ne suffisait pas à couvrir. Pour Essie, aurait-elle voulu lui dire, c'était une odeur d'yeux qui vous regardent. Elle savait que cela n'avait pas de sens, mais se disait que si quelqu'un pouvait comprendre, c'était bien Isaiah.

L'odeur, ou comment le soleil du matin perçait à travers les planches de bois pourries, illuminant la poussière et traçant pour les taons des chemins vers la liberté. La lumière qui n'offrait aucun réconfort mais ne faisait qu'illuminer la honte et rendre l'air si épais qu'on ne pouvait plus respirer. Cette aggravation aurait pu être à peu près tolérable si James n'avait pas été planté là, entre lumière et ombre, sa culotte juste assez ouverte pour pointer son arme vers eux. Ils faisaient semblant de ne pas voir.

Elle aurait voulu savoir : tout cela encombrait-il les jours d'Isaiah comme c'était le cas pour elle, la gentillesse tout autant que l'humiliation, l'une comme l'autre susceptibles de se présenter dans toute leur splendeur à n'importe quel moment – que ce soit en ramassant le coton dans ce champ déroutant ou après avoir trouvé le rondin parfait sur lequel s'asseoir dans la clairière ? Parfois, cela se mêlait aux sermons matinaux d'Amos ; l'image du sourire de James flottait juste au-dessus des histoires de Jésus. Maggie disait que le meilleur moyen de chasser quelqu'un des recoins de son esprit, c'était de ne plus jamais dire son nom, de ne même pas le penser. C'était pour ça que James semblait éviter Maggie chaque fois qu'elle débarquait. Mais comment ne pas penser un nom, alors que l'esprit était déjà si dur à maîtriser ?

Le sommeil était le meilleur endroit où se cacher car les nuits sans rêves, au moins, offraient un refuge. Tapi dans les ténèbres, nul ne pouvait rien voir, et tout le monde était donc en sécurité. Isaiah aurait dû au moins reconnaître ce lieu en elle, parce qu'elle le reconnaissait en lui. Cela n'était-il pas clairement apparu lorsqu'ils s'étaient accroupis ensemble, en nage et agités de crampes, dans ces buissons près du rocher, sous un arbre ?

La grange était-elle un meilleur endroit ? Meilleur, comment ? Et si c'était vraiment l'amour qui s'étendait sur tout afin qu'il puisse y avoir de la beauté même dans les tourments, où Isaiah avait-il pu trouver le courage de faire ça, et seulement ça, en sachant ce pour quoi Paul avait prévu d'utiliser son corps ? Il était dangereux d'embrasser ainsi quoi que ce soit d'autre que le Seigneur. Tout le reste ne pouvait être que fugace. Et qui voulait perdre un pied, ou son âme, en poursuivant le chariot qui emmenait son amour dans les profondeurs de la forêt ?

Dans cet endroit où ils faisaient semblant, qu'avaient-ils trouvé ? Cette Cabane à Baise où ils s'allongeaient dans l'odeur de moisi d'autres corps, ceux qui étaient ressortis de là et les autres, enterrés peut-être sous eux, ou flottant juste au-dessus, les contemplant et gloussant de rire devant leur simulacre, comprenant dans leur état spectral ce qui leur échappait avant : on est ce qu'on est, quoi qu'on soit.

Les ombres dansantes étaient un signe. Essie en avait peut-être déjà parlé à Isaiah, mais elle ne savait plus, maintenant que son cœur était plein du sang de Jésus, lequel était intervenu trop tard et n'avait qu'à moitié promis de le faire si la menace revenait. Amos avait dit de ne pas s'inquiéter, qu'il servirait d'exemple. Essie se demandait pourquoi, puisqu'elle-même en avait servi.

Et voilà qu'elle se retrouvait dans cette grange poussiéreuse, assise en face de la décence, laquelle serrait contre elle son ennemi. Le faisait rebondir sur ses genoux, souriait de ses roucoulements. Elle avait donc vu juste : Isaiah et elle n'étaient plus ami-amie. Avec le temps, la trahison – si infime soit-elle – finit toujours par gravir toutes les marches pour s'asseoir sur le trône, comme si cette place avait toujours été la sienne. Peut-être était-ce le cas, d'ailleurs. C'était peut-être la *surprise* qui n'avait pas sa place.

Samuel revint du puits, trempé et hilare.

« T'es tombé dedans, imbécile ? demanda Isaiah.

— Nan. James et les autres étaient au puits, alors je suis descendu à la rivière. Puah était là-bas. Elle m'a arrosé, bête comme elle est.

— Oh », souffla Isaiah. Samuel et lui échangèrent des regards.

« Bon, tiens, dit Samuel en tendant le couteau à foin. Qui va la couper ?

— C'est toi qui as le couteau », répondit Essie.

La lame était humide et luisante. L'espace d'un instant, il vint à l'esprit d'Essie que la grange était remplie d'objets tranchants de toutes sortes. Il y avait des haches et des fourches, mais aussi le bord aiguisé d'une houe ou d'une pelle qui, appliqué avec force, pouvait également être utile. Elle parcourut la grange du regard, ignorant Isaiah, Samuel, Salomon, les animaux, les insectes, l'odeur, mais pas les objets aux formes variées suspendus aux murs ou posés contre. Pourquoi les hommes n'avaient-ils pas réuni toutes ces choses, pourquoi ne les avaient-ils pas empilées au centre d'un cercle pour pouvoir choisir l'outil qu'ils avaient le plus l'habitude de manier ? Mais il fallait tous s'y mettre ensemble. Au même moment. Car les balles filaient vite et en feraient tomber certains. Les fusils ne pourraient pas tous les abattre en même temps, cependant. C'était leur chance.

Mais ce ne serait *jamais* tout le monde. Hormis les souffrances, la méchanceté était la seule chose qu'ils avaient tous en partage. Essie avait entendu cette histoire un jour, de la bouche de Sœur Sarah, qui l'avait marmonnée en pensant qu'Essie n'écoutait pas car, dans son propre intérêt, Essie faisait semblant de ne pas écouter. Il avait suffi qu'un seul coure trouver le Massa pour lui rapporter le projet d'évasion. Ce n'était pas comme s'ils avaient voulu faire de mal à quiconque, et pourtant ils en auraient tout à fait eu le droit ; les êtres aimés vendus ailleurs rendaient à eux seuls cela juste. Non, tout ce qu'ils voulaient, c'était gagner un endroit libre et libre *de*.

Samuel découpa trois parts. Il tendit la première à Essie, qui la prit dans ses paumes. Il en offrit une autre à Isaiah avant de s'asseoir avec la sienne.

« Le bébé peut manger ça ? » demanda Isaiah à Essie, qui haussa les épaules, puis acquiesça.

Isaiah détacha un petit bout, l'écrasa entre deux doigts puis approcha ceux-ci de la bouche de Salomon. Salomon lécha les morceaux entre les doigts d'Isaiah. Le bébé chiffonna son visage et mâcha. Un peu de tarte tomba hors de sa bouche et Isaiah la repoussa à l'intérieur. Quand il eut fini de mâcher, Salomon ouvrit de nouveau la bouche. Samuel et Isaiah s'esclaffèrent.

« Vous imaginez ça ? Deux hommes élevant leur propre bébé ? » murmura Essie en se penchant vers eux.

Isaiah eut un rire nerveux. « J'ai vu souvent des femmes le faire à deux, et plus. La seule chose qui empêche les hommes, c'est les hommes.

— C'est la seule chose qui les empêche ? » demanda Samuel.

Isaiah ne répondit pas. Le bébé tira sur sa chemise et il détacha un autre petit morceau de tarte pour le lui donner. Puis il croqua dans sa part. Isaiah adressa un sourire à Essie et hocha la tête.

Samuel regardait Isaiah, mais c'est à Essie qu'il s'adressa. « Donc, la paix. Tu dis qu'Amos veut la paix ? Mais de quoi ? »

Essie soupira, se frotta le visage et repoussa derrière son oreille une natte égarée. « Il dit que les châtiments sont de plus en plus pires. Il pense que ça vient de ce que vous faites pas ce que vous devriez. »

Mais que devraient-ils faire ? songea Essie. Leur forme illuminait déjà, projetée dans le ciel, l'un porteur d'eau et l'autre cette eau même. Comment cela pourrait-il être source de douleur ? Rare comme elle était, la loyauté l'avait menée ici, son devoir envers un homme qui avait négocié pour elle, mais en surestimant l'intégrité de celui d'en face.

« Mais il a dit qu'il m'approchera plus ? lui avait demandé Essie.

— Ça marche pas comme ça, ma p'tite chérie, avait répondu Amos d'une voix douce. Le toubab est jamais aussi clair. C'est le rituel qui te protège, que sa bouche le dise ou pas. Leurs rituels, c'est ça qu'ils respectent. On va le faire à leur façon. On saute. On prend soin de sa graine. On prêche ses Évangiles. Et t'auras plus de problèmes. Je le jure. »

Ce qu'avait dit alors le silence d'Essie, mais sans qu'Amos l'entende, c'était ceci : *Oh ! Est-ce qu'il a pas rompu son rituel envers Missy Ruth pour faire ce qu'il m'a fait ? Quel Évangile dit : « Fais la chose la plus terrible » ? Et ce Salomon-là en est la preuve ! T'es un idiot, Amos. Mais, Dieu merci, un idiot qu'a le cœur intact.*

Le regard d'Essie se concentra de nouveau sur les garçons. Samuel se tourna vers Isaiah.

« Je te l'avais dit », soupira Samuel.

Isaiah ne répondit rien. Il regarda Salomon, assis sur ses genoux. « Pas faire ce qu'on devrait », murmura-t-il. Il sourit à Salomon, le hissa dans les airs, ce qui fit glousser le bébé, qui donna des coups de pied en mâchouillant sa propre main. Puis Isaiah le fit redescendre et ses yeux se portèrent sur Samuel.

« Désolé », dit Isaiah, murmurant toujours.

Samuel secoua la tête et s'enfonça dans les profondeurs de la grange. Devant les stalles des chevaux, il se dressa sur la pointe des pieds, mollets tendus, fesses en suspension et les bras levés comme pour tenter d'attraper quelque chose dont il savait qu'il ne pourrait l'atteindre.

Essie regarda Isaiah. « Qu'est-ce qu'il fait ? demanda-t-elle à mi-voix.

— Cet endroit est trop petit, répondit Isaiah, les yeux rivés au dos de Samuel.

— Oh », dit-elle, interprétant « cet endroit » comme « cette vie ».

Essie eut un sourire anxieux. Elle contempla le dos de Samuel. On l'avait envoyée tenter une ouverture, mais tout ce qu'elle avait réussi à faire, c'était forcer les poursuivis à pousser plus loin leur retraite. Elle se leva du tabouret et tendit les bras pour reprendre Salomon.

« Laisse-le-moi encore, dit Isaiah en se levant avec le bébé. Je te raccompagne jusqu'à la porte. »

Ils avancèrent sans hâte. « J'ai presque pas envie de le lâcher, avoua Isaiah.

— J'ai jamais ressenti ça », répliqua Essie avant de tendre les mains vers le bébé, comme ils s'engageaient sous la porte.

« Écoute, Isaiah. Viens le voir. Fais valoir ta parole. Il va sûrement pas t'écouter, mais… »

Elle les regarda, le dos de Samuel et le visage d'Isaiah, penché en arrière comme pour signaler qu'il était disposé à recevoir la gloire. Les lèvres d'Essie s'écartèrent, mais les mots restèrent sur sa langue.

Je le dirai jamais tout haut, mais je l'ai nommé Salomon parce qu'il est à moitié à moi, et à moitié pas. C'est pas horrible, ça ?

Elle fixa la bouche d'Isaiah avant de contempler le bébé dans ses bras. *Il s'est mis dedans moi que je veuille de lui ou pas. Il est sorti de moi en faisant tout le grabuge du monde. Et faut encore que ce soit moi qui m'en occupe. Faut que ce soit moi qui le fasse sauter sur mes genoux quand il pleure trop longtemps. Pendant qu'Amos reste juste assis en face de moi, à surveiller que je fasse pas ce qu'il appelle des « bêtises ». Mais avoir mon mot à dire sur ce que je suis, qu'est-ce que ça a de bête ?*

Essie sortit de la grange. Elle aperçut les cochons dans leur enclos et, pour la première fois, remarqua qu'ils avaient le même genre de pâleur que Salomon. Elle entendit la voix d'Amos : « *Mais la clôture, Essie. Souviens-toi de la clôture !* »

Pour quoi faire ? songea-t-elle. *Vu qu'elle laisse quand même passer les choses. Vu que le bois, ça pourrit. Et que les clôtures tombent. Suffit juste d'une mauvaise tempête. D'ailleurs, c'est pas de là qu'ils viennent ? Est-ce que la vérité n'est pas là, dans la manière qu'ils ont de tourbillonner et de détruire tout ce qui s'approche d'eux ? Est-ce qu'ils ne sont pas juste comme l'eau des rivières, prête à déborder quand Dieu le décide ?*

Essie tourna le dos aux enclos et se dirigea lentement vers le portail. *Je suis venue ici avec une tarte que je voulais pas cuisiner, parce qu'Amos est le mieux que je puisse faire. Il me* voit. *Vous comprenez pas ça ?*

Elle se retourna vers Isaiah et Samuel, qui n'avaient pas encore bougé. *Amos a passé un marché, même si c'est que dans sa tête à lui, un marché qui tient jusqu'ici, et je vais pas laisser tout ça s'en aller à vau-l'eau pour redevenir une poulinière. Vous étiez où, vous autres, quand j'avais besoin qu'on m'aide, hein ? Là-dedans à faire vos affaires, j'imagine. Et voilà que je porte mon fardeau dans ma chair et Amos me dit que je suis censée l'aimer, car c'est ce que le sang de Jésus demande. Maigre prix à payer, il dit. Mais qui le paie ? Ça, il le demande pas, parce qu'il sait déjà la réponse.*

Salomon tourna son regard vers Essie tandis que des larmes se formaient dans ses yeux. Elle les essuya à la hâte. Elle cligna des paupières et reprit ses esprits.

« Faites pas de bêtises, vous autres ! » cria-t-elle en marchant à reculons.

Isaiah la salua d'un geste de la main. Samuel resta immobile, pétrifié, avec un fredonnement dans l'air qui semblait à la fois venir de lui et d'ailleurs, ce qui apeura Essie. Elle fit volte-face et marcha vers le portail et se figea un instant dans l'entrebâillement. Celle-ci l'encadrait comme une image et continua de le faire quand elle eut franchi le seuil et se dirigea vers le nord.

Amos

Amos avait déjà vu des choses étranges par le passé : des bébés vivants retirés du cadavre au visage rigide de leur mère ; des hommes brisés qui parlaient tout haut aux ombres ; des corps pendus à des arbres. Un corps en particulier qui était celui d'un certain Gabriel, ami de son père. Il ne se rappelait pas grand-chose au sujet de Gabriel ; cela faisait, après tout, si longtemps. Amos n'avait guère plus de souvenirs de son père – sauf son nom, Boy, et sa silhouette éternellement courbée dans le champ, qui se découpait parfois sur un horizon rouge.

Mais ce qui demeurait clair au sujet de Gabriel, c'était la chose manquante : une motte ensanglantée jetée au pied de l'arbre. Amos se maudissait encore de l'avoir prise à tort pour un fruit gâté, d'avoir voulu la récupérer pour sa mère, afin qu'elle en fasse une tarte ou de la confiture. Jusqu'à ce jour, à la seule pensée de ce qui se serait passé alors, il refermait les bras sur sa poitrine et grimaçait de douleur.

Il était arrivé à Empty déjà adulte, la tête emprisonnée dans ce qui ressemblait à une cage d'oiseau rouillée, parce qu'une toubab en Virginie avait raconté un mensonge, et que la mort coûtait trop cher. Sans espace pour voleter, les barreaux découpaient sa vision, ne lui permettant de voir que par tranches étroites. Un visage souriant ici, un autre en pleurs là, mais impossible de relier l'ensemble à cause des obstacles au milieu. Descendre de ce chariot grinçant, enchaîné à vingt autres, en portant un gamin parce qu'il avait fait à sa mère une promesse en passant. Les chaînes en fer avaient rugi en glissant du bois vers la poussière, leurs pieds lourds soulevant des nuages orange qui les avaient tous fait tousser, tandis qu'on les poussait vers un carré de terre puis, au matin, dans le champ de coton. Tout lui était apparu sous forme de fragments : des fragments maniables et rassurants qui l'avaient amené à se dire que, peut-être, cette cage n'était pas si mal après tout. Il n'était pas bon de penser au passé car, en y pensant, on risquait de le faire surgir. Parfois, le passé était agréable. La solitude avait des mains, mais c'était bien plus que vouloir une régulière. Ces choses-là ne lui étaient même pas venues à l'esprit la première fois qu'il avait vu Essie au champ, accroupie et en nage, un foulard maintenant ses cheveux en l'air comme une colline. Ses tripes lui avaient dit qu'ils étaient faits pour se cramponner l'un à l'autre, sourire ensemble, endurer des épreuves ensemble parce que c'était là leur place : ensemble. Et rien dans la Cabane à Baise n'avait pu faire mentir ce sentiment. Si bien que quand Paul l'avait choisi, lui, parmi les neuf hommes alignés, Amos avait reconnu là un signe.

Amos soupira. Il avait vu des choses étranges, alors il fermait les yeux. La première fois que Paul avait exigé Essie, Amos avait plaidé jusqu'à s'enrouer, promis des faveurs impensables qui n'avaient fait qu'enrager Paul. C'est seulement quand Paul avait menacé de le fouetter qu'Amos s'était tu. Il ne considérait pas cela comme un acte de lâcheté, mais né de la futilité. Quand Paul était finalement parti avec Essie, Amos s'était étouffé de l'obéissance muette de celle-ci, avait buté sur cette impasse. Il avait imaginé des actions dont il connaissait le coût démesuré s'il venait à s'y abandonner, et pas seulement pour lui-même. Briser les os de Paul aurait été une formalité, mais les réduire en poudre pour la pâte qu'Amos étalerait sur son visage pour la danse, agiter un bâton et crier des mots oubliés pour invoquer des ancêtres dont il n'était pas vraiment sûr qu'ils pouvaient l'entendre : ce serait là le plus difficile, car rien ne lui garantissait qu'il ne resterait pas tout seul.

Il était resté assis dans cette cabane obscure pendant des heures. Il avait vu les ténèbres se refermer sur elles-mêmes et tourbillonner, parcourues de spasmes. Il les avait regardées tendre leurs doigts vers lui, les avait senties le frôler d'abord, puis l'étreindre et le caresser. Quand Essie avait fini par revenir – les yeux noircis de coups, les cheveux en bataille, les membres las, saignant et privée d'une partie d'elle-même –, il avait eu envie de s'occuper d'elle comme d'un nouveau-né. Au lieu de quoi il lui avait murmuré des méchancetés, en dépit du bon sens. Il n'avait pu s'en empêcher. Elle était devenue le miroir de son incompétence et Amos n'avait pas eu le courage de placer la culpabilité là où elle devait l'être.

« Les lobes de leurs oreilles trahissent toujours leurs intentions. Je sais pas pourquoi, mais c'est ainsi », avait déclaré Amos comme si cela avait une quelconque importance. Comme un parfait idiot, il avait laissé les mots tomber de sa bouche, déchiquetés d'avoir été traînés le long de ses dents, et donc tranchants contre la peau d'Essie.

« T'aurais pu le tuer », avait-il ajouté, en l'absence de réponse de sa part. Il avait eu le toupet de dire ces choses parce qu'il faisait noir et qu'il ne pouvait pas la voir. L'inspiration brusque d'Essie l'avait fait sursauter. Elle s'était sans doute arrangée pour qu'il sente le mépris dedans. Les mots qu'il connaissait, elle les avait gardés derrière ses lèvres : *Toi aussi, t'aurais pu.*

Le lendemain matin, dans le champ de coton, les mains d'Amos s'étaient courbées, mûres pour tuer (on ne parlerait pas d'homicide, car les lois ne reconnaissaient nulle humanité à ceux de son espèce). Il avait vu ses doigts toucher les épines et saigner, mais jamais ses mains ne lui avaient paru si fortes. Avec un peu de cran, il parviendrait à étrangler au moins *un* des contremaîtres, à commencer par James, sans trop d'effort. Ce ne serait pas si différent de ramasser le coton : cueillir la vie de gens tout aussi mauvais, sous le même cagnard, en se courbant, aussi, dans la douleur des os. Qu'est-ce que ça ferait de voir un autre homme tomber mort, en tribut à leur condition ? En faisant ça, Amos aurait été d'une grande aide.

Cela bouillonnait dedans lui, et troublait son esprit. Il avait caressé l'idée, l'espace d'un instant, d'étouffer James en enfournant les soixante-dix livres de coton qu'il avait ramassées jusque-là dans la gorge de cet homme. Ses lèvres s'étaient tordues en un sourire fugace.

Cent livres, finalement, alors qu'il aurait pu en ramasser le double. Mais il était important de moduler leurs attentes. Donnez-leur votre maximum, et dès l'instant où vous ne tiendrez plus ce rythme, ces idiots voudront vous déchirer le dos, vous refuser tout soin ensuite. Les éclaboussures de sang n'étaient pas leur problème, ils vous renvoyaient aussitôt au champ, tout souffrant que vous étiez, et tiraient de vous des centaines de livres de coton sous la menace d'une arme. C'était pour cette raison-là qu'Amos avait gardé son calme.

Mais il sentait cette corvée maîtrisée lui engourdir l'esprit, refermer le monde sur lui, faire basculer ciel et terre en un tout indifférencié. Il avait hâte d'allonger ses bras, d'avaler peut-être une grande bouffée d'air, mais au lieu de ça la pression, la poussée, la tension enroulée comme une corde autour de lui, comme s'il pendait d'un arbre. Juste un peu d'air, c'est tout ce qu'il lui fallait. Et il ne l'avalerait même pas par la bouche. Donnez-lui-en un peu, il l'inhalerait volontiers et le rejetterait par le nez. Ils ne sauraient même pas qu'il l'avait avalé.

Mais peut-être qu'une sorte de repos était à l'horizon.

Sept jours plus tard, il avait fait une promesse à Essie.

« Plus jamais. Je le jure. »

Quand ses vomissements du matin leur avaient fait savoir que, ventre plat ou pas, elle portait un enfant dont le papa demeurerait inconnu jusqu'à ce qu'ils voient la peau du nouveau-né, Amos s'était mis en tête de ménager un abri pour Essie. Il était en train de charger son dernier sac de coton sur le chariot qui attendait au bord du champ à l'heure où le ciel rose signalait la fin d'une morne journée, mais jamais demain ne venait. Il ôta son chapeau de paille, qu'Essie lui avait tressé de ses mains, le serra contre sa poitrine et contempla ses pieds. C'était la seule manière d'approcher un toubab, surtout lorsqu'on avait quelque chose à demander. Ils n'aimaient pas l'aplomb ; ils y voyaient de l'arrogance. Amos attendit que les autres aient entrepris la marche solennelle qui les ramenait à leurs cabanes, avachis et en nage, épuisés, le regard mort. Il espérait que la vue de leur misère rassasierait au moins en partie la malice dans le cœur de Paul, et laisserait un peu de place à la pitié, si ténue fût-elle.

Paul et James se trouvaient de l'autre côté du chariot, en train de discuter d'Isaiah et de Samuel. Amos entendit le mot « mâles » et Paul demander si James les avait bien surveillés dans la Cabane à Baise, et James répondit : « Ouais », à quoi Paul répliqua : « Alors, où sont les négrillons ? » James souffla que s'ils ne se montraient pas assez vigoureux, peut-être Paul allait-il devoir envisager de les « remplacer par n'importe quel bon nègre », mais Paul dit : « Ça n'a pas de sens de vendre les deux meilleurs. »

Amos se faufila de leur côté.

« Massa Paul », commença-t-il en s'approchant d'un pas traînant, espérant que son insolence pâlirait par contraste avec la suggestion qu'il s'apprêtait à faire. « Je vous demande bien le pardon. Je voulais guère vous interrompre. Je voulais pas écouter vos affaires non plus. Mais j'espère que vous entendrez ce que j'ai à demander : peut-être que nous autres nègres, aussi, on a besoin de Jésus ? »

C'était la première fois qu'Amos utilisait ces deux mots – nègre et Jésus –, il avait décrété que ces trahisons en valaient la peine, puisqu'il avait déjà donné sa parole à Essie, au septième jour. Paul souleva son chapeau et dévisagea James.

James laissa échapper un gloussement, ôta son chapeau, il s'éventa avec et chassa quelques mouches.

« Cousin, on dirait qu'un verre vous ferait pas de mal. »

Amos avait fixé leurs dos tandis qu'ils s'éloignaient de lui en direction de la grange, empoignaient les rênes des chevaux qu'Isaiah leur avait apportés, se hissaient en selle et partaient ensemble, le laissant planté seul au milieu du coton. Sa question en suspens au-dessus de sa tête.

Il avait assez de jugeote pour ne pas insister. Alors il avait attendu. Sa patience paya : deux semaines ne s'étaient pas écoulées que Paul l'envoya chercher. Amos allait contourner la Grande Maison pour entrer par l'arrière, mais le messager, Maggie le guida vers l'escalier principal. De manière générale, les gens n'étaient pas autorisés à mettre les pieds dans la Grande Maison, sans parler d'emprunter l'entrée habituellement réservée aux toubabs. À part Maggie, Essie et quelques autres, les gens prenaient soin de respecter la frontière matérialisée par l'escalier qui menait aux immenses portes. À cause de cette frontière, chacun avait l'espace d'imaginer ce qu'il y avait à l'intérieur. Certains pensaient qu'il s'agissait peut-être d'une grotte ou d'un canyon. D'autres, que c'était sans doute la fin. Amos, lui, déclarait : « Nan. Rien que de l'avidité, je pense. » Il avait raison. Mais pas parce qu'il avait un don de voyance, du moins pas encore. C'était parce qu'il avait été un si bon témoin pour Essie.

Durant les mois qui avaient précédé la destruction de leur félicité, Essie avait confié à Amos que la Grande Maison était trop vaste pour trois personnes et qu'ils accrochaient des têtes d'animaux aux murs comme si c'était de l'art. « Juste à côté de leurs têtes à eux, et on voit pas la différence », avait-elle ajouté dans un doux gloussement.

Elle n'aurait pas imaginé, disait-elle, que trois personnes puissent mettre une telle *pagaille* qu'il fallait des jours pour nettoyer. Encore et encore, ils exigeaient l'ordre pour tout mettre ensuite sens dessus dessous, avant de mieux exiger l'ordre. Elle disait que des personnes aussi féroces ne méritaient pas des lits si doux, même si elle accordait à Timothy le statut d'exception car il semblait d'un naturel gentil.

Essie n'avait jamais vu tant de chandelles allumées à la fois, disait-elle, la lumière douce émanant de toutes parts, projetant les ombres les plus joyeuses sur chaque mur, qui grandissaient et grandissaient jusqu'à ce que, étrangement, elles deviennent menaçantes. Ce qui lui envahissait l'esprit alors, et celui de Maggie aussi, pensait-elle, c'était qu'il aurait suffi d'une petite tape pour faire basculer l'une de ces bougies, et l'incendie qui en résulterait débuterait aussi comme une splendeur avant de virer à la tragédie.

Paul se tenait debout au pied de l'escalier. Il gravit lentement les marches, se retournant de temps à autre pour regarder un Amos stupéfait, perdu dans les pensées qu'Essie avait plantées dans son esprit. Il ne s'était jamais approché à ce point de la Grande Maison. Les quatre colonnes blanches de la façade n'avaient jamais paru si gigantesques. Il avait peur de faire un pas de plus. Il avait la sensation distincte, au niveau de sa nuque, qu'une fois franchies ces colonnes, il ne pourrait peut-être plus jamais ressortir.

En un sens, il avait raison. Planté là au pied des marches, entre les deux pots de pierre remplis de roses rouges qui leur servaient d'ancres, il se demandait s'il n'avait pas commis une terrible erreur. Le soleil était en train de se coucher derrière lui. Il ne voyait pas la teinte d'un orange sanglant qu'avait prise son dos sous la lumière faiblissante de l'astre. Il avait eu bien d'autres couleurs par le passé : noir, violet, rouge, bleu, mais en cet instant, son éclat de miel était assez chaud pour donner l'impression qu'il ne souffrait pas.

« AMOS ! »

Le ton sec de Paul choqua Amos, le ramenant brusquement à la réalité, et il grimpa les marches deux à deux, prenant soin de rester courbé, et derrière.

« Je vous demande pardon, m'sieur. »

Il se demanda s'il fallait ajouter un compliment, dire à Paul qu'il s'était laissé prendre par la beauté de la maison. Le blanc n'était pas immaculé ; Amos remarqua que la peinture s'écaillait par endroits, et que des taches de moisissure envahissaient la base du mur, là où il rencontrait le sol. Et juste à cet instant, deux feuilles tombèrent du ciel et raclèrent le sol du porche d'entrée avant de s'immobiliser au pied d'une paire de fauteuils à bascule en chêne. Mais les fenêtres étincelaient et les volets qui les encadraient étaient assez délicats pour le faire douter que quoi que ce soit d'horrible pût arriver derrière. Le lierre aurait-il enlacé de la sorte une amante trompeuse ?

Une fois que Paul aurait franchi le seuil, Amos savait qu'il n'aurait d'autre choix que de le franchir à son tour. Il était encore temps de faire demi-tour. Cela lui coûterait un peu de peau, mais on en guérissait. C'était peut-être pour cette raison que les toubabs continuaient de commettre tous ces actes de cruauté : les gens semblaient capables de les encaisser, de les supporter, de subir et d'assister à toutes sortes d'atrocités, et d'en sortir en apparence indemnes. Enfin, hormis les cicatrices. Ils en étaient recouverts comme les arbres, d'écorce. Mais ces cicatrices-là n'étaient pas les pires. Celles qui ne se voyaient pas : c'étaient celles-là qui balafraient l'esprit, étouffaient l'âme, et vous laissaient planté dehors, sous la pluie, nu comme au premier jour, à supplier les gouttes de ne plus vous toucher.

Avec toute la déférence qu'il put rassembler, il enjamba le seuil et se sentit soudain petit et malpropre. S'oubliant un instant, il leva les yeux. Même en se dressant sur la pointe des pieds, il n'aurait pu atteindre le plafond. Il eut beau essayer, il ne put repérer la moindre trace de saleté où que ce fût.

« Plus vite, ordonna Paul, l'interrompant dans ses pensées. Pourquoi êtes-vous tous si lents ? »

Mais Amos n'aurait pu aller plus vite sans percuter Paul ou, pire encore, se retrouver à sa hauteur, ce qui était aussi un crime. Si bien qu'Amos se mit à piétiner, transformant chacun de ses pas en deux plus vifs mais plus courts. Cela parut satisfaire Paul.

En périphérie, Amos aperçut Maggie en train d'épousseter un meuble, une chaise garnie d'un coussin avec une scène brodée dessus. De là où il se trouvait, Amos eut l'impression qu'il s'agissait d'une représentation du champ de coton des Halifax, en plein midi, quand le soleil était à son zénith et les ramasseurs surveillés de très près, quand la gorge menaçait de lâcher et de s'effriter faute d'eau, et que pourtant les contremaîtres vous regardaient comme si faire une pause naturelle, si humaine, était impensable, vous rappelant que cela aurait pu être pire : vous auriez pu être en train de couper la canne, avec un risque accru de membres amputés ; vous auriez pu vous retrouver sur les quais avec des hommes qui n'avaient pas vu la civilisation depuis un bon moment et ne savaient plus différencier un trou de l'autre ; vous auriez pu être en train d'extraire de l'indigo, besogne qui marquerait à tout jamais vos mains comme des outils. Ou bien vous auriez pu appartenir à des médecins qui avaient besoin, plus que tout, de cadavres. Tout ça pour dire : estimez-vous heureux d'être ramasseurs de coton et réchauffeurs de lit à l'occasion. Cela pourrait être pire.

Amos se demanda si c'était à lui que Maggie adressait ses œillades courroucées. Leurs interactions n'avaient pas été suffisantes pour qu'il mérite de tels égards. Maggie était amie avec Essie, elle devait donc savoir qu'il faisait tout cela pour elle.

Maggie ne comprenait-elle pas que l'humiliation présente d'Amos serait plus tard sa dignité ? Elle regretterait alors ces regards dont elle le gratifiait alors qu'il emboîtait le pas à Paul vers la pièce dont la porte était, pour le moment, fermée. Elle serait émerveillée par son plan, une fois qu'il l'aurait clairement exposé. Oui, il s'agirait là d'un accord tacite, à défaut d'être explicite : en échange d'un apprentissage de la voie du Christ, ce qui supposait de recevoir un enseignement interdit par la loi, Amos ferait en sorte que la docilité soit préférée à la rébellion ; les récompenses terrestres, si seulement elles existaient, ne faisaient pas le poids face aux célestes. Aucune lame ne serait jamais brandie contre le maître ou la maîtresse, où que ce soit, dans l'enceinte d'Empty.

En outre, la désobéissance serait également bannie. Et l'obstination d'Isaiah et Samuel était-elle autre chose que cela, après tout ? Les jeunes filles qu'on leur donnait n'avaient aucune tare ; Paul en avait déjà fait la preuve. Il était impossible qu'ils soient *tous les deux* infertiles. C'était donc forcément volontaire, une entreprise délibérée pour contrarier les plans de Paul visant à les multiplier à sa guise. Comme s'ils croyaient que la lignée devait prendre fin avec eux et qu'ainsi, ils épargneraient au sang de leur sang les épreuves, quelles qu'elles soient, qu'ils pensaient endurer eux-mêmes.

Ah ! Gloire à Dieu ! Ce à quoi le fouet ne pouvait remédier, Jésus s'en chargerait. Et c'était là une bonne chose !

Mais ce n'était pas tout. Dans les espaces vides de la lettre résidait l'esprit. Et celui-ci avait son poids. Amos savait que la réussite lui assurerait une certaine influence. Pas *trop* ; ne jamais croire qu'un toubab puisse être aussi effrontément remodelé ; surtout par un nègre. Toute influence devait revêtir l'apparence d'une confirmation. Et ce dont Amos obtiendrait confirmation, tôt ou tard, c'était que Paul n'avait plus besoin d'Essie. Alléluia.

Pour accorder à Paul la bénédiction qu'il désirait, un Amos nouvellement baptisé épouserait Essie. Un simple saut au-dessus du balai, comme Amos l'avait vu faire, enfant, dans le cercle des proches. Il devait d'abord, évidemment, demander sa permission à Paul. Ces traditions-là obéissaient à des règles strictes et ne pouvaient se dérouler qu'avec l'approbation du maître du manoir. Et même si leur cérémonie ne serait jamais aussi prodigieuse que celle d'un toubab – il n'y aurait ni chevaux ni trompettes, pas d'habits impeccablement taillés, nul invité venu de loin pour se joindre aux réjouissances, et les parents d'Essie ne seraient pas là pour accorder sa main car il se trouvait qu'on les avait eux-mêmes cédés ailleurs –, il n'existait pas meilleur décor que les eaux de la rivière des Yasoux se précipitant, tout sauf au hasard, à la rencontre du grandiose Mississippi avant, finalement, de se joindre à lui dans son long voyage jusqu'au golfe du Mexique.

Ce fut cette ultime pensée, et non la porte s'ouvrant sur le bureau privé de Paul – une pièce tapissée, de part et d'autre, du sol au plafond, de livres reliés –, qui lui coupa le souffle. Même si Paul sourit en prenant, interpréta Amos, cette inspiration brusque pour un hommage à la grandeur de l'endroit où tous deux venaient de pénétrer. Dans un geste théâtral, Paul passa derrière un bureau sombre en bois d'érable sur lequel étaient disposés des papiers en piles bien nettes, et, sur la droite, un flacon d'encre sur le bouchon duquel était posé avec soin un stylo. Paul s'assit et fit signe à Amos de s'approcher. Broyant son misérable chapeau entre ses mains, le froissant comme s'il s'apprêtait à le jeter, Amos avança de quelques pas timides sans quitter des yeux le plancher, tandis que Paul allumait une bougie plantée dans un chandelier de cuivre.

« Dis-moi ce que tu sais du Christ », lança Paul, d'une voix plus forte que nécessaire.

Amos savait que Paul aimait s'entendre parler, qu'il était stupéfait par l'effet de sa propre voix et que les enjolivements permis par les références bibliques l'encourageaient à discourir sans faire aucun cas des désirs de son auditoire. Essie lui avait raconté comment Paul monopolisait les oreilles de ses invités lors des fêtes que Ruth et lui donnaient parfois. C'était à ces occasions qu'il faisait venir le plus de gens dans la Grande Maison, les habillait des meilleures livrées en vue d'impressionner ses hôtes, qui voyaient de la beauté dans tout ce linge blanc sur des chairs noires.

Yeux écarquillés, bouche bée, ce contraste semblait leur apporter un étrange réconfort.

Mais tous, disait Essie, ils en étaient témoins. La manière dont les invités de Paul se mettaient à bâiller et à rouler de gros yeux, à sortir leur montre de leur poche en prétendant être attendus ailleurs, autant de signes qu'ils en avaient bien assez entendu. Mais rien de tout cela n'arrêtait Paul. Tant qu'ils se trouvaient dans sa maison, l'honneur les obligeait à être captivés par les mots que le Seigneur Lui-même plaçait dans sa bouche.

Amos remarqua autre chose encore : combien Paul se délectait de pouvoir enchaîner ces mots d'accumulation, de domination et de piété dans sa langue maternelle. Amos l'envia – ce n'était pas la première fois. Ce devait être quelque chose, de se lever chaque jour et de saluer le matin dans la langue de la mère de la mère de votre mère… Ou même de savoir qui était la mère de la mère de votre mère, bon sang !

« Ce que j'essaie de te dire, nègre, c'est que le voyage que tu t'apprêtes à entreprendre n'a rien d'une quête futile. Si tu es appelé, tu prêteras allégeance au Tout-Puissant et ta loyauté me sera acquise à tout jamais, car c'est moi qui l'aurai permis. »

Amos enfonça son menton plus profondément dans sa poitrine et marmonna : « Oui, Massa.

— Que dis-tu ?

— Oui, Massa, m'sieur », répéta Amos, plus fort, ses mains s'agitant à présent le long de ses flancs.

Ce n'était pas la première fois qu'il ressentait un élancement au creux de son estomac, qu'il s'était toujours efforcé de ne pas interpréter comme une défaite. Être planté là, front forcément courbé devant l'homme qui avait gâté celle qui bientôt sauterait par-dessus le balai en lui tenant la main – non, qui l'avait gâté, *lui* ! L'acte que Paul avait commis était un crime contre sa propre humanité, et nul habit expertement taillé, nulle diction bien articulée n'y pourrait rien changer. Pas plus que les représentations soigneusement encadrées de lui et des siens – tous fixant le spectateur, ravalant leur sourire, avec la « dame », comme ils l'appelaient, assise, en vertu de son droit, flanquée de son mari et de son fils, comme si leur rôle consistait à la protéger contre quiconque les contemplait. Cette peinture, narguant celui ou celle qui posait les yeux dessus, était accrochée au-dessus d'une cheminée qui avait l'audace de rugir en plein mois d'août.

Nan. Toutes ces foutaises ne le sauveraient pas. Ni les piles de pièces, ni les promesses de paiement, ni les chariots remplis de gens, ni les acres et les acres de terre où reposaient des morts et des mourants mais qui demeuraient pourtant d'un vert charmant. Rien de tout cela ne conférerait à Paul la moindre immunité face à ce qui l'attendait et qu'il méritait bien, si toutefois Amos parvenait à investir pleinement son rôle ; s'il s'y jetait à corps perdu, au point de s'abandonner à cette chute, de devenir cette chute même, filant sans ailes jusqu'au fond, tout au fond, si cela s'avérait nécessaire pour écarter Essie du centre de la cible. Courber le front, donc, oui, courber le front. Que la furie de Paul voie là où la couronne devait se poser.

Pendant des mois, Amos avait appris de Paul, mot après mot, ce que Paul appelait « le livre de la création et la source des noms ». Le soir, Amos partageait avec Essie une partie de ce qu'il avait appris, et parlait aussi à son ventre pour s'assurer que leur enfant saurait. Essie était fascinée par tout cela, car jamais elle n'avait entendu ces histoires racontées de la sorte. Amos se rendit compte qu'il savait donner aux mots un rythme dont Paul était incapable. Cela lui plut. C'est alors qu'il commença à se sentir élevé.

Il avait presque atteint le sommet quand Essie donna le jour à leur désillusion. À peine eut-il vu la peau du bébé qu'Amos sut son origine. La sage-femme pleura ; l'enfant cria ; et Essie hurla « Salomon ! ». Amos recula, inspira profondément, puis il relâcha tout d'un coup.

Il s'assit à côté d'Essie. Il comprenait ce qu'elle suggérait là, lui qui ne connaissait que trop bien cette histoire. *Couper un enfant en deux ?* « Non, m'dame. Désolé. On peut pas. On peut pas commettre ça sans te faire courir grand danger. Crois-moi. Je le sais. »

Presque au sommet, mais ces doubles cris, jour et nuit, avaient ramené Amos tout en bas. Quand les rêves étaient apparus, Amos ne leur avait trouvé ni queue ni tête. L'éclair, les hurlements du vent, le tonnerre, le chant étrangement amplifié, les couleurs, les silhouettes incertaines, le tournoiement, la musique – comme un grand tourbillon. Tout cela le plongeait dans la confusion. La chute, il la reconnaissait : c'était ce qu'il s'était promis de faire. Mais il s'était imaginé tomber en avant, comme au bout d'une longue journée, à portée de la paillasse, de telle sorte qu'on pouvait tendre les bras et éviter de se faire mal. Cette culbute vers l'arrière était inattendue. Les bras tendus n'offraient aucune protection. Voilà qu'Amos battait des pieds en hurlant dans ce blanc aveuglant où aucun écho ne lui revenait, pas même celui de sa voix.

Quelqu'un vivait bel et bien dans les nuages, quelqu'un qui avait à présent changé le monde en cette même couverture de brume dans laquelle Amos se voyait tournoyer. Ce quelqu'un n'était pas invisible, non : il avait donné au monde sa propre couleur, et s'y camouflait juste. Amos savait qu'il suffisait d'attendre. S'il était déterminé dans sa patience, ce quelqu'un finirait par frissonner, révélant, fût-ce un bref instant, l'endroit précis de sa présence, où Amos pourrait trouver un refuge à sa stupidité, aussi doux que du coton. Alors, en chœur, ce quelqu'un dirait son nom.

Mais de chœur, il n'y en eut guère. Amos n'entendit qu'une voix solitaire, dure, comme si on l'avait traînée sur du gravier ou qu'elle avait gelé. Quand elle dit son nom, Amos sentit son sang se glacer.

Il se réveilla : poisseux, en nage, pris d'un vertige ; le souffle court ; la gorge sèche, affamé ; sa voix, un croassement rauque ; trop épuisé pour faire le moindre geste. Mais il avait été touché. Sur son visage, il y avait un savoir qu'il ne possédait pas avant, une certitude et une vision lui avaient été conférées à travers cette communion avec ce sens dessus dessous déconcertant qui se présentait à lui dans son inconscience. Impossible d'en interpréter le sens, mais Amos comprit confusément qu'il pouvait être un conduit par lequel cette compréhension serait transmise à d'autres. Le moment venu, les forces mystérieuses qui communiquaient avec lui le feraient à travers lui. Ce parler en langues était la marque de l'esprit. La consécration des miséreux, en dépit de tout le reste. Amos savait que Paul n'avait jamais connu semblable expérience. Cela appartenait à Amos, et lui seul.

Essie dormait à ses côtés, et il posa sur elle son regard nouveau, suivant le moindre frisottis, la moindre boucle sur son crâne, les nattes noir de jais qui tapissaient sa nuque avant de céder place à la courbe du dos. Il distinguait les bosses de ses vertèbres qui menaient à la splendeur qu'elle seule possédait, ce cadeau qu'Amos espérait de sa propre transformation : qu'Essie puisse récupérer ce qui lui appartenait de droit et se rende à elle-même sous les yeux d'Amos, tandis qu'il réciterait un psaume.

Lors du premier sermon, Amos s'adressa aux quatre personnes qui avaient eu la force de se lever en ce jour de repos. Amos avait demandé la permission à Paul de se réunir en ce lieu situé juste au-delà du champ de coton, mais qui se trouvait encore sur les terres des Halifax. Paul avait envoyé James les surveiller.

Amos grimpa sur le rocher, qui se dressait telle une montagne. La lumière et l'ombre le frappèrent en même temps. À compter de cet instant, les gens ne purent détacher leurs regards de lui.

« Qu'est-ce que Dieu donnerait pas contre un pichet de limonade… », leur dit-il en se tamponnant le visage avec un linge déchiré, plié en deux pour absorber la sueur qui perlait à l'orée des cheveux.

« Ou de bon bouillon, répliqua Un Homme Appelé Grinchu, et tous éclatèrent de rire.

— Vous n'êtes pas votre corps, déclara doucement Amos à ces gens, tandis que James, armé, les observait, debout sous le baldaquin d'arbres.

— Que veux-tu dire ? demanda une femme nommée Naomi. Moi, je suis mon corps, pour sûr. Mes cicatrices et mes mains fatiguées le prouvent bien. »

Amos sourit et s'approcha d'elle. Il lui toucha le bras, qu'elle contempla l'air suspicieux. Puis il posa son autre main sur la poitrine de la femme, sentit les battements de son cœur sous sa paume et secoua la tête. Il se redressa brusquement et frappa dans ses mains. Il leva les yeux vers le ciel au-dessus de lui, par-delà les arbres, puis ferma les yeux pour écouter la voix intérieure qui n'était qu'un murmure, un incessant murmure trop bas pour troubler le silence, silence dont il avait besoin pour pouvoir l'écouter. Il fallait tout suspendre, même le bruissement de son souffle, pour pouvoir absorber les mots chuchotés qui, il en était certain, provenaient du centre de tout, là où le brouillard n'avait qu'à frissonner pour lui indiquer l'emplacement de la cache.

Il rouvrit les yeux et les posa sur Naomi, assise à ses pieds.

« M'dame, j'ai de bonnes nouvelles pour toi. »

Comme si elle avait entendu la voix murmurée, Naomi porta une main à sa joue.

À l'orée de la clairière, James ôta son chapeau. Il posa son fusil et s'appuya dessus comme sur une canne. Assez fort pour qu'Amos entende, il grommela :

« Ben ça alors, que je sois damné… »

« LA TARTE VOUS A PLU ? »

La question d'Amos s'éleva comme un nuage de poussière et resta suspendue dans l'air quelques instants, avant que la brise s'en empare et la souffle par-dessus l'épaule d'Isaiah. Isaiah et Samuel se tenaient bras contre bras à l'entrée de la cabane d'Amos et Essie. Leur posture frappa Amos comme guerrière, mais il n'avait pas peur. Derrière eux, un tissu bleu tendu dans l'encadrement de la porte empêchait le soleil d'entrer. Mais il avait également pour effet de plonger leurs visages dans l'ombre, et Amos n'en distinguait que de vagues détails : lèvres, yeux brillants et pas grand-chose d'autre, ce qui importait peu car leur noirceur, que l'intérieur de la cabane ne faisait que magnifier, était assez réconfortante en soi.

« Essie sait cuisiner, pas vrai ?

— Vous attendez quoi de nous ? » demanda Samuel d'une voix étouffée mais grave.

Amos, assis, entrecroisa les mains, pressa ses lèvres l'une contre l'autre et ferma les yeux.

« Faut parler clairement, Amos », insista Samuel.

Amos ouvrit les yeux et le dévisagea. « C'est on ne peut plus simple : que vous donniez des bébés au Massa. »

Samuel se pencha en avant, approchant son visage de celui d'Amos. Il parut l'étudier, y chercher quelque chose. Quand il l'eut trouvé, il haussa un sourcil.

« Il vous a promis quoi ? Des victuailles en plus ? un passe pour la ville ? des papiers d'homme libre ? Dites-moi quand un toubab a jamais tenu sa parole… »

Amos sourit. Il se redressa sur sa chaise et hocha la tête.

« La fille de Be Auntie, Puah, a tout juste l'âge, tu sais, dit-il. Avec elle, tu pourrais donner au Massa des enfants bien robustes. »

Isaiah se tourna vers Samuel, dont les yeux nerveux parurent communiquer sans mots. Amos les fixa bien droit.

« Vous en dites quoi ? » demanda-t-il. Ni Samuel ni Isaiah ne répondirent.

« Je comprends pas pourquoi vous autres, vous rendez tout si difficile, dit Amos d'un ton nonchalant. On vous demande pas des choses qu'aucun homme ait dû faire avant. Qu'est-ce qui vous rend si différents ? »

Silence.

Isaiah regarda Samuel. Samuel grogna.

« Pourquoi vous nous servez toutes ces sornettes, Amos ? »

Amos vit Samuel rester immobile un instant, puis se ruer dehors, se pencher, et ramasser la pierre la plus proche qu'il put trouver. Elle était de taille modeste, plus petite que la paume de sa main, et s'y calait parfaitement. Samuel revint dans la cabane. Il leva le bras et jeta la pierre sur Amos, ratant de peu la tête. Volontairement, car d'aussi près, pas moyen de manquer la cible. Amos bascula pourtant en arrière, s'effondra par terre puis se releva précipitamment, mais ne fit pas un geste en direction de Samuel. Isaiah toucha le bras crispé de Samuel, et Samuel se dégagea brutalement avant de se précipiter à nouveau hors de la cabane, laissant Isaiah seul avec Amos.

Amos épousseta son pantalon. Il laissa échapper un petit gloussement avant de marcher vers Isaiah.

« Sacré caractère çui-là, hein ? Faudra que tu lui apprennes à contrôler tout ça. Sinon, le fouet s'en chargera. »

Isaiah ne dit rien. Amos posa la main sur son épaule. Isaiah regarda la main d'Amos. Il la délogea, mais doucement, sans animosité. Il ne regarda pas Amos en le faisant. Il fixait l'endroit où, au lieu d'une porte, il n'y avait qu'un drap bleu. Amos se déplaça dans son champ de vision. Il pencha légèrement la tête de côté et planta son regard dans celui d'Isaiah.

« Tu te souviens, pas vrai ? Le chariot. Tu te souviens ? » Amos était courbé. Il tendit les bras comme s'il portait, non, comme s'il y berçait un enfant. Il n'y avait rien là, mais il y avait quelque chose.

Les yeux d'Isaiah s'écarquillèrent ; sa bouche s'ouvrit sans produire aucun son, d'abord. Puis :

« C'était vous ? dit-il, sa voix tremblant lorsqu'elle forma enfin des mots. Je comprends pas. Pourquoi vous me l'avez jamais dit ? Pourquoi vous avez attendu si longtemps ? »

Isaiah s'approcha d'Amos. Amos campa sur sa position.

« Je…

— Vous m'avez dit que vous alliez me dire mon nom. Vous avez parlé d'une promesse. Vous avez parlé de ça.

— J'attendais que t'aies l'âge d'être un homme. Je voulais pas gâcher une chose pareille, si tôt. Ç'aurait été trop gros à porter pour un gamin.

— Vous saviez que c'était moi et vous avez rien dit du tout ? » s'étrangla Isaiah.

Amos posa de nouveau la main sur l'épaule d'Isaiah. « Je savais que c'était toi et j'avais en tête de te le dire quand ce serait le bon moment.

— C'est le bon moment, là, non ? Alors, dites-moi.

— Quand tu l'auras mérité, je te le dirai.

— Lequel des deux ? L'âge d'homme ou quand je l'aurai mérité ? Vos mots sont glissants.

— Viens dans les bois dimanche, répondit Amos au bout d'un moment, laissant tomber les bras le long de son corps. Fiston.

— Mon. Nom ! » cria Isaiah.

Les larmes s'étaient frayé un chemin. Il y avait à présent des traînées sur ses joues. Elles ne procurèrent nulle joie à Amos, mais celui-ci sourit. *Il y a donc moyen d'atteindre Isaiah*, songea-t-il.

Isaiah demeura silencieux. Son regard retourna se poser sur le tissu bleu, qui frémissait légèrement dans la brise.

« Je sais davantage que ton nom, dit Amos. Parle à Samuel, au sujet de Puah. Et on va te trouver quelqu'un. Mais pas Essie. Plus maintenant. »

Isaiah regarda Amos comme s'il était incapable de formuler une réponse. Il ferma les yeux. Amos le regarda, tandis qu'il étouffait un pacte avec le désespoir. Mais le son, pas aussi doux qu'un chant d'oiseau ni aussi tonitruant qu'un orage de midi, se faisait entendre, tapi quelque part entre les deux hommes, et Amos éprouva soudain un désir du lieu d'avant – la Virginie. Cette envie était déplacée. Il n'était pas chez lui là-bas, ici non plus : pas sur ce rivage-ci, à coup sûr, mais où exactement, il savait qu'il ne le saurait jamais, et la douleur résidait là.

Isaiah ouvrit les yeux.

La bouche d'Amos s'entrebâilla, comme pour murmurer ou embrasser, sa langue remuant derrière ses dents. Puis il la referma brusquement. Que n'aurait-il donné pour que sa douleur, aussi, s'apaise. Il secoua la tête et laissa échapper un souffle plein de frustration.

« Puah. Et on te trouvera quelqu'un. Mais pas Essie. »

Isaiah sortit de la cabane. Il baissa la tête un instant. Amos vit à ses épaules voûtées que l'enfant qu'il avait soulevé jadis ployait à présent sous son poids à lui, qui l'entraînait vers le bas. Et cela avait beau être nécessaire, Amos ne s'en sentit pas moins un peu brisé lui-même. Soudain, Isaiah se mit à courir en direction de la grange, disparaissant derrière les nuages de poussière que ses pieds soulevaient. Alors, ce fut au tour d'Amos de contempler le drap bleu qui se balançait doucement dans une brise trop légère.

Quelques jours après que Samuel avait manqué lui ouvrir le crâne avec une pierre, Amos marcha, sans guère plus qu'une vague appréhension, jusqu'à la grange. Il pria tout du long, sans prêter attention aux enfants qui jouaient dans les mauvaises herbes ni aux gens qui le saluaient quand il passait devant leurs cabanes. Ils allaient devoir lui pardonner son impolitesse. Quand il atteignit la clôture de la grange, il aperçut Samuel et Isaiah agenouillés près de la porte, un seau de pâtée posé entre eux. Amos refusa de se laisser séduire par leur éclat.

« Vous venez faire votre devoir ? » leur cria Amos, souriant, tandis qu'il se glissait entre les lattes de la clôture et allait à leur rencontre. Ses yeux se posèrent sur l'un des garçons, puis l'autre, tous deux abandonnant ce qu'ils étaient en train de faire pour se tourner vers lui. Le regard d'Amos se fixa sur Isaiah.

Samuel laissa un peu d'air siffler entre ses dents, puis se concentra de nouveau sur le seau.

« 'Zay m'a dit ce que vous lui avez dit, ce que vous voulez pas lui dire. Je vous démolirais volontiers, ici même. » Samuel plissa les yeux et se tourna vers Amos, se leva et serra les poings. « Dégagez de là. »

Amos fit trois pas en arrière. « Vous êtes jeunes, vous autres, dit-il. J'essaie pas seulement d'être dans *vos* bonnes grâces, mais dans celles de *tous.* » Ses mains imploraient ; elles *imploraient.* « Rien qu'une fois. Tous les deux. Une fois, c'est tout.

— Où a-t-on vu que c'était qu'une fois ? rétorqua Isaiah. Demandez à Essie. »

Amos reçut ce coup au creux du ventre. Il ferma les yeux. Il battit en retraite en lui-même, avec l'espoir d'en ressortir avec quelque chose de plus propice à l'apaisement.

« Vous êtes en train de me dire que vous préférez qu'on soit tous battus, accablés, vendus, peut-être même enterrés, tout ça parce que vous voulez pas plier juste un peu ? » Puis il ajouta, mais pas avec ses lèvres : *Vous savez donc pas que tous autant qu'on est, on doit bien plier, pas le choix, si on veut avoir tant soit peu de quelque chose qui ressemble à la sérénité ? Personne aime donner au Massa ce qu'il demande, mais on aime encore moins lui donner une raison. Et vous autres, là, êtes en train de lui donner toutes les raisons du monde. Avant de trouver Jésus, je vous comprenais. Je sentais la gloire de tout votre temps passé ensemble, et ça me réjouissait. Mais maintenant on m'a ouvert les yeux et je vois, je vois. J'ai chuté pour ça. J'ai chuté et j'ai signé mon pacte pour qu'Essie ait droit à un peu de calme et moi aussi, et puis vous autres. Prenez-le. Pourquoi vous voulez pas le prendre ?*

Oui, même en cet instant, il voyait la réalité frissonner entre ces deux-là. C'était comme la plus fine des toiles d'araignée avec de minuscules gouttes de rosée tremblotant sur ses fils, des fils brusquement arrachés puis rebâtis en un clin d'œil, mèches délicates étrangement plus solides qu'il n'y paraissait, et qui soutenaient le poids d'un orage de pluie avant de finalement céder, offrant une vue sans obstacles. Mais aucune raison d'être triste, car le matin, après la pluie, tendait en offrande sa beauté, dont l'odeur d'épervière n'était qu'un avant-goût.

Ni Isaiah ni Samuel ne purent répondre à cette question muette, même si Samuel donnait l'impression d'être sur le point de s'agenouiller. Mais non, rien. Samuel retourna à son seau. Isaiah se leva, alors, et vint plus près d'Amos.

« Mon nom. S'il vous plaît », dit-il, et il étira ce dernier mot, faisant tressaillir sa lèvre du bas.

Samuel tendit le bras et donna une petite tape sur la main d'Isaiah, puis secoua la tête. « Supplie pas comme ça.

— Faut que chacun lave les mains de l'autre, fiston. Ça peut pas être juste l'un de nous », déclara Amos en fixant Isaiah.

Isaiah se mordit la lèvre et entra dans la grange.

La poitrine de Samuel se gonfla brusquement et Amos songea que c'était peut-être l'empoignade à laquelle, cette fois, il était prêt. Mais non. Samuel se contenta de suivre Isaiah à l'intérieur, ne laissant pour seule compagnie à Amos que le seau.

Isaiah et Samuel avaient disparu dans la grange. Mais l'endroit, dehors, où ils étaient agenouillés l'instant d'avant demeurait couvert par leurs ombres.

Il savait que c'était mal, car ce qui se passait dans la Cabane à Baise devait rester enfermé là-dedans et y être brûlé, mais il avait quand même interrogé Essie au sujet d'Isaiah et, comme chaque fois, la réponse d'Essie avait été de ne pas lui en donner. Elle s'était contentée de sonder Amos de ses grands yeux, grands à force de garder dedans les choses qu'ils secrétaient, et malgré ça, tout ce qu'Amos voulait, c'était la protéger, la laisser être elle-même.

Elle dormait profondément à ses côtés maintenant, éreintée par le travail du champ. Il contemplait son visage luisant. Belle comme elle était, Amos trouvait insensé qu'Isaiah et elle aient pu partager une camaraderie qui n'avait rien produit d'autre que des murmures et des rires. Que lui-même mette un certain temps à faire ce qu'il avait à faire, Amos pouvait le comprendre. Il était plus vieux. Des cheveux gris délimitaient désormais les contours de son cuir chevelu. Les hommes âgés n'étaient parfois plus aussi virils que dans leurs jeunes années. Si Paul lui avait laissé un peu plus de temps, Essie et lui auraient donné autant d'enfants qu'il en voulait. Mais le temps de Paul – le temps des toubabs – défilait autrement ; il était aussi rapide qu'imprévisible.

Essie n'avait pu rapporter les bonnes nouvelles, et Amos comprenait. Enterrer leurs espoirs, alors, dans le sol sauvage de la Cabane à Baise. Il n'était pas sûr de pouvoir les retrouver, même armé d'une pelle au milieu de la nuit, mais il devait essayer, pour elle. Il n'avait pas le choix.

La grange était plongée dans l'obscurité. À l'intérieur, il n'y avait que les chevaux et deux ombres tordues par terre. Deux ombres ! Entortillées à même le sol. Oui, Amos avait vu des choses étranges. Mais ça – ça dépassait tout !

Il fut abasourdi par l'évidence de la chose, par la facilité avec laquelle elle avait pu être ignorée par ceux qui n'étaient pas assez curieux pour chercher la réponse juste sous leur nez, car la réponse, même une fois révélée, demeurait impossible à croire.

Il avait d'abord cru que leurs affinités n'étaient que dangereuses, sachant qu'il n'était jamais sage pour deux personnes d'être si proches, en tout cas pas ici. Même Essie, Amos ne l'enlaçait que d'un bras, *jamais plus*. L'autre devait rester libre pour pouvoir pleurer dans son creux quand la chaleur d'autres corps cédait la place au froid. Ce que signifiait vraiment l'intimité particulière de Samuel et Isaiah ne lui était jamais venu à l'esprit, jusqu'à ce que le voile se lève, et le monde tout à coup n'en était que plus clair pour lui.

En l'absence de femme, Amos comprenait la nécessité de se contenter d'une main, d'une truie ou, en dernier recours, à contrecœur et en préservant la dissimulation, de se tourner vers la malpropreté d'autres hommes. Ce qui était chaud était chaud et la libération, chez l'homme, toujours urgente, sauf dans la mort. Mais ne pas éprouver de désir pour les femmes, déjà, ne présenter absolument aucune réaction physique à leur présence, surtout, et choisir volontairement un homme pour vous bercer gentiment jusqu'au sommeil, alors même que les femmes étaient aussi douces et abondantes que le coton…

Amos secoua la tête pour effacer l'image de son esprit. Un homme sur une femme : ce n'était pas seulement conforme au Christ, c'était le plus sensé, non ? Il posa cette question, mais de manière purement rhétorique, car il appréhendait une réponse dont il n'était pas sûr. Il n'existait pas de nom adéquat pour qualifier ce que Samuel et Isaiah faisaient là, du moins, aucun dont il pût se souvenir. Le fait de ne pas se souvenir le troubla autant que l'acte lui-même. Ils n'étaient pas des femmes. Les femmes étaient faibles, en vertu du dessein de Dieu. Mais en se comportant comme si l'un d'entre eux au moins était une femelle, ils menaçaient d'amoindrir encore ce qu'Amos imaginait déjà amoindri à mort. Le fait que Samuel et Isaiah arborent ainsi leur sexe – moite, ferme, tremblant, libre –, même à la faveur de la nuit, était folie. S'ils s'étaient tant soit peu souciés de n'importe lequel des autres, ils auraient, tout au moins, dissimulé leur étrangeté. L'auraient mieux réprimée, bon Dieu, afin que les toubabs ne la découvrent pas.

Ne comprenaient-ils pas qu'ici, sous les ordres de Paul, ils n'avaient aucune existence ?

Attendez un peu.

Si, il existait des corps. Ils étaient *dans* des corps. C'est juste qu'ils ne possédaient aucune autorité sur les leurs.

Amos fut incapable de regarder plus longtemps les ombres entrelacées. Surtout celle qu'il avait soulevée du chariot pour la porter, tant d'années en arrière. Imagine-t-on ceci ? Jeter un enfant dans un chariot comme on le ferait d'un sac de coton. Un enfant qui hurle et ses parents battus jusqu'à tomber pour avoir osé protester. Amos était impressionné, cependant, que le garçon ait survécu au voyage. Un peu dans les vapes à la fin, bien sûr, vu le rationnement de l'eau et de la nourriture, et toutes ces piqûres d'insecte. Mais Amos avait oublié un instant ses lourdes chaînes pour attraper l'enfant avant qu'il ne s'évanouisse dans la poussière. En le tenant dans ses bras, il s'était demandé ce que ça ferait d'avoir son propre enfant, de le serrer bien fort contre soi, au point que les cheveux du père chatouillaient le bébé. Et baisser les yeux sur son fils, et le fils levait les siens vers son père, souriait et tirait sur les poils de sa barbe, et tous les deux étaient contents.

Amos fit demi-tour et se dirigea vers sa cabane, prenant soin d'éviter la lumière de la lanterne des patrouilleurs, au loin. Il revenait sur ses pas, se rappelant toutes ces fois où il avait vu Samuel et Isaiah depuis qu'ils étaient tout petits, le plus souvent aux environs de la grange et, par conséquent, séparés des autres. L'un noir, l'autre violet ; l'un souriant, l'autre sombre. Peut-être que si quelqu'un l'avait soulevé d'un chariot, jambes flageolantes, Samuel aussi aurait pu être un fils.

« Vous saviez ? » demanda Amos aux gens.

Il prêta grande attention à leurs murmures. Les femmes étaient reconnaissantes de cette grâce, les autres, de leur courage. Maggie déclara que c'était quelque chose d'ancien, datant de l'autre temps, avant que les navires et les fusils ne viennent. Amos n'avait jamais entendu parler d'une chose pareille. Il n'eut même pas besoin d'interroger Essie, car les rires que celle-ci partageait avec Isaiah prenaient sens, tout à coup. Mais il n'y avait là rien d'amusant. Il n'arrivait pas à comprendre qu'Essie ne fasse pas le lien entre le manquement d'Isaiah et celui de Paul.

Paul. Amos le savait : une fois que Paul découvrirait que la nature de l'entêtement dont faisaient preuve Isaiah et Samuel ne se limitait pas à mal viser, ils allaient provoquer chez lui une passion qui deviendrait vite incontrôlable. Au bout d'un moment, l'esprit tourmenté de Paul ne se contenterait plus de Ces Deux-Là ; il scruterait les autres, chercherait des méthodes de plus en plus créatives et cruelles pour empêcher l'impiété de Samuel et Isaiah de se répandre. À cause de ces deux garçons, les souffrances prospéreraient.

Amos sentit la hargne grandir au mitan de ses côtes, alors que Samuel et Isaiah étaient connus pour inspirer à tout ce qui les entourait une envie de danser : certains vieux, les enfants, les mouches, les herbes hautes. Tout, sauf les marguerites jaunes des champs, elles qui dressaient la tête devant n'importe qui. Sceptiques de nature, elles se balançaient imperceptiblement au passage des garçons, mais rien de plus. L'or de leurs pétales leur donnait assez d'assurance pour n'avoir pas besoin de vénérer quoi que ce soit d'autre, sauf, peut-être, la pluie. Elles criaient quand celle-ci tombait. Amos aurait aimé que ses gens soient un peu plus comme ça.

Quand lui-même les voyait ensemble – maintenant qu'il les voyait *voyait* – folâtrer dans le marécage, charrier des balles de foin et s'occuper des bêtes, ou bien tout simplement assis côte à côte, adossés au mur de la grange, à se nourrir l'un l'autre à main nue, leurs pieds trop proches les uns des autres, il avait presque envie de louer leurs noms. Il se couvrait les yeux car Isaiah et Samuel étincelaient, nimbés d'un éclat comme lui-même n'en avait jamais vu. Quel dommage : c'est lui qui allait devoir le fracasser.

La nature de ses sermons ne pouvait donc que changer. Si la plantation tout entière parvenait à s'unir dans cet effort, et pas seulement lui, peut-être que… La poitrine pleine de regrets, et de sa voix la plus douce, loin du cercle d'arbres afin qu'aucun toubab ne puisse entendre et déchaîner le chaos avant qu'on n'ait eu l'occasion de le contrecarrer, dans le secret de sa cabane, donc, Amos s'était mis à réprimander toute personne qui avait accepté, cautionné ou ignoré le comportement de Samuel et d'Isaiah. La plupart des gens s'effrayèrent de ce revirement soudain, car ils n'avaient pas l'habitude d'entendre une telle sécheresse dans sa voix-rivière.

« Tu crois que Dieu voit pas ? » disait-il tout bas, pointant son bras en direction de la grange, ses doigts sombres suspendus dans l'air, frissonnant comme des branches d'arbre effeuillées, espérant que l'incertitude ne l'accoutrait pas comme des habits du dimanche. Car c'était à lui que Paul avait confié les mots du Livre et, dans celui-ci, il était dit *Multipliez-vous et donnez à Dieu Sa gloire-gloire*. C'était ce qu'il s'efforçait d'expliquer à travers le tumulte des pourquoi qui le bombardaient depuis les lèvres de tous ceux, ou presque, auxquels il murmurait cela.

Il s'était attendu à des difficultés, à une certaine résistance, puisque ses jambes à lui se montraient incertaines. Samuel et Isaiah n'étaient, après tout, que des garçons encore, serviables le plus souvent, l'un fanfaron, l'autre tranquille, mais qui n'étaient jamais cruels ni froids. Amos savait que certains les considéraient comme leurs propres enfants, du fait qu'ils étaient orphelins. Les gens s'intéressaient toujours un peu plus aux orphelins, leur offraient toujours en secret un peu plus d'affection, même s'ils en avaient déjà tout juste assez pour eux. Les femmes, surtout, se souciaient plus qu'elles n'auraient dû de Samuel et d'Isaiah, Maggie étant la pire de toutes et celle qui aurait dû pourtant être mieux avisée.

« Meeeerde alors, lui avait murmuré en retour Un Homme Appelé Grinchu. Excuse mon parlé, mais être un peu gentils-gentils entre nous a jamais tué personne. »

« Ils dérangent personne par ici, avait répliqué Naomi. Y en a chez nous qu'ont pas beaucoup de temps du tout. Autant voler un petit peu d'aise avant que le dur ait raison de vous. »

Mais la majorité de ceux qu'Amos avait fait venir demeuraient silencieux, se tournaient les uns vers les autres avec un air qu'Amos n'avait vu jusque-là que sur le visage des toubabs. Cet air bondissait d'un visage au suivant, comme des lanternes qu'on allume les unes à la suite des autres. Au lieu d'un excès de résistance, Amos s'était retrouvé face à une communauté effrayante, et facile à exploiter, entre les toubabs et les siens. L'idée qu'ils pussent être meilleurs – plus dignes que d'autres d'être favorisés, d'être bercés, eux seuls, par une douce brise – ne leur était jamais vraiment venue à l'esprit. De temps à autre, Paul affichait une approbation plus grande à l'égard de certains, fondée sur la vitesse et la dextérité avec lesquelles ils récoltaient le coton, mais avec pour toute récompense non pas moins de travail et d'attentes, mais davantage. Parfois, Paul se montrait plus indulgent envers ceux dont la couleur était atténuée par sa propre ingérence, mais la contrepartie sautait aux yeux. Maintenant, à cause d'Amos, ils allaient devoir faire cas de cette idée nouvelle : du simple fait de ne pas être l'un des exclus, ils pouvaient prétendre à un genre de *moment à eux*.

Ils étaient venus trouver Amos deux par deux, mais c'est l'un après l'autre qu'il les avait séduits. Les gens s'étaient mis à éviter Samuel et Isaiah. Ils faisaient délibérément le grand tour, en passant devant les contremaîtres puis à travers les herbes hautes, pour ne pas les croiser sur le chemin commun qui menait au champ et les en ramenait. Ils laissaient leurs outils par terre devant la grange plutôt que de les leur rendre directement. Ils se baignaient en amont de la rivière, à l'écart des garçons. Ils ne leur laissaient aucune place dans le cercle, autour du feu. Ils faisaient des moues révoltées et plissaient le visage chaque fois qu'Isaiah et Samuel osaient se fendre de ce qui ressemblait tant soit peu à un geste d'affection.

Amos était présent, au bord de la rivière, le jour où Big Hosea avait attaqué Samuel. Hosea affirmait que Samuel l'avait regardé bizarrement. Hosea était l'un des seuls, sur la plantation, à être persuadé qu'il pouvait avoir le dessus sur Samuel. Il cherchait toujours Samuel pour jouer à lutter dans les herbes hautes, afin d'éprouver sa propre force. Il avait donc fallu un rien pour qu'il envoie son poing dans la mâchoire de Samuel devant tout le monde. Pour sa peine, Samuel lui avait presque fendu le crâne sur les rochers qui affleuraient. Amos et les autres avaient aidé Big Hosea à se relever, tandis qu'Isaiah retenait Samuel. Hosea avait dit que Samuel l'avait regardé d'une manière qui l'avait fait se sentir sans défense, nu. Alors même qu'ils étaient tous nus pour leur bain. Ce regard, disait-il, l'avait poussé à se jeter sur Samuel. La poitrine d'Hosea se soulevait nerveusement. Amos lui avait dit de se calmer, que personne ne lui reprochait d'avoir fait ce qui, chez les hommes, était tout naturel. Personne n'avait fait remarquer, non plus, qu'entre les cuisses de Big Hosea, sa chair était raide et tremblante.

À présent, c'était dimanche. Amos marchait seul dans les mauvaises herbes, le long du champ de coton, puis il déboucha dans la clairière située au-delà. Juste avant d'y entrer, il nota la manière dont la lumière s'abattait sur l'endroit et parait toutes choses d'un pâle éclat d'or, mais le silence, aussi, conférait une couleur aux choses. Il n'avait pas de mots pour la décrire. Ce n'était pas vraiment du bleu, même si c'est ce qu'il aurait dit s'il avait été moins observateur. Il allait devoir se faire à l'idée qu'il n'avait pas réponse à tout. « Humilité, Amos. Fais preuve d'humilité. »

Une fois dans les bras de la clairière, il s'assit sur le rocher, en tailleur, joignit les mains et se mit à prier. Quand il en eut terminé, il ouvrit grand les yeux, car il avait entendu le murmure. Il porta la main à sa bouche. Une légère moue froissait ses lèvres. *Non*, songea-t-il, mais la voix chuchotée articulait un *Oui* muet.

Un premier membre de sa congrégation fendit la haie des arbres et pénétra dans la clairière. Amos se redressa. C'était Be Auntie, et elle tenait dans ses bras Salomon, qui pleurnichait juste un peu.

« Bonjour, m'dame. Bien le bonjour », dit-il.

Amos baissa les yeux sur Salomon. Sa bouche s'efforça de sourire, mais pas ses yeux.

Chhh.

Genèse

Nous ne commençons pas ici, mais c'est par là que nous commencerons. Afin que vous nous connaissiez. Mais surtout, pour que vous vous connaissiez vous-mêmes.

Nous avons des noms, mais ce sont des noms que vous ne pouvez plus prononcer sans avoir l'air aussi étrangers que vos ravisseurs. Loin de nous l'idée de vous condamner. Croyez-le bien : nous savons le rôle qui fut le nôtre, fût-ce par ignorance et par fascination pour des choses jamais vues. Pardonnez-nous. La seule manière pour nous de nous acquitter de cette dette est de vous raconter l'histoire que nous vous transmettons par notre sang.

Toute la mémoire réside là. Mais la mémoire ne suffit pas.

Vous êtes le réceptacle, voyez-vous, et c'est pour cette raison que vous ne devez pas vous abandonner à la tentation du long sommeil. Qui racontera si vous ne le faites pas ?

Vous ne serez jamais orphelin. Vous comprenez ? Le ciel nocturne lui-même vous a donné la vie, le ciel vous recouvre et, parmi tous les autres, c'est vous qu'il nomme ses enfants. Ses premiers-nés.

Les plus richement parés. Les plus estimés. Les plus aimés.

Et ne méprisez pas le noir de votre peau, car il contient en lui la sorcellerie primordiale qui nous a fait passer de ramper sur le ventre à marcher bien droit. Du cri, nous avons engendré les mots et les mathématiques et la dextérité d'un savoir qui a permis d'amadouer le sol pour qu'il nous offre de lui-même notre nourriture. Mais que cela ne vous rende pas vaniteux.

La vanité vous rabaisse, vous fait redescendre du haut des montagnes où l'on vous a donné le sein. Comme là où vous êtes à présent, dans ces profondeurs insondables. Où la séparation est la norme et où la joie se trouve en des lieux obscènes.

C'est en vous repliant sur vous-mêmes que vous trouverez le pouvoir. Remonté des cercles qu'il y a au fond des océans. Par des mains qui ont tricoté les mailles du cosmos, afin qu'il soit bien apprêté au commencement de toutes choses. Un peu d'apparat n'a jamais fait de mal à personne. C'est bien que vous trouviez une pointe d'humour dans tout cela. Nous aimons entendre vos rires.

Il faut que vous sachiez que vous venez d'un lieu où les pères vous tenaient dans leurs bras et où les mères chassaient pour vous amuser. Brandissant leurs longues lances, elles dansaient, vous hissant à hauteur d'épaule, célébrant la victoire. La danse, vous la faites encore. Nous vous voyons. Vous faites encore la danse. Elle fait partie de qui vous êtes.

Une main se déploie. À son rythme propre, qui vous paraît trop lent, nous le savons. Mais vous devez être patients. Nous ne vous jugerons pas durement si vous succombez à la douleur. C'est beaucoup demander à tout le monde, surtout à vous qui êtes si retranchés de là où vous devriez être. Replongez dans la mémoire quand le doute vous envahit (même si la mémoire ne suffit pas). Il n'y a pas de lignes droites. Car tout est un cercle qui revient sans fin sur lui-même. Pas pour vous donner le vertige, mais vous offrir une chance de mieux faire la prochaine fois.

Nous savons que vous vous posez des questions. Qui sommes-nous ? Pourquoi ne faisons-nous que vous murmurer à l'oreille ? Pourquoi ne venons-nous que dans vos rêves ? Pourquoi résidons-nous dans les seules ténèbres ? Des réponses bientôt viendront. Nous, les sept, le promettons.

Repliez-vous, les enfants. Repliez-vous.

Rois I

Le jour où les démons sont sortis de la brousse, le roi Akusa se trouvait dans sa hutte royale au cœur du territoire kosongo, elle était de fort belle humeur. Deux de ses six épouses, Ketwa et Nbinga, avaient apporté son dîner : des écuelles d'ignames, de ragoût de poisson et assez de vin de palme pour qu'elle se détende.

Sa deuxième épouse, Ketwa, sa préférée, était bien plus experte dans l'art de cuisiner que toutes les autres.

« Ketwa a-t-elle préparé ce repas ? » demanda le roi. Elle savait qu'il l'avait préparé, mais il lui plaisait de voir apparaître un sourire sur son visage, tendre et légèrement retroussé, chaque fois qu'elle posait la question.

« Oui, mon roi. Comme toujours, répondit Nbinga.

— Non, pas toujours, rectifia Ketwa. Quand nous sentons une odeur de brûlé, quand le poisson est trop ramolli, nous savons que je ne suis pas le cuisinier. »

Le roi partit d'un grand rire tandis qu'elle se lavait les mains dans une écuelle remplie d'eau et de sauge.

« Et tu aideras à préparer le festin pour la cérémonie ? Elle a lieu dans une semaine à peine, tu sais, dit-elle en souriant.

— Bien sûr, répondit Ketwa. Kosii est mon neveu préféré. Mais sa mère est encore meilleure cuisinière que moi. C'est elle qui m'a appris.

— Je suis sûr qu'elle apprécierait ton aide, en tout cas », dit le roi.

Elle s'inclina dans la douceur des couvertures rouges, orange, vertes et jaunes calées derrière son dos. Elle leva les yeux sur Ketwa.

« Te joindras-tu à moi pour boire un peu de vin de palme ? »

Ketwa la regarda. Il était attiré par sa peau nuit ; ses yeux clairs et brillants ; et la soie de ses seins sous son collier de perles. Il étudia son crâne lorsqu'elle se pencha en avant pour empoigner sa coupe : aussi chauve que son derrière, savant dans ses courbes, orné de peinture bleue et de gemmes écarlates. Elle avait la tête d'un roi et, dedans, l'esprit d'un guerrier.

« Les autres seront-ils jaloux ? s'inquiéta Ketwa en versant le vin.

— Pourquoi ? Ils se joindront à nous aussi, répondit le roi, et elle sourit.

— Et qui s'occupera de nos enfants si je suis ici ? rétorqua-t-il.

— Tu n'es qu'une parmi de nombreuses autres. »

Elle portait la coupe à ses lèvres quand le jeune Reshkwe entra en courant dans la hutte. Il avait le souffle court et tomba à genoux à l'orée des écuelles de nourriture disposées devant le roi.

« Tu oses entrer sans être annoncé ? » le réprimanda Ketwa.

Le front de Reshkwe toucha le sol.

« J'implore pardon, cria-t-il entre deux souffles précipités. J'implore pardon, roi Akusa. Mais vous devez venir ! C'est un cauchemar. Un cauchemar est venu à nous ! »

Qu'est-ce qui aurait donc pu atteindre le village, si loin de la mer : des jours et des jours d'une marche éprouvante à travers la savane où rôdaient lions et hyènes, sans parler de la traversée du fleuve infesté d'hippopotames et de crocodiles ? Les plus proches voisins, les Gussu, se trouvaient à plusieurs jours de là et ils étaient assez respectueux pour venir toujours chargés de présents, tout sauf le cauchemar décrit par le garçon. Le roi Akusa envisagea la possibilité d'une malédiction, mais se souvint de ses défenses : le village était vaste ; le son des tambours constant, si tonitruant parfois qu'il effrayait les oiseaux dans les arbres à les faire s'envoler ; les ancêtres étaient sans cesse honorés par des offrandes, rien que les plus somptueuses bananes de la récolte. Il n'y avait aucune raison de croire qu'ils étaient en colère au point d'envoyer un quelconque fléau. Au contraire, ils devaient même se réjouir de la prospérité de ce village, peuplé de cinq générations de gens sur les visages desquels les ancêtres vivaient. Et bientôt, on posterait des gardiens aux portes de l'enceinte, pour la première fois depuis la guerre.

Le roi tendit la main derrière ses couvertures pour empoigner sa lance et son bouclier. Sur ce dernier était gravé l'emblème de sa famille : un petit guerrier aux contours grossiers, taillé comme un éclair, armes brandies bien haut dans un geste de triomphe.

« Dois-je alerter la garde, mon roi ? demanda Nbinga.

— Dis-leur de me rejoindre sur le chemin des portes. »

Le roi Akusa se rua dehors, prodigieuse de vitesse. Elle fila devant des dizaines et des dizaines de huttes, levant derrière elle un sillage de poussière rouge. Le sol était sec car deux mois au moins s'écouleraient encore avant le début de la saison des pluies. Le soleil commençait tout juste à basculer derrière les arbres. Le roi baissa les yeux sur son ombre, longue et vive, sous elle. Elle ne tarda pas à entendre le pas martelant de ses gardes, qui arrivaient derrière. S'abattant tel un orage, ils la rattrapèrent bientôt. Ensemble, ils atteignirent la place du village. Et ensemble, ils se figèrent tout net.

Un homme fut pris d'un haut-le-cœur. Un autre vomit. Trois femmes reculèrent d'effroi. Quatre hommes manquèrent battre en retraite. Akusa la Brave plissa simplement les yeux et serra plus fort sa lance. Le garçon avait raison. Des démons, étrangement, avaient réussi à pénétrer chez eux.

Non, pas étrangement. À côté de ces êtres bizarrement accoutrés, dont la peau était comme n'avoir pas de peau du tout, se dressait un Gussu. Il s'avança et vint s'agenouiller devant le roi. Il avait le regard navré d'un ami, mais n'inspira aucune confiance au roi.

Celle-ci se tourna vers ses gardes, tous plus ou moins en proie au désarroi. Elle frappa le bout arrondi de sa lance contre le sol et, soudain, tous se mirent au garde-à-vous. Elle prévint les gardes qu'ils ne devaient pas s'approcher des étrangers, ni les toucher. Reconnaissants de sa sagesse, ils l'entourèrent d'un demi-cercle protecteur et pointèrent leurs lances sur les intrus.

« Sont-ils morts ? demanda le plus grand, Muzani.

— Écarte-toi ! » ordonna le roi, sans dissimuler le moins du monde son irritation en la voyant ainsi oublier qu'elle-même était la plus grande guerrière de toutes, apte à se défendre seule, même contre les non-vivants. Son regard se porta sur le Gussu agenouillé à ses pieds.

« Je ne sais que penser, dit-elle en plantant sa lance dans le sol. Ta posture indique le respect, mais tu as fait entrer un fléau dans mon village. Explique-toi sur-le-champ ou toi et ces démons souffrirez ensemble. »

Elle aurait pu s'attendre à une telle chose de la part de ceux des montagnes qui n'avaient pas de nom, eux qui étaient descendus un jour de leurs perchoirs dans les nuages pour attaquer son village sans nulle provocation. Elle n'était qu'une fillette, alors, mais se souvenait clairement d'eux à cause de leurs dents aiguisées et de la peinture blanche tape-à-l'œil qui ornait leurs visages. Le peuple sans nom des montagnes raffolait de la guerre ; elle semblait être pour eux une sorte de religion, ce qui les définissait. Enlever la guerre de leurs cœurs, ç'aurait été comme priver les siens de leurs liens ancestraux. Ils se seraient tout bonnement dissous, ne laissant derrière eux que des volutes de fumée et une odeur nauséabonde. Mais cela ne voulait pas dire que les Kosongo n'avaient pas rendu coup pour coup. Au contraire, la mère du roi avait mené la charge contre ces envahisseurs, tenant sa lance si haut dans le ciel qu'on aurait dit qu'elle avait empoigné un éclair.

« Pas des démons, répondit l'homme apeuré dans un kosongo rudimentaire. Des amis. »

Il fit signe aux démons de s'incliner, et ceux-ci s'exécutèrent. Ils étaient moins laids dans cette position. Le roi ordonna aux gardes de baisser leurs armes mais de rester prudents. D'un geste de la main aisément déchiffrable, elle dit aux intrus de se relever. Elle ne pouvait pas s'empêcher de les regarder. Ils avaient des cheveux couleur sable. Elle les fixa bien droit, chacun son tour. L'un d'eux portait un curieux objet devant les yeux, qui les faisait paraître petits et globuleux. Et elle ne s'était pas trompée dans sa première impression : les trois démons étaient privés de peau. L'un d'eux ouvrit la bouche pour parler. Sa langue avait beau être écorchée, elle la reconnut et soupçonna aussitôt une mauvaise magie.

« Je vous salue, dit la voix. Je suis Frère Gabriel. Et je viens vous apporter la bonne nouvelle. »

Beulah

Large comme deux femmes, Beulah – Be Auntie désormais, « Tantine Be » – avait l'espace de rêver quand tous les autres, à Empty, savaient s'en abstenir. Le sourire sur ses traits n'était pas permanent, et ne trahissait nulle sottise. Il s'agissait plutôt d'une sorte d'armure contre la tristesse dont les longues heures courbée dans le champ de coton, et d'autres lieux, vous imprégnaient la peau. Ce n'était pas un parfum, mais elle avait pourtant une odeur bien à elle. L'odeur d'une chose longtemps enfouie, puis déterrée. À présent exposée au soleil, cette chose ne revenait pas à la vie, mais elle relâchait bel et bien sa puanteur – ancienne, moisie, vive –, provoquant haut-le-cœur et nausées, ce qui ne l'empêchait pas de vous dire quelque chose d'elle-même, de celui ou ceux qui l'avaient placée là, et de celui ou ceux qui l'avaient mise au jour.

Elle avait l'impression d'être cette chose enfouie. Recouverte contre sa volonté. Depuis si longtemps oubliée. Abandonnée là pour s'y décomposer. Découverte trop tard, mais tout de même utile à des voleurs qui se prenaient pour des explorateurs. Tout cela la plaçait dans une situation très délicate.

Les rêves interdits qui avaient jadis été une source de jubilation pour tant de gens, chantant dans une tonalité qui la faisait se sentir bien, commençaient à se fissurer, de telle sorte qu'ils côtoyaient désormais un autre élément discordant sous lequel elle ployait aussi. Pas seulement son corps, non : son esprit également, son cœur et, aimait-elle à penser, son âme (elle en possédait une – deux ! –, même si les toubabs lui soutenaient le contraire). Avait-elle d'autre choix que de brûler chaque affront jusqu'à ce qu'il étincelle comme un réconfort ?

Elle n'avait d'abord pas eu l'intention de se donner à Amos. Essie portait un enfant et on l'envoyait encore au champ. Essie ne pouvait pas chanter pour garder tout le monde en rythme ; c'était trop pour elle. Alors, Be Auntie scandait une sorte de comptine à la place. L'histoire d'une ville au fond d'une vallée, dont les habitants allaient organiser un banquet alors même qu'ils savaient l'orage imminent. En plus de ça, Be Auntie (ou peut-être était-ce Beulah) ramassait sa part de coton et la moitié de celle d'Essie par-dessus le marché, pour lui épargner le fouet. Oui, m'dame, ils allaient jusqu'à fouetter une fille grosse d'un enfant, ce qui n'avait aucun sens, d'un point de vue pratique. Si le but était de magnifier votre gloire, pourquoi liquider ainsi en même temps deux de vos bénédictions ?

« T'essaies encore de lui grimper dessus, après tout ce qu'elle a traversé ? eut-elle un jour l'audace de lancer à Amos après que la corne eut retenti et que le soleil se fut adouci.

— C'est ma femme. Je ferais tout pour elle. J'essaie de lui faire oublier. J'essaie de lui faire savoir qu'il manque pas une once à sa beauté.

— Et tu comptes faire ça en prenant les devants, au lieu de la laisser venir à toi ? »

À l'expression confuse sur le visage d'Amos, Be Auntie comprit que cela ne servirait à rien. Elle savait que les hommes, ceux qui étaient en rut ou qui avaient quelque chose à prouver, perdaient la raison. Ils étaient capables de transformer la terre et la mer pour que les deux leur apportent satisfaction, là où une seule des deux aurait déjà suffi. Après coup, quand ils retrouvaient leurs esprits, ceux qui étaient gentils éprouvaient du regret, les plus cruels redoublaient de cruauté, et elle n'avait jamais su distinguer les uns des autres. Nul besoin de gestes grandiloquents : ils n'avaient qu'à la regarder comme si *elle* les dégoûtait à cause de l'acte qu'*ils* venaient de commettre. Ils se levaient de la paillasse et sortaient de la cabane sans un « merci » ni un simple « bonsoir », ni même un « je te demande pardon ». Elle se disait qu'ils auraient pu au moins se comporter comme ils étaient parfois obligés de le faire, et lui accorder la réparation qu'elle méritait. Au lieu de quoi ils l'abandonnaient allongée dans sa propre puanteur *et* la leur, comme s'il s'agissait du présent qu'elle attendait. Et si souvent, elle restait juste là à pleurer au-dehors tout en espérant que ce qu'ils avaient laissé dedans ne prendrait pas, et quand le sang venait, alors c'était que la miséricorde, quelque part, l'avait écoutée.

Le plus insidieux dans tout ça, c'était l'effet qu'avait sur elle la répétition. À un moment donné, elle avait commencé malgré elle à apprécier ce rythme. Le sourire fourbe. Les mots froids. Le balancement et son vertige. Les mains qui la plaquaient au sol. La pompe régulière. L'ultime poussée. La gifle. Le coup de pied. Le coup de poing. La gratitude oubliée. Le *bonne nuit* absent. Elle se retrouvait moulée dans la forme qui épousait le mieux ce que leurs coups de burin faisaient d'elle. L'eau avait fini par éroder sa pierre, et voilà qu'elle était devenue un foutu fleuve alors qu'elle aurait juré être une montagne.

De la montagne au fleuve, c'était un lieu. Plus qu'un lieu, c'était une personne. Beulah était une montagne. Be Auntie, un fleuve. Entre les deux, des terres fertiles ou arides, selon l'endroit. Les autres la jugeaient durement, elle le savait, parce qu'elle était la première à passer de tout en haut à tout en bas. Mais elle n'était que la première, et son sacrifice, ou du moins l'un de ses sacrifices, était le suivant : elle faisait en sorte qu'un surcroît de grâce les attende là-bas, au fond, lorsqu'ils descendraient à leur tour.

Et ce n'était pas comme si elle avait entrepris cette descente de son plein gré, se dirigeant avec prudence entre pics et pentes, assurant ses appuis pour ne pas glisser sur les fissures lisses et verglacées. Nan. On l'avait poussée. Peu importait, dans sa culbute, qu'elle hurle ou qu'elle sourie. Certaines chutes méritaient de toute façon la pitié.

Car voyez ce qu'il était advenu d'elle dans ce fond du fond : elle était le lieu de repos des hommes, la paix de leur esprit ; elle était leur cuisine, leur asile de nuit, leur cabanon d'aisances ; elle portait des enfants d'eux auxquels ils ne pouvaient pas s'attacher et récupérait les enfants qui n'étaient pas de son sang pour remplacer ceux qu'on lui arrachait sous le coup d'un caprice ou d'une facture à payer.

Elle savait qu'elle pouvait épargner Essie (pas arrêter sa chute, mais la ralentir) car *les femmes devaient veiller sur les femmes* – surtout quand un refus était synonyme de mort. Oui, elle avait ouvert grand ses bras à Amos, ses jambes aussi ; elle le laissait non seulement rire, parler, se balancer, la secouer, la broyer, la frapper et omettre de lui dire « bonne nuit » ou « au revoir », mais elle le laissait faire encore et encore et encore jusqu'à ce que tout cela ait quelque chose de divin – ne serait-ce que par le simple rituel.

Un autre aspect caractérisait son adulation. *Maggie a tort, voyez-vous : si on les prend assez tôt, ils seront pas corrompus. Peut-être qu'on peut changer la nature des garçons de sorte que quand ils verront une femme, leur instinct premier sera pas de la mater, mais de la laisser tranquille. On pourrait les enduire d'un tel baume que quand leur préférence les portera dehors, à frayer avec leurs aînés – ceux-là qui tirent pas profit de ce qu'ils appellent les « trucs de femmes », justement parce qu'ils tiennent au privilège d'être insouciants et chapardeurs ; si seulement ils avaient embrassé la totalité de leur esprit, et pas juste la moitié – l'erreur de ces manières leur sera révélée, et ils sauront qu'on peut pas être témoin de ces choses et s'en sortir intact.*

Be Auntie (pas Beulah) s'entichait de tous les petits garçons – surtout ceux dont la couleur avait été mêlée. Toutes les petites filles, surtout celles dont la peau était d'un noir de jais, elle les négligeait ou les laissait se débrouiller (ce qui faisait pleurer Beulah).

Les femmes devaient veiller sur les femmes, oui. Mais il fallait d'abord passer l'épreuve, et elle refusait d'interférer dans ce passage sacré pour toutes les femmes, jeunes ou vieilles.

Elle avait recueilli Puah après que la mère et le père avaient tous deux été vendus. Puah ne savait même pas encore marcher et avait besoin de lait, que Be Auntie ne lui donnait qu'avec parcimonie, complétant avec des morceaux de pain et de porc dont elle savait que le bébé était trop jeune pour les manger. Quand l'estomac de Puah la faisait souffrir toute la nuit et que ses cris ne cessaient guère, Be Auntie reprochait à l'enfant son propre état et la laissait crier jusqu'à ce que sa gorge soit à vif, après quoi elle ne pouvait plus que chouiner doucement. C'était un miracle que l'enfant n'ait pas pour de bon perdu sa voix.

Le bébé était trop petit pour la nourriture d'adulte, trop jeune aussi pour avoir semé en Be Auntie un tel ressentiment, mais ces deux choses étaient bien là, précairement installées dans ce petit corps minuscule, aussi futiles que résolues.

Ce que Be Auntie savait, en revanche, c'est qu'un jour, Puah serait utile. Soit comme une épée, soit comme un bouclier, ou peut-être les deux, mais quelle qu'en soit la forme, c'était inévitable. Maggie n'était pas la seule à connaître les choses profondes et cachées.

Par une nuit poisseuse, Be Auntie était couchée aux côtés d'Amos. Celui-ci avait débarqué furieux dans sa cabane, se plaignant qu'il avait tenté de faire preuve de raison avec Isaiah et Samuel, mais que ceux-là refusaient tout bonnement de se soumettre.

« De se soumettre à quoi ? » demanda Be Auntie, assez innocemment.

Amos la regarda comme si elle avait poussé un juron. « À une nature plus haute que la leur ! N'as-tu pas écouté ce que j'essayais de te dire ? » lança-t-il tout haut avant de baisser la tête pour que son ton fasse de même. Il soupira. « Certaines personnes comprendront jamais qu'aucune partie est plus importante que le tout, dit-il, sombrement. Mais toi tu m'écoutes, hein, Be ? »

Les yeux d'Amos étaient gentils. Il avait un visage ouvert. Son ton rappelait un peu celui des histoires racontées la nuit autour du feu. Il fallait se pencher, et même les piqûres de moustique ne pouvaient vous distraire une fois que vous étiez là. Elle la possédait également, cette voix faite pour les histoires, sauf que les gens ne voulaient écouter les siennes que pour le réconfort, pas l'inspiration. Mais Amos avait aussi un côté jovial. Il se laissa descendre avec elle, de la montagne jusqu'au fleuve. Il touchait l'eau. Il glissa la main entre ses cuisses sans qu'elle tressaille le moins du monde. Elle savait qu'il se souciait de son plaisir à elle, mais que son plaisir n'était pas l'essentiel. Pourtant, elle se tortilla un peu à cause de ce qu'il avait chatouillé. Ils étaient proches l'un de l'autre, lui souriant, elle les yeux lourds de sommeil.

« Tu veux que je fasse quoi ? » murmura-t-elle.

Amos se redressa sur le lit et se tourna vers le recoin de la cabane où les enfants étaient couchés, empilés comme des saletés repoussées d'un coup de balai (c'était peut-être ça, d'ailleurs), et il regarda Puah, qui essayait de s'endormir.

« Quel âge a Puah, maintenant ? demanda Amos en se grattant le menton. Quinze ans ? Seize ?
— À peu près.
— Et t'arrives à la garder encore enfermée ici avec toi ? Ni le Massa ni personne sont encore venus l'embêter ici ? »
Be Auntie enveloppa Puah d'un regard envieux. Cette fille avait de sacrées tripes pour survivre à tout ce qu'elle lui avait mis dans le ventre, et puis vivre à Empty en restant entière. Nan, peut-être que c'était moins les tripes que la chance. La chance qui semblait avoir déserté tout le monde sur cette plantation, hormis Puah. Les gens chanceux n'étaient utiles à personne d'autre qu'à eux-mêmes. (Sarah, c'était une autre histoire, mais Be Auntie n'avait pas un goût du combat assez prononcé, ni un tel désir rabattu sur lui-même, pour s'y prendre comme elle.)
« Mmh, dit Be Auntie. Pourquoi tu me poses des questions sur elle ?
— J'ai besoin d'elle. Pour eux. »
L'élancement de douleur qu'elle ressentit au niveau de ses tempes la concernait elle, pas Puah, se dit Be Auntie.
« Pour faire quoi ?
— Tu le sais très bien. »
Be Auntie savait que Samuel et Isaiah n'étaient pas à elle. Ces deux enfants-là, elle n'avait jamais réussi à les incorporer à sa tribu – l'un d'eux, en particulier, pour de bonnes raisons. Ils n'étaient élevés par personne, mais tout le monde s'occupait d'eux. C'étaient des genres de vagabonds, mais aimés de tous. Ils étaient ceux qui vivaient dans la grange et

avaient sûrement de bonnes natures car ils prenaient soin des animaux, de la vie, ne se contentaient pas de la planter, de la ramasser, de la fourrer dans des sacs. Mais l'un d'eux était aussi celui qui maniait la hache. Parfois, Be Auntie entendait couiner un cochon. Les cochons savaient toujours, étrangement, ce qui les attendait. Le jour venu, ils ne tenaient pas en place. Ils essayaient de s'échapper, mais Samuel avait les mains fermes. Aucune expression sur ses traits ni avant ni pendant. Mais après, quand il descendait à la rivière et lavait le sang sur ses mains, sa lèvre du bas pendait et sa bave coulait dans les remous du courant. *Ce garçon est plus un garçon*, songea-t-elle. *Ce garçon est homme à présent.*

Amos embrassa profondément Be Auntie. Il fit glisser ses lèvres dans son cou. Il la regarda et frotta son nez contre elle.

« Laisse-moi voir ce que je peux mettre dans la tête de cette fille, dit-elle. Faut que j'y aille doucement. Elle fait toujours le contraire de ce que je lui dis. »

Cela perçait le cœur de Be Auntie de voir que, malgré sa désobéissance, Puah se promenait toujours à Empty relativement indemne, comme si elle s'était approprié tous les conseils et les instructions que Be Auntie lui avait offerts, plutôt que de les jeter par terre et de les piétiner. Ce qui signifiait que Be Auntie s'était peut-être trompée, que le mépris de Puah et son espoir, plutôt que le dédoublement puis la soumission conseillés, pouvaient être une voie, aussi. Mais bon. Cela ne changeait plus grand-chose, à présent. Be Auntie savait qu'il viendrait tôt ou tard, et voilà qu'il était venu : le temps pour Puah de connaître la grâce qu'aucun autre n'avait eu la prévoyance de montrer à Beulah, et qui avait été l'aube de Be Auntie. *Peu importe à qui ça plaît et à qui ça plaît pas. Au moins, j'ai pu choisir mon nom.*

« Je crois qu'elle a le béguin pour ce Samuel. C'est le nom du plus costaud, pas vrai ? Le violet, pas le noir ?

— Celui qui ferme jamais sa bouche, ouais.

— Mmh. Très bien alors… »

Be Auntie le tira à elle. Puah et les autres enfants étaient blottis les uns contre les autres alors qu'il faisait trop chaud pour cela, mais on aurait dit qu'ils ne voulaient pas prendre trop d'espace, ce qui était sage car se recroqueviller ainsi vous permettait de rester hors de l'esprit des toubabs et, si vous n'étiez pas assez robuste pour résister à ce que leurs esprits pouvaient vous faire (qui l'était ?), alors mieux valait se faire plus petit que vous ne l'aviez jamais été.

Elle regarda Amos. « Allez, viens. »

Il avait interrompu la pulsation de leur chanson. Ils ne pouvaient pas poursuivre leur danse si la musique cessait.

« Laisse-moi faire. »

Elle passa les bras autour de lui et pressa sa luxuriance contre celle d'Amos.

« Je peux te parler du tonnerre ? »

Elle n'était pas aussi bonne chanteuse qu'Essie, mais savait raconter de sacrées histoires pour donner le tempo.

Puah

Puah détestait la manie qu'avait le coton de se coincer sous ses ongles. Elle détestait plus encore ce que le ramassage faisait à ses doigts : il les mettait à vif et les alourdissait, lui donnait l'impression d'avoir quelque chose dans les mains même quand elle n'avait rien. Elle débordait de griefs, qu'elle devait sans cesse repousser au fond de ses fissures, puis elle inspirait pour leur faire de la place et les maintenir à l'intérieur.

Elle s'accrochait à son sac avec rancune, le tirait sèchement derrière elle tandis qu'elle dévalisait une plante après l'autre, larcin commis pour le compte d'un homme auquel, avec le même geste, elle aurait volontiers arraché les cheveux un par un, et jusqu'aux cils. Au coin de ses yeux, la seule chose qui menaçait jamais de se former, c'était la colère. D'où qu'on les voie, les contours de son corps la désignaient comme vulnérable, la mettaient en danger avec n'importe qui. Mais elle gardait dessous sa vengeance bien enveloppée, à l'abri, dans le nid de son âme.

À la fin de la journée, elle jeta sa cueillette dans le chariot, sous le regard de James, qu'elle ne fixait jamais dans les yeux, pour Maggie, oui, mais aussi parce qu'elle refusait d'accorder à cet homme la politesse d'un regard. Ses grands yeux, ses sourcils épais et ses longs cils étaient des offrandes dont elle, et elle seule, disposerait à sa guise. Et seules les personnes de son choix se tiendraient devant son autel. Voilà ce qu'elle se disait dans les lieux où elle pouvait se permettre d'être déterminée.

Elle souleva sa robe par l'ourlet, dévoilant l'obsidienne de ses mollets, et se mit en marche vers les cabanes. Elle aurait voulu se baigner dans la rivière, mais les hommes s'y trouvaient. Elle prendrait donc un seau et le remplirait d'eau de la rivière, puis elle se laverait à la faveur de la nuit derrière la cabane de Be Auntie.

Elle tira sur ses cheveux, effleura leurs racines, remarquant les nouvelles pousses qui faisaient bouffer ses nattes et les rendaient duveteuses. Elles avaient besoin d'un bon lavage puis d'un graissage, et d'être nouées au coucher afin de les garder bien serrées contre son esprit. Comme Puah laissait retomber la main le long de son flanc, elle repéra un mouvement au loin. Elle marcha dans cette direction, vers la grange. Elle s'arrêta devant la clôture de bois qui l'entourait, aperçut Samuel en train de mener un cheval vers les stalles, et voulut l'attraper avant qu'il ne disparaisse à l'intérieur.

« Samuel », cria-t-elle, impressionnée par la portée de sa propre voix.

Il se retourna et sourit. Il s'approcha de l'endroit où elle se tenait, debout sur la première lisse de la clôture. Il traînait le cheval derrière lui.

« Oh, vous autres en avez terminé au champ ? demanda-t-il.

— Ben, tu me vois ici devant cette grange, répondit-elle en calant la main sur sa hanche.

— Bon, alors… », dit Samuel dans un éclat de rire.

Elle lança une jambe par-dessus la barrière, puis l'autre, et s'assit sur la lisse du haut.

« Qu'est-ce que t'as de prévu pour ton jour de repos ? » demanda-t-elle en jetant un coup d'œil par-dessus lui, à l'intérieur de la grange. Elle vit une silhouette se déplacer dans la pénombre et sut que c'était Isaiah, à coup sûr, même sans le voir distinctement. Son regard revint se poser sur Samuel et elle sourit devant la manière dont le soleil tendre et la lueur naissante des étoiles illuminaient sa peau et faisaient ressortir ses reflets bitumeux.

« Rien du tout. Je serai là avec 'Zay. »

Un silence s'installa entre eux, qui donna à Puah une chance de remarquer la moiteur des lèvres de Samuel. Elle lui pardonna de ne pas lui poser de questions sur ce qu'elle-même ferait de son dimanche.

« Je vais sans doute passer voir Sarah pour qu'elle tresse mes cheveux. Elle sait s'y prendre… » Puah toucha ses cheveux et tira une natte sur son front, la tenant par le bout.

« Il est où, Dug ? » demanda Samuel, parlant de son prétendu petit frère.

Puah fit un bruit de bouche dédaigneux. « Quelque part dans les jupons de Be Auntie, j'imagine. Les garçons devraient pas rester collés à leur manman comme ça. »

Samuel contempla le sol et serra un peu plus fort les rênes du cheval.

« Oh, je voulais pas…

— Je sais », l'interrompit Samuel. Il donna un coup de pied dans les mauvaises herbes et se pencha pour ramasser un caillou. Il le lança par-dessus la clôture. Puah le suivit des yeux dans les airs, jusqu'à ce qu'il retombe, là-bas.

« Tu lances loin. » Les lèvres de Puah s'écartèrent dans un sourire, que Samuel lui rendit.

« Tu devrais venir chez Sarah avec moi, demain », dit-elle.

Samuel tordit les lèvres à cette idée.

« Quoi ? T'aimes pas Sarah ? »

Samuel rit. « Je l'aime assez, Sarah. Mais je suis censé faire quoi, moi, rester assis là et la regarder te faire des nattes ? »

Puah sauta au bas de la clôture.

« Ouais », dit-elle en s'approchant de Samuel. Elle tendit le bras pour lui toucher les cheveux ; ils étaient noueux et poussiéreux.

« Et peut-être qu'elle t'en fera aussi. »

Ils restèrent plantés là à respirer sans rien dire. Samuel n'arrivait pas à la regarder dans les yeux, et Puah n'arrivait pas à fixer autre chose que les siens. Samuel avait le genre d'yeux qui invitaient les gens à s'approcher, les saluaient puis leur refermaient calmement la porte à la figure. Et sans savoir pourquoi, plantés là du mauvais côté, les gens se sentaient obligés de frapper dessus jusqu'à ce que, pris d'une sorte de pitié, Samuel l'ouvre. Ses cheveux s'entortillaient dans la main de Puah, et Samuel ferma les yeux au moment où les lèvres de Puah s'écartaient.

Par-dessus son épaule, Puah aperçut Isaiah adossé à la porte de la grange. Il avait les bras croisés et une jambe repliée, son pied posé à plat contre le bois. Sur son visage, il n'y avait ni moue ni sourire. Il semblait suspendu entre les deux, regard tourné vers l'extérieur mais fixant le dedans. De temps à autre, il chassait les mouches mais, pour le reste, ne bougeait pas. Elle cessa de jouer avec les cheveux de Samuel et salua Isaiah d'un geste de la main, que celui-ci parut ne pas remarquer. Si bien qu'elle l'appela. Il décroisa les bras et s'écarta de la porte. Il semblait hésiter à les rejoindre. Il regarda Samuel et Samuel se tourna vers lui. S'ils se dirent quelque chose, elle ne l'entendit pas. Mais il semblait bien y avoir une sorte d'échange entre eux. Isaiah s'approcha sans hâte. Il arriva derrière Samuel, lui toucha le dos en se portant à sa hauteur. Le cheval fit deux pas, puis s'immobilisa de nouveau.

« Hé, Puah », lança Isaiah d'une voix si rassurante qu'elle se sentit presque la bienvenue dans cet espace qui donnait généralement l'impression d'être coupé de tout le reste. Mais sous cette surface, elle détecta autre chose dans la tranquillité de son ton, une chose hérissée de piquants qui fit passer un frisson sur le dessus de son crâne. Elle le regarda et vit une expression fugace traverser son visage.

« J'étais en train de dire à Samuel qu'il devrait venir avec moi chez Sarah, demain, pour qu'elle natte ses cheveux. Il serait beau comme ça, pas vrai ? »

Elle ne disait pas cela pour blesser Isaiah. Elle était sincère. Isaiah étudia Samuel de la tête aux pieds.

« Moi, je le trouve beau aussi comme ça. Après, à lui de choisir comment il veut le montrer », dit Isaiah, tout sourires. Il posa la main sur l'épaule de Samuel. « Faut que je finisse tout ça, Sam. Donne-moi ce cheval-là, que je le ramène à sa stalle. Allez, mon gars. Bonne soirée à vous, miss Puah.

— Puah tout court », corrigea-t-elle. Isaiah s'excusa d'un hochement de tête et il s'éloigna, rênes en main, traînant l'étalon derrière lui. Puah les regarda entrer dans la grange, puis se concentra de nouveau sur Samuel.

« Il a raison. T'es beau aussi comme ça. N'empêche, j'aimerais bien que tu choisisses les nattes. » Elle sourit et se retourna pour escalader la clôture.

« Bonne nuit, Sam-u-eeeel. » Elle le gratifia d'un clin d'œil. Puis elle sauta de l'autre côté et se dirigea vers sa cabane.

Puah était l'une des deux filles de Be Auntie ; l'autre, un bébé encore, s'appelait Delia. Puah était persuadée que Be Auntie l'avait nommée ainsi avec une malice au fond du cœur, car Puah et la petite partageaient la même couleur nuit.

Tous dormaient sur la même paillasse. Puah n'aimait pas s'allonger à côté de ses semblants de frères. Avec certains d'entre eux (sans que l'âge ait rien à y voir, à sa grande surprise), le simple fait de fermer les yeux et de laisser échapper un ronflement était un appel à des actes que jamais elle n'autorisait. La plupart des nuits, elle dormait recroquevillée dans un coin, le bas de sa robe coincé sous la plante de ses pieds, créant une sorte de tente sous laquelle elle pouvait dissimuler son corps aux regards de ceux qui oseraient l'entreprendre.

Be Auntie lui disait de leur pardonner, que les gens rabaissés faisaient des choses basses. Le travail provoquait en eux une cruauté et un échauffement, mais surtout un échauffement, et parfois, le mieux qu'une femme pouvait faire était d'être une gorgée d'eau. C'est à cela que Puah avait compris que Be Auntie ne pourrait jamais être sa vraie mère, malgré toutes les berceuses chantées, les douleurs bercées. Sa vraie mère ne lui aurait jamais demandé de s'offrir en sacrifice, sans réciprocité, à des idiots ingrats. Sa vraie mère n'aurait pas materné tous les garçons, même les plus grands, et châtié toutes les filles, même les plus gentilles.

« Sans vergogne », grognait Be Auntie dès qu'une fille se trouvait à portée de voix, et Puah n'aimait pas la manière dont ces mots sifflaient à son oreille. C'était comme si – quoi qu'elle puisse faire ou ne pas faire – tous les maux seraient toujours déposés à ses pieds et considérés comme des fruits de ses entrailles. Il n'en avait pas toujours été ainsi. La mémoire du sang le confirmait, et les femmes étaient les porteuses de ce sang.

C'était pire encore lorsque la cruauté venait des femmes. Cela n'aurait pas dû être le cas ; après tout, les femmes faisaient aussi partie des gens. Mais cela était pire. Quand les femmes s'y mettaient, c'était comme être poignardée par deux couteaux au lieu d'un seul. Deux coups de poignard, l'un dans le dos et l'autre dans un endroit qu'on ne pouvait pas voir, seulement sentir.

Peut-être Be Auntie n'avait-elle pas le choix. Peut-être qu'après avoir été si souvent battue par le Massa dans les champs, avant de rentrer à la cabane, marquée dans sa chair, pour y être frappée par la main de son amant, elle avait choisi, finalement, de céder. Peut-être pensait-elle pouvoir influencer les hommes d'une autre manière, les inonder d'une tendresse qu'ils emporteraient et partageraient avec les femmes rencontrées en chemin, s'ils s'en souvenaient encore. C'était là le problème. Le désir de pouvoir effaçait la mémoire et la remplaçait par la violence. Les bleus de Be Auntie étaient là pour le prouver. Toutes les femmes ou presque en avaient.

C'était pour ça que Puah détestait tant Dug. Elle savait que toute l'attention, toute l'énergie, tout le lait maternel que Be Auntie lui donnait n'étaient qu'une perte de temps. Quoi qu'elle fasse – quelles que soient la bénédiction des baisers sur les joues ou la douceur de ses chansons, même au plus profond de la nuit –, les mains de Dug deviendraient quand même assez larges pour empoigner fermement une gorge et se refermeraient en un poing assez dur pour briser des dents.

Les hommes et les toubabs partageaient bien plus de choses que les uns et les autres n'auraient voulu l'admettre. Demandez donc à celles qui s'étaient retrouvées un jour à leur merci. Tous prenaient ce qu'ils voulaient ; n'avaient jamais la courtoisie de demander. Tous souriaient d'abord, mais la douleur s'ensuivait toujours. Et tous affirmaient qu'il y avait de bonnes raisons à ce comportement absurde : quelles que soient les forces célestes qui avaient décrété que cet acte devait avoir lieu, que ce qui aurait pu être un plaisir si les deux parties y avaient consenti devait s'effondrer en une chose bâillonnée et mensongère, ces forces échappaient tout autant à leur contrôle que l'éclat du soleil ; cela n'était pas et ne pouvait tout simplement pas être leur faute. La nature était obstinée.

Bref. Puah avait un plan pour échapper au sort de Be Auntie, aux caprices de ses faux frères, et aux toubabs. Elle avait un endroit où se réfugier.

Dans l'imaginaire – là où vivait l'Autre Puah, un lieu qui n'était pas si éloigné, jouxtant l'endroit où vivait Cette Puah, un monde parallèle mais aux couleurs plus vives, aux sons plus nuancés, que Cette Puah ne pouvait voir que lorsqu'elle inclinait sa tête dans la bonne position, exactement, et prêtait attention au rythme de son cœur –, il y avait assez à manger.

L'Autre Puah se gavait paresseusement de fraises et d'autres fruits qui fleuraient bon le sucre, léchait le miel sur les paumes de ses mains et se servait d'un couteau et d'une fourchette pour manger du poulet rôti, dont la chair se détachait délicieusement des os. Là-bas, son rire ne masquait rien et les picotements au bout de ses doigts naissaient des baisers dont on les couvrait de bon cœur. Elle batifolait, l'Autre Puah, parce que personne n'était tapi dans l'ombre à l'attendre, pressé d'abuser de sa gentillesse, d'en mésuser, de la faire gicler sur elle et de l'abandonner là comme une tache en forme d'étoile filante, qui sécherait et, avec le temps, s'écaillerait, avant qu'une brise ou une eau souillée ne l'efface.

Ses courtisans allaient sur des plages de sable noir, la peau comme s'ils étaient faits de la substance même sur laquelle ils marchaient, plus aimants les uns que les autres. Tous chantaient des chansons sur elle, avec des mots qu'elle ne connaissait pas mais qu'elle savait charmants à cause de la douceur avec laquelle ils quittaient leurs lèvres. Et dans l'imaginaire, comme dans le monde d'Empty, elle en choisissait un parmi tous les autres, celui qui avait les yeux comme des portes refermées en douceur et qui forçait tous ceux qui regardaient dedans à improviser un chef-d'œuvre pour pouvoir y frapper. Mais comme tous les rêves, ceux-là étaient interrompus par la pointe acérée du labeur.

Les cris de Dug la ramenèrent à cette réalité. Il faisait son tapage comme s'il savait que cela la replongerait brusquement dans le maintenant, et que l'imaginaire se dissoudrait dans la paume de ses mains. Elle se tourna vers lui, grimaçante de mépris.

« Tu veux quoi, Dug ? »

Il se contenta de sourire.

Ça commence jeune, songea Puah avant de se retirer dans son coin.

La cabane de Sarah sentait le dehors. Elle gardait toujours des pissenlits dans les recoins et en fourrait dans sa paillasse. Toute massive et robuste qu'elle était, avec cette peau dont Puah songeait qu'elle aurait pu remplacer l'ombre, cette femme faisait ce genre de petites choses délicates ; ça, et parer ses cheveux d'une plante qu'on appelait le « souffle de bébé ». Sarah disait qu'elle faisait ça pour se faire croire qu'elle n'était pas prise au piège, que quand elle fermait les yeux, elle s'imaginait en train de flâner sans aucun but précis, aussi vaste qu'une prairie et libérée de ses chaînes, sans un seul toubab à mille kilomètres à la ronde.

Puah franchit le tissu qui pendait, sale, dans l'embrasure de la porte, chez Sarah.

« Tu peux les ramener vers le haut ? lui demanda Puah. Qu'ils touchent pas mon cou. C'est plus frais quand je suis au champ. »

Sarah fit un bruit de bouche. « Bonjour à toi, aussi. »

Puah sourit. Sarah étudia ses cheveux.

« Ma fille, tu me demanderais pas ça si tu les enveloppais tout simplement quand t'es là-bas, comme tout le monde.

— Pff, j'ai pas envie de m'embêter avec ça. Et puis le foulard, ça tient encore plus chaud. »

Sarah secoua la tête. « C'est pour ça que tes nattes restent jamais longues. Tu fais n'importe quoi avec tes cheveux. »

Puah posa les mains sur sa tête et se mit à tourner en rond dans la cabane sur la pointe des pieds, dodelinant des hanches.

« T'appelles ça comment, ce que tu fais ?

— Missy Ruth. Tu vois donc pas comme je suis jolie et délicate ? » Puah battit des paupières. Sarah roula de gros yeux mais ne put s'empêcher de rire.

« Ce que tu peux être bête, ma fille », dit-elle, et elle tira un tabouret de sous la table. Elle se laissa tomber dessus. « Donc, tu voudrais être elle ? »

Puah se reposa sur ses talons. « Non, m'dame !

— Alors arrête-moi ces incantations. » Sarah se frotta les tempes. « Ça suffit les bêtises, laisse-moi donc arranger ces cheveux. »

Puah s'assit par terre entre les jambes de Sarah. Elle ramena les genoux contre sa poitrine et passa les bras autour, l'ourlet de sa robe sagement coincé sous ses pieds. Sarah entreprit de défaire ses nattes en commençant par l'arrière.

« Tes cheveux ont poussé, commenta Sarah pendant ce dénouage.

— Je crois que j'aimerais tout raser.

— Sûrement que tu te rappelles une vieille chose, murmura Sarah en contemplant la nuque de Puah. Comme moi, je me rappelle de vieilles choses. »

Puah bâilla et se gratta derrière l'oreille.

« Arrête de gigoter ! » la réprimanda Sarah.

Après un moment de silence, Puah reprit la parole.

« J'avais demandé à Samuel de venir aussi se faire natter les cheveux. »

Sarah cessa de dénouer. « Et il a dit quoi ?

— Il a pas dit non.

— Mais il a dit oui ?

— Non.

— Mmh mmh ! »

Puah bascula d'une fesse sur l'autre. Jusqu'ici, elle n'avait pas envisagé que Samuel puisse ne pas venir, qu'il puisse ne pas avoir envie de venir, qu'il soit peut-être empêché de venir à cause de… Cela ne ressemblait pas à Samuel de se montrer impoli, de dire qu'il allait venir et de ne pas se présenter. Mais bon, encore une fois, il n'avait jamais rien promis.

Il était le seul homme de toute la plantation à s'être jamais soucié de ce qu'elle pensait, vraiment, sincèrement, à ne pas feindre de s'y intéresser comme une ruse qui sautait aux yeux, dans le seul but de se glisser sous sa robe. Il était le premier homme à ne rien vouloir d'autre que sa compagnie et sa conversation, qui lui remontait le moral quand elle n'allait pas bien en se plantant des marguerites dans les cheveux et en tournant en rond comme un poulet. Costaud comme il était, il n'avait jamais déplacé sa carcasse dans sa direction, ni bloqué sa lumière en lui faisant de l'ombre. Elle sentait qu'Isaiah l'ignorait ou la tolérait à peine, mais savait que Samuel la voyait vraiment telle qu'elle était et que sa grâce ne le faisait pas reculer.

« J'espère que tu laisses pas Amos te farcir la tête avec ses bêtises, dit Sarah.

— Non.

— Mouais… Ça ressemble bien à Amos de t'envoyer dans cette grange pour causer du grabuge.

— Je cause aucun grabuge, Sarah. Et c'est pas Amos qui m'envoie.

— Qui t'envoie, alors ? »

Puah roula de gros yeux.

« Faut que tu passes à autre chose et que tu laisses ces garçons tranquilles, reprit Sarah.

— Samuel est mon ami, répliqua Puah, sourcils arc-boutés d'indignation.

— Combien de tes “amis” te donnent la chair de poule dans le cou, comme ça ?

— C’est la chaleur.

— On me la fait pas à moi, ma fille. »

Il était parfois difficile de supporter les vérités sans ménagement de Sarah, tout entourées d’épines. Elles n’avaient aucune rondeur, aucun angle poli, chaque pointe était acérée. Cependant, chacune de ces plaies grosses comme des têtes d’épingle ne versait qu’un rien de sang. Dans ces gouttelettes, maîtrisables, Puah distinguait les réponses auxquelles Sarah elle-même n’avait jamais essayé de se confronter. C’était une bénédiction dont la plupart des gens se détournaient. Mais pas Puah. Puah savait que le secret de la force, c’était la quantité de vérité qu’on était capable d’encaisser. Et dans cette plantation peuplée de gens endormis sur un lit de mensonges, elle avait bien l’intention de rester éveillée, et tant pis si cela piquait.

« Eh bien…

— Eh bien, rien du tout. Laisse-le tranquille. » Sarah soupira.

Une chaleur émanait de Puah. Elle avait espéré que Sarah la sentirait, que cela l’apaiserait suffisamment pour savoir qu’elle en avait assez dit et que Puah en avait assez entendu. Rien que de minuscules blessures. Mieux valait souffrir maintenant en compagnie de ses sœurs, que plus tard en portant les gloussements des hommes accrochés au creux de ses reins. Un moment s’écoula avant que Sarah ne reprenne la parole.

« Être chez moi à parler des hommes, ça, pas question. Prennent déjà bien assez de place en nous. Ils nous laissent même pas un coin pour s'étirer un peu ou se coucher sans qu'on nous embête.

— T'as raison, concéda Puah, même si ce n'était qu'en parole.

— Donc, tu veux les ramener vers le haut, c'est ça ?

— Oui, m'dame. »

Sarah fit gentiment basculer la tête de Puah en avant, exposant sa nuque. Puah épousa le mouvement, calant le menton sur sa poitrine.

« Ma Mary avait le crâne si sensible… J'étais obligée de lui faire de grosses nattes. Deux ou trois, pas plus, c'était tout ce qu'elle pouvait supporter. » Sarah éclata de rire. « Toi, t'es pas sensible pour deux sous. Je peux te faire de jolies nattes, bien fines. Et prendre tout le temps que je veux. »

Puah ferma les yeux et en inspira autant qu'elle pouvait.

De temps.

Le soleil était crémeux à l'horizon quand elle se décida à aller voir Samuel. Les autres gens, pour la plupart, étaient assis devant leurs cabanes et s'efforçaient de savourer autant de ce jour que possible avant qu'on le leur arrache des mains. Même les enfants qui, tout à l'heure encore, possédaient une énergie que rien ne pouvait saper s'étaient posés par terre pour pleurer sa disparition.

Puah s'écarta du chemin pour marcher dans les mauvaises herbes qui prospéraient de part et d'autre.

Celles-ci amortissaient son pas et lui rafraîchissaient les pieds. Puah était d'humeur à se faire du bien.

Le temps qu'elle atteigne la grange, le ciel était passé du rose à l'indigo, et le bel éclat qu'avait pris sa peau ne faisait que magnifier sa beauté. Elle avait hâte de montrer à Samuel ce que Sarah avait fait de ses cheveux.

Les portes de la grange étaient ouvertes et une pâle lumière émanait de l'intérieur. Ne voulant pas entrer sans s'annoncer, elle appela Samuel et brisa son nom en trois comme elle seule savait le faire, et seulement lorsqu'elle s'adressait directement à lui.

« Par ici », répondit Samuel.

Elle fit volte-face et les aperçut. Ses lèvres s'écartèrent, imperceptiblement, juste assez pour laisser passer sa langue et les humecter. Mais elle aurait beau les mouiller encore et encore, ses lèvres s'assécheraient aussitôt.

Sam-u-eeeel était là-bas, assis par terre, jambes croisées à plat devant lui. Derrière, Isaiah était assis sur une balle de foin. Il était en train de natter les cheveux de Samuel.

« Hé, Puah, lança Samuel, tout sourires. J'ai suivi ton conseil. Regarde-moi. Moi ! En train de me faire des nattes. C'est pas la meilleure, ça ? Aïe, 'Zay. Tu serres trop !

— Hé, Puah ! » dit Isaiah.

Puah marcha jusqu'au seau posé par terre à côté d'eux. Elle plongea la louche dedans et but deux longues gorgées d'eau. Elle s'assit à même le sol.

« Tes cheveux sont jolis », lui dit Samuel. Isaiah acquiesça du chef.

Elle resta assise là à les regarder, l'air hébété.

« Tout va bien ? » lui demanda Samuel.

Elle ne répondit pas. Elle était trop occupée à pencher la tête sur la gauche, s'efforçant de faire apparaître l'imaginaire. Celui-ci scintilla avant de se dessiner, vaguement, devant elle. Il faisait nuit là-bas aussi, et le clignotement des vers luisants composait une sérénade. Derrière eux, Puah distinguait deux silhouettes. Celles-ci étaient penchées l'une vers l'autre, assises sur la berge d'une rivière étincelante où des poissons capables de voler sautaient tour à tour dans les airs, avant de replonger. Puis les deux silhouettes se levaient et marchaient vers le branle-bas des lucioles. La silhouette masculine, grande et baraquée, prenait la plantureuse figure féminine dans ses bras et ils tourbillonnaient et tourbillonnaient au son d'une musique que Puah entendait à peine. C'était une berceuse. Soudain, toutes les lucioles s'illuminaient à la fois, éclairant le couple. C'était l'Autre Puah et Son Samuel. Elle souriait en le fixant dans les yeux, de plus en plus profondément, et alors, à sa grande surprise, la chose lui apparaissait. Sans aucun doute possible. La porte scellée depuis toujours était entrebâillée. Une lumière jaillissait de l'ouverture, pâle comme une chandelle, mais une lumière quand même. Et la lumière parlait. Elle disait : « Je t'attendais. »

Puah tendit la main vers cette scène, tenta de l'attraper et de s'y accrocher, tandis qu'elle s'éloignait. Puah eut beau pencher la tête d'un côté puis de l'autre, elle ne revenait plus.

« Puah ? » s'inquiéta Isaiah.

Une larme coula sur la joue de Puah.

« Puah ? » demanda Samuel.

Alors, elle se replia sur elle-même, trouvant le réconfort entre ses propres bras. L'ourlet de sa robe sagement coincé sous ses pieds.

Lévitique

« T'es trop comme une femme », dit Samuel tandis qu'il entassait du foin à la fourche, près des stalles. La sueur ruisselait de ses tempes sur ses joues avant de s'amonceler, peu à peu, dans la petite cavité au-dessus de sa clavicule.

Isaiah tenait des seaux dans ses mains. Il s'apprêtait à aller traire les vaches mais se figea net en entendant la remarque de Samuel. Il était surtout frappé par le ton de Samuel : pas tout à fait grossier, mais à coup sûr celui d'un homme qui avait soupesé ses paroles, les avait laissées tourner dans sa tête, puis dans sa bouche, en avait eu assez de les garder prisonnières de sa poitrine, et n'avait pu trouver de répit qu'en les libérant. Isaiah se tourna vers Samuel et parvint quand même à sourire.

« Je te remercie. » Il ponctua d'un clin d'œil son badinage.

« J'essayais pas de te flatter », répliqua Samuel en continuant d'empiler le foin, qui lui arrivait maintenant à la taille.

Isaiah eut un petit rire. « Ben, ça alors. Voilà que tu me dis des mots doux sans même le vouloir. »

Samuel fit un bruit de bouche. Isaiah s'approcha de lui, seaux en main. Les anses grinçaient à chaque pas. Ce bruit irrita Samuel et le hérissa.

« Je t'embête, maintenant ? » demanda Isaiah.

Samuel cessa ses coups de fourche. Il planta l'outil dans le sol avec assez de force pour qu'il tienne debout tout seul. Samuel contempla la fourche, puis fit face à Isaiah.

« J'veux pas de mauviette à mes côtés.

— Où t'as vu que j'étais faible ?

— Tu vois très bien ce que je veux dire.

— Nan, m'sieur, je vois pas », rétorqua Isaiah. Il posa les seaux par terre à côté de la fourche. « Mais je crois bien que tu me traites comme ça parce que je te fais penser à une femme. »

Samuel se contenta de le dévisager.

« Sauf que des femmes que tu connais, pas une est faible.

— Mais les toubabs croient qu'elles le sont.

— Les toubabs nous croient tous faibles. » Isaiah secoua la tête. « Tu te soucies trop de ce qu'ils pensent.

— Vaut mieux que je m'en soucie. Et tu ferais bien aussi ! » La poitrine de Samuel se gonfla, comme prête à se libérer de nouveau.

« Pourquoi ?

— Tout le monde peut pas être contre nous, 'Zay ! » s'écria Samuel.

Samuel n'avait jamais parlé à Isaiah sur ce ton, et Isaiah vit la sueur sur le front de Samuel et l'expression peinée de son visage, annonçant les regrets qui déjà s'y gravaient. Isaiah avala une grande bouffée d'air, baissa les yeux vers le sol, refusant d'égaler le fracas qui venait de l'agresser. Au lieu de quoi, il parla d'une voix douce.

« Et tout le monde peut pas vouloir qu'on soit ce qu'ils veulent qu'on soit. »

Samuel posa son bras sur le manche de la fourche. Il s'épongea le front du dos de sa main. Il regrettait de s'être laissé aller à s'ouvrir de la sorte. Un homme, songeait-il, devrait mieux contrôler ses portes et ses verrous. Mais certaines portes, une fois ouvertes, ne pouvaient plus être verrouillées. Il dévisagea Isaiah. Il le fixa droit dans les yeux et se laissa presque convaincre, par leurs tendres contours, par les épais sourcils soyeux qui les couronnaient, de laisser tomber. Presque.

« Et ton nom, alors ? »

Isaiah plissa le front. « Mon nom…, murmura-t-il. Comment peux-tu même… »

Samuel s'essuya le front à deux mains mais ne sut quoi faire d'elles après, si bien qu'il les serra en poings. Il fixait Isaiah d'un regard insistant.

« Depuis quand t'as vu Big Hosea avoir un problème avec qui que ce soit, hein ? »

Les lèvres d'Isaiah s'entrouvrirent, mais seul un silence combla l'espace.

« Je le connais depuis qu'on est petits. T'as vu comment il s'en est pris à moi ? Et pour quoi ? grogna Samuel.

— Je sais, et…

— Et toi, t'as fait quoi ? T'es resté planté là au lieu d'aider.

— C'est moi qui t'ai arraché de lui !

— Alors que t'aurais dû m'aider à lui coller une raclée ! »

Isaiah manqua s'effondrer sous le poids de ces mots. Il se pencha en avant. Il posa les mains sur ses cuisses, juste au-dessus des genoux, pour se reprendre. Il vida ses poumons. Ses yeux restèrent rivés au sol.

Samuel le mira des pieds à la tête. « Ouais. »

Isaiah ne se laisserait pas écraser par cette pesanteur, ni par la tentative de Samuel d'en rajouter encore dessus. Il se redressa de toute sa hauteur. Il fit deux pas vers Samuel. Il le regarda dans les yeux puis se détourna pour mettre de l'ordre dans ses pensées. Pendant ce temps, Samuel avait campé ses pieds fermement sur le sol et fait craquer ses doigts.

« T'as raison. Désolé, dit Isaiah en fixant de nouveau les yeux plissés de Samuel. J'aurais dû faire plus mais j'ai pas voulu, pour pas qu'Amos croie qu'il a pris le dessus – ou que les gens pensent qu'on est ce qu'ils disent qu'on est. »

Les lèvres de Samuel étaient sèches et terreuses, alors il les lécha. Sa langue sortit furtivement, trempant d'abord celle du bas, puis l'autre. Il sentit un goût de sel. Sa main se posa sur le manche de la fourche.

« Les gens écoutent Amos. Peut-être qu'on devrait aussi », dit-il. Sa poigne autour du manche était lâche, mal assurée.

« Non, répliqua vivement Isaiah. Je suis jeune. Jeune comme toi. Mais je sais une chose, parce qu'y faut pas longtemps pour l'apprendre : celui qu'a un fouet s'en servira. Et ceux qu'en ont pas vont le sentir. »

Samuel déplanta brusquement la fourche.

« Amos a pas de fouet ! dit-il en se remettant furieusement à empiler le foin.

— N'empêche, les gens lui obéiront tout pareil », répliqua Isaiah.

Samuel s'interrompit et laissa tomber la fourche. L'outil heurta le sol dans un claquement sourd. Ils restèrent figés tous les deux, en silence, sans se regarder, mais ils avaient le souffle lourd, sonore. Au bout d'un moment, Samuel brisa le silence en deux.

« Je peux pas rester ici.

— Qui le pourrait ? » demanda Isaiah.

Samuel marqua une pause. Il n'avait pas de réponse satisfaisante. Cette évidence lui brûla la poitrine, démangea son visage. Il fit claquer ses paumes moites l'une contre l'autre. Ce bruit sec et soudain fit sursauter un cheval ou deux avant de se dissiper. Mais il ne parvint pas à distraire Isaiah. Son regard demeura fixe, son visage toujours prêt à recevoir une réponse à sa question.

« T'avais jamais parlé comme ça, dit Isaiah d'une voix calme.

— Parlé, peut-être pas, répondit Samuel.

— Mais pensé ? C'est impossible. Même en plein minuit. »

Dans les yeux d'Isaiah, il y avait une brume, la nuit et deux paires de pieds calleux se faufilant en douce sur la berge d'une rivière. Des chouettes hululaient et les craquements de branches mortes brisées par des pas lourds retentissaient, distants. Beaucoup plus loin, une pointe de lumière, les voix et les rires d'hommes ensauvagés. Un éclat de métal aperçu à la lueur de la lune et les deux paires de pieds accélèrent, dans le mouillé de la rivière. Boueux et fatigués. Puis deux corps entiers s'immergent et, bien que paniqués, refusent de faire la moindre éclaboussure de crainte d'attirer l'attention des chacals déguisés en hommes.

Mais le silence n'offre aucun abri et la sauvagerie les rattrape et les tire hors de l'eau, par les pieds, sur des roches déchiquetées et les branches brisées du sous-bois, jusqu'à ce qu'ils débouchent sur un bosquet d'arbres amers et impatients, désireux de commettre des actes de vengeance au nom d'un fruit volé. Les hommes ont des cordes, des rires, des doigts crochetés sur des détentes. Les hommes ligotent leurs proies. Des nœuds coulants brûlent les cous. Resserrés, ils bloquent l'air. Puis les yeux se compriment et les gorges pleurent le cri refusé. On tire. On tire. Les corps s'élèvent dans les airs. Donnent des coups de pied dans le rien alentour. Volent, vers nulle part.

Au bout d'un moment, essorés jusqu'à l'âme, ils se font flasques, insulte à ces dieux au rire mauvais. Alors ceux-ci vident leurs armes sur les déjà-morts. Puis ils aspergent d'essence les cadavres et leur mettent le feu. Ils se croient à un feu de camp, alors ils chantent des chansons. *Voyez les singes. Voyez les singes. Qui se balancent. Qui se balancent du haut des arbres.* Les flammes finissent par mourir et les corps par tomber. Les hommes ensauvagés se disputent les meilleurs morceaux à rapporter à la maison.

Isaiah revint brusquement à la grange, et il se rendit compte que tout ce temps, il était resté planté là, et que ni lui ni Samuel n'avaient même essayé de toucher l'autre. Il s'approcha encore d'un pas et caressa la joue de Samuel du dos de la main, ses jointures rugueuses trouvant un peu de réconfort contre la peau douce de Samuel. Samuel ferma les yeux, épousant le rythme du geste d'Isaiah, avant de finalement empoigner la main d'Isaiah et de la bloquer là, contre son visage. Samuel embrassa la main d'Isaiah.

« Il y a péril dans la sauvagerie des bois », s'épancha Isaiah. Il se disait qu'il était juste d'en partager à deux le poids. Samuel le souleva, l'inspecta et remarqua une faille dedans. Ces corps qui se balançaient comme des singes : comment avaient-ils osé tomber sans combattre ?

« Il y a péril *ici* », répliqua Samuel. Il gratifia Isaiah d'une moue indignée, cruelle presque, et ramassa la fourche. Isaiah l'attrapa par le poignet. Il scruta le visage de Samuel en quête d'une ouverture, si étroite soit-elle.

« Nous brise pas, vieux.

— Je suis pas là, peut-être ? demanda Samuel, sans tout à fait soutenir le regard d'Isaiah. Tu me vois ou pas ? »

Il se dégagea de la poigne d'Isaiah et retourna à sa corvée. Pendant un moment, Isaiah ne bougea pas. Il était étrangement calmé par le bruit répétitif des coups de fourche de Samuel, le une-deux monotone de son geste.

« Je pourrais le faire, tu sais, finit par dire Samuel. Faire ça avec toutes ces femmes. C'est juste que je veux pas. »

Isaiah recula, tourna sa bouche d'un côté.

« Tu t'es jamais dit ça ? lui demanda Samuel.

— Donc, tu veux blesser deux personnes, une suffit pas ? » Isaiah parcourut la grange du regard – les chevaux dans les stalles, les meules de foin, les outils suspendus n'importe comment à des clous rouillés, le toit et ses poutres de bois entrecroisées. Il regarda et regarda comme s'il s'agissait de son esprit et qu'il cherchait la réponse à la question de Samuel, mais il ne trouvait là que des fissures.

« Parfois, je te connais même pas, dit tout haut Isaiah, sans quitter des yeux les parois de la grange.

— Tu me connais. Je suis le toi que tu veux pas laisser libre. »

Isaiah allait répliquer, *Tu veux dire le moi que j'ai libéré*, mais n'en vit pas l'intérêt. « Sûr qu'elles t'en sont reconnaissantes, répondit-il à la place. Les femmes, j'veux dire. D'en être capable. Puah, surtout. »

Samuel l'enveloppa d'un regard mauvais. « T'es jaloux.

— Peut-être. Mais pas pour la raison que tu crois.

— Je dis ça comme ça, c'est tout. Si t'es d'humeur à rester là, ce serait plus facile que… »

Isaiah le coupa. « Tout ce que tu décideras aura ma bénédiction. »

Avec force, Samuel souffla une bouffée d'air par le nez, et dressa celui-ci. « T'es différent. » Il n'avait pas eu l'intention de le dire tout haut, mais c'était trop tard. Ces mots avaient déjà donné une grosse pichenette sur le front d'Isaiah, lui avaient pincé le bras comme une mère fâchée. Tout ce que pouvait faire Isaiah, c'était frotter les endroits douloureux, et offrir à Samuel le regard annonçant sa capitulation.

Samuel restait planté là et, pour la première fois, il fut incommodé par la puanteur de la grange et la manière dont elle s'accrochait à sa peau. Il remarqua, sous l'odeur de sel, quelque chose d'aigre, comme de la nourriture qu'on aurait laissée pourrir. Il se boucha le nez pendant quelques instants et réprima un haut-le-cœur. Finalement, il se dirigea vers les seaux qu'Isaiah avait posés par terre.

« Laisse-moi faire ça. Toi, occupe-toi du foin », dit-il en empoignant les seaux avant de se diriger vers la porte de la grange. Il sentit le regard d'Isaiah dans son dos, oui, mais sa caresse aussi. Et ne s'arrêta pas.

Il alla trouver les vaches, qui l'accueillirent tumultueusement, meuglant leur anxiété.

« Vous cherchez 'Zay, hein ? » leur dit-il.

Il s'assit sur le petit tabouret de bois et chassa les mouches qui voletaient autour de son crâne.

« Je te demande pardon », souffla-t-il à la vache la plus proche.

Puis il empoigna ses pis et se mit à tirer dessus.

Ô Sarah !

Après avoir léché la joue de Sarah, le yovo avait dit qu'il savait qu'elle était robuste parce qu'elle avait encore goût d'eau salée. Yovo était une chose ancienne dont Maggie disait que personne d'autre ne la comprendrait, alors Sarah ferait aussi bien de les appeler toubabs comme tous les autres. Une langue commune, c'est ainsi qu'ils avaient pu créer un lien entre eux, alors même qu'ils vivaient sur le plus étranger des sols. Ils avaient apporté des centaines de langues, de pratiques divines et d'ancêtres. Ceux qui ne se les étaient pas fait arracher jusque de leurs rêves savaient qu'il valait mieux ne pas en parler à portée d'oreilles indiscrètes, car la trahison aussi était un bien monnayable.

« Garde ça sous ta poitrine, lui avait dit Maggie. Peut-être à l'intérieur d'une joue. Pas loin, mais caché. Que ce soit facile à atteindre quand t'en auras besoin. Fie-toi à ça. »

Malgré cette langue unificatrice partagée par tous, personne ne voulait entendre son histoire du bateau. Les récits des chariots étaient déjà bien assez durs. Mais rester assis tandis que Sarah révélait comment, quand on n'avait plus d'autre choix, enfermé à l'étroit et encerclé par la chaleur, l'humidité et les membres du navire indocile, le vomi pouvait devenir un repas – ça, c'était vraiment trop. La plupart des gens avec lesquels elle se retrouvait à vivre ici, à Empty, ignoraient tout des bateaux. Ils étaient nés sur ces terres volées, sous le regard vigilant d'un peuple dont les yeux – bonté divine ! – semblaient luire dans l'obscurité comme ceux de bêtes prêtes à bondir. Voyez, les premières mains à les avoir touchés étaient privées de peau – comment attendre d'eux qu'ils forment un auditoire bien disposé ? Elle ne se sentait donc pas insultée par leur choix de la laisser sans témoins. Cela signifiait peut-être que son nom finirait par sombrer dans l'oubli, et les filles qui viendraient après ne pourraient plus compter sur elle pour leur montrer à toutes qui, précisément, les avait précédées. C'est là que la honte prenait véritablement ses racines. Sarah conservait donc tout ça, absolument tout, verrouillé sous son crâne avec la foule des autres choses qui s'entassaient dans cet espace sans même la courtoisie d'un « Tout va bien ? ».

Il avait léché la joue de Sarah sur la grand-place d'un endroit nommé Charleston, en Caroline du Sud – où les corps venus des bateaux s'échouaient à marée haute et jonchaient le rivage –, et déclaré qu'elle avait encore le sel en elle et les bras qu'il fallait pour couper la canne. Ils l'avaient traînée là depuis les îles des Vierges, un nom qui lui semblait absurde au vu des viols qui parfois n'attendaient même pas la lueur de la lune. Elle s'était aguerrie, là-bas. Ils avaient essayé de la briser en deux. Elle était si jeune qu'ils avaient presque réussi. Mais des souvenirs étaient restés piégés au fond de son esprit.

Le premier endroit où elle avait vécu n'était pas au bord d'une mer. Il se trouvait au fond de la brousse, qui les protégeait, eux et la terre, du soleil, et avait rendu leurs yeux adaptés à la nuit. Des fleurs brillaient tout autour d'elle de couleurs qu'elle n'avait jamais vues nulle part à Miraguana, Saint-Thomas, Charleston ou Vicksburg. Les fruits abondaient et les prunes étaient gorgées de ce jus qui coulait au coin de sa bouche et frémissait aussi sûrement qu'une rosée sur le rebord de son menton.

Elle n'avait pas encore atteint son nom, c'est-à-dire qu'elle n'était pas assez grande pour qu'on lui en donne un, car les noms naissaient de la manière dont votre âme se manifestait, et cela, nul ne pouvait le savoir jusqu'à ce qu'il soit temps de laisser derrière soi la fille pour devenir ce qu'on choisissait d'être ensuite. Mais tout le monde devait commencer par là : fille. Fille, c'était l'oméga. Dans le ventre des mères déjà, disaient les guérisseurs de là-bas, le commencement était là avant que rien ne puisse changer. Les cercles venaient avant les lignes droites ; c'était cela qu'il fallait honorer. Quand les bébés arrivaient, c'étaient des filles, quelle que soit la paix qui bourgeonnait entre leurs cuisses. Des filles jusqu'à l'issue de cette cérémonie où chacun choisissait : femme, homme, libre, ou tout à la fois.

Une fille avec tant de mères, de tantes et de sœurs, drapée dans les tissus les plus soyeux, pas un seul regard malveillant ni même importun. Sarah se souvenait surtout des rires, mais aussi du doigt menaçant le jour où elle avait tenté de se faufiler hors de la protection de la brousse.

« Tu veux te faire dévorer par un lion, ou bien ?

— Non.

— Alors, viens ici tout de suite, mon enfant ! »

Elle avait rejoint, la mort dans l'âme, les bras des nombreuses mères, mais elle finirait tout de même dévorée par un lion. Et personne n'entendrait son récit du bateau. Rien du balancement qui donnait mal au cœur, ni des marques laissées par les lourds fers sur les poignets et les chevilles. Pas un mot prononcé sur cette chose dans un coin qui bougeait, et Sarah était sûre qu'il ne s'agissait pas d'une ombre car il y avait trop peu de lumière pour en projeter une. Au lieu de ça, silence. *Personne ne veut écouter ces vieilles sornettes d'Afrique. Nous sommes ici maintenant, pas vrai ? Ça fait quelle différence avec avant le bateau ? C'était le danger. Le danger était vivant, tu entends ? Il vivait. Rien de là-bas ne peut plus nous sauver, ici.*

Ils la réduisaient au silence, tous sauf Maggie, qui avait beaucoup en elle d'une chose ancienne.

Doucement, Sarah, ô Sarah. Réjouis-toi. Les souvenirs sont encore là, tu peux les conserver.

S'ils avaient été disposés à endosser ce qu'elle portait, elle aurait pu leur dire ce qu'elle avait appris sur la possibilité d'être libre. Après qu'on l'avait vendue, la rumeur avait voyagé par-delà les eaux depuis Saint-Dominique que les gens là-bas en avaient eu assez. Ces mêmes lames avec lesquelles ils avaient longtemps coupé la canne étaient à présent levées bien haut, à l'unisson et en chargeant, et tant de sang coulait que la terre elle-même était noire et avait perdu son moelleux. Sarah s'était demandé si le sol de Charleston pouvait lui aussi être transformé de la sorte. Ils avaient tous des lames. Sûr, les Yovo (toubabs, maintenant) en avaient placé une dans sa main et attendaient de Sarah qu'elle coupe la canne comme si c'était le seul usage possible de son foutu tranchant. Mais la lever, c'était accepter le risque que le danger devienne vivant. Et comment aurait-elle pu offrir à cette chose rampante une chance de s'approcher de sa Mary ?

Leur premier baiser avait eu lieu sous l'arche des copalmes. Aucune humidité dans l'air, mais entre elles, si. C'était le printemps et leur calme était né de l'étreinte. Souffle. Lenteur. Clignements de paupières. Un menton qui se lève et l'autre baissé. Une mèche égarée que Sarah avait rabattue derrière l'oreille de Mary.

« Je te la natterai plus tard, d'accord ?

— Oui, d'accord. »

Peut-être n'y avait-il pas que le danger ; toute peau vivait aussi, peut-être. Peut-être tous les corps comprenaient-ils quand on les touchait avec douceur. Se pouvait-il que les courbes des seins et des fesses aient été précisément façonnées pour une main relâchée, une bouche savante ? La seule chose dont Sarah était sûre, c'était qu'au moment où Mary et elle étaient entrelacées, elles étaient *entre*lacées : les jambes s'emboîtaient, et les deux buissons qui contenaient chacun ses propres étoiles brillantes s'unissaient. Les ventres s'élevaient et retombaient et jamais – pas une fois – elles n'avaient manqué de scruter le visage de l'autre et de voir ce qui, véritablement, s'y trouvait, même si Charleston s'évertuait à prétendre le contraire.

Sarah reconnaissait ce même regard entre Isaiah et Samuel, parfois. Parfois seulement, car le plus dur des deux, Samuel – qui semblait choisir *homme* faute de comprendre à quel point cela l'éloignait des autres possibilités –, se battait contre lui-même pour la simple raison que son désir ne ressemblait à rien de ce qu'il avait vu jusqu'alors. L'autre, Isaiah, avait une meilleure imagination. Sarah ne savait pas au juste s'il avait choisi *femme* ou *libre*, mais à l'évidence l'un des deux, car la violence n'était pas son élan premier.

Étant donné le nombre de fois où Sarah avait posé pied sur un rivage avide mais inhospitalier, elle était bien placée pour savoir. Sur fond de soleil déclinant, dans l'air dégoulinant d'humidité et embaumé de chèvrefeuille, elle avait souvent vu Samuel détourner son corps quand Isaiah offrait le sien. Elle avait vu la hache dans la main de Samuel et le seau dans celle d'Isaiah. Car Isaiah s'occupait de traire les vaches, Samuel d'abattre les cochons. Le sourire durement gagné d'Isaiah et les poings aisément compréhensibles de Samuel : elle pouvait attribuer sans risque de se tromper la joie à l'un et le désespoir à l'autre, car l'esprit du premier avait visiblement déployé ses ailes tandis que celui du second trouvait encore refuge dans l'écho des grottes. Tous deux, elle le savait, avaient un but, si imparfait fût-il. La vie, on s'y accrochait, par un baume ou par une épée.

Aucun de ceux qui regardaient ne pouvait voir ce qu'elle voyait, car pas un ne savait ce qu'elle savait. Pour tous les autres, Samuel et Isaiah avaient fusionné en une seule et même masse bleu-noir, définie par la croyance erronée que c'était une virilité brisée qui enduisait leur peau et pas, quoi – du courage ? Même si cela pouvait être aussi de la témérité.

Fille, c'est le foutu commencement. Tout ce qui vient après est déterminé par l'âme.

Il n'y avait pas de copalmes à Empty, si bien qu'Isaiah en particulier, mais Samuel aussi n'avaient sans doute pas eu d'autre choix que de se rabattre sur l'abri d'un toit de grange miteux que même la pâleur de la lune pouvait percer si elle le désirait. Leur sécurité était donc moindre et elle avait de la peine pour eux, mais seulement dans la mesure où cela s'enracinait dans sa propre mémoire de ce qui était perdu.

Attendez.

Non, pas perdu. Ce n'était pas quelque chose qu'elle aurait égaré fortuitement en déambulant. Quelqu'un avait conçu une séparation extrêmement pénible entre les deux ailes de ses côtes. C'était un espace sans protection – le seul.

Chaque fois qu'elle voyait Isaiah et Samuel, elle maudissait la distance qui la séparait de Mary, et les gens qui l'avaient placée là, cette distance. Et qu'y avait-il entre les deux si ce n'est des ronces d'acier, bien vertes, aux épines prêtes à percer non seulement les pieds courant rejoindre la disparue pour l'étreindre enfin, mais la poitrine aussi, car c'était là le coffre où reposait le trésor. Quand elle voyait Isaiah et Samuel, la distance s'étirait et se faisait plus enchevêtrée encore. Mais les voir lui faisait par ailleurs perdre de sa dureté car elle n'oubliait pas, non plus, comment cela allait finir.

Mary était-elle toujours à Charleston ? Probablement. Il n'y avait pas eu besoin de la vendre, elle aussi. La canne était déjà en soit un châtiment. Mais ils lui apprendraient quand même, pour le restant de ses jours, le sens du mot *sucre*. Certains jours, il était plus sûr de l'imaginer morte : un corps bien en chair voué au sol, sous des couches et des couches de terre, où il deviendrait un autre genre de nourriture. D'autres fois, Sarah ne pouvait s'empêcher d'imaginer Mary, une lame sanglée à son bras qui s'abattait, couvert d'un sang qui n'était pas le sien. Mais ce qui s'était passé n'était ni l'un ni l'autre. En vérité, c'était des mains de Sarah, et non de Mary, qu'ils avaient dû arracher de force la lame. Pourquoi la lui avaient-ils donnée, d'ailleurs ? Si elle pouvait faucher la canne, elle pouvait faucher les hommes. Le fait qu'ils n'aient rien voulu savoir de ses refus lui avait donné l'occasion de mettre cette théorie à l'épreuve. Elle avait trop de son peuple en elle, et il en serait toujours ainsi.

« On était condamnées dès le début, pas vrai ? »

C'était la dernière chose qu'elle avait dite à Mary avant qu'ils n'attachent Sarah sur le chariot et ne l'envoient dans le Mississippi. Il ne servait à rien d'exprimer les choses qu'on ressentait vraiment, car elles étaient déjà connues. Sarah s'était dit au contraire que le temps devait être consacré à contempler le visage de son Unique, à l'étudier de telle sorte qu'au fond, tout au fond de la nuit, le seul moment où un réconfort véritable pouvait exister, quand ses mains se glissaient entre ses propres cuisses – c'était ce visage-*là* qu'elle verrait. Alors, et alors seulement, elle pouvait projeter ses jus dans les airs dans l'espoir qu'eux aussi se graveraient là-haut, comme ce ciel que son Unique, où qu'elle se trouve, pouvait voir elle aussi et, quand la pluie tombait, s'en désaltérer.

Ô Sarah ! Empty, c'était une autre chose. La plus profonde. La plus basse. C'était le fond du bas-fond. C'était l'abîme le plus bleu. C'était la fosse *et* le mausolée. Mais brièvement, juste un instant, vous pouviez encore remonter prendre l'air. Malgré le sang et les cris et l'accablante chaleur, ici, c'était aussi l'endroit où Essie chantait parfois au champ et rendait le ramassage moins monstrueux, à défaut d'être moins éreintant. Oh, elle ouvrait la bouche et lâchait une note qui vous faisait gronder les tripes car c'était la vibration de la vie même. Les papillons devaient le savoir aussi ; Sarah le voyait à la manière qu'ils avaient de jouer à virevolter autour de la tête d'Essie.

Et à sa manière liminaire, Sarah, tout comme les papillons d'Essie, frôlait les contours d'Isaiah et de Samuel, ce qui lui laissait la place de ne pas *trop* donner d'elle-même car à peu près tout, à Empty, vidait et vidait et vidait, et le remplissage était aussi étranger à ce lieu que la gentillesse. Mais celui qui savait le mieux choisir car il avait clairement opté pour *femme* ou *libre* l'avait un peu – un tout petit peu – fait flancher, en dépit du bon sens.

Un soir, au crépuscule, Isaiah était au bord de la rivière. Sarah détestait que le ciel puisse faire ça – déployer ses couleurs sur toute la création en nuances de violet avec des touches d'orange, un moment strictement conçu pour l'union. Et pourtant, le reste de la nature s'acharnait à refuser à ses seins la chaleur des caresses de son amante. Mais Isaiah n'en était pas moins courbé sur ce fond-là, l'air perdu. Il était sans Samuel et Sarah se dit que Samuel ne pouvait supporter d'être où que ce soit, unis, en l'absence d'un toit de grange. Elle s'approcha. Sa tête était encore enveloppée d'un foulard après la longue journée et sa robe, trempée de labeur. Elle brillait des éclats combinés du ciel. Isaiah contemplait les verveines bleues qui parsemaient l'orée des terres, mais il avait suffisamment de jugeote pour ne pas aller plus près encore de la lèvre de la rivière. Il sourit à son approche et pointa du doigt les fleurs.

« Le bleu peut faire mal, vous savez », dit-il quand elle fut à sa hauteur. Elle le jaugea du regard.

« Tu connais rien au bleu », dit-elle, attendant de voir comment il allait protester.

Il se tourna de nouveau vers les fleurs. « Vous avez raison. » Il courba le front.

Elle ne s'attendait pas à ça. Elle inspira profondément avant de vider lentement ses poumons. Elle ferma les yeux pendant quelques instants puis avala une autre bouffée d'air, qui plaqua sur sa langue ce mélange de fleurs sauvages et d'eau de la rivière. Quand elle rouvrit les yeux, elle contemplait l'autre rive. Elle maintint son regard.

« Votre chose, à vous autres, c'est une vieille chose », dit-elle d'une voix douce.

Isaiah la regarda. « D'avant, vous voulez dire ? De là d'où vous venez ?

— Personne a jamais écouté mais, oui.

— J'aimerais que vous me racontiez », répondit Isaiah.

Sarah sourit. *Une toute petite chose, mais si bonne*, songea-t-elle. Elle posa la main sur sa poitrine.

« Tout ce que je peux te dire, c'est tenez autant que vous pourrez. Seule la douleur est garantie. Mais tenez. » Elle pointa son doigt vers l'est. « J'aurais dû. »

Isaiah eut de nouveau l'air perdu, mais il hocha la tête. La seule raison pour laquelle elle lui avait dit ne serait-ce que cela, c'était sa certitude qu'il avait choisi *femme* ou *libre*. De sorte qu'une réaction calme à ce qu'elle savait était plus probable qu'un rejet. Isaiah planta son pied dans l'eau et le fit tourner.

« Continue, dit-elle, surprise qu'il ait même ce geste en lui. Maintenant, arrête. »

Isaiah la dévisagea.

« Qu'est-ce que tu vois ? demanda-t-elle en désignant l'eau.

— Quelque chose, répondit-il, scrutant le trouble. Un visage ? Le visage d'une femme ? » Isaiah se pencha plus près. « Elle regarde… elle vous regarde ! »

Le sourire de Sarah le prit au dépourvu. Elle laissa échapper un petit rire. Elle se demanda pourquoi Mary envoyait le message à travers lui et pas elle, mais elle était contente.

« Merci, dit-elle à Isaiah, se tournant vers lui et croisant fugacement son regard.

— De quoi ? demanda-t-il.

— C'est rien d'important, répliqua Sarah. Tu m'as aidée. Et t'as toute ma compassion. »

Isaiah la regarda sans rien dire.

« Ça doit pas être facile d'avoir tous les gens qui vous tournent le dos.

— Pas tous, dit Isaiah.

— Mmh », marmonna-t-elle. Puis elle détourna le regard.

Les yeux d'Isaiah revinrent se poser sur la rivière. « Oh ! Le visage est plus là. »

Sarah s'essuya le front et toucha son foulard comme pour vérifier qu'il était toujours bien en place. « Il reviendra. Un jour ou l'autre. »

Isaiah avait hoché la tête, alors, et il s'apprêtait de nouveau à faire tourner son pied quand James les avait rejoints. Il était arrivé derrière eux sans même déplacer une feuille morte ni faire craquer un caillou. Il était capable de ça : être aussi discret qu'un piège. Son chapeau était bien enfoncé. Ses mains fermes sur son fusil.

« C'est l'heure de rentrer aux cabanes. Vous voyez pas où est le soleil ? Fini de traîner. Pas le moment de vous la couler douce. Ouste. »

Nul mépris sur son visage ; ses lèvres, cependant, étaient tordues de tristesse. Même quand ils souriaient, les toubabs gardaient toujours une trace de désespoir à l'orée de la joie qu'ils pensaient avoir trouvée. Pas un regret, non, pas ça. C'était plutôt comme s'ils attendaient une chose dont ils savaient qu'elle viendrait, mais auraient préféré qu'elle n'advienne pas – quand bien même c'étaient eux qui l'avaient fait s'abattre. Sarah ne regarda pas James, mais elle fit une moue qui arc-bouta ses sourcils et repoussa ses lèvres sur le côté. Chose étrange que ces yovo. Enfin, toubabs.

Elle lança un coup d'œil à Isaiah et se mit en route.

« Bonne nuit, miss Sarah », murmura-t-il.

James le fusilla des yeux en entendant ce « miss ». Sarah se retourna et vit Isaiah reculer devant James puis partir au petit trot vers la grange. Elle fit de nouveau volte-face et marcha jusqu'à l'allée de terre à travers les mauvaises herbes, pas tout à fait avec la bonne humeur de Puah ni sa grâce, mais elle s'en approchait.

Tu vois ? Isaiah m'appelle « miss » sous le nez de celui-là dont je dirai pas le nom, pour le bien de Maggie et le mien. Courage ou bêtise, peu importe. J'ai un autre témoin. Àṣe.

Elle cueillit une poignée de pieds-d'alouette, puis une autre. Elle arriva bientôt à sa cabane. Avançant et se penchant tour à tour, comme en prière, elle déposa une portion des fleurs dans chacun des quatre coins de la pièce.

« Pour garder près le vrai et éloigner le mensonge », dit-elle avant de s'asseoir lourdement sur un tabouret.

Étendant les jambes devant elle, elle remonta sa robe et désira la fraîcheur. Aucune ne venant, elle tapota sa tête enveloppée, qui commençait à la gratter. Les souvenirs faisaient ça, parfois : ils remontaient comme des épines vous piquer le cuir chevelu, picorer votre esprit.

Finalement, elle dénoua le foulard et le laissa pendre jusqu'au sol. Il cachait l'un de ses yeux, mais elle voyait encore de l'autre. Elle regarda les fleurs qu'elle avait déposées, tassées dans les coins.

C'est pas du copalme, pour sûr. Mais ça ira quand même.

Ruth

La lune partit ailleurs et Ruth se leva de son lit. Elle traversa avec précaution le tapis, mais ne récupéra pas ses chaussons et ne pensa pas non plus à se couvrir d'une robe de chambre. Sa chemise de nuit suffisait. Elle ne prit pas la peine d'allumer une chandelle ou une lanterne. *Pas de lumière. Pas de lumière.* Elle avait décidé de tenter sa chance dans le noir. Si elle venait à trébucher, à se cogner le genou contre un meuble oublié, à dégringoler les marches après en avoir méjugé une, ça ne changerait rien pour elle. Simplement, l'extérieur brisé correspondrait alors enfin à l'intérieur brisé, les ébréchures et les fissures qu'elle était seule à connaître ne seraient plus gardées secrètes et pleurées dans la solitude. Alors, tout le monde verrait, et eux aussi ils pleureraient, car ils sauraient enfin qu'elle était innocente. Ses larmes. Oh, ses larmes !

Elle sortit sur la véranda et s'arrêta entre les deux colonnes principales. Elle tendit les bras sans raison, ou peut-être pour prendre le vent, qui se faisait rare dans le Mississippi. Le sentir, en cet instant, c'était le savourer. Il sécha la moiteur de sa peau pâle mais piquée de taches de rousseur, et elle se sentit douce à son propre toucher. Elle ferma les yeux et le savoura. Elle chancela légèrement, comme s'il s'agissait là d'une sorte de culte pareil à celui qu'elle avait fait sien ou, plutôt, qu'on lui avait donné en disant que c'était sa place – là, dans cet espace annexe où, à cause des courbes de son sexe, elle ne pouvait qu'être partielle et se tenir toujours deux pas en arrière. Tête basse. Pas un corps entier ; rien qu'une côte.

Bien qu'éveillée, elle sentait sous son crâne la fatigue du jour et se dirigea vers l'un des rocking-chairs pour se reposer. Elle se laissa tomber dedans et le fauteuil bascula brusquement avant de rebondir vers l'avant. Ruth laissa tomber sa tête jusqu'à ce que son menton bute sur sa poitrine, ses cheveux d'un rouge étincelant voilèrent son visage et restèrent suspendus devant ses épaules. Puis elle releva la tête et inspira profondément. Jour et nuit n'avaient pas la même odeur. Le jour était musqué, des relents d'animaux, y compris les nègres, venaient gâcher ce qui était censé être dominé par les pieds de brunelle commune, le « guérit-tout », qu'elle avait ordonné à Essie et Maggie de planter avec soin sur les contours du premier jardin à lui appartenir, et à elle seule. Ruth aimait surtout la brunelle à cause du violet intense de ses fleurs, des formes merveilleuses que celles-ci, entassées les unes sur les autres, lui conféraient. Elles s'ouvraient telles de minuscules étoiles et Ruth aimait l'idée qu'il y ait sur cette terre une chose capable de reproduire la splendeur du ciel nocturne.

C'était peine perdue. Il y avait trop d'interférences durant la journée et elle ne pouvait pas y faire grand-chose sans empirer encore cette puanteur. C'était seulement au plus fort de la nuit que son plan fonctionnait et que, même refermées, les fleurs lui faisaient don de leur senteur. Ce qui était regrettable, alors, c'était cette beauté concurrente qui divisait son attention entre l'endroit où elle était assise et celui vers lequel elle levait les yeux.

La nuit, aussi, était un lieu où vagabonder. Un lieu délimité, bien sûr, mais qui donnait tout de même l'occasion d'explorer. D'un horizon à l'autre, ces terres appartenaient à Paul, ce qui signifiait que la sécurité de Ruth était non seulement primordiale, mais garantie. Elle avait consenti tous les sacrifices requis pour valider ce contrat. On ne pouvait la voir, mais une traînée de sang allait de son ventre jusqu'aux bois, et la suivait partout où elle allait. Que ce soit dans le centre-ville de Vicksburg lorsqu'elle se rendait chez le couturier, au premier rang de l'église quand le révérend la fixait de ses yeux qui s'attardaient un peu trop longtemps, dans son cercle de broderie avec les femmes qui l'enviaient pour la simple raison qu'elles l'imaginaient en possession d'une vie qu'elles-mêmes désiraient – et Ruth savait qu'aucune d'elles n'aurait voulu de sa vie si elles avaient eu connaissance des errances que l'absence de Paul rendait absolument nécessaires, ou bien peut-être que si, elles en auraient voulu quand même ; comment savoir ? –, la trace se déplaçait en même temps qu'elle, menait à elle où qu'elle se trouve, la reliait à jamais à l'épais et au fin séparant l'homme de la bête. C'était avant tout pour cela qu'elle errait dans la forêt. Elle était attachée à celle-ci pour des raisons qu'elle ne pouvait pas encore comprendre, même si elle se sentait sur le point d'accéder à cette sagesse. Ce qu'elle savait avec certitude, c'était que la pleine nature était l'endroit où elle se sentait le plus comme un corps entier, pas seulement un morceau dérobé.

La brise était plaisante et Ruth ouvrit un peu plus grand ses cuisses. Peut-être que si elle faisait ça, les autres verraient le cordon – elle préférait l'imaginer ainsi, plutôt que comme une traînée – et sauraient alors qu'elle était bel et bien vivante, et pas juste une sorte de spectre n'existant qu'à demi en un lieu où on l'avait enchaînée contre sa volonté, incapable de bouger à cause d'affaires inachevées, sans le moindre espoir de résolution. Elle était ici par le fait d'une miséricorde et peut-être même par choix, car cette miséricorde l'avait tant fait revivre qu'elle avait l'impression de lui devoir beaucoup. À genoux, donc. À genoux, mais juste un instant.

Toujours courbée, elle leva les yeux sur l'étoile Polaire et songea que, peut-être, Timothy était en train de contempler ce même astre. Il ressemblait beaucoup à son père, mais il était aussi l'unique trophée de sa mère. Celle-ci conservait toutes ses lettres dans le tiroir du haut de la petite commode, près de son lit. Timothy lui écrivait souvent pour lui dire que, même si Thomas Jefferson n'avait tout à fait pas tort, il existait peut-être une autre manière d'envisager les nègres, qu'il appelait les « Noirs » ; que le fait qu'ils marchent sur deux jambes signifiait qu'ils n'étaient pas les animaux que Ruth était certaine qu'ils étaient, enfin, peut-être pas aussi certaine qu'elle le croyait.

« Mon fils. Mon si cher enfant, lui écrivait-elle à la lueur mal assurée d'une lanterne, vous dites des sottises. Tout cet apprentissage dans les livres et, au bout du compte, vous avez gardé votre nature enfantine. »

Elle savait que les mœurs du Nord étaient glissantes, et qu'avec un peu de volontés elles savaient se frayer un chemin à travers n'importe quelle frontière. Si le Nord possédait bien quelque chose, c'était cela : de la volonté. Tapageurs, voilà ce qu'étaient les Nordistes, et hypocrites. Le Sud était là pour leur rappeler constamment leurs racines, à ces États-Unis qui étaient désunis et dans un drôle d'état, réduits à un agencement mal ficelé d'hommes tièdes et pétrifiés qui s'efforçaient de reconstruire le monde à leur image à demi effacée. Ce n'était pas un cadre propice à la liberté ; toujours la même tyrannie exercée par l'Europe, à ceci près qu'elle était nue désormais et sans enjolivures.

Le charme qui manquait aux Nordistes, ils le compensaient largement par leurs discours : des adresses déchirantes et interminables qui poussaient les hommes à brandir leurs fourches et leurs torches et à marcher jusqu'à l'orée du rien-encore, bouches hurlantes et visages baignés de larmes, pour proclamer à toute la création qu'ils étaient prêts à mourir pour perpétuer un rêve auquel ils ne prendraient jamais part.

C'est pour cela qu'elle avait dit à Paul que Timothy devait rester dans le Mississippi, que toute l'éducation dont il avait besoin pouvait se faire à la maison car leur richesse était assez grande pour mettre en œuvre tout ce qui manquait ici, là où les eaux se rejoignaient. C'était ce que criaient les indigènes, avait-elle appris, tandis qu'on les décimait et qu'on les repoussait sans cesse plus loin dans la forêt sauvage. Ils appelaient les dieux qui maintenaient les eaux unies à les libérer afin qu'elles noient tout ce qui s'était introduit en douce sur ces terres sans y être invité.

Alors, il a plu. Fort. Longtemps. Pendant tant de semaines que l'histoire ne mentionne même pas quand la pluie a cessé, si bien que Ruth partait du principe que c'était le jour où elle se souvenait d'avoir vu le soleil pour la première fois. Mais cela avait eu pour seul résultat d'enrichir le sol et de pousser les vers de terre à se tortiller jusqu'à la surface, pour s'y faire dévorer par les oiseaux, et cela avait rendu les oiseaux gras, paresseux et faciles à attraper – ce qui, par ricochet, avait fourni une nourriture abondante aux soldats venus chasser vers l'ouest les faiseurs de pluie et leurs dieux. Ils ignoraient certainement que l'un des actes les plus élégants de Dieu avait consisté à donner à Son peuple la force de partager les eaux et de les traverser en toute hâte.

Mais Paul l'avait convaincue d'exposer le seul fils qu'elle avait engendré aux ravages des terres hivernales, et elle savait qu'il en reviendrait forcément transformé. Le bébé qui s'en était sorti. L'enfant qui avait survécu. Le jeune homme aux nombreux talents, qui tenait assez de sa mère pour posséder la sagesse qui faisait défaut à son père, mais tenait assez de son père pour comprendre les devoirs qui lui incombaient. Timothy avait assuré à sa mère qu'il ne rapporterait que le savoir et peut-être, si Dieu le voulait, une bonne épouse. Elle aurait tant voulu le croire, mais ses lèvres tremblaient et il s'épongeait bien trop fréquemment le front avec son mouchoir, par une journée qui n'était pas si chaude. Il n'avait pas assez de sa mère en lui, et trop de son père.

Ruth se releva de sa génuflexion, descendit les marches du perron et s'avança sur les terres. Les mauvaises herbes étaient fraîches sous ses pieds et la rosée rendait le sol un peu glissant, mais elle ne perdit pas l'équilibre. Plantée là, au milieu, elle laissa les étoiles la regarder elle, pour une fois, l'appréhender et être impressionnées par elle, qu'elle le mérite ou non, avant qu'elle n'ait recours à son pouvoir caché pour les rejoindre. Le vent bousculait sa chemise de nuit et c'était le seul bruit, même si la nuit produisait son propre tapage : les insectes, les animaux et, parfois, les gémissements étouffés dont les nègres croyaient peut-être qu'ils étaient des marques d'amour, mais Ruth savait que son époux en était l'architecte, si bien qu'il s'agissait là d'une simple continuation de ses affaires. Ces bruits convergeaient et, oui, parvenaient même peut-être à esquisser une mélodie. Mais celle-ci était bien trop simple à ses oreilles pour être une symphonie, même en ajoutant à l'ensemble le tambourinement de son cœur.

Ses yeux verts-verts étaient vagues de souvenirs, si bien qu'elle ne savait plus trop si ce qu'elle voyait devant elle était à présent ou jadis, mais il y avait au loin une lumière, braquée vers le bas depuis une source qu'elle ne discernait pas. Dans cette lumière se dressait la silhouette d'un homme, haute et droite, un fusil passé sur l'épaule, peut-être, mais sans doute pas un soldat. Il n'y avait plus vraiment besoin de soldats à présent que la terre avait été capturée, et les sauvages qui avaient occupé cet espace, matés, et bientôt annihilés par des moyens qu'elle n'avait pas peur d'énoncer. Car les règles étaient différentes, s'agissant des actes de guerre. Officiellement, les femmes n'avaient pas le droit de combattre. *Officiellement*, oui, et ce, pour deux raisons. Primo, certaines femmes se déguisaient, adoptaient le visage et les manières des hommes, depuis les cheveux courts jusqu'à la démarche agressive, pour accomplir ce qu'elles croyaient être un acte patriotique. Ruth connaissait le cas d'une femme qui avait été pendue quand on l'avait découverte, pas pour sa participation aux combats – car Ruth avait entendu dire qu'elle s'était battue encore mieux que les hommes –, mais pour cette supercherie qui, avait-on argué, ne se limitait pas à son seul déguisement ; cela tenait surtout à la manière dont elle avait choisi de vivre et même en temps de paix, rejetant le « elle » au profit du « il », un véritable affront au Christ.

Deuxièmement, les femmes devaient endurer un combat plus long, et par conséquent plus brutal, dans leurs efforts pour simplement survivre aux hommes. Que les hommes aient participé ou non à des batailles, chacun d'entre eux, à des degrés divers, rentrait à la maison depuis l'endroit, quel qu'il soit, où ils allaient pour se retrouver entre eux ou accomplir des actes qu'ils n'auraient jamais avoués tout haut, avec la même intention de faire subir aux femmes et aux enfants qui lui étaient le plus proches ces mêmes tourments que le monde lui avait infligés. La nature de la relation importait peu. Mères, épouses, sœurs et filles étaient indifféremment la cible de cette rage. Pères, maris, frères et fils avaient le même irrespect vide au fond des yeux – là, derrière la fureur étincelante, se trouvait ce qui les secouait si brutalement, au point d'éprouver le besoin de détruire toute chose et toute personne qui, croyaient-ils, l'apercevait : le néant.

Partout et chaque fois que *rien* rencontre *quelque chose*, le conflit est inévitable. Ruth se demanda donc si la silhouette dans la lumière, qui tenait le fusil, venait lui faire la guerre. Elle recula d'un pas. Elle cligna des yeux et la silhouette et la lumière disparurent aussitôt. Il n'y avait plus là que les ténèbres inébranlables, et cela lui procura un étrange réconfort.

Elle contourna à pas lents la Grande Maison et s'immobilisa un instant devant son jardin, à l'arrière. Les parfums la submergèrent. Pas seulement le guérit-tout, mais aussi les échinacées et les gardénias. Elle ferma les yeux et se demanda pourquoi pas une chambre ici même, au milieu du jardin, sous une tente, bien sûr, au printemps c'était là qu'elle devrait s'endormir chaque soir. Les nuits d'été étaient sans doute trop exténuantes ; mais au printemps, oui.

Elle songea à réveiller peut-être Maggie et Essie. Qu'elles aussi, elles sentent le jardin tel qu'il était censé être senti. D'ailleurs, n'auraient-elles pas envie qu'on les réveille ? Sûrement, après leur labeur éreintant dans le champ de coton et en cuisine, elles apprécieraient de se retrouver en présence de la gloire, fût-ce un bref instant. Ruth porta la main à sa gorge. Sa tête bascula en arrière. Elle prit appui sur la barrière entourant son jardin. Elle se sentait faible – ou du moins voulait se sentir faible, car c'était ce qui, parfois, lui donnait l'impression d'être une femme à part, la distinguait d'une Maggie ou d'une Essie. Une larme goutta au coin de son œil. Jamais elle ne s'était sentie si généreuse. N'avait jamais ressenti cela d'une manière si fortifiante. Avoir eu envie d'inviter Maggie et Essie, cela voulait dire que son cœur était vaste, malgré tout ce dont il était capable par ailleurs. Comme c'était étrange de s'en rendre finalement compte, en cet instant. C'étaient peut-être les fleurs.

Elle se faufila dans le jardin. Ses pieds nus firent craquer des brindilles et sauter dans l'air des grillons. Elle se demanda à quoi elle pouvait bien ressembler là, dans le noir. En l'absence de toute lumière, pouvait-elle encore être vue ? Sa chemise de nuit, d'un blanc soyeux, capturait-elle un peu de l'ébène de la nuit pour le parer d'une sorte d'éclat violacé ? Elle regarda ses mains et se souvint du temps où un début de corne avait été sur le point d'éclore sur cette surface censée rester à jamais délicate. Mais alors, l'homme au fusil par-dessus l'épaule s'était approché d'un pas régulier, sorti soudain de l'horizon pour l'enlever à tout labeur. Il avait voyagé jusqu'en Caroline du Sud pour venir la chercher, se fiant à de simples murmures colportés par le vent et les chariots à plusieurs États de distance. Il ne disposait que de ces paroles chuchotées, sans aucune autre garantie. Mais le message lui-même était trop puissant pour être ignoré : un homme offrait son unique fille, chevelure de feu et teint d'albâtre, à la lisière de la féminité, intacte. Sur ce dernier aspect, Ruth s'était interrogée. Quelle définition donnait-on à ce terme ?

Les mains paternelles importunes comptaient-elles, si l'on se débattait avec elles aussi régulièrement qu'on faisait ses prières du soir ? Et le silence d'une mère, alors ? Si les mains imprimaient leur marque sur une cuisse, ce silence laissait à n'en pas douter la sienne sur l'autre. Les enfants obligés de réfléchir à de telles choses se voyaient d'emblée privés de ce qui leur revenait de droit.

Mais voilà que Paul était arrivé, son fusil dans le dos pointé vers le ciel. Plus jeune alors, mais tout de même beaucoup plus âgé qu'elle. Il possédait de solides mâchoires et un regard perçant. Elle serait ravie de tenter sa chance, moyennant ce que son père désirait en échange, de quoi qu'il pût s'agir.

La terre était mouillée, elle en ramassa un morceau et le déposa sur sa langue, une touche de douceur dans sa bouche avant qu'elle ne mâche et n'avale. C'était une part d'elle-même. Elle était une part de tout ça. Elle s'allongea à même le sol, se réfugiant dans la cachette des tiges. C'était pour elle un acte noble, et elle se demanda si elle ne devait pas s'autoriser à s'endormir ici même, où elle se sentait plus à sa place que n'importe où ailleurs.

C'est alors que cela la prit par surprise. Du coin de l'œil, elle aperçut une lumière chaude qui semblait prendre vie comme une rougeur sur des joues. Discrètement, comme si elle ne voulait pas déranger ni prendre trop d'espace, simplement exister sans peur d'être éteinte, partager son éclat avec d'autres choses pour faire ressortir le doré qu'elles avaient en elles, alourdir les paupières, amollir les cœurs et mouiller les parties intimes en leur insufflant un besoin de promiscuité sans malice ni représailles. La lumière – et peut-être était-il injuste de l'appeler ainsi puisqu'elle ne la faisait pas grimacer – émanait de cet espace par-delà la clôture, les herbes hautes puis une autre clôture, dans cette brèche qu'était la grange.

Elle pointa son doigt dessus, attirant l'attention sur la grange comme si elle désignait quelqu'un, même si personne – hormis celui, quel qu'il soit, qui se cachait dans les cieux – ne pouvait voir son geste. Elle aurait voulu l'appeler, lui faire signe de s'approcher, mais sa gorge se referma, ce qui permit à la beauté de cette lumière de ne pas être dérangée. Ruth se redressa, le dos taché par ce sol fertile. Si bien que, de derrière, on avait l'impression qu'elle était sur le point de percer comme une fleur d'un genre nouveau. Elle ressortit par le portail, ne voulant pas dire au revoir aux œillets car elle savait, intérieurement, qu'ils adoraient sa compagnie. Elle se promit de leur faire don de l'eau dès les premiers signes du soleil, et elle s'en chargerait elle-même, de ses propres mains, même si elle n'était pas obligée, ce qui serait la marque de sa sincérité, une sorte d'offrande.

Il n'y avait pas loin, de la Grande Maison à la grange, mais cela lui faisait tout de même l'effet d'un périple. Plutôt une descente, en fait, comme l'on va du sommet d'une montagne à la grotte la plus profonde, passant de la plus grande proximité avec le soleil à un lieu où l'on ne peut même pas distinguer l'astre. Un séjour qui la faisait se sentir plus lourde, lui donnait l'impression que rester là-bas où les gens étaient courbés et perclus de douleurs, dont certaines demeuraient invisibles, c'était en quelque sorte endosser le fardeau, elle aussi, rien qu'en restant assez longtemps à leurs côtés. Cela faisait naître un effroi dans son cœur, sans pour autant la dissuader d'entreprendre la traversée.

Il y avait quelque chose d'un peu doux dans cette douleur, et Ruth le sentait dans ses pieds. Ceux-ci passaient du sol humide à une terre sèche et dure et, arrivée juste devant le portail de la grange, elle s'arrêta. Les herbes à la frontière lui chatouillaient les chevilles, et elle se courba pour cueillir un pissenlit monté en graines. Elle souffla dessus et ses aigrettes s'éparpillèrent aux quatre vents, sans brusquerie, s'élevant d'abord avant d'entamer un lent déclin jusqu'au moment où, tels des insectes paresseux, elles se posaient sur le sol et s'y pelotonnaient. C'était plus épais ici, près de la grange, tout y était plus dense : l'air, le sol et même l'obscurité – tout, sauf cet unique point de lumière chaude blotti bien en sécurité à l'intérieur, réservé, détenu.

Ruth se ramassa sous la barrière de bois, pas tout à fait à quatre pattes, même si elle n'aurait rien eu contre, mais elle se glissa dessous et sentit un frisson la parcourir lorsqu'elle se retrouva de l'autre côté de la barrière, en position debout. Ce n'était pas exactement comme si elle avait sillonné des mondes, mais la qualité de l'existence dans ce lieu nocturne changea soudain. Outre l'absence de bruit, un mouvement agitait la nuit. L'espace d'un bref instant, celle-ci sembla palpiter, onduler comme l'eau d'un étang heurté par une pierre – une pulsation circulaire, si précipitée que Ruth dut cligner des yeux pour y croire. Elle disparut aussi vite qu'elle était apparue, laissant Ruth douter de sa propre perception.

Je suis ici, tels furent les premiers mots qui lui vinrent à l'esprit, mais où était cet *ici*, cela demeurait un mystère. La grange, à l'évidence, mais à la regarder de là où Ruth se tenait, cela semblait bien davantage. Elle se sentait petite à côté, comme si la grange allait ouvrir ses portes en grand et l'avaler entière, et Ruth ne serait alors rien de plus pour elle qu'un tendre morceau. Elle se demanda si c'était cela qui avait lieu ici, la nuit : Dieu sait quelle magie nègre faisait que chaque chose prenait vie, lui donnait un poing pour le serrer, un cœur pour qu'il batte, une bouche pour parler – et alors, dans le noir, toutes ces choses pouvaient se livrer aux activités interdites que la lumière du jour n'aurait pu supporter. Les nègres voyaient dans le noir, vous savez. Eux qui naissaient des ténèbres, en étaient la progéniture, les portaient sans honte sur leurs traits. Comment pouvaient-ils ne pas avoir honte, même en plein jour ? C'était pour cette raison qu'il fallait les fouetter parfois. Pas par méchanceté ni par sadisme, même si cela y participait. Mais pour leur rappeler la disgrâce qu'ils portaient sur eux comme un habit, et le fait qu'il n'y avait aucune fierté à en tirer.

Le sol était plus mou, ici. Elle comprit trop tard pourquoi. Le crottin de cheval encroûtait son talon et elle sautilla sur une jambe jusqu'à ce qu'elle atteigne un carré d'herbe trempée de rosée, où elle frotta son pied jusqu'à ce que la saleté parte. Vivante elle aussi, elle sembla rire tandis que Ruth frottait pour s'en débarrasser, dansa sur le bout pointu des herbes avant de glisser vers le bas, aussi joueuse qu'un enfant, jusque dans le sol, puis de batifoler vers un endroit trop obscur pour être vu.

Ruth se retrouva devant les portes de la grange – les lèvres – qui étaient entrebâillées comme un amant impatient ou une faim répugnante, et l'éclat lumineux résidait là-dedans. Elle ne distinguait que le discret rayonnement contenu en lui-même, et faisait maintenant partie du paysage intérieur. Tandis qu'elle approchait, centimètre après centimètre, elle vit que des ombres indistinctes s'étaient également jointes à cette fête muette cachée là, à la vue de tous. Elle effleura la porte, s'attendant à y trouver l'humidité d'un souffle retenu, mais le bois avait beau être chaud, il était sec.

Elle ouvrit un petit peu plus et fut déçue. La lumière n'était pas une splendeur éthérée prête à l'inonder de sa grâce. Non, l'éclat émanait d'une vulgaire lampe, posée entre les deux nègres d'écurie dont Paul avait espéré, sans résultat, faire des étalons ; leurs noms ne lui revenaient pas.

Ils semblaient se disputer, mais si bas que cela résonnait comme un chant. C'étaient seulement l'agitation avec laquelle les yeux s'écarquillaient puis se resserraient, la manière dont leurs mains s'agrippaient à leur poitrine avant de bondir soudain vers l'avant dans un geste accusateur, qui lui avaient permis de discerner un différend.

Elle avait presque l'impression d'être une intruse dans cet espace qui, pourtant, ne pouvait appartenir qu'à elle. Elle prit cela comme une offense mais, non sans considération, poussa l'une des portes.

Le craquement les fit sursauter tous les trois, et la lumière, étrangement, perdit son halo doré. Ruth posa le pied dans le foin et ignora le picotement sur ses plantes.

« Mais qu'est-ce que c'est ? » murmura Ruth. Elle voulait parler de l'endroit. Elle étudia les ombres bondissant alentour et crut avoir entendu un tambour battre à l'intérieur de cet espace, plus ou moins là où les deux nègres venaient de se redresser, tournés vers elle, mais refusant de la regarder dans les yeux.

« Bonsoir, Missy Ruth, dit l'un d'eux, mains jointes devant lui, courbant le front. Tout va bien, m'dame ? Vous voulez qu'on aille vous chercher quelque chose ? »

Ils l'avaient mal comprise. Ruth vit leurs poitrines, frappées par la peur, se soulever à l'unisson. Mais elles luisaient aussi, ce qu'elle interpréta comme une invite. Les hommes disaient rarement la vérité, il était donc crucial de savoir déchiffrer leurs signes. Puisque ces nègres étaient assez avisés pour ne pas lui montrer leurs yeux – en bas, le regard ! –, elle avait assez de bon sens pour lire l'intention de leurs corps. Et peu importait que ses yeux les eussent déjà plaqués, écorchés, disséqués et consumés. Elle avait sa propre imagination, qu'elle ne respectait guère car elle était sans cesse, depuis si longtemps, soumise aux caprices de celle d'un autre. Elle se prêta à leur malentendu.

« Est-ce une grange, ou autre chose ? » demanda-t-elle, un peu plus fort cette fois.

Leur silence fut, pour elle, un délice. Elle se demanda quelle impression elle leur faisait, dressée là avec sa chemise de nuit sale et ses cheveux couleur cuivre, sa peau bien plus capable que la leur de changer selon la lumière, si bien qu'elle épousait les caractéristiques de chaque heure du jour ou de la nuit – cristalline dans la journée, d'un bleu pâle la nuit. Et c'était dans l'entre-deux – au coucher du soleil, à l'aube, la nuit tombante – que s'en dégageait la beauté qu'elle aimait le plus. Ruth s'approcha un peu, presque comme une danse, ajoutant son ombre aux autres, mouvantes. La lumière, elle aussi, parut la craindre, vacilla, faiblit tout à coup.

« Toi. Quel est ton nom ? demanda-t-elle, en baissant les yeux sur eux.

— Isaiah, m'dame, dit-il. Et lui, c'est Samuel.

— Je ne me rappelle pas t'avoir demandé son nom. » Elle pointa du doigt Samuel mais regardait toujours Isaiah. « Et je suppose qu'il est capable de parler pour lui-même. N'est-ce pas, qu'il en est capable ? Tu parles à sa place, aussi ?

— Non, m'dame. »

Voilà. Il était là : le déshabillage requis. Ses mots les avaient fait se dévêtir. Ils s'étaient défaits de leur arrogance et l'avaient laissée tomber par terre à leurs pieds. Ruth avait obtenu cela sans user du fouet, ce qui illustrait, selon elle, la différence entre hommes et femmes. Les hommes étaient une fanfaronnade orgueilleuse sans fin, laquelle avait besoin par-dessus tout des encouragements d'un public. Pour eux, rien de pire que l'intimité, car à quoi bon faire quelque chose si nul n'est là pour l'admirer ? Se tenir sur un piédestal, s'il n'y a aucun regard pour vous contempler d'en bas ?

Les femmes, la plupart des femmes, s'y prenaient autrement. L'intimité leur donnait le pouvoir de se montrer cruelles sans cesser d'être jugées bonnes, d'être fortes tout en passant pour délicates. Il était toutefois crucial qu'elle soit seule dans ce genre d'affaires, car les hommes avaient tendance, même dans de tels espaces, à lui arracher des mains ces minuscules instants où une nature plus équilibrée était en train d'éclore. Les hommes semblaient bâtis pour engendrer des catastrophes, et ils mettaient un point d'honneur à se montrer conformes à leur finalité.

Mais Isaiah et Samuel, ceux-là constituaient une anomalie. Dans ce lieu – elle n'avait toujours pas reçu de réponse satisfaisante permettant d'expliquer le sentiment qu'on éprouvait en entrant ici –, ils avaient compris la nécessité de l'intimité et les dangers d'avoir un public. Peut-être pas suffisamment, à en juger d'après les marques qu'ils avaient en partage. Peut-être portaient-ils celles-ci, au-dehors, pour apaiser les autres, celles du dedans. Enfin un aspect qu'elle comprenait dans la réalité de ce lieu autre. Elle s'avança dans l'espace qui séparait les deux hommes et se figea face à la lumière, de telle sorte que sa chemise de nuit les empêchait de se voir. Tout ce qu'ils pouvaient distinguer, c'était la suggestion de l'autre, la rondeur de sa tête, la largeur d'une épaule peut-être, à travers ce filtre drapé autour du corps de Ruth.

« C'est un autre endroit, non ? Il y a quelque chose de différent ici. Je ne suis certainement pas la seule à le savoir, n'est-ce pas ?

— Missy ? répondit Isaiah.

— Je ne veux plus entendre ta voix. Je veux entendre la sienne », répliqua-t-elle en dévisageant Samuel, dont le cou était penché en avant et la tête baissée, lèvres entrouvertes.

Ruth suivit le contour de ses courbes : par-dessus son crâne, autour de ses épaules, le long de ses bras, de ses jambes repliées, jusqu'au bas de ses pieds grossièrement taillés. Il était béni. La nuit lui allait bien, si bien que Ruth n'aurait même pas besoin de l'autre, celui aux yeux plus enjoués, même en ces circonstances, qu'elle pouvait sentir alors même qu'ils n'étaient jamais pointés directement sur elle. Il était facile pour elle de s'imaginer portant Samuel tout contre elle, tel un châle ou un collier de perles, quelque chose de simple à enfiler pour une soirée froide ou festive, et à ne retirer que lorsque le soleil réapparaîtrait dans le ciel ou qu'il serait temps de se reposer.

Elle toucha Samuel et celui-ci se raidit, reculant presque, mais cela n'empêcha pas Ruth de faire glisser ses doigts dans son dos, suivant le chemin des balafres, épaisses et fines. Dans son esprit défilaient des images de ce que Paul devait ressentir dans ces moments-là. Touchait-il lui aussi les négresses qu'il prenait avant de les prendre ? Gardait-il les yeux ouverts ? Retenait-il son souffle ? Il y en avait assez désormais – des nègres au visage brillant, marqués par leur teint Halifax – pour qu'elle se hisse hors de son profond déni des raisons qui pouvaient pousser son sauveur à s'abaisser de la sorte. Son seul soulagement était de savoir que ces péchés, purement transactionnels, n'étaient donc pas, en fin de compte, des péchés. Si Dieu pouvait pardonner, alors elle aussi devait s'en montrer capable.

Ses yeux se posèrent sur le dessus du crâne de Samuel. « Allonge-toi », murmura-t-elle, et pourtant il ne pleura pas.

Pitoyable. Juste pitoyable, ce qui lui convenait parfaitement. Ainsi, elle gardait le sentiment de tout maîtriser. Celui-là était imposant, mais il se prosternait comme ceux de son espèce étaient censés le faire. Tout rêches qu'ils étaient, ses cheveux crépus ne représentaient aucune menace dans cette posture suppliante. Elle s'enroula autour de lui car seul le temps n'était pas de son côté. Timothy rentrerait bientôt à la maison, écumant les lieux en quête d'un sujet à peindre. James patrouillait peut-être avec quelques-uns de ses hommes, qu'elle jugeait tout juste supérieurs aux nègres en termes de statut. Paul pouvait être n'importe où. Pas question d'être vue ainsi, telle qu'elle était, sans l'entrave d'un corset ou d'un bras marital, contente de laisser pendre ses seins au lieu de les repousser vers le haut jusqu'à ce qu'ils menacent de comprimer ses poumons. Non, cela ne faisait que redoubler sa colère et tout – absolument tout – ce qui avait une source finissait toujours par y retourner. Mais en attendant, entre-temps, il fallait les libérer.

Elle releva sa chemise de nuit jusqu'aux genoux, l'écarta devant ses cuisses pour faire office de bouclier entre elle et ce nègre pourquoi-ne-pleure-t-il-pas ? allongé à ses pieds. L'autre osait redresser la tête même s'il ne la fixait pas directement. Incapable de faire la différence entre envie et pitié, elle ne savait pas comment interpréter l'expression de son visage.

« Regarde ailleurs », ordonna-t-elle.

Lentement, Isaiah tourna la tête vers les stalles. Elle suivit son regard. Deux chevaux, l'un bai, l'autre blanc avec des taches brunes, tendaient leur tête au-dehors comme s'ils étaient curieux, voulaient voir – comme s'ils n'en avaient pas déjà bien assez vu. Mais qu'en garderaient-ils ? Se souviendraient-ils et, dans un élan de solidarité, les bêtes de somme étant connues pour faire corps parfois, feraient-ils basculer sa carriole hors de la route dans quelque ravin, pour la regarder ensuite basculer dans le vide et se briser les os, et tout ça pour quoi – un souvenir qu'aucune créature n'avait le droit de laisser s'attarder ?

Au diable tout cela ; elle détourna les yeux. Elle tâtonna d'abord, tendant la main pour défaire le pantalon de Samuel, puis elle s'accroupit sur les cuisses de la chose, sous elle. Elle jeta la tête en arrière, sans raison. Pas de joie là-dedans. Aucune exaltation. Au-dessous d'elle, nul terrain montagneux, rien que des plateaux, ce qui aurait constitué une offense pour toute personne s'attendant, pour le moins, à des mains levées dans un geste d'adoration.

« Es-tu brisé ? »

Elle ne le regarda même pas en posant la question, car aucune réponse ne suffirait à atténuer l'offense. Elle se maudit juste un peu de s'être crue capable de réussir là où elle n'avait eu vent que d'échecs. Au-dessus d'elle, elle crut entendre craquer le toit, comme si le poids de cet endroit était soudain trop grand. Si toute la charpente venait à s'effondrer, entraînant avec elle la grange, les animaux, les arbres, la terre et jusqu'au ciel, comme il serait inconvenant pour eux de découvrir sa dépouille partageant un même espace avec ces garçons d'écurie qui n'étaient même pas baptisés. *Que faisait-elle là ?* se demanderaient-ils, sachant pertinemment ce qu'elle faisait, mais puisque dire du mal des défunts est un affront au Christ, qui s'est ressuscité Lui-même d'entre les morts pour que le message soit bien clair, et qui, dans un futur encore indéterminé, reviendra pour le confirmer, ils pleureraient et loueraient le nom de Ruth, et l'on enterrerait la vérité avec elle.

Ruth fut soudain consciente de son poids sur Samuel. Et du poids des yeux d'Isaiah. Et du poids de tous les enfants qui n'avaient jamais eu la chance d'exister. Et dans son dos, elle sentit la paume de Paul, sa mesure, la manière dont il la maintenait quand elle tremblait, et qui devait lui venir de sa mère, Elizabeth, dont le nom avait été donné à cette terre, et elle se sentit reconnaissante de ce souvenir de sa mère qui l'aidait à garder un rien de gentillesse, tout spécialement réservé à Ruth.

Elle se protégea la tête de ses mains, mais le ciel ne lui tomba pas dessus. Le craquement qu'elle avait cru entendre n'était rien de plus que le geignement du nègre qui, sur son ordre, détournait le regard. Voilà qu'elle se retrouvait au milieu d'un désordre et ne se rappelait pas comment cela était arrivé. Elle se souvenait de la lueur et, avant cela, des fleurs et de la terre humide. Elle en conclut que cet endroit jouait des tours à l'esprit. Oh, et le poids. Clairement, la pression était devenue trop forte, et cela lui donnait des vertiges. Le seul remède consistait à retourner là où l'air avait un sens.

« Lâche-moi ! » hurla-t-elle avant de se lever brusquement, laissant le bas de sa robe retomber sur ses chevilles. Elle se tenait debout à présent, mais ne bougeait plus. De nouveau, elle fut captivée par la lampe, dont la mèche tremblotait mais refusait de s'éteindre. La lumière elle-même, remarqua Ruth, avait un point noir en son cœur. « Ça, se dit-elle, c'est l'endroit où nous sommes ! » Mais comment, se demanda-t-elle. Comment le simple fait de passer d'un côté de la clôture à l'autre pouvait-il la transporter de la lumière à la non-lumière ? Ruth marcha en titubant vers la lampe et la renversa d'un coup de pied. Elle n'enflamma pas le foin, ne menaça pas de transformer en un vaste brasier la grange tout entière. Tout simplement, elle s'éteignit.

Dans la pièce désormais obscure, où seuls les grognements occasionnels des animaux, le souffle laborieux du nègre gémissant et le silence acéré de celui qui était réduit à se taire lui rappelaient qu'elle était toujours là où elle était, elle leva les yeux. Elle ne l'avait pas remarqué tout à l'heure, quand elle croyait que le toit était en train de s'effondrer sur elle. Là-haut, une ouverture rectangulaire laissait entrer le ciel, et, à travers cette petite ouverture, Ruth aperçut ce firmament qui lui était devenu si familier. Il était saupoudré de minuscules étoiles blanches, le seul public en face duquel elle sentait qu'elle pouvait se présenter sans risque, qui l'éclairait d'en haut à une distance rassurante, lui indiquant la direction qu'elle réclamait depuis tout ce temps, mais que personne n'était capable de lui donner.

Elle se mit à tourner en rond. Elle leva les mains. Elle rit. Entendu, ce rire. Elle savait qu'elle avait accès à des choses que personne n'avait jamais vues. Ils la croiraient folle, mais elle était plus avisée. Elle savait qu'une longue lignée de femmes, sur les deux rives de la mer, avait survécu assez longtemps pour qu'elle puisse être ici en cet instant. Plus que survécu, d'ailleurs ; elles voulaient veiller à ce que Ruth ne soit pas condamnée par les vies qu'elles avaient menées sans avoir vraiment le choix. Toutes, qui étaient désormais autant de points dans un ciel d'encre, la guidaient pour qu'elle échappe aux chasses aux sorcières et aux bûchers, aux viols et aux lits conjugaux, à la chasteté et à la pudeur que les hommes avaient conçues pour les imposer au derrière et au devant des femmes, mais uniquement pour leur convenance, leur plaisir et leurs caprices à eux. Hosanna !

C'était pour cela qu'elle avait perdu les enfants ! L'évidence s'imposa à elle en cet instant précis. Pas comme un châtiment, mais une libération. Ce que cela signifiait, c'était que Timothy, son Timothy, pour lequel elle avait remercié Dieu, était soit un soutien, et à ce titre avait eu le droit de franchir le passage, soit un mal, et alors les prières malencontreuses quoique bien intentionnées de Ruth avaient ruiné des siècles de planification minutieuse pour n'avoir pas su reconnaître une bénédiction quand celle-ci avait tenté de s'offrir à elle. Le voyage de Timothy dans le Nord était donc peut-être une bonne chose. C'était peut-être la réparation d'une grave injustice, un sortilège pour contrecarrer la folie d'avoir fait passer l'homme en majesté avant cette ribambelle de femmes qui avaient péri dans d'atroces souffrances pour qu'elle-même n'ait pas à le faire.

Maintenant qu'il n'y avait plus besoin de poursuivre ce cercle, elle s'arrêta. Elle avait le tournis. Elle s'écarta du pleurnichard-pleurnichant, enjamba le silence tranchant. Tandis qu'elle regagnait l'entrée, la vie qu'elle avait laissée derrière elle lui apparut, rien qu'une fine tranche par l'entrebâillement des portes, mais c'était là-bas, savait-elle, qu'elle avait le plus de chances d'être à sa place, et elle se précipita dans cette direction. Elle tira sur les portes et rencontra la lourdeur. Elle courut aussi vite qu'elle put, sa chemise de nuit faisant obstacle mais ne parvenant pas à la ralentir. Elle escalada la clôture cette fois, désireuse de passer par-dessus quelque chose plutôt qu'en dessous, mais à aucun moment il ne lui vint à l'idée d'emprunter le portail, car cela était superflu dès lors qu'il n'y avait personne pour le lui ouvrir et le refermer derrière elle.

Le jardin l'appelait par son nom, mais elle n'avait plus le temps à présent. Elle le reverrait en plein jour. Maggie, Essie et elle viendraient lui apporter le don de l'eau, l'eau si douce du puits. Non, ce n'était pas du gâchis d'utiliser celle-là pour le jardin. L'eau était abondante, et le serait toujours. Et puis, elle favorisait les accouplements, il suffisait de voir ce qu'elle avait produit.

Elle se rua dans la Grande Maison, grimpa l'escalier et s'engouffra dans sa chambre. Il y faisait chaud et les lieux portaient son odeur, c'est-à-dire un mélange de lavande et de terre, et les deux combinées ne lui déplaisaient pas. Elle ôta sa chemise de nuit et la fit tomber à ses pieds. La voir chiffonnée là lui rappela qu'elle venait d'être rejetée. Comment cela avait-il pu lui échapper ? Le silence et les gémissements, mais aussi la lourdeur et l'éclat de la lampe, avaient réussi à la distraire et lui avaient trop donné à contempler pour qu'elle puisse même envisager de prendre ce qui lui avait toujours appartenu. Néanmoins, il y avait bien quelque chose qu'elle pouvait extraire de tout cela pour se remplir le ventre. Elle n'avait qu'un mot à dire.

Elle baissa les yeux sur ses pieds. Ils n'étaient pas sales – ni sur le dessus, ni sous la plante. C'était impossible, car elle était passée du jardin aux herbes, au crottin de cheval, à la poussière et au foin, puis retour. Pourtant, ses pieds étaient aussi propres que si elle venait de prendre un bain. C'était peut-être vrai, finalement : elle était bel et bien capable de flotter dans les airs. Comme un pur ange, une sorte de plume ou ses sœurs célestes, elle pouvait se libérer des contraintes du sol, crier son propre nom et être soulevée, tant soit peu, vers un air mieux approprié.

Elle s'approcha de sa commode et en sortit une chemise de nuit propre. Elle l'enfila, et sentit sa légèreté. Elle sourit sans pouvoir s'arrêter. Quand elle finit par se coucher pour retrouver le repos, tout était différent. C'était comme s'allonger dans le ciel.

C'était comme voler.

Babel

Au lever du jour, les arbres d'Empty étaient tout aussi féroces que dans l'obscurité de la nuit. Immenses et menaçants, postés le long des frontières, ils faisaient signe d'approcher au-dessus de la brume, mais dans le seul but d'attirer assez près pour tuer. Tuer qui ? Cela dépend. Mais ces derniers temps, une espèce en particulier. Ces arbres ne servent d'abri à personne, ni le moineau, ni le geai bleu, ni la fourmi, ni la chenille. Ces arbres, certains droits, d'autres noueux ou abattus, des sentinelles tous, chargés d'une seule et unique tâche : témoigner. Peut-être le font-ils, mais à quoi peut bien servir un témoin qui ne livrera jamais son témoignage ?

Oui, bien sûr. Le témoignage est là, même s'il faut le leur arracher. Les marques sur leurs corps, les entailles dévoilant la chair blanche au-dessous, les branches estropiées, brisées net par le poids. Chaque brisure a ses raisons, mais ils ne les disent jamais, même quand on les interroge. Vous devez donc apprendre à les aiguillonner, savoir où chercher. Scruter les déchirures qui mènent aux racines : les racines qui mènent à la terre : la terre qui ne ment pas, mais se love sous les doigts de pied de ceux qui la nourrissent de leur sang, qui sous d'autres cieux appartenaient à sa famille de peau, tout comme le cosmos au-dessus. Un jour, quelqu'un contera cette histoire, mais jamais aujourd'hui.

Ces arbres, ils veillaient sur les confins. Les lieux des pires tourments s'y trouvaient, là où la plantation rejoignait les terres que nul ne possédait (aux dires des gens massacrés pour avoir remis en cause l'idée que la poussière puisse appartenir à quelqu'un). C'étaient les routes surchauffées par le soleil du Mississippi, mais pas sèches car l'air était trop lourd, où même les chevaux marchaient plus librement que les hommes, les insectes flottant dans une souveraineté qu'ils tenaient pour acquise, et l'au-delà des bois, les rivières filant vers Dieu sait quoi, l'arche des cieux si basse mais à jamais hors de portée. Toutes ces choses qu'aucun d'eux ne pourrait jamais toucher sans le payer au prix fort : la perte d'un membre ou la séparation du corps et de l'esprit, cette dernière issue étant préférable, même si les lâches ne pourraient jamais le comprendre, puisque la liberté est plus amère que douce.

Et les oiseaux privés d'abri, alors ? Ils survolent tout cela, en juges. Tous, ou presque : le moineau et le geai bleu, la colombe et le merle aussi, mais nulle trace du corbeau. Et le fracas de leurs voix brûlerait si ceux à qui s'adressent ces cacardements n'étaient d'ores et déjà calcinés par l'été. De telle sorte que, pour les incinérés, le merle en particulier n'était que musique.

Il existait, aussi, une autre cadence sous-jacente, une pulsation discrète, qui avait commencé dès avant la marche jusqu'aux confins vides d'Empty. Isaiah et Samuel pensaient être les seuls à pouvoir l'entendre. Elle sifflait gaiement, non pas tant dans le vent que dans l'oscillation des mains et des hanches, comme lors de la prière de midi dans cette clairière où ils n'étaient pas les bienvenus à moins que… Mais le son voyageait et atteignait certaines oreilles, qu'elles veuillent ou non l'entendre. Ce n'étaient pas, en fait, les gens qui chantaient comme ils l'avaient d'abord cru. C'était une autre voix, ou plusieurs, à en juger d'après les harmonies. Ça ressemblait à une chose ancienne, réconfortante, Samuel avait des bêtises plein la tête en l'entendant, Isaiah les faisait.

Ruth n'eut qu'un mot à dire et James, obligé d'agir même s'il n'en croyait rien, rassembla ses *à peine des hommes* pour réveiller Isaiah et Samuel en les secouant – avant même que Ces Deux-Là aient eu le temps de se lever et de briller l'un aux yeux de l'autre, de ratisser le foin dont ils avaient fait une couche, d'accueillir le matin avec cette inquiétude qui ne les quitterait jamais jusqu'à la fin de leurs jours. Avec quelle rapidité et quelle brutalité ils forcèrent Samuel et Isaiah à se mettre debout. Et cette manière joyeuse quoique mal dégrossie qu'ils eurent de leur passer les fers aux poignets et aux chevilles. D'y faufiler les pointes.

Quand on les poussa hors de la grange devant les animaux plus étonnés qu'eux-mêmes, les chevaux pliant leurs antérieurs et les cochons couinant à n'en plus finir, Isaiah et Samuel virent ce que la brume ne parvenait pas à cacher. Ils s'attendaient à cette foule qui s'était déjà rassemblée, dorée dans la lueur de torche du petit jour. Certains étaient fatigués. D'autres souriaient. Ces sourires stupéfièrent Isaiah, mais pas Samuel. C'étaient des gens, après tout. Il y avait par conséquent une sorte de bonheur à voir quelqu'un d'autre se faire humilier, pour une fois. Un défaut de mémoire empêchait la compassion qui aurait dû surgir naturellement. Samuel savait, cependant, qu'il s'agissait là d'une mémoire sélective, celle que l'on cultivait ici au pays des myosotis, ces fleurs du souvenir.

La brume matinale se lèverait bientôt. Elle ne couronnerait plus leurs têtes, ne ferait plus obstacle à la beauté. Bientôt, elle descendrait et bénirait leurs genoux puis leurs chevilles avant de disparaître dans le sol, révélant que même un endroit aussi horrible pouvait être engageant. Demandez donc aux libellules.

Combien d'hommes et de femmes étaient déjà morts sur ces terres, et qui étaient-ils ? D'abord les Yasous, qui s'étaient battus vaillamment, sans aucun doute, mais qui jamais n'auraient pu être préparés à affronter les armes à feu, ou les maladies façonnées pour en devenir. Les Chocta avaient été les suivants, à coup sûr.

Puis ceux qu'on avait kidnappés, ceux qui étaient tombés morts à force de labeur, bien sûr, mais surtout ceux qui avaient refusé de jouer les bêtes de somme, dont la peau même était défi. C'étaient ceux-là qui observaient tout depuis l'ombre et murmuraient parfois à leurs enfants, *Comment avez-vous pu ?* Samuel pensait qu'ils voulaient dire : Comment avez-vous pu *les laisser faire* ? Pour Isaiah, c'était :

Comment avez-vous pu *rester* ? Les réponses ne venaient pas, et la vertu comblait les vides.

Samuel fut le premier à redresser la tête. Il se dit que si la douleur devait s'emparer de cette journée, alors autant la mériter. L'un des *à peine des hommes* tira brusquement sur la chaîne attachée au fer de son cou, le faisant reculer. Mais il ne tomba pas. Les trois hommes s'affairaient juste derrière lui, fixant ses chaînes, et donc celles d'Isaiah, au chariot sur lequel James était déjà grimpé. Un vieux truc délabré – le chariot, bien sûr, mais James également – qui aurait bien eu besoin qu'on le répare : des roues branlantes et cabossées qui rendaient tout voyage cahoteux et peu sûr, mais faisaient en outre, à dessein, de leur remplacement une corvée plus pénible encore ; un plateau si vermoulu qu'on voyait le sol à travers, ce qui rendait l'affaire périlleuse aussi pour les passagers. Mais cela faisait longtemps que le but de ce chariot n'était plus d'alléger les fardeaux.

James leva sa main droite et, l'un après l'autre, une partie des gens se déplacèrent d'un coin de brume à l'autre. Isaiah cessa de compter combien obéissaient à l'ordre de s'entasser sur le plateau, pour se concentrer sur la distance qui les séparait de Samuel et de lui. Certains se ruaient à bord du chariot, mais Isaiah n'aurait su distinguer ceux dont l'empressement était maudit par l'excitation de ceux que la peur bénissait. Mais dès qu'ils se tenaient debout sur ce véhicule menaçant de s'écrouler sous leur poids, tout cela n'avait plus d'importance. Ce qui comptait, c'était l'élévation. S'accrochant au savoir que les toubabs ne possédaient pas encore, ils pouvaient à présent regarder les choses d'en haut et ça, aussi, c'était irrésistible. Si ténue fût-elle, cette hauteur offrait une perspective nouvelle qui redressait les dos et relevait les mentons, tandis que les mains se posaient fièrement sur les hanches. Isaiah acceptait leur bêtise car sa source était fausse, il le savait. Mais elle se coinça dans la gorge de Samuel comme l'arête d'un crapet, plus moyen de l'en déloger.

Enchaînés au chariot comme les bêtes qu'ils savaient ne pas être, James assis là-haut le fouet à la main, et toute une cargaison de gens entassée derrière lui, Samuel et Isaiah étaient forcés de tirer. Et ils allaient devoir traîner le chariot tout autour des limites d'Empty. Un dimanche, qui plus est. Ils se demandèrent si ce spectacle irritait Amos ou le réjouissait. Jetant un coup d'œil aux gens restés plantés là-bas, parmi les herbes et le brouillard, ils repérèrent Amos, un livre calé sous le bras. Ils distinguèrent de petits fragments de son visage, qu'ils réassemblèrent dans leur tête. Samuel choisit l'irritation, Isaiah la joie. Ils ne tomberaient jamais d'accord, et se concentrèrent donc sur un nouveau projet. Ils étudièrent Empty. C'est ainsi qu'ils apprirent à connaître les lieux. Chaque recoin. Chaque fissure. Chaque brin d'herbe couché. Tandis que Samuel arpentait, Isaiah notait les détails.

« Allez, hue ! »

James s'adressait à eux en langage animal, et avancer en conséquence aurait rendu vrai un mensonge. Si bien qu'aucun d'eux ne broncha. Le premier coup de fouet fit courir une onde de choc dans tout le corps d'Isaiah, et sa vue se brouilla l'espace d'un instant, avant de revenir avec une clarté accrue. C'est alors qu'il remarqua leur perfection quasi immaculée. Celle des lignes d'Empty. Ponctuées, à chaque extrémité, d'un élément empreint de gloire : une fleur, un rocher, un arbre. L'endroit aurait pu être tolérable s'il avait été inhabité, traversé au galop plutôt qu'appartenant à quelqu'un. Sans personne alentour pour s'offusquer de voir quelqu'un s'arrêter pour parler à l'abeille qui se fraie un chemin jusqu'au cœur du nectar et lui souhaiter courage, puis lever les yeux aux nuages et crier : « Moi ! » Rien d'aussi calme ne devrait être capable d'une telle terreur.

Isaiah baissa la tête tandis que les larmes disaient *J'arrive*. Il vit ses pieds s'enfoncer dans le sol spongieux et glissant qui n'offrait aucune adhérence. Le second claquement frappa Samuel et Isaiah trembla pour lui. Tout étant clairement résolu à trahir, les cœurs des deux jeunes hommes martelaient un rythme méfiant, celui de Samuel plus encore. C'était cette tension qui les avait divisés et rendus irritables.

Samuel jeta un coup d'œil à Isaiah et éprouva une rancune. Elle tourbillonna dans sa poitrine pendant quelques instants avant qu'une longue inspiration ne la rabatte au fond de l'estomac. Ils n'avaient qu'à attendre tous deux que les chaînes soient assez lâches pour les enrouler comme des serpents autour des cous des *à peine des hommes* et les étrangler, puis succomber aux balles qui, inévitablement, viendraient. Mais Samuel savait qu'Isaiah n'avait pas cela en lui. Il avait beau connaître Isaiah depuis toutes ces années, il n'était toujours pas parvenu au cœur de ce qui le poussait à ne même pas vouloir serrer le poing. Quel danger d'être un tel blanc-bec.

De son côté, Isaiah évitait les regards de Samuel parce qu'ils ne dissimulaient rien et à quoi bon lui expliquer qu'un dernier ressort était censé venir en dernier, pas en premier ? Pourtant, la poitrine d'Isaiah se gonfla sous la pression de cette prise de conscience : ce qui les liait l'un à l'autre était bien plus solide que les chaînes rouillées qui les maintenaient prisonniers. Mais qu'elle était tentante, la pensée de la paix, si fugace fût-elle, qu'il y aurait eu si l'un des garçons avait osé négliger son devoir et ne pas apporter à l'autre de quoi boire.

Ils n'étaient pas des bœufs, mais ils avançaient et les gens regardaient.

Isaiah se souviendrait de dire à Samuel, après, qu'il n'avait jamais compris la fascination des gens pour le bleu. Certes, il ponctuait ces terres de manière remarquable, brisait la monotonie et offrait un certain répit face au choc aveuglant du coton, mais il n'avait rien de spécial. C'était une distraction comme tout le reste, et Isaiah en avait assez de ne pas prêter attention. Néanmoins, en le contemplant de loin, qui perçait çà et là à travers le brouillard, on aurait dit que des morceaux du ciel s'étaient brisés et qu'ils étaient tombés par terre, et c'était peut-être justice de donner un nom à cela. Isaiah ferma les yeux et commit l'erreur de se perdre.

C'était la première fois qu'Isaiah songeait à ceux qui l'avaient précédé. Qui avait été la première victime de Paul ? Était-ce une fille ? Les filles constituaient un investissement pour les toubabs, parce qu'ils pouvaient les faire se multiplier à force de viols, mais les récompenses de ceux-ci mettaient parfois des décennies à porter leurs fruits. Un garçon, donc, avec des bras musclés et de larges épaules, une poitrine noire qui se levait et des jambes d'acier, capable de fendre la terre avec sa houe et creuser les lignes de démarcation requises pour y semer les graines que le sol était prêt à recevoir. Le père de Paul lui avait-il fait cadeau de ce garçon ? D'abord un jouet, puis un outil ? Ou bien avait-il été le premier achat de Paul, sélectionné lors d'une vente aux enchères après avoir été isolé, tâté, inspecté et finalement jugé apte à une vie de labeur ? Il importe de savoir qui fut le premier, car c'est celui qui n'a su empêcher qu'il y ait un deuxième. Non pas qu'on puisse le lui reprocher. Tout cela était trop vaste pour que quiconque puisse s'en tirer seul. Et la mort n'était héroïque qu'après coup.

Au diable le foutu premier. Samuel se demandait si l'un d'eux serait le dernier – ou, du moins, celui qui laisserait derrière lui une telle dévastation qu'aucun toubab n'envisagerait jamais de reprendre l'atroce entreprise. Un coup de hache bien placé ou des fusils volés, la seule différence entre les deux étant le volume sonore. Il fallait juste décider ce que l'on préférait : l'immersion ou le coup de tonnerre. En cet instant, Samuel avait envie de faire du bruit. Il voulait sentir le métal chaud entre ses mains, le soulever devant un œil et fermer l'autre, enrouler son doigt autour de la détente et presser, voir sa cible criblée de plomb, ensanglantée. Que le sang et le corps d'un autre nourrissent le sol, pour une fois. Combien de personnes avait-il déjà vues se faire détruire ? Et pas un qui ait la décence de couvrir les yeux de l'enfant.

Alors qu'ils étaient tous deux à l'intérieur d'eux-mêmes, en proie à la mélancolie de cette heure de disgrâce, Isaiah et Samuel abordèrent une courbe, qui fit pénétrer le chariot dans leur champ de vision. Les gens étaient toujours dessus, dressés bien droit tels des piliers de sel vers lesquels Isaiah ne voulait pas se retourner, de peur d'en devenir un lui aussi. Samuel, comme toujours, gardait les yeux fixés droit devant seulement parce qu'il n'y avait aucune raison de regarder derrière – ni en haut. Il n'y avait personne là-haut qui pût les aider. Le passé n'était d'aucune utilité, il ne servait qu'à faire remonter souffrance et mystère et, par conséquent, à redoubler la confusion. Et bien trop de foutues choses déjà, dans le présent, n'avaient aucun sens. Si bien que l'avenir était l'unique endroit où il pourrait peut-être trouver une solution.

Isaiah, de son côté, s'interrogeait sur la forme de la plantation. Était-elle carrée ou rectangulaire ? Il aurait pu additionner les pas, mais n'était pas censé savoir compter si haut. Certainement pas un cercle car les toubabs semblaient les détester, vénérant sans relâche les angles droits comme s'ils apportaient en soi l'ordre. Il aurait pu s'agir d'un triangle mais, là encore, c'était peu probable car les angles ne pourraient jamais être droits. Isaiah se rendit compte alors qu'il était censé ignorer l'essentiel de ces choses : figures, angles, les différences entre eux. On leur interdisait les mathématiques car, Isaiah en était soudain persuadé, il existait une équation capable de révéler des choses que ni les Paul ni les Amos du monde ne voulaient que les Isaiah découvrent. Ils parlaient d'arbres, de fruits et de serpents, mais ce n'était là qu'une diversion visant à vous dissuader de mesurer la distance entre ici et la vie. Mais Isaiah jouait leur jeu. Feindre l'ignorance faisait aussi mal que le fouet. C'était faire comme s'il n'était bon qu'à trimer qui menaçait de le briser, pas les chaînes. Le cliquetis des boucles d'acier qui reliaient ses mains et ses pieds à ceux de Samuel, comme la lettre *I* ; une pointe maintenait chacun des fers en place, rendant la marche plus pénible car il fallait écarter les jambes pour ne pas poignarder une cheville avec l'autre.

Étrangement, les toubabs se représentaient la nudité comme dégradante, si bien qu'on déshabillait toujours les marcheurs avant de les forcer à tracter. Attelés comme le postérieur d'un cheval pour que cette dégradation devienne leur caractéristique primordiale. Mais, moustiques mis à part, se retrouver dans son état naturel ne constituait pas l'humiliation que les toubabs s'imaginaient. La peau captait le moindre souffle d'air et toute la lumière. Les parties intimes étaient libres. Et la brume vous embrassait, déposait une humidité pour que la peau la boive, tout aussi sacrée qu'un baptême, peut-être même plus pure car elle était volontaire et ne prétendait jamais apporter le salut.

Marcher sur les orties était insignifiant, car les pieds étaient immunisés à force de corne. Au contraire de Samuel, Isaiah avait appris à dénicher les plus minuscules plaisirs là où on pouvait les trouver. Donc, quand James les dirigea sciemment vers un buisson dont les épines sautaient aux yeux, cela eut sur eux des effets contrastés. Isaiah sourit alors qu'il n'aurait pas dû ; Samuel refusa de grimacer comme cela était naturel.

Quel plaisir ? De bien des manières, Samuel s'en méfiait, sachant avec quelle facilité on pouvait vous en priver. S'il refusait de l'idolâtrer, aucun manque ne l'étreindrait lorsqu'on le lui arracherait.

Attendez.

Non.

C'était un mensonge.

Il y avait un plaisir qu'il savourait, échappant à son contrôle, et, si on le lui arrachait des mains, il deviendrait aussi vide que ses doigts ouverts de force, gratté jusqu'à l'enveloppe de lui-même, un néant qui marche, ce qui ne serait pas regrettable que pour lui. La fourche avec laquelle ils l'étriperaient laisserait des marques, inévitablement. Ces empreintes montreraient forcément quelque chose. Et ce qui était montré devenait inéluctablement ce que l'on avait fait. Samuel ne relèverait pas les yeux. Ni maintenant ni jamais. Il regarderait droit devant. Il voyait déjà le sang venir. Et de là, il distinguait aussi la courbure du monde, même si cela n'avait aucune espèce d'importance. Tout ce qu'il pouvait faire, c'était l'apercevoir, jamais il ne la chevaucherait. Mais elle le chevaucherait peut-être, lui : elle plaquerait ses deux extrémités sur son dos et frapperait, frapperait, avant de l'étaler sur le fil de son arc et de rouler sur lui.

Ici, arpentant d'un pas lourd cette terre qui s'était rendue trop vite, Samuel découvrit ce que la plupart des autres ignoraient : au bout d'un coup de fouet, il y a une étincelle. Un minuscule éclat de lumière, dénué de couleur, caché derrière le claquement fugace du cuir cinglant la peau. Si vous baissez les paupières, fût-ce un instant, il passera inaperçu ou vous l'écarterez, pensant que vos yeux vous ont joué un tour. Mais il est bien là, pas de doute. Épargné par le sang qui a maintenant assombri la langue du fouet. Indifférent aux cris, ceux des justes comme des méchants. Ne faisant aucune distinction entre les deux, il flotte au-dessus de tout, comme pour observer, mais, à l'instar des arbres, sans jamais témoigner, puis il s'abat soudain, non pas comme un éclair mais à la manière du tonnerre, et tout se met à trembler. Tout. Le passé et l'avenir, ensemble. Et dans l'état frémissant où cela plonge le présent, l'esprit n'a d'autre choix que de voyager et rejoindre.

Isaiah se tourna vers Samuel et la direction du regard de Samuel le mena, lui aussi, à l'étincelle. Malgré les larmes qui lui piquaient les yeux, il la vit. Plus clairement encore avant la piqûre qui suivit. Une étoile Polaire qui ne guidait personne nulle part.

Attendez.

Faux.

Elle guidait les gens jusqu'ici. Vers le vide d'Empty. Où eux aussi le deviendraient. Avec une capacité, nouvelle ou présente depuis toujours, de suspendre l'affection véritable et de la remplacer par quelque chose d'inférieur, pour des raisons superficielles ou, plus rarement, amères. Cette grandiloquence, toute cette agitation de façade, était destinée à camoufler une chose plus indécente encore : la nature.

Et l'étincelle les singeait. Montrait avec quelle facilité elle pouvait transpercer la réalité puis se retirer comme si elle n'avait jamais été là. Sans laisser derrière elle un chemin qui aurait permis de la suivre vers cet autre monde. Même si rien ne garantissait que les choses, là-bas, seraient meilleures. Cela pouvait très bien être pareil ou pire, et c'était peut-être cela que l'absence de couleur signalait. D'ailleurs, il était rare qu'une telle invite soit matière à se réjouir. Mais l'esprit, dans les circonstances les plus cruelles, tenait absolument à s'enflammer pour la moindre joie, si maigre fût-elle.

Leur langue décousue par la violence qui menaçait, ils ne pouvaient qu'échanger des signes et suggérer, en espérant que les gestes seraient interprétés comme il faut, et que Samuel ne traduirait pas à tort des lèvres serrées par « Battons-nous », ou qu'Isaiah ne penserait pas qu'un poing serré signifiait « Patience ». Mais ils se connaissaient depuis assez longtemps pour ne pas se laisser tromper aussi facilement. Ils faisaient passer leur volonté avant l'indiscutable pour ne pas avoir à penser, ce qui est une autre manière de dire : se rendre. Et ils ne pouvaient pas se rendre maintenant, pas après tout ça, pas après avoir sidéré tout le monde, eux compris, par l'expertise avec laquelle ils avaient su unifier contre eux la plantation tout entière, les toubabs comme les personnes.

Merde. Voyez comme même les fleurs les regardaient : les pissenlits dansaient non pas dans la brise, car il n'y avait d'autre brise que celle levée au passage par le déplacement de Samuel et d'Isaiah. Les asclépiades se détournaient, mais les fleurs cataleptiques semblaient curieuses, des sourires par dizaines dentelés les uns sur les autres comme une trahison.

C'est cela que sentit Isaiah lorsqu'ils passèrent devant les buissons agglutinés. N'importe qui d'autre aurait sans doute savouré ces parfums, mais Isaiah savait ce qu'il y avait derrière. Et Samuel aussi.

Alors, Isaiah fut soudain tenté de crier, de laisser ses jambes céder au lieu de résister pour rien. Il était clair, désormais, que c'était la résistance qui, plus que tout le reste, provoquait le mépris. Mais le consentement n'apporterait qu'un surcroît de labeur, des mauvais traitements à chaque nouvelle erreur. Abandonner maintenant aurait permis aux genoux épuisés de se laisser tomber sur le coussin des mauvaises herbes, à la poitrine de s'affaisser sur elle-même avant d'aller heurter le sol. Étendu là, cul à l'air pour l'éternité, mais pouvant enfin reprendre son souffle et fermer les yeux, fût-ce un instant, il se fendrait d'un sourire faible, mais un sourire quand même. C'était infime, mais une joie quand même. Il se détestait de tant la désirer, mais haïssait encore davantage les circonstances qui le poussaient à la désirer.

Samuel ne daignerait jamais avouer qu'il voulait la même chose, si bien que sa haine ne pouvait se retourner contre lui. S'il fermait les yeux, c'était uniquement pour imaginer les manières inventives dont cette haine pouvait s'exprimer au-dehors. Si bien que quand ses poings et ses mâchoires se serraient, ce n'était pas seulement à cause du fouet. Et ce n'est pas parce qu'il était courbé qu'il ne voyait pas leurs visages. Il le fit savoir lorsqu'il redressa son menton et usa de ses lèvres pour diriger le regard las d'Isaiah vers la foule qui les observait, tandis qu'ils labouraient le sol autour d'Empty tels deux chevaux blancs tirant un carrosse royal. Ce n'était pas une course, mais ces gens étaient là, blottis les uns contre les autres, une partie d'entre eux seulement contre son gré, à attendre sur la ligne d'arrivée. Ce n'était pas une course, mais c'était une course.

Pourquoi fallait-il qu'ils se tiennent si près ? Parce que la plupart d'entre eux voulaient voir. Ils avaient besoin de voir pour pouvoir être reconnaissants de n'être pas ceux qu'on brisait ainsi sous leurs yeux. En même temps, Samuel comme Isaiah distinguaient les sourires sur les traits de certains d'entre eux. Peut-être pas exactement des sourires, mais, si l'approbation était capable de courber les lèvres d'une certaine façon, alors c'était de cela qu'il s'agissait. Isaiah nota autre chose encore : une lourdeur dans leurs paupières qui ne disait pas la fatigue. Leurs têtes étaient basculées trop loin en arrière. Non. Ces regards d'en haut criaient un seul mot : *Bien !*

C'est le poids qui finit par faire lâcher les chevilles d'Isaiah. Il trébucha et alla s'écraser dans un tapis d'isotomes des marais. Étalé de tout son long comme ces couvre-sols, il pleura dans leurs fleurs étoilées, et Maggie fut la première parmi la foule à faire un geste : ses mains tremblèrent et ses yeux s'agitèrent, mais elle eut la présence d'esprit de ne pas tendre la main. Samuel se contenta de haleter, et ses paupières se firent lourdes elles aussi, peut-être.

Isaiah n'eut pas besoin de déclarer qu'il capitulait, car être vautré à plat ventre telle une pathétique étoile le disait bien assez. Cela rendit Samuel assez furieux pour ramasser soudain ses morceaux disloqués et les remettre ensemble dans un ordre glorieux.

Un dernier coup de fouet pour son audace, et Samuel passa le bras d'Isaiah autour de son cou et, ensemble, ils marchèrent, d'un pas laborieux et bancal, leurs chaînes tintant faiblement, vers la grange, jambes arquées à cause des pointes, mais n'attendant même pas qu'on leur ôte leurs fers, non, pas encore. Leurs dos jumeaux suintants des marques laissées par les coups de fouet et les regards réprobateurs.

Lorsqu'ils s'effondrèrent dans les bras l'un de l'autre juste après l'entrée de la grange, dispersant la poussière dans leur chute, aux yeux des mornes spectateurs, ils ressemblèrent à deux corbeaux qui avaient le toupet de n'en faire plus qu'un.

Baume de Galaad

Maggie portait un seau d'eau de la rivière. Elle savait l'eau du puits trop douce. Celle de la rivière contiendrait un peu de sel, et toute guérison vient toujours dans la douleur avant de mener à la paix. C'était terrible, elle en avait conscience. Mais il n'y avait rien de plus vrai. Elle savait que c'était pour cette raison que tant de gens n'en voyaient pas l'intérêt et, faute de se résoudre à traverser, restaient coincés. Une boue gluante. Du genre où l'on s'enfonce. Il y avait un tas de gens là-dedans. Embourbés jusqu'au genou. Certains recouverts tout entiers. D'autres tentaient de s'en arracher pour gagner la terre ferme. Bien peu réussiraient.

L'eau piquerait quand elles, Maggie et les femmes, laveraient Isaiah et Samuel. Mais il n'y avait pas d'autre choix. Ouverts comme ils étaient, même la chose la plus délicate aurait paru brutale. Et ce qui ne saignait pas était couvert de cloques, bonté divine, si bien que chaque effleurement serait une épreuve. Elle était impressionnée qu'ils soient parvenus à regagner seuls la grange, écrasés l'un contre l'autre telles deux mains chaudes, doux mais fermes, muets comme une prière, tout aussi laborieux.

Maggie les envoya chercher : Essie, Sarah, Puah et Be Auntie. Elles étaient censées être sept, mais cinq, c'était déjà ça. Nord, Sud, Est, Ouest et Centre, tous représentés, mais il n'y aurait personne pour équilibrer l'au-dessus et l'en dessous, pour sauvegarder la lumière et l'obscurité, pour battre le tambour qui appelait l'au-delà pendant qu'elles feraient leur travail. Maggie ne pouvait risquer d'y mêler d'autres personnes ; elles ne feraient que les gêner. Pas par malice, sans doute, mais à cause de leur ignorance, qu'elle n'avait ni le temps ni l'envie de corriger. Inviter Be Auntie, c'était déjà limite. Be, qui avait planté une trahison délibérée et semblait prendre plaisir à savoir où celle-ci était enterrée. Mais elle connaissait par ailleurs des choses se passant à Empty que Maggie elle-même ignorait. Le savoir était une force, même quand il était douloureux. Les talents de Be Auntie étaient donc nécessaires.

Maggie attendit à l'entrée de la grange le temps que sa parole parcoure Empty par le biais d'une jolie petite fille dont elle aurait aimé que la beauté fût moins frappante. Des cheveux trop rayonnants. Des yeux trop brillants. Une peau trop chatoyante. Un rire trop délicat. Des dents trop nacrées. Ce n'était qu'une question de temps. Vous voyez ? C'est pour ça qu'elle n'aimait pas les enfants. Leur existence même était une prophétie. Ils étaient des signes ambulants des ravages à venir. Ils étaient vous-mêmes avant que vous n'appreniez que la misère était votre lot. Devoir être à nouveau un témoin, une guérisseuse, la remplissait d'effroi. Au diable, tout ça !

Elle se retourna pour jeter un coup d'œil à l'intérieur de la grange. Ses yeux remontèrent la traînée de gouttelettes rouges jusqu'aux plantes de pied d'Isaiah et de Samuel. Elle secoua la tête. Elle n'était pas montée dans ce chariot, mais faisait partie de la foule. Son regard plein de compassion ne faisant sans doute rien d'autre qu'accroître la honte qu'ils éprouvaient. Mais c'était tout ce qu'elle avait pu offrir sur le moment. À présent, elle allait faire une nouvelle offrande pour compenser cette disgrâce.

Be Auntie arriva la première. Maggie sut à sa démarche qu'elle venait avant tout par curiosité, par envie de fourrer son nez, que de voir Ces Deux-Là dans cet état lui offrirait une histoire à rapporter à Amos. Elle allait d'un pas vif, mains en tension, le dos voûté, corps penché vers la gauche, cou tendu, le visage aux avant-postes, lèvres légèrement écartées, les yeux écarquillés comme qui veut voir.

« Tu m'as fait venir, Maggie ?

— Oui, m'dame. J'vais avoir besoin de toi.

— Ceux-là ? demanda Be Auntie en désignant l'intérieur de la grange.

— Pointe pas du doigt. Mais mmh, mmh. Oui, m'dame.

— Je sais pas si Amos…

— Qu'Amos aille se faire foutre ! » répliqua Maggie d'une voix un peu plus forte qu'elle ne l'aurait voulu. Elle redressa son visage et fixa Be Auntie dans les yeux. « N'est-ce pas ce que tu fais avec lui ? » Elle inspira. « T'en as l'odeur, l'odeur ment pas. Alors viens pas me voir avec ta considération pour sa personne, toi qui lui donnes déjà bien assez de la tienne. Il est en partie coupable de ce qui s'est passé. Et si tu l'aimes comme ta rougeur me le dit, si faire passer Essie pour une bécasse suffit pas à te ramener à la raison, tu pourrais *au moins* faire quelque chose pour nettoyer le foutoir auquel tu participes en avalant ta langue et en pliant les genoux. »

Be Auntie courba le front et acquiesça.

Essie arriva ensuite, un peu précipitée dans son approche. Puah ne tarda pas à suivre. Sarah prit son temps, hésitant avant d'atteindre le portail. Et après s'être apparemment convaincue de le franchir, elle avança encore avec lenteur, comme si elle en voulait à ses pieds et à tout ce qu'ils foulaient.

Maggie vint toutes les accueillir à la porte de la grange. Elle leva la main, paume en avant, et regarda chacune des femmes, individuellement, les gratifia d'un hochement de tête et d'un sourire. Elle croisa les mains dans son dos.

« Je vous remercie, femmes, de vous être déplacées en ce lieu où nous allons devoir nous rappeler et faire jaillir quelque chose des ténèbres. » Elle avala une bouffée d'air. « Nous souffrons tous ; pas de doute là-dessus. Mais nous avons sûrement notre mot à dire sur combien de temps durent ces souffrances, et la forme qu'elles prennent. Est-ce que je mens en disant ça ? »

Toutes les femmes firent non de la tête.

« Bon, je sais que d'habitude, c'est pour nous seules. Et pour les yeux de personne d'autre. Pas une oreille n'est censée entendre ça, et Dieu sait que ce que nos bouches lâchent doit pas sortir du cercle.

— C'est comme ça que c'est censé être, confirma Sarah.

— Oui, m'dame », acquiesça Be Auntie.

Essie ne savait quoi faire de ses mains. Puah tendit le cou pour jeter un œil dans la grange.

« Je vous le dis, vous autres, parce que c'est comme ça qu'on doit commencer. Peu importe que vous le sachiez déjà. Une longue lignée de femmes ont fait ce travail avant nous. Les hommes aussi le faisaient, avant qu'ils oublient qui ils sont. Quelque chose en eux leur a fait tourner le dos à tout ça. Me demandez pas quoi. Vouloir que la nature se plie à leur volonté, m'est avis. Y en avait d'autres aussi, mais on les a séparés de nous. On les a chassés et forcés à être le corps et pas l'esprit. Je le sais parce que Manman Cora me l'a dit et elle mentait jamais, même quand la vérité a signé sa mort. » Elle marqua une pause et contempla le sol avant de se tourner vers le champ et de voir sa grand-mère plantée là-bas, une lumière dans la bouche. Elle la salua d'un geste. « Mais je crois qu'on tombera toutes d'accord pour dire que Ces Deux-Là sont foutrement dignes de notre bénédiction.

— Oui, m'dame ! s'écria Puah, si vite que ces mots s'écoulèrent comme de l'eau de sa bouche.

— Eh bien, dit Be Auntie en enveloppant Puah d'un regard attristé, lèvre supérieure retroussée, jugeante. T'es jeune encore, tu sais pas tout sur comment ces choses marchent. Rien de ce qu'elles coûtent. Sois pas si pressée de dire oui à ce qui pourrait te retomber dessus.

— Je m'occuperai de ça quand il faudra s'en occuper. » Puah s'oublia en disant cela. Elle manqua crier au visage de Be Auntie, réfrénée, juste à temps, par la conscience qu'elle allait devoir rentrer ce soir-là à la cabane qu'elles partageaient, et que la milice de garçons d'Auntie, qui ne savaient peut-être même pas qu'ils formaient sa milice, risquait d'être encore plus libre de se déchaîner contre elle. Elle essora son ton pour en chasser le venin, retrouva sa voix délicate. « Mais pour l'instant – miss Maggie, on peut faire quelque chose pour lui ? »

Maggie la dévisagea avec un sourcil froncé, qui fut bientôt rejoint par un sourire ténu, parachevant presque le cercle de son visage. « On peut faire quelque chose pour *eux*. »

Puis elle baissa la tête. Elle tendit les bras devant elle. « Faites que je sois vraie en ce jour, murmura-t-elle. Faites que le sang me guide. » Elle releva la tête et ses yeux se révulsèrent. Elle chancela légèrement, les femmes firent aussitôt le geste de la soutenir.

« Non ! leur dit-elle, repoussant leur soutien tandis qu'elle retrouvait l'équilibre. Le sol est sujet à trembler, quel que soit le voyage. » Puis : « Nous sommes prêtes maintenant. Venez. »

Les femmes pénétrèrent dans la grange, passant du soleil accablant à la pénombre tiède. Leurs ombres avancèrent devant elles avant de s'estomper, dévoilant les deux corps qui grognaient par terre, à leurs pieds. Que c'était beau ! Que leurs corps, même brisés, étaient fiers, vautrés dans la poussière, ne s'agrippant plus l'un à l'autre. Puah eut le souffle coupé. Essie détourna le regard. Be Auntie soupira. Sarah recula, s'écartant du cercle, et alla s'adosser au montant de la porte. Maggie s'avança et se pencha pour mieux voir. *Les deux ailes d'un corbeau*, comme elle l'avait pensé. Plus près : Isaiah avait laissé venir les larmes. Elles coulaient, fraîches, de ses yeux et se trouvaient une place dans le sol à l'aplomb de son visage. Oh, oui. Ces Deux-Là s'étaient écroulés tête la première dès qu'ils s'étaient sus hors de vue des yeux qui jugeaient, et Maggie savait que c'était parce que Samuel n'aurait voulu pour rien au monde qu'il en aille autrement. C'était tout Samuel, aussi, de ne pas pleurer. Il gardait tout ça au creux de cette vaste poitrine, devenue sans doute à présent un étang souterrain.

« Essie, déchire ça en morceaux pour moi. » Maggie dénoua une vieille robe blanche nouée autour de sa taille. « Les fais pas tous pareils, que je puisse m'en servir comme bandages. »

Essie prit la robe. « Mag, ça doit être ta plus belle…

— Allez. »

Essie s'agenouilla et entreprit de la déchirer en longues bandes. Elle tenta de poser les yeux sur Isaiah. Elle voulait s'assurer que son ami, qui n'était plus son ami-ami, respirait encore.

« Je peux même pas les regarder. Si je les regarde, j'ai l'impression qu'on m'a fait ça à moi, dit-elle.

— C'est la mémoire du sang. T'es pas encore perdue, merci, lui dit Maggie. Laisse pas la robe traîner par terre. Tâche de la garder bien propre. Je voudrais pas causer d'infection. Puah, j'ai besoin que t'ailles dans les broussailles, et que tu me rapportes quatre choses. Il nous en faut cinq, mais ces quatre-là, tu vas devoir t'en occuper toute seule. Je t'aiderai pour la dernière. »

Puah était accroupie au chevet de Samuel, qui ne voulait pas qu'on le voie. Oui, il essayait de se plaquer au sol mais en vain, car les grands yeux de Puah voyaient tout, même ce qu'il voulait cacher. Les choses tendres demeurant sous ces couches de roche qui avaient jadis été chair, mais qu'il avait dû endurcir pour pouvoir exister. Elle tendit la main. Elle voulait lui apporter la chose qu'elle devait apporter : un tout petit peu de réconfort, pour lui revaloir son doux sourire, et d'avoir su la voir sur ces terres où les créatures tournaient la tête, oui, mais pour regarder de l'autre côté.

« Les marques qu'ils lui ont faites », murmura Puah, touchant presque le dos de Samuel, strié de lacérations nouvelles, ou peut-être d'anciennes qu'on avait rouvertes. « Comment on va guérir tout ça ?

— Déjà, déclara sévèrement Maggie en se tournant brusquement vers Puah, on dit pas du mal de ce qu'on essaie de réparer ! C'est la première règle. Tais-toi, petite, écoute bien : va me chercher ces quatre choses.

— Pourquoi moi ? Faut que je m'occupe de Samuel…

— Ma fille ! Qu'est-ce que je viens de te dire ? Écoute-moi ! » Dressant l'index, Maggie reprit : « Écoute ce que je vais te dire. Et faudra tout bien faire comme je t'ai expliqué. Va derrière la Grande Maison au jardin de Missy Ruth. Du côté nord de ce jardin, le plus proche de la grange. Cueille sept brins de lavande. Là, tu trouveras des cheveux rouges. Rapporte-les aussi. »

Maggie redressa son dos. « Puis tu marcheras vers l'est – marcher, pas courir. C'est très important. Tu vois ce grand saule, là-devant ? Prends une poignée de feuilles qui pleurent.

— T'auras pas besoin d'une poignée, l'interrompit Be Auntie.

— Vaut mieux trop que pas assez », rétorqua Maggie. Elle se tourna de nouveau vers Puah. « L'ouest, maintenant. Pas trop loin du bord de la rivière, j'aurai besoin d'autant de myrtilles que tu pourras en porter. Sur le buisson entortillé, près de l'arbre mort. Tu vois lequel ?

— Oui m'dame.

— Le sud, c'est ce qui va poser problème. Va falloir que t'ailles jusqu'à l'autre bout du champ, là où sont les contremaîtres et les chasseurs. Mais j'aurai besoin de cette Langue de Vache qu'il y a juste derrière leurs cabanes. Fais bien attention que ta robe traîne pas par terre, t'entends ? Tant qu'elle touche pas le sol, ils te toucheront pas. Relève-la au-dessus des genoux. Qu'elle traîne pas par terre.

— Faudra pas non plus hésiter, ajouta Sarah. Arrache-la et va-t'en.

— Quand tu reviendras, je t'emmènerai à la millefeuille. Ensuite, on pourra commencer.

— Ils ont peut-être besoin d'un petit truc en plus, pour leur protection ? demanda Puah à Maggie.

— Tu crois que la millefeuille sert à quoi ? Quand tu reviendras. »

Puah fit oui de la tête. Elle se releva. Elle avait l'impression qu'il fallait s'incliner, alors elle s'inclina. Puis elle fit demi-tour et s'en alla.

Maggie laissa échapper un petit rire. « Elles sont si nerveuses, au début.

— Elle a quand même su s'incliner. Et personne lui a demandé de faire ça. Ce qui veut dire que ses entrailles, ça marche. T'as eu raison de la choisir, dit Essie.

— Elle m'a choisie, moi. Vu comme elle brille, j'aurais été impardonnable de passer devant elle sans la remarquer. »

Maggie s'approcha des garçons. Elle se laissa tomber sur le sol et replia ses jambes comme on lui avait dit que les premières femmes l'avaient fait. Elle ignora la douleur dans sa hanche, au profit de la leur. Cela ne devait pas devenir une habitude. *Trop de femmes perdues de cette manière*, songea-t-elle. Mais cette toute dernière fois, ça irait.

Elle parcourut la grange du regard. Ils avaient si bien tenu cet endroit, vu ce qu'il était. Pas un crottin en vue, même ce jour-là. Les mouches pullulaient, certes, mais pas un endroit à Empty où ce n'était pas le cas. Les chevaux étaient propres. Le sol était balayé et le foin entassé en rectangles, sauf la pile à laquelle ils allaient sûrement s'attaquer quand on leur était tombé dessus. Et l'odeur n'était pas si terrible, une fois qu'on s'y habituait.

« J'ai entendu dire que c'est Ruth qui les a fait brutaliser. Elle raconte qu'ils l'ont regardée sans un brin de honte. Et vous savez que c'est pas autre chose qu'un mensonge, dit Essie.

— Langue du Diable, souffla Sarah.

— Je savais pas que tu croyais à leurs mots, Sarah. Ton cœur a changé ? s'étonna Be Auntie.

— Je crois pas à leurs mots, mais c'est pas pour ça que leurs mots disent rien sur eux.

— Je vois pas pourquoi Missy Ruth viendrait faire des problèmes ici. Pourquoi ? Elle est trop occupée à poursuivre les faces de langue.

— Les faces de langue ? dit Sarah.

— Ceux qui sont pas capables de garder leur langue dans leur bouche quand elle passe devant. On dirait qu'ils s'en fichent qu'on puisse la leur couper s'ils se font prendre. C'est comme si le danger les poussait à vouloir encore plus le faire !

— Mmh ! » Maggie secoua la tête.

Ça n'aurait pas été plaisant, quand même ? songea Be Auntie. Avoir des cheveux aussi droits et rouges que ceux de Ruth, ou blonds, ou n'importe quelle autre couleur que noir foncé. Être maigre à sa façon : plate des deux côtés. Porter de jolies robes et des coiffes à froufrous, et battre des yeux non marron devant toutes sortes d'hommes qui se précipiteraient pour voir ce que pouvaient bien vouloir dire ces clignements de comédie ? Les femmes toubabs traversaient le monde avec grâce. Elles pointaient leurs mains lisses qui n'avaient jamais connu le moindre début de labeur auquel elles ne puissent échapper, car tous les hommes les désiraient fragiles et délicates.

Non. Be Auntie n'aurait jamais aucun moyen d'être comme ça, malgré toute la farine qu'elle pourrait jeter sur son visage, et qui la ferait ressembler à une pauvre idiote ou même un spectre. Mais elle avait décidé de s'y prendre autrement. Elle ferait tout ce qui était en son pouvoir pour convaincre les hommes qu'elle était spéciale, elle aussi. La seule manière d'en persuader un homme, quel qu'il soit, était d'accepter d'être le tapis sur lequel il frottait ses pieds pleins de merde. La clé qui permettait d'ouvrir le verrou des hommes, c'était de jouer leur jeu quand ils s'estimaient, à tort, méritants.

« Pourquoi Missy Ruth s'intéresse à des sodomites ? demanda Be Auntie.

— Colle pas leurs mots sur ces garçons. Tu veux que les ancêtres écoutent, ou pas ? réprimanda Maggie.

— Je crois pas qu'elle veuille, dit Essie.

— Comment tu peux savoir ce que je veux ? répliqua Be Auntie.

— Parce que ça saute aux yeux, Be Auntie. Toutes tes envies sautent aux yeux. De tout le monde. Aux miens aussi. »

Sarah éclata de rire. « Voyez comme les hommes nous font nous disputer ? Du calme, je dis.

— Sauf que là, on parle d'une femme, protesta Essie.

— Et de ce qu'elle fait aux hommes, pas vrai ? Mais ce qu'elle nous fait à nous, vous en dites quoi ? » Sarah se tourna enfin vers Essie.

« Tu sais très bien ce que je veux dire, rétorqua Essie.

— Arrêtez tout ce bruit ! On parlera de ces grandes choses plus tard. Pour l'instant, faut qu'on soit ensemble. Comme une seule main », exigea Maggie.

Un silence se fit, excepté la respiration de Ces Deux-Là et les sanglots étouffés d'Isaiah.

« Tu veux que je fasse quoi de ces bandes, Mag ? demanda Essie.

— Garde-les jusqu'à ce que Puah revienne. Sarah – viens t'asseoir près de moi. J'ai besoin de ta solidité. »

Sarah renâcla. Elle se gratta le crâne. Elle entortilla le bout d'une tresse autour de son doigt. Elle se tourna vers la plantation et retroussa ses lèvres. « J'vais rester debout juste là jusqu'au retour de Puah. Debout. Juste là. »

Puah tressa un amas de grosses feuilles vertes d'oreilles d'éléphant pour s'en faire un petit panier. Elle se demanda comment Maggie pouvait savoir que ces cheveux rouges seraient accrochés à la lavande telle une toile d'araignée, marquant précisément les brins qu'il lui fallait cueillir. Elle savait à qui appartenaient ces cheveux, mais que faisaient-ils là ? Cette femme n'avait-elle pas assez de jugeote pour les brûler afin que les oiseaux ne les prennent pas ? Quelle idiote.

Elle n'aimait pas venir si près de la Grande Maison. Être si près, cela voulait dire se retrouver en son pouvoir d'une manière plus tangible encore que lorsqu'elle ramassait le coton dans le champ voisin. C'est ici que les toubabs étaient le plus impitoyables. Être dans leur maison avait cet effet-là sur eux : ça les mettait sur la défensive, ils se montraient hostiles et craignaient la première chose sombre qui bougeait. Ils avaient peur que toutes les choses qu'ils avaient accumulées et entreposées au sein du foyer ne soient soudain arrachées et rendues aux esprits agités auxquels elles appartenaient.

La maison proprement dite était bâtie sur des os. Puah les entendait cliqueter de temps à autre, car les cabanes, aussi, étaient au fond les pierres tombales des Premiers Hommes de cette terre, le plus souvent sans inscriptions gravées dessus. Elle savait confusément qu'ils ne lui voulaient pas de mal mais aussi qu'elle risquait un jour, comme tout le monde, de se retrouver prise entre les deux parties en guerre et de mourir pour avoir été au mauvais endroit au mauvais moment.

Puah marcha jusqu'à l'avant de la maison. Elle prit la poignée de feuilles de saule sous les yeux de Ruth, qui l'observait depuis son fauteuil sur la véranda, un bouquet à la main. Ruth lui adressa un bref sourire, ce qui la fit sursauter. Puis Ruth se leva brusquement, laissant tomber une partie des fleurs. Puah crut s'être attiré son courroux. Mais Ruth se tourna pour regarder la grange avant de se rasseoir dans le fauteuil. Elle se pencha pour ramasser les pétales éparpillés et les déposer sur son giron. L'espace d'un instant, Puah crut sentir quelque chose en elle. Un regret ? *Nan.* Les regrets étaient une chose élevée, inaccessible à la plupart des gens. Et voilà ce que faisait Ruth : se pencher, s'abaisser, *poser son derrière*. Puah songea que, peut-être, ce qui faisait de Ruth ce qu'elle était avait à voir avec ces fois où ses plages *à elle* – où les vagues chantaient doucement son nom – lui étaient soudain arrachées lorsqu'elle ne penchait pas sa tête comme il fallait. Mais ça ne pouvait pas être tout à fait la même chose. L'endroit de Ruth avait sûrement de banales plages blanchies de soleil. Et la lumière du jour devait y briller éternellement.

Peut-être la grange était-elle effectivement plus sûre, malgré sa proximité avec la Grande Maison. Il aurait sans doute mieux valu pour Samuel et Isaiah qu'ils ne s'entêtent pas de la sorte à être eux-mêmes. L'individu doit toujours céder quelque chose pour le bien du groupe. Puah savait ce que les femmes cédaient, encore et encore, hormis Sarah peut-être, qui se créait ses propres difficultés en restant campée sur ses positions à elle. Il n'aurait donc pas été totalement déraisonnable que Samuel et Isaiah cèdent eux aussi quelque chose, qu'ils sacrifient la force, quelle qu'elle soit, qui les maintenait fermement enlacés, pour calmer de petits génies voraces qui voyaient tout mais ne savaient pas grand-chose.

Puah marcha lentement pour ne pas éveiller les soupçons de Ruth et se dirigea vers l'ouest en direction de la rivière. Elle descendit vers la berge. Le défilement de l'eau l'apaisa. Elle la contempla pendant un moment avant d'obliquer vers le buisson. Les myrtilles se trouvaient pile à l'endroit que Maggie avait dit, dodues et juteuses.

Maintenant, Puah devait aller au sud, de l'autre côté de la Grande Maison dont elle ne voulait pas s'approcher à nouveau, vers le champ de coton et au-delà. Elle passa derrière la maison, cette fois, soucieuse de ne pas attirer la curiosité de Ruth. Arrivée à l'orée du champ, elle s'arrêta, accablée par l'immensité devant elle, qu'elle ne s'était jamais autorisée à embrasser d'un seul regard. C'était un réflexe. Elle avait appris à ne jamais trop s'ouvrir car, alors, n'importe quoi pouvait entrer. Et une fois dedans…

L'étendue du champ la terrifia. Elle manqua s'étrangler. Elle voyait les oiseaux plonger dans cette mer aveuglante puis en ressortir, et se demanda comment elle faisait, jour après jour, dos voûté et genoux pliés, courbée sous ces cieux sans vent. À présent, elle n'avait qu'à traverser pour s'aventurer sur les terres dangereuses qui se déployaient de l'autre côté, à la recherche d'une plante particulière qui poussait au mauvais endroit.

Avec grâce, elle allait. Elle ne s'était jamais rendu compte à quel point être dans ce champ la rendait vulnérable. Des têtes blanches et bouffantes à perte de vue, et elle au milieu : chair noire, facile à repérer, facile à viser, facile à frapper. Si ça n'avait pas été pour Samuel, elle n'aurait pas répondu à l'appel. Tout le monde avait ses cicatrices, ça ne constituait donc pas une raison exceptionnelle. Mais les yeux de Samuel vous accueillaient avec défi, et elle ne pouvait supporter de les voir se fermer à jamais. Pas plus qu'elle ne pouvait endurer la plissure déçue de Maggie. Alors elle s'était exécutée.

Dedans jusqu'aux épaules. Seuls elle et les siens savaient que le coton avait une odeur. Pas âcre ni insultante, non, quelque chose de vaguement mielleux, comme une chanson chuchotée. Mais elle ne savait que trop combien cette chose si douce pouvait ruiner vos doigts.

Elle atteignit l'extrémité sud où le champ cédait place aux herbes hautes. Entourée à présent de vert pâle et de jaune desséché, elle se sentait moins voyante, mais toujours exposée. Ce n'était pas un endroit où elle venait très souvent. Parfois, elle ramassait par ici, mais c'était pour l'essentiel les aînés qui faisaient leur boulot – pas *leur* boulot car il n'était pas volontaire et ils ne le faisaient pas pour eux – aussi près des cabanes des contremaîtres, car ils étaient assez vieux pour reconnaître la futilité d'une évasion, et comment auraient-ils pu, d'ailleurs, sur des pieds déjà usés jusqu'à la moelle ?

Combien de cabanes ici ? Une douzaine, peut-être un peu plus, toutes aussi délabrées que celle des siens, quoique un peu plus grandes. Certaines étaient de travers, comme bâties par des mains maladroites. En tout cas, elles formaient une ligne tortueuse qui menait Dieu sait où. Une mer oubliée, peut-être, ou une forêt qui retenait prisonniers les restes volants de ceux que l'on avait défaits, jadis, pour fonder cette plantation.

Elle émergea des herbes et déboucha sur le sol poussiéreux, érodé par le foulement de dizaines de pieds, qui dessinait une sorte de frontière entre la plantation et les cabanes. *C'était là qu'ils ressentaient ça*, songea-t-elle. Qu'ils se sentaient détachés de leurs actes. À l'écart des effets de leur propre dévastation, dont ils refusaient de reconnaître qu'elle était leur œuvre, si bien que dans un avenir plus ou moins lointain, en tout cas bien après la mort de Puah, elle serait aussi leur perte.

Elle avait de la chance. La plupart des adultes étaient à l'église ou dans leurs cabanes, endormis, ou bien dans un recoin à se cacher d'un soleil qui semblait comploter contre eux. Certains des enfants les plus âgés étaient là, chargés de veiller sur les plus jeunes, et, eux aussi, ils observaient Puah avec un mélange de mépris et d'envie. Ils la regardaient d'un mauvais œil, oui. Mais leurs mains étaient détendues, pas refermées en poings, ce qui voulait dire qu'elle avait un moment pour faire ce qu'elle était venue faire avant qu'ils ne se rappellent qui ils étaient.

Elle releva sa robe juste au-dessus des chevilles, et marcha jusqu'à la cabane la plus proche au pied de laquelle, comme Maggie l'avait dit, il y avait un pied de Langue de Vache. Très beau, en plus. Des tiges vert foncé et des feuilles accentuées de fleurs qui ressemblaient à de minuscules cloches violettes. Les enfants sur la véranda arrêtèrent de jouer à leur petit jeu et sautèrent en bas, tout près d'elle.

« Beatrice, y a une négresse par ici ! Ils sont censés venir là, les nègres ? » s'écria le plus petit. Son visage était sale et il n'arrêtait pas d'écarter sa longue frange blonde de son visage.

« Nan, ils ont pas l'droit ! » répondit Beatrice. Elle était plus âgée, quatorze ans peut-être, et elle avait la cote avec le garçon, si bien que Puah se dit qu'elle était peut-être sa grande sœur.

« Je vous demande pardon, Massa et Missy. » Puah garda la tête basse en parlant. « Massa Paul m'a envoyée ici pour ramasser un peu de cette fleur-là. Missy Ruth a le ventre qui fait des siennes et ils ont besoin de ça pour soigner sa gêne. »

Beatrice étudia Puah de la tête aux pieds, puis retour. « Et t'es qui, toi ?

— Puah, m'dame.

— C'est quoi, ce nom ?

— J'sais pas, Missy. C'est Massa Paul qui me l'a donné.

— La laisse pas prendre nos fleurs ! cria le petit garçon. Elles sont à nous !

— Tais-toi, Michael. Elle prend rien du tout. » Les yeux de Beatrice se plissèrent.

Puah eut soudain envie d'empoigner le centre de sa robe, de serrer fort son poing et de frapper Beatrice en plein visage. Elle recula sa jambe droite, puis se ravisa.

« Oui, Missy. Je vous laisse tranquilles. Je vais faire savoir à Paul que vous avez dit non. Bien le merci, m'dame. »

Puah fit demi-tour pour s'en aller.

« Attends ! » hurla Beatrice.

Puah lui fit face. « Oui, m'dame ? »

Beatrice soupira. Elle baissa les yeux sur Michael puis se tourna vers le pied de Langue de Vache. « Vas-y, prends ce qu'il te faut. Et traîne pas ! »

Puah s'inclina, ce qui piqua douloureusement son être intérieur, et se rua vers le pied. Avec précaution, elle cueillit des tiges couvertes de fleurs et les ajouta au contenu de son panier en oreilles d'éléphant. Elle se redressa puis repartit vers le champ.

« Hé ! Tu pourras peut-être m'apprendre à faire un panier comme celui que t'as », cria Beatrice dans son dos.

Puah se retourna et hocha la tête. « Oui, m'dame. » C'était ce que sa bouche disait. Mais la raideur de son dos, le carré de ses épaules, sa mâchoire serrée et la cadence de son pas criaient à l'unisson : *Jamais !*

Puis elle s'engouffra dans le champ.

« Pourquoi tu détestes les hommes, Sarah ? » Be Auntie vint à sa hauteur, lèvres recourbées par un mince sourire tendre. Ses yeux disaient qu'il s'agissait là d'une question légitime et pas de Be Auntie faisant sa Be Auntie, toujours à accorder à ses ennemis connus la même considération qu'à ses amies éprouvées.

Sarah la dévisagea un instant, puis ses yeux fixèrent de nouveau la direction d'où reviendrait Puah. « Je déteste pas les hommes. C'est vous autres que je déteste, à toujours vouloir que je m'intéresse à leur cas. » Elle tourna légèrement le cou pour regarder Maggie et Essie du coin de l'œil. « Et même si je les détestais, je crois que ça serait tout à fait dans mon droit. » Son regard se tourna de nouveau vers le soleil du matin. Son visage était animé de lumière, comme seule l'obscurité savait l'attraper et en faire tout ce qu'elle voulait. Elle posa sa main avec délicatesse sur sa hanche remontée. « J'aime pas les hommes, non plus. C'est plutôt ni l'un ni l'autre avec eux. Ils sont juste… là, comme un arbre ou un ciel, jusqu'à ce que leurs natures fassent ce qu'elles sont censées faire. Je me soucie pas d'eux. » Elle soupira. « La seule raison pourquoi j'suis là, c'est que Maggie m'a fait venir. Et peut-être parce que Ces Deux-Là… peut-être bien qu'ils sont pas des hommes-*hommes*. Enfin, au moins un d'eux l'est pas. Il est peut-être complètement autre chose.

— Comme Massa Timothy ? lança Essie depuis l'intérieur.

— Ooh, ma fille ! » s'esclaffa Sarah.

Be Auntie haussa les épaules.

« Lève ces épaules autant que tu veux. Tu verras bien, répondit sèchement Sarah.

— T'oublies les tiens, dit Be Auntie avant de se retourner pour partir.

— Tu parles de moi ou de toi ? lâcha Sarah.

— Sentir ta douleur à toi, c'est une chose. Mais sentir celle d'autrui, ça, c'est vraiment autre chose, dit tout haut Maggie en ne regardant que Samuel et Isaiah. Et sans penser à toi. Pas parce que tu as l'impression que l'autre est à toi – comme un enfant, ou un amant qu'on s'est choisi. Non, juste parce qu'il respire. Un jour, j'ai vu un lièvre pas vouloir s'éloigner d'un autre, pris dans un collet. Cette créature sautillait autour comme si elle était dans le même genre de douleur que l'autre, le piégé. Qu'un animal soit capable de ça et pas nous ? Eh bien, ça dit quoi sur ce qu'ils sont et ce qu'on est, nous ? Comme si on s'était trompés dans les noms, pas vrai ?

— C'est moi qui choisis la douleur de qui je ressens, répliqua Sarah. Y en a chez qui la douleur est éternelle. Y en a qui vénèrent leur douleur. Je me demande qui ils seraient sans elle. Ils s'accrochent à leur douleur comme s'ils allaient mourir s'ils la laissent partir. Je crois que certaines gens veulent que leur douleur prenne fin, c'est vrai. Mais la plupart ? C'est la chose qui fait tourner leur cœur. Et ils veulent que *toi*, tu la sentes battre.

— Et Ces Deux-Là, alors ? » demanda Maggie.

Sarah jeta un coup d'œil à Isaiah et Samuel. Ses sourcils se froncèrent. « Nan. Ils méritent pas ce qu'ils ont reçu. » Elle souffla et secoua la tête. « Mais c'est pas moi qui leur ai fait ça. J'étais la seule de tous les gens que j'ai vus à refuser tout net de monter dans ce chariot pourri. Alors je porte pas ce fardeau-là, ça non. J'ai mon poids à moi.

— T'es pas montée sur ce chariot mais t'as rien fait non plus pour les aider, dit Essie. Tu porteras une partie de ce poids, que tu le soulèves ou pas.

— Ça, c'est toi qui le dis.

— C'est comme c'est.

— Essie, je t'ai vue là-haut dans ce chariot. Avec ton bébé dans les bras. T'avais les yeux fermés, mais les miens voulaient pas. Je risquais le fouet à rester plantée sur ces foutues herbes, mais j'y suis pas allée. Qu'est-ce que t'as risqué, ma chérie ? Dis-moi un peu.

— Comment tu peux laisser ta bouche me dire une chose pareille, Sarah, je comprends même pas. »

Sarah vida ses poumons. « T'as raison. Je voulais pas qu'on me lance là-dedans, et c'est pour ça que je voulais pas venir dès le début.

— Ouais, ça suffit ces pinaillages. L'air empeste bien assez comme ça, ajouta Be Auntie.

— Moi, je dis, laissez-moi faire ce que j'veux ! s'écria Sarah.

— Sois ce que tu dois être, mais fais quand même attention. » Maggie se tourna vers Sarah. « Souviens-toi, ils débitent déjà avant de prendre la hache dans leur main. Ils commencent avec les yeux. Tu vois ce que je veux dire ? »

Sarah allait répondre oui, mais elle repéra Puah dès que celle-ci posa un pied hors du champ. Elle passa devant la Grande Maison puis accéléra le pas à l'approche de la grange. Sarah sourit et hocha la tête.

« T'es rapide, ma fille », dit-elle quand Puah fut tout près.

Puah lui rendit son sourire et entra dans la grange. Sarah la suivit à l'intérieur. Puah tendit le panier vert et mou à Maggie.

« T'as fabriqué ça pour tout porter ? lui demanda Maggie.

— Oui, m'dame.

— Ben ça alors ! Il est beau. Beau comme pas permis ! » Maggie souleva le panier et l'étudia. « T'as tout rapporté ?

— Oui, m'dame. Maintenant, il nous faut juste ce truc que t'as dit. Le mille-pattes.

— Hé ! Mille-feuille, ma petite chérie. Viens par là avec moi. Que je te montre de quoi je parle. »

Maggie guida Puah vers le fond de la grange. Elles s'arrêtèrent un instant près de Samuel et Isaiah. Puah vit qu'ils respiraient encore et entendit même Samuel gémir doucement, puis Maggie et elle poursuivirent leur chemin.

Maggie l'emmena de l'autre côté des stalles, dans l'angle de la grange. Là, dans le recoin le plus sombre, une millefeuille avait donné des fleurs écarlates.

« J'ai jamais vu aucune plante fleurir dans le noir, dit Puah.

— Y en a pas beaucoup qui peuvent. Surtout pas celle-là. Mais regarde-moi ça. Vas-y. Cueille-la. Et donne-la-moi. »

« Apportez-moi ce coq. Vous inquiétez pas. Je le cuisinerai ce soir pour les toubabs. »

Elles formèrent un cercle lâche autour de Samuel et d'Isaiah. Chacune d'elles portait un visage différent, un péché particulier : Maggie : solennité ; Essie : chagrin ; Be Auntie : exaltation ; Puah : rêverie ; Sarah : indifférence. Maggie s'en rendit compte et espéra que rien de tout cela ne maintiendrait des murs dressés là où il devait y avoir des ouvertures.

« Nous laissons de la place pour vous laisser entrer, dit Maggie.

— Car nous en appelons à vous, dit Be Auntie.

— Pour nous rappeler comment s'imposent les mains, dit Essie.

— Pour apaiser aussi et restaurer et protéger », dit Sarah.

Alors, elles se tournèrent vers Puah.

« Tu te souviens ? demanda Sarah.

— … et pour aimer dans les lieux obscurs que nul ne voit, ajouta finalement Puah.

— Ô Grandeurs, nous venons voir les eaux chanter ! » Maggie hocha la tête et s'assit à côté de Samuel et Isaiah. Elle leur murmura des paroles.

« Ça sera pas facile au début, vous comprenez ? Y a une chose que vous devez faire, vous aussi. Ça paraît injuste, mais vous devez donner quelque chose en échange. Les ancêtres, elles sont un peu capricieuses des fois. Exigeantes. Ou plutôt, on s'y prend pas comme il faut, on comprend mal ce qu'elles demandent, et on est sacrément fâchées par le résultat. Mais ce qu'on sait pour sûr, c'est que vous devez crier assez fort pour qu'elles vous entendent. Parce que, vous voyez, on n'a plus les tambours et il faut que vos voix portent. Je parle pas seulement de la distance, jusqu'au là-bas d'où on nous a enlevés. Votre cri doit percer la barrière. Faut qu'il traverse la séparation épaisse entre nous ici, dans la lumière, et elles là-bas dans le noir. Pour ça, vous aurez besoin l'un de l'autre. Le fort et le voyant. Le dur et le doux. Celui qui rit et celui qui pleure. La double nuit. Les deux bonnes personnes. Les gardiens de la porte. »

Maggie ne comprenait jamais toutes les paroles qu'elle prononçait. Elle savait que celles-ci venaient d'un autre temps et les laissait passer à travers elle parce que c'était la seule manière pour que le cercle soit puissant. Elle se releva. Les yeux révulsés. Elle se courba et empoigna le coq par les pattes et décrivit avec lui un mouvement circulaire. Elle lui tordit le cou et fit couler son sang. Puah s'étrangla, mais Sarah posa la main sur son épaule.

« Chhh. Reste dans le cercle », lui murmura-t-elle.

Chacune des femmes trempa sa main gauche dans le seau où Maggie avait mélangé la bonne quantité de toutes les choses récoltées jusqu'à ce que l'eau se change en une pâte molle couleur de marécage. Dans un même geste, elles tendirent leurs mains mouillées vers le ciel puis, aussi délicatement que possible, les posèrent sur les balafres suintantes qui dessinaient comme une trace sur les dos de Samuel et d'Isaiah.

Isaiah laissa échapper un cri si perçant qu'il fit tressaillir Samuel. Maggie le vit, alors même que ses yeux regardaient ailleurs.

« Oui. Faites appel à elles. Appelez-les en son nom à elle », dit-elle à voix basse.

Samuel gémit et serra très fort les paupières. Sarah replongea sa main dans le seau et lui frotta le dos, remonta la trace cruelle gravée là par des insensés. Elle appuya légèrement et une cloque éclata. Son jus coula le long du flanc de Samuel, qui relâcha enfin le son qu'il retenait de toutes ses forces depuis tout à l'heure.

« Cette disgrâce n'est pas la tienne, le réconforta Maggie. Elle appartient à quelqu'un d'autre. »

Leurs dos étincelaient à présent, enduits de cette pâte marécageuse, qui les piquait comme elle était censée le faire. Les femmes appliquèrent les bandelettes de tissu sur les plaies. Bouger les faisait souffrir, si bien qu'ils restèrent couchés là à implorer miséricorde, mais sans la recevoir encore. Isaiah posa sa main sur celle de Samuel, qui voulut la retirer mais en fut incapable. Le cercle comprit alors que c'était là leur temps.

Les mains furent appliquées encore sur leurs dos, et à l'unisson elles l'appelèrent par son nom. C'est alors que les nuages commencèrent à se former, interrompant le soleil au beau milieu d'un crime. Au bout d'un moment, l'air moussu annonça l'orage imminent. Et peu à peu, les gouttelettes s'amoncelèrent, elles tombèrent d'abord avec délicatesse sur la terre parcheminée.

« Elles sont là », dit tout bas Maggie, et toutes les femmes se tournèrent pour voir.

À l'intérieur de la grange, la poussière tourbillonnait ; Essie la vit de ses yeux. Elle s'élevait du sol comme douée de vie. Et elle possédait forme et grâce. Sarah sut alors que ce qu'elle voyait là n'était pas juste un simple courant d'air troublant par hasard la poussière. C'étaient elles, se montrant d'une manière qu'elle pouvait comprendre sans en être effrayée, même si, croyait Sarah, elle n'aurait pas non plus eu peur de leur vraie forme, qu'elle aurait tant aimé apercevoir.

« Réjouissez-vous, dit Maggie. Car nous avons une raison. »

Et toutes les femmes secouèrent leurs épaules et rirent.

Puah se tourna vers le ciel au-dehors, qui s'était assombri. « Quelle heure est-il ?

— Quelle importance ? Nous fermons nos yeux puis nous les rouvrons. Et nous sommes toujours là, répliqua Sarah.

— Mais les toubabs vont bientôt revenir, dit Puah d'un ton las.

— T'inquiète pas pour ça. Ils s'attendent à nous trouver là. Comment ces garçons pourraient retourner au travail, si c'est pas grâce à nos mains ? » lui dit Maggie.

Puah se serra un peu plus près. Elle effleura ses lèvres comme si une pensée lui était venue avant de se perdre aussitôt. Ses tempes étaient devenues chaudes et une impatience rampante grimpait dans son dos. Elle se leva et marcha jusqu'à la porte. Elle tendit la main pour toucher la pluie. Elle passa sa paume mouillée sur son visage et regagna le cercle.

« Et maintenant ? demanda-t-elle.

— Maintenant, nous attendons », répondit Maggie.

Les femmes se turent toutes tandis que Sarah faisait un bruit de bouche agacé, se levait et se dirigeait vers l'entrée, avant de s'adosser au montant de la porte. L'averse se calmait. Cela n'avait pas été l'orage qu'elle espérait. Sans savoir pourquoi, elle éprouvait le besoin de voir des éclairs zébrer les cieux. De sentir le tonnerre gronder jusqu'au fond de ses tripes. Qu'il lui donne une cadence sur laquelle dénouer ses cheveux puis refaire ses nattes. Mais non, elle n'avait eu droit à rien de tout cela. Pas même un brouillard frais.

Be Auntie se leva et rejoignit Sarah, épaule contre épaule. Elle contempla le crépuscule. Comme il était doré, momentanément, avant de s'inverser lui-même pour exhiber ses belles ecchymoses, dont les nuances de mauve fusionnèrent en un rouge intense. Elle allait se laisser aller à y voir de la beauté, même en un lieu aussi grotesque, alors même que les siens avaient été maltraités. Non, rien ne pourrait plus jamais être laid. Ni un ciel, ni un ruisseau, ni même deux personnes soyeuses gisant par terre en grand besoin de guérison.

Maggie se leva et alla les rejoindre. Elle parvint à se détacher un instant de la nécessité de croire que la beauté pouvait avoir une place invulnérable aux mains importunes et à l'haleine fétide de qui que ce soit. Pas question que ce lieu continue de penser qu'elle était la première de ses idiotes. Vraiment, hors de question. Pas tant qu'elle aurait des poings. Et même s'ils lui prenaient ceux-là, leurs moignons.

Essie se tourna vers les trois femmes debout dans l'entrée. Elle ne comprenait pas comment elle pouvait ne pas être morte. Maggie lui avait dit qu'elle était de la lignée de celles qui avaient bâti les angles grandioses, mais que l'angle d'Essie venait en premier, le temps n'étant pas droit. Qu'elle vivait sur la crête de ses replis, retournés à l'envers pour son propre plaisir, qu'importe qui le provoquait sans y être invité, mais que, même ainsi, sa vérité pointait vers l'étoile la plus brillante du ciel. Avec tous ces hommes, femmes et autres qui s'étaient servis d'elle comme de leur pot à chier, elle aurait dû être brisée, abandonnée aux asticots. Et peut-être était-elle un peu brisée, mais dans des recoins cachés comme le creux de ses coudes ou entre ses orteils, où la mémoire se nichait sans qu'on puisse plus l'en extirper, même par un rituel de boue. Non, les images se tassaient au-dedans et, de temps à autre, courbée dans le champ ou lorsqu'elle devait donner un coup de pied dans le bas-ventre d'un agresseur, elles se mettaient à chanter : *Nous sommes là, chérie ! Communions ensemble.*

Puah se leva puis s'assit auprès d'Essie. Elle se demandait, elle aussi, comment il se faisait qu'elle respirât encore, qu'elle ne fût pas encore déchiquetée, avec tous ces toubabs autour qui n'avaient même pas besoin d'une raison – et elle savait combien ils en avaient. *La vache a toujours été utile à quelque chose. Son lait, si ce n'est son labeur. Son labeur, si ce n'est sa viande. Sa viande, si ce n'est son lait. Le viol.* Mais ce n'était pas le moment de réfléchir à ces choses. Elle savait ce que Maggie lui dirait : le cercle, elle devait lui laisser son temps.

Les femmes, une par une, tournèrent puis se rassirent. Elles formaient un demi-cercle, se faisant toutes face. Au loin, le tonnerre se laissa enfin rouler.

Sarah leva la tête et inspira comme si elle cherchait quelque chose dans l'air qu'elle trouvait presque, mais pas tout à fait. Elle baissa le menton. Maggie lui effleura l'épaule. Elles se dévisagèrent.

« Je sais, petite. Nous savons toutes. »

Be Auntie et Puah secouèrent la tête. Essie porta la main à sa gorge. Maggie la regarda.

« Chante-nous quelque chose, Essie », dit-elle, s'efforçant de faire revenir les femmes de la brèche.

Essie acquiesça. Assise à l'ancienne, elle redressa le dos et empoigna ses genoux. Elle se balança d'avant en arrière. Elle ferma les yeux et pencha la tête de côté. Et quand ses lèvres s'ouvrirent, toutes les femmes, menton levé bien haut, les yeux écarquillés, bouche privée d'air, s'arc-boutèrent, bras serrés autour de leur poitrine.

Romains

Nous ne voudrions pas vous faire croire, à tort, que vous êtes tous de sang royal.

Vous ne l'êtes pas.

N'allez pas pour autant imaginer que le sang royal soit d'une grande importance.

Il n'en est rien.

Souvent, il est le *plus impur*, la vanité et une bonne dose de cruauté présidant à sa création.

Vous venez du peuple commun. Par commun, nous entendons ceux qui dansent, qui chantent, qui tissent, qui parlent : ceux qui auraient pu lever bien haut la tête mais qui ont choisi à la place de lever les mains au ciel. Car ils savaient que l'univers voulait leur vénération, pas leur fierté.

La fierté est ce qui conduit les gens sur des bateaux, à travers les mers, jusqu'à des terres interdites. C'est ce qui leur permet de profaner des corps interdits et d'imprimer sur eux les noms de dieux sans prudence. La fierté est à la fois indifférente et hantée par la disgrâce qu'elle a bâtie en transformant des gens en rien.

Commun.

Ordinaire.

Bon et ordinaire.

Le tisseur n'est pas moins essentiel que le roi.

Nous ne voudrions pas vous donner l'impression d'une période sans troubles où toute cruauté était impensable. La nature n'est malheureusement pas faite ainsi. La nature est rude, tout simplement – sans qu'on puisse trouver nulle part un Unique privilégié. Mais nous sommes ici pour faire la distinction entre cet endroit-ci et l'autre.

Cela exige que nous remontions loin en arrière, plus loin que nous ne sommes capables de vous emmener sans sacrifier grandement notre forme et notre nombre – nous y sommes prêtes, si nécessaire. Nous sommes, après tout, responsables. Certaines promesses ont été faites. Certaines erreurs portent notre nom. Si nous pouvons l'éviter, cependant, si nous pouvons nous en remettre au meilleur de vos sens, tellement ensommeillés au fond de vous que nous ne sommes pas sûres qu'il puisse être réveillé, ce revirement du temps ne sera ni invoqué ni nécessaire.

Pour commencer, nous avons juste besoin que vous fassiez une seule chose :

Vous souvenir.

Mais la mémoire ne suffit pas.

Rois II

Le conseil se réunit dans la hutte royale. Nul n'avait eu le temps d'enfiler les robes cérémoniales faites d'étoffes raffinées, de peaux et de fourrures. Tous vinrent tels qu'ils étaient : les femmes, le crâne imparfaitement rasé ; les hommes, le pénis pendant sous leur jupe et pas dans un étui, rabattu contre le nombril.

Ils s'assirent sur des pièces de tissu disposées en cercle autour d'une grande jarre de vin de palme. Les six épouses du roi Akusa fusaient de-ci de-là, versant le vin dans de petites écuelles qu'elles remettaient aux membres du conseil, douze en tout. B'Dula n'attendit pas son tour pour prendre la parole.

« Il faut les tuer tous. »

Le roi lança un regard accablant dans sa direction, tandis que les autres se balançaient, mal à l'aise, sur leurs fesses.

« Tu ne manques jamais une occasion d'insulter les ancêtres, B'Dula. Et toi-même. » Le roi Akusa frotta ses mains l'une contre l'autre et elle inspira lentement. « J'ai convoqué ce conseil et tu n'as même pas songé à me respecter assez pour me laisser parler la première. J'ose espérer que ce n'est pas ton ressentiment d'il y a si longtemps qui continue encore d'obscurcir ta raison. Tu n'as pas pu oublier tes leçons à ce point. Tuer un visiteur est faire s'abattre le courroux des ancêtres. Tuer un voisin est déclencher une guerre inutile. C'est le temps de la contemplation prudente, pas de la rage enfantine. Garde le silence ou va-t'en. »

B'Dula se recroquevilla sur lui-même. Considérant le fait qu'il avait été dominé au combat par le roi, impossible de la défier pour mettre à l'épreuve sa vaillance.

« Bien, poursuivit le roi. Les Gussu ont bafoué la tradition en amenant des étrangers parmi nous sans nous avoir prévenus comme il se doit, c'est vrai. Reste que la sanction, dans un tel cas, n'est pas la mort mais l'expulsion. »

Une partie du conseil acquiesça. Ceux qui partageaient l'avis de B'Dula n'esquissèrent pas le moindre geste. Semjula, l'une des aînées des Kosongo, voyante par ailleurs, but une gorgée de vin.

« Avec votre permission, Altesse. »

Le roi Akusa hocha la tête. Semjula se leva. Sa carcasse était toute voûtée. Elle avait la couleur du sol juste après la pluie. Ses seins pendaient, témoins de sa vie et de celles qu'elle avait nourries. Ses bijoux écarlates, beaucoup moins sombres que le sang, tintèrent tandis qu'elle prenait appui sur un bâton orné d'une tête de serpent.

« La mort est la mauvaise réponse », dit-elle d'une voix lourde. Elle essuya sa main libre sur la jupe verte nouée avec soin autour de ses hanches. « Mais d'un autre côté, j'ai un mauvais pressentiment si nous les renvoyons. Les voix me disent que nous sommes dans une position impossible. Quoi que nous décidions de faire, cela devrait attendre jusqu'après la cérémonie d'Elewa et Kosii. Ainsi, nous aurons quelques jours pour réfléchir à la meilleure manière de procéder.

— Merci, Mama Semjula. Je me demande aussi si je ne devrais pas mettre en garde les Sewteri. Leur envoyer un messager, peut-être… »

Tous acquiescèrent.

« Où sont les… visiteurs ? interrogea le roi Akusa.

— Toujours dans la hutte des gardes, mon roi », répondit Semjula.

Le roi se tourna vers Ketwa. « Leur a-t-on offert à manger ?

— Non, mon roi, répondit Ketwa.

— Eh bien, n'allons pas manquer à notre devoir d'hospitalité et faire pleuvoir le feu sur nous. Qu'on leur prépare du poisson et des bananes. Et qu'on leur apporte du vin de palme. »

Kosii ramassa la cape de léopard taillée dans la peau d'un animal récemment tué à la chasse, qu'il était allé laver dans la rivière, au prix d'un long voyage. Après quoi, il l'avait mise à sécher, l'avait battue jusqu'à ce qu'elle soit bien lisse. Avec toute la science de sa mère, Yendi, qui lui avait montré comment s'y prendre, il la passa autour de ses épaules. Avec soin, il disposa les plumes de paon en cercle. Il décida de porter les bijoux fabriqués par les mains expertes de sa sœur aînée, car Yendi aimait les turquoises et prêtait une grande attention aux détails. Son bâton de sorcier avait appartenu à son père, Tagundu, qui l'avait lui-même reçu de son père. On attendait maintenant de Kosii qu'il le transmette à son futur premier-né, le moment venu.

Sur son visage, Kosii étala l'argile rouge de la terre : une ligne en travers du front, l'horizon ; deux points sur chaque joue, le soleil couchant, la lune qui se lève ; et un petit trait vertical au centre du menton, le fondement. Tout cela pour exprimer non seulement sa sincérité mais sa volonté de protéger sa promise. Il sourit. Les tantes d'Elewa avaient été les plus difficiles à convaincre. Sept femmes, mais un seul esprit gigantesque aussi inébranlable qu'un rocher, et plus étincelant que n'importe quel astre. Kosii savait qu'il n'était pas le plus rapide des coureurs, et que ses talents de chasseur n'étaient pas aussi affûtés que ceux d'autres membres de la tribu. Mais il était fin stratège et la clé avait consisté à leur démontrer les avantages d'un tel atout au sein du cercle familial. En outre, nul autre Kosongo ne possédait un cœur jeune et fier comme le sien. Pas un non plus ne savait se montrer aussi tendre, et les tantes se réjouiraient forcément que cette qualité soit présente chez celui qui oserait ne serait-ce que rêver de serrer dans ses bras leur neveu Elewa.

Le village était paré de bleu. Des étoffes plongées dans des teintures de baies étaient pendues aux toits de chaume des huttes voisines. Des bouquets de lobélies disposés tout autour de la place du village. Tous les habitants étaient là, vêtus de rouge, à l'exception d'Akusa qui, en qualité de roi, portait un habit jaune vif.

Le bel Elewa était assis sur un somptueux tapis avec, à sa gauche, sa mère Dashi, et de l'autre côté son père Takumbo. Le tapis dépeignait une histoire, mais pas celle d'une bataille – même si, au premier coup d'œil, les images tissées de lances brandies par des silhouettes le donnaient à penser. Cependant, la direction dans laquelle ces lances étaient pointées, vers la gauche, symbolisait la protection et la supplication. Derrière ceux qui les brandissaient, un gigantesque soleil orange en train de se coucher, et non de se lever, et c'était lui que les deux personnages en armes protégeaient. Elewa baissa les yeux sur le tapis et le toucha, espérant qu'il lui communiquerait une partie de sa force et le préparerait aux responsabilités que Kosii et lui étaient en passe d'endosser.

Ils étaient tous deux des gardiens, lui avait expliqué Takumbo. Tout le village le savait depuis que Kosii et lui s'étaient rencontrés, alors qu'ils marchaient à peine. La manière dont ils s'étaient pris d'affection l'un pour l'autre, jusqu'à devenir aussi inséparables qu'une tortue et sa carapace. Il aurait fallu user d'une violence extrême pour les séparer, ce que la nature tout entière aurait vu d'un fort mauvais œil. C'était une providence, ce lien entre eux, car les derniers gardiens avaient opéré leur transition quelques saisons plus tôt, vaillamment, lors de la guerre des montagnes, et il n'y avait plus personne au village pour veiller sur les portes, non seulement les portes colossales d'ici, mais celles qui se dressaient entre l'ici et le lieu invisible où les ancêtres chantaient, dansaient et buvaient du vin de palme pour toute l'éternité.

Elewa se tourna vers son père, dont les yeux étaient embués de larmes qui s'amoncelaient mais ne tombaient pas. Takumbo lui sourit.

« Tu fais notre fierté », dit-il.

Dashi tapota la main d'Elewa puis remit en place derrière son oreille une dreadlock qui s'était échappée. Elle inspecta la peinture sur son visage, se lécha le pouce puis gomma une imperfection du trait qui scindait le menton d'Elewa. Takumpo jaugea le bâton de sorcier de celui-ci, échangea un regard avec Dashi puis hocha la tête. Dashi se redressa pour mieux regarder son fils.

« Voilà, dit-elle. Tu es prêt maintenant. »

Elewa se leva et aida ses parents à faire de même. Debout, ils étaient tous trois aussi robustes que des arbres. Kosii arriva, fendant l'assemblée, flanqué des sept tantes d'Elewa, la famille de Kosii formant l'arrière-garde. Alors qu'il atteignait l'endroit où se tenaient Elewa et ses parents, Semjula se fraya un chemin jusqu'au premier rang de la foule. Elle tenait un bâton de sorcier creux dans une main et sa canne dans l'autre pour l'aider à marcher. Elle se campa sur ses jambes puis brandit bien haut son bâton et lança un hululement. La foule répercuta son cri. Puis la cérémonie commença.

Elewa et Kosii dansèrent l'un vers l'autre tandis que le reste de l'assemblée reculait pour former un large cercle autour d'eux. Elewa et Kosii agitaient leurs bâtons qui, remplis de haricots secs, crépitaient comme des serpents. La tribu marquait la cadence en frappant dans ses mains. Elewa sourit. Kosii se mordit la lèvre. Ils tournèrent l'un autour de l'autre sans jamais perdre le rythme. Elewa donna un coup de pied dans le sol, projetant de la terre vers Kosii. Celui-ci répondit en frappant le sol en direction d'Elewa. Puis ils s'approchèrent l'un de l'autre.

Ils posèrent leurs bâtons sonores sur le sol, bien alignés en parallèle. Puis Kosii empoigna Elewa et ils commencèrent à lutter. Les gens autour ne se tenaient plus de joie ; ils battaient des mains rapidement, créant un rythme saccadé. Kosii prit le dessus, puis Elewa. Ils roulaient partout sur le sol, sans qu'aucun parvienne à terrasser l'autre. Et alors que cette frénésie atteignait son paroxysme, soudain, les battements de mains cessèrent. Kosii et Elewa se relevèrent. L'argile resta collée à leurs corps ; ils avaient une allure céleste, tels des morceaux de nuit façonnés en forme d'humains. À bout de souffle et souriants, ils se firent face et partirent d'un grand rire. Le village tout entier rit avec eux.

Semjula s'avança, tenant cette fois dans sa main une corde de lianes tressées. Elle marcha vers eux et se figea à l'endroit où leurs bâtons de sorcier étaient alignés par terre, devant eux. Elle posa sa canne sur le sol, parallèle à leurs bâtons.

« Donnez-moi vos mains », dit-elle de sa voix la plus forte.

Kosii tendit sa main droite, Elewa sa gauche. Semjula leva bien haut la cordelette, pour la montrer aux villageois. Bon nombre d'entre eux hochèrent la tête. Dashi et Takumbo s'accrochaient l'un à l'autre.

« Pour que rien jamais ne vous désunisse », déclara Semjula, et elle enroula la cordelette autour et autour de leurs poignets, jusqu'à ce qu'ils soient fermement arrimés. Elle recula d'un pas. Elle posa son bâton de sorcier sur le sol, bien aligné avec les trois autres.

« À présent, venez, dit-elle en leur faisant signe d'approcher, de sa main ridée. Venez. »

Elewa et Kosii respirèrent profondément, d'un même souffle, puis bondirent en avant, enjambant les quatre bâtons. Tout le village explosa en un immense hululement. Elewa et Kosii rayonnaient. Ils se tournèrent l'un vers l'autre et s'enlacèrent, pour ce qui devait être toute cette vie et la suivante.

Le roi Akusa leva son poing et les maîtres-tambours à l'arrière de la foule se mirent à marteler. L'assemblée se scinda en deux, dégageant un chemin pour Kosii et Elewa. Ils remontèrent ce passage en dansant, suivis de leurs familles, puis du roi, puis du reste des villageois. Tous dansèrent et dansèrent et dansèrent jusqu'à être trempés de liesse. Alors ils se dirigèrent vers la hutte du roi.

Garder les intrus en captivité dans la hutte des gardes pendant que le reste du village faisait la fête, cela aurait porté malheur. Le roi Akusa jugea qu'il était sans danger de les laisser participer à cette joie et à cette abondance. Elle se disait même que cela illustrerait combien son peuple pouvait se montrer charitable, et que les ancêtres s'en réjouiraient. Il fallait toujours tempérer la férocité par de la gentillesse ; la sagesse le dictait. Un roi sans sagesse faisait la honte de son peuple, ce qu'elle n'aurait su tolérer.

Elle avait offert sa propre hutte pour les célébrations, car c'était la plus vaste, et puis cela plairait à Ketwa dont Kosii était le neveu préféré. Le sol devant eux était ponctué de feuilles de bananier lissées, déployées sur toute la longueur qu'occupaient la bonne centaine de Kosongo assis en tailleur de chaque côté. D'autres se tenaient debout juste derrière ceux-là. Pas un seul espace, sur les feuilles, qui ne fût occupé par un mets. Ketwa et Dashi s'étaient assurés que chacun soit préparé dans les règles de l'art. Poisson, cailles, ragoût de coco, bananes, riz sauvage, mangues, akées, pain, purée de patates douces, gâteaux au miel, et du vin de palme en abondance. Le roi était assis à une extrémité, Elewa et Kosii – fraîchement liés l'un à l'autre, toujours attachés par le poignet, chacun nourrissant l'autre de sa main libre – à l'opposé d'elle.

Chaque membre de la tribu s'approcha d'eux à tour de rôle pour leur déposer un présent : plumes colorées ; coiffes en palmes séchées, tressées et ornées de clous ; longues lances au fer élégamment battu. Une formidable pile se forma autour d'eux, qu'il fallut déplacer afin qu'ils puissent poursuivre leur repas. Les épouses du roi Akusa emportèrent les cadeaux en riant tout haut, et les rangèrent près de l'entrée. Au matin, elles les aideraient à rapporter ces présents dans leur nouveau foyer.

Pendant ce temps, le roi avait fait installer les trois fantômes et leur guide sur sa droite, du côté du bras qui projetait la lance, où elle pourrait les surveiller de près. Celui qui se faisait appeler Frère Gabriel se montrait bavard. Il ne cessait de se tourner vers le Gussu en jacassant dans une langue insupportable qui grinçait aux oreilles du roi. Elle ne comprenait pas comment le Gussu pouvait l'endurer et encore moins la déchiffrer.

Au bout d'un moment, le Gussu – dont l'un des noms, prétendait-il, était Obosye, car les Gussu en possédait plusieurs, dont chacun avait son usage – parut exaspéré.

« Assez, lança le roi Akusa à cet Obosye. Qu'il m'adresse désormais toutes ses questions concernant ma tribu. Tu traduiras. »

Frère Gabriel lui parla d'une voix très douce. Chacun de ses mots semblait moins prononcé que souri.

Et même si elle refusa d'abord de se l'avouer – par la suite, elle s'en voudrait amèrement de ne pas l'avoir remarqué –, le sourire de cet homme l'effrayait.

« Reine Akusa, dit Gabriel, mais Obosye eut la présence d'esprit de rectifier ce titre pour lui redonner la forme appropriée. Bien beau village que vous avez là. Et cette cérémonie – merci de nous avoir permis d'y assister. »

Le roi hocha la tête.

« Si vous me permettez l'audace de vous poser cette question : quelle en est la nature ? demanda-t-il alors, en désignant d'un geste Elewa et Kosii. Initie-t-on ces deux-là pour qu'ils deviennent des hommes ? S'agit-il d'un rituel guerrier ? »

Le roi Akusa manqua en recracher son vin. Elle posa sa coupe et laissa échapper un petit gloussement de rire.

« Cela n'est-il donc pas évident, même aux yeux d'un étranger ? La terre dont tu viens ignore-t-elle même la plus élémentaire des traditions ? Des générations d'ancêtres ont été témoins de leurs amours et les ont approuvées. Les voilà liés, à présent. »

Gabriel écarquilla les yeux.

« Liés ? Veut-elle dire mariés ? » Gabriel se tourna vers Obosye pour clarifier la traduction. Obosye se contenta d'acquiescer.

« Mais ce sont deux hommes, protesta Gabriel. Ce sont là les graines de Sodome. »

Ces morts sont idiots, songea le roi. *Idiots, ridicules et imprudents*, raison pour laquelle, sans doute, ils s'étaient introduits ici. Privés de sagesse, ils erraient, embrouillant tous ceux qu'ils rencontraient, tel ce

Gussu qui avait oublié qui il était et avait ramené son derrière nu dans le village sans s'être d'abord annoncé, traînant les sans-peau derrière lui. Elle but une gorgée de vin. Puis elle pinça un morceau de poisson et le trempa dans la purée de patates douces. Elle enfourna le tout dans sa bouche puis contempla Frère Gabriel. Elle mâcha longuement, si longuement qu'Obosye, Frère Gabriel et les deux autres finirent par se montrer mal à l'aise.

« Je ne connais pas ce mot, *Sodome*. Mais je sais à la manière dont il quitte ta langue qu'il ne me plaît guère. Ils sont Elewa et Kosii, comme ils l'ont toujours été. Ne vois-tu pas leur lien ? Il devrait t'inviter à l'humilité.

— Mais avec tout le respect que je vous dois, Reine, ce sont deux hommes. »

Le roi Akusa aurait considéré cela comme une insolence si elle n'avait pas saisi que cet homme pâle, si pâle, était à l'évidence un ignorant et qu'il ne savait rien du monde tel qu'il existait réellement. Sa vision était limitée à ce royaume-ci. « Deux hommes ? » Ces gens sans couleur avaient un étrange système qui consistait à regrouper les choses d'après ce qu'ils ne comprenaient pas, plutôt que ce qu'ils comprenaient. Frère Gabriel voyait les corps mais, à l'évidence, il était incapable de voir les esprits. Il était amusant d'observer quelqu'un qui ignorait tout du terrain mais refusait de l'admettre, si bien qu'il tâtonnait de-ci de-là, se cognait contre les arbres et demandait ensuite qui les avait placés si subitement sur son chemin.

« Impossible, dit-elle dans un grand rire. Ils sont liés. Ne le vois-tu pas ?

— Je crois que votre peuple tirerait grand bénéfice de notre religion », déclara Frère Gabriel.

Le roi ne s'en offusqua pas, car elle avait le sentiment de connaître sa force d'âme et celle des siens. Ce Frère Gabriel, qui se disait portugais – avec le charabia imprécis et insipide qui lui servait de langue –, était un imbécile, un charlatan, et ceux de son clan, si nombreux soient-ils, ne délogeraient jamais aucun Kosongo de sa position. En outre, le vin l'avait mise d'humeur joueuse, et curieuse. Elle fit venir Ketwa et Nbinga, et leur dégagea de la place pour s'asseoir avec elle, chacune d'un côté. Elle les prit par la main et fixa Frère Gabriel dans les yeux.

« Qui donc devrait garder les portes ? lui demanda le roi, tout sourires. Tu dis qu'Elewa et Kosii posent une sorte de problème. Mais dis-moi, qui garde les portes de votre dieu ?

— Les portes du Paradis ? Elles ne s'ouvrent pas devant le blasphème.

— Paradis ? Quel drôle de nom. Et quel endroit étrange, qui n'ouvre pas ses portes à ses propres gardiens.

— Quoi qu'il en soit…

— Est-ce là ce qui est arrivé à votre peau ? l'interrompit le roi Akusa. Vos dieux vous l'ont-ils arrachée pour avoir traité les portes avec tant de légèreté ?

— Votre Altesse, je ne crois pas que…

— Assez. »

Le roi éclata de rire et se laissa aller entre les bras grands ouverts de Ketwa, porta la main de Nbinga à sa bouche et l'embrassa. Le gloussement du roi Akusa emplit la hutte. Elle demanda à deux autres de ses épouses de préparer une nouvelle tournée de nourriture et de boisson pour les invités, qui avaient déjà mangé tout ce que l'on avait disposé devant eux. Il allait falloir leur trouver un espace où dormir dans l'une des huttes d'accueil, puis les renvoyer le lendemain matin là d'où ils étaient venus. Il faudrait qu'elle pense à charger Obosye de dire au chef des Gussu de ne plus laisser les siens conduire de mauvais esprits en pays kosongo. Plus jamais. Un tel geste témoignait d'un manque de respect et même, à la lumière de cette cérémonie prévue de longue date, d'un mépris manifeste. Elle souhaitait que ses yeux ne se posent plus jamais sur ces gens à la peau si laide.

Voici ce qu'elle ne savait pas :

Elle ne savait pas que par-delà les vertes montagnes où les éclairs effraient mais ne frappent pas, les semblables de Frère Gabriel étaient en chemin par centaines depuis la côte, où ils avaient surgi d'immenses bêtes creuses dont les ventres ne pouvaient être rassasiés que par les chairs les plus sombres, ils s'étaient débattus parmi les algues avant d'atteindre les roches hostiles du rivage, et possédaient des armes qui avaient dérobé le tonnerre du ciel. Un périple si long qu'on pouvait presque pardonner la voracité de leurs appétits et leur manque de discernement.

Elle ne savait pas qu'ils allaient non seulement dévorer son peuple mais de nombreuses autres tribus. Qu'elles soient amicales ou hostiles, ces gens avides ne feraient aucune distinction ; ils étaient incapables, à vrai dire, de la faire. Pour eux, tous ceux de son peuple n'étaient que des pépites de minerai vivantes : du carburant pour les moteurs les plus impies qui soient, mais tout cela, et c'était déroutant, au nom d'un dieu qu'ils juraient pacifique. Un agneau, disaient-ils. Elle ne pouvait savoir qu'il ne s'agissait là que d'un déguisement.

Elle ne savait pas de quoi le peuple de Frère Gabriel était capable, et ignorait aussi ce qu'il était déjà advenu du village des Gussu et pourquoi Obosye – à qui l'on avait promis, si les trois démons ne revenaient pas sains et saufs dans un délai imparti, que ses enfants, y compris son garçon qui venait de naître, endureraient des souffrances inimaginables en ses noms – s'était prêté à cette supercherie. Nul voyant, pas même Semjula, n'aurait pu lui communiquer un augure assez menaçant. Nulle magie des aînés kosongo, nulle intervention des ancêtres n'avait le pouvoir de changer une femme en bête, mais ces Portugais, elle ne tarderait pas à le découvrir, avaient accès à toutes sortes de sorcelleries remarquablement efficaces pour accomplir un tel prodige.

Elle ignorait qu'elle ne vivrait même pas assez longtemps pour voir ses enfants entassés, comme des paquets, dans les vaisseaux de ces fantômes, elle ne saurait jamais non plus que dans leur désespoir, l'un d'eux sauterait par-dessus bord et d'autres, enchaînés ensemble, le suivraient, s'écrasant dans le gris insondable tel un collier de perles rituelles. Les enfants de sa fille, dont la peau aurait été pour elle méconnaissable, survivraient pour souffrir mille tourments entre les griffes d'autres bêtes : ils ne seraient jamais enlacés ni aimés, mais seulement utilisés pour satisfaire des lubies ou servir de réceptacle à tous les fardeaux, pour toujours et à jamais, Àşe. Non. Elle ne pouvait prévoir que sa rage en voyant sa première-née être enchaînée, et Kosii et Elewa s'offrir à la mort pour tenter de la libérer, la jetterait lance en avant dans la bataille. Elle en abattrait tant – tant de ces morts vivants succomberaient à son cœur redoutable et à la précision extraordinaire de ses frappes –, avant qu'un lâche ne s'approche d'elle par-derrière, pour ne pas voir ses yeux, et déclenche un coup de tonnerre dans les profondeurs de ses reins. Qui aurait pu imaginer que la dernière chose qu'elle verrait serait Kosii et Elewa arrachant les chaînes des mains de ces envahisseurs pour que la fille aînée du roi puisse s'échapper, avant qu'on leur passe d'autres chaînes autour du cou ?

Elle ignorait qu'elle n'entendrait pas les sans-peau se maudire entre eux de ne pas l'avoir capturée vivante, car, dans toute sa gloire, elle les avait privés de cette chance de la profaner par de futurs sévices, puisqu'il aurait fallu qu'elle soit vivante – et hurle – en les endurant pour que cela les satisfasse. Au lieu de quoi, sans le savoir, elle ne leur offrirait qu'un silence éternel qui était, à sa manière, une victoire. Malgré cette défaite, ils se rattraperaient en torturant ses enfants, auxquels elle ne pourrait apporter le moindre réconfort. Mais le fait de ne pas savoir, dans ce cas précis, serait une bénédiction. Roi ou pas, quelle mère voudrait vivre pour voir ses enfants embrochés, enfourchés ?

Un tumulte naîtrait de tout cela, d'une force telle que le pays jamais ne s'en remettrait. De vaillantes guerres seraient menées au nom du roi, par des tribus qui avaient toujours respecté son honnêteté et sa générosité, après qu'elles auraient découvert le fléau à l'approche et la trahison qui avait rendu possible sa propagation. Mais cela ne servirait à rien. Là où la paix avait jadis été possible se succéderaient des siècles de bains de sang et de pestilence, et la terre elle-même se verrait dépouillée de ses richesses naturelles et, par conséquent, rejetterait continuellement les enfants qu'elle était désormais incapable d'identifier.

Elle ne savait pas. Ne pouvait pas savoir. Ne devait pas savoir.

Le roi Akusa se blottit tout contre Ketwa, tirant à elle Nbinga. La dernière chose que ces démons devaient apercevoir de son village, c'était à quoi ressemblait une adoration démesurée, puisque la leur semblait si frêle.

« Où sont les enfants, mon adoré ? demanda-t-elle à Nbinga.

— Là-bas. » Nbinga désigna l'entrée de la hutte. Le roi Akusa vit ses enfants qui dansaient – les deux qui ressemblaient tant à Ketwa qu'elle ne se rappelait plus si elle les avait enfantés, ou si c'était Nbinga, ou bien les deux.

Elle se tourna vers le Gussu et les trois démons près de lui. Puis elle baissa les yeux sur leurs écuelles, vidées si vite encore. Des gens qui appréciaient à ce point ses mets ne pouvaient pas être *si* terribles. Il ne lui vint même pas à l'esprit qu'ils avaient peut-être faim, tout simplement.

« Mangez, dit-elle. Il y en a beaucoup. »

Le Gussu se servit en premier, et les autres l'imitèrent. Le roi Akusa sourit et leva sa coupe.

« Aux gardiens, dit-elle d'une voix sonore.

— Aux gardiens », répétèrent-ils tous, excepté les démons.

Puis le roi porta la coupe à ses lèvres et but.

Timothy

Il y avait trop de rouge au niveau du visage. Timothy allait devoir compenser par du jaune, peut-être une touche de noir. Mais il était parvenu à saisir cette expression peu commune, à mi-chemin de la curiosité et de – qu'était-ce donc ? du dégoût ? L'infime inclinaison de la tête, la lèvre légèrement recourbée. Un sourire et un grognement. Et les cheveux tel un soleil noir déchiqueté se levant à l'arrière-plan. Isaiah était le parfait spécimen.

Le père de Timothy, Paul, semblait comprendre ce besoin de les étudier, même s'il avait recours à d'autres méthodes, plus intimes. Paul avait beau montrer les toiles de Timothy à tous les visiteurs qui venaient sur la plantation, rayonnant de fierté devant le talent stupéfiant manifesté par chaque coup de pinceau, il n'en interdisait pas moins à Timothy de les accrocher où que ce soit dans la maison. « Les nègres risqueraient de se faire des idées », disait-il.

Si bien que les tableaux encombraient sa chambre : des toiles alignées sur trois épaisseurs au pied de trois des murs ; toute surface non utilisée – sur le bureau comme sur le plancher – accueillait cette série de portraits d'esclaves affichant leur gaieté ou en pleine contemplation, bien que son père affirmât qu'ils étaient incapables de cette dernière. Et, bien sûr, ses œuvres les plus abouties étaient les plus étouffantes : celles qui capturaient la tristesse. Timothy ignorait que la peine pût avoir une telle multitude d'expressions – être ressuscitée de manière similaire, quoique unique, sur tant de visages différents – jusqu'au jour où, pour la première fois, il avait fait poser un Noir devant son chevalet. Sa main tremblait et il avait failli la laisser échapper. Mais elle était bien là : humide sur les yeux, piégée sur la langue, broyée au creux des paumes.

Il avait choisi Isaiah parmi un groupe de Noirs qu'il avait alignés au bord de la rivière. Il les avait interpellés au beau milieu de leur bain et leur avait dit de se mettre en rang. Les contremaîtres avaient accueilli d'un mauvais œil cette interruption. Qu'importe. Ces terres appartenaient à son père, ainsi que leurs emplois, si bien que les Noirs s'étaient exécutés et, certes, les contremaîtres avaient craché leur jus de tabac, mais pour le reste ils avaient gardé le silence.

Les pieds des Noirs gargouillaient dans la vase. Certains cachaient leurs parties exposées avec leurs mains ou sous des feuilles. D'autres détournaient le regard. Tous étincelaient au soleil. Timothy avait passé en revue la troupe, en quête de la couleur la mieux assortie aux mûres du buisson qu'il prévoyait d'inclure dans le décor. Ce qu'il remarqua en premier, ce fut le halo d'Isaiah, nimbant la gloire assombrie de son crâne.

« Finis de te laver », avait-il dit à Isaiah. Après, il lui avait ordonné de s'habiller et de l'accompagner jusqu'à l'orée du champ de coton.

Timothy avait apporté une chaise, mais pas pour lui. Droit et robuste, le dossier de la chaise remontait juste sous les épaules d'un Isaiah assis. Timothy avait positionné la chaise pour qu'elle soit face à l'est et que le soleil brille dans son dos et sur le visage d'Isaiah. Il contraignit ce dernier à rester assis là pendant des heures, exigeant qu'il ne bouge pas le moindre muscle, pas même pour essuyer la sueur sur son front.

« Ne cligne même pas des yeux », avait plaisanté Timothy, et il avait dû rassurer Isaiah en lui disant que c'était une plaisanterie.

Une partie des autres Noirs observaient de derrière les arbres ou depuis le seuil de leurs cabanes, écarquillant les yeux pour mieux voir. Mais ils gardaient leurs distances. Timothy les avait repérés. Ils restaient à l'écart, comme s'ils avaient peur d'être aspirés dans le tableau et, peut-être, de se retrouver à devoir affronter deux endroits d'où nul ne pouvait s'échapper.

Le visage d'Isaiah était dégoulinant. Enfin, Timothy sortit de derrière le chevalet qu'il avait disposé juste sur la gauche de là où Isaiah était assis afin d'avoir la bonne perspective et de saisir tout ce qu'il voulait ou presque de la nature d'Isaiah.

« Tu es un *excellent* modèle pour mon travail », avait-il alors déclaré à Isaiah, d'un ton rempli de joie.

Le silence d'Isaiah, avant que celui-ci ne courbe le front, fit croire à Timothy qu'Isaiah n'était pas capable de reconnaître un compliment qu'on lui faisait. Il secoua la tête et demanda au Noir planté derrière l'arbre le plus proche de venir l'aider à porter son matériel jusqu'à la maison. Timothy s'arrêta au pied du perron. Il se retourna, et vit Isaiah toujours assis sur la chaise.

« Tu peux retourner là-bas, maintenant », cria-t-il, sans malice aucune.

Alors, l'évidence lui sauta aux yeux : il n'avait jamais vu un Noir du Sud assis sur une chaise. Par terre, oui. Sur une meule de foin. Sur le siège du cocher. Mais jamais sur une chaise. C'était peut-être pour cela que ce Noir restait assis : pour se faire une idée de ce que signifiait être pleinement humain, se reposer un instant sur une surface confortable, le dos bien soutenu. Mais il avait fini par se lever et Timothy l'avait regardé descendre lentement vers la rivière et tomber à genoux au bord de l'eau avant de se pencher en avant pour s'asperger le visage.

Le voyage jusqu'à Boston avait été plus difficile que le voyage retour. Partir vers le nord semblait contre nature. Et toutes ces choses qu'il avait vues au long du chemin : il avait plu sans discontinuer, si bien que le chariot s'embourbait continuellement, et la pluie apportait avec elle une brume si épaisse que Timothy n'aurait su dire où elle commençait et où elle finissait. Ils avaient dû traverser par endroits le Territoire Indien, lui et tous les autres qui allaient dans le Nord pour étudier à l'université car, eux aussi, ils devaient acquérir les compétences nécessaires pour aider leurs pères à exploiter les étendues de terre qu'ils avaient conquises, et le Nord, malgré la trahison délétère dont il s'était rendu coupable, abritait les meilleures institutions dans le domaine de la pensée commerciale. Le temps qu'il avait passé à l'école, dont son père avait décrété qu'il devait suivre les cours, afin de se préparer au mieux à son héritage, s'était révélé intéressant mais pas pour les bonnes raisons. L'art nocturne et le sommeil de plomb ne seraient d'aucune utilité à Paul. Timothy s'était entendu dire par des hommes jaloux, ceux chargés de les transporter par-delà la ligne imaginaire qui séparait le Nord et le Sud d'un pays naissant, que le brouillard ne suffirait pas à les protéger. Les Indiens n'avaient pas besoin d'yeux pour les voir, disaient-ils, ou plutôt étaient capables de les voir à travers les yeux des créatures de la forêt – un serpent à leurs pieds ou un oiseau tournoyant au-dessus de leurs têtes. Ils les tueraient dans leur sommeil et mangeraient leur chair crue en hommage à des dieux encore plus sauvages. Timothy n'avait pu chasser de son esprit l'image de dents sanglantes en train de le tailler en pièces. Et les hommes envieux le regardaient, lui, en contant leurs histoires d'horreur, comme s'ils pouvaient voir la timidité au plus profond de son cœur battant. Il avait peut-être manqué de prudence : dévisagé trop longuement un gentleman qui passait ; laissé échapper un nom d'homme dans son sommeil, peut-être ; ou bien était-ce la manière délicate dont sa main pendait parfois au bout de son poignet ? On ne pouvait jamais savoir avec certitude ce qui éveillait leur méchanceté, de sorte que tout ce qui constituait votre for intérieur devait rester à l'intérieur.

Il avait découvert que les Nordistes, au contraire des Sudistes, ignoraient totalement qu'ils descendaient de cannibales. On avait pris grand soin de les protéger, par le biais d'une myriade de mythes évoquant un dur labeur et une supériorité intellectuelle, morale et physique, d'un savoir aussi dérangeant. Mais il y avait quand même une chance qu'une partie d'entre eux le sachent. Certains, parmi ces gens, se maintenaient dans un état de rêverie permanent, en ingurgitant de la morphine mélangée à de l'eau. Certains avalaient même la poudre directement dans le paquet. D'autres l'inhalaient. L'effet qu'elle avait sur eux intriguait Timothy. Il leur posait un tas de questions. À travers leurs réponses parfois incohérentes, il avait l'impression d'avoir accès à des secrets qui, autrement, seraient restés cachés. Certains affirmaient ressentir quelque chose, sentir tout court, pour la toute première fois ; *un picotement*, disaient-ils, *dans la poitrine*. Une sensation qui leur donnait envie de s'allonger à même la terre et de saluer le ciel et tout le reste avec gratitude. *Même les nègres*, disaient-ils. Ils ne les nommaient ainsi que lorsqu'ils atteignaient ce degré-là de gratitude. Le reste du temps, c'était « les Noirs ».

Et voilà qu'ils étaient vautrés, pupilles larges comme des boutons de veste, sourire aux lèvres, caressant leurs parties génitales flasques, sans comprendre pourquoi elles étaient aussi molles alors qu'ils se sentaient eux-mêmes si excités – et par tout, absolument tout ; déverrouillant librement chaque partie de leur être et laissant entrer Timothy. La salive écumait au coin de leur bouche. Timothy réprimait son envie de leur offrir un mouchoir, de crainte que cela ne brise leur concentration et ne soit vécu comme une insulte.

Quand l'un de ses compagnons de dortoir avait confessé être amoureux de sa propre mère, s'être accroché de toute la force de ses doigts de bébé aux poils pubiens de celle-ci pour ne pas quitter son ventre et demeurer là dans le confort de son canal, Timothy décréta qu'il en avait assez entendu, qu'il en avait, en fait, trop entendu et aurait voulu pouvoir effacer ces paroles. Il ne leur avait plus jamais posé la moindre question et, quand ils se retrouvaient plongés dans leur passion-stupeur artificielle, Timothy quittait le dortoir et sortait marcher dans la propriété, regrettant de ne pouvoir être aussi stoïque et ignorant que les arbres.

Il marchait droit vers l'éclat argenté du Nord, laissant les rayons l'inonder, les laissant entrer tout au fond, où ils le glaçaient jusqu'aux os. Il espérait que personne ne remarquerait l'effet de la froidure sur son corps : elle contractait ses muscles, lui donnait la chair de poule, raidissait ses tétons et sa queue. Il marchait droit devant, souriant aux pierres sous ses pas, admirant les herbes qui avaient le courage de percer entre elles, dorées au bout, mais encore vertes au niveau des racines.

Quand le vent l'accueillait, il portait une odeur de bûches qui flambaient – des bouleaux, sans doute, qui n'avaient jamais imaginé être abattus ainsi et jetés dans un fourneau. Les flammes, ces malheureux arbres les avaient imaginées bien plus colossales, dévorant tout sur leur passage, mais pour leur permettre de mieux renaître ensuite, encore plus puissants. Ce n'était pas le cas.

Timothy allait jusqu'à sourire, vaguement, à certains des étudiants qu'il croisait – jusqu'à ce qu'il se rappelle que, contrairement aux pierres, aux herbes ou aux arbres, ceux-ci abritaient des secrets assez terrifiants pour vous glacer jusqu'aux os comme une lumière argentée.

Il avait appris que les horreurs pouvaient être semées comme des graines et éclore à la vie, à condition de profiter d'un sol bien tendre et de recevoir l'eau et la lumière nécessaires. Se déployer lentement sous la surface de la terre, continuer de creuser bien profond dans le même temps qu'elles s'étiraient vers un ciel dégagé. Elles dissimulaient d'abord leur noyau, mais on pouvait les inciter à le dévoiler, et elles révélaient alors des couleurs assez vives pour faire pleurer jusqu'aux animaux, relâchaient des parfums capables de séduire même les plus féroces abeilles. Vous ne pouviez savoir qu'elles étaient vénéneuses avant de les toucher ou de les consommer, et alors il était trop tard. Vous étiez déjà étouffés, comme tant d'autres avant vous. Et il ne restait personne d'assez indemne pour raconter l'histoire, prévenir le prochain individu assez stupide pour s'arrêter et les admirer, les cueillir alors qu'il fallait les laisser tranquilles dans leur coin.

Timothy n'était pas le premier, dans sa famille, à posséder une certaine éducation ; Paul et Ruth lisaient beaucoup : des romans, des contrats et ce texte religieux qui combinait les deux. Mais il était le premier à l'avoir poussée aussi loin, et si loin vers le nord. Il ne pouvait qu'apprendre des choses différentes, découvrir en lui-même que le Mississippi n'était pas assez vaste pour faire prospérer – une conscience, sans doute. Et quelque chose de moins captif : une chose blanche aux ailes dentelées qui lui piquait les cuisses, la nuit, et faisait régner dans la chambre une chaleur suffocante.

Son art était pour une partie des autres garçons de l'école le signe que leurs murmures, leurs regards volés et leurs gestes à peine esquissés vers le bas-ventre les uns des autres étaient tout à fait acceptables, dandy même. Timothy était obligé de s'éventer et de rester planqué derrière son chevalet pour ne pas rendre trop évident le fait qu'il était réceptif à ces œillades et aurait voulu davantage. Son désir s'était déployé sur la toile avant de s'étendre au temps réel. Il peignait fiévreusement : le matin avant les cours, après la prière de l'après-midi, quelques gribouillages pendant le déjeuner et des esquisses à la lueur de la lampe, tard dans la soirée. Il n'avait jamais été aussi heureux.

Mais Isaiah…

« Ainsi, tu t'occupes de la grange et des bêtes ? Tu préfères ça au champ ?

— Je fais ce qu'on me dit, m'sieur, répondit Isaiah.

— Je sais bien. » Timothy sourit. « Comme la plupart d'entre vous. Mais, je veux dire, c'est ce que tu préfères ? »

Isaiah ne répondit rien, comme s'il comprenait qu'il ne pouvait y avoir d'autre bonne réponse que le silence. Il baissa les yeux sur ses pieds.

« Ne bouge pas, Isaiah. Lève les yeux et regarde-moi, s'il te plaît. Garde la tête bien droite. »

Isaiah releva la tête sans regarder Timothy dans les yeux.

« Parce que je peux demander à mon père de te mettre où bon me plaira. Alors dis-moi : où préférerais-tu être ?

— La grange me va très bien, répondit vivement Isaiah. Très bien. »

Cela irritait Timothy qu'Isaiah ne puisse lui dire que si peu de choses sur sa personne. Il ne connaissait pas son âge, ne savait ni qui ni où étaient ses parents, ni de quoi il rêvait, ni même quelle était sa couleur préférée. Pas même après que Timothy avait déposé sur la toile un trait de chaque couleur de sa palette, et demandé à Isaiah de choisir. Isaiah eut beau contempler le bleu, puis le rouge, pendant un long moment, il ne prit finalement aucune décision, déclarant qu'il ne pouvait pas.

« Mais tout le monde a une couleur préférée, Isaiah, protesta Timothy.

— C'est quoi la vôtre, monsieur ?

— Oh, c'est facile : le violet. Parce que le violet, ce sont mes deux couleurs préférées mélangées ensemble.

— Vraiment, monsieur ? Lesquelles c'est ?

— Le bleu et le rouge. » Timothy sourit et le gratifia d'un clin d'œil.

« Alors moi aussi j'aime le violet, monsieur », déclara Isaiah avec une conviction frappante.

Timothy sourit et tapota le crâne d'Isaiah. Mais il voulait en savoir plus.

Isaiah devait avoir à peu près le même âge que lui, mais Timothy ne pouvait en être certain. Son père archivait tout de manière impeccable. Donc, en cherchant un peu, peut-être trouverait-il leurs noms dans ses registres. C'est ainsi qu'il s'était aventuré un jour dans le bureau de son père, passant près d'une heure à parcourir attentivement textes religieux, relevés de banque, lettres ficelées, entre autres choses, tout cela classé avec soin sur les étagères disposées autour de la pièce.

Il prit une seconde pour s'asseoir au bureau de Paul. Il se pencha en avant et fit glisser ses mains sur le bois. Non. Il ne pouvait s'imaginer pareil destin. Tout ça était suspendu bien trop haut et le faisait se sentir moins charnel – à la manière d'un soleil froid et de ses rayons argentés.

Il se leva et prit soin de remettre le fauteuil à sa place. Il se dirigea vers une étagère et découvrit qu'elle contenait exactement ce qu'il était venu chercher : les inventaires. Les premiers registres recensaient les sacs de farine et de sucre, les cochons et les chevaux, certains de ces meubles sur lesquels Ruth autorisait fort peu de personnes à s'asseoir, ainsi que l'achat de certains Noirs. Concernant ces derniers, aucun détail ne figurait. Timothy aurait eu plus de facilité à identifier les meubles à partir de leur description qu'il n'aurait pu le faire avec aucun de ces esclaves.

Il s'imagina, fugacement, qu'Isaiah aurait pu être son camarade de jeu à une époque, s'il avait eu le droit de jouer avec les enfants noirs. Paul avait toujours vu d'un mauvais œil tout contact avec les Noirs qui ne soit pas utilitaire, même si sa définition de cet adjectif demeurait assez ambiguë. Si bien que

Timothy avait dû endurer la solitude, laquelle ne manquait jamais de développer chez un enfant tout un tas de ressources.

Il passa en revue des piles entières de registres, resserrant finalement ses recherches autour de 1814, un an après sa naissance. Cinq naissances avaient été enregistrées pour le seul mois d'août. Si Isaiah était né sur la plantation, alors c'était forcément en 1814. Dans le cas contraire, si on l'avait acheté ailleurs, alors cela devait figurer dans un autre registre, celui de 1818 intitulé « Vierges », dans lequel Paul rapportait comment vingt esclaves, enchaînés les uns aux autres, avaient été transportés depuis la Virginie sur un chariot non bâché, qui avait fait étape en Caroline du Sud et en Géorgie, le plus jeune d'entre eux étant un enfant âgé de trois ou quatre ans. Timothy se demanda pourquoi Paul avait donné ce titre au registre mais il haussa bientôt les épaules, persuadé que son père avait ses raisons.

Tandis qu'il feuilletait les pages de ces documents, Timothy trouva son père anormalement négligent : il n'avait pas inscrit le nom des Noirs qu'il avait achetés, alors que la première chose que faisaient son père et sa mère lorsque des esclaves arrivaient, c'était leur en donner un. Ils disaient qu'ils faisaient cela pour asseoir aussitôt sur eux leur domination et effacer tout semblant de personnalité qui aurait pu couver durant le voyage. Dans le registre, Paul préférait les identifier par des termes aussi équivoques que « cicatrice » ou « montre », si détournés qu'ils en devenaient inutiles. N'aurait-il pas été plus facile d'écrire « Cephas » ou « Dell » ou « Essie » ou « Freddy » ?

Cela importait peu, au fond, se dit Timothy. Peut-être que pour son père, dans le cadre de ces archives, le nom de l'outil comptait moins que sa fonction.

Isaiah avait-il des frères ? Était-il né sur la plantation ? Dans le cas contraire, se souvenait-il de sa vie d'avant ? Timothy décida de l'interroger.

Un autre jour, Timothy arracha donc Isaiah à ses tâches. Il envoya Maggie le chercher. Quand les deux arrivèrent à l'arrière de la Grande Maison, Ruth était postée sur la véranda, les bras croisés sur sa poitrine. Timothy se tenait debout derrière elle.

« Je t'ai appelée, Mag. Où étais-tu passée ? Et qui est ce jeune nègre ? lança Ruth, jaugeant Isaiah du regard.

— J'étais partie chercher ce garçon d'écurie pour Massa Timothy, c'est tout.

— Que peut bien vouloir Timothy à cette créature répugnante ?

— Je sais pas, m'dame. Vous feriez mieux de demander au Massa. »

Timothy s'avança.

« Mère, c'est mon spécimen. Vous savez bien que je peins ces Noirs. »

Ruth fit un bruit de bouche. « "Noirs"… Nègres, tu veux dire. Appelle-les tels que tu les vois. Pas besoin de tourner autour du pot, dit-elle en regardant Timothy, d'abord, puis Isaiah. Eh bien, ne le fais pas entrer. Il va nous empuantir la maison tout entière. Règle ton affaire ici même, sur cette véranda. »

Ruth resta plantée là à dévisager Isaiah. La tête d'Isaiah était courbée, il se tordait les mains.

« Arrête de gigoter comme ça, dit Ruth d'une voix douce. Tu me rends… »

Timothy agrippa sa mère par le bras.

« Mère, je crois qu'il vaudrait mieux que vous retourniez dans votre chambre. Vous avez besoin de repos. Maggie, veux-tu bien accompagner ma mère à l'étage ?

— C'est encore ma maison, jeune homme, répliqua Ruth avec un sourire. Et je compte y déambuler comme il me plaît. Merci infiniment. » Elle décroisa les bras. « J'aimerais que tu peignes autre chose. Toute cette beauté autour de nous, et toi, tu choisis de gâcher ta peinture sur la chose la plus laide au monde ? »

Le visage de Timothy rougit, puis il reprit contenance.

« Pourquoi ne rentrez-vous pas à l'intérieur, mère ? Il fera nuit bientôt et Maggie va servir le thé et des biscuits. Je vous rejoins dans un instant. »

Ruth se fendit d'un sourire qui fit comprendre à Timothy qu'elle allait faire comme s'il n'essayait pas de se débarrasser d'elle. Elle déposa une tape sur son épaule et franchit le seuil sans hâte aucune, avant de se diriger vers la cuisine. Maggie lui emboîta le pas.

Timothy soupira.

« Je m'excuse pour Mère », dit-il à Isaiah, qui n'avait pas bougé d'un centimètre depuis tout à l'heure. Il contemplait toujours ses pieds.

« C'est pas la peine », répliqua Isaiah, mais il ne releva pas la tête.

Timothy descendit les marches et s'approcha d'Isaiah. Il posa un doigt sous son menton et lui leva la tête. Isaiah voulut éviter son regard, mais où qu'il pointe ses yeux, Timothy se penchait devant jusqu'à ce que, vaincu, Isaiah le regarde en face.

« Tu n'as pas à avoir peur de moi, Isaiah. Je ne suis pas comme ma famille. »

Isaiah avala une grande bouffée d'air, la retint quelques instants, puis la laissa ressortir lentement, en silence. Il se gratta le crâne.

« Enfin… Je t'ai fait venir pour une raison précise, annonça Timothy. J'aimerais te poser quelques questions. »

Isaiah garda le silence.

« Qui est cet autre Noir qui travaille avec toi dans la grange ? »

Isaiah empoigna sa cuisse et serra.

« Samuel, monsieur.

— C'est ton frère ?

— Non, monsieur.

— J'aimerais le rencontrer. Tu veux bien m'emmener ? »

Isaiah ouvrit la marche, très lentement. Timothy se rua devant lui, forçant Isaiah à accélérer le pas. À travers la porte grande ouverte de la grange, Isaiah aperçut la silhouette vacillante de Samuel sur les murs, qui dansait seule à la lueur de la lampe.

Samuel était en train de se baigner dans la rivière, lui aussi, ce jour où Timothy les avait tous appelés, il avait lui aussi été examiné puis écarté sans brusquerie par Timothy. Ils se baignaient, la pudeur était peu de chose parmi eux. C'était jour de repos, si bien qu'ils pouvaient faire ce qu'ils voulaient de leur temps, dans certaines limites. Personne ne pouvait quitter la plantation sans un sauf-conduit, et l'on n'en accordait quasiment jamais. Mais ils pouvaient aller s'asseoir avec leurs proches et leurs amis au bord de la rivière, et pêcher. Ils pouvaient se réunir autour d'un feu de camp et faire griller des noix. Ils pouvaient se rassembler dans la clairière et lancer leurs voix vers Dieu. Et ils pouvaient se baigner.

Ce matin-là, ils étaient nombreux à prendre leur bain. Sans doute ceux qui voulaient être propres pour la messe d'Amos – même s'ils allaient se salir à nouveau en s'asseyant par terre, sur des souches pourries ou des rochers couverts de mousse, tandis que le soleil tenterait de se frayer un passage à travers les branches des arbres pour parer de son éclat le grand Amos.

Tout cela n'avait pas vraiment de sens pour Timothy. Ils les avaient vus une fois, en cercle sous les arbres, écouter ce qui lui avait paru n'être rien. Oui, il existait certainement de bons Noirs, et certains d'entre eux méritaient peut-être même d'être libres ou ramenés là d'où on les avait arrachés, mais qui pouvait souhaiter les voir assis côte à côte avec des chrétiens respectables ? Le plus haut qu'ils pouvaient espérer dans l'au-delà, c'était un abri et assez de nourriture pour alimenter le labeur qui resterait leur lot pour l'éternité.

Il avait interrompu leur toilette, mais avait semblé tout pardonné, tant les baigneurs paraissaient soulagés que ce soit lui et pas son père, ou James. Ils s'étaient donc mis en rang, et Timothy se rappelait que, parmi tout ce groupe, seul Samuel avait pris un air renfrogné.

Samuel se leva en entendant le piétinement de leurs pas sur le chemin poussiéreux qui venait de la Grande Maison. Tendant la lanterne devant lui, il vit Isaiah et Timothy s'approcher de la grange. Il fronça les sourcils et contempla le ciel déjà sombre. Puis il courba le dos et baissa la tête.

Timothy attendit qu'Isaiah coure au-devant de lui pour ouvrir le portail. Timothy aurait pu tout simplement l'escalader s'il n'avait pas été si fatigué. Il entra et marcha dans un tas de crottin.

« Doux Jésus, s'exclama-t-il. Beurk. Dieu, aie… Isaiah, je croyais que tous les deux, vous étiez censés garder cet endroit… Merde. Aide-moi… »

Timothy désignait sa botte. Isaiah tomba à genoux et la délaça. Puis il tira dessus, sans succès. Au bout d'un moment, Samuel arriva avec la lanterne. Il posa celle-ci sur le sol et tira avec Isaiah. D'un seul grand coup vigoureux, ils réussirent à la dégager, et tous trois atterrirent sur leurs fesses. Timothy éclata de rire.

« Ma parole… », gloussa-t-il à leur intention.

Isaiah se releva et courut chercher un seau d'eau. Il abandonna la botte sur le sol. Timothy se redressa et épousseta ses vêtements. Puis il se tourna vers Samuel, qui contemplait la lampe d'un regard vide.

« Bonsoir, Samuel », dit Timothy. Samuel sursauta, comme arraché brusquement à un profond sommeil. « Tu sais qui je suis ?

— Oui, m'sieur, répondit Samuel.

— Eh bien ? le pressa Timothy.

— Z'êtes Massa Timothy, m'sieur, dit Samuel, avant d'ajouter : Ça fait plaisir de vous voir rentré à la maison, Massa.

— Je te remercie, Samuel », articula Timothy, et il se tint plus droit. Son visage s'illumina. « J'aimerais pouvoir dire que je suis content d'être rentré. Le Nord me manque tellement – tout froid qu'il est. Hélas, je suis ici. »

Un silence s'installa entre eux. Isaiah revint avec le seau et Samuel et lui s'agenouillèrent pour nettoyer la botte. De temps en temps, Samuel relevait discrètement la tête pour voler un regard. Timothy les voyait travailler de conserve, parfaitement synchronisés, comme s'ils avaient été créés ainsi : les bras en mouvement, coudes dépassant sur le côté, leurs mains bruissant dans l'eau, leurs doigts agrippant le rebord du seau et se touchant parfois, comme l'un adressait à l'autre une réplique muette, dans une langue qu'eux seuls comprenaient. Ils étaient ensemble d'une manière que Timothy n'avait jamais vue, chaque geste séparé venant compléter l'autre pour former une chose qui semblait se balancer sur sa propre musique, allant et venant comme la mer. Pour la première fois depuis son arrivée chez lui, il se sentait un intrus. Une sensation qui n'était pas pour lui déplaire, mais ce silence le désarçonnait.

« J'ai peint Isaiah, tu sais, finit-il par lancer. Là-bas, au bord du champ. »

Samuel interrompit son récurage. Il retira ses mains du seau et les secoua pour les sécher. Il se leva et s'essuya les bras.

« L'avez peint, m'sieur ? » Samuel se tourna vers Isaiah. Isaiah se redressa et rendit la botte à Timothy. Samuel étudia Isaiah de haut en bas puis se tourna de nouveau vers Timothy.

« Je vois pas un brin de peinture sur lui, Massa.

— Quoi ? Non, s'esclaffa Timothy. J'ai peint des *images* de lui. Tu sais, comme ces peintures qu'on accroche au mur.

— Oh, je vois. C'est rudement bien, m'sieur. Ah ça, oui. » Samuel jeta un coup d'œil à Isaiah, qui l'enveloppait d'un regard dur.

« Oui, d'ailleurs, je pourrais peut-être te peindre, toi aussi, un de ces jours, ajouta Timothy.

— Oui, m'sieur.

— Si tu en as envie.

— Oui, m'sieur. »

Soudain, un trouble envahit Timothy, et il tenta de découvrir pourquoi. Il dévisagea les deux Noirs devant lui. Quelque chose chez eux le narguait. Samuel était plutôt obéissant ; grand, même le dos courbé. Pourtant, il semblait ne pas le voir, voir à travers lui, le sourire sur son visage un peu forcé. Samuel avait le teint d'une aubergine, plus violet que noir, et il était robuste. Il faisait à peu près la même taille que Timothy, avait les dents d'une absolue blancheur. Frappantes, car la plupart des garçons que Timothy connaissait avaient une dentition soit vert pelouse, soit jaune pâle.

Timothy avait passé des heures assis en classe avec ces autres garçons, qui parlaient et parlaient, et dont les paroles ne révélaient rien d'autre que le fait que leur passé était une invention, malgré toute l'ardeur qu'ils mettaient à y croire. Timothy n'en écarquillait pas moins les yeux devant leurs récits, retenait son souffle à chaque pause dramatique et applaudissait vigoureusement le dénouement.

Ces autres garçons aimaient sa manière de parler, la certitude lente de sa voix et cet accent traînant qui débouchait immanquablement sur un sourire. Ses fossettes, douillettement imprimées au creux de chaque joue, étaient superflues ; il les avait déjà conquis par son naturel. Si le Sud lui avait appris quelque chose, c'était à cacher ses défauts, à flatter son auditoire, à feindre la déférence alors même qu'il était clairement supérieur sous tous points de vue, et à exceller dans l'art de la courtoisie. Cela, tout en refoulant des pensées viles et impures, en réprimant même le renflement de sa virilité sous des culottes dont les coutures menaçaient de se rompre. Une goutte de pluie à l'extrémité de son être, qui n'atteindrait jamais un sol fertile. Oui, Timothy se comportait en parfait gentleman, et ils étaient tous fous de lui.

Dans le Nord, on lui avait dit que les Noirs étaient libres, mais il n'en avait pas vu un seul durant tout son séjour là-haut. Il s'imaginait que leur nombre devait être limité et, par conséquent, les observations rares. Il avait en revanche rencontré des gens qui se faisaient appeler abolitionnistes. Curieuse engeance, à son avis ; ils voulaient libérer les Noirs du dur labeur de l'esclavage, disaient-ils, mais ce qu'il faudrait faire après restait toujours obscur, toujours informe, toujours une démonstration de faiblesse.

« Les renvoyer en Afrique, peut-être, avait déclaré l'un d'eux à l'occasion d'une réunion informelle dans une taverne de la ville.

— Après toutes ces années ? avait rétorqué Timothy. L'endroit leur serait tout aussi étranger qu'à nous, je pense. Vous comptez réparer ce que vous appelez un acte de cruauté en en perpétrant un autre ?

— Eh bien, quoi, vous proposez qu'ils restent ici, évoluent parmi nous et couchent dans nos lits ?

— Pourquoi leur présence ici mènerait-elle à nos chambres ?

— Leur lubricité rendrait cela inévitable. »

Leur lubricité ou la nôtre ? s'était demandé Timothy. Après tout, il savait ce qui se cachait dans les entrailles des hommes, il en avait été témoin de près. Il suffisait pour libérer cela d'un pinceau et d'une main habile. Timothy avait de la peine à différencier le Nord du Sud et en avait conclu qu'ils étaient plus semblables qu'opposés, la seule différence tangible étant que ceux du Sud avaient déroulé toutes les options qui s'offraient à eux jusqu'à leurs ultimes conclusions. Le Nord, quant à lui, était encore incapable de répondre aux questions de savoir qui accomplirait le travail que les esclaves affranchis abandonneraient inévitablement, et comment l'on ferait pour rémunérer ces âmes infortunées une fois le statut d'esclave aboli. Ces hommes étaient mauvais en affaires, même si tout indiquait qu'ils étaient tout aussi avides.

Timothy se tourna vers la Grande Maison, puis ses yeux revinrent se poser sur Isaiah et Samuel.

« Bon, je vais devoir y aller. Isaiah, présente-toi à la maison demain matin. Je vais prévenir Maggie qu'elle te laisse entrer. Je veux me remettre à ton portrait dès que possible.

— Oui, m'sieur. Vous avez besoin qu'un de nous vous éclaire le chemin ?

— Non. Ça ira comme ça. Merci. Bonne nuit. »

Il remonta le chemin obscur qui menait à la maison avec le sentiment de n'avoir pas vu tout ce qu'il devait voir d'eux. Il se demanda comment ils se comportaient en son absence. Étaient-ils aussi timides, aussi silencieux ? Quelle sorte de monde bancal, imparfait, créaient-ils là-bas dans la grange ? Il se promit de le découvrir.

Il était à peu près trois heures du matin et même les pâles lueurs des cabanes, au loin, s'étaient éteintes, lorsqu'il se leva de son lit. Il descendit l'escalier et alla s'asseoir dans un rocking-chair sur la véranda, à l'avant de la maison, dans l'espoir que la nuit produirait une brise clémente. Il était comme sa mère, pour ça. Nulle autre lumière que l'éclat de la lune, la plantation était un carnaval d'ombres. Noir sur fond noir, et pourtant les choses parvenaient à se distinguer les unes des autres : le noir bouclé des arbres du noir pointu des cabanes ; le noir soyeux de la rivière du noir massif de la grange. Étrangement, il ne l'avait encore jamais remarqué.

Il épongea la sueur sur son front. Nulle brise ne lui accorderait sa bénédiction. Il se pencha en avant. Cette nuit torride et poisseuse lui donnait la bougeotte. Il avait besoin de se rafraîchir, de rincer sa peau moite. Une petite tête dans la rivière, peut-être. Il se leva et le fauteuil continua de se balancer sans lui. Il descendit les marches et contourna la maison en direction de la Yasoux.

Il commença à déboutonner sa chemise. Le temps d'arriver à l'arrière de la grange, il l'avait enlevée. Il remarqua une pâle lumière émanant de l'intérieur. Il fit alors ce qu'il n'avait pas fait tout à l'heure : il escalada le portail en priant pour ne pas marcher à nouveau dans le crottin. Il s'approcha furtivement de la grange. Il longea le fond du bâtiment, au plus proche de la rivière. Il repéra un trou dans le bois, un nœud assez large pour y passer le poing. Il pressa son visage contre la paroi et jeta un coup d'œil à l'intérieur. Il s'efforça d'identifier les silhouettes. Des chevaux ? Oui. Les stalles se trouvaient de ce côté-ci. Mais de l'autre côté des chevaux, là où la lampe vacillait, des entraperçus. À couper le souffle.

Leur chaleur semblait brouiller tout ce qui se trouvait à proximité. Des brins de foin étaient collés au dos de Samuel, à moins qu'il ne s'agisse de celui d'Isaiah. Timothy n'aurait su dire qui étreignait qui, tant ils étaient proches. Et la lumière n'était d'aucune aide. Quoi qu'il en soit, ces brins de foin se plantaient dans sa chair telles des aiguilles de couturier, comme si une main invisible était en train de les coudre pour leur donner vie tous les deux, là, ensemble, dans cette étreinte, endormis, joints. Timothy se mit à trembler. Il n'avait jamais imaginé que les Noirs soient ainsi, qu'ils puissent être ainsi : que pouvaient bien être pour eux les câlins, sans un lit où les partager ? Le labeur n'empêchait-il pas la contemplation, laissait-il seulement le loisir à une nature plus douce de s'exprimer ? Thomas Jefferson avait mené des recherches approfondies, avait appris Timothy, et la science était formelle. Pourtant, sans un souffle de vent pour rafraîchir l'air, ceux-là s'accrochaient l'un à l'autre comme si c'était l'hiver et pas l'été. La scène dont il était témoin le troublait, mais elle le raidissait aussi sous sa culotte.

Il peindrait Isaiah demain.

Pourquoi ne le ferait-il pas ? Il n'allait pas tarder à recevoir de la visite. Car il ne faisait aucun doute que ses parents désiraient, avaient besoin de petits-enfants ; ils n'hésitaient d'ailleurs pas à le faire savoir. À le harceler pour découvrir s'il avait rencontré des dames de qualité durant ses études, ses voyages et le reste, avant de décréter, au bout du compte, que cela n'importait guère, que ce que Timothy n'avait pu trouver, il n'avait absolument pas l'expérience qu'il fallait pour ce faire. Et qu'eux, ses parents, seraient plus qualifiés pour opérer une sélection.

Des jeunes femmes viendraient, des filles en réalité, éduquées comme il faut – avec la bonne teinte de cheveux roux, ou blonds pour être assortis aux siens ; avec des yeux d'un vert exceptionnel, ou bleus comme les siens ; et des poitrines qui avaient commencé à poindre à peu près en même temps que lui-même découvrait la chose brûlante qui pendouillait entre ses cuisses ; des filles dont les paupières palpiteraient lorsqu'il entrerait dans la pièce ; dont les parties intimes étincelleraient à chacun de ses sourires ; qui sauraient reculer de dégoût intérieurement et retenir leurs larmes pour ne pas offenser leurs parents ni ceux de leur hôte. On les ferait parader devant lui comme si son choix comptait et, une fois le choix fait, il serait forcé d'épouser celle pour qui il n'éprouvait aucun désir.

Pourquoi pas une personne noire ? La couleur n'arrêtait ni sa mère ni son père. Il y avait des Noirs blonds aux yeux bleus, avec une peau quasiment blanche, qui marchaient tout à fait comme lui, avaient le même sourire et les mêmes épaules carrées que lui, les mêmes genoux noueux et la même tache de vin marbrée sur le menton. Seule la frisure dense de leurs nattes – et, parfois, leurs lèvres épaisses et leur large nez – procurait un peu de soulagement à Timothy lorsqu'il croisait l'un d'eux. Ses parents croyaient qu'il ne savait pas pour Adam, le cocher noir, mais il savait. Il s'en était toujours douté, mais en avait eu le cœur net à l'occasion du trajet jusqu'en ville, le jour de son départ pour l'université. Le ton cassant de sa mère à l'endroit d'Adam, ses efforts pour distraire Timothy ; alors, l'évidence s'était imposée. Adam ressemblait trop à un Halifax pour ne pas en être un. Il y en avait certainement d'autres. Timothy n'était pas un enfant unique, après tout, même s'il aurait préféré l'être.

Il en avait assez vu. Il s'éloigna de la grange et se dirigea à pas de loup vers la rivière. Lorsqu'il eut presque atteint l'endroit où il avait fait sortir tous les Noirs de l'eau quelques jours auparavant, il s'accroupit et s'aspergea le visage. Il enleva son pantalon et s'efforça d'apaiser la chaleur entre ses cuisses, mais elle ne fit que croître. Alors il se palpa, encore et encore, jusqu'à ce qu'il n'ait plus rien à palper.

Vidé, il entreprit de remonter à la Grande Maison, grimpa lentement l'escalier, entra dans sa chambre et s'écroula tête la première sur son lit. Il n'avait pas dormi aussi bien depuis son retour chez lui. Il rêva de corps entortillés et de bave. Seul le soleil se déversant par sa fenêtre peu de temps après, sa chaleur lui tabassant le crâne, parvint à le réveiller. Momentanément aveuglé, il se frotta les yeux. Quand ses yeux eurent accommodé, il inspecta sa chambre. La peinture d'Isaiah, pas tout à fait achevée, mais suffisamment achevée, le contemplait. Il rougit et détourna les yeux.

Quand Isaiah se présenta, plus tard dans la matinée, Timothy descendit l'accueillir. Ruth dormait encore profondément, et Timothy conduisit Isaiah en haut de l'escalier, jusqu'à sa chambre.

« Étais-tu déjà entré dans la maison ? demanda Timothy.

— Non, m'sieur. » Isaiah regarda autour de lui comme s'il s'efforçait de mémoriser tous les détails.

« C'est ma chambre. Elle te plaît ?

— J'ai jamais rien vu de pareil. Presque aussi grande que toute la grange. »

Timothy rit puis ferma la porte. Il y avait une clé passe-partout dans la serrure. Il la tourna sans bruit.

« Tu sais lire, Isaiah ?

— Oh non, m'sieur. Aucun nègre a le droit de lire.

— Tu voudrais savoir ?

— Non, m'sieur. Ça sert à rien.

— Eh bien, je vais t'apprendre quand même. Notre secret.

— Pourquoi, m'sieur ?

— Parce que je t'aime bien, Isaiah. Tu m'as l'air d'un bon garçon. »

Timothy s'approcha d'une étagère et en tira la Bible.

« Tiens. Viens t'asseoir avec moi sur mon lit.

— J'suis sale, Massa. Je voudrais pas…

— Ne t'en fais pas. Viens là. »

Isaiah marcha d'un pas incertain jusqu'au lit puis, après un moment d'hésitation, s'assit à l'endroit exact que Timothy lui indiquait d'un battement de main. Timothy examina Isaiah et s'apporta la confirmation qu'il était un magnifique spécimen physique. Il observa son entrejambe. Les Noirs ne portaient pas de sous-vêtements, il n'était donc pas difficile de voir ce qu'il y avait dessous. Timothy se frotta les yeux. *Impossible.* Attendez un peu : il bougeait ! Timothy en était certain. Serpentait au long de la jambe du pantalon pour aller se poser sur sa cuisse droite, comme s'il étudiait un itinéraire d'évasion avant d'oser s'aventurer plus loin au risque de se perdre.

Mince alors, il a bougé !

Il toucha le bras d'Isaiah et sa peau l'émerveilla. Séduit par ses sombres contours, par les courbes harmonieuses de son plus-que-noir. Il avait un irrésistible désir de se laisser tomber dans le fond obscur de lui-même et de s'y perdre.

« Massa ?

— Je veux le voir. Retire tes habits, s'il te plaît. »

Isaiah hésita. Ouvrit la bouche mais omit de prononcer le moindre mot. Il déboutonna sa chemise. La laissa tomber sur le plancher. Timothy s'approcha encore et plissa les yeux, examinant Isaiah jusqu'à ce qu'il arrive à son dos.

« C'est mon père qui t'a fait ça ? »

Isaiah ne dit rien.

« Pourquoi ferait-il une chose pareille ? » s'étonna Timothy en embrassant les marques.

Isaiah frissonna. « Je croyais que vous aviez dit que vous vouliez me peindre, Massa. »

Timothy continua de lui baiser le dos.

« Massa, je croyais que vous alliez…

— Chhh. Est-ce que ça n'est pas mieux ? » demanda Timothy, mais ce n'était pas une question.

Isaiah était assis, raide, sur le rebord du lit.

« Détends-toi. »

Isaiah se leva, ce qui rendit son érection plus évidente. Timothy sourit.

« Je vous ai vus, cette nuit. Dans la grange. Samuel et toi. J'ai vu ce que vous faites. »

Isaiah se détourna.

« Je peux pas, Massa…

— Tu ne peux pas ?

— Ce que je veux dire, c'est que… Samuel est… »

Timothy se leva. Il s'approcha d'Isaiah, assez près pour que leurs souffles se mélangent. Le front d'Isaiah suait abondamment.

« Tu mérites que quelqu'un soit gentil avec toi, pour une fois », murmura Timothy.

Isaiah secoua la tête.

« Samuel… »

Timothy se pencha et l'embrassa sur la bouche. Le nom de Samuel encore sur les lèvres d'Isaiah, piégé entre eux. Isaiah ne lui rendit pas son baiser. Timothy utilisa ses propres lèvres et sa langue pour forcer la bouche d'Isaiah. Isaiah grogna.

« Je peux te protéger de mon père », gémit Timothy, pressant son corps contre celui d'Isaiah.

Même s'il ne voulait pas qu'Isaiah vienne à lui par obligation, ce serait une option appropriée, moins violente, si Isaiah devait choisir de ne pas venir de son plein gré. Ce qu'il ne ferait pas, c'est le forcer au-delà de ça. Car à quoi bon si Isaiah ne se soumettait pas librement, si Timothy ne pouvait pas l'avoir jusqu'à la dernière miette, y compris sa volonté ?

Timothy baissa son pantalon et s'allongea cul en l'air sur le lit. Isaiah serra fort ses paupières, puis les rouvrit. Il s'essuya le front puis s'allongea sur Timothy. Dessous lui, Timothy songea à la manière dont il s'était abandonné à Isaiah ; il était entre ses mains, à présent. Et quelque chose palpitait dans sa poitrine. Il l'empoigna et quand il desserra ses doigts, la chose était là, plus terne qu'il ne l'avait imaginé, mais bien là : libre. S'il venait à l'offrir à Isaiah, alors elle ne pourrait lui être rendue, comme toutes choses, qu'au centuple. Libérer un homme, c'était se libérer soi-même. Il ne s'agissait pas là des vociférations d'un Nord indécis, non. Timothy en éprouvait la vérité tout au fond de sa grotte, qui tremblait à présent après avoir été justement ébranlée.

« Ensemble, nous pouvons être libérés, murmura Timothy tandis qu'il redressait la tête et fermait les yeux. Ensemble, seulement. »

Nabuchodonosor

L'idée n'avait jamais traversé l'esprit d'Isaiah que des choses aussi proches puissent être aussi éloignées. La grange se trouvait juste là, à un bon jet de pierre de la Grande Maison et, pourtant, parcourue à pied, la distance de l'une à l'autre faisait l'effet d'un long voyage. La maison semblait nichée au pied d'une énorme montagne, ou, peut-être, au fond d'une vallée encaissée où le plus étroit des torrents se cachait du ciel et où rôdaient les loups. Là-bas, tout en bas, où l'on s'attendait à ce qu'il fasse plus chaud et où pourtant les choses étaient glacées au point de bleuir les mains et les pieds, de changer le souffle en fumée.

Vous vous retrouviez là, perdu, à vous demander comment quiconque allant pieds nus et sans équipement pouvait se hisser hors de cet endroit, escalader des parois qui semblaient trop lisses pour s'y accrocher et trop dures pour creuser dedans, sans rien d'autre qu'une étoile, peut-être errante, pour vous guider jusqu'en haut, vers l'endroit où vous seriez à peine plus en sécurité que là d'où vous tentiez de vous échapper.

Et l'ascension proprement dite, alors ? Isaiah avait l'esprit solide, il n'arrivait pourtant pas à savoir si elle en valait la peine. La route censée être plane était en fait pentue, et son inclinaison s'accentuait à chaque pas. Il n'y avait rien pour l'empêcher de retomber tout en bas au moment où il atteindrait son point le plus haut. Vous risquiez de vous briser les os, et alors, pas la peine de vous relever pour réessayer. Vous n'en seriez pas capable. Aucune chance.

Pourtant, l'envie qui le tirait, arrimée à son centre telle une corde lancée du haut de la montagne, depuis les plateaux situés au sommet de la crête, ces lieux censés être froids mais qui, étrangement, peut-être parce que plus proches du soleil, étaient chauds au toucher. L'herbe y prenait un aspect différent : non pas sèche et dorée, mais trempée de rosée et d'un bleu tirant sur le vert. Les gens et les animaux vivaient ensemble dans ce qu'on pouvait sans doute, supposait-il, qualifier d'harmonie, mais qui naissait de la pure nécessité et pas d'un obsédant désir. Il n'y avait qu'une raison, une seule, de se lancer au petit bonheur la chance, sans ailes et le pied incertain, dans cette ascension.

Quand les oiseaux eurent fini de chanter, après qu'ils eurent achevé leur ronde autour de son crâne, Isaiah se souvint de la douleur. La sienne, bien sûr, car être forcé ne peut être qu'une tragédie, mais doublement quand le corps refuse de flancher ; celle de Timothy, également, car il n'était pas préparé. Isaiah ne s'attendait pas à trouver une touche de joie dans le fait d'en être la source. Et puis, ce semblant de joie s'évapora bien vite lorsqu'il se rendit compte que Timothy n'avait rien contre ce genre de choses. Tout cela était tellement bizarre, tellement nouveau pour

Isaiah, de découvrir que les toubabs non seulement prenaient plaisir à l'infliger, mais que secrètement – dans leurs lieux cachés, hors de vue de quiconque aurait pu la juger abominable, l'utiliser contre eux ou bien la leur faire subir d'une manière à laquelle ils n'étaient absolument pas préparés –, ils étaient résolus, aussi, à la recevoir.

Timothy avait pleuré, mais ses yeux s'étaient renversés comme ceux de Samuel, aussi, et Isaiah avait fait tout ce qu'il savait faire pour ne pas que ces visages, ces expressions, ceux de Samuel et ceux de Timothy, fusionnent. Il savait confusément que si cela arrivait, seule la mort pourrait les démêler.

Il était à mi-chemin du sommet de la montagne – ou s'était à moitié hissé hors de la vallée – quand il se rendit compte qu'en dehors de cet entre-temps, il avait manqué un jour entier de travail, n'avait pas vu Samuel de toute la journée, l'avait laissé tout faire tout seul, ce qui était difficile car à peu près tout dans la grange était un boulot pour deux hommes. Il était à peine possible pour Samuel de s'en sortir seul. Isaiah savait que Samuel ne voulait rien faire de tout ça, point, mais ils avaient leur système. Tout le monde le savait.

Ce qu'ils ne savaient pas, c'est que ce système avait été tracé essentiellement dans les étoiles, mais sous la forme aussi de hululements de chouettes et de parfum d'iris, et disposé dessus et dessous toutes choses bien avant ce jour où Samuel avait eu la décence d'apporter la bonne eau du puits et Isaiah la soif de la boire.

Parti *toute la journée* ! La sueur ruisselait dans le dos d'Isaiah. Il se demanda si Samuel serait inquiet, le croirait blessé peut-être, mort ou pire. Il y avait plus de chances qu'il soit simplement en colère. Enfants, ils s'étaient pris d'affection l'un pour l'autre – comme deux meilleurs amis d'abord, jusqu'à ce qu'ils aient en partage l'odeur sous les bras et les petits poils de chèvre sur l'arête sud du menton. Eux qui s'étaient toujours trouvés l'un l'autre aussi naturels qu'un bon sol découvraient là, soudain, quelque chose qui pouvait nourrir. Pas quelque *chose*, non : quelqu'*un*. Et un dimanche, seize saisons en arrière, une main posée pas si accidentellement que cela sur une autre, au bord de la rivière – aucun d'eux ne regardant l'autre dans les yeux, mais perdus tous deux dans la contemplation de la rive d'en face, où les arbres formaient une muraille dans laquelle seul un cerf curieux pouvait pénétrer –, avait suffi, plus tard, pour que leurs ombres du soir se mettent à danser.

Comme il franchissait la clôture, Isaiah se rendit compte qu'aussi loin que portait sa mémoire, c'était la première fois qu'il était séparé aussi longtemps de Samuel, ce qui lui procura une sensation pénible. Comme un petit bout de peau pendant du pouce, trop vite arraché, au point que tout le côté du doigt suit, laissant derrière lui une trace à vif qui brûle, d'où le sang suinte comme les champignons de la terre : une douleur qu'on ne peut apaiser mais que seules des promesses peuvent convaincre de se calmer.

Est-ce donc ça qu'il ressentirait ?

Isaiah s'imagina Samuel enchaîné sur le plateau du chariot, tandis qu'Adam, la personne à la peau la plus pâle qu'Isaiah avait jamais vue et qui pouvait encore être considérée comme une personne, cachait sous ses mains son long visage d'Halifax-pas-Halifax pour ne pas voir l'amas d'os difforme qu'Isaiah était devenu, car ils s'étaient servis d'un marteau et d'un burin pour détacher le rocher de sa base. Quand l'image le quitta et que la grange réapparut devant ses yeux, subitement, le danger dont parlait Amos trouva sa forme menaçante. Le cœur d'Isaiah martela dedans sa poitrine.

Il pressa le pas. Son souffle venait par petites bouffées ralenties. Ses jambes bourdonnaient d'impatience. Il portait encore sur lui la puanteur du jour. Il envisagea un instant d'aller sauter dans la rivière, vite fait, avant que le soleil ne plonge, avant d'entrer dans la grange et de devoir répondre au regard de Samuel par le sien, altéré, mais Samuel ne méritait pas d'attendre une seconde de plus.

Arrivé devant les portes, il eut peur de les ouvrir. Comment expliquer qu'il avait laissé sa graine là où il l'avait laissée et que, petitement, de manière irresponsable, il avait ressenti cela comme un acte de libération ? Il tira sur le battant, mais c'était une tentative sans conviction. Samuel entendit le bruit et se leva. Il poussa la porte un peu trop fort et manqua faire tomber Isaiah.

« Qu'est-ce qui t'est arrivé ? » murmura Samuel en aidant Isaiah à retrouver son équilibre.

Isaiah passa le bras autour du cou de Samuel et s'appuya sur lui. Serrés l'un contre l'autre, ils entrèrent dans la grange. Isaiah se laissa tomber, sans forces, sur une meule de foin.

Samuel se dressait au-dessus de lui.

« Parle, vieux ! Qu'est-ce qui t'arrive ? T'étais où ? »

Isaiah se tourna vers les stalles.

« On devrait ouvrir ces barrières, Sam, dit-il d'une voix lente. Laisser sortir les chevaux. Ils ont l'air à l'étroit.

— Quoi ? » Samuel marcha jusqu'à la lampe posée par terre près des stalles, et l'alluma. Il la rapporta à l'endroit où Isaiah était couché et s'assit à côté de lui.

« Ça doit pas être agréable, tu comprends ? Être enfermé dans un si petit espace, poursuivit Isaiah.

— Ben ça… Ce toubab t'a tenu trop serré toute la journée, hein ? Il te peint, quoi, assis sur un genre de tabouret, sans te laisser même une pause pour boire un truc frais ? Maggie a même pas pu te filer une limonade en douce, pas vrai ? Faut pas te laisser faire comme ça, vieux ! » s'esclaffa Samuel. Il regarda Isaiah, s'attendant à ce qu'il lui retourne son rire, chercha le reflet de la lampe dans ses yeux mais ne l'y trouva pas.

« Oui, m'sieur. Je suis fatigué. Crevé jusqu'à la moelle. » Isaiah s'efforça de sourire.

Les yeux de Samuel se plissèrent. « Tu me demandes toujours de parler. D'habitude, c'est toi que j'arrive pas à faire taire. Et là, tu me racontes même pas tout », dit Samuel, plus fort qu'il ne l'aurait voulu.

Isaiah se leva et marcha jusqu'au seau d'eau qu'ils gardaient toujours près du mur de l'entrée. Il trébucha sur une pelle qui traînait par terre au milieu de la grange et atterrit sur les mains. Il se releva d'un bond, s'épousseta et chercha le seau à tâtons. Il empoigna l'anse, vint retrouver Samuel et s'assit. Il but à la louche, à grandes gorgées.

« Tu vas parler, ou quoi ? »

Isaiah prit une autre lampée et l'avala d'un trait. Elle alla s'écraser au fond de son estomac.

« Je suis pas un animal, mais je sais. Je sais que quand t'es pris au piège dans un petit espace, tu t'habitues à être petit. Et les gens aussi, ils le savent, alors ils se mettent à te traiter comme une petite chose. Même un costaud comme toi, Sam. Ils te traitent quand même comme si t'étais petit. » Isaiah respira. « Ils te veulent petit et, en même temps, ils veulent que ton truc soit bien gros. T'entends ce que je te dis ?

— Je comprends rien à tout ça, répliqua Samuel, agacé. De quoi tu parles ?

— J'suis là, Sam. Ils le savent pas, mais je suis là.

— Je sais.

— Vraiment ? » Isaiah baissa les yeux.

« Il a… ? » Samuel s'approcha de lui.

« Ils disent de drôles de trucs. » Le front d'Isaiah se plissa et son regard se perdit dans le passé qui venait de se matérialiser devant lui, mais s'estompa pour qu'il puisse encore voir le maintenant. « Ils trouvent bon ce qu'il y a de plus odieux, Sam. Nègre, fais-moi ci. Nègre, fais-moi ça. Ils veulent que tu les traites comme les latrines, là-bas. Et ils arrêtent pas de dire, toujours, combien c'est gros. Écarte-moi, ils disent. Et je peux pas supporter d'entendre ça ni de les voir se tordre. De leur donner du plaisir alors que tout ce qu'ils donnent en retour, c'est de la peine. » Isaiah reposa la louche dans le seau. Il se servit une autre ration d'eau. « Et pourtant… »

Samuel redressa le dos. Il scruta le visage d'Isaiah en quête d'une raison. Peut-être qu'un sursaut du menton, une saccade des narines ou la courbe de ses cils lui dirait quelque chose sur pourquoi cet homme avait décidé comme ça, sans prévenir, de le broyer, en prenant tout son temps.

« Quand t'es allé le trouver, t'as marché ou couru ? » demanda Samuel. Il enveloppa Isaiah d'un regard acéré. « Et tu me fais des histoires au sujet de Puah ? »

La bouche d'Isaiah s'ouvrit et sa langue chercha les mots adéquats, mais n'en trouva aucun. L'espace devant lui se resserra. Sa vision, une frontière, quoique imaginaire. Pendant un moment, un silence se fit et tout ce que sentirent les deux hommes, c'était une chaleur émanant de nulle part et de l'autre à la fois. Isaiah décida que la reddition valait mieux qu'un acte de représailles. Il voulut toucher le genou de Samuel, mais celui-ci l'écarta brusquement quand il tendit le bras. Isaiah sourit, secoua la tête. Ses paupières battirent lentement, lourdement. Il bâilla. Il se leva comme s'il allait partir, mais tourna simplement le dos à Samuel, les yeux rivés à la porte de la grange. Les doigts de ses mains s'agitaient nerveusement, comme qui attend son heure sans savoir quoi faire de son corps pendant ce temps. Il se mit à marmonner.

« Les hommes ont pas de courbes. Pas une seule. Du dos de leur cou au bout de leurs talons, c'est une foutue ligne droite. La chose la plus bizarre qu'on ait jamais vue. » Il laissa échapper un petit gloussement. « Ils posent un tas de questions. Il demande des choses sur toi alors je lui réponds. *Ça sert à rien de mentir*, il dit. *Parce que j'ai tout vu de mes yeux*. Alors je lui dis : "Samuel ?" Il me touche l'épaule. Je l'ouvre. Je l'ouvre en grand. Pour qu'il sente bien tout. Il me tombe dessus. Et tout est si bon.

— Pourquoi faut que j'écoute ça ?

— Tu m'as demandé.

— Pas ça. »

Samuel tourna la tête. Il rappliqua, plus près du seau. Il empoigna la louche et but une gorgée d'eau. Puis il replongea la louche et en but une autre. Puis une autre. Puis une autre. Il avait de la peine à reprendre souffle. Isaiah se tourna légèrement pour voir le visage de Samuel, ses reflets de bronze à la lueur de la lampe ; des perles de sueur parsemaient son front ; ses narines palpitaient. Isaiah se demanda s'il fallait continuer de parler.

Samuel leva les yeux sur lui. Il s'écarta en poussant sur le seau. Il avait envie de se lever, d'attraper le premier objet et de le détruire. Au lieu de quoi il restait assis là, ne voulant plus regarder Isaiah, ne voulant même pas sentir son odeur, qui n'était pas son odeur. Isaiah revint vers lui et tomba à genoux.

« T'es fâché après moi ? » demanda-t-il à Samuel, étudiant son visage comme si quelque imperfection de sa peau pouvait contenir la réponse.

Samuel regarda les portes.

« Sois pas fâché. C'est rien, ce que j'ai dit sur Puah. Je… je voulais pas mourir. À toi, je viens librement. »

Samuel continua de contempler l'entrée de la grange. Puis, lentement, ses yeux se déplacèrent vers le mur où les outils étaient suspendus, puis vers les balles de foin. Finalement, ses yeux accrochèrent ceux d'Isaiah.

« Parle-moi, Sam. Dis-moi quelque chose de bon », souffla Isaiah en prenant les mains de Samuel dans les siennes.

Samuel se mordit la lèvre. Il fixait un objet suspendu au mur. Ses yeux s'attardaient sur la hache. Il en admirait la forme, brûlait d'envie d'en manier le tranchant. Il croisa les jambes. Isaiah resta agenouillé, si bien qu'il était plus haut que Samuel. Samuel posa sa main sur la cuisse d'Isaiah.

« Cette bosse juste là », dit Samuel.

Isaiah sourit et toucha la taille de Samuel.

« Cette courbe juste là, répondit-il.

— Ton bras gauche, comme il bouge.

— Tes lèvres, comme elles sont douces.

— Tes coudes pointus.

— Ton grand front.

— L'arrière de ton cou, où la peau et les cheveux se joignent. Surtout quand tu t'éloignes.

— Quand tu me touches là.

— La fois où j'étais trop malade pour bouger et tu m'as apporté de l'eau bien douce pour un thé de fleurs sauvages. »

Isaiah jeta ses bras autour de Samuel. Il l'étreignit pendant un long moment avant de sangloter au creux de son épaule. Samuel le serra fort, puis le repoussa afin de voir son visage. Ses mains caressèrent la poitrine d'Isaiah, puis descendirent vers son nombril. Isaiah se pencha en arrière et Samuel s'avança puis posa la paume de sa main sur le ventre ferme d'Isaiah. De son doigt, il traça les frontières du corps d'Isaiah.

« Qu'est-ce tu me fais ? » demanda Samuel.

Il caressa le visage d'Isaiah et Isaiah s'appuya sur sa caresse. Il huma les mains de Samuel, les baisa, puis les attrapa et les colla contre son visage.

« Je voulais pas..., dit Samuel.

— Personne veut jamais. »

Isaiah se laissa rouler sur Samuel. Il marqua une pause, resta suspendu un instant, savourant la sensation d'être plus grand pour une fois. Il se baissa légèrement, se pencha un peu, puis davantage, se demandant si Samuel le laisserait faire sans exiger d'abord qu'il aille à la rivière et récure la saleté sur lui. Enfin, leurs nombrils s'unirent. Respirant l'un dans l'autre, leurs ventres tressautaient de conserve ; ils étaient en sueur, chaque fois qu'ils inhalaient la chair de l'un se décollait de celle de l'autre et ça chatouillait. Ils riaient sans bruit.

Isaiah plongea dans Samuel, lèvres et dents contre son cou, les mains agrippant ses poignets. Samuel leva ses jambes et les enroula autour de la taille d'Isaiah. S'arc-boutant, il les fit pivoter tous deux de sorte qu'il se retrouva de nouveau au-dessus, et Isaiah à plat dos sur le sol. Le pied d'Isaiah renversa le seau. Samuel se tourna et vit l'eau imbiber le sol. Isaiah l'empoigna et le tira à lui, et leurs corps s'écrasèrent l'un contre l'autre. Samuel se tortilla doucement. Il sourit. Il regarda Isaiah.

« Va falloir que t'ailles au puits, maintenant », dit Isaiah. Il pressa son front contre celui de Samuel.

« Maintenant ? demanda Samuel.

— Quand, sinon ? » Isaiah ferma les yeux.

« Demain matin, dit Samuel, ses lèvres collées aux paupières d'Isaiah.

— Et on va faire comment si on a soif avant ? » Isaiah ouvrit les yeux, mais pas entièrement.

Samuel respira profondément. « Bon, d'accord. » Il poussa Isaiah de côté avec délicatesse. Il se leva et empoigna le seau. Isaiah se leva à son tour.

« Je vais avec toi. »

Isaiah embrassa Samuel, puis il partit devant.

Samuel l'observa de derrière. Il secoua la tête et continua de marcher d'un pas régulier. Arrivé devant la porte, il se tourna vers le mur. Les outils étaient pendus à des clous rouillés, mais ils étaient là. À portée de main. Il baissa les yeux vers le sol et cracha avant de repartir au petit trot derrière Isaiah.

Maccabées

« Il m'a envoyé chercher », dit Samuel, un marmonnement presque, en remplissant l'auge de pâtée. Il secouait le seau machinalement pour la faire tomber. Les porcs couinaient et se bousculaient pour être servis les premiers. Les mouches rappliquaient.

Isaiah se figea, mais à peine un instant. Puis il se remit à pelleter le fumier des stalles et à le jeter sur le tas de l'autre côté de la clôture.

« Je sais que t'as entendu », dit Samuel, posant le seau avant d'en attraper un autre.

Isaiah cessa ses pelletées.

« Oui. Et y a rien que je puisse dire. T'as pas le choix. Pas plus que moi je l'avais.

— Tu te trompes sur ces deux choses-là. »

Isaiah regarda Samuel vider le dernier seau.

« Dis pas ça », murmura Isaiah, voulant dire à Samuel qu'il s'était déjà rendu. La bataille était terminée. Il n'y avait plus besoin. Retraite. Retraite.

« Y a le choix. Y a toujours plusieurs choix. T'en as fait de mauvais, c'est tout. »

Isaiah encaissa le coup, comme si c'était le poing que Samuel n'avait jamais levé sur lui, et pas la paume qui tout à l'heure caressait son visage, après qu'il l'avait cajolé. La main grossièrement taillée mais qui restait étrangement délicate, celle qui menait au bras gauche musculeux, lequel était le protecteur de ce cœur tourmenté. Parfois capable d'une telle gentillesse – ne jamais oublier le porteur d'eau. Mais aussi, le temps avait passé et, malgré tous vos efforts, ce lieu s'immisçait peu à peu jusqu'à un lieu sûr au-dedans de vous, laissant derrière lui non seulement des marques, mais des petits qu'il vous fallait couver malgré vous dans la chaleur de votre sang vital. Il n'avait même pas assez de respect pour vous dire quand ces œufs allaient éclore ni – lorsqu'ils le feraient – que la douleur provoquée se manifesterait peut-être dans le regard que vous porteriez sur un amant. Ou plutôt, dans le regard que vous laisseriez un amant porter sur vous.

Avant qu'Isaiah ait pu protester, à sa manière, pas cette manière abrupte qui était celle de Samuel, ils aperçurent Maggie qui descendait le chemin. Malgré son boitement, Maggie semblait toujours aller d'un pas décidé. Même lorsqu'elle ne faisait que passer pour se rendre à la rivière ou aller voir Essie, elle avait le visage sévère et la posture bien droite d'une messagère. Ils ne l'avaient vue sourire qu'une poignée de fois, mais, quand elle le faisait, c'était contagieux. Elle n'était pas femme à rire gros, comme Be Auntie, mais les petits sons qui sortaient de sa bouche et les sursauts de ses épaules quand une chose l'amusait semblaient exalter la joie de tous ceux qui l'entouraient. Quand Maggie était heureuse, tout Empty avait une raison de l'être. Et quand elle ne l'était pas ? Là…

Isaiah lâcha sa pelle et courut lui ouvrir le portail. Quand elle se glissa dans l'ouverture, elle pinça sa robe entre ses doigts et la souleva de telle sorte que l'ourlet flotte juste au-dessus de ses chevilles.

« Bonjour, miss Maggie », lui lança Isaiah en refermant le portail derrière elle.

Elle hocha la tête. Elle avait un torchon dans la main, à coup sûr un plat qu'elle avait réussi à faire sortir en douce de la Grande Maison. Elle marcha droit sur Samuel.

« Bonjour, miss Maggie.

— Tiens », dit-elle.

Maggie était comme ça, parfois. Elle semblait ne pas avoir de temps à perdre en civilités. Comme si quelque chose en elle avait besoin d'aller de suite au cœur du problème, besoin que la vérité soit exposée au grand jour aussi tôt que possible. Mais avec Samuel, la vérité qu'elle recherchait semblait toujours s'accompagner d'une dose de gentillesse. La gentillesse de Maggie était pleine d'épines et de ronces, mais elle était belle à voir, aussi, venant d'une personne qui avait toutes les raisons de se hérisser devant l'idée même de gentillesse et de cracher tout son flegme dessus.

Samuel examina le paquet avec suspicion. Il n'avait jamais fait ça.

« Je la mangerai plus jamais, leur nourriture », dit-il en s'efforçant de modérer son ton pour qu'il ne donne pas l'impression à Maggie d'être irrespectueux.

Elle éclata de rire. « Donc, t'es en train de me dire que tu vas mourir de faim ? Y a rien de rien sur cette plantation-là qui soit pas à eux – que je vienne te l'apporter ou pas. Autant prendre ce qu'y a de meilleur.

— Oh, j'y compte bien, miss Maggie.

— Comment ça ?

— Faites pas attention à lui, miss Maggie, intervint Isaiah, l'air soucieux.

— Qu'est-ce qui se passe ici ? » Maggie fronça un sourcil comme si elle avait senti que Ces Deux-Là dégageaient trop de chaleur – ou plutôt, pas assez. « Est-ce que ça aurait pas à voir avec les bêtises d'Amos ? Essie m'a dit qu'il l'avait envoyée faire sa paix. »

Aucun d'eux ne répondit.

« Je crois que je vous ai posé une question, vous autres…

— On sait s'en débrouiller, d'Amos.

— C'est ça, oui… », répliqua Maggie, et elle posa sur Samuel un regard soupçonneux.

Samuel lui rappelait quelqu'un qu'elle n'avait pas vu depuis très, très longtemps. Quelqu'un qu'elle avait eu le bon sens de chasser de son esprit avant de verrouiller derrière, afin qu'il ne puisse plus jamais y entrer, même avec toute la politesse du monde. Mais, oui, le visage de Samuel avait quelque chose d'immémoré : un éclat de la peau dont la source était sa propre lumière, des cils un peu comme ceux d'une biche, des yeux aussi grands et ovales que des amandes et des lèvres lourdes, car celle du bas s'affaissait comme chez un nourrisson studieux absorbant tout de la nature, tout y étant nouveau pour lui.

Pourtant, son attitude lui rappelait quelqu'un d'autre. La manière qu'avait son visage de vous accueillir pour se retirer brusquement, sans même prévenir, lui était assez familière. Et voilà qu'elle se présentait devant lui – avec des excuses, enveloppées dans un tissu blanc, de la part de gens au-delà de tout pardon –, prête à être saisie.

« Tu vas prendre ça ou bien va falloir que je le mange moi-même ? Je descends jusqu'ici et toi, tu te mets dans tous tes états ? Voyons, mon garçon ! »

Samuel jeta un coup d'œil à Isaiah, puis prit le paquet de Maggie.

« Merci, miss Maggie, dit-il, tête basse.

— Mmh, mmh », répondit Maggie en faisant volte-face.

Comme elle s'éloignait en boitant, un éclat noir traversa son dos, ce qui fit sursauter Samuel, mais il aurait nié si quiconque disait l'avoir vu faire. Elle vacilla aussitôt, cette noirceur, comme le fait parfois la lumière lorsqu'elle passe du ciel aux ramures d'un arbre puis au sol. Et Samuel se dit que c'était exactement ce qui s'était passé, que c'était une lumière qu'il avait vue et pas une ombre – même si aucune lumière de celles qu'il avait vues n'avait jamais ressemblé à sa propre absence, et s'il n'y avait pas un seul arbre assez proche pour faire danser ainsi la lumière. Il était pourtant certain (mais pas vraiment) que ce n'était pas l'ombre revenue pointer son doigt crochu sur lui pour quelque chose qu'il n'avait pas fait, niant l'accusation sans même en connaître la nature. Nan. Ce n'était pas ça. Impossible.

Isaiah prit les devants pour aller de nouveau ouvrir le portail à Maggie. « Merci beaucoup de vous être donné ce mal. Laissez-moi m'occuper de ce portail pour vous », dit-il. Ses yeux doux la regardaient comme on regarderait une reine. L'esprit souverain de Maggie vit cela en lui, qui scintillait. Elle apprécia ce sentiment mais savait qu'il s'agissait là d'un malentendu de jeunesse, et qu'il lui restait à comprendre des choses plus profondes que le simple apparat.

« Épargne-moi ça, dit-elle avec le plus grand sérieux. Sauf si tu veux que des malheurs viennent. »

Isaiah fut désarçonné, il ne comprenait pas ce qu'il avait fait de mal, se demandant ce qu'il avait bien pu laisser paraître hormis l'admiration qu'elle lui inspirait, mais il hocha la tête en fermant le portail et la regarda marcher lentement vers la Grande Maison.

Ce qu'avait apporté Maggie ne se trouvait pas tout entier dans ce paquet enveloppé de tissu. Isaiah le sentait, mais Samuel plus encore. Peut-être parce que c'était lui qui avait son cadeau sur les bras et parce qu'il était celui qui n'avait pas vu (*Non, je n'ai rien vu !* n'arrêtait-il pas de se répéter) la pas-une-ombre-non-impossible zébrer son dos. En tout cas, l'embryon de conflit qui couvait en eux tout à l'heure ne semblait plus être, désormais, leur préoccupation première.

« Timothy m'a envoyé chercher », marmonna de nouveau Samuel.

Isaiah avala une grande bouffée d'air et la retint. Il la relâcha. Puis, car qu'aurait-il pu faire d'autre, il haussa les épaules. En silence, le chagrin secoua son corps.

« Fais pas ça », dit Samuel, planté toujours au même endroit, tenant le paquet blanc dans sa main gauche.

Pas ça quoi, pleurer ou hausser les épaules ? Isaiah ne savait pas, et il était trop fatigué pour demander. Mais il réfléchissait à toutes les manières dont son corps n'était pas à lui, et au fait que cette condition-là ne touchait que ceux dont la qualité de personne était non seulement mise en doute, mais niée. Tourbillonnaient au-dessous de lui les multiples manières dont le fait de ne pas avoir un droit légitime à vous-même vous diminuait, certes, mais condamnait par ailleurs ceux qui avaient inventé cette déconnexion. Il l'espérait. Peut-être pas dans ce monde-ci, mais certainement dans d'autres – s'il en existait d'autres. Opposer le dur au dur ne menait qu'à la ruine. Mais être doux, malgré la beauté de la chose, vous faisait courir le risque d'être fendu en deux par le plus dur. Quelle réponse y avait-il, alors, si ce n'est faire preuve d'une certaine souplesse ? Savoir s'étirer davantage, afin que vous disjoindre devienne trop difficile ?

Samuel était une chose dure. Il ne servait à rien d'essayer de le rendre différent. Et il avait tout à fait le droit, même si parfois, lui-même ne comprenait pas que sa rigidité, cette porte impénétrable que Puah était sans doute la première personne à remarquer, avait été montée dans le mauvais sens. Mais certains pensaient que la dureté était la solution, ils étaient convaincus qu'ainsi, au lieu de les faire plier, vous n'aviez d'autre choix qu'essayer de les briser, persuadés qu'ils étaient que vous n'y arriveriez pas.

Toutefois, Isaiah connaissait la douceur sporadique mais bel et bien présente au-dedans de Samuel. Une surface rocailleuse, oui, mais un sol généreux dessous. Et Samuel ne tenait pas tellement à le lui faire savoir – il préférait, en fait, qu'Isaiah n'en sache rien. De sorte qu'il gardait certaines choses pour lui. L'ombre au doigt pointé en ferait partie. Elle existait dans la grange, ça, il voulait bien l'admettre, mais pas dans les bois, et ne s'accrochait pas non plus au dos de Maggie tel un bébé en écharpe.

Un soupir mutuel les dispensa de l'obligation de poursuivre la dispute. Aucun d'eux ne fut obligé de céder de bonne grâce ou d'exulter de sa victoire. L'inhalation puis l'exhalation du souffle procuraient un espace suffisant pour qu'ils s'accrochent tous deux à un semblant de dignité, même au beau milieu d'une profanation.

Samuel contempla le paquet dans sa main. Il releva les yeux et, d'un hochement de tête, fit signe à Isaiah de le suivre vers l'arrière de la grange. Isaiah lui emboîta le pas, tantôt marchant sur ses traces et traçant tantôt son propre chemin parmi les pieds d'euphorbe et de chicorée sauvage. Lorsqu'ils furent arrivés au centre de la façade arrière de la grange, là où le soleil étincelait de rage et où le trou dans le bois qui les avait trahis formait une sorte de mémorial, Samuel s'arrêta. Isaiah continua un peu plus loin, jusqu'à l'endroit où il y avait un peu d'ombre grâce à la présence d'un pin des marais de même pas trente ans, qui était en train de se propager là. Isaiah trouvait son odeur rassurante car elle dissimulait la sienne.

Il se tourna vers Samuel. Allant à l'encontre de sa nature, car il y avait le risque d'une ombre accusatrice, Samuel rejoignit Isaiah et s'assit au pied de l'arbre. Isaiah s'assit à côté de lui. Samuel posa ses cuisses bien à plat et dénoua le linge de Maggie. Et qu'y avait-il donc là pour eux ? Un véritable festin d'œufs durs, de jambon grillé, de confiture de mûres étalée sur d'épaisses tranches de pain, deux grandes nectarines et un bon gros morceau de gâteau brun.

« Bonté divine », souffla Isaiah.

Samuel ne voulut pas se souvenir de l'ombre qu'il n'avait pas vue. Il empoigna une nectarine et fit signe à Isaiah de prendre l'autre. Presque en même temps, ils mordirent dans leur fruit. Le jus inonda leurs visages. Isaiah l'essuya, mais pas Samuel. Il fixait du regard l'arrière de la grange, droit devant.

Aucun d'eux ne parla, mais ils continuèrent à manger, se servant dans le linge, lentement, avec délicatesse, l'un avec des mains reconnaissantes, l'autre avec des mains averties, un rituel mais sans prière, parce qu'ils n'en avaient pas besoin et que le respect était librement accordé.

Pourtant, le moment était comme solennel, sacré, comme un dernier-dernier dîner.

La révélation de Judas

Parfois dans le Mississippi, et peut-être dans le monde entier à l'exception d'un unique autre lieu tombé dans l'oubli, le ciel pesait. Il était lourd d'une chose inaperçue mais que, pour sûr, on ressentait. Maggie leva les yeux sur lui tandis qu'elle balayait la véranda, et eut la sensation que quelque chose la regardait depuis là-haut. Cela souriait. Mais ce sourire n'était pas de ceux qui apportaient un réconfort. C'était ce sourire qu'un homme a parfois, le mauvais genre d'homme, le genre dont la courbure des lèvres avertissait qu'il était enclin à commettre des actes imprévisibles, qu'il s'estimait en droit de toucher ce qu'il voulait toucher, de prendre ce qu'il voulait prendre, de ruiner ce qu'il voulait ruiner, que tout cela lui revenait de droit, du simple fait qu'il existait. Elle ignorait d'où les hommes tenaient cette idée. Mais ils la partageaient avec quiconque voulait les suivre.

Cette pesanteur n'était peut-être qu'une pluie en chemin. Maggie huma l'air et, oui, il avait l'odeur d'humidité et de poussière qui précédait l'orage. Mais il y avait un autre élément, aussi : un parfum brillant et pointu, telle une étoile arrachée au ciel nocturne et rapportée ici-bas avant qu'elle ne pâlisse à tout jamais. Personne ne pouvait la toucher, cependant, car elle brûlait à vous roussir les poils. Quelque chose allait venir. Maggie posa son balai contre la Grande Maison et fouilla dans la poche de son tablier. Elle en sortit une poignée d'os de porc. Elle descendit les marches de la véranda. Elle dégagea un chemin dans la poussière en écartant du pied cailloux et feuilles mortes. Elle se baissa autant qu'elle put avant que sa hanche ne la fasse grimacer. Puis elle lança les os et serra les paupières. Quand elle les rouvrit, elle cligna des yeux une fois. Puis une autre. Encore et encore. Finalement, ses yeux s'écarquillèrent.

Non, impossible ! Mensonges ! Il n'oserait pas.

Dans sa cabane, Amos se réveilla avec une douleur lancinante à l'intérieur du crâne. C'était la conséquence de tous les cliquetis entendus dans son rêve. Pas d'images, pas de couleurs, rien qu'un cliquètement, comme des os, qui n'était pas en rythme avec sa respiration, mais il n'y verrait pas un signe, en tout cas pas mauvais. Il se laissa rouler sur sa paillasse, s'écartant d'Essie et de Salomon, et la raideur entre ses cuisses le fit penser fugacement à Be Auntie et se demander s'il ne devait pas aller la voir de si bonne heure, ce qu'il n'avait jamais fait car la nuit avait toujours été leur lot. Et il était étrange qu'Essie n'ait jamais rien dit, n'ait pas posé une question sur où il errait dans le noir, s'aventurant dans une nuit où James et les autres chacals n'attendaient qu'une chose : inventer une raison, n'importe quelle raison, d'étrangler, de fouetter ou d'abattre.

« Ils ont essayé de s'enfuir, Paul », diraient-ils de gens dont les jambes étaient si estropiées par le travail au champ qu'ils pouvaient à peine se traîner, sans parler de gagner le Nord. Et Paul se contenterait de leur parole, pas parce qu'il les croirait mais parce que la seule alternative aurait été de croire les gens estropiés, et Dieu aussi bien que la loi, ainsi que son statut de propriétaire terrien, le lui interdisaient.

Amos n'était pas stupide. Il savait que le dieu qu'il servait désormais n'était pas la volonté des siens. Mais il savait aussi qu'on pouvait le convaincre de le devenir. Plus que vénérés, tous les dieux voulaient être adorés, et les gens de son peuple avaient cela en eux bien plus que Paul et les siens : se conformer davantage, révérer davantage, se réjouir davantage, s'abandonner davantage ; grimper sur un bûcher doré et brûler davantage. Il avait pu le voir au sein du cercle d'arbres. La manière dont les siens chancelaient et se balançaient, leur manière de s'offrir de bonne grâce au ciel ennuagé au-dessus d'eux, leur manière de chanter ensemble avec une harmonie qui n'avait pas été répétée, car des gens qui partageaient le même lot amer établissaient entre eux des liens que la nature même ignorait.

Il couvrit sa nudité non pas par honte, mais par obligation. Massa Paul y aurait vu une sauvagerie et Missy Ruth, peut-être, une invitation. Il se dissimula sous des habits miteux, mais au moins ils étaient propres. Il les avait lui-même battus sur les rochers, et les avait mis à tremper dans un baquet d'eau de lavande. Il ne pouvait pas demander à Essie de s'occuper de ça *et* d'être douce avec le fardeau que ses seins nourrissaient ; cela aurait fait trop.

Il s'habilla sans bruit tandis qu'Essie et Salomon ronflaient et sifflaient dans leur sommeil, indifférents à son réveil. Il marcha vers la porte, poussa de côté le pan de tissu et sortit dans le matin humide et couvert. *La pluie s'occupera de tout ça*, songea-t-il, sentant la moiteur qui sapait les forces et s'agglutinait en gouttelettes sur son front. Il se tourna vers la droite, plissant les yeux, pour regarder cette grosse masse rouge qu'était la grange. Elle projetait une ombre menaçante dans la lumière du soleil qui se levait derrière Amos. Il secoua la tête. Si seulement ils avaient écouté. Si seulement ils avaient tenu compte de ce qu'on leur disait. Si seulement ils avaient placé les leurs au-dessus d'eux-mêmes, rien qu'un peu ; cédé ce à quoi toute personne valant son pesant de coton était obligée de renoncer afin de pouvoir survivre relativement indemne – même si « indemne » était un mensonge salutaire et réconfortant.

Ils étaient comme des fils pour lui, surtout Isaiah dont il avait la charge depuis qu'une mère le lui avait confié sans lui dire son propre nom, mais en parvenant à lui murmurer celui de l'enfant, dont Amos avait trouvé qu'il sonnait comme un hurlement. Mais il trouvait encourageant que cette femme ait réussi à s'accrocher à ses vieilles manières jusqu'aux montagnes bleues de Géorgie, et qu'elle se soit confiée à lui pour que son fils continue de les porter, fût-ce à travers son seul nom.

Amos attendait le moment où Isaiah deviendrait un homme, ou le premier soupçon qu'Isaiah ou lui-même soit sur le point d'être vendu ailleurs, pour révéler Isaiah à lui-même. *Tu sais que ton nom est Kayode ? Ah ah ! Non, pas kaï-oh-TÉ. Keu-yo-DÉ. Ta maman m'a dit que ça signifiait « il apporte la joie » dans la vieille langue de la mère de sa mère. Sûrement que dans son monde de misère-misère, t'étais l'une des rares choses qui la faisaient vraiment sourire. Oui, m'sieur. Hein, tu dis quoi ? Elle était où ? En Géorgie, pour sûr. Oui, ton papa était là-bas aussi, mais vaut mieux que je raconte pas ce que j'ai vu de lui par cette journée vorace et détrempée, à part que je me souviens d'une chose : ton visage est son visage.*

Cela aurait été leur célébration muette à eux, une chose qu'Isaiah aurait pu rapporter dans la grange et partager avec Samuel, une chose qu'Amos lui aussi aurait pu rapporter à Essie, et cela les aurait tous aidés à endurer les accouplements qui devaient avoir lieu afin qu'ils puissent vivre *vivre*, ne serait-ce que par brefs à-coups dans l'obscurité, plutôt que simplement survivre.

Amos n'avait jamais eu l'intention d'en faire un moyen de chantage. Il avait vu l'expression sur les traits d'Isaiah devant son refus de le lui révéler. Là-bas, en cet instant, il s'était ressouvenu du visage du père d'Isaiah : tout tordu comme cela arrive quand l'âme s'efforce de quitter le corps. La différence entre chagrin et accablement, c'est là qu'elle résidait, une grotte en plein visage qui menaçait de briser le cœur de tous les témoins, ou, dans la nouvelle langue d'Amos, de les changer en êtres de sel, telle une mer dressée mais immobile.

Dans la toute nouvelle langue de son maître et des siens, Amos avait contemplé une autre trinité. Si les natures respectives de Samuel et d'Isaiah ne s'élevaient qu'en compagnie l'un de l'autre, alors pourquoi ne pas les laisser profiter l'un de l'autre, et du plaisir d'une tierce personne ? Samuel et Isaiah, le père et le fils ; Amos ignorait dans quel ordre au juste.

Samuel était plus imposant, mais on ne pouvait jamais savoir avec les ombres entortillées. Puah pouvait être le Saint-Esprit. Trois qui font un. Un qui naît de trois. Cela aurait pu être la voie, la vérité, la lumière.

Mais non. Ses tripes, c'est-à-dire son dieu, lui soufflaient que cela aurait été plus obscène encore que ce qui se passait déjà dans l'antre du veau d'or, que cela aurait ouvert des cavernes dont nul ne savait où elles pouvaient mener. Et puis, Amos savait qu'aucun d'entre eux n'aurait voulu en entendre parler. La honte était un maître vigoureux, avec des jambes solides et une étreinte impossible à déverrouiller.

Il était presque résolu à accepter l'échec – jusqu'à ce rêve où il avait vu Essie dans leur cabane, tournée sur le côté qui contemplait le mur, tandis que Salomon, rampant à ses pieds, tirait sur l'ourlet de sa robe.

« Paul m'a vue, bredouillait-elle. Il m'a *vue*. »

Cette fois, c'en était trop. Samuel et Isaiah ne lui laissaient pas le choix. Ils étaient restés sourds à toutes les requêtes, si raisonnables soient-elles. L'entêtement de la jeunesse les avait rendus incapables du moindre compromis. S'ils étaient décidés à faire de ceci une guerre, alors telle serait l'unique stratégie d'Amos : toujours, toujours, la sauvegarde du plus grand nombre devait l'emporter sur celle de la minorité.

Ce serait son tout dernier acte, pensait-il. Oui, c'était ce qui grondait au-dedans de lui. Sa bouche commença à se creuser en cette caverne qu'il espérait ne plus jamais revoir. La brume aux yeux, il retint tout à l'intérieur. Il passa les mains sur son visage et, curieusement, endossa le poids des nuages au-dessus. En eux, il perçut cependant quelque chose de sombre qui l'attendait, manifestement prêt à brandir son épée au combat si nécessaire.

Maggie tendit sa main bien haut devant elle, s'attendant presque à ce que cela seul stoppe Amos sur place. L'espace d'un instant, elle avait oublié combien le dieu de Paul était puissant. Et elle se tenait après tout sur des terres qui lui appartenaient désormais, ces mêmes terres sur lesquelles son dieu avait fait la guerre, triomphant des dieux qui avaient longtemps régné ici sur leur propre territoire sacré, prodige que Maggie n'aurait même jamais cru possible. Avec toute la force qui les soutenait, là, juste sous leurs pieds, comment ces dieux anciens, pas si dissemblables des dieux de son peuple à elle, avaient-ils pu succomber à la vigueur de ce dieu plus neuf et moins sage ? Quelles chances pouvait-elle bien avoir face à ce pouvoir-là, séparée qu'elle était de la terre où elle aurait dû naître et du peuple dont elle aurait dû naître ?

Ce qu'elle ne comprenait pas, c'est comment Amos avait pu s'attirer les faveurs de ce dieu. Ce dieu qui avait militarisé les siens – les armant de regards glaciaux, de canons tonnants, de navires capables de survivre aux eaux grises et tumultueuses, et de Ses instructions reliées de cuir – et les avait conduits à l'abondance. Et l'abondance, pour eux, cela voulait dire tout : pas seulement la terre, mais les arbres, les animaux, les voix, les enfants. Ce dieu ne leur avait témoigné que du dédain et voilà que, pourtant, il projetait toute sa lumière sur Amos, au point que celui-ci ne prêta aucune attention à la main de Maggie, suspendue là par les voix et les ombres.

« Ne franchis pas ces os ! » lança tout fort Maggie, sans se soucier, en cet instant, de qui pouvait l'entendre.

Amos poursuivit son chemin vers la Grande Maison. Maggie en resta bouche bée. Elle recula légèrement. En toute hâte, elle ramassa un bâton et traça un cercle avec un X à l'intérieur, puis cracha. Amos le dépassa. Abasourdie, Maggie décampa de plus belle. Elle enfonça la main dans la poche de son tablier et en tira une petite blague. Dedans, il y avait une pierre de sel gemme. Elle la jeta par terre devant Amos et alors, enfin, il s'arrêta. Ses yeux se posèrent sur la blague, à ses pieds.

« Enjambe seulement ça et pas un de nous pourra empêcher ce qui va se passer ensuite, dit Maggie.

— J'aurais dû savoir que le nuage noir, c'était toi, répliqua calmement Amos. C'est une erreur, Mag. J'ai aucune querelle envers toi.

— Ce que t'es prêt à faire – moi, j'ai une querelle envers ça. » Elle cala les mains sur ses hanches.

« J'ai été patient. J'ai essayé de…

— Patient ? Voilà que tu parles leurs mots, maintenant ; parle les nôtres. »

Amos chassa une mouche, ou peut-être les mots de Maggie. En tout cas, sa main fila nerveusement devant son visage. Quand il se figea de nouveau, Maggie l'examina de haut en bas.

« T'étais pas comme ça avant. Je t'ai vu, tendre comme t'étais avec Essie, tout plein de ta qualité d'homme, sans une once de malice. Mais à présent… » Maggie secoua la tête. « Rien qu'un glace-sang qui gèle tout au-dedans des choses. Tes yeux commencent à tourner bleus ; je le vois bien. Bleus, tu m'entends ?

— Et votre cercle à vous autres, hein, Maggie ? T'aimerais le voir s'agrandir ou se briser ? »

Non, Be Auntie a pas pu le dire à cet homme ! Rien que pour nous seulement. C'étaient les règles. Oh, cette fille-là, c'est quelque chose ! Mais ce n'était pas grave. Maggie aussi avait ses petits secrets.

« T'étais dans le noir ou en pleine lumière ? demanda Maggie, évoquant l'onction particulière qui planait au-dessus d'Amos telle une nuée de moucherons. T'es tombé vers l'avant ou en arrière ? »

Amos ne répondit rien, mais son silence dit à Maggie ce qu'elle voulait savoir.

« Et t'as quand même fait cas ? Je croyais que t'avais plus de jugeote. »

Amos soupira et fit demi-tour, son regard se perdant au-delà du saule, au-delà du champ de coton, dans les bois, vers le cercle d'arbres. Maggie comprit ce qu'il essayait de faire. Il était en train de rassembler des forces pour franchir l'obstacle du sel dont son dieu ne connaissait que trop bien la piqûre. Elle tendit le bras et toucha l'épaule d'Amos. Elle entendit un son. C'était la voix d'Amos mais qui ne sortait pas de sa bouche. Cela venait du ciel – non, des nuages eux-mêmes. Et voici ce qui arriva quand l'Amos du ciel parla :

Les cœurs battirent puis s'arrêtèrent puis battirent à nouveau. Il y eut des bouffées d'air avalées sèchement suivies de longues exhalaisons mouillées. Les gens se levèrent à la vitesse des éclairs et hurlèrent plus fort qu'ils n'en avaient le droit. Puis ils regardèrent le ciel et fermèrent les yeux. Certains chancelèrent. D'autres se mirent à pleurer. Tout cela n'était qu'un sursis. Un instant au loin sans cesser d'être ici, et par conséquent nécessaire, précieux.

Maggie retira brusquement sa main. Elle était plantée là, tremblante de fureur, quand Amos se retourna vers elle.

« Tu vois ? dit-il. Tu vois ? »

Elle le gifla. En pleine face. Elle le gifla si fort qu'un jet de bave jaillit de sa bouche, et Maggie repéra l'endroit où celle-ci atterrit et en fut bien contente, car cela lui serait utile. Son menton relevé fit comprendre à Amos que ce qu'elle avait pu voir, ou plutôt entendre des nuages importait moins que ce qu'elle pouvait voir ici, sur le sol. Elle allait lui montrer.

C'était là leur impasse : chacun réagissant à un affront dont l'autre prétendait qu'il l'avait provoqué. Vérité perdue dans le temps, incomprise de ceux qui n'ont jamais saisi l'importance des rituels. Ou ne la comprenaient que trop.

Las de jeter au visage de l'autre ce que chacun savait, Amos décréta que le moment était venu de tout risquer. Il fixa Maggie droit dans les yeux, puis baissa le regard. Il piétina la blague contenant le sel avant de la jeter d'un coup de pied, de toutes ses forces, dans les mauvaises herbes. Maggie tressaillit, incrédule.

« Tu… te voilà décidé à sauver le là-maintenant, quitte à perdre le long-demain ? »

Amos redressa la tête et ses lèvres tracèrent un défi, même s'il y avait dedans un rien de peur. Il poussa Maggie de côté aussi délicatement qu'il put et elle lui assena un coup de poing qui vint heurter son dos. Amos chancela mais ne dévia pas. Il continua droit devant. Maggie l'empoigna par la chemise et il se dégagea. Elle revint à l'assaut et Amos la fit valdinguer et elle s'écroula par terre, tombant sur sa mauvaise hanche. Elle dressa les poings et maudit Amos tout au fond de sa gorge. Il répliqua par quelques jurons de son cru. Elle se retourna pour essayer de voir où ceux d'Amos atterrissaient.

Elle n'y parvint pas.

Pendant ce temps, Amos grimpa les marches qui menaient à la Grande Maison et Maggie rampa sur le sol. Les premières gouttes de pluie commencèrent à tomber.

Maggie agrippa sa poitrine. *Il va rentrer par la porte de devant ! Il a le cran (il appelle ça « le sang ») de rentrer tout droit par la porte comme un toubab.* Cela confirmait simplement ce que l'esprit de Maggie lui soufflait depuis le début. La paix était une affaire compliquée. Elle impliquait toujours une dose de sacrifice, mais il était rare que les faiseurs de paix se sacrifient autant qu'ils étaient enclins à en sacrifier d'autres, à les conduire au bûcher pour y être brûlés, à les réconforter tandis qu'ils s'apprêtaient à être dévorés par les flammes, de manière que tout sur terre et aux cieux puisse voir, en leur disant *Ne vous inquiétez pas ; la gloire vous attend.*

Rien à foutre de la gloire ! Donnez-nous ce qui nous revient de droit, et ce qui nous revient de droit c'est notre teint de peau, notre peau, l'odeur de notre souffle, notre souffle, nos clignements d'yeux, le pas de nos pieds ! Qui donc a rompu le contrat avec la création de sorte qu'une personne peut maintenant être une vache ou un chariot ? Arrachez-vous à ce bas-fond où la souffrance des autres est votre fortune.

Levez-vous, vous m'entendez ! Nettoyez votre esprit-cabane à merde et mettez-vous en tête de nous laisser tranquilles ! Sinon, vous ne nous laisserez pas le choix.

Ces mots résonnaient dans la tête de Maggie, mais ils venaient d'ailleurs. Des voix, oui ; plus de six.

Alors qu'Amos s'apprêtait à franchir la porte, Maggie se releva tant bien que mal. Elle se tourna vers la grange. Les os de porc gisaient toujours par terre, mais, dans son empoignade avec Amos, l'agencement en avait été modifié. Elle marcha jusqu'à eux en boitant bas, et inspira profondément. Il y avait là un nouveau présage. Elle hocha la tête puis se retourna pour marcher vers la grange aussi vite que sa douleur le lui permettait.

Dans sa tête, les voix poursuivirent : *Ne te tracasse pas, Maggie. Tu sais que tu t'es accrochée aussi fort que tu as pu.*

La silhouette d'Amos se découpait dans l'encadrement de la porte. Qu'est-ce que ça faisait d'entrer par la porte de devant et de marcher fièrement, poitrine gonflée, mais la tête prête à se courber à tout moment ? Ils autorisaient Maggie à le faire en tant que gouvernante de la maison, il y avait donc un précédent. Et quand Amos serait parti pour ce lointain, quelque part où les os fatigués trouvaient enfin le repos et où les âmes lasses étaient accueillies à bras ouverts dans la paix d'Abraham, un autre qui viendrait après lui disposerait d'un chemin à travers ce terrain piégeux. Et Amos, depuis la majesté de ce que lui et lui seul appelait la Chambre d'En Haut, sourirait comme Dieu le faisait, car lui aussi, il verrait que ce qu'il avait fait était bon.

Il ouvrit la porte et entra. Des pas lents et réguliers, sans déposer nulle poussière sur le plancher ;

Amos était précautionneux. Arrivé devant la porte en chêne du bureau de Paul, de l'autre côté de laquelle il entendait des froissements de papier, Amos remarqua une inscription. Petite au point d'être quasi imperceptible. Le symbole de la faux et de l'éclair, guère plus grand qu'un charançon du coton, gravé au beau milieu de la porte. Amos y reconnut aussitôt une sorte de rune, symbolisant peut-être le Seigneur, mais le Seigneur n'avait-il pas interdit toute image gravée qui ne fût pas de Sa main ou de Son verbe ? Cette exigence de ne placer aucun autre au-dessus de Lui signifiait que tous les dieux anciens, absolument tous, avaient dû mourir, que ce soit en cette Afrique nommée par qui au juste, en Europe et même dans cet ici qu'on appelait faussement l'Amérique.

Mmh. Peut-être parviendrait-il un jour à rassembler le courage nécessaire pour interroger Massa Paul là-dessus. Peut-être un soir où le maître serait d'humeur plus sombre, comme cela lui arrivait, après avoir savouré la chaleur éclatante de ces spiritueux pour lesquels il avait un faible, au bout d'une longue journée passée à ordonner aux gens de travailler plus dur. Oui, ce serait le moment idéal pour en avoir le cœur net, car alors, Paul serait tranquille et apaisé, et cette question venue d'un nègre ne lui apparaîtrait pas comme une hérésie.

Paul m'a vue.

Une Sainte Trinité.

Amos leva ses mains en prière.

Allez, Amos, frappe à cette porte. Jadis, Moïse aussi a mené son peuple à travers les eaux furieuses. Et tous sont ressortis, purifiés, sur l'autre rive.

Chroniques

La première erreur que vous avez commise a été de raisonner là-dessus.

Nous entendez-vous ?

Vous avez tenté de comprendre la source, d'entendre la cadence, de trouver le rythme d'une chose surgie du chaos (ne jamais, jamais scruter le cœur de ce qui n'a pas de cœur digne de ce nom.) Quelle bêtise.

Vous cherchiez la nature d'une chose qui a eu lieu par accident et qui n'a donc aucune nature du tout. Les choses sans nature s'en cherchent toujours une, voyez-vous, et ne peuvent l'obtenir qu'à travers le pillage puis la consommation. Elles ont un nom. Elles ont toutes un nom : Séparation.

Vous voilà prévenus.

À ce sujet, nous ne pouvons pas tout vous dire étant donné notre isolement volontaire. C'est pour cela, vous savez, que la forêt est là : pour isoler, pour protéger. Même si, comme vous l'avez déjà compris, elle n'est pas de taille à résister à la curiosité. Ils ont dévalé du haut des grandes montagnes, ont été rejetés par la vaste mer. Assaillis de toutes parts, nous étions condamnés.

Il y a plusieurs histoires. Ces histoires sont bien plus vieilles que nous. Nous ne pouvons pas vous dire avec certitude laquelle est vraie. Ce que nous pouvons vérifier, c'est le dénouement. Le dénouement est toujours le même : à la fin, la mort. Mais avant la mort, l'indicible.

Il y a bien des histoires à raconter. En voici une :

Il lui était interdit de se livrer aux pratiques qui l'éloignaient de son peuple et le jetaient dans la tanière de son propre trépas, mais il était arrogant et refusa d'écouter ces mises en garde. Il prit des femmes et leur fit subir des choses sans leur consentement. Ces viols comptèrent parmi les tout premiers. De ces colossaux blasphèmes naquirent des enfants qui ne portaient sur eux aucune marque. Ce n'était pas leur faute, mais la calamité était indéniable. Tout cela était atroce, mais le plus dur restait à venir.

Le plus dur, ç'a été de se rendre compte que tous les enfants abandonnés ont soif de vengeance.

Et que la plupart d'entre eux l'obtiendront.

Bel et le dragon

Le navire roulait et rendait tout le monde malade, mais enfin, ces lieux empestaient déjà la maladie. Les oiseaux étaient déroutés. Cette infection leur avait fait croire qu'un festin les attendait, mais il n'en était rien. Rendus fous, ils se perchaient sur les mâts et picoraient l'odeur, leurs becs claquant dans le vide d'abord, puis se refermant sur leurs congénères, avant que tous ne finissent par se précipiter dans l'océan, dont certains remontaient le bec rempli d'autre chose que d'eau salée. Heureux de s'envoler, alors, mais encore troublés par ce séduisant et entêtant parfum de mort.

Celui-ci émanait du ventre du navire où même les yeux des oiseaux n'étaient pas assez perçants pour pénétrer. Caché, mais pas un secret pour ceux qui avaient d'autres genres d'appétits. L'équipage, râleur et bourru, entonnait des chants grossiers, et même ceux-là ne pouvaient atteindre le fond qu'au prix d'une grande force. Mélodie du chagrin, dans l'étrange langue d'un peuple vorace. Des rires qui piquaient s'immisçaient entre les planches jusqu'aux chaînes, tout en bas, jusqu'à la chair mal digérée au fond du ventre. Où est l'espoir ? Prisonnier de cette cage thoracique, eux qui mouraient d'être chiés – oui, même être chiés eût été préférable à cette suffocation qui les laissait encore juste un peu respirer.

Quelqu'un hurla dans les ténèbres, une voix que Kosii ne put comprendre mais dont les rythmes lui étaient familiers, en pleine incompréhension ils parlaient aux parties les plus noires de son être. Les éclats de lumière qui faisaient soudain irruption – quand l'un de ces sans-peau insensés descendait vérifier les chaînes et apporter une eau insuffisante et une immangeable pâtée – lui permettaient d'entrapercevoir brièvement ses alentours : d'autres corps enchaînés à lui et autour de lui. Entre deux bouffées d'air et les vomissements provoqués par la puanteur, paupières serrées par l'effort, il ouvrait ses yeux et la lumière faisait mal, elle aussi, mais il regardait autour pour voir s'il y avait d'autres personnes marquées comme lui par le symbole d'éternité des Kosongo : le serpent embrassant sa queue et la femme au centre. Mais les ombres étaient trop nombreuses. Il y avait trop de gémissements, trop d'hommes en pleurs et trop de femmes qui hurlaient, trop de gens rendus muets par la mort. Il ne pouvait pas s'accrocher à celui qu'il savait être. Il y avait une flaque de sang sur le plancher, malgré tout, et la femme à côté de lui, grosse d'un enfant, avait écarté ses jambes autant qu'elle le pouvait, ce qui n'était pas suffisant, et les pieds du bébé venaient en premier. S'il y avait des sages-femmes parmi eux, elles étaient tout aussi enchaînées. La mère de Kosii empoignait les bébés et il l'avait bien regardée. Il aurait pu le faire, mais impossible de lever ses mains. Si bien que le bébé allait mourir sous ses yeux, et il ne serait même pas capable de dire à la femme qu'il était désolé pour elle car il ne parlait pas sa langue, et le temps qu'il trouve un moyen de poser la main sur sa cheville après avoir tiré et tiré sur les chaînes, elle se serait vidée de son sang et il toucherait un cadavre auquel personne n'aurait donné l'onction et que nul n'aurait recouvert, ce que seuls les anciens avaient le droit de faire. Il ne put que gémir sa compassion en espérant que, dans ses derniers instants, la femme comprendrait qu'elle leur était destinée, à son bébé et à elle.

Il dormit d'un sommeil sans sommeil, les yeux jamais vraiment fermés, le corps jamais vraiment au repos. Il ne pouvait pas se dépréparer à la tourmente qui risquait à tout moment de s'allonger auprès de lui et de tous les autres tel un amant dévoué.

« Elewa », murmura-t-il.

Il avait perdu la trace d'Elewa sur la côte. Ceux-là, les fantômes cannibales, avaient tout brûlé : les cannes de Semjula, les tambours de Mère, les couvertures de Père. Les joyaux du roi et le métal des pointes de lance, ils les avaient volés : s'en étaient parés de manière vulgaire et impie, les mettant dans leurs bouches, tentant de faire fondre certaines pièces pour façonner des dents avec. Flagrantes démonstrations d'ignorance, sans le moindre respect pour l'ancienneté de ces objets, transmis de mère à fils, de père à fille au gré des siècles, chacun portant en lui une partie de ceux qui les avaient détenus, bleus, rouges, doux, forts, jadis chatoyants mais désormais privés de leur lustre, avilis par les mains souillées des voleurs, ces criminels victorieux qui avaient bâti des navires grandioses, voyagé depuis les confins de l'univers, mais qui n'avaient pas assez de bon sens pour se laver les mains avant de manger. Des sans-vergogne.

Kosii et Elewa venaient tout juste de sortir en titubant, épuisés, de la forêt, et dix personnes intercalées les séparaient déjà dans la file des colliers de fer. Les hommes sans peau avaient même osé enfiler ces veules engins sur Semjula, dont le cou n'était destiné qu'aux turquoises, aux coquillages, à l'étreinte d'un enfant. Les gens devaient la soutenir, mais les entailles étaient pourtant profondes.

Des siens, il n'apercevait que Semjula et, plus loin dans la file, Elewa, éreinté et contusionné. Il imprima dans sa mémoire tous les endroits où Elewa était marqué car il rendrait à ses ravisseurs chacun de ces coups. Il cherchait désespérément les membres de sa famille, le roi Akusa, mais ne voyait que les visages d'habitants des villages voisins et d'autres qui devaient venir de terres lointaines et isolées, volés eux aussi. Cela n'avait plus d'importance. Tous marquaient de leurs empreintes un rivage dont Kosii savait qu'ils ne le reverraient jamais, et les eaux du ventre océan n'auraient même pas la décence de laisser ces empreintes intactes afin que cette terre se souvienne à jamais de la forme de ses enfants.

Chaque fois qu'il se retournait vers Elewa pour le rassurer, l'un des hommes à la peau étrange hurlait sur Kosii ou le frappait. Ils avaient de la chance de l'avoir enchaîné. Mais toutes les chaînes finissaient toujours par se défaire. Même s'il se considérait comme un homme clément qui préférait toujours la recherche de solutions et la camaraderie, ces calamités ambulantes, ces morts ressuscités n'avaient rien fait pour mériter sa bienveillance naturelle. À chaque nouveau pas de Kosii, ils ne faisaient que mériter de nouvelles portions de son courroux – et cette perspective semblait les exciter, comme s'ils ne pouvaient l'imaginer comme une menace, du moins tant qu'ils tiendraient fermement dans leurs mains ces armes qui claquaient et frappaient comme les cieux.

L'un après l'autre, on les avait fait monter à bord d'un de ces navires plus vastes que tout ce que Kosii avait pu voir dans sa vie, qui parvenaient étrangement à flotter sur le ventre comme s'ils ne pesaient rien, comme en vertu d'un puissant sortilège. On les conduisit dans les entrailles froides et humides de ce monstre ensorcelé, où des rongeurs piaillaient et couraient en tous sens, et qui sentait la mort de l'âme. Ils allaient être dévorés, Kosii en était persuadé. Ces morts revenus à la vie les avaient capturés pour s'en servir de nourriture, ils se rempliraient et retrouveraient leur esprit, leur vigueur et peut-être leur couleur en les ingérant. Peut-être ne leur feraient-ils même pas l'honneur de les tuer d'abord, mais les mangeraient-ils vivants, les captifs assistant au festin dont ils seraient les mets.

Il croyait ses yeux accoutumés aux ténèbres, mais cette obscurité-là était d'un tout autre genre. Rien à voir avec une nuit d'encre, les ombres ancestrales ou l'ébène de ses camarades de jeu et de ses amants. Non, ces ténèbres-ci vivaient au-dedans des ravisseurs comme un gouffre que rien ne pourrait jamais combler, quoi que l'on jette au fond. Mais cela ne les empêchait pas d'essayer, d'inventer de nouvelles manières. Aucun pont, toutefois. À un moment donné, ils avaient décidé de n'être jamais créatifs à ce point, que l'attraction des profondeurs était trop puissante, avait caressé des parties secrètes de leur être de manière trop éhontée pour qu'ils y renoncent. Si bien qu'ils précipitaient tout dans cette fosse, parfois même leurs propres enfants, anticipant le bruit qui indiquerait qu'un fond avait été atteint et qu'ils pouvaient se réjouir : les ténèbres avaient elles aussi leurs limites. Mais ce bruit ne venait jamais. Ce qu'on entendait à la place, c'était le sifflement d'objets qui continuaient de tomber, à jamais, sans fin.

C'était ce genre d'obscurité qui engloutissait Kosii à présent, alors qu'il gisait tête contre pieds avec les autres captifs, enchaînés les uns aux autres, pris au piège dans un espace qui n'offrait même pas assez de place pour relever la tête ou se retirer tant soit peu pour se vider de ses déchets. Plier un genou, c'était se cogner dans les lattes de bois au-dessus ou la personne d'à côté. Rester prostré était l'unique solution ; l'immobilité, l'unique souffrance. Insectes et rongeurs venant interrompre parfois leurs périodes de soif et de faim.

Kosii ne pouvait pas se voir, et en remerciait les ancêtres. Ni lac ni rivière où mirer le reflet de son visage. Les choses qui le faisaient sourire, maintenant, étaient trop étrangères à sa nature pour être évoquées à voix haute, contemplées encore moins. Des gens poussés si bas devaient avoir, au moins, le privilège de se distraire. Qui pouvait assister à son propre engloutissement et survivre pour le raconter à ses enfants ? Tous les témoins étaient morts ; le témoignage s'arrêterait ici.

Pourquoi la nouvelle de ces arracheurs de vie n'avait-elle pas atteint son village à temps pour qu'ils puissent mettre en place les défenses appropriées ? Peut-être parce que parmi les autres villages, certains méprisaient le roi Akusa. Le peuple kosongo avait été l'un des derniers à maintenir l'ordre originel, et une partie des autres rois étaient contrariés par le fait qu'une femme puisse se faire appeler ainsi. Ces hommes avaient été privés de leur mémoire aussi sûrement que si un être malveillant leur avait ouvert le crâne et l'avait laissé se vider de tout ce qui leur était transmis, depuis des millénaires, par le sang. Et le plus honteux, c'est qu'il aurait été si facile de récupérer tout cela si l'un d'eux avait daigné ramasser le sable imbibé à ses pieds. Mais ils avaient l'esprit belliqueux, ce qui nourrissait la malveillance.

C'était donc la méchanceté, conclut Kosii, qui les avait rendus vulnérables à la première chose fondant sur le village et se saisissant d'eux, fouaillant de ses griffes leurs entrailles.

Il aurait aimé savoir maudire dans toutes les langues pour que les arracheurs de vie aussi bien que les traîtres qui partageaient ses chaînes sentent le courroux de l'univers. Il n'avait même pas assez d'humidité dans la bouche pour cracher.

« Elewa », lança-t-il aussi haut que sa gorge desséchée le permettait.

Le silence qui lui répondit le transperça à des endroits inattendus : les paumes de ses mains, la nuque, les tempes. Cela n'aurait servi à rien de se lécher les lèvres. La salive s'était tarie. Si seulement il y avait eu assez d'humidité pour des larmes.

« Pourquoi ? » était l'aiguille qui s'enfonçait dans le creux de ses reins, entretenant son inconfort. Cherchant quelle trahison de leur part aurait pu expliquer ce malheur, il n'en trouvait aucune. Pourquoi les ancêtres ne les avaient-ils pas mis en garde ? Le dieu des sans-peau était donc puissant, malgré sa solitude. Kosii tressaillit devant le pouvoir de leur dieu à trois têtes, qui avait réussi à bloquer les ancêtres aussi simplement qu'un nuage se pose devant le soleil, avale ses rayons et jette une ombre surtout. Il tirait un peu de réconfort de savoir que les nuages passent et que le soleil finit par reprendre son règne. Mais il savait aussi que cela prenait du temps, et que le plan sur lequel se déroulait cette bataille avançait à son propre rythme. Ce qui leur apparaissait, à son peuple et à lui, comme des générations et des générations n'était, pour les ancêtres, qu'un simple battement de paupières. Sa certitude vacilla. Quand ils finiraient par vaincre cet être à trois têtes, les ancêtres reconnaîtraient-ils encore le peuple qu'ils avaient lancé dans cette bataille contre Triple-Tête et qu'il fallait sauver ?

Ces revenus d'entre les morts ; leur absence de peau et leurs appétits si étranges effrayaient Kosii. Il n'avait jamais entendu parler d'un tel peuple.

Non.

Attendez.

C'était mentir.

Lorsqu'il était enfant, son père lui avait parlé de la Grande Guerre où les gens étaient descendus des lointaines montagnes armés de torches, d'arcs et de flèches.

« Ils portaient des crânes autour du cou, avait raconté Tagundu. Humains. Pas plus gros que le tien. »

Tagundu avait tapoté la tête de Kosii en prononçant ces mots. Cela l'avait fait frissonner.

« Leur roi s'y opposait, alors ils l'ont tuée. Ils l'ont embrochée avec sa propre lance et l'ont brûlée vive. » Tagundu avait détourné le regard. « Ils voulaient tuer une partie d'entre nous, les hommes surtout. Ils voulaient faire de nos femmes… des outils.

— Pourquoi ? » avait alors demandé Kosii. Tagundu l'avait regardé. Les sourcils arc-boutés de Tagundu avaient démontré son incapacité à accomplir la tâche d'expliquer, révélé la culpabilité née de ce qu'il allait omettre.

« C'est juste que les cœurs de certains, mon fils… » Tagundu avait pressé contre sa poitrine les mains de Kosii. « Ils battent pas comme ils devraient. »

Kosii avait dévisagé son père, insatisfait, ne parvenant pas à saisir le contour des choses, alors même qu'elles se trouvaient juste au bout de ses doigts. Il n'avait jamais vu les gens des montagnes, n'avait jamais entendu le cliquetis des crânes à leur cou, n'avait jamais été transpercé par leurs armes, si bien qu'il pouvait se permettre d'enterrer le récit de son père, tout inachevé qu'il était. Kosii était, après tout, entouré de gens qui n'avaient fait que l'aimer et le protéger. Les seules armes qu'il avait jamais tenues étaient destinées à la chasse ou aux cérémonies. Les seuls combats auxquels il avait participé, de simples entraînements, des jeux. Tout cela induisait en erreur. Son père savait et avait tenté de le mettre en garde, mais il avait omis le tout, de sorte que les deux extrémités du petit cercle de Kosii n'avaient pu se rejoindre. Dedans, il n'y avait pas la place pour les gens des montagnes et leurs colliers de crânes, juste assez pour la joie.

Il se demandait à présent si les gens qui avaient bâti ces navires assez grands pour avaler des villages entiers n'avaient pas comploté avec ceux des montagnes pour détruire tout ce qu'il y avait entre les deux. Les chaînes en étaient la preuve.

« Quelqu'un ici parle-t-il ma langue ? » lança-t-il d'une voix rauque.

Un homme se tourna vers lui, mais il n'avait pas de langue dans sa bouche avec laquelle parler.

Les yeux de Kosii s'écarquillèrent. Il perdit son souffle et tenta désespérément de le retrouver. Sa poitrine se souleva brutalement et il serra fort les paupières. Au bout d'un moment, quand sa respiration fut redevenue normale, il ouvrit les yeux et vit de nouveau l'homme.

« Je te vois, dit Kosii, tout tremblant. Je te vois. Je te vois. »

L'homme ferma les yeux, ses lèvres articulant ce qui pouvait être la prière de son village. À moins qu'il ne fût un homme des montagnes qui, à son tour, s'était fait berner. Aucun moyen de savoir, personne à qui faire confiance.

Des images du père et de la mère traversèrent l'esprit de Kosii, et le roi Akusa brandit sa lance et lui reprocha de ne pas laisser le lion en lui aller en liberté. Puis ce fut Semjula qui le caressa et lui dit de ne pas faire cas du roi ; celle-ci n'avait que la guerre en tête. Les ancêtres avaient d'autres projets pour lui. *Bats ton tambour*, lui répéta Semjula tant de fois que cette peau s'étira par-dessus tous ses creux, criant qu'on l'utilise pour marquer le rythme. Kosii allait devoir être le gardien de la mémoire afin que tout ce qui était kosongo, jusqu'à la poussière sur le sol, continue d'exister. Quel que soit le lointain où on les conduirait, cette terre de cannibales sans peau, méprisant tous ceux qui n'étaient pas nés d'elle. Où que puisse se trouver le roi Akusa, à présent, si par malédiction elle avait survécu au coup précis du cannibale, Kosii espérait que quelques Kosongo l'accompagnaient, et que, lorsqu'on la ferait descendre du navire, ils auraient la présence d'esprit de la parer de plumes rouges et de ne pas laisser ses pieds toucher le sol.

Aux premières heures du jour, les sans-peau étaient à nouveau descendus au fond des entrailles, y apportant sel et lumière, mais aussi rires et sauvagerie. Ils avaient les mains nerveuses et incontrôlées de qui est incapable de dompter ses passions, ils crachaient dans leurs paumes et les frottaient l'une contre l'autre. Cela ne permettait pas de se débarrasser de la crasse, mais ne faisait que l'étaler, la délayer, simple apparence de propreté, ce que l'odeur manifestait. Ils allaient pourtant comme des hommes persuadés que leurs mains n'étaient pas souillées. Ils toussaient avec le sourire, faisaient les dégoûtés et retenaient leur souffle. Cette puanteur, ils en étaient les responsables. Ces haut-le-cœur ne leur valaient aucune compassion.

Lentement, ils remontèrent la file des enchaînés piégés dans la cage thoracique, qui gémissaient et suffoquaient. L'un des sans-peau tapa de sa botte dans le pied d'un captif puis s'en empara. L'autre, celui qui tenait dans sa main l'amas de métal cliquetant, vint le rejoindre et défit les fers des chevilles, des mains et du cou. Ils traînèrent le corps sans vie à l'écart du lieu sans repos où gisait celui-ci. Ils le firent avec méchanceté, maniant la dépouille de la femme sans la moindre délicatesse. Œuvrant tels des brigands, ils semblaient se délecter et se plaindre à la fois de cette tâche qu'on leur avait confiée. Ils emmenèrent la morte, sans même la recouvrir, là-haut vers la lumière. L'un d'eux referma derrière lui d'un coup de pied.

Le navire mugissait avant de plonger puis de remonter, toutes choses roulaient d'un bord à l'autre. Kosii écoutait le cycle. Un objet, peut-être une coupe, tintait puis raclait jusqu'à la paroi opposée, avant de tinter à nouveau. Dans un autre lieu, un autre temps, ce bruit l'aurait sans doute apaisé, aurait été une sorte de berceuse du soir où il aurait ancré son rêve. Et en songe, Elewa et lui menaient la chasse, capturant un grand et succulent faisan, qu'ils plumaient et vidaient pour en faire un ragoût. Oncle Ketwa lui avait enseigné comment relever le gibier, si bien que le moindre fragment de viande se trouvait suçoté des os et il ne restait plus une goutte de bouillon. Chacun nourrissait l'autre de bananes rôties, qu'Elewa aimait broyées et mélangées à des mangues et de l'eau de coco. Trop las pour nettoyer, ils laissaient tout en désordre jusqu'à demain et se contemplaient paresseusement, souriant comme des ivrognes, jusqu'à ce que l'obscurité et l'odeur d'une averse imminente les poussent dans les bras l'un de l'autre.

« Qu'allons-nous faire des plumes ? demandait Elewa.

— Une couronne, pour toi. »

Mais c'était le jour et la lumière s'engouffra de nouveau dans la pièce et les deux sans-peau dévalèrent bruyamment l'escalier et passèrent en revue les captifs. Ils marchèrent jusqu'à l'autre bout en se pinçant le nez, avançant sans faire attention à qui ils piétinaient ou escaladaient. L'un d'eux prit les devants, gagnant le coin, là-bas, où la lumière ne pouvait accéder, où les rats batifolaient, où régnait un silence humain, un air chargé de pourriture.

Des corps et des corps, hissés et emmenés pour être jetés de côté comme des aliments qui auraient tourné. Pas même la dignité d'un bûcher. Il compta les cadavres. Trois. Huit. Douze.

Puis le numéro dix-sept.

Et les mots ne purent quitter ses lèvres. Coincés dans les crevasses de sa bouche, ils ligotaient sa langue. Il voulut crier, mais une boule obstruait sa gorge et l'air ne put passer. Il toussa jusqu'à ce que les larmes coulent, enfin, venues on ne sait d'où et on ne sait comment, et que la salive, elle aussi, se mette à fuir, et son visage se tirailla jusqu'à la bêtise.

Le corps d'Elewa était parvenu à garder sa beauté. Hormis quelques bleus et ses yeux à demi ouverts, il donnait l'impression de jouir d'un sommeil princier.

Si on l'avait porté plus haut, au-dessus de leurs têtes, cela aurait pris l'allure d'une célébration – l'avènement de la puberté, la première chasse, l'appel des ancêtres, le couronnement d'un roi. Kosii tendit les bras aussi loin que ses chaînes le toléraient avant que le métal rouillé n'entame ses poignets et que des gouttelettes de sang tombent sur le plancher. C'était quasi intentionnel, cet arc dessiné par le sang qui coulait. Ces cercles parfaits formant eux-mêmes un cercle plus grand. Presque une tête. Presque une queue. Presque l'infinité refermée sur elle-même, là, tout en bas, à l'insu de tous.

Ils étaient en vrac, ses mots, quand ils sortirent. Mêlés à sa bave, ils n'étaient clairs que pour lui seul.

« Malédiction. Malédiction sur vous et tous vos descendants. Puisse la douleur vous tordre à tout jamais. Puissiez-vous ne jamais trouver satisfaction. Puissent vos enfants se dévorer vivants. »

Mais il était trop tard et la malédiction, superflue, n'avait plus de sens. Les bras de Kosii retombèrent le long de ses flancs. *Désastre*, songea-t-il. *Un pur et simple désastre.* Pas seulement à cause de ce qu'il avait déjà perdu, mais à cause de ce qu'il allait devoir perdre.

Il avait, après tout, fait une promesse aux sept tantes d'Elewa.

Paul

Paul n'était encore qu'un enfant, sept ou huit ans à peine, quand son père, Jonah, le conduisit au centre de tout et souffla longuement. Il décrivit alors un tour complet sur lui-même en écartant les bras, bien tendus. Puis il partit d'un grand rire. Il rit et rit puis il tapota Paul dans le dos avant de poser la main sur son épaule.

« Tu vois, fils ? Regarde », avait dit Jonah, doigt pointé.

Pointé sur quoi ? La cime des arbres ? les herbes hautes ? une biche figée dans son regard ? Tout cela à la fois, se dit Paul. Oui, Paul voyait ces choses. Mais ce qu'il voyait, surtout, c'était la main de son père sur son épaule. Elle était chaude et ferme, envoyait une décharge à travers lui. Son père s'était-il oublié un instant ? Cela avait été leur premier moment d'intimité, et Paul s'était, pour la première fois, senti comme le sang du sang de son père : sa progéniture vivante, dotée de souffle : son fils. Paul regarda son père et son père soutint son regard et sourit.

« Cela est tout », avait déclaré Jonah en contemplant la terre qui lui appartenait – car Dieu l'avait voulu.

Et Paul avait regardé la terre même transformer l'homme misérable qu'était Jonah – un homme avare de ses mots, cupide et malveillant, que même l'indulgence de son épouse Elizabeth, la mère de Paul, n'avait su adoucir – en ce père que Paul avait toujours rêvé de voir apparaître. Comment, dès lors, pouvait-on ne *pas* vénérer cette terre ? Prise dans leur étreinte commune, un peu comme deux mains jointes pour la prière du matin, elle avait été ratissée. Oui, hissée au creux de leurs mains, ensemble. Le plus important désormais, lui avait dit son père : Croître. Amasser. Conserver. Car ainsi, dans les halls chargés d'échos, et même dans les chuchotements futurs, on construirait des monuments à votre gloire et l'on ne se souviendrait point de vous pour vos échecs – ni vos trébuchements, ni vos transgressions, ni vos meurtres –, mais seulement pour vos plus grands triomphes.

Paul ne doutait pas de la véracité de tout cela, mais c'était Elizabeth qu'il avait vue labourer les champs jusqu'à ce que son corps n'en puisse plus. Quand elle était tombée malade, clouée à son lit, quasiment immobile hormis le sourire qui se levait sur son visage chaque fois qu'il lui rendait visite, Paul n'avait encore jamais rien perdu, et la pensée qu'il puisse perdre son bien le plus précieux – celui qui lui avait tout donné : vie, lait, et un nom qui était celui de son père – avait fait s'effondrer quelque chose en lui.

Lorsque Elizabeth avait commencé à trembler et à saigner, à ne plus réagir à la voix de Paul ni à celle de son père puis, bientôt, à ne plus réagir du tout, l'homme et le garçon étaient tombés d'accord, sans mots, sur le fait que la seule manière de l'honorer consistait à donner son nom à tout ce qui leur appartenait, ce qui était une autre forme d'immortalité. Jonah avait baptisé les lieux Plantation Elizabeth. Il s'y était dévoué corps et âme – accumulant des esclaves, engageant des aides, élevant des bêtes et plantant du coton jusqu'au foutu horizon ou presque –, comme si la partie « plantation » du nom n'était là que pour la forme.

Puis, quand Jonah avait succombé au même épuisement qu'Elizabeth avant lui, quand ses mains n'avaient plus cessé de tressauter et que les fièvres l'avaient laissé asséché et exténué, à son tour, il s'était offert en sacrifice à cette terre qui lui appartenait en vertu de la loi, si ce n'est par le fait viscéral qu'elle s'était déjà adjugé son épouse.

Paul aimait à penser que sa mère et son père l'observaient tous deux de là-haut, le protégeaient, attiraient sur lui les bonnes grâces de Dieu, car voyez ce qu'il a accompli : il avait bâti sur les fondations que ses parents lui avaient léguées et finalement amassé la formidable richesse qu'eux-mêmes avaient poursuivie en se tordant le corps. Ses parents avaient vécu *confortablement* ; ils lui avaient offert une vie décente et Paul ne se souvenait pas d'avoir jamais eu faim. Mais ils n'avaient jamais été *ceci*, n'avaient même pas joui pleinement de la loi de ce pays – et au-delà de la loi, de son esprit même – qui disait : *Personne ne peut vous empêcher ; prenez autant que ça vous chante !*

Comme Dieu avait transmis le destin à son père, et son père à lui, Paul estimait de son devoir de s'assurer que Timothy reçoive ce Verbe. Car au commencement, avant tout le reste, il y avait le Verbe et le Verbe n'était pas simplement auprès de Dieu : le Verbe *était*

Dieu. Le premier énoncé, l'incantation primordiale, le sortilège initial qui, de nulle part, s'était projeté de lui-même dans l'être avait transformé rien en tout, et qui avait lui-même toujours été là en puissance, n'ayant besoin que de s'exprimer en actes pour que l'existence existe. Un pouvoir si grand qu'il suffisait d'un souffle pour rendre réel l'irréel et, de l'invisible, tirer le visible.

Dès que Timothy était rentré à la maison, Paul l'avait emmené là où son propre père l'avait lui-même conduit jadis, il avait désigné la cime des mêmes arbres, souri au même horizon, tournoyé avec la même ouverture. Et quand sa main s'était posée sur l'épaule de Timothy, Paul avait éprouvé le même vertige inattendu qui, cela ne faisait pour lui aucun doute, était la même chose qui avait fait passer Jonah de l'étranglement au rire. Mais quand Timothy avait levé les yeux sur lui, le regard du garçon était bleu d'inquiétude et on n'y lisait nul émerveillement. Nulle décharge de joie se répercutant entre eux deux. Rien que l'odeur reconnaissable des fleurs de cotonnier qui alourdissait l'air, et le vent qui soufflait sur le haut de leurs crânes.

Fixant les nuages sombres dans le lointain, avant de se tourner à nouveau vers son père, Timothy avait demandé : « La pluie ? »

La pluie. Assis à la table du dîner, ce soir-là, Paul avait longtemps dévisagé Timothy. Tandis que le soir les enveloppait, il observait son fils. Les bougies diffusaient juste assez de lumière pour qu'il puisse le voir, si bien que des ombres dansaient sur tous leurs visages, les yeux des domestiques étincelaient. Aurait-il été judicieux de lui faire remarquer que l'étendue même des terres – qui allaient de la rivière à la forêt, du levant au couchant – était la preuve vivante de sa vertu à lui ? Que la propriété était assurément une confirmation ?

De quoi ?

Du fait que les choses étaient exactement telles qu'elles devaient être.

Timothy mangeait avec délicatesse sous les yeux de son père. Peut-être Ruth avait-elle raison. Peut-être son éducation aurait-elle dû se dérouler ici, dans le giron, sinon d'Abraham, du moins d'Elizabeth, où les mains de Timothy, comme celles de Paul avant lui, auraient si bien appris à connaître le sol qu'elles n'auraient plus jamais eu à le toucher. Au lieu de quoi Timothy parlait d'hivers que le Mississippi ne pouvait même imaginer ; d'hommes vertueux qui évoquaient la liberté avec une grande éloquence ; de nègres débarrassés de leurs chaînes, dont il avait eu vent sans jamais les voir.

Il avait développé la plus curieuse des formes d'art, et Paul était bien malgré lui impressionné par la main divine qui se manifestait chez son fils. Mais cela n'allait pas plus loin : il n'y avait de sa part nulle mention de Dieu. Et pas le moindre voile sur sa personne qui aurait pu manifester une quelconque contemplation de ces sujets-là. Le Nord avait fait son travail, trop bien peut-être.

Après que tout le monde eut quitté la table et que les esclaves l'eurent débarrassée, Paul resta assis sur sa chaise. Quelque chose l'avait poussé à demeurer là, il s'efforçait de saisir quoi. Il n'avait pas, cette fois, fait de remarques sur la manière dont Maggie avait disposé l'argenterie. Il n'avait prêté aucune attention à la nappe, à ses replis rigides dans les coins. Il n'avait rien dit quand, en mâchant, ses dents avaient buté sur un morceau dur – comme un os, mais brûlé et circulaire, dans la pièce de volaille que Maggie et Essie avaient posée ensemble devant lui. Il s'était chargé de la découper, si bien qu'il ne pouvait s'en prendre qu'à lui-même.

Pourtant, il n'avait pas envie de quitter la table. Il restait assis là tandis que la lueur des chandelles se faisait de plus en plus pâle. Il se frotta les yeux. Il tira sa montre de sa poche. Celle-ci était attachée à la ceinture de son pantalon par une chaîne en or. Huit heures à peine. Paul n'était pas fatigué mais n'avait aucun désir de se lever.

Quand cela vint, ce fut d'un endroit inattendu. La chose débuta non pas dans la caverne de sa poitrine, comme il l'avait imaginé, mais au creux de l'estomac. Un grondement venait tout juste de commencer à se former quand il se saisit à bras-le-corps. Sensation familière. Il se demanda s'il aurait le temps d'arriver jusqu'au cabanon des toilettes, ou s'il allait devoir faire venir Maggie avec un bassin. Comme il était inconvenant d'avoir à défaire sa culotte en pleine salle à manger, d'exposer son cul dans la pièce où l'on fait ripaille, les deux odeurs se mêlant de manière inamicale, de sorte qu'on ne pourrait plus jamais les séparer. Pas question de faire une chose pareille.

Il parvint à se lever de table. Il se rua dans la cuisine, passa devant Maggie – qui ne le regarda pas mais courba le front comme elle était censée le faire – puis Essie, qui lui offrait son dos, il prit la lanterne qu'elles allumaient pour pouvoir achever plus vite leur ménage, et se dirigea vers l'arrière de la maison. Il poussa violemment la porte, bondit au pied des marches et se précipita sur la gauche du jardin de Ruth, vers le cabanon rouge solitaire qui se dressait au seuil des arbres.

Il était étroit et choquant, sur ce fond de nature sauvage. Paul l'avait fait bâtir là, assez loin de la maison pour que les odeurs ne soient pas envahissantes. Pas trop loin des fleurs, afin qu'elles puissent elles aussi servir d'arbitres entre ce qui empestait et ce qui prospérait. Il se précipita à l'intérieur et ferma la porte derrière lui. Il posa la lanterne par terre. L'odeur dans cet air estival, les insectes qui bourdonnaient et cliquetaient ; il ne prit pas la peine de vérifier l'absence de serpents, faute de temps. Il ne put ôter son pantalon assez vite car les bretelles résistèrent trop longtemps. Quand il sentit la chaleur glisser au long de sa jambe, il manqua invoquer en vain le nom du Seigneur. Même s'il était persuadé que la vanité n'avait rien à voir là-dedans.

« Maggie ! Maggie ! » hurla-t-il.

Elle n'arriva pas aussi vite qu'il l'aurait souhaité. Elle frappa à la porte rouge.

« Massa ? Vous m'avez appelée ? demanda-t-elle, brandissant devant elle une autre lanterne.

— Tu as apporté un linge ?

— Non, m'sieur. Vous avez besoin d'un linge, m'sieur ?

— Je ne t'aurais pas appelée si… enfin, peu importe. Dépêche-toi d'aller m'en chercher un.

Envoie Essie si tu ne peux pas te déplacer assez vite. Allez ! »

Au bout d'un moment, Essie frappa à la porte.

« Massa, j'ai ce linge que Maggie vous envoie… »

Paul ouvrit la porte et aperçut d'abord sa lanterne. « Oui, oui. Allez, donne-le-moi. »

Paul empoigna le linge, il était sec.

« Où… ce… pas d'eau. Tu ne l'as pas mouillé ? Où est ma bassine d'eau ?

— Oh, vous vouliez de l'eau aussi, Massa ? » Essie porta la main à ses lèvres. « Maggie m'a dit que vous avez seulement demandé un linge. Alors c'est ce que j'ai fait. Je me suis dépêchée pour vous le porter.

— Mince alors ! s'exclama Paul. Maggie ! Appelle Maggie. Maggie !

— Maggie ! » entonna Essie en écho.

Maggie se présenta de nouveau à la porte.

« Maggie, va me chercher immédiatement une bassine d'eau. Et une autre culotte. Et hâte-toi un peu. Prends ça, Essie. » Paul défit son pantalon, d'où pendaient les bretelles. « Va t'en occuper. Lave-le bien comme il faut. »

Maggie se retourna, échangeant un long regard avec Essie. « Oui, m'sieur », lança Essie, puis elle ressortit en tenant le pantalon loin devant elle.

Maggie revint peu après.

« Voici, m'sieur », dit-elle en posant par terre la bassine et sa lanterne.

Paul lui tendit le linge, elle le trempa dans l'eau tiède et fit le geste de le lui rendre. Il la dévisagea, yeux plissés et le front ridé.

« Tu ne voudrais tout de même pas que je… »

Il se leva et fit volte-face, son cul à la hauteur du visage de Maggie.

« Lave-moi. »

Il mit ses deux mains en écrin autour de ses parties intimes, tandis que Maggie, par petits coups de bas en haut, comme on le ferait avec un nourrisson, lui épongeait les fesses et le ruisseau boueux qui coulait au long de sa jambe, miroitant à la lueur de la lanterne. Quand elle eut terminé, elle jeta le chiffon souillé au fond de la bassine et tendit le pantalon à Paul.

« Où sont mes bretelles ? demanda-t-il en enfilant le pantalon, qui était trop large autour de sa taille et refusait de tenir seul.

— Massa, m'sieur, je crois bien que vous les avez données à laver à Essie ?

— Bon sang ! s'écria Paul. Pousse-toi. »

Il écarta Maggie avant de regagner la maison d'un pas lourd, tenant son pantalon par la ceinture pour ne pas qu'il tombe sur ses chevilles.

Il voulait rejeter la faute sur elles. Alors il les obligea à se tenir debout dans la cuisine, tandis qu'il allait et venait devant elles, les mirant comme si c'étaient leurs mots à elles, et pas les siens, qui, faute de clarté, laissaient le champ libre à l'interprétation. Paul allait faire venir le médecin afin qu'il lui prescrive un remède pour son ventre – une tisane apaisante, un onguent peut-être. Il avait fini par se retrouver à court des deux, depuis la dernière fois. Il dévisagea Maggie et Essie. Elles avaient le front courbé, mais se tenaient par la main.

« Cessez », ordonna-t-il sèchement en désignant leurs doigts joints. Elles se lâchèrent. « Incroyable, cracha-t-il. Je ne sais pas ce qui me retient de vous battre toutes les deux, ici même », dit-il sans cesser d'arpenter la pièce. Il les étudia de haut en bas dans leurs robes blanches identiques, leurs peaux noires identiques, même si l'une était plus grande et corpulente, le corps de l'autre plus familier. « Maggie : plus de sauce à la canneberge au dîner, finit-il par reprendre. À moins que ce ne soient ces foutus légumes ; ta manie de les épicer… »

Maggie hocha la tête. « Oui, Massa », dit-elle en jetant un rapide coup d'œil à Essie avant que son regard ne revienne se poser sur le plancher. Puis : « Oh, Massa, je suis bien désolée ! Vot' soulier », s'exclama-t-elle en désignant son pied.

À l'extrémité de la botte noire de Paul, une éclaboussure brune.

« Donnez-les-moi, m'sieur. Je vais les cirer pour vous », dit Essie, et elle s'agenouilla pour lui ôter ses bottes. Maggie se joignit à elle.

Paul prit appui sur le mur le plus proche tandis qu'elles délaçaient et enlevaient ses bottes. Trois lanternes alignées sur le plancher les paraient tous trois d'un éclat chaud. Il aimait voir Maggie et Essie comme ça, baissées, rampant à ses pieds. Mais il y avait quelque chose d'étrange : elles étaient toutes deux agenouillées, à l'évidence. Mais brièvement, l'espace d'un clin d'œil, il aurait juré que c'étaient elles qui se tenaient debout.

Et qu'il était, lui, à genoux.

« Oui, Cousin. J'ai *bien* besoin d'un verre », dit Paul, répondant à la question de James.

Laissant les hommes de James veiller sur les sacs de coton, James et lui se dirigèrent vers la grange, juchés sur les chevaux amenés par l'un des nègres, lequel accomplissait toutes ses tâches comme il fallait, sauf une. Et l'instant d'avant, un autre nègre lui avait proposé Jésus comme une possible solution à ce problème, eux qui étaient si bas et si insignifiants aux yeux du Christ, tous autant qu'ils étaient, que cela avait fait rire James. Mais Paul en avait tiré, lui, matière à réflexion.

Ils chevauchaient sur le chemin raide et poussiéreux. Une harmonie vespérale de chants d'oiseaux et de cigales, qui s'étaient approprié le crépuscule, s'élevait de part et d'autre des deux hommes, mais venait aussi du dessus. C'était à cela que servaient les arbres, songea Paul : à abriter et à fortifier. Ils formaient les frontières qui respiraient entre l'homme et le grand tout naturel que Jéhovah avait confié à sa garde. Les deux parties pouvaient les franchir, à leurs risques et périls, mais l'homme, plus que toute autre créature, s'était montré particulièrement apte à survivre.

Il faisait inhabituellement froid, si bien que Paul n'était pas mécontent de chevaucher si près de son cousin. Il avait, pour tout dire, dans la lumière pâlissante du ciel et cet éclat mielleux de lampe, aperçu la famille entre eux. On lui avait toujours parlé de la ressemblance frappante entre sa mère et sa tante. En cette heure où la création tout entière se tenait entre lumière et obscurité, Paul vit que James portait bien davantage que lui ce poids matrilinéaire. Malgré son air grincheux, James ressemblait à leurs mères : Elizabeth et Margaret. C'est pour cela que Paul n'avait pas eu beaucoup à faire pour authentifier l'histoire de James. Leur lien de parenté était clair sur un plan subliminal, à défaut de sauter aux yeux. Paul était content que ses sens spirituels aient été, alors, intacts, et l'aient conduit à ne pas rejeter la chair de sa chair, d'autant que tous ses autres proches, en dehors de la famille qu'il avait lui-même fondée, étaient morts – ou tout comme.

Il lui arrivait de penser que la famille qu'il s'était créée risquait de disparaître, aussi. Le ventre de Ruth avait d'abord été incapable de retenir quoi que ce soit. Cela était peut-être dû à sa jeunesse. Mais bientôt, elle lui avait donné un fils avec une chevelure frappante et des yeux perçants que tous les gens de la ville avaient tenu à venir voir. Paul pouvait déceler l'envie cachée dans leurs voix, même quand il poursuivait en leur racontant que Timothy n'était pas venu au monde tout fripé comme la plupart des bébés. Non, il était venu au monde un peu comme le Christ, avec le haut du crâne tout annelé de bénédictions et un regard bleuet capable de discerner les âmes des personnes chargées de favoriser son passage. Il avait laissé échapper un cri grave et soutenu, et Paul et Ruth s'étaient réjouis car tous ceux qui étaient venus avant lui avaient à peine gémi avant de retourner, bien trop vite, à la poussière.

Les rues de Vicksburg apparurent bientôt devant eux. Des femmes à jupons et des hommes à chapeaux larges se pressaient en tous sens, à cheval ou sur des chariots. Les commerçants se tenaient debout devant leurs établissements – le tailleur, le boucher, l'apothicaire, la mercière –, prenant congé de leurs clients avant de refermer boutique.

Paul et James chevauchèrent jusqu'au saloon. Un gentleman était posté devant la porte. Contrairement aux pourvoyeurs de vêtements, de viande, de médicaments ou de chapeaux, cet homme souhaitait la bienvenue à sa clientèle ; il n'en prendrait congé que lorsque le soleil du matin pointerait au-dessus des arbres, vers l'est. Ils mirent pied à terre, Paul et James, nouèrent les rênes de leurs chevaux à la rambarde. Ils échangèrent un bonjour avec l'homme en entrant. À l'intérieur, ils croisèrent un certain nombre de personnes, qu'ils saluèrent du chef. Ils allèrent s'asseoir à une petite table, près du fond. Quand la serveuse se présenta, vêtue d'une longue robe noire et d'un tablier blanc, James sourit et commanda une bière brune ; Paul, un whisky. Ils restèrent silencieux, absorbant l'énergie des lieux, jusqu'à ce que la serveuse revienne avec leurs boissons, celle de James dans un mug, le whisky de Paul dans un petit verre droit.

« Donc vous envisagez de lui accorder ce qu'il demande, ce nègre ? » demanda James en sirotant une gorgée.

Paul huma son whisky. Lisse et un rien trop sucré. Il reposa le verre devant lui.

« Toute la question, vois-tu, c'est de savoir si un nègre peut faire office de pasteur, répondit Paul.

— Ou si un pasteur peut se faire entendre d'un nègre, ajouta James.

— Ce n'est pas vraiment une question, répondit Paul, constatant que James n'était pas aussi dévoué que lui aux Saintes Écritures. Même les eaux s'inclinent devant le Verbe du Seigneur. » Paul secoua la tête. « Non. Mais un nègre peut-il faire honneur à ce

Verbe en paroles, lui rendre justice sous les auspices de son esprit ?

— Moi, je dis que non. » James serra les poings de part et d'autre de son mug.

Paul ajouta : « Je suppose que la question fondamentale est de savoir si un nègre a une âme ? »

James se fendit d'un sourire. « Des hommes plus illustres que nous en débattent depuis que les premiers colons sont venus s'installer sur ce bout de terre-ci. Je doute que nous trouvions la réponse à cette table ou au fond de ces verres. »

James leva le sien devant Paul et hocha la tête. Paul leva le sien et, brièvement, les deux hommes trinquèrent – James avec un « Eh bé », Paul s'efforçant de repérer au fond du verre la réponse dont James avait dit qu'elle ne s'y trouvait pas.

Sur le chemin du retour, James entonna un vieux chant de marins que, disait-il, il avait appris durant la traversée depuis l'Angleterre. C'était un air saumâtre qui poussa Paul à secouer la tête et à considérer combien James lui-même avait besoin de Jésus, sans même parler des nègres. Mais l'air lui arracha aussi un petit rire, ce qui rappela à Paul combien lui-même avait encore besoin du Seigneur.

« Tu ne parles jamais vraiment de ton voyage. Ni de l'Angleterre. Ni de ma tante et mon oncle, d'ailleurs », fit remarquer Paul, calmement.

James inspira. Il relâcha l'air par la bouche. « Je me souviens de si peu de choses, au sujet de mon père et de ma mère. Même si ces peintures de tante Elizabeth que vous avez dans la maison m'aident un peu. » James regarda droit devant lui, bercé par le rythme du cheval sous ses fesses. « Et que dire de l'Angleterre et du navire ? Tout ce dont je me souviens, c'est la saleté. »

Paul dévisagea James pendant un moment avant de hocher la tête. « Je pense bien, dit-il. Je pense bien. »

Ils atteignirent le portail d'Elizabeth. Sans descendre de cheval, ils soulevèrent tous deux leurs lanternes devant le visage l'un de l'autre au lieu de verbaliser leur « bonne nuit ». Puis Paul poursuivit d'un côté et James de l'autre. Paul mit pied à terre et attacha son cheval devant sa maison plutôt que de le ramener à la grange et de le confier aux soins de Samuel et d'Isaiah. Fatigué et un peu étourdi par le whisky, Paul grimpa les marches, entra dans la maison, puis monta l'escalier et se glissa dans son lit. Il avait envie de Ruth mais pas la force d'ôter ses bottes et encore moins de s'aventurer dans sa chambre, de la réveiller par l'éclat de sa lampe en se demandant, ce faisant, si elle était encore assez jeune pour donner une sœur à Timothy. Non pas que Timothy n'eût pas déjà des sœurs – il entendait par là une sœur que Ruth et lui pourraient reconnaître ; dont la peau ne serait pas teintée, pas même un peu ; née de l'amour, pas de l'économie.

Il ferma les yeux car c'était la pensée la plus douce sur laquelle trouver le sommeil. Il sourit avant que la bave ne s'accumule au coin de sa bouche, que l'air ne dévale pesamment ses narines et que les ténèbres, dont il ignorait qu'elles étaient vivantes, ne pénètrent dans sa chambre et n'y consument tout, jusqu'à la lumière de la lampe.

Quand il se réveilla d'une quinte de toux, des flèches dorées transperçaient ses fenêtres parce qu'il n'avait pas fermé les rideaux avant de s'effondrer sur le lit. Il avait une pensée, plus forte que toutes les autres, à l'esprit : *Rendre gloire à Dieu*. Donc, oui. Il allait partager Ses enseignements avec Amos. Paul s'essuya le visage du dos de sa main. Il s'assit sur le lit et fit basculer ses jambes par-dessus le rebord, pour se retrouver face à la fenêtre. La brillance lui fit plisser les yeux et son crâne palpita juste un peu. Malgré la piqûre et les palpitations, il sourit. *James n'avait pas totalement raison*, songea-t-il. La réponse n'était peut-être pas au fond d'un verre, ni de deux ni de trois. Mais on pouvait la détacher de l'esprit en secouant quand l'ambroisie avait la douceur qu'il fallait, c'est-à-dire la bonté.

Au bout de quelques mois d'étude, Paul fut définitivement convaincu qu'il était bon d'offrir à Amos cette occasion de démontrer, au nom de tous ses semblables, que les nègres pouvaient être davantage que des animaux. Les sermons d'Amos, là-bas dans le cercle des arbres, avaient le ton et la teneur qu'il fallait, et Paul était forcé d'admettre qu'il y avait une certaine musique dans la manière qu'avait Amos de répéter les mots qu'il lui avait appris, musique qui, même chez le propre pasteur de Paul, n'avait pas existé. Mais pouvait-on y déceler la moindre trace d'une pensée originale ?

Quand Amos était venu le trouver en pleurs, juste après qu'Essie avait finalement mis au monde l'enfant, donnant raison à Paul, il lui avait décrit des rêves chauffés à blanc, tournoyant en spirale. Paul avait aussitôt reconnu la communion avec le Saint-Esprit. Il n'arrivait pas à comprendre comment, après ces quelques mois à peine, Dieu avait pu décider d'imposer sa main agile et inquisitrice sur le front d'un nègre – alors que pourtant, jusque dans l'extase de ses prières nocturnes, baissé bien baissé sur le plancher révérencieux, à réciter les proverbes et les psaumes et l'Ecclésiaste, Paul n'avait jamais ressenti le moindre contact, si léger fût-il : ni à l'endroit de son épaule où luisaient à tout jamais les empreintes de son père, ni au centre du crâne. Il n'avait eu d'autre choix que de notifier sa compréhension d'un hochement de tête. Hors de question pour lui de questionner la volonté de Dieu, car elle était toute-puissante ; tous ceux qui Le connaissaient savaient cela. Et une couronne attendait chaque fidèle qui ferait son lot de ce savoir.

Alors, oui, avait-il concédé : les nègres avaient une âme. Ce qui en soi introduisait de nouveaux dilemmes. Si les esclaves avaient une âme, s'ils étaient davantage que de simples bêtes sur lesquelles Paul et tous les autres hommes possédaient un droit divin, quel sens prenaient alors les punitions, souvent si sévères, qu'on leur infligeait ? Leur dur labeur dans les champs de coton, pour le compte de Paul, était-il également le salaire des péchés qui lui incombaient ? Alors, il était retourné au Verbe et y avait trouvé du réconfort. Car Dieu avait dit, clairement et sans détour, tout d'abord, de rendre à César et ensuite que les esclaves devaient se montrer obéissants s'ils voulaient trouver un jour réparation dans ce délicieux champ de coton, là-haut, dans les cieux. Les nuages en étaient la preuve.

Remonter les choses de l'abîme n'était pas tâche aisée. La terre avait son propre esprit. Les nègres aussi. Le contrôle qu'ils croyaient avoir, ce n'est qu'en le leur arrachant des mains avec les vôtres – et plus que les mains, la volonté – que vous pouviez revendiquer la propriété de choses qui s'imaginaient libres.

De la masse indifférenciée de la nègrerie noire-noire, Isaiah et Samuel s'étaient élevés jusqu'à la condition musculaire optimale, ce qui avait été dès le départ l'intention de Paul en leur confiant les durs travaux de la grange. Il n'était pas exagéré de faire peser sur eux le poids d'une balle de foin qui, comme le ramassage du coton, exigeait un dos solide. Et puis, les négrillons n'étaient pas du tout des enfants ; des nègres-en-devenir, peut-être, mais pas des enfants.

Le plan, c'était de les faire se multiplier grâce à un usage stratégique de leur semence. Si on les accouplait avec la jeune fille adéquate, chacun de leurs petits serait parfaitement adapté pour travailler au champ ou à la ferme, pour baiser ou alimenter la machine. Des nègres avec un objectif.

Paul avait vu ce plan s'effondrer un matin – juste à sa droite, dans le recoin paresseux de sa bibliothèque où le soleil refusait de briller, si bien que l'on pouvait y placer les meilleurs livres sans crainte que ses rayons ne les blanchissent. Là, réduit en poussière tandis qu'Amos citait chapitre et verset de la destruction de Sodome, affirmant que la grange était devenue exactement cela.

« Leur sang sur eux. Leur sang sur eux », répétait Amos, quasi dans un murmure. Il tremblait, front courbé, les mains jointes en prière.

Les nègres n'avaient jamais aucune loyauté les uns envers les autres. C'était ce qui protégeait Paul et les siens des menaces. Jamais il n'aurait été possible de les mettre sous le joug et de les traîner à travers les plus vastes océans, puis des étendues sans fin de prairies verdoyantes et de forêts, colline après colline, jusqu'à la canne à sucre, l'indigo, le coton et le reste, sans cette trahison entre proches dont eux seuls semblaient capables.

Un instant, s'il vous plaît : ceci est faux.

Les Européens, eux aussi, avaient une propension à tirer leur épée dans le seul but d'en menacer la gorge de leurs frères. Mais ils avaient depuis longtemps décrété que, parfois, l'on pouvait laisser de côté de tels griefs, du moins temporairement : un cessez-le-feu en vue du bien commun. Les nègres n'avaient pas encore appris cela. Partout, partout, les Blancs en soupiraient de soulagement.

« T'ai-je donc enseigné le Verbe pour que tu me l'apportes ainsi ? »

Paul était assis derrière son bureau, Amos agenouillé devant.

« Tout ce temps passé, poursuivit Paul. Et tu as déjà oublié que ton rôle était d'apporter la Bonne Nouvelle ? »

Amos ne dit rien, mais il avait l'air fébrile. Comme qui avait vu des choses et demandait à ce qu'on l'écoute, alors que les fous riaient de cette mise en garde. Mais Paul, incapable de reconnaître une défaite, ne voulait entendre parler que de victoire.

« En voilà une entourloupe. Tu as échoué dans ce qu'on attendait de toi. Dois-je te rappeler le jour où tu es venu nous interrompre, mon cousin et moi ? demanda Paul, en se levant pour pointer du doigt le champ de coton à travers la fenêtre. Tu cherches à blâmer Dieu de ce qui gît à tes pieds.

— Pas du tout, Massa. Je vous dis rien que la vérité. Rien que ça. »

Paul se pencha au-dessus du bureau, mains bien campées sur le plateau de bois.

« Alors je te demande : quelles preuves as-tu ? »

Amos s'épongea le front. « Massa, m'sieur, moi, je me soumets humblement à votre main gracieuse. Ma première évidence est qu'aucun de ces garçons s'est vraiment donné à aucune femme. Ils peuvent pas être stériles tous les deux. Ça paraît trop étranger à la nature de ce Dieu que, dans votre miséricorde, vous m'avez montré. Ça, c'est la première chose qui m'a été révélée. »

Paul inclina la tête. « Et quelle est la seconde ? »

Amos s'éclaircit la gorge puis déglutit. « La seconde : j'ai vu leurs ombres se toucher dans la nuit. »

Paul soupira puis secoua la tête. Que pouvaient bien démontrer des ombres qui se touchaient, et qu'importe si cela se passait de jour ou de nuit ? Les ombres des seaux se touchaient. Les ombres des arbres se touchaient. L'ombre de Paul touchait celle de James, bon sang, quand ils se tenaient debout l'un à côté de l'autre et que le soleil donnait fort. *Bien sûr* que leurs ombres se *touchaient* ! Ils vivaient cloîtrés dans cette grange et s'y tenaient compagnie. C'était comme la promiscuité dont Paul avait entendu parler, à la guerre, quand les soldats devenaient un peu comme des frères, mais plus que cela. Il n'y avait aucune raison de faire intervenir Sodome ou Gomorrhe dans tout ça, et certainement pas sur cette terre protégée par la volonté de son père et le propre nom de sa mère.

Paul se rassit. Il se redressa dans son fauteuil et joignit les mains devant ses lèvres. Il n'aurait su dire quel péché aurait été le plus grand : si Amos disait vrai ou s'il racontait un mensonge. Cette question ne pourrait être tranchée que par la prière, une prière profonde et lourde qui s'achèverait par des fronts soucieux et des vêtements auréolés de sueur. C'était pour cela qu'ils entraient en transe, ces témoins qui avaient parcouru l'infinité du désert sans que leur langue asséchée de soif les empêche de parler. Au contraire, ils tombaient à genoux avant, pendant et après, dégorgeant leur gratitude à Celui qui avait été leur pierre, leur pain et leur eau. Oh, oui, les louanges devaient l'emporter sur l'angoisse, car c'était ce que Dieu avait dit : *N'aie pas d'autre dieu face à moi et tu connaîtras l'abondance du Paradis.*

Paul se leva et fit le tour du bureau pour venir se planter devant Amos. Il leva la main et l'abattit, tonitruante, sur le visage de celui-ci. Amos se recroquevilla et implora : « Le sang de Jésus, Massa ! Le sang de Jésus ! »

De fait, songea Paul, le sang de Jésus était précisément ce qu'exigeait cette occasion.

Au saloon, James avait ri.

« Je suis stupéfait que vous soyez stupéfait, cher cousin, avait-il répondu entre deux coups de gosier. Vous vous attendiez à ce que les nègres se comportent de manière sensée ? » James était parti d'un nouveau rire. « C'est pour ça que ce sont des nègres, bon Dieu !

— Nul besoin d'invoquer le Nom en vain, avait répliqué Paul, sirotant son whisky. Je ne suis pas sûr qu'Amos comprenne seulement ce qu'il a vu. Le Verbe le submerge. C'est beaucoup, pour l'esprit d'un nègre.

— Moi, je m'attends toujours à tout de la part des nègres, dit James. Que ce soit pour mentir ou pour copuler.

— Cela n'empêche : il existe un ordre naturel, rétorqua Paul.

— Et depuis quand les nègres se privent-ils de contrevenir à cet ordre ? Il n'y a pas si longtemps, j'ai dû les punir pour avoir mal regardé Ruth. Ce sont de basses créatures, vous l'avez dit vous-même. Vous les croyez donc capables de choses plus hautes pour la simple raison que vous leur en avez donné l'ordre ?

— Ils ont mal regardé Ruth ?

— C'est ce qu'elle a dit. »

Paul se palpa la lèvre. « Pourquoi ne m'en a-t-elle pas parlé ? Pourquoi ne l'as-tu pas fait ?

— Vous me payez pour faire mon boulot, pas pour vous causer du souci avec. J'imagine que Ruth le sait, elle aussi. »

Cette réponse procura à Paul une joie inattendue. Mais quand celle-ci retomba, il en revint à Samuel et Isaiah. « Je ne tolère pas le paganisme.

— Pourquoi s'arracher les cheveux, alors ? Débarrassez-vous d'eux et empochez l'argent.

— Je n'aime pas gaspiller ce que j'ai cultivé. Tu le sais bien.

— Votre fierté vous perdra, Cousin. »

Ni l'un ni l'autre des deux étalons de la grange n'étaient de la lignée de Paul. C'était peut-être là l'erreur. Il les avait débarrassés de leurs anciens noms, rebaptisés de ceux d'hommes vertueux, mais cela n'avait manifestement pas suffi pour qu'ils s'adonnent à des passions décentes. Pour une raison mystérieuse, du fait de quelque malice inaperçue, Samuel et Isaiah, ces nègres sans cervelle, étaient incapables de faire la différence entre les deux entrées. Les natures respectives de cette paire de mâles les poussaient à la résistance.

Paul avait entendu parler de telles pratiques contre nature, dans l'Antiquité : ainsi les Grecs et les Romains, de grands hommes par ailleurs, s'étaient laissés aller à ces intimités obscènes. C'était d'ailleurs cela, ni plus ni moins que l'œuvre même du paganisme, qui avait mené selon lui à leur destruction. Il était inévitable que Zeus et ses semblables succombent face à Jéhovah, puisque le chaos cède toujours, nécessairement, devant l'ordre.

La seule pensée de deux hommes s'offrant l'un à l'autre de cette manière-là fit courir un frisson sur l'échine de Paul et lui donna la nausée. Il ne pouvait pas les laisser très longtemps s'exposer ainsi au courroux divin qui serait très certainement dirigé droit sur eux, mais risquait de détruire au passage des témoins innocents. Comme tous les vieillards, Dieu pouvait parfois faire preuve d'une étonnante incohérence ; Il ne visait pas toujours juste. La mort avait privé tant de bébés Halifax de la capacité de témoigner, mais heureusement, trempés dans les eaux baptismales, ils conservaient encore le droit de le faire.

Isaiah et Samuel étaient de beaux spécimens, qui réagissaient mieux à l'instruction qu'au châtiment. Il les avait mis à travailler dans la grange juste avant leur puberté. Ces deux-là étaient stupéfiants de minceur et de musculature. Paul s'était dit que leur confier ces travaux-là en particulier forgerait non seulement leur corps, mais leur caractère. S'occuper d'êtres vivants pouvait avoir cette vertu. Fort de cette décision, grâce à la transformation et aux dispositions qui s'ensuivraient, Paul les ferait alors se reproduire, dans l'espoir de créer un cheptel de nègres doux mais forts, capables de porter la production de cette plantation vers de nouveaux sommets. Sa mère et son père n'en seraient-ils pas ravis ?

Il les voyait évoluer là-bas, aux environs de la grange. Jeunes, vigoureux, le noir et le bleu, ils s'affairaient avec une efficacité et une expertise dont Paul n'aurait jamais cru les nègres capables. Ils semblaient disposer d'une forme de système, conçu par eux-mêmes, qui leur permettait quelquefois d'accomplir toutes sortes de corvées et d'avoir encore le temps de se rendre au champ pour aider les autres nègres à ramasser les dernières poignées de coton avant l'heure du repos. Ils étaient capables d'en ramasser presque autant que les autres en deux fois moins de temps.

La clé, apparemment, résidait dans leur proximité l'un avec l'autre. Ils semblaient se stimuler réciproquement, voire s'inspirer comme même les couples que Paul n'était pas obligé de forcer à s'unir ne savaient le faire. S'ils avaient été ses fils, Paul aurait été fier.

Quand Paul se décida enfin à franchir le portail avec une intention précise, c'était le matin de bonne heure – si tôt que le soleil n'écrasait pas encore tout le reste et ne noyait pas encore dans sa lumière brûlante la terre et les hommes. Paul tenait un fouet dans sa main gauche, qu'il laissait pendre le long de sa jambe, son extrémité traînant sur le sol. Dans sa main droite, il tenait la bible, celle-là même qui avait civilisé Amos. Son chapeau était enfoncé jusqu'au ras des sourcils, mais les deux derniers boutons de sa chemise étaient défaits, assez pour laisser dépasser les poils de son torse. Il souleva le loquet du portail et franchit la barrière qui entourait la grange. Il ne prit pas la peine de refermer derrière lui. Il ne lui était pas venu à l'idée d'emmener quelqu'un, James ou l'un des autres abrutis, au cas où les deux nègres seraient devenus intenables.

L'air pouvait vous asphyxier avec l'odeur des pissenlits ou celle du fumier, et la combinaison des deux était accablante. Soufflant doucement pour chasser la puanteur, Paul se dirigea vers la grange, où Isaiah et Samuel vaquaient à leurs tâches. Ils se figèrent brusquement en l'apercevant. Tête basse et le corps bien droit, ils se tenaient l'un près de l'autre, mais ne se touchaient pas.

L'espace d'un instant, Paul sentit comme une brise venir sur lui, un souffle qui chatouilla les poils de son torse et le força à fermer les yeux. Comme une caresse, douce et invisible.

« Samuel, dit-il à mi-voix. Apporte-moi un peu d'eau. » Même si ce dont il avait vraiment envie, c'était un whisky.

Paul nota le trouble avec lequel Samuel maniait la louche, mais en prenant soin cependant de ne perdre aucune goutte. Paul crut d'abord que c'était peut-être la peur qui guidait les gestes de Samuel, mais son pas n'avait rien de chancelant et ses mains ne tremblaient guère ; dans ses yeux baissés, nulle supplication. Devant Paul se dressait une créature qui, au milieu de toute cette crasse et noyée dans l'odeur de ces corvées pénibles, s'imaginait posséder un semblant de valeur. C'était de la vanité, ce qui expliquait bien des choses.

Paul s'assit sur un banc, il fit signe à Isaiah et Samuel de s'approcher de lui. Il ouvrit la Bible, son fouet au creux de la main.

« Quelque chose ne va pas ici », dit-il sans relever la tête, feuilletant les pages, semblant par moments ne plus savoir où il était, avant de refermer le livre dans un claquement sonore qui fit sursauter Isaiah.

« James affirme que la nature du nègre est avilie, mais je suis d'avis que même la nature peut être transformée. J'ai vu mon père le faire de ses propres mains. L'infléchir et rediriger le cours des rivières. Faire ployer les arbres. Mettre des fleurs là où *lui*, il voulait qu'elles soient. Prendre du poisson et du gibier pour se nourrir. Bâtir sa maison au milieu de ce que son travail avait légitimement fait sien. Ce territoire dont Dieu Lui-même l'avait investi en vertu d'un droit de naissance. »

À cet instant, le soleil se révéla et, centimètre par centimètre, se mit à briller sur les corps dressés d'Isaiah et Samuel, investit le haut de leurs crânes comme s'il les parait d'une couronne, les faisant briller d'une manière qui, sans aveugler tout à fait, vous froissait un peu le visage. Intérieurement, Paul implora qu'un nuage égaré vienne, n'importe quoi qui atténuerait cet éclat et s'imposerait peut-être comme un signe indubitable que le divin n'était pas en train de désigner ces misérables devant lui comme dignes de Sa bénédiction. C'est alors qu'il comprit : la lumière elle-même constituait le message, lui offrant la vision, guidant sa sagesse, confirmant son autorité, c'était Dieu lui montrant le chemin avec la première chose qu'Il eût jamais créée. Non, ce n'était pas Isaiah et Samuel se voyant conférer là une forme de majesté ; impossible. Au contraire, c'était son aube à lui. Dieu avait enfin touché son front, aussi !

Il prit la louche que lui tendait Samuel et but une gorgée, sûr du savoir qu'il tenait dans ses mains. Il n'avait pas soif, mais il fallait absolument montrer à ces deux-là combien son pouvoir était élémentaire, qu'il n'y avait pas besoin d'élever la voix et de lever la main : quelques mots suffisaient pour que la nature se plie à son autorité, simplement, illustrant l'unique ordre dans le cadre duquel elle pouvait fonctionner. Il sourit.

« Leur sang sur eux », dit Paul, optant finalement pour une approche directe. Il soupira. « Saigner est si facile. Le corps laisse échapper ses secrets à la moindre provocation. L'homme n'est séparé du reste de la nature que par son esprit, sa capacité de savoir, même si ce savoir est né dans le péché. » Paul respira profondément, regardant fixement leurs visages fermés. « Féconds ! lança-t-il, un peu trop fort à son goût. Multipliez », poursuivit-il, levant brusquement sa main et lâchant la louche, qui retomba par terre aux pieds de Samuel.

« Ramasse », ordonna tranquillement Paul en posant la Bible en équilibre sur ses cuisses.

Ils se précipitèrent tous les deux sur la louche et leurs crânes s'entrechoquèrent. *S'ils ne s'étaient pas tenus si près l'un de l'autre*, songea Paul. Le soleil miroita sur la louche et lui piqua les yeux. Il pointa le sol du doigt, faisant signe à Isaiah et Samuel de se dépêcher de la prendre. Il se tourna vers le soleil pour échapper à cette lumière réfléchie, et se retrouva confronté à une autre.

Là-bas au loin, Paul la vit, un vague aperçu fugitif d'abord, puis sa forme complète. Debout, il en était sûr, à l'orée du champ de coton. En réalité, elle se trouvait quelques rangs à l'intérieur. Le coton enveloppait son ventre telle une ceinture ouatée, et des oiseaux multicolores voletaient au-dessus d'elle. Elizabeth tenait audience en ce matin, non pas dans le passé mais maintenant, le saluant fébrilement de la main, ou bien lui faisait-elle signe d'approcher ? Paul se leva. Non, Elizabeth lui disait de s'en aller. Mais où ? Elle cessa son geste de la main. Ses bras retombèrent le long de ses flancs. Paul se frotta les yeux. Il se tourna de nouveau vers le champ. Elizabeth avait disparu en un clignement de paupières, emportant le sens avec elle.

Quand Paul revint à lui et vit Samuel et Isaiah, debout devant lui, qui le dévisageaient les yeux écarquillés, comme si c'était lui qui était en danger, il eut envie de rire mais leur jeta plutôt un regard noir. La pitié en lui était en train de reculer, pas moins abasourdie par ses agissements qu'Isaiah et Samuel ne l'étaient, ayant besoin, plus que jamais peut-être, de l'amertume des spiritueux.

Pour la première fois depuis longtemps, il éprouva un sentiment qui ressemblait au doute. Ne comprenant pas bien ce que présageait l'apparition de sa mère dans cet océan de blancheur, ni pourquoi son visage impassible contredisait ainsi ses gestes frénétiques, il s'en alla pourtant d'une démarche assurée, de crainte que tous les autres ne le croient incertain, à leur propre péril.

Pourquoi se retourner et voir ces deux garçons – dont il savait à présent, après ce court moment passé avec eux, qu'il devait les vendre, non pas parce qu'il ne parviendrait pas à accroître son cheptel d'enfants nés de leurs semences, mais parce que les actes de défi étaient toujours, indubitablement, contagieux. Il se dit que sa tristesse, qui avait mystérieusement fait surface, sortie de nulle part, et pesait lourdement au creux de sa poitrine, tenait aux dispositions fastidieuses qu'il allait maintenant devoir prendre à cause de deux nègres insolents, et pas au fait que se trouver en leur présence avait manqué le convaincre qu'ils étaient faits pour être ensemble, appuyés l'un sur l'autre dans leur confusion.

Il les avait perturbés, mais pas de la manière escomptée. Peut-être n'avait-il fait que renforcer leur lien, leur donner l'impression qu'ensemble, ils pouvaient créer un chemin là où il n'y en avait pas, ce qui était depuis le début, si Paul devait être tout à fait honnête avec lui-même, la nature même de leur travail. Son plan avait *trop bien* fonctionné. C'était lui qui les avait encouragés à travailler de conserve, à l'unisson, et ces deux-là n'avaient fait que suivre ses instructions. C'était sa faute s'il avait omis de se rappeler qu'ils ne disposaient pas de la subtilité d'esprit ni du savoir approfondi qu'il fallait pour mener une existence mesurée. Il avait juste eu besoin de venir en juger par lui-même, d'être témoin de…

Non ! Venir là – pour être témoin de quoi ? De nègres se comportant en nègres ; les choses vivant au ras du sol, après tout, agissaient bassement – avait été une mauvaise idée. Toute cette entreprise leur avait donné l'impression, si ténue soit-elle, qu'ils avaient une certaine valeur. C'était une erreur.

La paix ne pouvait exister. Paul ne pouvait tolérer cela. Quelque chose en son centre, une chose aux contours déchirés, le poinçonnait à cette seule pensée. Jamais il ne l'aurait admis, mais quelque chose de sauvage l'enrobait tout à coup, non pas tant une armure qu'un baume. Et cela le poussait frénétiquement vers sa maison. Son pas, cependant, n'était pas sûr et le sol ondulait. Il éprouvait une lourdeur de tous ses membres, qui le faisait trébucher. La Bible, humide de sa transpiration, lui glissa entre les doigts. Ses genoux heurtèrent le sol et, avant que tout ne s'obscurcisse, il vit Timothy qui courait à sa rencontre.

Que faisait-il donc par terre ? Ah, oui. Il avait dû s'évanouir de chaleur. Il se persuada que ce n'était pas sa proximité avec l'éclat d'Isaiah ou celui de Samuel qui avait provoqué cela. D'ailleurs, y en avait-il seulement un, d'éclat, ou l'avait-il imaginé ? Les esclaves se massaient parfois avec des huiles de plantes sauvages, de sorte que le soleil les faisait miroiter. Voilà, c'était forcément ça.

Le soleil était donc doublement coupable. Oui, c'était ce soleil torride qui lui avait frappé la tête de ses rayons, il avait seulement besoin d'un peu de la bonne eau du puits pour retrouver ses esprits. Paul regarda autour de lui, épuisé. Une partie des esclaves s'étaient rassemblés, ils l'entouraient, en pleurs, demandaient s'il allait bien, le privant de tout l'air dont il avait besoin pour reprendre le pouvoir. Il les repoussa d'un geste, leur ordonna de s'en aller et se leva trop vite. Il fit un premier pas chancelant puis tomba à genoux. Timothy l'aida à se relever. Paul s'épousseta et fit un autre pas. Il dit à Timothy de ramasser sa bible puis, lentement et mieux équilibré, il reprit sa marche en direction de la maison, Timothy lui emboîtant le pas.

Paul roulait en silence à bord du coupé, ce soir-là, plongé quasiment dans le noir par le couvert des arbres. Adam menait les chevaux à allure lente et régulière, leurs sabots claquant au rythme qui lui convenait. Paul contemplait l'arrière du crâne d'Adam à travers l'ouverture du coupé. Il remarqua qu'Adam commençait à perdre ses cheveux sur le dessus. Y avait-il donc si longtemps qu'il était né ? Malgré ses registres impeccablement tenus, Paul se mit soudain à douter qu'il ait pu se livrer à ce commerce depuis tant d'années. Mais Adam en était l'irréfutable preuve.

Une lumière indécise venait de la ville ; la lueur des lanternes et des bougies faisait paraître les choses plus douces qu'elles n'étaient en réalité et cela procurait à Paul un calme inattendu. Ainsi disposé, il prêta attention à la ville comme il n'avait encore jamais pris la peine de le faire. Les rues demeuraient animées, bien que les boutiques fussent fermées depuis un bon moment déjà. Mais des chevaux et des esclaves étaient encore attachés à certains poteaux, des femmes de nuit et des hommes durs à chapeaux larges et étuis de revolver, dont certains étaient vides, marchaient d'un pas nonchalant au long de la large piste en terre qui scindait le centre du bourg. Ils se dirigeaient vers l'unique endroit qui venait tout juste d'ouvrir.

Les portes battantes du saloon s'ouvraient et se refermaient, et des corps et des corps s'engouffraient à l'intérieur. De la fumée et des rires s'échappaient, ils vinrent frapper Paul lorsque Adam immobilisa l'attelage devant la rambarde. Adam bondit de son siège pour nouer les guides au poteau puis, d'un pas de quick-step, il alla ouvrir la porte du coupé à Paul. Paul descendit lentement. Il tira sur son col et baissa le rebord de son chapeau de sorte qu'on puisse bien voir son nez et sa bouche, mais qu'un peu de travail soit nécessaire pour croiser son regard.

« Reste avec l'attelage, ordonna-t-il à Adam. Et tu as tes papiers…

— Oui, m'sieur », répondit Adam en hochant la tête, puis il reposa le menton sur sa poitrine.

Paul croisa quelques types en train de seller leurs chevaux, des amis de James, tous très enjoués.

« Mister Halifax », lancèrent-ils.

Paul tourna la tête par courtoisie, mais ne se fendit d'aucune ouverture. Les hommes interprétèrent cela comme une marque d'irrespect. Mais n'étant pas assez courageux pour exposer directement leur grief à Paul, ils s'en prirent à Adam.

« On pourrait presque croire que ce nègre est un Blanc, et qu'il a juste passé un peu trop de temps au soleil », railla l'un d'eux.

Paul sourit et s'engagea sur la rampe de bois qui menait au saloon.

Il poussa les portes battantes, qui grincèrent plusieurs fois, dans un sens puis dans l'autre, avant de s'immobiliser. À l'intérieur, il faisait plus frais que Paul ne s'y attendait, et un frisson le parcourut avant de se dissiper au niveau de sa nuque. Quelque chose de sucré parfumait l'air, se mêlant aux aromes émoussés des cigares. Des gens passèrent devant lui, sans le reconnaître d'abord, trop pris dans une ambiance qui, si on avait pu lui donner une couleur, aurait été pourpre, car on aurait dit qu'une femme avait imprudemment jeté sa robe sur les lanternes, que leur caresse mutuelle allait plonger le monde entier dans la pénombre, puis l'envelopper dans la lumière d'un cœur battant, ou même d'un sang palpitant avec tant de force dans les veines qu'on pouvait en entendre le flot. Tout ceci, bien sûr, avant que la chaleur ne se fasse trop intense et que tout ne s'embrase, mais les gens seraient alors trop absorbés pour remarquer que le monde autour d'eux était la proie des flammes, ils confondraient les cendres avec des confettis.

Paul emporta malgré lui ce pourpre au fond de lui. Il se promit de ne pas le laisser s'échapper ni teinter ses pensées. Il regardait les femmes aux robes boutonnées jusqu'au cou et les hommes qui tenaient des pichets dans leurs mains, les hissant dans l'air de temps à autre et répandant maladroitement leur contenu sur des corps gloussants, prélude à ce qui allait se passer lorsqu'ils sortiraient tout à l'heure à l'arrière du saloon, derrière les barils d'eau, dissimulés par l'éclat des étoiles qui ne pouvait les atteindre. Robes soulevées et pantalons baissés, puis les girations qui ne duraient jamais longtemps avant que les deux parties n'éprouvent un peu de honte au moment de se séparer sans même échanger un regard. C'était Vicksburg, certes, mais c'était aussi le monde entier. James ne racontait pas grand-chose sur l'Angleterre, songea Paul, mais son silence révélait tant, ses yeux aussi qui refusaient qu'on regarde au fond d'eux. Paul était certain que rien, pas même un océan entre eux, n'aurait pu supprimer les voies et les moyens qui les reliaient l'un à l'autre.

Il se fraya un chemin vers un recoin au fond du saloon et prit place à une petite table collée contre le mur. Puisqu'il avait décidé de venir sans James, lequel servait généralement de tampon entre les citoyens trop curieux de Vicksburg et lui, il voulait être aussi tassé dans un coin que possible. Il avait préféré que James reste à Elizabeth, cette fois, pour assurer la sécurité, car il rentrerait tard, aussi tard que nécessaire. Il voulait réfléchir sans interférence extérieure aux décisions à prendre, et parvenir à celles-ci en s'épargnant les jugements et autres simplifications de James. C'était son droit, en tant qu'homme.

La serveuse joua des coudes à travers la foule pour le rejoindre. Il ne lui prêta aucune attention, au-delà d'une rapide dissection qui visait à apercevoir, bêtement, ce qu'elle n'avait pas découvert, alors qu'elle lui demandait ce qu'il voulait boire puis rapportait une bouteille de whisky et un verre à la propreté douteuse.

« Je vous connais, entendit-il une voix lancer, bien trop près de lui pour quiconque aurait eu de bonnes manières. Vous possédez cette plantation de coton, par là-bas ? Halifax, c'est bien ça ? »

Paul se tourna très légèrement et aperçut l'homme maigrelet coiffé d'un chapeau, son pichet de bière à la main. « La plantation Elizabeth. » Il hocha la tête, par simple courtoisie, espérant que l'importun allait partir.

« On vous voit jamais par ici sans votre cousin. Où est James ? Trop soûl pour boire ? »

Paul ricana, se versa un peu de whisky et en but une gorgée.

« Jake. Jake Davis, poursuivit l'homme, tendant à Paul une main que Paul jaugea et mit un peu trop de temps à finalement serrer. Puis-je me joindre à vous ? »

Paul grogna et se reversa du whisky. Il haussa les épaules. Jake tendit un doigt et articula quelques mots à l'intention du barman, qu'il lui fasse porter une bouteille de gin.

« Votre cousin m'a dit que vous envisagiez de vendre une paire de jeunes mâles, dit Jake. Il se trouve que je connais un acheteur prêt à vous les prendre à prix d'or. Bien plus que ce que vous en tirerez aux enchères. »

Paul dévisagea Jake, suspicieux. « Mmh. Si tel est le cas, je me demande pourquoi votre acheteur ne peut pas simplement assister à la vente, comme tout le monde. » Il avala une gorgée de whisky. « Et je me demande aussi ce que vous pourriez bien vouloir en échange de votre rôle d'intermédiaire. »

Quelqu'un s'était assis au piano, un homme avec de grands yeux et une moustache dont les poils empiétaient sur sa bouche. Il avait un sourire trop large pour son visage, songea Paul, qui le faisait ressembler davantage à un portrait que le peintre aurait raté. L'homme abattit ses doigts sur les touches du piano et les premières notes manquèrent leur cible. Il était ivre, à l'évidence, mais la mélodie ne tarda pas à prendre sens et sa tonalité était plaisante. L'homme se tenait aussi droit que possible sur son tabouret, et baissait à peine les yeux sur ses doigts. Pour l'essentiel, il observait les gens qui s'étaient mis à frapper dans leurs mains et à danser.

Paul tapa du pied car le rythme lui rappelait un air que les femmes de chambre de sa mère avaient jadis chanté pour la bercer et lui faire oublier la douleur qui accompagnait le dépérissement. Dans l'un de ses rares moments de lucidité, elle l'avait décrite à Paul, cette douleur. Elle lui avait confié que c'était comme si quelqu'un essayait de l'arracher au monde en la repliant peu à peu dans le sens de la longueur jusqu'à ce qu'il ne reste plus rien. Et chaque nouveau pli, disait-elle, était comme un tisonnier chauffé à blanc appliqué sur son âme.

« Ça brûle », avait-elle dit.

Paul lui avait donné de l'eau, mais ça ne servait à rien, disait-elle. Cela ne ferait qu'envelopper tout d'un brouillard de vapeur, et elle voulait qu'il voie ce qui lui arrivait, afin que cela ne lui arrive pas à lui. Il n'avait pas compris alors ce qu'elle voulait dire par là, et ne le comprenait toujours pas. Les notes du piano le ramenèrent au présent et son pied se mit à taper un peu plus vite. Il avala une autre gorgée et commença à sentir l'engourdissement, le bourdonnement, l'étourdissement qu'il recherchait pour l'aider à oublier – non, pour l'aider à se rappeler que ce n'était pas une perte qui l'avait conduit là et qu'il n'y avait pas lieu de se lamenter. James l'avait exposé clairement, et seule la fierté de Paul l'empêchait de voir qu'il s'agissait là, tout simplement, d'un coût lié à la conduite de ses affaires. Et qu'était donc un gain, si ce n'est une stratégie qui débouchait sur un profit ?

« C'est un homme discret, répondit Jake. Un événement public comme une vente aux enchères, ce n'est pas sa tasse de thé. Et avant que vous ne posiez la question, il aime bien mener lui-même ses affaires, de sorte qu'il n'envoie jamais personne à sa place.

— Et pourtant, vous êtes là », répliqua Paul.

Les murs du saloon se mirent à trembler alors que les hommes entonnaient en chœur un air que Paul n'avait jamais entendu. Ils mangeaient les paroles et chantaient faux, mais cela semblait presque approprié. La gaieté avait une manière bien à elle, et le désordre de tout ça, dans cette lumière rouge-rouge et la confusion des sens alcoolisés de Paul, n'était pas seulement un *genre* de beauté, mais la beauté elle-même. Paul se sentait assez détendu pour se lever et brandir son verre.

« Il ne m'a pas vraiment envoyé, reprit Jake. Je me suis porté volontaire, en quelque sorte. Pour rendre service à James. »

Paul baissa les yeux sur Jake, resté assis. « James ne m'a rien dit.

— Je lui ai demandé de ne pas en parler. Pas avant que je sois sûr. Mais alors, vous êtes entré ici ce soir et c'était…

— … la providence », acheva Paul.

Il se retourna vers la table, empoigna la bouteille et, cette fois, but directement au goulot. Une partie du whisky coula à côté de sa bouche et ruissela sur son menton. Son état fit qu'il ne s'en soucia guère. À bien y penser d'ailleurs, en cet instant, il ne se souciait plus de grand-chose. Ni d'Isaiah et de Samuel, ni de Ruth, ni de Timothy, ni de la plantation, ni de rien. Et ce fardeau qu'on lui retirait lui donnait l'impression de pouvoir flotter jusqu'au plafond sans la moindre idée concrète de comment redescendre. De cela non plus, il ne se souciait pas.

« Et quand pourrai-je le rencontrer, ce mystérieux gentleman ? demanda-t-il à Jake.

— Il se trouve qu'il est ici. Derrière. Comme je vous le disais tout à l'heure, il n'aime pas trop la foule et préfère son intimité.

— S'il préfère son intimité, que fait-il à l'arrière d'un saloon ?

— Il a d'autres affaires à régler. Sinon, il serait chez lui.

— Où donc est ce chez-lui ? Et d'ailleurs, comment s'appelle votre homme ?

— Vous devriez garder toutes vos questions pour lui. Vous ne serez pas déçu. Suivez-moi, Halifax. Par ici. »

Si bien que Paul suivit Jake dans l'arrière-salle du saloon, où l'on entendait encore la musique à travers la porte ouverte. La lumière rouge-rouge les avait suivis, elle aussi, mais atténuée à présent, absorbée de manière déconcertante par la nuit au fur et à mesure qu'ils s'éloignaient du tumulte, lequel, curieusement mais indubitablement, manquait déjà à Paul. Sa bouteille toujours en main, il but une autre lampée avant qu'ils ne franchissent la porte de derrière.

La bouteille était presque à sec, il la jeta, perdit l'équilibre et s'effondra par terre dans un éclat de rire. Jake l'aida à se relever. Une fois debout, Paul aperçut trois hommes autour de Jake.

« Très bien. Lequel de ces messieurs est… M. Intimité ? »

Jake ne répondit rien, tandis que les trois hommes se jetaient sur Paul. Ils le plaquèrent au sol. Paul en frappa un au visage, d'un coup de pied, et l'homme bascula en arrière, mais les deux autres tenaient bon.

« Ses poches ! » hurla Jake, et les deux hommes se mirent à tirer sur le pantalon de Paul. Celui-ci tendit la main vers son étui et l'un des inconnus l'empoigna par le bras, l'empêchant de dégainer son revolver. Puis l'homme que Paul avait frappé se jeta de nouveau dans la mêlée et aida celui qui voulait s'emparer de l'arme de Paul. Pendant ce temps, le troisième était parvenu à prendre les billets de banque dans la poche de Paul, à arracher sa montre en or de la chaîne fixée à la ceinture du pantalon. Il la tendit sous les yeux de Jake.

« Je l'ai ! s'exclama-t-il.

— Parfait ! Allons-nous-en ! »

L'un des inconnus ramassa une poignée de terre sèche et la jeta dans les yeux de Paul. Paul se couvrit le visage et les hommes partirent en courant. Clignant des paupières et se frottant les yeux pour les débarrasser de la terre, Paul tira un coup de feu dans la direction où il lui semblait que les hommes s'étaient enfuis. Il ne put vraiment voir s'il avait touché la cible. Il palpa la poche de sa chemise et en sortit un mouchoir pour s'essuyer le visage. Il s'affala contre la façade arrière du saloon, leva les yeux sur le ciel étoilé et secoua la tête.

« Aux enchères, donc », murmura-t-il.

Il glissa le long du mur jusqu'à ce que ses fesses heurtent le sol. Il contempla ses chaussures pendant un moment, avant de se relever. *Au moins ils n'ont pas pris mes bottes.* Puis il rit. Puis il rit à gorge déployée. Puis, finalement, il tomba en arrière sur le sol, incapable de contrôler le rire qui agitait tout son corps. Jamais il ne s'était senti si léger. Il aurait voulu pouvoir continuer de tomber en arrière, se délectait du papillonnement au creux de son estomac, de la démangeaison au bas de son scrotum. Mais il se releva une nouvelle fois parce qu'il pensait pouvoir flotter dans les airs. Ne se retrouvant pas plus près des étoiles qu'il ne l'avait jamais été, il chassa l'idée d'une gifle.

Il marcha d'un pas titubant vers l'entrée principale du saloon. Il tourna au coin de la rue et aperçut son cheval et son coupé, et Adam qui piquait du nez sur le siège du cocher, sa tête basculant vers le bas avant qu'il ne se reprenne et ne redresse le dos. Paul se ressaisit, mais son esprit appartenait encore au whisky.

« Où est mon garçon ? lança-t-il, un sourire aux lèvres. J'ai besoin de mon garçon. »

Adam, qui somnolait encore, ne l'entendit pas.

Paul s'approcha et répéta sa supplique, plus fort cette fois. Adam tressaillit et, se retournant, il vit Paul planté là au pied du coupé, tout débraillé. Pris au dépourvu, il eut un moment de recul devant ce Paul souriant. Se rendant compte de ce qu'il pourrait lui en coûter, il raviva promptement la flammèche mourante de la lanterne, à ses côtés. Il sauta de son siège, lanterne en main, et courba le front devant Paul.

« Massa, dit-il d'une voix qui portait les traces évidentes d'un sommeil interrompu. Tout va bien, m'sieur ?

— Oui, mon garçon. Tout est parfait. » Il toucha le visage d'Adam et le redressa. Il était en train de le salir avec ses mains crasseuses et éraflées. Adam écarquilla les yeux. « J'ai besoin de toi, Adam. » Paul souriait, le regard vague. « J'ai besoin que tu me ramènes à la maison, tout de suite. Tu m'entends ? Prépare le cheval pour rentrer. Tu sais pourquoi ? » Paul approcha son visage un peu plus près de celui d'Adam. « Parce que Dieu nous a bénis.

— Nous, Massa ? l'interrompit Adam avant de se reprendre.

— Nous a bénis en réponse à mes prières. N'est-Il pas merveilleux, Adam ? Ne donne-t-Il pas tant à Ses enfants, Ses enfants bénis qu'Il a chargés d'administrer toutes choses ici-bas ? » Paul retira enfin ses mains du visage d'Adam et elles tombèrent sur sa poitrine. « Oh, il m'arrive de crier parfois, Adam, dit-il. Parfois, j'ai l'impression que je pourrais me dresser au milieu de tout, comme ton grand-père le faisait, et crier à la face du monde qu'il n'est pas de plus grand cadeau que d'être dans la grâce de Dieu. Peu importe si l'on chute très bas. Peu importe combien de fois l'on trébuche, il n'est pas de plus grand savoir que savoir que tout ce que l'on fait est au service de Dieu Tout-Puissant et, par conséquent, vertueux. C'est pour cette raison que ton grand-père faisait ça. Je ne t'ai jamais raconté comment il tournoyait les bras écartés, et riait au ciel. C'est ainsi que je connais Dieu. C'est ainsi que je sais qu'Il ouvrira un chemin. Au moment où tu crois qu'il n'y a rien en partage pour toi, Il vient déplacer les montagnes et te révèle des trésors destinés à ton seul coffre. Tu le sais peut-être confusément. Mais j'espère qu'une partie au moins de tout cela te parvient. Tu n'es pas nous, mais tu n'es pas eux non plus. Alors peut-être que je ne perds pas mon temps en te disant cela. Et si c'est le cas, personne ne te croira jamais, de toute façon. Alors peu importe. »

Ils échangèrent un long regard à la lueur de la lanterne, deux visages qui étaient le reflet l'un de l'autre, même pour l'œil le moins clairvoyant. Paul ne l'avait jamais vu avec tant de clarté. Dans une autre vie, ils auraient peut-être été père et fils à part entière, et pas du genre petit secret. Paul ravala l'idée qu'Adam faisait un descendant plus convenable que Timothy. Il la chierait tout à l'heure.

La lumière entre eux avait pâli et les ombres, faibli. L'obscurité commençait à reprendre ses droits sur eux.

« Je crois qu'il faudrait plus d'huile à la lanterne, Massa, déclara Adam d'une voix calme.

— Plus », répéta Paul, tout aussi calmement, juste avant que la lumière ne s'éteigne complètement et que les deux hommes ne respirent lourdement dans le noir.

La lune, tranchée en deux par les ténèbres envahissantes, n'en était pas moins suspendue très haut dans le ciel. Elle était visible à travers les branches des arbres, dont les entrelacs se détachaient sur ce fond, tandis qu'Adam menait lentement les chevaux sur le chemin qui conduisait à la plantation Halifax. Adam était assis bien droit et attentif sur le siège du cocher, Paul allongé dans la cabine du coupé, les yeux plongés dans le ciel à travers l'ouverture.

Il perdait et reprenait connaissance. Le sang lui battait aux tempes, mais il n'y prêtait guère attention. Il préférait contempler la demi-lune. Il tendit sa paume vers le ciel et occulta l'astre, puis redescendit sa main. Il n'aurait jamais cru qu'il était si facile d'ôter la lune du ciel. Il étudia ses mains sales puis ses vêtements déchirés. Poches vides. Partie, sa montre de gousset. Se découvrir vainqueur, même quand la vie vous avait désigné perdant. Si sa visite au saloon lui avait appris quelque chose, c'était cela. Le sommeil finit par le rattraper. La lune qu'il voyait à présent se trouvait sous son crâne, toujours coupée en deux, mais moins brillante.

Les chevaux avançaient au pas, aux ordres d'Adam. La route avait été clémente, berçant Paul et la demi-lune qui était désormais au-dedans de lui. Hormis cette lune à demi dévorée qui l'avait à présent quitté, Paul ne se rappelait pas grand-chose du trajet, si ce n'est le réconfort qu'il lui avait apporté, et il sursauta à cause non seulement de ce voyage qui paraissait trop bref (et le sommeil né du whisky était toujours le meilleur), mais d'Adam qui était maintenant penché tout près de son visage. Trop près.

« Qu'est-ce que tu fais ? » demanda Paul.

Il se rassit, finalement. Adam recula un peu, contempla le sol, et prononça des mots que Paul ne daigna pas entendre. Ils restèrent dans cette position – le scruteur de sol et le dévisageur – jusqu'à ce qu'un malaise s'installe. Alors, Paul dit à Adam de le ramener à la maison. Adam marcha jusqu'aux chevaux, empoigna leurs guides, et leur fit franchir le portail qu'il avait, de toute évidence, ouvert pendant que Paul dormait. Ils approchèrent de la maison. Adam aida Paul à descendre de la cabine.

« Vous avez encore besoin de moi, Massa ? » demanda-t-il.

Paul fit non de la tête car il n'avait pas la patience d'articuler des mots et, en outre, ne souhaitait pas les gaspiller. Titubant moins, il marcha doucement vers la maison.

« Vous vous sentez bien ? » s'inquiéta Adam.

Paul se contenta de le congédier d'un geste. Guides en main, Adam mena les chevaux vers la grange, toujours attelés au coupé.

Paul continua de marcher, d'un pas désormais plus régulier, vers la maison. Toutes les lumières étaient éteintes, à l'exception d'une lueur chaude, quasi imperceptible, émanant de la chambre de Timothy. Paul avait horreur que Timothy veille si tard et peigne dans si peu de lumière. *Le meilleur moyen de s'abîmer les yeux*, songea-t-il. Puis il distingua une empoignade d'ombres dans l'encadrement de la fenêtre, juste avant que la lumière ne s'éteigne pour de bon. Des cochons couinèrent et il crut entendre des sabots claquer, les cloches des vaches.

Son cœur se fit poing au creux de sa poitrine, frappant de toutes ses forces pour s'en échapper. Il porta la main à sa hanche et dégaina le revolver, puis courut vers la maison, plus vite que son corps ne l'aurait permis en temps normal. Il trébucha sur la première marche du perron et se cogna le genou. Il grimpa en rampant les quatre suivantes et se releva, finalement, en haut, puis s'approcha en chancelant de la porte d'entrée, la poussa avec une telle force qu'elle alla heurter le mur du vestibule et revint s'écraser sur son visage. Agacé, il la repoussa, moins violemment cette fois, et se dirigea vers l'escalier. Il appela Maggie mais n'attendit pas qu'elle se présente. Il grimpa les marches deux à deux et trébucha, de nouveau, tout en haut, incapable de rien voir dans une obscurité aussi épaisse. Il appela de nouveau Maggie, attendant cette fois qu'elle arrive avec une chandelle ou une lanterne, qu'il lui arracherait des mains dès qu'elle apparaîtrait. Mais elle n'apparut pas. Il s'en souviendrait, au lever du jour. Il s'engouffra dans le long couloir qui menait à la chambre de Timothy, appelant son fils et Ruth, tout en accélérant le pas. Où était donc Ruth ?

Il était essoufflé maintenant, mais ne laissa pas cela l'empêcher d'atteindre la porte de Timothy, qu'il ouvrit d'un coup de pied. La chambre était plongée dans le noir, pas même un rayon de lune à travers la fenêtre pour lui permettre de distinguer le contour des choses. Il entra comme une furie dans la pièce et se cogna contre le lit. Passant la main sur les draps, il ne sentit rien. Il se hissa sur le lit et rampa dessus, précipitamment ; trop précipitamment, son pied se retrouva pris dans la couverture et il se débattit et bascula sur le côté. Il atterrit sur quelque chose, quelque chose de mou et d'humide. Il tâtonna autour de lui ; c'était un corps, poisseux. Il se mit à genoux et scruta l'obscurité.

Timothy.

Il tenta de le soulever, mais Timothy était lourd, si bien qu'il réussit tout juste à hisser le haut de son corps sur ses genoux à lui. Il toucha le visage de Timothy et sentit une entaille profonde et mouillée. Il en eut le souffle coupé. Il se leva d'un bond, laissant tomber le corps sur le plancher.

Il leva les yeux au ciel, ses lèvres se mirent à trembler comme celles d'un lâche, et il secoua lentement la tête, l'incrédulité s'emparant fermement de lui. Il poussa un cri.

Pour la première fois, il maudit Dieu, encore et encore. Puis il s'interrompit à mi-juron, car c'est alors qu'il vit la chose.

Du coin de l'œil. Quelque chose de chatoyant. Un scintillement. Une étincelle. Un éclair soudain. Un souvenir fuyant. Un poisson argenté dans l'eau de la rivière. L'éclat du soleil sur la crête d'une vague. Un trait de foudre dans un nuage poussé par le vent. La dernière note d'une chanson.

Il leva son revolver à l'instant où il entraperçut, fugacement, la nuit. Oui, incroyable, mais vrai : la nuit se ruait vers lui et elle avait des dents, des dents étincelantes qui devaient manifestement leur brillance à une diète à base de chair blanche.

Adam

Une ligne courait de haut en bas, au milieu d'Adam.

Elle était si fine que personne ne pouvait la voir, pas même Adam. Mais puisqu'il pouvait la sentir, tel un fil de fer qu'on aurait tendu au-dessus du feu jusqu'à ce qu'il vire à l'orange, puis appliqué sur ses parties les plus sensibles, au centre de son être, depuis le front jusqu'au bas-ventre, il savait qu'elle était là.

Elle faisait mal. Parfois, elle le lançait. Même s'il semblait entier dans tout ce qu'il faisait, qu'il s'agisse de nettoyer le coupé ou de mener l'attelage, cette ligne le scindait en deux. Elle érigeait une frontière au-dedans de lui, un mur qui séparait ses poumons, lesquels se languissaient l'un de l'autre mais demeuraient piégés chacun de son côté, rendant le souffle d'Adam éternellement court. Elle séparait son cœur du côté droit de sa pensée, si bien que le côté gauche prenait souvent des décisions isolées. Des actes sans compassion pour les équilibrer, telle était la genèse de la cruauté.

L'œil droit ne savait rien de ce que voyait le gauche, lequel était enclin à lâcher une larme lorsqu'il voyait les gens du dimanche et que l'oreille gauche entendait les chants dominicaux. Le droit n'y comprenait rien. Ne voyait qu'un espace vide, n'entendait que du bleu et trouvait, au fond, que ces choses n'apportaient aucune clarté, ce qui voulait dire, sans la moindre ambiguïté, qu'il s'agissait d'une perte de temps.

La main gauche était téméraire. Adam s'était battu pour qu'elle ne soit pas la force dominante lorsqu'il pratiquait, à la lumière d'une lampe, les arts interdits. Il était déjà assez grave qu'il soit capable d'épeler son nom et de l'écrire en lettres des plus élégantes – chaque boucle, chaque bosse, chaque ligne inclinée un chef-d'œuvre, ce qui voulait dire, quel que soit son propriétaire, qu'il s'agisse de son père ou non, qu'une part de lui serait toujours libre de toute chaîne, et une part suffisait. Mais laisser cela s'écouler librement à travers sa main gauche, ce portail par lequel le diable lui-même passait des flammes à la terre ferme : cela accentuait le danger, mais aussi le frisson.

Il fallait pourtant de grands efforts à Adam pour maintenir son unité, car il n'y avait pas un seul endroit où il n'était pas écartelé. Il ne pouvait écouter les chants du dimanche que de loin, car les gens du dimanche – certes, ils ne lui avaient jamais dit qu'il ne *pouvait pas* s'asseoir avec eux parmi les ombres mouchetées et la mousse rampante, mais le cercle semblait se refermer devant lui chaque fois qu'il s'approchait, et leurs regards insaisissables suggéraient qu'Adam n'avait pas encore gagné leur confiance.

Il savait chanter, lui aussi, si seulement ils l'avaient laissé.

Il était l'une des rares personnes autorisées à entrer dans la Grande Maison, mais il s'en serait bien passé. Ruth posait d'élégants pièges. Une fois, elle avait caché un couvert d'argent et prétendu qu'Adam l'avait volé. Si Maggie ne s'en était pas mêlée en brandissant bien haut la cuillère : « La voici, Missy Ruth. C'est bizarre, quand même : une cuillère, au beau milieu du jardin. J'en reviens pas qu'une chose aussi précieuse se retrouve là-bas », cette histoire lui aurait certainement valu le fouet.

Il avait choisi le coupé. Le coupé, lui aussi, se trouvait au milieu. Entre la maison et le champ, mais aussi, fréquemment, sur la route.

Adam ne pouvait être sûr qu'il était le premier. Il était possible qu'il y ait eu une fille avant lui, et que Ruth se soit occupée de son cas avant même que la créature n'ait la chance de jouer et de s'épanouir. Avant même qu'on lui donne un nom. Alors il se la représentait comme Lilith, sa sœur aînée qui était morte pour que la fois d'après, sa mère fasse plus attention. Sa mère, dont il ne se souvenait pas. Où elle se trouvait à présent, il n'en avait aucune idée. Peut-être avait-elle payé tout cela au prix fort, afin que lui-même soit épargné. Le marché avait pu être le suivant : sa vie à elle contre la sienne. Puis on l'avait vendue aux enchères, les seins encore pleins d'un lait maternel produit spécifiquement pour lui, qui s'était mis à couler sous les huées de la foule, tant elles ressemblaient aux cris d'un bébé. Nulle robe à tacher, le lait avait goutté au long de ses côtes, puis de ses cuisses, avant d'aller s'écraser sur les planches de bois de l'estrade, et d'être absorbé par la chaleur et les arbres morts.

Et peut-être qu'elle se sentait morte elle-même, arrachée à son bébé – s'il était le seul qu'elle ait eu. À moins qu'elle ne se soit sentie très vivante, après avoir vu sa couleur de peau et compris qu'il ne serait jamais aussi sombre qu'elle, et ne ferait toujours que lui rappeler ses tourments et son persécuteur.

Était-il possible qu'elle se soit échappée ? Qu'elle ait gagné le Nord grâce à quelque brillant subterfuge qui avait recouvert ses traces et dissimulé aux chiens son odeur ? Feuilles de menthe et oignons utilisés, avec une efficacité remarquable, pour embrouiller et repousser. Nuits dans les grottes les plus profondes où Dieu sait quoi était tapi, ou tout en haut des arbres où les morsures des fourmis n'étaient qu'un prélude.

Elle était soit libre, soit dans une situation pire encore. Il était futile de se poser ces questions-là, mais l'existence tout entière d'Adam était futile, alors il continuait. Et il pouvait le faire relativement en paix, assis sur son siège de cocher, tandis qu'il menait les chevaux là où les Halifax lui disaient d'aller. Lui même, par la naissance si ce n'est par la loi, était un Halifax. N'empêche : il fallait qu'il fasse attention. Le regard toujours droit devant. Visage face à la route. Il ne pouvait pas donner l'impression, si vague soit-elle, de se tourner vers la gauche et les hortensias sauvages, aux pétales crème, qui bordaient certaines portions de la piste poussiéreuse, ou vers la droite, où les titis des marais se rassemblaient comme une famille, leurs doigts jaunes et pleins d'indulgence nonchalamment pointés vers le sol. Il pouvait encore moins révéler le fait qu'il assistait, lui, au lever et au coucher du soleil, et avait remarqué tant de différences entre ce que l'un et l'autre faisaient au ciel qu'on aurait pu y consacrer des volumes entiers, et qu'il aurait pu les écrire lui-même. Sans parler de la nuit, cette tendre couverture.

Les chevaux offraient une sorte de refuge. Leur rythme restait régulier et le balancement du coupé aussi, par conséquent, de sorte que Paul, Ruth, Timothy, et parfois James, avaient tendance à somnoler. Paul se pelotonnait en faisant la grimace. Ruth, un sourire triste. Timothy avait toujours un carnet de croquis sur les genoux, prêt à basculer. Et James, même en dormant, serrait fermement son fusil.

Quand ils rentraient à Empty, tous semblaient fâchés que le trajet s'achève, comme si la plantation leur avait fait sentir qu'aucun repos n'était possible. Adam trouvait cela d'une arrogance choquante. Comment pouvaient-ils considérer ce qu'ils faisaient comme du travail, ou que cela leur donnait droit à du repos ? Pendant ce temps, les nègres – parfois il aimait ce mot, parfois non – travaillaient à se (nous ?) ruiner les doigts, à tel point que même une étreinte accueillante en devenait douloureuse.

Adam, comme tous les autres, avait ce poids à porter et nulle part où le déposer si ce n'est dans une routine douce-amère. Alors il se contentait de dételer les chevaux et de leur flatter gentiment les naseaux. Il leur posait toujours la même question : « Vous êtes prêts à manger ? »

Puis il les ramenait à la grange et s'octroyait un moment pour boire de la bonne eau du puits avec Isaiah et Samuel.

Il ne comprenait pas tout ce foin, ces murmures qui s'étaient peu à peu amplifiés et menaçaient d'être entendus par les mauvais Halifax. *Qu'est-ce que ça pouvait bien faire si dans l'obscurité silencieuse ils s'entremêlaient ? Qu'est-ce que ça pouvait bien changer ? Chacun ne devait-il pas faire ce qu'il pouvait pour tenir un jour de plus ? On ne pouvait quand même pas leur demander d'accomplir tout ce labeur-là, et que le malheur soit l'unique maître qui supervise tout ça. Même les nègres avaient besoin de répit. Sinon…*

Sinon quoi ? Même Adam savait que cela devait rester inexprimé jusqu'au jour où ça s'exprimerait. C'était la seule chance de succès.

Tous les trois buvant l'eau du même seau avec la même louche, se passant cette douceur entre eux, chacun son tour, ne s'interrompant que pour grignoter le pain de maïs que Maggie leur avait apporté en douce et qu'ils partageaient volontiers. Maggie avait toujours traité ces garçons comme si c'étaient les siens, leur faisant passer des choses en croyant que personne d'autre n'était au courant. Si ces actes restaient impunis, supputait Adam, c'était parce qu'ils étaient considérés comme assez semblables à l'engraissement des porcs. Isaiah et Samuel étant mieux nourris, leurs corps étaient mieux formés. Entre la nourriture et leur travail, ils étaient musculeux et luisants de sueur. Seuls leurs visages laissaient deviner qu'ils n'étaient encore que des garçons.

« Ça fait quoi, demanda Adam d'un ton calme, sachant pertinemment que la réponse ne le satisferait jamais. De vous avoir l'un l'autre ? »

Samuel grimaça, mais Isaiah bomba le torse.

« Ce que c'est censé faire », répondit Isaiah. Samuel déplaça son pied d'avant en arrière sur le sol, traçant un arc dans la poussière.

« Mais vous avez pas peur qu'ils vous éloignent ? » Adam n'avait pu trouver manière plus délicate de le dire, et pensait qu'ils apprécieraient peut-être son approche directe puisqu'elle identifiait le lien qui les unissait comme un fait plutôt qu'un problème.

Samuel le dévisagea. « Peur ? Non. On n'a pas peur. Autre chose, oui, mais pas la peur.

— Quelle autre chose ? »

Samuel se contenta d'un grognement. Adam en saisit le sens : peu importe. Ce qu'ils avaient leur suffisait. Grand Dieu : c'était suffisant ! Mais comment ? Comment pouvaient-ils ne pas avoir besoin de plus de tout : plus d'amour, plus de vie, plus de temps ?

Adam n'avait pas manqué de remarquer le saisissant contraste entre ces deux-là et lui. À commencer par la peau. Des leurs, l'une était une caverne profonde sans la lumière d'aucune lampe pour se guider ; l'autre, un ciel de minuit, mais privé d'étoiles. Adam voyait la sienne comme étoilée mais sans le moindre ciel. Toutes trois étaient impossibles, mais elles étaient pourtant bien là, unies par un même terrain, un même sentiment d'injustice, par l'épaisseur des lèvres aussi qui donnait à leurs bouches de curieux contours. Celles d'Adam étaient plus roses ; elles le trahissaient, aussi.

Quand il mouillait ses cheveux et les repoussait en arrière, il était arrivé que des femmes toubabs le regardent comme s'il avait un potentiel, jusqu'à ce que, vues de plus près, ses lèvres révèlent le crime que constituait une telle estimation. Ces lèvres, il ne pouvait rien y faire si ce n'est les rentrer un peu. Mais tôt ou tard, il était bien obligé de parler et, alors, elles se dévoilaient. Si les femmes y voyaient clair, alors un chasseur ou une foule de lyncheurs y verraient clair aussi. Les lèvres étaient les seuls traîtres depuis la naissance.

Ainsi il savait, au moins, que sa mère avait une bouche en forme de vérité, car la sienne l'était également. Mais la vérité attirait l'attention, généralement au détriment de celui qui la disait. Son admiration pour Isaiah et Samuel était encore accentuée par le fait qu'ils se trouvaient sous le toit de cette grange, enveloppés, indécis, dans les ombres d'une vérité qui contrariait ouvertement tous ceux habitués aux mensonges. Ils étaient au milieu l'un de l'autre, et cela procurait à Adam autant de douleur que de joie.

Trouverait-il quelqu'un avec qui faire son chemin ? Non pas qu'il n'eût jamais été avec des femmes, il en avait peut-être même aimé une ou deux. Seulement, il n'arrivait pas à surmonter le fait de ne pas avoir le choix. C'était toujours présent sur le visage des femmes, aussi. La réticence usait les femmes d'une manière qui lui donnait envie de pleurer. Et parfois, ses larmes coulaient. Même si cela ne l'empêchait en rien d'agir – avec ou sans la menace du fouet.

Il enviait Isaiah et Samuel. Leur ferveur rayonnait autour d'eux telle une chaleur. Elle caressait leurs paroles, même les plus dures. Elle parait leurs mains, surtout lorsqu'ils se touchaient. Ils se regardaient dans les yeux et, malgré tous les efforts de Samuel pour qu'il en soit autrement, quelque chose s'ouvrait. Comme Adam se sentait béni d'être ainsi témoin d'une intention pure ! Il emmènerait cela partout avec lui, même dans sa tombe quand son heure sonnerait. Peu importe où on l'enterrait – si seulement ils l'enterraient : Adam avait toutes les chances de mourir au bout d'une corde et de se balancer sous la branche d'un arbre avant qu'on le fasse flamber et qu'on furète parmi ses restes en quête de morceaux – il serait illuminé par la possibilité que ceux-là lui montraient, pas par les dernières braises d'une torche cruelle.

Adam l'avait avec lui, le présent d'Isaiah et de Samuel, devant ce saloon où il attendait patiemment Paul. Regardant les gens aller et venir dans le grincement des portes battantes. Ils riaient ou titubaient. Ils allaient seuls ou par groupes. Ou bien bras dessus bras dessous avec des maîtresses qu'ils n'enlaceraient fort probablement que le temps de cette soirée en solitaire. Tout ceci – le bruit, l'animation, la bringue – était si différent d'Empty. Le plein contre le vide, peut-être.

Adam espérait que lorsqu'il ressortirait enfin de ce lieu entraînant, Paul ne serait pas trop ivre. Les toubabs étaient imprévisibles par nature et davantage encore lorsqu'ils abusaient des spiritueux. Adam estimait que c'était sans doute parce que les spiritueux avaient une telle caverne à combler qu'ils devaient travailler encore plus dur là-dedans, et que c'était ce surcroît de labeur interne qui rendait les toubabs si manifestement mauvais.

Adam allait devoir faire particulièrement attention, ce soir-là, dans les rues bondées de Vicksburg. La ville gardait son énergie jusqu'au petit matin, grâce essentiellement au saloon, qui attirait des toubabs venus des bourgs voisins et parfois même d'Alabama. En général, Paul s'en allait, après avoir conclu l'affaire qui l'avait mené là, juste au moment où les choses commençaient à devenir joyeuses. Adam ne connaissait le caractère infatigable de la ville que parce qu'il lui arrivait, au beau milieu de la nuit, de conduire James à ce saloon, où James prétendait que le coupé lui appartenait et dépensait son maigre salaire en alcool et en femmes, ce qui semblait lui donner l'impression d'être un meilleur homme.

L'ambiance était à son comble le samedi soir. Étrange, puisque c'étaient les mêmes personnes qui se massaient dans les églises le lendemain matin. Mais après tout, ils disaient que Jésus avait justement changé l'eau en vin pour ce genre de frivolités, et ordonné qu'on se repose le jour du Seigneur. Qu'allaient-ils donc faire à l'église, dans ce cas ? Ah, oui : ils dormaient.

Un inconnu s'approcha. Adam baissa précipitamment le regard.

« 'Scusez-moi. Pourriez me montrer l'endroit l'plus proche pour faire mes besoins, siouplaît ? » bredouilla l'homme.

Lèvres sagement rentrées dans l'humidité de sa bouche, Adam pointa du doigt la route, en direction d'Empty. C'était une portion obscure qui semblait, au bout d'un moment, engloutie par les bois. L'homme scruta la piste. Il frissonna puis sourit. Il se tourna vers Adam.

« C'est plus noir qu'la chatte d'une négresse, là-bas. Où qu'il est au juste, ce cabanon ? J'le vois pas. »

Adam leva la tête pour jeter un coup d'œil à l'inconnu. Celui-ci avait déjà mouillé son pantalon, si bien que des latrines ne lui serviraient plus à rien.

« Sur cette route, juste après le virage à droite, m'sieur.

— M'sieur ? répéta l'homme en reculant d'un pas titubant. Comment qu'tu m'as appelé ?

— Je crois que vous feriez mieux d'y aller », répondit Adam, menton fiché dans sa poitrine. Il fit un geste vers sa hanche, comme pour dégainer ce qu'il n'avait pas. Il redressa les épaules, gonfla le torse et leva, enfin, son visage pour fixer l'homme droit dans les yeux.

« Partez, maintenant. »

L'homme soutint son regard, les yeux embrouillés. Il fit un pas vers le coupé, paupières à demi closes. Ses lèvres s'entrebâillèrent comme s'il s'apprêtait à poser une question à Adam, une question qu'Adam connaissait avant même qu'elle soit prononcée. L'homme laissa échapper un petit grognement, puis chassa Adam de la main. Il fit volte-face et contempla l'obscurité, puis se dirigea vers elle d'un pas mal assuré.

Adam vida ses poumons et essuya d'un revers de main la sueur accumulée au-dessus de ses lèvres. Ce geste le remplit de colère. Il laissa sa main humide suspendue devant son visage. Il l'étudia. Ça n'avait aucun sens. Même la nuit, sa main avait la même couleur que celle de n'importe quel toubab, pourtant il n'en était pas un. Il n'était que ce que le dessin de ses lèvres laissait entrevoir. Il se couvrit la bouche de sa main. Et maintenant, qu'était-il ? Eh bien, il ressemblait à un idiot pris d'effroi, ou à un idiot avec un secret. Dans un cas comme dans l'autre, un idiot.

Adam remarqua la manière dont le bruit fonctionnait, ici. Il était localisé, ne venant pas de toutes les directions mais seulement du saloon. Pour le reste, un cercle de calme les entourait. Non pas que les bois fussent privés de son, mais ce son-là n'était pas une intrusion. Ses mouvements respectaient la pulsation de tout le reste, y compris les battements du cœur d'Adam. On aurait dit que la création tout entière inspirait et expirait. Même les ténèbres semblaient mouvantes, mais Adam savait qu'il s'agissait là d'un tour que vous jouaient vos yeux. Il les avait souvent vues à Empty, dans l'obscurité de sa cabane, qui n'était pas remplie d'enfants, même s'il en avait. Tous se trouvaient ailleurs, à présent, s'ils étaient encore vivants. Il n'avait vu que l'un d'entre eux. Une fille. D'une couleur à mi-chemin de la sienne et de celle de la mère, et dont le nom avait sombré dans l'oubli. Et cela n'avait pas d'importance, car ce nom avait été choisi par Paul de toute façon, et elle n'avait sans doute jamais eu son propre nom dans la langue de sa mère, qui était sans doute morte. Une bénédiction.

Dans l'obscurité de sa cabane, il avait vu bouger des ombres censées être immobiles. Leur balancement imitait les rythmes sombres des arbres ; c'était logique. Mais pourquoi les refrains obscurs de la porte ou des carrés découpés dans le mur pour ventiler se mettaient-ils eux aussi en branle, quand ce qu'ils représentaient était figé comme la pierre ? Un simple tour joué par l'esprit. Voilà ce que c'était. La solitude avait cet effet-là, parfois. Dans ces moments d'isolement, la réalité se défaisait et les lois physiques cessaient de tenir leurs promesses, surtout à cette heure, entre éveil et sommeil, où la frontière séparant l'ici du là-bas était la plus ténue. C'était sournois, la manière dont les chouettes semblaient parler des langues humaines, et des silhouettes depuis longtemps disparues sortaient de nulle part pour vous rendre une brève visite. Mais le temps de cligner des yeux ou de frotter la croûte sur vos cils, tout retombait dans l'ennui. Adam soupira. Il avait appris à ignorer la tentation de croire qu'il pouvait s'agir là d'autre chose que d'une provocation cruelle.

Adam songea que tout ce prétendu mouvement aurait pu lui donner envie de bouger lui-même, mais il lui procurait seulement un sentiment de fatigue. Il voulait juste fermer les yeux, même si un danger était tapi dedans. Dans le sommeil, il y avait…

Quoi ?

Un repos pour le corps peut-être, mais pour l'esprit las, rien. Sa tête bascula vers l'avant puis se redressa brusquement. Ses paupières étaient lourdes. Il s'inquiéta de l'apparence qu'il offrait aux toubabs festifs, même si ceux-là étaient distraits, l'espace d'une nuit, par la fumée et les spiritueux. Il craignait la chose cachée quelque part dans les entrailles de leur rire, cette chose qui les poussait à dire aux nègres ce qu'ils se seraient dit à eux-mêmes s'ils avaient eu tant soit peu de courage, ce qu'ils s'étaient dit entre eux, jadis, avant que les nègres ne viennent malencontreusement s'intercaler dans tout cela. S'ils venaient soudain à remarquer Adam, à peine capable qu'il était de garder la tête droite sous les coups de la nuit, ils diraient que les nègres étaient paresseux, mais ils se tromperaient. Les nègres n'étaient pas paresseux ; les nègres étaient fatigués. Éreintés. Et quand finalement ils ne l'étaient plus : le feu.

Il laissa ses yeux se fermer. La dernière chose qu'il vit fut la lumière rouge qui s'échappait en douce du saloon, changeant de forme et fusionnant avec la nuit pour enrober tout de son éclat terne.

« Du sang », grommela Adam, et il sourit.

Quand il finit par s'endormir, tête effondrée, ronflant, il ne rêva que de mots.

Quand Adam découvrit Paul, dépenaillé, au pied du coupé, ce fut comme si les pièces éparses de sa réalité se remettaient d'un seul coup à leur place. L'image qui se forma ne le réjouit guère. Paul empestait l'alcool, ses vêtements étaient froissés, sa chemise débraillée, son pantalon déboutonné. Il était sale. Il avait perdu l'équilibre et chancelait dans ses efforts pour le retrouver. Et son chapeau n'était plus là. Adam sentit un élancement au creux de son estomac.

« Massa. Tout va bien, m'sieur ? » demanda-t-il avec un air sincèrement inquiet, qui l'accoutrait comme s'il s'agissait là du vrai visage et que le sien était le masque.

Paul marmonna une réponse qu'Adam ne put saisir. Il bondit au bas du coupé et s'approcha un peu. Il rattrapa Paul qui se penchait un peu trop sur lui et lui soufflait son haleine d'enfer juste dans les narines, ce qui l'obligea à retenir sa respiration. Il n'avait jamais été aussi proche de son père. Peut-être que *père* était un mot trop fort. Pourtant, Adam éprouva soudain le désir qu'il le prenne dans ses bras, malgré l'odeur et le poids. Tentant de reprendre contenance, Paul posa les mains sur le visage d'Adam.

« J'ai besoin de toi… »

Adam resta là à le soutenir, s'oubliant un instant et oubliant aussi où il se trouvait, à trop scruter son visage. Cette demande le stupéfiait, car elle semblait chargée de tendresse. Les mains de Paul sur ses joues, sentir la pulsation de son corps et la sueur qui sourdait à l'endroit que couvraient ses paumes. Était-ce cela que l'on ressentait, en étant l'enfant de quelqu'un ? Jamais il ne s'était senti si proche d'appeler un homme Papa, et voilà que le mot se hissait dans sa gorge, se posait, soyeux, sur le fond de sa langue.

« Dieu nous a bénis.

— Nous, Massa ? »

Paul dévisagea Adam et ses mains descendirent des joues d'Adam à sa poitrine. Les yeux d'Adam s'écarquillèrent tandis qu'un sourire s'emparait des lèvres de Paul. Déplacé, mais peut-être que Paul l'avait finalement remarqué, lui aussi – l'arête du nez identique et le même front musculeux, indéniablement Halifax.

Non pas qu'il l'eût ignoré jusqu'ici, mais le fait de le voir de près faisait de lui un témoin direct. Il n'eut pas à le dire. Il n'avait pas à dire quoi que ce soit. Adam comprenait. La vérité pouvait être sue tant qu'elle n'était pas exprimée. Dès qu'on lui donnait forme, la vérité dévastait jusqu'aux murailles les plus élaborées et les plus fortifiées. Même les décombres n'étaient pas sûrs. Paul fut pris d'une quinte de toux et Adam lui tapota le dos avant d'empoigner la lanterne posée sur le siège et de la brandir devant son visage, comme s'il voulait s'assurer que Paul n'était pas en train de mourir.

Le visage d'Adam se figea. Voilà qu'il tenait dans ses bras cet homme qui frissonnait alors que la chaleur n'était pas retombée avec le coucher du soleil, si bien que ce devaient être les spiritueux et la chose, quelle qu'elle soit, qui avait mis dans cet état ses cheveux et ses vêtements. Adam s'éclaircit la gorge.

Il sentit un branle-bas au creux de son ventre qui allait sûrement se frayer un chemin le long de sa colonne et percer un trou là-haut, que son âme pourrait emprunter pour se glisser hors de son corps. Aller quelque part, faire quelque chose qui justifierait sa présence ici. Pas ces corvées élémentaires que seuls des gens dénués d'imagination, à l'esprit le plus bas, étaient capables d'envisager. Non, quelque chose qui lui laisserait le temps de se demander si les ténèbres pouvaient réellement se mouvoir d'elles-mêmes comme si elles étaient bel et bien vivantes. Et en dépit de ce que les toubabs avaient toujours dit, il possédait une âme, et celle-ci ne venait pas du toubab qui était intervenu pour causer sa création.

Puisque Paul avait dit « nous » comme s'ils faisaient vraiment famille, peut-être qu'un interstice pouvait être changé en ouverture. S'il en avait eu le courage, Adam l'aurait interrogé sur sa mère. Qu'avait-elle pensé en donnant naissance à cet enfant si spécial ? (S'il s'était parfois considéré comme spécial, c'était seulement à cause de sa manière d'être tantôt à sa place, tantôt pas, dans une si grande partie des lieux qu'il habitait.) Cet enfant si spécial qui était sorti du ventre de la plus noire des femmes, brillant comme un rayon de soleil, et aurait tout à fait pu être un toubab sans cette bouche révélatrice.

Peut-être Paul l'avait-il traitée comme quelqu'un de spécial, elle aussi. Mais quel sens cela pouvait-il avoir si l'alternative était la mort, ou pire ? Adam aimait dégager de la place pour toutes les possibilités. C'était ce que lui permettait la ligne qui le scindait en deux aussi sûrement que le premier méridien : danser des deux côtés, penser une chose en théorie, la mesurer, l'observer, la laisser vagabonder dans l'esprit sans autre raison que le fait qu'il s'agissait là, pour quelqu'un comme lui, du seul endroit privé. Au bout du compte, il lui fallait choisir : soit la rendre à son vrai propriétaire, soit la glisser dans sa culotte pour pouvoir s'en servir plus tard, s'il était encore là pour s'en servir.

Paul chancela de nouveau et Adam s'accrocha à lui et le hissa sur ses pieds. Il constata que son poids, même mort, n'était pas aussi lourd qu'il l'avait imaginé. Paul parlait sans s'arrêter, marmonnant des choses étranges au sujet de Dieu qu'Adam comprenait à peine car la langue de Paul était ligotée par les spiritueux. Mais c'était moins bizarre que tout à l'heure, quand Paul avait tenu le visage d'Adam entre ses mains et l'avait fixé dans les yeux et n'avait pas dit à Adam de regarder ailleurs. C'était la première fois qu'Adam contemplait, résolument, les yeux de son père, ceux-là mêmes qui avaient regardé sa mère, ou, pour être plus honnête, s'étaient détournés d'elle, à moins qu'ils n'aient erré sur la ligne ténue qui séparait les deux.

Adam avait envie de croire que ce regard froid était une mauvaise interprétation. Mais alors même que Paul s'efforçait de faire preuve de douceur en se servant de ce bref numéro d'ivrogne comme d'une excuse, ses yeux ne cessaient pas de dire la vérité. Durs, ils l'étaient. Larmoyants, mais une menace dorée quand même.

C'étaient ces mêmes yeux qu'on avait mis en garde sa mère de ne jamais fixer directement, pas même lorsqu'elle était couchée par terre dans la Cabane à Baise d'alors, qui reposait plusieurs strates en dessous de celle qu'Adam connaissait si bien. Paul la regardait-il ou bien détournait-il les yeux ? Adam n'était pas sûr, mais ce qu'il savait avec certitude, c'est que sa mère regardait ailleurs. Il le sentait, en cet instant. Il scrutait l'abîme des yeux de Paul en quête du visage de sa mère et ne l'y trouvait pas, ce qui voulait dire que Paul n'avait eu que le corps de sa mère, jamais son esprit. Après, elle l'avait sûrement perdu. Ce n'était pas sa faute.

Mais pourquoi Paul l'aurait-il traitée comme quelqu'un de spécial ? Étant donné sa couleur, plus blanche qu'un noir pur ne l'aurait permis, Adam se demanda si sa grand-mère ou son grand-père, aussi, avaient été violés. Plus probablement sa grand-mère, car, s'il s'était agi de son grand-père, sa mère aurait été une femme libre en vertu de la loi, ce qui aurait fait de lui un homme libre. Non pas qu'ils aient jamais fait passer la loi avant la couleur de peau. Leurs commandements – incohérents, arbitraires et éminemment provisoires – faisaient voler le sens en éclats. Père pouvait aussi vouloir dire oncle. Adam songea que sa vie tout entière n'était qu'un coup de dés. Sa liberté ou sa captivité reposant sur quelque chose d'aussi fragile que la question de savoir lequel de ses aïeux toubabs avait été sans vergogne.

Il n'était plus prudent, désormais, de se souvenir de sa mère. Cela risquait de la remettre au même endroit, dans l'état qui était le sien lorsqu'elle était partie. Il ne voulait pas se montrer cruel. Mais, surtout, il se disait que le malheur qu'elle apporterait et qui, Adam en était certain, était de nature à raser le sol sur lequel ils se tenaient ne représenterait pas seulement un danger pour Paul. Mais il était tenté de courir le risque, même si cela devait mener à la ruine. Rien que pour la voir et pour voir s'il apercevait son visage dans le sien. La bouche, il savait déjà.

« Très bien, Massa, dit-il à un Paul qui souriait toujours. Vous voulez que moi, je vous ramène à la Grande Maison ? »

La lanterne s'éteignit et Paul enfouit son visage dans la poitrine d'Adam, et, avant d'avoir pu reposer sa question, Adam l'entendit qui ronflait. Il souleva Paul et le déposa dans la cabine, le laissant retomber plus durement qu'il ne l'aurait souhaité.

Il le contempla un moment. Cet homme, cet unique homme, ne détenait le pouvoir que parce qu'il l'affirmait. Dépassé en nombre, il avait pourtant par la seule force de sa volonté fait plier non seulement la terre mais les innombrables personnes placées sous ses ordres. Comment une multitude pouvait-elle être ainsi terrifiée par un seul ? Les nègres, là-bas, dans la clairière avaient raison : le dieu des toubabs devait être le bon.

Adam referma la porte du coupé et se hissa sur son siège. Il tira sur les guides et les chevaux firent lentement pivoter l'attelage en direction d'Empty.

Si une bande leur tombait dessus en chemin, Paul dormait trop profondément pour être d'aucune aide. Ils auraient tout loisir de s'emparer d'Adam sous le nez de Paul et de le vendre en aval de la rivière à des péquenauds mal dégrossis qui trouveraient sa peau curieuse et ses lèvres encore davantage. Les gens comme lui se monnayaient un peu plus cher lors des ventes publiques, parce qu'on les croyait plus capables d'intelligence, et par conséquent moins frustrants à éduquer. Mais il fallait les surveiller de près pour être sûr qu'ils ne se mélangent pas. Rien qu'une marque au fer rouge sur le torse ne puisse résoudre.

Adam espérait que l'épaisseur des bois de part et d'autre de la route et la douceur des fleurs endormies érigeraient une clôture entre les voleurs et eux. L'alternative était tout aussi périlleuse. Il serait peut-être obligé de tuer un toubab, ce qui était une autre manière de dire qu'il allait être obligé de commettre un suicide. Il n'existait jamais aucun choix véritable pour les enchaînés, dans ce monde, mais pour les forts…

Ce n'était pas que les gens aimaient les forts. Non. Les forts, on ne faisait que les craindre, les apaiser, leur mentir dans l'espoir d'obtenir une faveur, un réconfort, même pour un instant. C'était qu'ils méprisaient les faibles. Ils méprisaient la faiblesse car nul apparat, nulle ferveur n'étaient fabriqués pour en dissimuler la nature essentielle, comme c'était le cas pour la force. Cette fragile miséricorde qu'est la faiblesse ne saurait supporter le poids de la supercherie. Tout s'effondre, ne laissant que les débris, les victimes et une fine couche de poussière qui épaissit l'air. Elle se retrouve piégée dans les poumons et suffoque tous ceux qui l'inhalent, et tous sont bien forcés de respirer ; la nature l'exige. C'est-à-dire que la faiblesse n'est qu'un pur reflet de ces visages que la plupart des gens voudraient cacher. Le visage triste, le visage endeuillé, le visage en pleurs qui a contemplé le fond de l'abîme et découvert que rien ne le contemplait d'en bas. Vide. Empty. Il n'y avait que nous : les enfants d'Empty, cannibales jusqu'au dernier. La faiblesse révélant combien il était malheureux que la grâce n'existe pas.

Adam arrêta les chevaux. La nuit était épaisse, l'air lourd, tout était immobile. Les grillons stridulaient, les roues de l'attelage grinçaient et Paul ronflait toujours, mais, à part cela, le silence. Aucun bruit de pas. Aucun buisson bruissant plus qu'il n'aurait dû. Aucune ombre à forme humaine surimposant une obscurité à forme humaine sur celle de la nature, qui était déjà bien assez sombre. Il n'y avait aucune raison de se dépêcher et Adam savourait l'air libre, l'odeur des sapins et un ciel rempli d'étoiles, regardant de droite et de gauche comme bon lui semblait car il imaginait que Paul dormait encore. Il entendait des insectes passer en sifflant, d'autres venaient s'écraser contre son visage, sans lui faire mal. Si infime soit-elle, c'était la paix.

Il secoua les guides et les chevaux se remirent en route. Ils marchaient lentement. La jambe d'Adam battait doucement sur sa propre cadence. Les sabots des bêtes claquaient. Les feuilles des arbres bruissaient dans la brise modérée mais bienvenue que la nuit avait parfois la courtoisie d'offrir après que la journée avait été aussi radine qu'elle en avait envie. Adam s'autorisa à s'avachir. Il le sentit, alors : combien il était pénible de devoir rester le dos droit. Cela maintenait la colonne dans un étau ; peut-être y était-il plus sensible du fait que sa colonne faisait partie de la frontière naturelle qui empêchait un pan de son être de saluer poliment l'autre.

Tandis qu'ils abordaient la courbe menant à l'orée d'Empty, Adam ne put distinguer la moindre cabane dans le lointain ; les gens dormaient. Seule une petite lueur scintillait quelque part. Morts de fatigue sûrement, après les champs, impatients que dimanche arrive pour pouvoir se reposer sur leurs paillasses jusqu'à presque midi, puis gagner sans hâte la clairière pour louer cette chose dans le ciel qui refusait de voir quoi que ce soit dessous. Au loin, les cabanes étaient effacées, et ni la Lune ni les étoiles ne pouvaient corriger cela.

Adam atteignit le portail. Avant de sauter au bas du coupé pour l'ouvrir, il huma l'air. Sous les fleurs, les herbes et les animaux, il y flottait quelque chose qu'Adam ne put saisir ni nommer avec précision, mais même ce qui n'avait pas de nom occupait de la place. Il se glissa hors de son siège et poussa le portail. Le bas frotta par terre, creusant encore un peu la ligne incurvée déjà engravée dans le sol.

Il regagna le coupé, puis ouvrit la porte et trouva Paul qui ronflait encore – étendu de tout son long, se bavant dessus, sans défense. Adam se pencha près de lui. Il voyait le pouls palpiter sur son cou, quasi imperceptible. La poitrine de Paul se soulevait puis s'affaissait sur un rythme qui n'était pas tout à fait prévisible. Sa respiration avait des ratés, et le front plissé d'Adam aurait pu être lu comme un signe d'inquiétude si ses yeux n'avaient pas été si désapprobateurs. *Ce serait si facile*, se dit-il. Il s'approcha encore du visage de Paul, remarquant pour la première fois les rides que son chapeau cachait en temps normal. Les soucis creusaient les traits de la sorte, parfois, d'un bout à l'autre du front, à la vue de tous, trois traits éloquents. Un avertissement.

Adam tendit la main pour les toucher et, peut-être, davantage. À cet instant, les yeux de Paul s'ouvrirent. Il releva son menton, l'air soupçonneux.

« Qu'est-ce que tu fais ? demanda-t-il en se redressant sur la banquette.

— J'essaie de vous réveiller, Massa. On est rentrés. »

Tous deux restèrent figés, Adam regardant vers le bas, Paul regardant Adam. Ils restèrent dans cette position pendant un long moment, laissant le silence combler les vides, mots en suspens à l'orée de leurs bouches, pressant contre le côté mou des lèvres, tous deux sur le point de voir quelque chose d'acéré trancher leur intérieur avant d'aller frapper la cible. *Ce que ça serait de l'appeler « Papa »*, songea Adam. Puis, à la réflexion, il se dit que le risque était trop grand pour en avoir le cœur net.

« Eh bien, vas-y, alors. Ramène-moi à la maison », grommela Paul, même si Adam sentit qu'il voulait dire autre chose.

Il ressortit de la cabine, empoigna les chevaux par leurs guides et tira. Ils franchirent le portail derrière lui et continuèrent jusqu'à la Grande Maison, devant laquelle ils s'arrêtèrent. Adam aida Paul à descendre du coupé. Paul titubait un peu, comme qui ne s'est pas servi de ses jambes depuis longtemps et ne les sent plus. Mais il retrouva bientôt l'équilibre. Il leva les yeux au ciel et son expression passa de l'indifférence à l'angoisse. Puisant au fond de lui, il s'était retrouvé, et le Paul de Vicksburg disparut pour être remplacé par le Paul d'Empty.

Il n'avait pas besoin d'Adam, si bien qu'Adam ne l'accompagna pas. Rendre un service qui n'était pas demandé se payait au prix fort. L'option la plus sûre était de s'en tenir à la routine. Alors Adam guida les chevaux vers la grange. Il s'arrêta devant la clôture et ouvrit le portail avant de faire passer les bêtes, qui traînaient toujours le coupé.

Il les contourna jusqu'à l'espace qui les séparait du coupé et les dételа, puis il déboucla et défit toutes les lanières de cuir qui maintenaient les chevaux en place, celles qui entravaient leurs mouvements, celles qui occultaient leur champ de vision. Mais il laissa guides et brides, car c'est ainsi qu'il les ramènerait à Isaiah et Samuel, qui les en débarrasseraient une fois les bêtes remises dans leurs stalles. Alors, s'ils n'étaient pas trop fatigués, ils offriraient à Adam un peu de la bonne eau du puits et discuteraient peut-être un peu avant qu'il ne reparte vers sa cabane, seul, silencieux, carré, vide.

Généralement, Isaiah et Samuel étaient encore debout. Mais, dans le cas contraire, il ne les réveillerait pas. On était dimanche, maintenant, et tout ce que les nègres possédaient, c'était ce jour-là. Adam ôterait les brides des chevaux et les conduirait lui-même dans les stalles.

Il entendit bouger. Ils étaient debout. Bien. Il se demanda si cela les embêterait qu'il leur raconte comment Paul avait utilisé le mot « nous », même si c'était en pleine stupeur alcoolisée. Et le comprendraient-ils, aussi, s'il racontait la ligne ? De tous, ils seraient certainement les seuls à pouvoir comprendre. N'avaient-ils pas, eux aussi, une ligne filant de haut en bas au centre de leur être ?

Au fur et à mesure qu'il s'approchait de la grange, le bruit à l'intérieur devenait plus fort que tous les sons que deux personnes étaient capables de produire.

Samuel

Je t'ai tenu dans mes bras parce que t'étais le seul à savoir que j'étais pas un bloc de bois.

Ils étaient debout en silence dans le noir, parfaitement immobiles. Ils n'élevaient pas la voix au-dessus des sons de la nuit, autour d'eux. Paul était venu les trouver – et s'était foutrement couvert de ridicule. Mais sa visite était clairement le signal que l'heure avait sonné. Timothy, lui aussi, attendait, il allait sans doute descendre à la grange d'un moment à l'autre si Samuel n'allait pas le voir, se prêter à un simulacre, avant d'être renvoyé discrètement pour que le secret de Timothy reste mieux gardé que le leur.

Il n'y aurait pas de dispute. Il n'y aurait pas de supplication. *Le faire, c'est tout. Maintenant. Puis se sauver. Tout comme Maggie a dit.*

Ils se dévisageaient, mais aucun d'eux ne bougeait.

« Mais si tu pars…, plaida Isaiah.

— Je sais. » Samuel soupira.

« C'est sûr qu'ils nous tomberont dessus si tu…

— C'est sûr qu'ils nous tomberont dessus de toute façon. »

Tout à l'heure, entre la pâtée des cochons et le grain des poules, ils avaient dessiné dans la poussière : la berge, la rivière, les arbres. Au-delà, ils ne savaient pas. Ils avaient étudié tout cela avec soin avant que Samuel ne l'efface de son pied nu. Entre deux patrouilles (attendre à tout prix le battement ; même les toubabs avaient leur rythme propre), libérer les animaux, descendre à la rivière. La nourriture serait un problème. Ils n'avaient rien pour la protéger de l'eau. Alors ils allaient devoir chercher à manger une fois de l'autre côté, où ils resteraient dans la forêt jusqu'à ce qu'il soit possible de passer au nord – par-delà les dents grinçantes du Tennessee, les griffes avides du Kentucky, jusqu'aux bras incertains de l'Illinois –, vers les terres libres. Les Chocta étaient connus pour offrir un refuge, contrairement aux rumeurs que Paul et les autres colportaient sur le cannibalisme et la saveur très recherchée de la chair noire, projetant sur des étrangers leurs propres péchés.

Isaiah s'avança lentement vers Samuel et passa le bras autour de sa taille. Il se serra contre lui. Samuel passa le bras autour du cou d'Isaiah. Ils pressèrent leurs visages l'un contre l'autre. Pendant un long moment, ils respirèrent l'un dans l'autre, lourdement. L'un d'eux toussa. L'autre s'étrangla. Un sanglot, son refus. Ils frottèrent leurs fronts l'un contre l'autre. Enfin, Isaiah posa la main sur la mâchoire de Samuel et ils se regardèrent dans les yeux. Ils s'embrassèrent. Ce ne fut ni doux ni brutal, mais ce fut plein. Quelque chose avait été échangé.

Quand ils se relâchèrent, Samuel essuya le visage d'Isaiah. Isaiah s'écarta. Il se pencha en avant, cherchant la lanterne à tâtons. Sa main tomba sur le dessus et l'empoigna. Il se dirigea vers le mur aux outils, décrocha un silex et alluma la mèche. Il tendit la lanterne à Samuel.

« De l'autre côté de la rivière, dit Isaiah.

— Nage sans t'arrêter, c'est tout. Même si on se voit pas dans l'eau. On se retrouve de l'autre côté, bien profond dans les arbres. On grimpera dedans, s'il faut, ajouta Samuel. Si je suis pas juste derrière toi…

— Y a peut-être un autre moyen…

— T'as besoin d'un truc tranchant », insista Samuel.

Isaiah soupira. « J'ai mon esprit.

— Tu te crois plus malin qu'un fusil ?

— Une hache, c'est guère mieux. »

Samuel la sentit alors, raide au creux de ses reins, un peu comme un amant, inflexible, trop proche, contraignante ou mortelle selon les intentions de celui qui la tient. Il l'avait mise de côté en préparation, pendant qu'Isaiah était ailleurs, mais Isaiah savait. Ou plutôt savait qui il était, *lui*. C'était ce genre de choses qui le faisait aimer Isaiah : le savoir, le toucher, le voir. Ils étaient différents, quand même, mais finalement ça allait. C'était naturel.

Alors ne prends rien. Pas une seule chose de cet endroit. Même pas un souvenir. Trop lourd, j'imagine. Je ferais aussi bien d'endosser le fardeau pour deux. Ça a toujours été comme ça de toute manière.

Isaiah se figea. Il se pencha légèrement en arrière, jaugeant Samuel. « Tu vas t'agacer, même là ?

— Le moment est pas moins bon qu'un autre », répliqua Samuel. Il se détourna d'Isaiah et jeta un coup d'œil à l'extérieur de la grange. Il s'agaçait, effectivement, de voir la plantation si foisonnante : un vert foncé où les rouges, les jaunes et même les violets pouvaient apparaître où et quand ils voulaient, sans prévenir. Les oiseaux volaient au-dessus, piquaient soudain et filaient en arcs et en cercles, évitant les rayons du soleil ou les percutant, entonnant depuis la cime des arbres des chants que nul n'avait le droit d'entendre. Comment la nature pouvait-elle continuer de vivre comme si ses souffrances à lui n'égratignaient rien, comme si le sang versé et les corps gisants étaient une chose ordinaire, transformée en engrais par les insectes et aspirée par les cultures. Guère plus que le fumier de vache dans le grand dessein. Et de la même couleur, en plus.

La pluie aussi tombait de toute façon, droit sur le visage rien que pour occulter les larmes, se mélanger avec elles, les rincer, mais en laissant pourtant la douleur intacte ; d'ailleurs, elle faisait plutôt en sorte que la douleur continue de briller. L'univers allait devoir payer pour son indifférence. Ou bien, quelqu'un paierait.

Elle se faufilait en lui, insidieusement, la pensée que la paix aurait pu durer un peu plus longtemps s'ils avaient écouté Amos. Mais peut-être que non, finalement, car on ne pouvait jamais être sûr avec les toubabs. Ils faisaient toute une cérémonie de leurs traités, mais ces bouts de parchemin ne voulaient rien dire d'autre que *Faites attention*. Amos les avait abandonnés trop rapidement, c'est vrai, mais Samuel trouvait aussi qu'Isaiah s'était montré trop entêté et l'avait forcé à être comme lui. Quel mal y aurait-il eu à apporter un peu de réconfort à Puah, rien qu'une fois ? Isaiah aurait dû le savoir, puisqu'il avait apporté le sien à Essie. Pourquoi Isaiah ne lui en avait-il pas parlé ? Isaiah parlait et parlait, questionnait et questionnait, mais jamais un seul mot sur ce qui s'était passé avec Essie.

Peut-être qu'on vaut guère mieux que les gens, songea Samuel. *On est qui pour penser, juste parce que quand on est couchés ensemble c'est comme l'eau et les rayons de la lune, qu'on est loin du danger ? Et ceux qui s'approchent, on les met en danger aussi. D'où vient ce courage-là, de préférer se faire battre que nous taire ? Regarde où ça nous mène. Maintenant, on est comme morts. Ouais. Tout comme morts.*

Samuel marcha vers la porte. Il se retourna pour regarder Isaiah. Le mort qu'il sentait au-dedans ne se tourna pas vers Isaiah. Non, il sentait là quelque chose qui bougeait et tapait du pied. Il sentait quelque chose qui frappait et bâillait. Il avait tenté de s'en détourner, mais la chose l'avait appelé. Elle avait appelé son nom et il s'était empressé de répondre : « Oui, je suis là ! »

C'était presque en train d'arriver. De couler dans ses yeux. *Va-t'en, brume. Ne descends pas là.*

« Je veux pas », dit Isaiah. Il rejoignit Samuel et le prit par la main.

Samuel baissa les yeux sur leurs doigts crochetés. Il serra fermement. « Sauve-toi », dit-il en contemplant le fond d'Isaiah, sans peur cette fois. Puis il fila dans la nuit, la lanterne pour seule preuve de sa présence.

Empty était tout ce que Samuel avait jamais connu. Son plus lointain souvenir, c'était lui allongé sur une couverture au milieu des cotonniers, et des voix qui gémissaient un chant. Tout à coup, il était au sein d'une femme et elle lui souriait. Puis il se retrouvait au milieu d'une bande de gosses et on emmenait une partie des autres enfants et il se retrouvait, avec quelques autres, à porter l'eau entre puits et champ. Bientôt, il apporterait la nourriture – d'abord aux hommes, puis aux animaux. Puis tous les jours s'étaient confondus, ne méritant pas d'être délimités jusqu'à ce que ce garçon arrive, celui aux lèvres desséchées, à la peau aussi noire que le soleil pouvait la rendre. Samuel lui avait donné un peu d'eau et Isaiah avait entraperçu son âme. Les yeux de Samuel s'étaient écarquillés, choqués de sentir cette chose le toucher de l'intérieur, comme une chanson qui se serait soudain déroulée au fond de ses entrailles. Ça chatouillait. Il se disait que c'était ce jour-là qu'il était vraiment né, que c'était son anniversaire s'il en avait jamais eu un.

Combien de minuits passés entre eux ? Un public d'animaux, plus gentils que les toubabs, capables de garder pour eux ce qu'ils savaient. Isaiah et lui avaient trébuché dans quelque chose que Samuel n'avait jamais vraiment vu avant. Il y avait bien eu ce Henry, qui ne répondait qu'au nom d'Emma, mais c'était différent. Elle n'était pas un homme et tout le monde, sauf les toubabs, le savait. Eux, ce n'était pas pareil. Personne ne s'était trop soucié d'Isaiah et Samuel, non plus, jusqu'à ce qu'une personne pense qu'elle aussi, elle pouvait être un toubab, et ces deux choses-là ne pouvaient tout simplement pas coexister.

Dans ses bavardages sans fin, Isaiah pleurnichait et pleurnichait au sujet des chaînes et de qui détenait quoi, mais ce n'était rien d'autre que l'attitude d'un lâche. Les hommes apeurés faisaient toujours de beaux discours, et c'était le défaut d'Isaiah. Pourtant, Samuel ne se recroquevillait sur lui-même que pour Isaiah. Les marques qu'il portait au-dedans étaient là pour le prouver. Quand ils seraient enfin sortis des limites de cet endroit, dans le vaste monde, loin d'ici, là où on disait que les animaux couraient comme le tonnerre, il apprendrait à Isaiah à ne plus parler en chair mais en métal.

« T'es donc jamais fatigué, 'Zay ? Fatigué de mendier pour survivre ? Tout ce que tu fais – ta manière de sourire, de marcher, de regarder ici et pas là –, c'est rien qu'une manière de mendier. Tu te fatigues donc jamais ? »

Il avait l'intention de ne communiquer cela qu'avec les yeux, mais sa bouche avait son mot à dire.

Isaiah s'assit sur un tas de foin. Il se pencha en arrière puis, aussitôt, se redressa. Il ramena ses genoux contre sa poitrine et les serra entre ses bras. Puis il se frotta la tête.

« Je me fatigue. Mais je veux vivre », dit-il.

Voyez ? C'était là qu'Isaiah flanchait. Pour survivre en ce lieu, il fallait vouloir mourir. Ainsi allait le monde refait par les toubabs, et la liste des griefs de Samuel était longue : ils poussaient les gens dans la boue, puis leur reprochaient d'être sales. Ils leur interdisaient l'accès à aucune connaissance de ce monde, puis leur reprochaient d'être simples d'esprit. Ils faisaient travailler les gens jusqu'à ce que leurs mains vides soient toutes tordues, en sang, incapables de faire quoi que ce soit, puis leur reprochaient d'être paresseux. Ils forçaient les gens à manger des tripes dans des auges, puis leur reprochaient de ne pas être civilisés. Ils enlevaient des bébés et brisaient des familles, puis les disaient incapables d'amour. Ils violaient et lynchaient et découpaient les gens en morceaux, puis ils qualifiaient ces morceaux de sauvages. Ils piétinaient la gorge des gens de toutes leurs forces et demandaient pourquoi les gens ne pouvaient plus respirer. Et alors, quand des gens tentaient de briser le pied ou de le trancher, ils s'écriaient « CHAOS ! » et prétendaient que le meurtre de masse était la seule manière de rétablir l'ordre.

Ils couvraient d'éloges la moindre marguerite, puis qualifiaient de tache la moindre mûre. Ils déteignaient la couleur du visage de Dieu, lui mettaient un truc pendant entre les cuisses et le disaient sacré. Puis, quand ils avaient fini de tout briser, ils pointaient leur doigt vers le ciel et qualifiaient de péché la couleur même de l'univers. Et le monde entier les croyait, et même certains parmi les frères de Samuel. Surtout certains des frères de Samuel. C'était fâcheux et cela vous interdisait d'ouvrir votre cœur, de croire en une loyauté qui ne soit pas pure stratégie. Il était plus facile de se barricader et de se bercer soi-même jusqu'au sommeil.

Mais Isaiah.

Isaiah l'avait rendu plus vaste, lui avait offert un autre corps sur lequel compter, lui avait permis de rêver que danser était non seulement possible, mais qu'ils pourraient le faire ensemble, qu'ils le feraient ensemble, dès l'instant où ils seraient libres. C'était une chose terrible d'éveiller ainsi les espoirs d'un homme. L'espoir lui donnait l'impression que sa poitrine était grand ouverte, sans protection, de telle sorte que n'importe quoi, y compris l'échec, pouvait faire son nid là-dedans, se changer en graine et prendre racine, enrouler ses pousses autour de ce qui était vital et les resserrer jusqu'à ce que la seule solution consiste à cracher vos entrailles avant de vous étouffer avec. Pas malin, Isaiah.

Mais que de tendresse dans son affection.

Quand Samuel arriva devant la Grande Maison, celle-ci baignait dans l'obscurité. Pas une seule chandelle allumée. La porte de derrière était ouverte, comme Timothy l'avait dit. Maggie était allongée sur une paillasse, dans un réduit qui donnait sur la véranda. Ses poings étaient serrés, pressés contre sa poitrine comme si elle était prête à quelque chose.

« Il m'a dit de laisser cette porte ouverte. Pourquoi je l'ai pas verrouillée, ça, j'en sais rien », murmura-t-elle.

Samuel n'était qu'à demi surpris de la trouver encore éveillée. Il s'approcha d'elle, lanterne tendue devant lui. Le visage de Maggie était tout froissé de méfiance. Samuel l'aimait pour cela. C'est elle qui lui manquerait le plus.

« Ça, vous êtes bien bonne…, murmura Samuel, ce qui fit sourire Maggie. C'est par ici que je vais ? demanda-t-il en montrant la cuisine.

— Tu devrais aller par là, plutôt, répliqua Maggie en pointant son doigt dehors, vers la rivière.

— On dirait Isaiah, grommela-t-il.

— Isaiah a de la jugeote, alors. Où est passée la tienne ?

— J'en ai, miss Maggie. Rien que cette dernière chose, après je vous écouterai.

— Ouvre bien tes oreilles, maintenant », souffla Maggie. Elle prit appui sur le mur pour se lever. Samuel lui tendit la main pour l'aider, mais elle la refusa. « Vous êtes là, mais vous êtes pas de là. Tu entends ce que je te dis ? Ni toi ni Isaiah – comment tu l'appelles, déjà... 'Zay ? –, aucun de vous deux n'est à sa place dans cet endroit. Attention, je dis pas que vous y êtes pas les bienvenus. Non. Ce que je dis, c'est qu'il existe un bien meilleur endroit pour vous, peut-être pas ailleurs sur cette terre, non, mais dans un autre temps. Si ce temps-là se trouve devant nous ou derrière, ça, j'ai plus le pouvoir de le dire. À force de pas se servir d'une chose, tu sais, on la perd. Ce que je sais par contre, c'est qu'il s'agit pas de ce temps-*ci*. Alors faudra faire de la place pour trouver le temps qui est le vôtre. C'est ce qu'elles m'ont dit.

— Ce que qui vous a dit ? »

Maggie tendit le bras vers l'extérieur, et Samuel entraperçut une ombre.

« Ah ah... Tu l'as vue aussi. Je le lis dans tes yeux, dit-elle. Ça veut dire que tu l'as. »

Samuel scrutait toujours le dehors, mais l'ombre avait déjà disparu. « Que j'ai quoi ?

— La faveur. C'est quelque chose qui se transmet. Ça saute parfois une génération, mais en tout cas, toi, tu l'as. »

Les yeux de Samuel revinrent se poser sur Maggie. « D'où je la tiens ? »

Maggie se tourna vers l'extérieur. « D'elles, je pense. »

Samuel ne comprenait pas. Son regard retourna se poser dehors. Isaiah devait déjà avoir traversé la moitié de la rivière, c'est ce qu'il espérait. Il n'y avait qu'un rien de battement entre deux rondes.

« Miss Maggie, faut que je…

— Je sais. » Maggie sourit. « C'est triste, mais il le faut. »

Elle fit deux pas heurtés dans sa direction et le prit dans ses bras. Samuel se raidit. Il avait peur que l'ombre ne grimpe à nouveau sur le dos de Maggie et ne l'attrape en même temps que les bras de la vieille, qui le tenaient à présent. Mais il ne la vit pas, ce qui lui laissa l'espace dont il avait besoin pour s'abandonner juste un peu à l'étreinte de Maggie. Elle lui tapota le haut du crâne.

« Quelle bêtise, dit-elle à voix basse. Mais si tu veux aller par là… » Elle pointa du doigt la cuisine et la porte sur sa droite. Puis elle se figea. « Tu sais quoi ? Tu me rappelles quelqu'un. Son nom, c'était Ayo Lui-Même, mais les toubabs l'appelaient Daniel. »

Samuel sourit en entendant le premier nom, car il donnait l'impression de vouloir dire quelque chose d'important. Il regarda Maggie. « Vous êtes bien bonne, miss Maggie. L'avez toujours été. »

Puis il quitta la véranda.

Il traversa doucement la maison, plissant les yeux pour distinguer les pièces encombrées de meubles – un tas de choses dont il ne pouvait imaginer l'usage. Et tellement de miroirs, ce qui n'avait rien pour le surprendre. Il en fixa un du regard, et crut y voir deux visages. Peut-être que cet autre, là, était celui de sa mère ?

Il monta l'escalier et les ombres dansèrent avant de s'évanouir, grandirent puis s'amenuisèrent tandis qu'il gravissait les marches et s'engageait dans le couloir du premier étage. Quand il atteignit la chambre de Timothy, qui se trouvait exactement à l'endroit qu'avait dit celui-ci, Timothy se tenait là, non loin de la porte, nu comme au premier jour, dans le noir. Samuel faillit en lâcher sa lanterne.

« Je ne sais pas quand mon père rentrera, mais j'imagine qu'il ne tardera plus. » Timothy sourit. « Il n'a pas emmené James, donc je ne suis pas sûr qu'il restera là-bas aussi tard que d'habitude. »

Il tira Samuel à lui et lui planta un baiser sur la bouche. Samuel eut un mouvement de recul, révolté par cette sensation de poisson-chat. Sentant sa réaction, Timothy s'écarta sans hâte.

« J'imagine que tu n'as jamais été dans un lit comme celui-ci », dit-il en désignant la couche. Il s'approcha à nouveau de Samuel, à présent qu'il voyait que la glace était brisée et que, peut-être, le renflement sous la culotte de Samuel n'était pas qu'un jeu d'ombres. « Ou bien si ? » murmura Timothy dans l'oreille de Samuel.

Samuel fit non de la tête.

« Viens. »

Timothy le guida jusqu'au lit.

« Tu peux poser la lanterne là », dit-il, désignant un bureau devant les fenêtres.

Samuel regarda la lune, au-dehors, demi-cercle d'un blanc étincelant dans le noir. Il n'avait jamais remarqué que Timothy était de cette même couleur givrée, et se demanda si c'était de là que venaient tous les toubabs, s'ils n'étaient pas tombés ici par accident ou en vertu d'un châtiment et si ce n'était pas là l'explication de leurs troubles, à tous : ils avaient simplement le mal du pays.

Samuel se tourna vers le miroir qui se dressait dans un coin de la chambre de Timothy. Isaiah lui avait dit un jour qu'il trouverait peut-être le visage de sa mère dans le sien. De telle sorte que lorsqu'il descendait à la rivière, il scrutait son reflet pour voir. Son visage était là, à peine distordu sur la peau de l'eau. Quand il souriait, il lui semblait que, peut-être, c'était dans les fossettes qui se dessinaient sur ses joues qu'il pouvait la voir. Figé dans un sourire, il la trouvait là où il n'avait jamais songé à la chercher. Et peut-être que la manière dont son nez se dilatait et s'étalait sur son visage en découvrant cela, peut-être que ça désignait son père, duquel il était persuadé de tenir son impatience et son entêtement à s'accrocher à l'amour.

Dans ce miroir, l'image était beaucoup plus nette que celle de la rivière. Il l'étudia plus attentivement. Quelque chose roulait dans ses yeux qui n'était pas des larmes. La guerre, peut-être, la sauvagerie. Il y avait un temps et un lieu pour le sauvage, mais pour l'essentiel, il fallait brider celui-ci, le réserver, le mettre de côté pour l'empêcher d'interférer dans les moments où Samuel devait se montrer tendre. Ou rusé.

Il se demanda comment avait pu être son père, si on l'avait forcé à prendre sa mère dans une autre Cabane à Baise. Certains, en tout cas, on devait les forcer. Samuel se demanda s'ils n'avaient pas plutôt trébuché l'un sur l'autre, gauchement, mais librement, de leur plein gré, emportés ensemble dans un mouvement maladroit, s'évitant un peu du regard, mais souriant tout de même. Aussi libres que la volonté pouvait l'être dans ces circonstances. Comme Isaiah et lui.

Ce que Samuel ne savait pas, il l'inventa. Le nom de son père, donc, était Stuart, un nom qu'il avait entendu Paul donner à l'un de ses amis, un jour. Samuel l'avait aimé tout de suite, car cela lui rappelait le bruit d'un crachat, celui qu'il imaginait son père lancer au visage du maître, ce qui expliquait son absence. Il tenait sans doute sa force de Stuart, se dit-il, même s'il imaginait que c'était sa mère qui avait survécu.

« Je sais que tu n'es pas aussi timide que tu en as l'air, lui dit Timothy, ruinant la concentration de Samuel. Je vous ai vus, Isaiah et toi, tu sais. La nuit, je vous ai vus. »

Samuel bascula d'un pied sur l'autre, mal à l'aise. La lame lui creusait les reins.

« Déshabille-toi, Samuel. Ou dois-je t'appeler Sam ? Viens t'allonger près de moi. »

Lentement, Samuel ôta sa chemise. Timothy frissonna.

« Tu es d'une autre couleur qu'Isaiah. » Les yeux de Timothy s'adoucirent et il se caressa la joue. « Il m'a dit que le violet était sa préférée. J'ai cru qu'il répétait juste ce que j'avais dit. » Il se leva du lit et s'approcha de Samuel.

« Dans le Nord, il neige en hiver. Tu sais ce qu'est la neige ? En as-tu déjà vu ? Non, sans doute pas. Ça n'arrive pas souvent, ici. » Il toucha le torse de Samuel. « C'est ce qui arrive quand il pleut mais qu'il fait si froid, dehors, que la pluie gèle et tombe du ciel comme de minuscules brins de coton. C'est très beau à voir. Le sol en est recouvert et tout devient si étrangement calme. Les enfants adorent ça. Ils jouent et rient et s'en jettent entre eux. Mais ça rend la marche difficile. Les chariots ne peuvent même plus rouler sur la route. On ne voit pas la route, à vrai dire, parce qu'elle est toute couverte de neige. On dirait que le monde entier est devenu blanc. C'est tellement paisible. » Il fit glisser son doigt jusqu'au nombril de Samuel. « Mais au bout de quelques jours, quand les gens l'ont piétinée et qu'elle commence à fondre, ça devient la pagaille. Ça salit les vêtements et on ramène la saleté dans sa chambre, sous ses bottes, et alors on commence à désirer que le printemps revienne. Je te jure, tu vendrais ton âme juste pour voir une fleur éclore quelque part. C'est ça qui m'a donné envie de rentrer. Là-haut, dans le Massachusetts, les hivers sont si longs et brutaux que tu finis par croire que tu ne verras plus jamais aucune fleur. Ce n'est pas vrai, bien sûr. Mais pendant un temps, tu es persuadé que les couleurs ne reviendront jamais. Peut-être qu'un jour, tu verras le Nord en hiver. »

Samuel n'avait aucune envie de se trouver nulle part où le blanc dégringolait du ciel, froid et gelé, et prenait possession de tout.

« Quand mon père mourra, j'hériterai de tout ceci. » Timothy parcourut la chambre du regard et sembla déçu. « Tout. La maison, la terre, les Noirs, tout. » Il contempla Samuel comme s'il attendait une réponse. Samuel demeurait impassible. « Tu sais quelle est la première chose que je ferai une fois que tout sera à moi ? Je libérerai les esclaves, jusqu'au dernier. Bon, peut-être pas jusqu'au dernier. Il m'en faudra encore quelques-uns pour s'occuper des tâches ménagères et récolter le coton, mais je sais qu'il ne m'en faudra pas autant que mon père en a aujourd'hui. Il est d'une prudence excessive. »

Samuel n'esquissa pas un geste.

« Affranchissement, Sam. Ça signifie que je vous libérerai, Isaiah et toi, si vous voulez partir. J'imagine que ce sera beaucoup plus dur là-dehors que sur la plantation, avec moi à sa tête. Je ne veux pas de ces responsabilités, à vrai dire. Je préférerais de beaucoup être quelque part à toucher des commissions pour mon art. Mais mon père compte sur moi, tu comprends ? »

A-ffran-chi-sse-ment. Le mot résonnait encore sous le crâne de Samuel, réveillant des échos et le faisant vibrer de l'intérieur. Dans ce tintement, Samuel s'autorisa à s'imaginer la sensation des herbes entre les doigts de pied d'un homme libre. Il pourrait les arracher du sol ou les laisser tranquilles selon son caprice, sans avoir à se demander si sa décision risquait de perturber l'équilibre déjà fragile et d'inciter quelque imbécile à la violence à cause du simple fait d'avoir considéré la chose. Les couleurs seraient différentes, aussi, principalement parce qu'il aurait enfin une chance de mieux les saisir, de détecter les infimes différences de teinte qu'il y avait de l'une à l'autre. Il aurait le cran de choisir sa préférée car il y aurait une raison de le faire, et pourquoi pas entrer dans la boutique d'un tailleur et acheter une culotte, pour sa peine. *Pardonnez-moi, cher monsieur, je vais prendre celle-ci. Nan, je n'ai pas besoin d'une boîte. Cela ne vous dérange pas que je l'enfile tout de suite ? Et ces chaussures – oui, je les prends aussi.*

Des chaussures à ses pieds !

La liberté, imaginait-il, pouvait être une chose épatante si on s'y prenait comme il fallait, papiers en main, en contemplant sans rien dire, avec déférence, la déception sur les visages des chasseurs après qu'il leur aurait dit que son maître l'avait *laissé* être une personne, enfin. La joie n'avait jamais été faite pour qu'on l'enferme où que ce soit. Elle était censée se déployer sur toute la Création, comme cette neige dont Timothy avait parlé à l'instant même. Exactement comme ça.

Une sensation de brûlure lui traversa le corps. Il ne savait pas très bien comment le mot *laissé* avait pu se frayer un chemin jusqu'à ses recoins les plus intimes, des recoins que même Isaiah n'avait pu qu'entrapercevoir. Il était trop proche d'eux ; c'était là le problème. Pendant trop longtemps, le rebord avait frotté tout contre lui, empoigné son truc, léché sa joue en quête de sel. C'étaient là les canaux de contamination, et il n'était pas sûr qu'une rupture puisse inverser le mal. Samuel y avait déjà été exposé. Et personne pour lui dire comment purifier le corps ou cueillir les herbes qu'il fallait pour un rituel de guérison, personne pour lui apprendre à ne pas être un danger pour lui-même ou ceux qu'il aimait. Mais ce n'était pas sa faute. Il n'avait pas choisi tout cela. Cela avait choisi sa mère, si bien quc son choix à lui était ombilical. Et il n'avait même pas le plaisir de connaître le nom de sa mère. Alors il lui en donna un, aussi : Olivia.

Oui.

Ce nom lui plaisait.

Timothy l'embrassa dans le cou et, l'espace d'un instant, Samuel crut que c'était Isaiah. Il laissa presque sa tête basculer en arrière et ses yeux virer au blanc. À la commissure de ses lèvres, un filet de salive commençait tout juste à luire, ses bras étaient sur le point d'enlacer. Isaiah s'y prenait de la même manière : commencer doucement, amadouer. C'est peut-être de lui que Timothy l'avait apprise.

Tout était semblable, sauf l'odeur. Même s'il avait passé des heures à pelleter le fumier, à retourner le foin ou à porter des seaux de pâtée, sous tout cela, Isaiah sentait toujours comme une pluie qui vient, le genre qui vous fait lever la tête, impatient. Ouvrir la bouche et attendre. Grâce à cela, Samuel pouvait errer librement dans ces entre-temps, toucher les veines des feuilles, fabriquer des coussins de mousse, boire la rosée dans les paumes de ses mains. Ça aussi, c'était un genre de liberté, qui cherchait à nourrir plutôt qu'à faire un crime de l'acte même de vivre. *Qui a bâti tout ça ?* demandait Samuel à Isaiah tandis qu'ils volaient à travers bois, souriaient aux merles en passant. *Nous*, répondait Isaiah. Alors, le soleil couchant relâchait son violet et s'enfonçait dans le sol en chantonnant.

Le souffle d'Isaiah sentait le lait et son corps s'enroulait douillettement dans celui de Samuel. Seule parlait la lueur de la lune. Ça arrivait, c'est tout. Aucun des deux ne pourchassait l'autre, et pourtant chacun était encerclé par l'autre. Samuel aimait la compagnie d'Isaiah, qui possédait son propre espace, sa propre forme. Samuel le savait avec certitude car cette compagnie, il avait touché son visage et souri, léché jusqu'au dernier petit bout de calme sur ses doigts et gloussé de rire. Alors, sans que ni l'un ni l'autre se rendent compte de ce qui arrivait, elle s'emparait d'eux sans prévenir – la douleur. Ils pouvaient être brisés à tout moment. Ils avaient vu cela arriver tant de fois. Un homme emporté en charrette. Attaché au lit du chariot, hurlant à pleins poumons et son Élue risquant le fouet pour courir après lui, sachant très bien qu'elle ne pourra pas le sauver, mais si seulement elle pouvait rester près de lui quelques instants encore, l'image de son homme ne s'estomperait pas aussi vite que si elle n'avait pas bravé la mort.

Nul n'était plus jamais pareil après la Cassure. Certains s'asseyaient dans un coin, souriant à des voix. D'autres s'arrachaient les cils un par un, leurs yeux semblant s'ouvrir plus grand. Les autres travaillaient jusqu'à s'effondrer, pas seulement au champ, non, ils s'effondraient sur eux-mêmes et, au bout du compte, il ne restait plus rien qu'un tas de poussière attendant d'être balayé par le vent.

C'était pour ça qu'Isaiah et Samuel s'en moquaient, qu'ils s'accrochaient l'un à l'autre même si cela choquait les gens qui avaient jadis fait preuve de gentillesse à leur égard : il fallait que cela soit su. D'ailleurs, en quoi était-ce choquant ? Comment pouvaient-ils haïr ainsi les infimes éclats de lumière qui traversaient le corps d'Isaiah chaque fois qu'il voyait Samuel ? Tout le monde ne voulait-il pas que quelqu'un brille comme ça ? Même si ça ne pouvait pas durer, il fallait que cela se sache. Ainsi, quelqu'un pourrait en porter le deuil et par conséquent s'en souvenir – et peut-être qu'un jour, cela se répéterait.

Eh bien, merde. Si le sort qui les attendait était de finir comme deux tas de poussière condamnés à être soufflés et dispersés aux quatre vents, alors bon sang, qu'une tempête éclate avant. Que le sang coule et la chaleur aussi. Si la Cassure devait venir, au moins ils auraient su ce que c'était que d'être l'autre, d'être vraiment l'un dans l'autre, avant qu'on ne les brise.

C'était ça, le baume. Et c'était la chose qui rendait la hache nécessaire, même si cet idiot d'Isaiah ne voulait pas prendre la sienne. Tout valait la peine juste pour entendre chanter Isaiah quelques secondes encore, afin que sa voix ne s'estompe pas si vite lorsqu'ils seraient séparés.

Timothy ne sentait pas comme il fallait. Pas tout à fait le fouet et les chaînes, même s'il y avait cela, aussi, sous la douceur et les mots rassurants. Pour l'essentiel, il sentait comme un chien de chasseur tout juste ressorti à la surface de la rivière, éclaboussant au milieu des poissons, gesticulant pour regagner la berge.

« Tu as entendu, Sam ? Je disais qu'une fois que mon père sera mort, je vous libérerai, Isaiah et toi. »

Mais cette capitulation n'était qu'une supercherie, et Samuel refusa de se laisser prendre. Combien auraient-ils à attendre, quarante, quatre-vingts saisons ? En espérant survivre, intacts, aux heures ; ne pas être vendus ailleurs, mutilés ou assassinés sur un coup de tête, d'ici là ? Pire encore, se fier à la parole d'un toubab – en échange de quoi ? Combien de fois devraient-ils s'allonger avec lui, subir ses gestes d'affection, si tendres soient-ils, se lever avec sur eux l'odeur des chiens pendant un temps qui serait peut-être un mirage, ou un instant fugace ? Alors holà, mon vieux. Stop !

« Je reconnais, lui murmura Timothy, que j'ai encore beaucoup à apprendre. Mais je sais ceci : vous êtes bien des personnes. L'amour est possible. »

Ne jamais interroger un homme sur ses pensées avant qu'il ait eu l'occasion de jouir. Il a tendance à dire n'importe quoi, du moment que cela écarte tout obstacle à son orgasme. Parlez-lui après, une fois qu'il est libéré de ces affres, une fois les spasmes retombés et sa respiration redevenue normale. Attendez qu'il se soit reposé et souhaite récurer l'acte qu'il vient d'accomplir pour en débarrasser son corps et son esprit. Interrogez-le alors, quand le calme est revenu dans ses poumons, car c'est à ce moment-là que la vérité a le plus de chances de prendre le dessus. Mais Samuel refusait d'assumer un tel risque. La chaleur monta dans son dos et se déploya comme des ailes. La malice était introuvable, hormis dans le demi-sourire qui déformait ses lèvres. *Fais-le, mon vieux ! Vas-y, fais-le !*

« Tu peux me regarder, Sam. Tu as le droit. »

Samuel savait qu'il y avait deux choses qu'on ne regardait jamais dans les yeux : les chiens et les toubabs. Les deux mordaient, et seule une de ces deux blessures vous laissait une chance de guérir. Il n'avait jamais autant désiré être avec Isaiah. Isaiah et lui se partageaient l'un l'autre. Il se dit que Timothy devait savoir.

« Ils disaient qu'on était quelque chose de sale, mais y avait rien de vrai là-dedans. Ç'a été facile, vraiment. Lui, c'est le seul qui me comprend sans que j'aie même à dire un mot. Il devine à quoi je pense rien qu'à voir où je regarde – ou bien, où je regarde pas. Alors, quand il me regarde au-dedans… c'est la première fois que quelqu'un ou quelque chose me touche comme ça, tout dans ma tête voudrait dire non, mais rien dans mon corps me laisse le faire. »

Timothy recula pour mieux regarder Samuel.

« Je comprends. Si personne d'autre ne comprend, moi, si. »

Il toucha le visage de Samuel. Le sourire de Timothy était éloquent. Il confirmait à Samuel tout ce que son intuition lui avait déjà révélé : pas besoin d'apprendre à lire pour savoir que les toubabs étaient des pages blanches dans un livre relié, mais tout désordonné. Ils n'avaient besoin des siens que pour une seule et unique chose : être les mots. D'un noir d'encre et griffonnés pour l'éternité, car ils savaient qu'il n'y avait pas d'histoire sans eux, pas de public pour haleter devant le drame, se réjouir d'une fin heureuse, applaudir, quelle que soit la maladresse avec laquelle on faisait usage de leur sang. Le premier mot était pouvoir, mais Samuel était décidé à changer cela. Il recourba ses doigts pour conter une histoire qui allait obliger l'assistance à se précipiter vers un abri.

« Peut-être que demain, Isaiah et toi viendrez me voir ensemble ? » dit Timothy d'une voix douce.

Un déclic se produisit en Samuel.

C'était comme si la pièce était devenue insupportablement vaste, comme s'il avait tout l'espace du monde pour se mouvoir, déployer ses membres, sauter, se tenir de joie la poitrine. Pour la première fois depuis qu'il était entré dans cette maison – ils la disaient Grande, mais elle aussi, elle était vide, ce qui rendait ses crimes faciles à découvrir.

Dans cette vastitude, Timothy rétrécit sous ses yeux, mais ses pitoyables supplications s'étirèrent en riposte jusqu'à épouser la taille de la chambre. Cela provoqua en Samuel une fièvre qui enflamma son front. La forme de sa fureur, car son visage n'était plus que cela, était celle d'une faux : incurvée, suffisamment acérée pour cisailler la gorge, son tranchant impitoyablement pointé vers celui qui la tenait. Mais cela importait peu. Cela n'importe jamais.

Samuel se tendit en arrière et son poing s'abattit plus vite qu'il ne l'aurait cru possible. Il envoya Timothy s'écraser contre le plancher, et le choc sourd fit basculer la lanterne. Timothy laissa échapper un faible geignement. Samuel passa la main dans son dos, arracha brusquement la hache de sa cachette et, d'un coup circulaire, fulgurant, l'enfonça profondément dans la tempe de Timothy.

Il regarda le sang crachoter et ruisseler sur le visage de Timothy. Une flaque se forma sur le sol. Il n'y eut pas de hurlement, pas même un murmure, mais les traits se tordirent et la bouche s'incurva dans un effort pour former, peut-être, une question. Samuel se détourna. Il savait que Timothy, dans ses derniers instants, était dérouté, qu'il avait besoin d'une réponse, et Samuel ferait en sorte qu'il n'en ait aucune. Grâce à son geste infime, ce charmant jeune homme qui s'imaginait irréprochable ressentirait une fraction de ce que ça faisait. Les esprits ressentaient cela. D'innombrables gens dont les voix se faisaient entendre alors même que leurs corps demeuraient invisibles, qui les suivaient partout et les privaient de tout repos car eux-mêmes n'en trouvaient aucun. Le minuscule mot resté sur leurs lèvres rendait toute paix impossible, alors ces esprits les picotaient sans répit, sans saisir qu'eux aussi, ils avaient la même question.

Le corps s'agita par saccades bien plus longtemps que Samuel ne s'y attendait. Enfin, un son jaillit de la bouche de Timothy, non pas des mots, non pas la question que Samuel ignorerait à coup sûr, non, quelque chose plutôt comme une eau de pluie se déversant au fond d'un trou. Puis, soudain, son corps cessa de bouger, son expression d'agonie s'effaça et Timothy eut l'air plus paisible, comme un homme qui dormirait les yeux ouverts.

Samuel se pencha sur lui. Il n'avait jamais regardé d'aussi près le visage de Timothy. C'était la première fois qu'il avait l'occasion d'étudier les traits d'un toubab sans avoir à se soucier du chaos qu'un geste aussi orgueilleux risquait de déclencher. Tout le monde faisait une histoire de ces yeux-là, bleus comme un ciel de midi. Samuel ne comprenait pas pourquoi. Ils avaient juste l'air vides, sans fond et susceptibles d'aspirer tout ce qui s'y aventurait. Il ne se voyait pas dedans. Isaiah avait dit la même chose, mais jamais avec la conviction que Samuel jugeait nécessaire.

Il laissa la hache là où elle était enfoncée et se releva enfin, s'écarta du premier homme qu'il avait tué, stupéfait de constater à quel point cela était simple, lui qui s'était imaginé que ce serait si dur. Il s'était dit que la culpabilité et la honte s'empareraient de lui, mais, en réalité, il avait le sentiment par ce geste, si modeste soit-il, d'avoir redressé un tort. Il lui faudrait cependant faucher d'autres corps avant de pouvoir se sentir fier de ses actes, et il en restait à faucher. Mais Samuel était content de savoir que s'il devait mourir en cet instant, il les aurait forcés à payer une portion, au moins, de leur dette. Ils s'imagineraient sans doute qu'ils étaient quittes.

Ce qui est loin d'être assez pour nous est plus que suffisant pour eux, songea-t-il. *Mais maintenant, ils vont voir.*

Ses yeux se posèrent sur sa poitrine trempée de sang et il laissa échapper un son à mi-chemin du soupir et de l'amusement. Il s'imagina qu'il allait sourire un peu, mais seule une larme put venir. Il ne prit pas la peine de l'essuyer. L'essuyer, ç'aurait été admettre qu'elle était là. Alors, il retint son geste et la larme lui chatouilla la joue, mais ne le fit pas rire. Elle coula jusqu'à son menton et tremblota un instant avant de disparaître dans la mare de sang, sur le plancher.

Il restait tant à savoir. Par exemple, où Isaiah avait-il appris à tresser les cheveux à l'ancienne ? Et pourquoi ? Son chant, aussi. Jusqu'où remontait-il dans la famille d'Isaiah ? Le crépu de ses cheveux était-il la preuve que sa mère était une guerrière ?

Il allait devoir ramper à présent au ras du sol, comme un brouillard nocturne qui n'étreint pas les herbes avides, mais leur fait miroiter la promesse de son humidité, en laissant peut-être derrière lui une fine couche, de quoi leur permettre de tenir.

Il posa son pied sur la gorge sans vie de Timothy, empoigna le manche de la hache et tira dessus pour la dégager. La tête de Timothy fit un petit bruit mat en retombant, immédiatement suivi par le roulement de tambour de pas dans le couloir, qui se dirigeaient vers la chambre.

Lamentations

Une séparation d'avec vos souffrances exige une séparation d'avec vous-mêmes. Le sang a été vicié, ce qui veut dire que le conflit court dans vos propres veines.

C'était une question de survie. Mais le temps ne fonctionne pas comme vous croyez. Nous le savions avant, et nous le savons aujourd'hui. Le jugement doit donc venir bientôt car vous avez fait du conflit, qui est désormais votre sang, une question d'honneur, ce qui pour l'essentiel conduit à l'arrogance. Voilà ce que pompe votre cœur. Ou ce qu'il pompera. Ou pompait. Parfois, il nous faut nous rappeler que vous percevez le temps comme trois occurrences séparées quand, pour nous, il n'en existe qu'une. Ce *sera* la chose que pompera votre cœur si vous n'y prenez garde, si vous n'écoutez pas. Le comprenez-vous ?

Livrés à cette guerre qui fait rage au-dedans, vous ne serez pas en mesure de préparer votre libération d'une manière qui vous délivrerait à coup sûr. Vous ferez d'autre chose, d'une chose impossible, la priorité. Soucieux de préserver votre réputation aux yeux des enfants de votre conquérant – qui sont aussi, oh !, vos frères et sœurs –, vous compromettrez votre existence et considérerez qu'une vie à moitié vaut mieux que la mort, alors qu'en réalité elles sont la même chose.

Nous pleurons pour vous.

Vous êtes les enfants pour lesquels nous nous sommes battus et que nous avons perdus.

Vous êtes la descendance trahie, et pleurée.

Le regret, cependant, ne porte pas sur vous. Il vient de ce que nous avons déclenché. En vous maudissant, nous avons scellé notre sort.

D'abord la guerre externe, puis l'interne. Cette dernière, bien plus sanglante.

Mais il y a de l'espoir.

Nous avons apporté des tempêtes. Nous vous avons suivi à travers les eaux puissantes et les terres lointaines, jusqu'à une série de lieux volés où nous avons contracté auprès d'autres peuples une nouvelle dette, immense, qui repose tout entière sur leur pardon. Et le vôtre.

Ces forces créées en votre nom seront rebaptisées sans que nous puissions rien y faire. Pardonnez-nous.

C'est la seule magie qui nous reste.

Cantique des cantiques

Le soleil brûlait haut quand on les fit monter sur le pont du navire pour y marcher. Étrange rotation autour du bateau, certains membres de l'équipage leur crachaient dessus, riaient et répandaient des libations. Ils semblaient inconscients de leur propre saleté, à se pincer le nez et à faire la grimace. Certains tenaient des fusils dans leurs mains, d'autres des couteaux. Kosii scrutait leurs visages. Il voulait comprendre ce qu'ils étaient, voir s'il pouvait tirer d'eux quelque chose qui expliquerait tout cela. Il voyait des fosses d'où dépassaient des bras tendus. Il voyait de petites filles sans peau qui chantaient, alignées. Il voyait des garçons courir dans l'écume de la mer et, quand ils se retournaient pour faire un signe d'adieu à leurs familles, dressées sur le rivage, ils avaient tout sauf des visages. La suffocation était leur droit de naissance.

Les chaînes cliquetèrent tandis que Kosii et les deux personnes auxquelles il était relié parcouraient le pont d'un pas traînant, sous les huées de tous. Alors il le vit, tout proche et en partie caché par l'éclat du soleil et le masque de l'ombre, mais reconnaissable au ton de ses plaintes. C'était Elewa. Au creux de son estomac, Kosii sentit comme une sphère hérissée de piquants. Il y eut soudain une vibration, qui envoya les tremblements se répercuter dans tout son corps, faisant tout remonter et le jetant à genoux.

L'un des sans-peau dit quelque chose à Kosii dans leur langue de chacals où tout frappait comme une insulte. Mais une autre voix s'éleva de ce recoin du navire que le soleil ne pouvait atteindre. Elle semblait si proche, cette voix, et pourtant Kosii ne pouvait voir d'où elle venait au juste. Peu importait. Il en reconnut les clics et le timbre, les hauts et les bas, et put escalader ceux-ci pour se hisser jusqu'aux hauteurs vertigineuses généralement dissimulées derrière la brume et le voile des arbres. Une main. Il n'avait besoin que d'une main, un signe, quel qu'il soit, un appel, une permission. Dans le silence, sept femmes, unies par leurs coudes recourbés, crâne rasé de frais et les seins fermes – celle du milieu hulula. Ça avait commencé.

Alors Elewa s'approcha à travers la foule, et Kosii vit que ce n'était pas Elewa revenu, après tout. C'était un garçon. Il était pâle mais pas dur, semblait plus jeune encore que Kosii, peut-être venait-il tout juste d'atteindre la puberté, il avançait en faisant des pas deux fois plus longs que ses pieds. Admirable. Crasseux, mais il sautait aux yeux qu'il s'agissait là d'un garçon privé du loisir dont jouissaient tous les garçons, de pourchasser et donner vie dans un sourire à des choses malicieuses mais inoffensives. Cueillir des fruits dans les arbres et se tacher les mains avec leur jus. Tremper son doigt de pied dans une rivière et se retrouver poussé dedans par un ami, mais seulement en l'absence des hippopotames qui règnent sur l'eau. Regarder les paons faire leur roue, se pavaner et décrire des cercles pour impressionner leur promise. Quelqu'un avait privé ce garçon de tout cela, avait interrompu et maudit son écoulement, et l'avait remplacé par des ronces et des herbes sèches. Et cela se voyait dans l'humidité de ses yeux, qu'il essuya avant qu'elle ait la chance d'être un signe de vie.

Kosii s'accrocha des deux mains à la compassion naissante du garçon, s'émerveilla de sa forme, en caressa les contours lisses, en laissa la douceur danser sur sa langue. Elle était vivante, recroquevillée sur sa propre chaleur et ne se déployant que très lentement, tel un poing s'ouvrant à la paix. C'était bon, mais trop tard. Kosii avait déjà repéré le pouls vital qui palpitait sur le cou de l'enfant et cela, aussi, était un appel. Sonore et remuant, grand ouvert et charmeur. Ces battements le réclamaient, et il ne se fit pas prier.

Kosii se dressa brusquement et enroula sa chaîne autour du cou du jeune sans-peau, puis écarta sèchement les poignets. Le garçon se débattit, donna des coups de pied et de poing. Kosii ne relâcha pas son étreinte. Les autres se ruèrent sur lui, mais Kosii avait déjà réussi à se replier, adossé contre le demi-mur du pont. Il inspira profondément et se mit à crier.

« Ce triomphe est pour Elewa, au nom du roi Akusa ! »

Puis il bascula en arrière par-dessus le mur du navire, le garçon serré dans ses bras. Avec eux, les deux autres prisonniers enchaînés à Kosii allèrent s'écraser dans les vagues, ils furent choqués puis réconfortés par l'étreinte glaciale de l'eau, apaisés par l'écume de mer puis absorbés.

Kosii ne nagerait pas. Il s'accrocha au jeune sans-peau jusqu'à ce que son corps ne bouge plus, puis il relâcha tout son air et, ensemble, ils coulèrent.

Quelle honte, mais il avait été obligé de le faire. Obligé. Acculé dans ce coin, pas question qu'il meure seul. Cela était déterminé d'avance : ils devaient périr ensemble. Car c'était la gloire.

Elewa.

Tandis qu'ils s'enfonçaient, Kosii implora le pardon de la femme et de l'homme enchaînés à lui. Il ne leur demanda pas s'ils désiraient se noyer, mais se chargea lui-même de les entraîner vers le fond. Tout en bas, plus bas maintenant que le fond de la bête d'où ils étaient tombés. Peut-être était-ce là le péché que son père avait omis de raconter, le moment de l'histoire où, afin de survivre à l'attaque des gens des hauteurs, ils étaient descendus de leur propre montagne, forcés de porter à leur cou les enfants d'un autre peuple. Les vainqueurs s'octroyaient le droit de renommer « triomphe » un meurtre, et de se parer de bijoux taillés dans les os des vaincus.

C'est donc à cela que ça ressemble, se dit Kosii tandis que la lumière mouvante et liquide s'estompait peu à peu. *La vue du haut de la montagne ; c'est douloureux.*

Puis, alors que les ténèbres engloutissaient tout :

Bien.

James

James arpenta le périmètre en restant sur les marges, surveillant les espaces centraux en faisant tout le tour des terres, le long de la frontière, seul d'abord, puis avec quelques-uns de ses hommes, notamment Zeke, Malachi et Jonathan. Il n'y avait rien à faire pour renforcer ce qui tenait déjà les nègres en respect : la clôture, la rivière, les bois semés de pièges et d'assassins, la peur. Enfin, cette dernière constituait l'unique exception. James avait toujours la possibilité d'autoriser certains écarts qui permettraient de la faire monter d'un ou plusieurs crans.

« Paul est censé rentrer quand ? demanda Malachi.

— Je sais pas trop », répondit James. Il mit son fusil en bandoulière et son pas se fit plus déterminé. Il n'arrivait pas à repérer la lune. Peut-être se trouvait-elle derrière les arbres, préparant sa descente et laissant le soin au soleil d'effacer l'encre du ciel. Il bâilla et tendit sa lanterne. Le halo était tout juste assez lumineux pour lui montrer combien la nuit était impénétrable. Il continua de le faire avancer.

Ses vêtements étaient un peu plus débraillés qu'il ne l'aurait souhaité, mais il n'avait aucun moyen, pas assez de moyens, pour s'habiller mieux. Comme

Paul, par exemple. Il n'avait pas d'épouse pour lui coudre des choses, pas d'enfants pour laver et plier ses habits dans le cadre de leurs tâches quotidiennes. Pas d'enfants qu'il eût reconnus, en tout cas, ce qui valait sans doute mieux puisqu'il n'avait rien d'autre à leur offrir que des mains endurcies et des pieds douloureux, totalement inutiles. Il n'avait même pas sa cabane à leur léguer : celle-ci appartenait à Paul. Il n'avait même pas de quoi se payer des esclaves.

Si James n'avait pas autant ressemblé à sa mère et, par conséquent, à la mère de Paul, il était persuadé que Paul l'aurait rejeté, accusé d'imposture, et qu'il aurait peut-être fait venir le shérif afin que celui-ci le boucle pour violation de propriété ou vagabondage. Mais son visage l'avait sauvé.

« Toi, va par là-bas, dit-il à Zeke en désignant une rangée de cabanes d'esclaves qui se dressaient, simples et délabrées, juste au-delà des herbes. Braille si quelque chose n'est pas en ordre. »

Il se rendit aussitôt compte de la futilité de cette instruction. Être un nègre, c'était vivre dans un état de désordre constant, une obscurité qui ne pouvait être corrigée que par la lumière, une jungle qui ne pouvait être désenchevêtrée qu'à coups de machette, un chaos qui ne pouvait être contrecarré que par une main patiente et une prompte autorité. *Du sang*, songea James. Parfois, il avait faim de sang.

Et le sang était abondant chez les esclaves, il coulait en eux comme une passion – chantant et dansant, battant dans leurs langues, palpitant à travers leurs lèvres, étiré en larges sourires. James en sentait l'odeur. Ils avaient fort peu changé depuis les navires et James était forcé de reconnaître combien cela le surprenait. Il se serait attendu à ce qu'ils se hissent vers le haut, comme lui-même l'avait fait, à ce qu'ils trouvent des possibilités dans l'impossible grandissant, à ce qu'ils brisent leurs chaînes comme lui-même s'était échappé de l'orphelinat. Mais non. Ils avaient simplement emporté le ventre du bateau avec eux, partout où ils allaient. Cela défiait l'entendement. Mais bon, à la famille de qui avaient-ils la chance d'appartenir ?

Ils étaient vêtus de loques (la colère de James était alimentée par cette similitude entre leurs accoutrements et le sien) et peu intelligents. Ils vivaient les uns sur les autres, entassés dans leurs taudis par leur volonté propre autant que celle de Paul. Ils étaient belliqueux et portaient l'odeur d'un labeur que nul ne pouvait faire partir. Ils mangeaient des rebuts et leur peau était marquée par la malédiction de la sauvagerie. Il était plus facile de les considérer comme des animaux, pas si différents des vaches et des chevaux, comme des singes doués d'un grand talent d'imitation qui parvenaient à parler la langue des humains. Qu'ils soient parfois capables de provoquer des érections ne jetait aucun discrédit sur le porteur de telles grosseurs. Le fait était qu'ils pouvaient passer pour humains et, par conséquent, tromper les bas instincts à défaut de l'esprit.

Au bout d'un moment, Zeke rejoignit la phalange. « Tout à l'air normal. Nègres au complet, dit-il.

— Bon, très bien. Attendez la relève, vous trois, ordonna James. Après, vous pourrez rentrer.

— Oh ! Vous feriez peut-être bien d'aller voir ce que fiche miss Ruth, ajouta Zeke. Elle est là-bas, dehors. À se balader sans aucune bonne raison. »

James se gratta le menton.

« Qu'est-ce qu'elle fait dehors ? »

Zeke haussa les épaules.

« Bon, où est-elle ?

— Au bord de la rivière, là-bas, derrière la grange. »

James secoua la tête. « Bon Dieu ! Montez la garde. Je m'occupe de Ruth. »

Elle était la seule femme digne de ce nom sur cette plantation, et cela rendait parfois les choses difficiles. Sa peau pâle, ses cheveux roux et sa poitrine étriquée le blessaient si profondément que la masturbation ne faisait que tourner le couteau dans la plaie. Elle ne faisait rien pour cacher son outrage, pas même la décence d'un châle par les fraîches soirées d'automne.

Il se remémora comme c'était, alors. L'année avait été marquée par une chaleur harassante émanant de partout, et lui-même n'avait cessé de croiser ses jambes ou de s'accroupir pour contenir la chose ou la tenir à l'écart. Il baissait son chapeau au ras des yeux dès que Ruth passait. Il remplissait sa bouche du premier aliment venu pour occuper sa langue. Il se retenait à grand-peine de frotter du fumier sous son nez pour empêcher le parfum de verveine de l'atteindre. Il pensait qu'il allait s'évanouir de désir s'il ne faisait pas *quelque chose*.

Par un crépuscule poisseux, une négresse se baignait à l'orée des marais à l'heure où elle aurait dû travailler en cuisine. Elle se dressait sur le chemin du soleil couchant, qui se reflétait sur la peau de l'eau, et son corps était obscurci par cette lumière éblouissante. Elle paraissait ainsi non nègre, simple silhouette qu'il pourrait garder à l'esprit jusqu'à l'accomplissement de l'acte. Dans cette lumière pourpre, sa tignasse de négresse devenait des boucles dorées, son visage noir une rougeur effarouchée – comme les femmes du pays, là-bas, dans cette bonne vieille Angleterre.

Et elle s'était montrée tout aussi fougueuse. Elle l'avait mordu. Elle lui avait griffé le cou, laissant une trace qui était encore boursouflée. À cause de ça, il avait roué de coups de poing son visage apeuré jusqu'à ce que le sang coule de sa bouche et recouvre le bas de sa face tel un voile.

Quand il s'était planté en elle – quand il avait pompé et tortillé et poignardé, infligeant de nouvelles contusions à des endroits déjà blessés –, il avait découvert que ce qu'il avait entendu au sujet de ces filles était faux, après tout : pas de dents à l'intérieur de leur con, pas de crochets qui retenaient la queue dedans et la saignaient à blanc tandis que l'homme se débattait et hurlait de douleur. James n'avait pas eu l'impression que son âme était aspirée hors de lui. Non, monsieur. Cette chatte était tout aussi lisse et convenable que celles de toutes les prudes jeunettes qui s'étaient enfuies d'Angleterre, comme lui.

Mais elle était vivace et même les grands coups de James sur sa lèvre du haut ou le côté de son menton n'avaient pu l'empêcher de brailler. Alors, après avoir relâché son jet épais, James, le pantalon toujours entortillé autour de ses chevilles, l'avait empoignée par le cou et lui avait plongé la tête sous l'eau. Et elle l'avait assailli de coups de pied, meurtrissant ses bijoux de famille et noircissant l'intérieur de sa cuisse. Elle s'était débattue pendant un temps qui semblait dépasser celui pendant lequel un être humain pouvait raisonnablement retenir sa respiration. Puis James s'était souvenu qu'il n'avait pas affaire à un être humain et que ces choses – sa fureur infernale et son cran, ses bras et ses jambes acharnés – étaient peut-être les dents et les crochets dont parlaient les gens. Un dernier coup sur la hanche de la négresse pour tenir ses jambes à distance et James avait entendu quelque chose craquer. Il l'avait lâchée.

Trempé, il avait regagné la berge en titubant. Et elle s'était relevée : tordue du côté où il l'avait frappée, dégoulinante de sang et d'eau de la rivière, le dévisageant de ses yeux noirs, étincelants. Puis soudain, elle avait regardé derrière lui et il aurait juré avoir senti un rasoir lui trancher l'épaule où moment où les yeux de la négresse frôlaient celle-ci pour se perdre dans le lointain. Un grand relâchement s'était emparé de lui. Cela commença au cœur de son estomac, avant de se diffuser alentour. Il avait perdu le contrôle de ses tripes. Des filets d'urine avaient dévalé ses jambes jusqu'au sol, et vers la rivière ; la merde était tombée dans son pantalon. Sa respiration se fit plus lente. Il se sentait vide et léger. Comme si son corps s'était soudain changé en air. Était-il mort ? Il regarda ses pieds et il semblait flotter, comme un esprit. Cela lui arracha un rire. La seule négresse magicienne de l'endroit, et il avait eu la malchance de la choisir.

Alors ça, pour une déveine...

Lorsqu'il avait retrouvé ses esprits, il était dans sa cabane, couché à plat ventre sur son lit. Pendant un moment, il s'était senti reposé. Mais depuis ce jour-là, il avait un sommeil agité et s'était soudain mis à marcher les jambes arquées. Plus un seul nègre sur cette plantation qui ne lui donnât envie de vomir – les femmes, surtout. L'effort de volonté dont il devait faire preuve pour contenir la nausée soudaine qui l'assaillait quand l'un d'eux s'approchait de lui et, parfois, se tenait trop près, ou bien prononçait son nom en s'attardant dessus quelques secondes de trop, comme les faibles d'esprit étaient enclins à le faire. Et si James essayait de dire le nom de la femme, le nom de celle qu'il avait profanée, tentait de prononcer ne serait-ce que la première lettre, M... mm... mm, il sentait de nouveau tout se défaire en lui, comme au bord de l'eau. Alors il gardait les lèvres closes et l'évitait. Plus de dîners chez Paul, même quand un couvert l'attendait. *Non, je vais manger dans ma cabane. C'est mieux. Comme ça, je peux garder un œil sur les nègres. Au cas où.* Son fusil était devenu une frontière cruciale. Et bien en sécurité derrière cette démarcation, il en avait appris beaucoup plus sur eux que ceux qui ne respectaient pas cette ligne.

Cherchant où pouvait se trouver Ruth, James marcha dans les ténèbres, pierres et herbes craquant sous ses bottes. Le seul chant était le frottement sec des grillons, accompagné par le déferlement de la rivière. James tendait l'oreille en quête d'un autre pas, guettait d'autres empreintes, humait l'air pour y détecter un parfum, mais ne trouvait rien. Il glissa sur la boue de la berge et distingua une silhouette fugace au coin de son champ de vision. Il se tourna brusquement et entraperçut l'ourlet à volants d'une robe passant devant un arbre. Il la suivit.

Il marcha le long de la berge puis s'engagea dans le sous-bois. La flamme de sa lanterne vacilla puis, derrière lui, une voix.

« Un peu tard pour se baigner. »

Il ne put distinguer son visage lorsqu'il leva la lanterne, car elle portait les ombres comme un cadeau offert par une vieille amie.

« C'est impoli de ne pas parler. »

Il aurait voulu, mais elle l'avait pris par surprise.

« Vous devez être celle qui a volé la lune, hein ? » finit-il par demander.

Elle sourit. Il se refusa, volontairement, cette occasion de le faire.

Ils traversèrent la plantation, sans qu'aucun d'eux parle. James était stupéfait par sa capacité à avancer dans le noir sans trébucher, sans la moindre incertitude, sans lanterne. Il tenta de lui faire partager le bénéfice de sa lumière, mais elle refusa, se retira dans l'épaisseur, rit tout haut de cette simple idée. Et il mourait d'envie de voir son visage.

« Pourquoi traînez-vous comme ça, Ruth ? » demanda-t-il, dans l'espoir qu'elle se confie.

Elle tournoya dans sa chemise de nuit, savourant la fraîcheur qui s'engouffrait dessous, et fredonna une mélodie. À peine eurent-ils atteint la clôture qu'elle se glissa dessous et grimpa les marches qui menaient à la cabane de James.

Il songea qu'elle était comme un puzzle auquel il manquait bien des pièces. Mais peut-être que ceux-là étaient les meilleurs. Ils exigeaient un peu plus de celui qui les assemblait : un peu plus de temps, un peu plus de patience, un peu plus d'imagination. Cette dernière était le plus fertile des sols, dans lequel on semait la maîtrise véritable, et James avait prévu d'attendre patiemment pour voir ce qui allait pousser.

Elle entra dans la cabane et la parcourut en dansant.

« Cet endroit est une vraie pagaille, déclara-t-elle au bout d'un moment. Personne ne vous a donc jamais appris à tenir une maison ? Il faudrait peut-être vous marier. »

James sourit. Il lui sembla qu'elle aussi, peut-être. Il posa la lanterne sur une petite table sous laquelle une seule chaise était glissée. C'était la première fois qu'il prenait la peine d'y réfléchir – *Moi ? Une épouse ? Mais qui voudrait ? Mes manières ne laissent pas vraiment de place à quelqu'un d'autre.* Il fut distrait de ses pensées, cependant, car les cheveux de Ruth étaient en feu.

Elle fit volte-face et se dirigea vers la porte. Il ne voulait pas qu'elle s'en aille.

« J'espère que votre cousin sera bientôt rentré. Il va vendre ces nègres qui m'ont regardée, vous savez.

— Je sais. »

Il l'observa tandis qu'elle passait devant lui. « Ruth, ce n'est pas prudent de vous promener dans la plantation, la nuit. Vous devriez rentrer à la maison, vous m'entendez ?

— Pourquoi devrais-je avoir peur de ce qui m'appartient ? » Elle le regardait, stupéfaite.

Il ôta son chapeau pour la première fois en sa présence. Comme il l'avait dit tout à l'heure, ses manières ne laissaient pas de place. Il pencha sa tête de côté. « Si seulement tout cela vous appartenait *vraiment.* » Il serra son chapeau contre sa poitrine en signe de respect et de sincérité.

Ruth eut un petit rire puis sortit. Lorsqu'il gagna le seuil pour voir dans quelle direction elle partait, elle avait déjà disparu, engloutie par cette nuit dans laquelle elle trouvait un réconfort, ce que James ne pouvait comprendre. Il aperçut trois contremaîtres au loin, en discussion avec Zeke, Malachi et Jonathan, à l'heure de la relève.

James rentra dans sa cabane. Il s'assit sur son lit mais n'ôta pas ses bottes. Élimées comme elles l'étaient, cela ne changeait pas grand-chose qu'elles soient mises ou enlevées. Il jeta son chapeau par terre. Il s'allongea sur le dos et posa son fusil à côté de lui, à l'endroit où son épouse aurait dormi s'il en avait eu le penchant et la place. Il cala les mains sous sa tête et contempla le plafond. La lanterne brillait et la flamme faisait bouger les objets dans le noir, mais elle donnait envie à James de n'en rien faire. Lourdes comme ses paupières étaient à présent, il leur accorda ce qu'elles réclamaient.

Quand il entra dans le rêve, il se trouvait dans le champ et les nègres ramassaient le coton. Mais le coton était vivant et hurlait à chaque pincée. Les esclaves se figeaient soudain, tous, au même instant. Telle une volée d'oiseaux, ils pivotaient à l'unisson. Ils se redressaient de leur prostration. Jeunes et vieux, ils lui faisaient face. Pas un seul n'avait d'yeux mais, étrangement, ils voyaient encore. Et un bruit montait d'entre leurs cuisses : le bruit d'une chose en mouvement, qui bourdonnait ; écoute mieux : des voix, un battement. Et les nègres se mettaient à marcher vers lui et il avait son revolver, mais ils étaient trop nombreux et chacun d'eux tenait une fourche dans la main. Il ouvrit les yeux au moment où les premières pointes se dirigeaient vers son front.

Il fit basculer ses jambes par-dessus le rebord du lit et renversa le crachoir.

« Bon Dieu. »

Il se leva et fouilla la pièce en quête d'un chiffon. Il évita le miroir. Les murs de planches se refermaient sur lui. Quatre murs nus, plus foncés en haut et en bas, noircis par les moisissures et les champignons. Le plafond bas remontait d'un côté, mais il n'offrait aucun espace pour respirer, s'étirer ou se tenir droit. Une pièce unique et fort peu de mobilier : un lit, une petite table et, c'est vrai, une seule chaise ; sur la table, la lanterne toujours allumée. Dans le coin : une bassine pour la toilette, et juste à côté un âtre au feu éteint au-dessus duquel une petite gamelle noire était suspendue.

Il trouva un chiffon sale sur le plancher, près de la fenêtre. La vitre reflétait la flamme dansante de la lanterne. Dehors, l'obscurité mais, pourtant, des formes : les arbres, la Grande Maison, la grange, les cabanes des nègres sur le côté, et une douzaine d'autres à l'autre extrémité du champ. Sa propre cabane n'était qu'à peine plus grande. Comment avaient-ils pu faire ça ? Lui donner une cabane aussi petite. Laisser les nègres en bâtir d'aussi grandes ou presque. Et de l'autre côté de la clôture. La clôture dont il ne pouvait même pas distinguer les contours tant elle se trouvait près. Les salopards. Tous autant qu'ils étaient : les possédants, leurs nègres et les chasseurs.

Il essuya sa salive sur le plancher. Dedans, des morceaux de tabac mâché qui lui firent hausser les sourcils. Il jeta le chiffon dans la cheminée, sous la gamelle, au milieu des cendres. Il y avait une tache sur le sol, là où le crachoir s'était renversé. La teinte brune de son contenu imbibait le grain du bois. Elle ne partirait plus, maintenant.

Il palpa la poche de sa salopette. Il restait encore une demi-carotte de tabac. Il la sortit de sa blague, en cassa un morceau et le fourra dans sa bouche. Il s'assit sur l'unique chaise des lieux et étudia la lumière agonisante de la lanterne : comment elle rétrécissait et pâlissait, mais faisait toujours sursauter toute la pièce, qui inspirait et expirait dans sa lueur, projetant des auras d'ombre autour de tout. Cela réveilla en lui une mélancolie des soirées sur les plaines de Londres, brumeuses comme elles étaient, mais pas de leurs habitants.

Les richesses promises, songea-t-il, *n'étaient rien qu'un foutu mensonge*. Qui avait fait de son voyage – son long et pénible voyage sur des navires, en compagnie d'hommes décharnés en proie aux maladies – une farce. Mais James n'avait pas les moyens de rentrer, et d'ailleurs la situation n'était guère plus reluisante en Angleterre. Là-bas, il aurait eu le même teint cireux, le même besoin impérieux de chiquer son tabac. Au moins, ici, ses poches n'étaient pas aussi vides. N'empêche, elles n'étaient pas assez pleines, et ce n'était pas ce que son cousin Paul lui avait promis.

Paul ne lui avait pas dit à quel point cette terre serait déplaisante, combien elle allait encore l'endurcir, que même sa voix changerait. Personne ne lui avait dit que les femmes d'ici se moqueraient de lui et que, par conséquent, sa beauté – le seul patrimoine sur lequel il avait pu compter de l'autre côté de la mer – allait se faner faute d'usage. Paul l'avait taxé de vaniteux, et lui, il trouvait Paul vorace. Lié à Paul par leurs péchés communs, James avait fini par comprendre qu'ils appartenaient à la même famille non seulement parce que le même sang coulait dans leurs veines, mais parce que le même sang tachait leurs mains.

Le père de James était mort en premier ; sa mère, gémissant et toussant des choses sombres, peu après. Il avait quatre ans à l'époque, et n'avait pas encore appris à se laver tout seul. Alors, quand deux hommes de grande taille avaient fini par se présenter dans cette maison délabrée, peuplée d'insectes et de pourriture, l'avaient emmené à cheval et déposé dans un endroit où la brume cachait tout, ils avaient plissé le nez et James s'était fondu dans la masse des orphelins aux visages boursouflés de larmes et aux cheveux hirsutes, éternellement vêtus de gris.

Tout en mâchant sa chique, il songea : *Les enfants sales devraient rester sales tant qu'ils peuvent. Les enfants propres attirent trop l'attention.* Dans cet orphelinat, la seule oisiveté n'était pas mère de tous les vices : les mains affairées le devenaient tout autant. Et en bon élève qu'il était, il avait appris à faire des choses intéressantes avec les siennes. Vider les poches, forcer les serrures et, parfois, les femmes, c'était à cela qu'il s'était résigné jusqu'à ce qu'il apprenne, à l'âge de dix-neuf ans, que sa mère avait une sœur.

Il n'y avait pas d'autre moyen, pour traverser la mer, que de louer ses bras à bord des négriers. James avait été abasourdi par le nombre de nègres qu'on parvenait à entasser dans le navire. On les archivait à fond de cale comme des documents soigneusement empilés, avec à peine assez de place pour bouger leurs doigts de pied. Terrassés de chaleur et puants, ils étaient coincés dans cet espace, enchaînés les uns aux autres, prostrés, laissant échapper des sanglots et des plaintes, priant dans ces charabias qui leur servaient de langue, suppliant certainement leurs divinités au cul noir de leur offrir le droit d'ouvrir leurs bras et de respirer.

Chaque jour, James était chargé d'entrer dans cet espace pour leur servir l'infâme potée contenue dans la marmite qu'il tenait à deux mains. La nourriture sentait presque aussi mauvais que les nègres. Chaque jour il entrait, et chaque jour il sortait en souhaitant que ses yeux n'aient plus jamais à se poser sur tout cela.

Parfois, les nègres mouraient. Se gâtaient, disaient les négriers. Alors, avec une poignée d'autres hommes guère plus âgés que lui, James devait défaire les chaînes des morts, transporter jusqu'au pont leurs corps libérés, en décomposition, et les lancer par-dessus bord pour que les bêtes marines ou l'océan lui-même en disposent. Il se demandait combien de nègres avaient connu pareil sort, et si, dans la mort, ils ne s'étaient pas rassemblés au fond de la mer pour planifier les contours de leur vengeance, qui viendrait sous la forme d'un tourbillon d'une infinie noirceur ou d'un raz-de-marée dévastateur qui raserait la surface de la terre comme au temps de Noé.

Non. Si James avait bien appris une chose dans la grisaille de son orphelinat, c'était que la cruauté de Dieu ne s'exprimerait plus jamais sous la forme d'un meurtre de masse par noyade. L'arc-en-ciel était Sa promesse qu'Il ferait preuve d'une plus grande créativité la prochaine fois que Ses pulsions sadiques prendraient le dessus. Les prêtres l'en avaient assuré, mais seulement en guise de confession après qu'ils s'étaient déchaînés sur lui et ne pouvaient plus supporter ses yeux pleins de tristesse.

Des semaines à voguer sur l'océan gris, et ils avaient enfin touché terre dans un lieu baptisé Hispaniola. James était descendu en titubant du navire, sur ses jambes branlantes qui, malgré la relative brièveté de ce passage, n'étaient plus aptes à fouler la terre ferme. Il mettrait encore plusieurs mois à atteindre le Mississippi, où le fils de la sœur de sa mère possédait une plantation. Il lui faudrait encore se frayer un chemin à travers des contrées indomptées où les gens grimaçaient à cause de la chaleur et où tout visage inconnu était accueilli avec suspicion. Mort de faim et de fatigue, il avait débarqué à pied sur la plantation Halifax au coucher du soleil. Il avait tout juste eu la force de tendre la main pour saluer son cousin récemment découvert, mais encore assez pour se fendre d'un sourire.

Il ne s'était même pas accordé le temps d'être submergé par l'immensité des terres sur lesquelles il venait de poser le pied, ou de la maison qui semblait assez vaste pour héberger tous les gens qu'il avait connus dans sa vie. Après avoir englouti des écuelles et des écuelles de ragoût d'opossum, et conversé paresseusement avec son cousin, en qui il retrouvait ce qu'il pensait avoir oublié de sa mère, il avait été escorté jusqu'à sa chambre par une jeune négresse, et il avait dormi jusqu'au soir suivant. Il n'avait d'abord su que penser de la proposition de Paul de chapeauter la plantation et de garder les esclaves. Il aurait son propre lopin aux confins septentrionaux de la propriété, et serait aidé dans sa tâche, bien sûr. Paul s'était lié d'amitié avec quelques traîne-misère de la ville, mal dégrossis mais malléables. Il leur avait permis, à eux aussi, de bâtir leurs cabanes de l'autre côté du champ de coton, parcelle de terrain sur laquelle ils pourraient élever leurs familles, devenant en échange des barrières pour les nègres. Mais ils étaient encore surpassés en nombre. Ils avaient besoin d'une arme pour compenser.

Sorti de son esprit et revenu à lui-même, James se leva de table et marcha jusqu'au crachoir qu'il avait laissé couché sur le plancher. Il le redressa et cracha dedans une grosse boulette. Le crachoir était encore gluant de morve. Il le remit à sa place sur la table et le claquement du métal contre le bois couvrit presque les aboiements qui retentirent au même instant de l'autre côté de la clôture.

L'excitation des limiers signifiait qu'une caille ou un nègre infortuné était en train de fureter quelque part dans l'épaisseur de ce néant. James empoigna la lanterne et ramassa le fusil sur son lit. Il cracha par terre le reste du jus de tabac alors que ses bottes foulaient la dernière marche de sa véranda. Les aboiements redoublèrent, ils venaient de quelque part, là-bas, vers la grange.

La grange était une source de contrariété et d'intérêt pour tout le monde ou presque sur la plantation, mais James était tout sauf sidéré par ce qui se passait entre ces deux jeunes nègres, Samuel et Isaiah. Il n'aurait su dire qui était qui, mais l'orphelinat lui avait appris à reconnaître des animaux quand il en voyait.

Pour cette raison précise, les coups de fouet ne feraient que les rendre faux et sournois, avait-il suggéré à Paul. Ce n'était pas comme un accès de fainéantise ou un œil qui aurait eu le toupet de se poser sur le visage d'une femme blanche. Non, c'était là une tare qu'ils portaient dans leur sang, relativement inoffensive. Le mieux était de les laisser tranquilles. Tout ce qui comptait, c'était que le travail soit fait. Et, de l'avis général, pas un seul nègre n'accomplissait mieux son travail dans tout l'État du Mississippi.

« C'est impie, James. Si je laisse faire cela ici, sans châtiment…

— Il serait idiot de vous soucier d'une chose pareille, alors que vous possédez tout ça », avait répondu James en balayant la plantation du regard. Il prêtait enfin attention à l'immensité de l'endroit où ils se trouvaient.

« Je posséderai tout ça encore plus longtemps si je les fais se reproduire, avait répliqué Paul.

— L'avidité est un piège, Cousin.

— La capacité, Cousin. Un homme fait ce qu'il est capable de faire. »

James avait secoué la tête. Il apercevait sa cabane au loin.

Il avait opté pour le silence. Car avec tout ce que faisait Paul pour saboter ces deux animaux, savait-il seulement qu'il en hébergeait un sous son propre toit ? Paul et Ruth avaient tant protégé leur unique enfant survivant qu'ils l'avaient ramolli, et ils avaient osé ne pas le remarquer. S'ils avaient laissé sa force se développer sans être entravée par leur peur et leur tristesse, peut-être aurait-il eu une chance de devenir un homme. Au lieu de quoi il en avait après l'un des animaux de la grange, souriait de manière insupportable, peignait l'aberration de la nature et avait le regard désespéré de ceux qui souffrent de malnutrition.

James n'enviait pas la fascination de Timothy. Tout ce qu'il voulait, lui, c'était se tenir le plus loin possible des nègres – sauf lorsqu'ils chantaient. Car quand les nègres chantaient, c'était une chose qu'aucun Blanc ne pouvait imiter, pas même les misérables comme lui, ceux qui souffraient. Ce que produisaient les paroissiens de l'église de Paul était de vulgaires cris d'oiseaux, comparé à ce que faisaient les nègres dans le cercle d'arbres. Cent loups hurlant à la lune à l'unisson, parfaitement accordés. Une flotte de navires craquant en pleine mer, simultanément. Il les écoutait volontiers, debout sous les arbres, se balançant en rythme et fredonnant à l'occasion, son fusil à portée de main.

« Vendez-les, si ça peut vous arranger. Je connais quelques personnes qui vous en offriront plus qu'ils ne valent. »

Mais ce n'était pas un chant que James entendait à présent ; c'étaient les cris des chiens. Il posa la lanterne, mais pas le fusil, et escalada la clôture. Il récupéra la lanterne par-dessous la lisse et marcha lentement vers les cabanes des esclaves. Rien ne bougeait. Mais, en s'approchant de la grange, il vit que les chevaux couraient en liberté. Les cochons vagabondaient alentour. Les poules étaient perchées sur la barrière. Les autres contremaîtres arrivèrent en courant de derrière la grange.

« Qu'est-ce qui se passe, ici ? interrogea James. Remettez-moi ces bêtes dans leurs enclos. Réveillez les nègres et dites-leur de vous filer un coup de main. Allez chercher Zeke, Malachi, Jonathan et les autres. On a besoin d'autant d'armes à feu que possible.

— Ils sont payés pour ressortir pendant leur temps de repos ?

— T'inquiète pas de ça pour l'instant. Fais ce que je te dis. Je vais aller voir où en est Ruth. »

James courut vers la Grande Maison.

Lanterne à la main, il entra dans le hall et aperçut Paul. Celui-ci était couvert de sang. Les chiens étaient dans la maison, aboyant et arpentant le plancher en décrivant des lignes tortueuses. Une traînée de sang dévalait l'escalier. Un nègre gisait à côté de Paul, plus ensanglanté que le maître.

« Pourquoi ne m'avez-vous pas réveillé ? » hurla James.

Paul ne répondit rien, ne bougea même pas un doigt. Il contemplait l'arbre qui se dessinait dans l'encadrement de la porte, derrière James.

« Qu'est-ce qui vous arrive ? Vous êtes blessé ? » Il étudia Paul, approchant la lanterne de son visage. « Paul ? Les animaux sont en liberté. J'ai envoyé mes hommes réveiller les nègres pour aider à les attraper. »

James fit un pas dans sa direction et Paul tressaillit.

« Quoi ? » demanda James.

Paul articula quelques mots.

« Parlez-moi ! cria James. Que vous est-il arrivé ? »

Paul ne dit rien. Il donna une tape à James pour l'écarter de son chemin, et se dirigea vers la porte. Il traîna le nègre au-dehors, sur la véranda, puis au bas des marches et continua vers le saule.

« Paul, nom de Dieu ! Les animaux ! » s'écria James en lui emboîtant le pas, atteignant la véranda et refusant de marcher dans la trace de sang dont il savait qu'aucun lessivage ne pourrait jamais la faire disparaître. « Qu'est-ce qui se passe ? Paul ! »

Paul s'immobilisa. Il redressa le dos puis s'effondra de nouveau sur lui-même.

« Dans la maison, marmonna-t-il d'une voix rauque.

— Ruth ? » cria James.

Il rentra en courant et se rua dans l'escalier. Il regarda autour de lui. Il n'entendit rien mais aperçut des ombres. Il courut au bout du couloir. Le plancher était trempé. Il y avait de la lumière, devant lui. La porte de la chambre de Timothy était ouverte. Il entra. La chambre était sens dessus dessous. Ruth était couchée sur le lit à se tortiller en tous sens, elle sanglotait, bouche bée, mais sans qu'un murmure sorte de sa bouche.

« Vous êtes blessée ? Qui vous a fait du mal ? »

Les traits de James avaient commencé à se tordre. Il contourna précipitamment le lit et trébucha sur les jambes de Timothy. Il baissa les yeux. Timothy avait été déshonoré. Plus d'yeux, comme les nègres de son rêve.

« Doux Jésus », murmura-t-il.

Il enjamba Timothy avec précaution et s'approcha de Ruth. Il essaya de la soulever pour la porter jusqu'à sa chambre et l'aider à se nettoyer, mais, chaque fois qu'il passait les bras autour d'elle, elle se débattait et tentait de le mordre. Il souffla bruyamment.

« Ruth. On ne peut plus rien… »

Peine perdue. C'était ainsi qu'elle porterait son deuil. Cela semblait d'un autre temps, ce qu'elle faisait. Plus ancien que ses croyances à lui. On aurait dit que cela lui était venu avec la terre elle-même. Peut-être qu'elle était en proie à quelque chose, qu'elle n'était plus elle-même car *elle-même* n'était plus. Qui était-elle, alors ? Il allait devoir la laisser pour savoir, et quelque chose en lui avait désespérément besoin de savoir.

Il dévala l'escalier et se précipita dehors, là où il avait vu Paul pour la dernière fois. Une partie des autres étaient arrivés à présent, enfin réveillés, et on avait rassemblé ce qui semblait être une foule sans fin de nègres autour du gros saule. James courut jusqu'à l'arbre, au pied duquel se tenait Paul. Il avait traîné le nègre par la main et ne la lâchait toujours pas. Mais sa manière de la tenir, comme un parent celle de son enfant, fit frissonner James.

« Corde », grommela Paul.

Zeke poussa un cri de joie. Malachi dansa. Jonathan hurla. James dit à Jonathan et aux autres de l'aider avec les bêtes, malgré l'ordre de Paul.

« Ces nègres sont impies ! » cria Jonathan au visage de James.

Zeke se mit à glousser et James hurla : « Tais-toi ! », mais Zeke continua de rire.

James s'approcha de Paul, montrant du doigt le nègre gisant sur le sol, près de lui. « Qui est-ce ?

— Quelle importance ? rétorqua Malachi.

— Paul ? » insista James, se tournant de nouveau vers lui.

Paul tomba à genoux et éclata en sanglots. Il lâcha la main du nègre. James se pencha devant lui.

« Paul. »

Paul regarda James. Dans ses yeux, James vit sa propre mère non pas sur son lit de mort, mais dans un coupé s'éloignant d'un magnifique coucher de soleil. Mains délicatement posées, elle souriait à la pensée de son fils qui était maintenant un homme, et elle s'abstenait de juger la manière dont il s'était perdu, car il restait peut-être une pièce, quelque part, mais que seule une mère était capable de trouver. C'était elle, après tout, qui l'avait fabriquée. Elle ne le regardait pas, mais elle souriait encore et cela suffisait. Là-dedans, la relation entre James et Paul devenait réelle, plus réelle encore que ce premier jour où, chancelant, peinant à garder les yeux ouverts, il avait pris les mensonges de Paul pour l'inéluctable vérité. James murmura des mots que seul Paul put entendre, mais ils ne lui étaient pas destinés. Alors Paul dit, assez fort pour que tout le monde entende : « Pendez-moi ce nègre. Haut et court ! »

James tressaillit, puis hocha la tête. Il prit des mains de Paul le corps agonisant, amorphe, et, aidé de quelques hommes, il lui passa le nœud coulant et commença à le hisser. Tous leurs fusils étaient alignés dans leur dos.

« Restez sur vos gardes », dit James, et une partie des hommes cessèrent de s'occuper du corps et pointèrent leurs armes sur la foule des nègres, dont certains pleuraient ou tremblaient, tandis que d'autres se dressaient, déterminés, face à l'adversité.

Paul se mit à empoigner les herbes, les arrachant du sol par leurs racines. Il commença à les enfourner dans sa bouche, chargées de mottes de terre, et à les mâcher. Pleurant, gémissant et mâchant. *Cela avait fini par arriver*, songea James. Quelque chose de vital s'était brisé. Il aida Paul à se relever et lui murmura à l'oreille : « Ils ne doivent pas vous voir dans cet état. »

Paul se contenta de le dévisager sans mots, et, pour la première fois, James passa son bras autour des épaules de son cousin. L'espace d'un instant, tout fut à eux. Ils se regardèrent et ce n'était pas une fin, non, c'était quelque chose d'absolument nouveau. James en fut effrayé, et, au tremblement de la lèvre de Paul, il sut que son cousin aussi.

Après avoir démonté sa lanterne pour pouvoir enflammer sa torche de fortune, James entendit le bourdonnement. Alors qu'il se dirigeait vers le corps qui se balançait et lui mettait le feu, le bourdonnement. Tous les fusils étaient braqués sur les nègres et, d'après son rêve, il sut que c'était la première erreur. *Combien pourrions-nous en avoir ? Vingt ? Trente ? Et l'autre centaine, alors ?* Puis il vit la négresse dont sa langue n'avait pas le droit de caresser le nom, et elle fit son geste, et quelque chose en lui se pétrifia.

C'est pour cette raison que le jeune mulâtre réussit à le prendre par surprise.

Nombres

Nous sommes les Sept.

Envoyées pour veiller sur vous.

Vous n'avez besoin que de lever les yeux.

Et de vous souvenir des étoiles.

Mais la mémoire ne suffit pas.

Nous vous l'avons dit dès le début. Peut-être pas de la manière à laquelle vous vous attendiez, mais nous vous l'avons dit.

Cela ne changerait pas grand-chose de vous expliquer ce qui nous est arrivé. Cette réponse, vous l'avez déjà. C'est comme ça que vous vous êtes retrouvés là.

La mémoire ne suffit pas, mais sachez ceci :

On ne peut pas raisonner les nourrissons, seulement les nourrir ou les affamer.

Pour briser une incantation, il faut en invoquer une autre d'égal ou de plus grand pouvoir.

Le cosmos est de votre côté.

Ce sera vous tous ou aucun de vous ; cela, nul ne peut le changer.

Le remède échappe à notre connaissance, mais cela ne veut pas dire qu'il n'en existe pas.

N'ayez pas peur du noir.

Car c'est ce que vous êtes.

Exode

1:1

Les yeux de Samuel étaient révulsés, et James tenait la corde dans sa main. Il la lança par-dessus une branche. Le nœud coulant pendouilla dans le vide. Les gens – fatigués eux-mêmes, pourtant leurs cœurs battaient si fort qu'on pouvait les entendre – ne savaient plus où regarder. Ils gardaient les yeux baissés jusqu'à ce qu'on leur dise de faire autre chose. Enfin, à l'exception de Maggie. Maggie avait le visage chiffonné. Elle bascula son poids de sa mauvaise hanche sur la bonne, et broya dans sa main l'ourlet de sa robe. Dans son autre main, l'éclat du métal.

Le sang s'écoulait plus vite de la poitrine de Samuel, à présent. Ils lui passèrent la corde au cou. Sa tête roulait de droite et de gauche, comme sur le point de se décrocher. Ses yeux étaient gonflés, mais il voyait encore : des animaux errant partout jusqu'au champ de coton. C'était déjà bien, mais les autres choses qu'il vit – un poing serré, un cri coincé au fond de la gorge, des regards par en dessous qui avaient en eux quelque chose d'écrit, une chose que

Samuel pourrait peut-être inciter à sortir, momentanément –, tout cela lui donna la force d'un dernier sourire.

Il gargouilla quand ils le hissèrent, ses jambes immobiles s'animant soudain pour battre le vide, une réaction involontaire tandis qu'autre chose prenait le contrôle. Ses mains tirant sur la corde qui l'étranglait, et la brûlure alors qu'il n'était pas encore en feu. Mais James, en bas, improvisait déjà une torche. La seule question était de savoir s'il allait attendre un peu pour allumer la flamme, ou le faire tout de suite.

Toutes choses étaient rouges, mais elles viraient déjà au violet sur le chemin qui devait les mener au bleu. Puis au noir. L'étouffement de Samuel avait pris la forme de mots, d'un mot en particulier. Un nom. À travers la bave et les lèvres qui commençaient à perdre leur couleur et leur renflement, montant dans les veines boursouflées du cou, un mystère. Qui serait capable de comprendre que son dernier souffle soit marqué par la joie qui lui avait été offerte strictement par hasard, puis reprise avec une intention maligne ? Un nom. Rien qu'un simple nom, minuscule.

« 'ZAY ! »

Les jambes de Samuel avaient cessé de bouger dès l'instant où le nom avait jailli de lui, suivi d'un jet de sang. James l'aspergea d'huile puis approcha la torche de sa jambe. Les flammes se propagèrent à tout le corps. Et personne n'émit le moindre son.

Excepté Puah.

1:2

Elle s'effondra comme il convenait de le faire pour pleurer les morts, surtout lorsqu'ils vous avaient témoigné une forme d'affection, pas exactement celle que vous espériez, mais celle qu'ils étaient capables, avec un cœur pur, de donner. Alors quand elle tomba, elle le fit avec tout le poids de ce qui aurait pu être, pas de ce qui avait été.

Sarah s'occupa d'elle, se drapa autour de son corps et lui glissa à l'oreille un petit quelque chose. Un moyen de sa connaissance pour les relier toutes deux à la lignée des femmes qui étaient venues avant elles, des femmes qui avaient, en d'autres temps, affronté leur sort avec le genre de courage que Sarah cherchait parmi cette foule, à présent. Qui serait le premier ? Faudrait-il que ce soit elle ? Apparemment, c'était toujours aux femmes qu'il avait incombé d'être la tête ou le cœur, de jeter la première lance, de décocher la première flèche, d'ouvrir le premier chemin, de vivre la première vie. C'était une chose qui demandait tant d'énergie, et c'était pour cela qu'elles avaient tant besoin de se reposer à présent. Qu'elles étaient si prêtes à laisser tomber tout ça, à le déposer au bord de la rivière et qu'une vague avide l'emporte si cela lui chantait, l'emmène vers quelqu'un d'autre, et que celui-là le repêche dans l'eau et s'en drape s'il pensait que cela pouvait changer les choses.

Mais non.

Ça ne se passerait jamais comme ça. La femme est une route solitaire. Une route en pleine nuit, traversant des vents indomptés, et sur le bas-côté se dressent les épaisses broussailles qui séparent la route de la nature sauvage. Dans cette sauvagerie, des yeux scrutent toujours, des voix hurlent sans cesse, et le peu de pensées qu'il reste ne sont pas faites pour être articulées. Par conséquent, nulle femme ne devait jamais aller désarmée. Tant qu'elle possédait des dents, elle possédait une arme, et même les édentées pouvaient toujours trouver un bâton assez pointu ou un rocher assez tranchant pour témoigner.

1:3

Maggie savait tout cela, elle aussi, et le calme sur son visage en était le signe évident. Elle se serrait depuis tout à l'heure, se tenant le ventre à deux mains, s'efforçant de garder la mémoire abritée là, au bon endroit. Il existait une sensation particulière quand une chose minuscule en vous devenait soudain énorme, sans rien d'autre que vous entre elle et le cœur qui se brise. Vous vous préparez au moment, et ce moment finit toujours par arriver, où vous en êtes réduit à les regarder prendre la chose que vous avez vous-même créée et s'en servir dans des buts malvenus, la profaner et affirmer que cela est conforme à la nature, et tout ce que vous pouvez faire, alors, c'est mourir avec elle.

Eh bien, qu'il y ait des morts jumelles, alors !

Ce n'était pas que Samuel lui rappelait quelqu'un ; il *était* son quelqu'un. Il était sa chair à elle rendue réelle, riant et culbutant hors de son corps, et la douleur que cela provoquait était trop grande. Si bien qu'elle avait dû déplacer ça vers une partie d'elle-même capable d'endosser ce poids et de garder cette badine pour elle.

Mon dernier bébé. Le seul et l'unique encore sous mes yeux.

Tout la poussait toujours à se souvenir, mais, parfois, il fallait oublier pour pouvoir tenir. Ayo Lui-Même le lui avait bien dit. Il ne les laisserait pas faire à Maggie ce qu'ils lui avaient fait à lui, non, pas sans avoir tout risqué pour les en empêcher. Yeux grand ouverts et poings levés, il avait risqué son corps, ce corps que Maggie avait touché par choix, consciente de ce que cela lui coûterait tôt ou tard. La paix ne venait jamais, rien que des moments où la guerre se faisait moins accablante. On avait éloigné Ayo. Tout ce qu'il avait pu voir de Samuel avait été le ventre jusque-là de Maggie, qu'il embrassait la nuit en lui parlant dans sa vieille langue, qui n'était pas la vieille langue de Maggie, mais dont certains mots avaient tout de même un sens pour elle.

« Je suis la joie même ! »

Ces mots volèrent vers elle en cet instant, tournoyèrent autour de sa tête comme des oiseaux, dans la voix d'Ayo. Bientôt, ils furent noyés sous d'autres mots, des mots de la langue de sa mère à elle, et dans des voix qui ressemblaient à la sienne. Ces mots-là, elle s'en souvenait.

Elle écarta les bras et certains se tournèrent pour la regarder, mais elle fixait un point droit devant elle. Paul, là-bas, qui lui tournait le dos. Il se tenait devant son fils à elle, dont le corps était en flammes et pendu à l'arbre avec tant de simplicité que cela paraissait normal. Elle s'était séparée de son enfant alors même qu'elle aimait le père de celui-ci. Elle avait laissé à la plantation le soin de l'élever parce qu'elle ne voyait pas l'intérêt d'adorer quelque chose qui, avec le temps, finirait seulement par lui donner le droit de haïr. Et c'était ça qui la tenait dans ses griffes, à présent. La haine avait une odeur si douce et, quand Maggie l'enfonça dans sa bouche, elle lui procura un plaisir intense et donna de l'énergie à ses membres. Elle sentait encore la douleur dans sa hanche, mais c'était une bonne chose. Ses mouvements retrouvèrent soudain leur équilibre naturel, ce qui la fit paraître et se sentir plus grande. Pour la première fois depuis des années, elle courut. Elle courut vers Paul.

Il était caché contre son poignet depuis le début : l'objet métallique, le couteau dont Paul lui avait dit qu'on devait le placer à droite, avant de prétendre qu'il n'avait jamais dit cela, qu'on devait le placer à gauche, et de la battre ensuite lorsqu'elle l'avait disposé de ce côté-là. Il n'était pas brandi au-dessus de sa tête mais tendu devant elle, sept femmes lui avaient dit de le tenir ainsi et dans quel endroit du corps de Paul la lame devait pénétrer. James et ses hommes ne la virent même pas venir. L'éclat émanant de Samuel les tenait captivés, comme s'il était encore vivant et le faisait exprès. Et peut-être était-ce fait exprès, non pas à cause de lui, mais à cause du battement des cœurs des toubabs, qui les conduisait vers un lieu où contempler leur propre chaos leur procurait un semblant de réconfort. Ils ne s'étaient jamais sentis si proches, à coup sûr. Ce corps enflammé leur avait donné une raison de se tenir les uns contre les autres avec la même expression sur le visage : *J'ai trouvé !* Ils avaient découvert quelque chose sur eux-mêmes dans cette affaire, une parenté plus forte que s'ils avaient partagé le même sang ou le même lit. S'ils s'étaient totalement abandonnés à ce moment, ce qu'ils auraient sans doute fait s'il n'y avait eu tous ces nègres autour d'eux, ils se seraient peut-être même enlacés, non pas le désir au cœur – bon, peut-être *un peu* de désir –, mais avec bonne volonté, à coup sûr, et générosité d'esprit.

Maggie se faufila sans la moindre prudence au milieu de cette euphorie, mais elle savait qu'au bout du compte, cela ne changerait rien. Les mains crispées, investies d'une puissance nouvelle, elle bondit en avant. La pointe du couteau frappa Paul à l'arrière du cou et s'enfonça bien plus tranquillement que Maggie ne s'y attendait. Hormis sa tête qui bascula légèrement en arrière, Paul ne tenta même pas de bouger ni de se retourner. On aurait dit qu'il attendait cela et le laissait donc advenir, ou bien que, pris au dépourvu, il était resté pétrifié. Il tomba en avant, le couteau toujours planté là, et Maggie respira lourdement, tandis que tous les yeux s'écarquillaient et regardaient d'abord le corps, puis elle.

1:4

James empoigna son fusil et le braqua sur Maggie, mais il ne pouvait la regarder en face pour des raisons qui le troublaient encore. Il allait devoir s'en remettre à sa mémoire. Mais avant d'avoir pu tirer, il fut plaqué au sol par Adam, surgi de derrière. Ils luttèrent au sol, se rouant de coups. James vit la rage déformer les traits d'Adam, puis il vit ses dents. Quand Adam abattit son front sur le sien, James crut qu'il allait défaillir, mais parvint à s'accrocher fermement au fusil.

Ils se disputaient l'arme et, quand le coup partit, ce furent les yeux d'Adam qui se firent plus larges, avant qu'un filet de sang ne coule de ses lèvres. Le nègre qui ne ressemblait pas à un nègre à moins qu'on s'en approche assez, qu'on penche la tête de côté et qu'on plisse les yeux.

James relâcha le souffle qu'il ignorait retenir depuis tout à l'heure, tandis que tout, autour de lui, bougeait soudain au ralenti. Coincé sous un cadavre, il observait la scène par-dessus l'épaule du mort. Il voyait tous leurs visages, ceux des personnes et ceux des nègres ; ceux des lâches et ceux des braves ; la fulgurance de leur mêlée le frappa ; leurs voix graves, étirées, inintelligibles ; leurs doigts crochus, chacun s'accrochant à la dernière mesure de vie, cherchant à aspirer la dernière bouffée d'air. Assurément, alors que les choses reprenaient peu à peu leur vitesse naturelle, il se retrouva, les yeux grand ouverts, au beau milieu d'un cri :

« Tirez, bande d'idiots ! »

Il était furieux de devoir dire à ses tireurs d'agir au lieu de rester plantés là dans une sorte de stupeur, mais comprenait aussi que c'était là cette fin proche que chacun d'eux avait enfouie dans son bas-ventre pour faire comme s'il s'agissait d'un frisson de volupté, et pas de peur.

Là-bas, à l'arrière de la foule qui enflait peu à peu, il y eut un moment, juste avant que la fusillade n'éclate, où Essie, en larmes, crut qu'on lui avait envoyé une vision. Elle serra contre elle Salomon et commença à reculer, même si aucun des fusils n'était braqué sur elle.

Puis le tonnerre.

1:5

Une détonation retentit et quelqu'un s'effondra. Parmi les autres, certains s'enfuirent ; Zeke, Malachi et Jonathan les prirent en chasse, riant comme s'ils participaient à un jeu d'enfants. D'autres chargèrent, cependant, et ce fut la Nuit Sacrée que James redoutait. Des coups de feu claquèrent et il ne vit plus que des corps, il y en avait d'autres qu'il ne pouvait voir car la nuit et la fumée qui se dégageait du cadavre conspiraient soudain. Mais, curieusement, ses tirs faisaient mouche et, s'il n'y avait pas eu ce nègre pour le plaquer au sol, il serait peut-être parvenu à briser le sortilège.

Il se leva et ses jambes le portèrent par-delà la mêlée et les cris. Il trébucha et retrouva son équilibre, se retournant pour voir si quelqu'un le suivait avant de repartir d'un pas précipité. Dans l'obscurité, sans trop savoir comment, il atteignit les marges. Peut-être étaient-ce ses jambes, tout simplement, qui s'étaient empressées de le conduire vers les lieux qu'elles connaissaient le mieux. En tout cas, c'est là qu'il était : aux confins d'Elizabeth, à une distance désormais raisonnable du tumulte, des flammes et du sang. Il ne pouvait plus rien faire. Il ne se sentait pas coupable ou lâche d'être planté là, caché par les bois maudits qui l'entouraient, son fusil entre les mains et un massacre derrière lui. Il en avait vraiment trop vu, lui qui avait même failli être emporté par leur puissance, pour s'en soucier.

Il avait touché des femmes comme on l'avait touché, lui. Elles s'étaient débattues comme lui-même s'était débattu. Elles s'étaient rendues comme lui-même s'était rendu. C'était ainsi, pensait-il, que les choses se passaient. Le tour de chacun venait, tôt ou tard, d'être au-dessus ou en dessous. Peu importait combien vous étiez bon ou combien vous étiez mauvais. Tout ce qui comptait, c'était que vous étiez vivant et, donc, en danger. Soumis à Sa volonté ici-bas, et probablement dans l'au-delà. Et Sa volonté était aussi brutale qu'arbitraire.

Les jambes de James avaient fini par se fatiguer. La douleur était à la fois insupportable et méritée. Cela, il le savait maintenant. Impossible de s'échapper, mais il pouvait battre en retraite. Son seul regret : abandonner Ruth. Il passa son fusil sur l'épaule, canon pointé vers le ciel. À la lueur de la demi-lune, les ombres pullulaient, moins vives cependant que celles qu'on voyait en plein jour. Son ombre à lui pointait vers l'est, alors il se mit en marche dans cette direction, chassant les insectes d'une gifle, trébuchant sur des pierres saillantes, jusqu'à ce qu'il atteigne l'endroit où la forêt était si dense qu'aucun homme ne pouvait y pénétrer. Il se lança du mieux qu'il put dans l'ascension, s'éraflant le visage et les mains.

Il y avait à présent de nouvelles ombres devant lui. Celles-ci étaient plus grandes que la sienne. Étirées et s'agitant sauvagement, comme si elles se battaient – ou se préparaient à le faire. L'une d'elles produisit un son, mais c'était impossible car les ombres ne faisaient pas de bruit.

Pris au piège de racines noueuses et couvertes d'épines, il empoigna brusquement son fusil et tira une balle. CRAC.

Les ombres se figèrent. Puis, comme si elles n'avaient été que momentanément choquées par la déflagration, elles fusionnèrent. Aussi hautes qu'un arbre à présent, mais plus larges. Elles se dressaient au-dessus de James, occultant les étoiles et donnant l'impression que tout, dans l'univers, était devenu noir. Les ténèbres l'enveloppèrent entièrement. Il s'accrocha à son fusil en pivotant comme il pouvait et tira trois balles. L'obscurité se referma sur lui encore davantage. C'était comme une étreinte : chaude, serrée. Il faillit étendre les bras pour lui retourner la faveur, mais c'est alors qu'il entendit les voix qui lui coupèrent le souffle : un bourdonnement. Qu'était-ce donc : des voix sous l'eau ?

1:6

Avant, Beulah n'osait jamais rêver. Mais les rêves de Be Auntie étaient chauds et argentés. En ce lieu où le métal rayonnait de chaleur, les hommes étaient alignés et dociles, bien qu'ils soient des toubabs. Ils léchaient tous ses replis, mais seulement quand elle l'ordonnait. Le reste du temps, ils gardaient pour eux leurs yeux, leurs mains, leurs langues et leurs machins. Frémissants, certes ; impatients même ; mais mis de côté. Les hommes, dans la vraie vie, étaient des soldats. Ils déclaraient sans cesse des guerres à la moindre différence d'opinion, provoquaient des bains de sang qu'ils qualifiaient de nécessaires pour parvenir à leurs fins. Ces hommes de la vraie vie voulaient qu'elle et toutes les femmes oublient qu'elles étaient les premières victimes de leurs désirs, ils affirmaient qu'Ève était la cause de cet ordre des choses alors qu'en vérité, il suffisait d'y réfléchir un instant pour comprendre que Dieu avait planifié tout cela dès le départ, quoi qu'en dise Amos. Dans les rêves de Be Auntie, les hommes étaient ce qu'ils étaient censés être : secondaires, comme ils l'avaient été au commencement, avant le déséquilibre. Utiles pour leur force et leur humour, bien sûr, mais ils savaient laisser les femmes penser tranquillement. Ainsi, ils étaient enfin dignes de son adoration.

De tous les hommes qu'elle avait connus, Amos était celui qui s'en était le plus approché. Il quittait ses matins sans un « bonjour », ses nuits sans un « bonsoir », mais partageait quand même sa couche. Il ne levait jamais la main, mais la touchait comme elle aimait être touchée : avec sa permission, toujours avec sa permission. Rien d'argenté encore, mais c'était chaud.

Elle souriait dans son sommeil, en effleurant ses lèvres, quand les toubabs vinrent la prendre. Les garçons bondirent du lit au premier bruit et filèrent dehors. Leur boucan la réveilla en sursaut. Elle était sonnée, sa vision trouble encore, mais elle vit les fusils.

« Les garçons ? »

Le cœur de Be Auntie battait fort dans sa gorge. Sa langue était sèche, ce qui lui fit comprendre que la mort allait arpenter la plantation pendant un long moment, arrachant les baies les plus bleues, même celles qui ignoraient que ce qui n'allait pas chez elles, dès le départ, c'était qu'elles étaient bleues.

« Mais ça va aller. Je sais que mes garçons vont me protéger. Je les ai élevés comme il faut. Sinon, Amos », dit Be Auntie juste avant que les toubabs ne pénètrent dans sa cabane. Elle s'assit sur sa couche et sourit son plus grand sourire à ces faces blanches comme la grêle. Lentement, lentement, si lentement que les toubabs ne le virent même pas, le sourire s'estompa lorsqu'elle se rendit compte qu'aucun de ses garçons ne se ruait à l'intérieur derrière ces hommes. Pas même Dug.

Ils ne pouvaient pas tous être morts. Tous les six ? Aussi vite ? Nan. Et pas un ne lui aurait donné une tape pour la réveiller de son doux sommeil et lui dire de s'enfuir ? Impossible. Pas après tout ce qu'elle avait donné. Pas après tout ce qu'elle avait mis de côté, offert, accommodé et fait gicler de ses tétons pour les garder entiers.

Amos, aussi ?

Avait-il choisi Essie plutôt qu'elle ?

Ah ça, non.

Fusils braqués sur elle et les toubabs lui hurlant de dégager de cet endroit dont elle n'avait pu faire un foyer, ce qui n'était pas sa faute, Be Auntie bascula lourdement sur le plancher. Les toubabs éclatèrent de rire, pensant qu'elle était tombée par accident. Elle regarda droit devant elle, vers l'endroit où se trouvait le coussin d'herbe. Les jambes des toubabs lui bouchaient la vue, si bien qu'elle s'efforçait de voir à travers elles. Ça, c'était le plus facile. Ce furent leurs rires qui la fissurèrent, permettant à celle qu'elle pensait avoir digérée de s'élever hors de ses entrailles, pour remonter jusqu'à son centre. Ooh, c'était froid, gris et fétide ; les plantes rampantes s'agrippaient au sol et la brume aussi. Alors, *elle* jaillit du dedans, mains les premières, qui tenaient des œillets rouges. Pas même la courtoisie de la prendre dans ses bras. Elle en avait du toupet !

Oui. Beulah se hissa au-dehors, en partie par la bouche, en partie par l'oreille. En s'extirpant de cette dernière, elle murmura, en harmonie avec elle-même : « J'ai tenté de vous prévenir. »

1:7

Des corps tombaient, mais Essie s'agrippa à Salomon, et, à côté de la tête du bébé, elle vit que des personnes, emmenées par Sarah, avaient pris d'assaut les toubabs. Là, au beau milieu d'Empty, cette foule grouillante de corps devait ressembler à une plaie purulente, vue d'en haut, mais rien n'avait jamais été si beau. Essie continua de reculer, émerveillée par cette beauté et cherchant la sienne propre, jusqu'à ce qu'elle se retrouve derrière la grange, cachée par les arbres qui bordaient la rivière.

Elle serra plus fort Salomon. Le bébé trembla un instant, mais ne pleura pas. Il n'arrêtait pas de vouloir se retourner, pour voir d'où venait tout ce bruit, comme attiré par lui, comme si la conquête était son droit de naissance, comme si cela devait être vu pour être compris et ne plus jamais se reproduire. Essie contempla ses traits joufflus. Il ressemblait à son père.

Elle se mordit la lèvre, presque assez fort pour faire couler le sang, mais cela n'empêcha pas les souvenirs de l'étouffer de l'intérieur. Une seule chose lui avait été refusée. Enfin, pas une seule, mais c'était celle dont tous les autres refus avaient découlé : Non. Son Non n'avait aucun poids, aucune portée ; comment aurait-il pu, alors, faire preuve de la moindre miséricorde ?

Ceci était donc son Non. Un peu tard, peut-être. Un peu trop tard, mais il était cependant là, brillant et difficile, mais tangible.

Ils avaient commis une terrible erreur. Ils avaient confié l'enfant à la mauvaise femme. Ils auraient dû laisser Be Auntie le prendre. Car elle aimait par-dessus tout ce genre d'enfants. Au lieu de quoi, ils l'avaient donné à la femme qui estimait que le briser en deux et partager ces deux moitiés avec celui ou celle qui en voulait était une récompense tout à fait raisonnable. Ils savaient qui elle était (à l'évidence, ils ne le savaient pas) et elle était obligée d'être elle. Elle n'avait pas été à la hauteur d'elle-même jusqu'à présent, mais c'était terminé : elle ne les décevrait plus.

Les grillons la mirent en garde de leur crissement strident, mais elle les ignora. La lune projetait une demi-lumière, assez forte quand même pour qu'elle distingue le visage rond de l'enfant, si doux, surtout lorsqu'il regardait ailleurs.

Elle atteignit la berge et plongea son regard dans les eaux noires, à ses pieds. Elle sourit de les voir si calmes, et eut honte d'être celle qui allait les troubler. Elle serra l'enfant contre elle, plus fort, puis plus fort encore, jusqu'à ce qu'il commence à se tortiller et à se débattre. Elle fut surprise par la force de ce corps minuscule, mais tint bon, faisant usage de toute la sienne jusqu'à ce qu'elle entende un craquement et que le corps se fasse tout flasque. Elle hissa le corps de Salomon bien haut au-dessus de sa tête. C'était comme si elle montrait à quelqu'un, dans le ciel, la preuve qui devait entraîner la condamnation du bébé. Puis, d'un geste brusque, elle le jeta dans la rivière.

La rivière l'avala sans même déglutir.

1:8

Le chagrin de Puah la coucha dans un champ au milieu d'une guerre. Tout en elle voulait rester allongé là, fermer les yeux et attendre que les loups fassent ce pour quoi la nature les avait créés. Et quand ses os auraient été nettoyés, sa chair digérée et chiée, peut-être qu'une touffe de coquelicots pousserait là où ses restes auraient nourri le sol. Peut-être que la nature se souviendrait d'elle longtemps après que tous les gens l'auraient oubliée.

Elle fermait les yeux pour se préparer lorsqu'une main l'empoigna.

« Lève-toi, ma fille ! »

C'était Sarah.

Puah l'ignora car il n'y avait aucune raison de se lever si c'était pour retomber aussitôt, abattue d'un coup de fusil. Puah referma les yeux.

« Ah, bonté divine ! Ça me tue de devoir te dire ça, *sister*. Ça me tue vraiment de devoir te le dire », répéta Sarah. Elle s'agenouilla et fixa Puah avec intensité. « Mais va falloir déposer toutes les choses dures et te lever. »

Le ton indigné de Sarah fit sourire Puah. Peut-être y voyait-elle une rectification douce et chaleureuse, comme une main aidante posée entre ses omoplates, qui chuchotait : *Ça va aller, petite.*

« Ils ont fait ça », répliqua Puah.

Sarah acquiesça. « Je sais bien. Peuvent pas être autrement qu'ils sont. Mais va falloir que tu le remises quelque part. Parce que tout ce que tu peux faire pour lui, maintenant, c'est te sauver. »

Puah n'esquissa pas un geste.

« C'est moi et tu le sais, Puah. Les choses troublées, faut les tenir à distance », insista Sarah.

Puah se recroquevilla de plus belle, sans bouger.

« Qu'est-ce que je t'ai dit, Puah ? Allez, lève-toi. Faut qu'on s'en aille.

— Où ? » demanda Puah.

Sarah la regarda droit dans les yeux. « Tu me vois, là ?

— Je vois des cercles. Ils flageolent drôlement. Et t'as l'air bleue, mais douce.

— Debout, petite. Debout.

— Mais où on…

— N'importe où, bon sang, sauf ici !

— Sarah, dit Puah, et elle mangeait ses mots. Samuel.

— Lève-toi. Je te le répète depuis le début : garde tes choses dedans ! Planque-les dans un coin où toi seule pourras les atteindre. Et va les chercher seulement quand t'as plus d'autre choix. Quand les bêtes menacent de te bondir dessus. Quand le trou devient si grand que tu vas bientôt y tomber. Quand tu regardes la rivière et que la chose qui te regarde, là, tu l'avais encore jamais vue. C'est pas ce que je te dis depuis le début, peut-être ? J'ai pas tout fait pour tresser ça dans cette grosse tête que t'as ? Toi, t'as laissé filer tout ça sans faire attention et maintenant, regarde. C'est étalé par terre, à attendre que les sabots viennent le piétiner. Lève-toi, ma fille. J'ai dit : Bouge. Tes. Fesses ! »

Finalement, Puah leva ses doigts tremblants. Sarah s'en empara. Elle tira pour la relever et Puah prit appui sur elle. Elles se mirent à marcher d'abord, en se tenant la main, puis coururent aussi vite qu'elles purent. Des détonations les firent sursauter mais elles continuèrent d'avancer à travers le sous-bois, en direction de la rivière. Ce qu'elles ne pouvaient voir, elles le cherchèrent à tâtons. Rien. Il n'y avait rien là que des pierres et des brindilles, et deux corps.

« T'arrives à voir qui c'est ? » demanda Puah.

Sarah plissa les yeux. « Nan. »

Les bras de Puah se refermèrent sur sa poitrine. Elle resta plantée là un moment et regarda derrière, à travers les arbres. Elle avala une bouffée d'air puis fit un pas vers la rivière. Elle se tourna vers Sarah.

« On pourrait nager.

— Mes grosses fesses savent pas nager. Elles ont jamais su. Mais écoute – toi, tu dois le faire.

— Quoi ?

— Te sauver. Vas-y. Je trouverai un autre moyen.

— Sarah, ils risquent de te tuer.

— Ils ont eu plein de fois l'occasion.

— Mais…

— De l'autre côté de cette rivière, t'auras enfin une chance.

— De quoi ? »

Sarah empoigna Puah par les deux mains et l'embrassa sur la joue.

« De te *voir*. »

Puah fit non de la tête.

« Petite idiote. Si tu franchis cette rivière, quand t'arriveras là-bas, de l'autre côté, t'auras plus le choix du tout.

— J'peux pas.

— Si, tu peux. Allez. Nage, *sister*, dit Sarah, en poussant gentiment Puah. Nage. »

Puah défit sa robe et la noua autour de sa taille. Elle se glissa dans l'eau avec légèreté, s'enfonçant lentement sous la surface. Une libellule fila devant elle et Puah se tourna vers le bruit. Elle avait de l'eau jusqu'au cou, puis elle disparut.

1:9

Sarah retint son souffle, attendant de voir la tête de Puah ou une natte ou un bras fendant l'eau – n'importe quoi. Elle attendit. Pas même une bulle ne remonta glisser à la surface avant d'éclater sans bruit. Le tout-au-fond avait-il attrapé ses jambes ? Quelque esprit errant avait-il pris à tort le corps de Puah pour le sien ? Des doigts tirant tout vers le bas en quête de compagnie ?

Elle avait envoyé Puah à sa mort. Comme c'était inutile. Comme c'était négligent de sa part d'avoir poussé alors qu'elle aurait dû retenir. Mais alors, elle entendit un éclaboussement. Puis un autre. Et un autre encore. Dans l'obscurité, des éclats argentés fusèrent et elle aperçut un bras, gracieux, chatoyant. Elle planait. Puah planait à travers la rivière comme si les manmans éternelles avaient imposé leurs mains sur elle pour la faire flotter. Sarah haleta en silence son enthousiasme, pour elle-même. Quel dommage qu'elle ne puisse pas rester plus longtemps à regarder voler son amie. Mais il y avait des mâchoires partout, et des langues chercheuses.

Puah avait demandé à Sarah où elle irait, et Sarah n'en savait rien. *Je trouverai mon chemin*, avait-elle dit. Cela faisait longtemps qu'elle avait renoncé à l'idée d'un lieu sûr, mais elle se contenterait d'un lieu de vie, où une petite partie de son âme au moins pourrait scintiller sans qu'on jette de la boue dessus.

Sarah se rappelait s'être hissée un jour tout en haut, là où on aurait pu vivre en sécurité si le monde avait été dans le bon sens, et elle avait vu, au loin, des femmes aussi noires que des grottes lever leurs mains pour la saluer, lui faisant signe d'approcher, disant qu'elle avait *une infinité de mères qui, elles-mêmes, étaient les mères de l'infini. Elles étaient les premières à donner naissance à la dernière, à donner la vie à la femme qui est aussi un homme qui est aussi ni l'un ni l'autre, et qui réunira toute la création, les arbres comme les loups, dans une soumission parfaite à la paix. Ce qui n'avait pas de commencement n'aurait pas de fin. C'était là le congrès des rêves. C'est un cercle, vois-tu, une roue dans le ciel qui tourne ; des bulles dans l'écume de la mer ; un anneau de mains jointes dans les profondeurs, tenant des miséricordes au milieu, des témoins à la marge, qui rient, car ils savent. Ceux-là sont de la terre qui ne dévore pas ses petits. Demande à ton sang. Car il te le dira.*

« Tu sais où je suis jamais allée ? » lança-t-elle à la création tout entière.

Elle courut jusqu'au champ de coton. Passant entre les vaches libérées, elle frôla les confins jusqu'à l'autre côté. En ressortant du champ, elle vit les rangées de cabanes à l'abandon, légèrement illuminées par l'éclat de Samuel. Sarah passa devant sans hâte, ravie par les couleurs qu'elles devenaient, examinées de près. Elle se tourna vers les bois, juste au-delà.

« Je suis jamais allée par là-bas », dit-elle tout haut.

Au sud, voulait-elle dire. Elle n'était jamais allée au sud car Paul et les autres parlaient toujours des Chocta comme s'ils étaient la vengeance incarnée, avide d'engloutir toute chair noire égarée. Mais n'avaient-ils pas dit la même chose des mères de l'infini, n'avaient-ils pas calomnié leurs grâces comme si elles n'étaient plus là pour réduire à néant de telles supercheries ? Nan, si les Chocta étaient des monstres pour Paul et les autres, ils ne pouvaient qu'être un répit pour elle. Quoi qu'on puisse trouver là-bas, par-delà cette nouvelle forêt, dans ces nouvelles ténèbres – eh bien, merde. C'était *ici* que les cauchemars déambulaient. Être dévorée valait mieux que de laisser encore des mains terreuses écarter de force ses cuisses.

« N'est-ce pas la vérité, Marie ? » demanda-t-elle aux ténèbres qui s'ouvraient devant elle.

Mais derrière son cœur battait la plus récente d'une longue lignée de femmes qui avaient toujours gardé des lames de rasoir cachées dans la tiédeur de leur bouche. Que les toubabs essaient, pour voir. Sarah rajusta le bout flottant de son foulard et empoigna la robe entre ses cuisses pour la plaquer contre ses jambes tel un pantalon. Elle s'engagea d'un pas décidé dans les bois, repoussant de sa main libre les branches et les broussailles. Elle atteignit un espace dégagé et, aussitôt, elle les vit qui faisaient obstacle : une bande. Certains en guenilles, édentés. D'autres grands et maigres. Tous alignés telles les pointes d'une fourche, attendant d'exercer leur pouvoir de percer.

Quand ils s'approchèrent, elle avait enfin résolu ce qui était depuis un moment comme une épine dans son pied : le plus facile était de croire que les toubabs étaient des monstres, leurs crimes exceptionnels. Mais la vérité était plus dure, plus terrifiante encore : les monstres n'existaient pas. Toutes les parodies commises jusqu'ici l'avaient été par des gens normaux, et chacun avait cela en lui, cette chose attirante, parée de bijoux, juste sous la poitrine, qu'on pouvait retirer à volonté pour l'écraser sur la tête d'autrui avant de la remettre à sa place, où elle battait de plus belle. L'épine expulsée, elle pouvait maintenant marcher droit, bien qu'avec précaution, que le sol soit plat ou accidenté.

Elle les gratifia d'un sourire narquois. Ils avaient déjà effacé son nom de tous les monuments et l'avaient remplacé par des patronymes d'hommes, des hommes irréfléchis, violents et lâches, qui étaient à la fois effrayés et fascinés par ce ventre qui avait porté en lui la création – en d'autres termes, le cosmos. Ils avaient d'ores et déjà arraché les déesses du ciel et les avaient enterrées dans les profondeurs de la terre, invisibles aux yeux de tous, si ce n'est des plus dignes. Ce qu'ils désiraient à présent, c'était effacer toute trace de son visage, éparpiller ses restes pour qu'on ne puisse jamais les retrouver.

Elle serra son poing droit et glissa sa main gauche le long de sa mâchoire pour en retirer l'arme, calée sous la joue. Peu importaient le nombre de feux qui brûlaient, la quantité de bois qui les alimentait. Nan. Elle ne serait le sacrifice de personne, rien que le sien.

Elle se balança lentement avec les cotonniers, loin derrière elle. Le vent dansait entre ses jambes. Elle tendit le poing devant elle, et son autre main se redressa telle une vipère avant la frappe, un croc étincelant dans sa bouche. Savourant déjà le choc qui prendrait certainement possession de leurs traits lorsqu'elle emporterait au moins deux d'entre eux avec elle vers ces lieux où les siens prospéraient – des lieux chauds, couverts de ruines –, elle s'arc-bouta :

« Alors, qu'est-ce que vous attendez ! »

1:10

Amos marcha jusqu'au centre et leva ses mains devant lui.

« Du calme, tous ! Nous sommes à l'aube du jour du Seigneur ! » cria-t-il, sa voix se mêlant au tumulte sans parvenir à le dominer.

Ce qu'ils ignoraient, c'est que là-bas, dehors, l'ampleur de la tragédie dépasserait tout ce que l'on pouvait imaginer ici, à Empty. Ils savaient, bien sûr, ce à quoi les avait confinés cette clôture, longue et large ; inutile d'énumérer ce qui se lisait déjà clairement dans les chairs. Ce qui leur échappait, c'était ce dont elle les protégeait. Amos, lui, savait. Rien de plus effrayant que les jeunes toubabs en patrouille, qu'une des leurs avait nourris de ses larmes et qui s'accoutraient pour partir à cheval dans les bois y débusquer une bande de nègres cachés tout au fond d'une crique ou perchés dans les branches d'un arbre solennel.

Ils savaient ce que c'était qu'être affamés, mais ce qu'ils ignoraient, c'étaient les kilomètres qu'il y avait entre cette faim et en mourir, car ils n'avaient jamais vu un homme s'empoisonner lui-même en cueillant la mauvaise feuille à mâcher pour rassasier la douleur qui lui tordait les tripes au bout de cinq jours sans même un raton laveur à se mettre sous la dent.

L'absence de puits, c'était le pire. L'eau de la rivière, chargée de sel, vous retournait l'estomac. Et l'on ne pouvait pas compter sur la pluie tant elle était capricieuse dans ce pays. Au mieux, vous pouviez en recueillir une poignée avant que l'averse ne cesse sans autre raison que la malice. Sans parler des loups et des serpents et des alligators à l'affût, toutes dents dehors, du premier imbécile qui trébucherait. Et les bébés, alors ? Comment emmener un bébé dans cette immensité et étouffer ses pleurs une fois que le lait se tarit, parce que la mère a le ventre vide ?

Non, Empty n'était vraiment pas un lieu sans danger, mais il était plus fiable. Et que pouvait bien espérer un peuple qui ne possédait rien – et ne posséderait jamais rien tant que le toubab referait le monde à sa propre image solitaire –, si ce n'est le qui, le quoi, le quand, le pourquoi, le où et le comment de son malheur ?

Je suis pas un fruit pourri ; j'suis un homme.

« Venez vous réfugier entre mes bras. »

Nul besoin d'avoir peur, vraiment, songea-t-il à lancer aux corps vivants et morts. Une partie des vivants répondrait à son appel car si, dans la nuit hostile, quelqu'un brandissait une lumière, si ténue soit-elle, en ouvrant grand l'étreinte de ses bras, même au cas où ces bras ne pouvaient vous sauver, ils vous offraient au moins de ne pas mourir seul ; il y avait, enfin, une direction. Mais ni Essie ni Be Auntie ne se trouvaient parmi eux, et cela transperça Amos en des endroits cachés, d'autres à la vue de tous.

Amos se dressait devant le corps de Paul, et les gens se rassemblèrent là, les encerclant tous deux. C'était l'endroit le plus sûr : pleurer sur la dépouille du maître de ces terres, pendant que tous les autres couraient librement, en tous sens. Quand la cavalerie débarquerait – soyez-en assurés, elle ne tarderait guère –, Amos donnerait tous leurs noms aux soldats. À commencer par le sien, à elle.

« Tout ce qu'on voulait nous, c'était un peu de calme, hein. Vous pouvez nous arranger ça, Massa ? Un peu de calme et, peut-être… de paix ? » Ne recevant aucune réponse : « On reste là avec vous. On reste. »

Il était certain que les balles ne s'approcheraient pas de lui, car il avait vu le Sang, avait été touché par Lui. Il releva la tête et vit Maggie. Il resta planté là, au centre de tout, les yeux baissés vers Maggie, même si celle-ci semblait remonter la pente qui menait de l'arbre à la Grande Maison, mais Amos avait décidé de la mirer d'en haut. Leurs yeux se croisèrent. Seuls ceux d'Amos étaient baignés de larmes. Il leva lentement la main, pointa son doigt sur elle. L'accusant. De quoi ? Elle, et elle seule, comprendrait. C'est pourquoi elle sourit, et lui tourna le dos. Pourtant, il eut besoin de le dire tout haut, que les témoins l'entendent. Et peu importait que ces mots retombent derrière les talons de Maggie.

« Ils nous mettaient tous en danger. Je voulais juste nous protéger. »

1:11

Au milieu du néant, une musique résonnait.

Tournée vers l'est, Maggie dominait tout ; la lumière venue de tout là-bas ne pouvait pas encore l'atteindre, mais Maggie savait qu'elle viendrait. Elle se pencha pour ramasser la torche dont James s'était servi pour griller son bébé, le seul qu'il lui restait et qu'elle avait jugé préférable de laisser dans l'ignorance, mais elle avait vu, de ses propres yeux, qu'il avait trouvé quelque chose de bon dans cette vie, qui avait rendu supportable le peu de temps passé ici. Elle empoigna la torche et remonta aussi vite qu'elle put, de son pas claudicant, jusqu'à la Grande Maison.

Il faisait noir à l'intérieur, mais, même si la torche n'avait pas éclairé son chemin, elle connaissait mieux chaque centimètre de ce lieu que les courbes étriquées de son propre corps. C'était l'endroit où elle avait été damnée, si bien que tous ses contours et ses frontières, jusqu'aux fissures les plus secrètes, étaient connus d'elle, connus et violemment entreposés dans sa mémoire. Chaque recoin avait son histoire. Le siège rembourré de coton était l'endroit où on l'obligeait à se tenir debout sur sa mauvaise hanche, des heures durant, quand les Halifax recevaient leurs invités. La cheminée, celle qui avait failli la consumer quand Paul l'avait poussée trop près. Elle aurait pu tomber dans ce foutu escalier – et elle avait une bonne raison de l'appeler ainsi – si elle n'avait pas eu d'aussi bons réflexes. Et ces cruels miroirs. Oh ! Une maison sans foi ni loi.

Elle la traversa tout de même – avait-elle seulement le choix ? Elle gravit les marches et se rendit dans la chambre de Maître Paul pour commencer par le noyau, car le feu devait purifier à partir du dedans. Elle approcha la torche du lit et regarda juste le temps de le voir s'enflammer. Puis elle ressortit, torche en main, et se dirigea vers les champs.

Ah, comme elle haïssait ces rangs ! Tous si impeccables d'apparence, tous si méthodiques et raides, mais leur douceur était de celles qui coûtaient des vies. Elle les arpenta dans un sens puis l'autre, plus vite que sa blessure n'aurait dû le permettre, possédée qu'elle se sentait par une chose fort ancienne qui courait auprès d'elle, à l'unisson, lances en avant. Elle songea : *Ça ferait quoi si c'étaient eux, pour une fois ? Si on les avait séparés de leurs enfants ; s'ils devaient besogner dur contre aucun salaire et une maigre nourriture ; si on leur avait déchiré le dos à la moindre faute, ou sans aucune raison ; si leurs doigts étaient écorchés jusqu'aux os à force de ramasser et ramasser et, bon Dieu, ramasser encore ; si c'étaient leurs têtes à eux qu'on avait plantées dessus des piques, au hasard, sur des kilomètres et des kilomètres. Ça ferait quoi, qu'ils soient en dessous ? Ils ne le sauraient peut-être pas tout de suite, mais tôt ou tard ils le sauraient. Ils le savaient déjà, d'ailleurs. C'est pour ça qu'ils serraient contre eux ces fusils comme si c'étaient leurs gosses.*

D'un geste délicat, elle entreprit d'embraser les plants au fil de sa marche. Leur grésillement emplit peu à peu l'air, et, de l'entendre, cela la rendit à elle-même, lui fit sentir que son corps était, enfin, le sien. Alors que les buissons se transformaient en torches, elle se retourna vers la Grande Maison et, à l'une des fenêtres du haut, dans l'une des chambres de l'étage, elle aperçut une silhouette simplement… plantée là. Plantée là à la regarder, elle, ou peut-être cette nuée de gens, au loin, en train de reconquérir leur dignité avec l'empressement de qui a trop longtemps attendu. Mais la silhouette ne bougeait pas. Elle était devenue un élément de la façade, et Maggie sut ainsi que c'était Missy Ruth.

Elles auraient pu être sœurs si Missy Ruth n'avait pas prêté foi à la même supercherie que les hommes. Oh, mais ce mensonge était si séduisant, aussi sucré sur la langue que le jus de la canne. Ils n'étaient pas nombreux à pouvoir le recracher.

Rien n'obligeait Maggie à lui hurler ou à lui faire signe que les flammes allaient bientôt l'atteindre, pour lui laisser une chance de leur échapper. Où irait-elle ? Dans les bois comme elle le faisait si souvent, sans doute. Ou bien en ville. Elle chercherait refuge, peut-être, dans un lieu de culte. Il y avait des pièges partout, certes, mais il ne manquait pas de gens prêts à les déclencher au péril de leur vie pour voler au secours d'une toubab, lui épargner des peines.

Maggie se contenta de l'observer, repensant à la robe. Puis elle leva bien haut sa torche et, pour une raison qu'elle ignorait, une larme coula sur sa joue. Maggie décida de ne pas se demander d'où elle venait ni pourquoi, mais eut la certitude qu'à elle seule, cette larme suffisait.

Elle ne se tenait pas au sommet d'une colline, mais cela en donnait l'impression. On aurait dit que la fumée était en fait des nuages et les cendres – certaines pouvaient très bien être celles de son propre enfant, mêlées à ce qui allait se perdre d'Empty grâce à elle, oui, *elle*, il faudrait que cela soit su et retenu, mais il n'en sera rien –, les cendres auraient pu être les étoiles du firmament, car elles aussi étaient les vestiges de choses défuntes.

Nul ne se souviendrait de son nom, mais elle était devenue un esprit plus vaste, désormais : la tête plus massive, les hanches plus larges, quelle que soit la douleur. Tous ceux qui s'étaient présentés à elle palpitaient à présent dans les battements de son cœur, ils s'étaient trouvé un recoin dans les cavernes de sa gorge. Soudain, sa voix lui revint.

Les deux mains dressées dans les airs, elle jeta son dernier sort :

« Voyez ! Nous voici alignés en rang, un foutu rang qui va d'un bout de cet endroit à l'autre. » Les gens, certains en pleurs, se tournèrent vers Maggie et s'approchèrent en hâte. « Faites un cercle. Il nous faut un cercle car les deux bouts doivent se refermer. Un serpent. Un serpent mangeant sa foutue queue. C'est pas la meilleure, ça ? Qu'est-ce que ça importe qu'on vous *voie* ? Vous êtes *là* ! »

Elle prit le temps de les contempler, un par un. « Après tout ce que vous avez vu. Tout ce que vous avez touché. Voilà que vous laissez une chose aussi petite qu'un océan vous séparer ? N'avez pas honte ? »

Comme ce savoir prenait possession de leurs traits, Maggie sourit. Puis enfin : « Une sagesse ! »

Une seule question encore : Que faire quand la cavalerie viendra ? Une seule chose à faire :

Jusqu'à la dernière goutte de sang :

Se rebeller !

Deutéronome

Sois une pierre. S'il te plaît, sois une pierre.

C'était ce que certains cailloux disaient à certaines plumes, aux vœux de pissenlits qui flottaient alentour, s'occupant de leurs affaires avant de redescendre lentement se poser dans une prairie et, passé un certain temps, d'y prendre racine. Ils voulaient que les choses douces s'endurcissent, pour leur bien à *elles* et leur bien à *eux*. Mais c'était ne faire aucun cas du voyageur qui devait marcher pieds nus sur ce terrain, en le privant du moindre espace confortable où les poser. Or c'était ce qu'Isaiah voulait être pour Samuel.

Oui, je sais. Mais je peux pas être ce que je peux pas être.

Des champs à perte de vue, donc, où les bleus vous brisaient le cœur et où les marguerites jaunes étaient bouffies de suffisance. Isaiah posa épée et bouclier bien avant d'atteindre la rivière. Ce qui se trouvait devant lui serait l'enfer que craignaient les toubabs, à moins qu'il ne s'accompagne d'une promesse : le bout tremblant de la langue de Samuel sur l'extrémité impatiente du téton d'Isaiah. C'était la chose qui faisait basculer la tête en arrière, le visage tourné vers les cieux en adoration. C'était la chose qui se déployait toute seule, fleur délicate s'accrochant à la rosée comme à une joie. C'était la chose qui poussait la multiplicité des eaux à se précipiter vers le calme, c'est-à-dire le havre. Oui. C'était cette chose-là.

Et pendant tout ce temps, il babillait tout du long de leurs intimités cachées, au point que Samuel lui avait demandé pourquoi il aimait tant parler ; où était passé le silence, ne pouvaient-ils pas l'avoir pour eux tout seuls, ne serait-ce qu'une fois ? « Le sommeil est assez silencieux, avait répondu Isaiah. Quand on est réveillés, je veux être sûr que tu m'entends. Dedans toi, je veux que tu m'entendes. » Samuel avait regardé ailleurs. Il comprenait cela, mais ne pouvait le garder en lui. Insaisissable, comme vouloir attraper un vœu alors qu'une pierre était si facile à ramasser.

Mais Isaiah ne pouvait pas être une pierre, surtout pas maintenant, sauf à vouloir couler jusqu'au fond du fond.

Je serai ta pierre pour toi.

Comment Samuel allait-il pouvoir traverser la rivière en portant tout ce poids ? Lui aussi, il avait failli succomber. Nul ne saurait jamais combien il avait été proche de tout trahir, jusqu'à lui-même, en échange d'un nom tendre.

« Pourquoi ils nous détestent ?

— La réponse est juste devant toi, 'Zay. Parce qu'Amos leur a dit de le faire. Et le Massa l'a dit à Amos. »

Les regards et les murmures, ils pouvaient faire avec. Mais la cassure ? C'est ça qui avait poussé Isaiah dans ces eaux nocturnes, peuplées de menaces.

Non, il ne pouvait pas être une pierre qui coule, car il devait, à présent, flotter. Anonyme, car Isaiah n'était pas le nom que lui avaient donné ceux qui étaient vraiment les siens. Si bien qu'il allait de par le monde en portant sur lui une insulte, tel un banni. Il répondait à l'irrespect chaque fois qu'on l'appelait, que celui qui lançait ce nom l'adore ou pas. Décidément, presque une pierre.

Il prit tout cela, jusqu'au dernier morceau, et le mit sur son dos quand il se jeta à l'aveugle dans la rivière sombre, sans savoir quels abysses s'étendaient là-dessous. Ils disaient que les siens avaient peur de l'eau et qu'ils ne savaient pas nager. Il repensa aux histoires d'anciens sautant par-dessus bord plutôt que d'être emmenés vers ces rivages amers, à la facilité avec laquelle, disait-on, ils s'étaient enfoncés. Il songea que c'était peut-être vrai, alors, que les siens étaient faits de pierre, et qu'à l'instant où il penserait que l'autre rive était à sa portée, il coulerait au fond et s'y noierait.

Il inspira longuement avant de disparaître sous la surface. Les sons furent soudain assourdis, des bulles virevoltèrent alentour et l'eau s'engouffra dans tous ses replis. Ses yeux se fermèrent sous la pression. Il les ouvrit et cela ne changea rien. Tout était noir, et c'était peut-être une bonne chose.

Il battit des jambes et se propulsa vers l'avant. En avant, toujours en avant, jambes et bras et respiration. Toutes ces choses que la rivière semblait lui prendre, poussant contre lui tandis qu'il nageait à travers le courant, sans laisser celui-ci le porter. Samuel lui avait dit qu'ils seraient en sécurité sur d'autres rivages. Isaiah n'en était pas si sûr. Il y avait ce qu'on lui disait et ce qu'il ressentait en son for intérieur, sans qu'il sache à quoi se fier. Il n'avait aucun moyen de mesurer, aucun signe à déchiffrer, ni mère ni père pour corriger son erreur, car ils l'avaient déjà commise et pouvaient lui assurer que dans cette autre direction, tous les pièges avaient déjà sauté, si bien qu'on pouvait s'y aventurer sans danger. Il y avait toutefois au cœur de son être une voix qui disait, *Mieux que là où tu es*. Alors, il nageait entre deux eaux, et c'était comme se retrouver au-dessous du monde, à se demander s'il allait pouvoir remonter dessus.

Il entraperçut un éclat dans ces eaux trop obscures pour qu'on puisse y voir. Des choses vivaces et flottantes qui ressemblaient à des yeux vigilants. Il se dit qu'elles étaient le fruit de son épuisement. Ses membres faiblissaient, et peu importait à présent combien de tas de foin et de fumier il avait charriés à la pelle, gonflant ses biceps au point que les toubabs le pensaient capable de soulever n'importe quelle charge. Dans sa confusion, il avait cru parfois que c'était à cela qu'on mesurait sa force : plus il pouvait porter, plus il se sentait fort. Puis il s'était rendu compte que la vache, le cheval, les cochons et lui – même les poules – servaient le même but.

Sa tête remonta et le ciel nocturne réapparut dans toute sa gloire étoilée et, enfin, alors qu'il était sur le point de renoncer, il sentit soudain un sol sous ses pieds.

Il se traîna à quatre pattes sur la rive boueuse tapissée de mousse et de bois flotté. Puis il se retourna et resta allongé sur le dos, haletant dans ce lieu trouble où il se trouvait à présent. Certaines des pierres sur lesquelles il gisait lui tailladaient les chairs. Il savait que le temps pressait. Son instinct lui criait de courir, mais ses jambes refusaient d'obéir à cette injonction. Il s'assit. Il s'efforçait de ne pas regarder de l'autre côté de la rivière, là d'où il s'était échappé. Il savait qu'il n'entendrait pas son rêve : Samuel dans la rivière, frappant puissamment l'eau, tête dessous puis au-dessus, se rapprochant de plus en plus jusqu'à atteindre enfin la terre ferme, où il s'effondrerait entre ses bras, libre.

Mais il regarda quand même et vit les flammes qui brûlaient dans la nuit, les silhouettes en guerre. D'aussi loin, il n'était pas assez maître de ses yeux pour chercher la forme de cette ombre nocturne, qu'il connaissait mieux que la sienne.

Nul signe de Samuel dans l'eau, mais de l'autre côté de la rivière, plus près de la Grande Maison, se balançant sous l'arbre honni, tête penchée de côté comme par curiosité, flambant comme une lanterne, il y avait quelqu'un. Isaiah aurait été plus sûr de ses contours avant que le feu ne commence à les ravager. Mais pouvait-il s'agir d'un autre ?

Il vomit, et la rivière lécha son offrande sans attendre et l'emporta vers la mer. Isaiah tenta de se lever, mais tomba à genoux. Il contempla le feu. Il s'imaginait qu'il avait contribué à cela, lui aussi. Vivre dans le monde conçu par les toubabs lui avait fait ce don : le regret et, de sa main gauche, pointer du doigt sa propre poitrine quand il en restait tant d'autres à pointer ailleurs. Ce don qu'on lui avait fait tournoyait autour de son crâne : il aurait pu ne pas répondre aux appels de Timothy, reculer devant ses cajoleries, refuser d'ôter sa culotte, ne pas se ranimer à force de caresses. Et s'il ne s'était pas appuyé contre lui, s'il n'avait pas forcé un rire, s'il n'avait pas trop longtemps contemplé ses yeux comme s'il y avait, par chance, trouvé quelque chose ? Pire, il avait manqué libérer un soupir, et nul doute qu'il avait savouré le moelleux du lit. Survivre valait-il ce prix-là ? Samuel avait-il eu raison de considérer ça comme une trahison ?

Alors qu'il trahissait, Isaiah avait repoussé ces pensées loin de lui, dans les coins de la chambre de Timothy, derrière les trois rangées de toiles, où elles étaient restées, comme des choses qu'on voudrait que nul ne voie jamais. Il n'avait regardé dans aucun des miroirs, ce qui avait aidé. Car il savait que c'étaient là des actes lâches, qui ne valaient guère mieux qu'une corde au cou. Samuel lui avait déjà dit qu'il allait devoir risquer quelque chose, cesser de troquer son corps contre un certain confort. Blessé, Isaiah aurait voulu lui dire de penser au coton, il verrait bien alors comment certains conforts font couler le sang.

Il fallait qu'il parte. Ils ne tarderaient pas à venir le chercher. Ils traverseraient la rivière en radeau, ou bien dans une barque. Ils prendraient les chiens et des armes de mort dont les claquements se répercuteraient pour l'éternité. Ils viendraient et tenteraient de lui arracher tout ce qu'il avait à donner, même si tout ce qu'il possédait n'aurait pas suffi à remplir la paume d'une main. Son savoir n'excédait pas la taille d'une pierre.

Il regarda les étoiles. Peut-être que ces yeux scintillants au fond de la rivière n'étaient qu'un bas reflet du ciel. Cela expliquerait pourquoi les gens se noyaient, incapables qu'ils étaient de distinguer le haut du bas car l'apparence était la même. Mais il restait cette sensation de ne pas seulement être face à des yeux, mais qu'ils vous *regardaient*. Les étoiles ne font pas ça.

Isaiah expira. Il se demanda ce que Samuel et lui auraient pu être, ce qu'ils auraient été, s'ils n'avaient pas grandi dans les chaînes. Il n'y avait pas besoin de larmes. Pas quand les sentiments étaient encore frais, glissés dans ses replis, humides et en sécurité sous le prépuce, accessibles par les souvenirs et les caresses. Cela ne pouvait être détruit que si lui aussi, il l'était. Et même alors, la destruction ne ferait que les rapprocher, main dans la main dans ce lieu d'après, où qu'il se trouve, où ses parents et leurs propres parents avaient réussi à échapper pour toujours à ces gens dont le corps n'était couvert de rien. Pas le Paradis, assurément pas cet endroit épouvantable. Mais ailleurs, où les premiers chants pouvaient être entonnés sans interruption.

Nagé sous l'eau tout du long, ne remontant que pour des gorgées d'air quand ses poumons menaçaient d'éclater. Ce n'étaient pas des étoiles qu'il voyait là-dessous, se dit-il, mais des gens : des visages dans la vase, souriant ou bien hurlant peut-être, les mains jointes en un cercle, tapant du pied au rythme des flots. Il les reconnaissait, mais ne les connaissait pas.

« Les femmes dans l'eau. Elles vous protègent, leur avait dit Maggie un jour au bord de la rivière, en contemplant la forêt inerte de l'autre côté.

— Je comprends pas ce que vous voulez dire, m'dame », avait répondu Isaiah.

Maggie avait souri. « Elles sont noires. » Elle avait éclaté de rire, s'était tapé le genou. « Ça, bien sûr qu'elles sont noires. »

Samuel ne lui prêtait guère attention. Il semblait perdu dans ses propres pensées, serrant le poing, les lèvres aussi. Isaiah, lui, était pendu aux lèvres de Maggie, mais il restait perplexe. Maggie avait cru dissiper sa confusion en disant : « Non pas les femmes *dans* l'eau. Les femmes *sont* l'eau. »

Avait-elle donc pu voir ? Pouvait-elle donc savoir ? Sans mots, rien qu'en esprit, et elle avait pensé leur offrir la seule protection qu'elle pouvait en vue de leur voyage ? Une invocation aussi ancienne que l'eau même ? Était-ce donc ça que Sarah lui avait enseigné au bord de la rivière, cet autre après-midi ?

Il s'agenouilla dans la vase, l'écoulement de la rivière étouffant la plupart des sons. Il se préparait à se lever et à se frayer un chemin dans les bois, derrière lui. Mais une main empoigna sa cheville.

Comment avaient-ils pu lui tomber dessus comme ça, sans un seul bruit ? Avait-il été distrait au point de devenir une proie facile ? Loué soit son cœur contemplatif.

Il n'avait plus la force de combattre aucun d'eux – ni James, ni Jonathan, ni Zeke, ni Malachi, pas un d'entre eux. Il laissa son souffle se déployer comme il pouvait, ne tenta même pas de les repousser à coups de pied. Il resta là, à genoux, espérant qu'ils allaient le tuer avant de le traîner de l'autre côté de la rivière. Il ferma les yeux, attendit la balle en plein front.

Alors, une voix familière haleta son nom.

« 'Zay ! »

Il ouvrit les yeux et fut persuadé qu'il rêvait.

« Samuel ? » Les yeux d'Isaiah s'ouvrirent en grand en voyant Samuel debout devant lui, dégoulinant d'eau.

Samuel sourit. « Présent », dit-il.

Isaiah se leva d'un bond et le serra comme s'il tentait d'être une partie de lui. Il secoua la tête. Il le regarda et le toucha des deux mains sur tout le visage, cherchant la vérité des choses, se servant de ses doigts pour confirmer la foi.

« Hé, vieux, qu'est-ce que tu fais ? Tu vas m'arracher l'œil !

— Je te demande pardon, s'étrangla Isaiah entre deux sanglots. T'es là.

— Je t'avais dit que je viendrais juste derrière. »

Isaiah le prit de nouveau dans ses bras et s'accrocha à lui.

« Tu me détestes ? »

Samuel dégagea sa tête et fixa Isaiah droit dans les yeux. « Te détester ? Après tout ça, vieux, tu me poses une question aussi bête ? »

Ils restèrent agrippés l'un à l'autre. Samuel déposa un baiser sur l'oreille d'Isaiah. « Faut que j'y aille, murmura-t-il.

— Qu'est-ce que tu dis ? » Isaiah dévisagea Samuel, doutant d'avoir bien entendu dans le vacarme des flots.

« Faut qu'on y aille. »

Isaiah acquiesça, serra fort les mains de Samuel dans les siennes. Ils se lâchèrent et entrèrent dans la forêt.

Il n'y avait nul chemin à suivre. Le sous-bois envahissant occupait tout l'espace, ininterrompu par la main de l'homme. Pas la moindre rupture dans la canopée, nulle lueur d'étoiles ne pouvait s'immiscer dans ces bois denses. Isaiah et Samuel taillaient leur route, avançant aussi vite qu'ils pouvaient, fatigués comme ils l'étaient, brisant branches et lianes, piétinant cailloux et vers de terre. Des sifflements de serpents leur firent accélérer le pas. Ils guettaient les cris des chouettes ; ceux-ci leur donneraient un semblant de direction jusqu'à ce qu'ils puissent à nouveau apercevoir le ciel.

Après ce qui parut des heures à arracher, tomber, pousser et enjamber, ils atteignirent une clairière. Le sol était mou et humide sous leurs pieds et l'air chargé de la senteur des cèdres. Des animaux hurlaient et des moustiques sifflaient autour d'eux. Des feuilles crissaient dans la brise, un hibou hulula. Maintenant que le ciel nocturne se montrait à nouveau, Isaiah et Samuel purent chacun distinguer les contours de l'autre, ce qui suffisait. Ils restèrent là, face à face, ébène et bleu nuit dans la pâle lueur de la lune et des astres. Leur souffle se fit lourd et leurs poitrines se soulevèrent à l'unisson. Ils étaient trop apeurés, las et affamés pour sourire, mais leurs lèvres se ployèrent tout de même dans cette direction.

« Tu crois qu'on est assez loin dedans ? souffla Isaiah.

— Je sais pas, mais faut que je me repose. Rien qu'une minute. »

Samuel s'adossa à un sycomore au tronc couvert de mousse.

« On dit que la mousse pousse du côté nord des arbres, dit-il à voix basse.

— Alors, on devrait marcher par là », répliqua Isaiah, pointant du doigt l'autre extrémité de la clairière.

Samuel ne répondit rien. Il se contenta d'inspirer et d'expirer profondément pendant un long moment. Presque trop long. Son souffle se fit laborieux. Isaiah s'approcha de l'arbre, se planta devant Samuel et se pencha sur lui.

« Ça va ? »

Samuel sourit entre deux souffles pesants. « Je crois, oui. Juste la fatigue. La soif. La faim, aussi. »

Isaiah fureta alentour en quête de plantes comestibles. Il ne trouva ni chicorée sauvage, ni quenouille, ni trèfle, mais un peu de laurier de Saint-Antoine, que sa couleur vive rendait plus facile à repérer. Courant presque, Isaiah retourna au pied du sycomore.

« C'est tout ce que j'ai pour l'instant, mais au lever du jour, je trouverai d'autres choses… »

Samuel était recroquevillé sur le sol.

« Sam ! »

Isaiah s'agenouilla devant lui. Tout le visage de Samuel était crispé. Il serra les paupières et un pâle éclat de lumière lui effleura la joue.

« Je me sens drôle », marmonna Samuel en essayant, avec l'aide d'Isaiah, de se relever, il glissa sur la surface de l'arbre avant de retomber sur ses racines, freinant sa chute d'un bras tendu. « Quelque chose va pas, dit-il en passant les mains sur sa poitrine et ses avant-bras. Je me sens pas bien.

— T'es malade ? » s'inquiéta Isaiah, l'empoignant aux mêmes endroits. Samuel était brûlant.

« Non ! » cria soudain Samuel. Il se hissa d'un bras et cala son dos contre l'arbre. « Me touche pas là. Je veux pas te faire du mal.

— Tu me fais peur. Dis-moi ce qui va pas ! »

Les yeux de Samuel s'ouvrirent en grand. Ils se mirent à briller comme un lampadaire. Aux confins de son corps, un halo apparut, orangé comme un soleil couchant, rouge sur les bords. Sa respiration changea, passant de petites bouffées paniquées à de laborieux râles. Son éclat illumina la nuit. Isaiah tituba en arrière. Il alla heurter le sol comme poussé par quelque chose. Dans la nuit autour d'eux, Isaiah aperçut ce qui ressemblait à des visages, tant de visages. Certains étaient le sien.

La lumière se fit de plus en plus brillante, et Samuel lâcha un cri.

« KAYODE ! »

Le nom tournoya et se répercuta, frôla Isaiah et laissa une trace de brûlure en travers de son torse, le marquant. Il porta la main à cet endroit. Il baissa les yeux sur la cicatrice puis regarda de nouveau Samuel, qui tendait la main vers lui. Isaiah rampa vers l'avant, résistant à l'invisible force qui le poussait dans l'autre sens. Plus près, toujours plus près, fredonnant, de toutes les directions, fredonnant, comme des voix, cinq ? Six ? Non ! Davantage ! Un véritable cercle. Il les entendait. Pressant, pressant, le repoussant loin,

loin. Et Samuel, juste là. Isaiah qui se rapprochait. À portée. Leurs doigts tremblaient, se touchaient presque. Puis il fut trop tard.

Le dernier son fut un battement d'ailes. Samuel explosa en une myriade de lucioles. Ou étaient-ce des braises ? À genoux, secouant la tête, bouche bée et pris de frissons, les yeux encore hébétés de lumière, Isaiah n'aurait su le dire.

Les minuscules fragments de lumière qui avaient été Samuel, qui étaient peut-être encore Samuel, s'élevèrent en tourbillonnant dans la nuit, sans se soucier de qui ou de ce qu'ils laissaient derrière eux, scintillant, pétillant.

« Non ! » hurla Isaiah en tentant de les attraper, mais ils s'élevèrent dans les airs, hors d'atteinte. Bientôt, ils disparurent dans les ténèbres. Isaiah se figea. Il s'écroula tête la première. Lentement, il se retourna sur le dos. Il ferma les yeux et ce fut, songea-t-il, comme si une pluie fine était tombée sur lui, des gouttelettes frissonnant sur ses extrémités. Il rouvrit les yeux. *Je perds la tête*, se dit-il en se laissant enfin calmer par son souffle de plus en plus lent.

Mais il avait touché le visage de Samuel, ça ne pouvait donc pas être un rêve. Il avait senti son souffle, sa peau mouillée, l'avait regardé dans les yeux, avait aperçu leur sol vierge. C'était réel. Forcément. Il baissa les yeux sur sa poitrine. La marque, là. Mais les gens ne se changent pas en lucioles, pas vrai ? Il avait vu des yeux au fond de la rivière, son visage dans la lumière. Mort, donc. Peut-être que lui aussi, il était mort.

Son cœur se fissura. Au fur et à mesure que les morceaux tombaient, il eut de plus en plus de difficulté à bouger. Il ne pouvait pas se lever, et il n'en avait pas envie. Il allait attendre ici que Paul et les autres viennent. Qu'ils fassent de sa peau ce que bon leur semblerait. Qu'ils l'écorchent, l'étirent et le portent à leur guise – cela appartenait désormais au destin. Alors il resta assis là, tremblant, sanglotant dans les paumes de ses mains.

Puis quelqu'un murmura un nom.

Il leva la tête et aperçut, vers le nord, un minuscule éclat orange.

« T'es là ? »

Il se leva et courut vers la lumière, sans un regard en arrière, sans s'arrêter. Cela aurait pu être un bout de Samuel, s'attardant encore, aimanté, envoyé le chercher. Isaiah le suivit, haletant, la main tendue vers lui. Il l'emmena dans les profondeurs de la forêt, où Isaiah trébucha sur des racines bossues et des branches tombées, se releva, s'appuya sur des pacaniers dont les noix n'avaient pas encore durci. Et la lumière, pareille à une minuscule étoile terne, planait toujours, dansait et murmurait un nom. En l'entendant, Isaiah se jeta en avant, se laissant entraîner vers la source de tout.

Il sauta et rebondit dans des bourbiers, des pans de terre qui semblaient calcinés, attendant encore de renaître. Difficile à dire dans le noir. Il tomba et tomba encore, s'éraflant les jambes sur des pierres coupantes. Mais il continuait d'aller de l'avant, courant jusqu'à ce que sa poitrine le brûle à l'endroit même où il était marqué, et le supplie de cesser tout mouvement. Il s'effondra à quatre pattes dans un endroit de grande obscurité. Il regarda derrière lui et c'était comme si le monde s'était scellé lui-même, barrière inviolable. Il n'y avait plus là que le petit grain de lumière qui ne pouvait qu'être Samuel, bondissant lentement dans le ciel, contenant l'aube en lui.

Il entendit un son qui venait de ce lieu, lui aussi – un sifflement, un grognement peut-être ? –, et songea que trouver la mort sous les crochets d'un mocassin à tête cuivrée ou les dents d'un cougar était injuste, eu égard aux coups qu'il avait reçus d'autres animaux – son dos en témoignait. Et puis, autre chose commençait à le dévorer : la désolation. Plus de Samuel. Plus de Maggie. Plus d'Essie. Plus de Sarah. Plus de Puah. Plus de Be Auntie. C'était la plus pure des malédictions. Même la compagnie d'Amos lui aurait convenu, du moment que celui-ci portait le nom sur lui, quelque part, pour qu'Isaiah puisse le voir.

Tourment mortel que cette solitude-là. Quand elle n'était pas volontaire, c'était un picotement, puis une brûlure. Du moins, c'est ce que ressentait Isaiah, à commencer par l'entaille sur sa poitrine. Cela allait grandissant, se répandant comme des doigts qui pouvaient à tout moment se faire poing ou se refermer pour tenter un étranglement. Isaiah savait que la douleur allait devenir de plus en plus insupportable. Et il savait qu'elle l'accompagnerait toujours, qu'il soit vivant ou mort. C'était le fardeau des doux : souffrir tout sauf en silence, car la plainte qui se glissait entre les lèvres était inévitable. Samuel avait sans doute raison. Sûr, il maudissait le cœur qui ne savait pas se protéger de l'écartement. Honte à lui.

Il n'y avait donc plus qu'à attendre. Le moins qu'Isaiah pouvait faire en ces ultimes instants, c'était honorer Samuel en tentant le coup de la pierre. Cela ne serait plus très long. Juste le temps de recevoir sa bénédiction, même si personne n'était là pour le voir. Il se tourna pour la regarder bien en face, de la même manière que, il en était certain, Samuel lui avait fait face : les yeux ouverts. Les ténèbres devant lui n'étaient pas immobiles. Elles se convulsaient comme un être vivant à sept tentacules, attachés à des silhouettes peut-être, des ténèbres jumelles. Tenant des bâtons. Des voix évoquant davantage des roulements de galets que des êtres humains. Il n'avait pas le choix. Il tendit la main vers elles, doigts mal assurés dans l'air humide, et sentit quelque chose le toucher. Il recula brusquement sa main et, dans le silence qui suivit, la tendit à nouveau. Quelle que soit cette chose, elle était lisse, soyeuse, familière. Il rampa vers elle, y plongeant sa main de plus en plus en loin.

« C'est toi, Samuel ? »

Finalement, quelque chose le caressa. Non seulement le caressa, mais s'enroula autour de son bras et tira. Il hurla, enfin, le seul mot qu'il n'avait jamais pu prononcer.

Alors, à sa grande surprise, dans un hululement, les ténèbres le hurlèrent en retour.

Nouvelle alliance

Vous savez qui *nous* sommes, maintenant.
Donc maintenant, vous savez qui *vous* êtes.
Nous sommes sept et nous ne nous nions pas toute responsabilité.
Vous ne devez donc pas nier la vôtre, si irréprochables que vous pensiez être.

Écoutez :
Prêtez attention :
Nous faisons appel à un témoin !
Hé !

Nous ne vous disons que ce que nous savons.

Vous devez vous avancer de bonne grâce quand les mains sont ouvertes comme jamais.
Pourquoi croyez-vous que nous nous tenons dans cette clairière-ci, au lieu de l'autre ?

Nous vous avons entendus chanter :
Viens à nous, ô Seigneur !
Et ce n'est pas votre chant.

C'est pourquoi vous tentez de faire du pays natal un paradis, et non pas un endroit où la vie peut prendre racine.

Oui, eh bien.
Le pays natal n'est pas gelé.
Ce n'est pas un insecte piégé dans l'ambre.
Il n'est pas non plus mou comme une argile que vous pourriez façonner à votre guise.
Il est plus grand que vous.
Comprenez-vous ?
Le pays natal est le commencement de toute possibilité, et voilà que vous essayez de le ruiner par vos limitations.
Il y a des montagnes ici, *aussi*.

Ne regardez pas ailleurs.

Ce n'est pas cela que vous étiez censés être.
Vous manquez de respect aux artisans.
Vous jetez des pierres aux gardiens des portes.
Vous dévastez les esprits trop vastes pour le corps.
Vous imaginez vos propres rituels sauvages.
Vous oubliez le cercle.
En vivant si loin de l'existence à laquelle on vous a arrachés…

Demi-vérité.
On vous a vendus, aussi.
Devenus de plus en plus semblables à vos ravisseurs, vous ne pouvez même plus regarder votre amant dans les yeux.

C'est la marque que vous laissez chacun sur l'autre : séparation.

Eh bien, laissez-nous vous rassembler. Venez : laissez-nous vous rassembler tous.

Là où vous êtes, cela avait jadis un nom.
Ils ont trouvé le nom et l'ont pendu à des arbres.
Quelqu'un devrait appeler cet endroit par son vrai nom.
Ô, ordinaire !
Comme il est bon et ordinaire.

Entendez-nous :

Il est des ténèbres qui se meuvent.
Elles sont le commencement de toutes choses et la fin de toutes choses.
Elles sont éternelles, leur attraction est si forte que même la lumière se plie à leurs caprices.
Ce sont des mains couvertes d'huile, traînant des lignes sur les visages, tirées vers le dehors, déployées comme des doigts, et attendant l'aube.
C'est le cosmos qui pend au bout des nattes, les enfants qui dansent au long de mille nuits, les anciens vêtus d'habits bleus, pressés d'être immergés dans des eaux nouvelles, de se défaire des vieilles peaux.
À l'inaperçu.
À l'inentendu.
À ceux de l'orée qui nagent entre l'éclat de la lumière et la courbure de l'ombre.
Dans le cœur de la nuit.

Dans l'enceinte sacrée des grottes.

Dans les moments intimes des amants qui ont, pour la première fois, touché le visage de l'autre.

Les vagues qui se fracassent contre le rivage ?

C'est une langue, aussi.

L'atroce secret, chers enfants, est celui-ci :

Ce n'est pas vous qui êtes enchaînés.

Souvenez-vous-en, c'est la clé du parler en langue.

Mais la mémoire ne suffit pas.

Nous sommes complets.

Nous sommes, rien qu'en nous-mêmes, complets.

Ne regardez pas ailleurs.

Il y a un enfant, maintenant, qui erre dans des bois inconnus.

Au-dedans de lui, il y a une blessure, que vous avez placée là, qui s'épanouira ou ne s'épanouira pas.

Elle peut être déracinée.

Ou bien elle peut vous être infligée à vous : une sorte de retour, de la même manière que les choses retournent souvent vers les mains qui les ont lâchées.

Les autres, ils sont ici avec nous, gardant les portes comme toujours, heureux qu'une partie d'eux-mêmes soit encore avec vous.

Aimeriez-vous la sentir ?

Fermez les yeux.

Voyez :
La forme de la douleur n'est pas irrégulière.
Elle n'est pas bosselée ; elle n'est pas plate.
Elle n'est même pas pointue.
Elle est ronde comme des yeux et lisse comme une peau.
Elle épouse parfaitement le creux de la langue et tombe des lèvres telle une pierre douée de vue.
Laissez-la où elle gît.
Ne vous inquiétez pas.
Les hanches se balanceront.
Les têtes tournoieront.
Les bras oscilleront.
Oh, héritiers de sang, les lits berceront et ce sera aussi bon que nos natures le permettent.

Vous marcherez debout dans la demeure de votre mère !

Vous tremblez.

N'ayez pas honte.
Tremblez autant que vous voulez, mais ne dormez pas.
Et. Ne. Regardez. Pas. Ailleurs !

Un son se fait entendre quand les ténèbres s'étiolent.

C'est un gémissement, un peu comme celui d'un bébé assoupi, mais plus léger, plus silencieux, plus doux à sa manière, et beaucoup plus tragique car, contrairement à celui de l'enfant, il passe toujours inentendu.

Comme la dernière chose qu'ils – *ils* – nous ont dite :

A
M
O
U
R.

Tel est le mot vivant.

Mais vous l'avez refusé.
Avez craché dessus quand on vous l'a montré.
Lui avez donné la mauvaise joue à embrasser.
Semblables au champ que vous êtes devenus, vous voilà changés.

Il est difficile

de résister au contact
de gens qui ne joignent leurs mains
que pour semer la douleur,
qui traitent
la menace qu'ils créent
comme si elle n'était pas leur création.

Il est difficile

de se tenir au milieu de ces arbres
qui ont été complices de la destruction

de tant de personnes ;
chaque feuille, chaque fissure dans l'écorce, chaque goutte de sève, chaque racine noueuse :
coupables.
Mais ne se dressent-ils pas pourtant
grands et lourds de déni
faisant écran au ciel ?

Bénis soient ceux qui contemplent la nuit, et sacrés ceux qui se souviennent.

Et la mémoire ne suffit pas !

Kosii !

Savoir d'en dessous :

C'est une histoire que seul un prophète peut raconter.
Mais le monde étant ce qu'il est
et le monde étant ce qu'il sera éternellement
jamais sans un cœur éploré.

Àşe !

Voici venir le feu :

dansant, détruisant.
Mais voulant seulement, en toute sincérité,
qu'on lui chante
tout bas

un air doux.
C'est une flamme mourante
qui rapetisse
et qui vacille
attend qu'une berceuse
enfin
l'éteigne.

Mais il n'y a plus de chanteurs.

Car le nœud coulant a déjà été pendu.
Le lien a déjà été brisé.
Le vu a déjà été prévu.
L'ensuite est en train d'arriver.

Et rien, dans la création, n'est capable d'arrêter ce qui advient.

Rien

Sauf Vous.

REMERCIEMENTS

Pardonnez-moi si j'oublie de mentionner votre nom.

James Baldwin : c'est dans votre nom que j'ai trouvé la justice dont mon cœur a tant besoin, l'équité que mon esprit cherche, la paix dont se souvient mon âme, et le triomphe que mon corps attend depuis si longtemps. Vous avez demandé à ce que nous vous trouvions dans les décombres. Nous l'avons fait, « Pop ». À présent, nous allons rassembler les morceaux et bâtir un bel autel dédié à votre intellect, allumer des bougies et vous aimer comme vous nous avez aimés : avec gratitude.

Jandel Benjamin : ma tante, j'écris parce que tu as été la première à écrire dans notre famille. J'ai lu tes poèmes et cela m'a fait comprendre qu'écrire n'était pas forcément un rêve intangible. Que ce n'était pas forcément un hobby. Écrire pouvait être une réalité. Merci pour ce don.

Sherise Bright : t'avoir pour amie/sœur est une absolue bénédiction et je suis si reconnaissant à l'univers d'avoir jugé bon de nous réunir. Tu es une source constante d'optimisme, de foi, d'humour et d'intuition. Tu avais prédit ce moment et je te remercie d'avoir su sentir ces choses qui ne peuvent être vues.

Victoria Cruz : vous êtes une légende vivante. Quelle bénédiction pour moi d'évoluer dans l'ombre glorieuse d'une de nos plus grandes aïeules. Merci pour votre engagement, votre grâce, votre humour, votre volonté farouche et votre amour.

George Cunningham : c'est vous qui m'avez donné tout ce que le système éducatif américain me refusait, en me faisant découvrir la vérité que je n'étais pas censé voir. Et c'est dans votre cours, « Lire la Race », que j'ai compris que mon point de vue et mon but n'avaient rien d'une aberration, mais s'inscrivaient en réalité dans une longue tradition de résistance. Je ne pourrais jamais assez vous remercier.

Ava DuVernay : je ne sais pas comment vous trouvez le temps de faire tout ça : créer un flot sans fin de magnificence tout en nous prenant dans vos bras et en riant avec nous, en vous lâchant avec nous et en dansant avec nous, en nous gardant toujours si près de vous. C'est proprement miraculeux, et vous êtes un véritable miracle. Merci de tant donner de votre personne pour que nous puissions tous dresser un peu plus haut la tête. À la vie, à la mort, *Sista*.

Janet Jackson : vous m'avez marqué à jamais, non seulement par votre voix d'ange, votre talent de danseuse, votre sourire éclatant, votre jeu de scène nonchalant et votre musique déchaînée, mais aussi par votre intelligence bouillonnante et votre indéfectible conscience sociale. J'ai brisé une chaise de la salle à manger de ma mère en travaillant la chorégraphie de « The Pleasure Principle » en 1987, mais cela en valait la peine car « Rhythm Nation » m'a montré, d'une manière accessible à l'esprit d'un adolescent de dix-huit ans, que j'avais la responsabilité d'aider à rendre le monde meilleur non seulement pour moi, mais pour tous les opprimés. Merci.

Joan Jones : Maman, tu as toujours dit : « Il s'est élevé tout seul », mais ce que tu ne sais pas, c'est que ton courage, ta liberté, ton attitude Faut-pas-m'emmerder, ton rejet du patriarcat, ton scepticisme face à toutes les croyances, ta manière d'exiger toujours des faits et des tas de preuves, ton acceptation de la violence comme option défensive quand cela devient nécessaire et ton obstination à être toujours qui tu es, que ça plaise ou non, tout cela a été l'exemple dont j'avais besoin pour survivre et m'épanouir. Tu es une hors-la-loi et une femme libre. Et je t'en suis reconnaissant.

Tron Jones : mon frère de sang. Merci pour tous tes sacrifices. Merci pour ton rire. Merci de tenir bon malgré tous les obstacles. S'il te plaît – fais partager ton écriture au monde.

Sally Kim : mon tableau de visualisation prédisait notre rencontre et notre relation fusionnelle. Merci pour ton œil aguerri et ton cœur clairvoyant, ton soutien sans faille, pour avoir toujours respecté ce que j'essaie de faire et d'exprimer, et m'avoir aidé à me focaliser et à m'ajuster pour que les autres puissent à leur tour respecter ces choses. Merci, enfin, d'avoir compris mes superstitions.

Kiese Laymon : frère. Tu es une source d'amour et de lumière si formidable que l'anglais n'a pas de mots pour te décrire. Ta foi en mes capacités m'a permis de me hisser en haut quand j'étais au plus bas. Ton écriture – ton écriture profonde et rigoureuse – m'a donné la permission de dire ce que j'avais l'impression d'avoir à dire. Mes remerciements ne seront jamais assez, mais merci.

PJ Mark : personne n'a jamais cru si farouchement en mon travail, ne s'est jamais battu avec tant de ténacité pour le défendre. J'ai appris que dans le milieu des agents littéraires, on te surnommait « le Pitbull », mais je crois que « James Bond » conviendrait mieux. Merci pour tes conseils, ta gentillesse, ton expertise, ton approche terre à terre de mon travail et de ma carrière.

Calvin McLaurin : un jour, *Brother*, il te sera impossible d'ignorer ta vocation, et tu te mettras au boulot. Plus que de politiciens, de pasteurs, de prêtres, de policiers et de maquereaux, le monde a besoin de peintres. Ton pinceau est donc ton stylo ; ton carnet, ta toile. Fais-le, ce chef-d'œuvre. Pour nous.

Ernestro Mestre-Reed : quand fort peu de gens trouvaient une quelconque valeur à mon écriture, et l'avaient même diminuée par leurs pensées et leurs mots, m'avaient mis en garde contre le « danger de devenir un écrivain noir », vous avez su voir ce qu'ils refusaient de voir : que le danger était présent non pas comme ils l'imaginaient, mais comme ils le craignaient. Vous m'avez encouragé à continuer d'écrire et montré que mon travail avait une valeur propre. Vous avoir pour mentor m'a été fort précieux. Merci.

Toni Morrison : mon rêve était que vous lisiez ce livre, lui trouviez quelque mérite, lui accordiez votre bénédiction et que vous m'invitiez peut-être à venir prendre le thé chez vous pour que je puisse vous dire que, sans vous, ce roman n'aurait pu exister, car c'est votre écriture sacrée, votre mise en examen et votre réarrangement complet de la langue anglaise qui m'ont poussé à l'écrire. Vous disiez que si je ne pouvais pas trouver le livre que je voulais lire, alors il me fallait l'écrire. Alors, je l'ai écrit. Où que vous soyez dans l'univers, le plus sincère de mes espoirs est que vous soyez satisfaite.

Roni Natov : « Inspiration... » Tu as joué un rôle déterminant non seulement dans la réussite de mes études mais dans ma réussite en général. Sans ta générosité sans bornes, ton soutien et ta foi en mes capacités, je ne sais pas où j'en serais aujourd'hui. Tu es ma joie. Merci.

Osvaldo Oyola : tu as vu ce travail sous ses premières formes, les plus maladroites, et tu as tout de même estimé qu'il valait quelque chose. Merci pour tes yeux perçants, ton esprit indélébile et ta fraternité. On est parti du Cyborg, et nous voilà ici !

Samora Pinderhughes : Bro-Bro, dès l'instant où je t'ai rencontré, nous sommes devenus frères. Merci de m'avoir écouté, de ne m'avoir souhaité que de bonnes choses, d'avoir préparé des repas sains pour moi, de m'avoir permis d'écouter de petits avant-goûts de ta musique, d'être l'un des musiciens les plus géniaux de cette planète, d'avoir un cœur gros comme ça et une incroyable conscience.

Robert Scott : alors que j'errais, perdu, dans les couloirs du Brooklyn College, vous m'avez trouvé, comme vous aviez trouvé des générations d'autres avant moi, et vous m'avez remis sur le droit chemin. Merci pour cet accompagnement délicat.

Arlene Solá-Vargas : plus de quarante ans que nous partageons joies et peines, triomphes et tragédies, et maintenant, regarde-nous ! Nous avons réussi. Nous avons réussi malgré les circonstances, peut-être même grâce aux circonstances. Merci infiniment pour tes encouragements et pour m'avoir accueilli au sein de la famille.

Adrian Techeira : mon maaari. LOL ! Jamais je n'aurais imaginé que ta Viergitude tomberait autant à point. Merci de ton regard critique, de ton expertise juridique, de ton soutien quand je ne suis pas à cent pour cent, merci pour cette maison devenue un foyer, pour cet amour qui s'est fait lien, devant témoins. Merci.

Charles, Marcus et Victoria Thompson : un réaliste. Un apprenant. Une rêveuse. Merci pour vos encouragements constants, votre amitié éprouvée et de m'avoir choisi comme membre de votre famille. Je vous en serai éternellement reconnaissant.

Crystal Waterton : toi, dont j'ai changé les couches. Et qui es à présent une femme, et qui crées des œuvres d'art géniales. J'ai hâte que le monde découvre ce que je sais déjà : tu es l'une des réalisatrices les plus brillantes de ta génération. Crée. Ton. Œuvre. *Sista !*

David Wells : tu as toujours été un véritable frère pour moi, m'aidant à me sentir entier quand j'ai peur de voler en éclats, t'assurant que tout va bien quand les jours se font trop longs et les nuits troublées. Je sais maintenant ce que veut dire l'expression « gardien de mon frère ». Merci.

À l'équipe de Janklow & Nesbit Associates, Ian Bonaparte et Zoe Nelson et **à toute l'équipe de G. P. Putnam's Sons/Penguin Books USA**, Joel Breuklander, Brennin J. Cummins, Ivan Held, Christopher Lin, Ashley McClay, Katie McKee, Emily Mlynek, Gabriella Mongelli, Vi-An Nguyen, Nishtha Patel, Anthony Ramondo, Amy Ryan et Alexis Welby : vous m'avez aidé à faire jaillir du néant un fantasme d'enfant, et à le projeter dans le monde matériel. Votre implication et votre travail d'équipe sont une source d'inspiration. Gratitude éternelle. Merci.

À mes proches de sang, et choisis, qui m'ont connu au tout début, m'ont suivi dans mes tribulations et jusqu'à mes victoires – vous avez toujours été ma terre ferme et je vous aime profondément : Khadeem D. Wilson, Khadijah I. Wilson, Sandra Benjamin, Alfred Benjamin, Jr., Shahaira Davy, Justin O. Christopher, Orlando J. Davy, Jr., Sheronda Benjamin, Lenice Smith, Kayin Davy, Errol Waterton, Orlando Davy, Sr., Melissa Barnaby Hernandez, Christian Alcazar, Chastity Hernandez, Angel Bright, LaFawn Davis, Hilda et David Sola, Sr. ; Eduardo Sr., Eduardo Jr., Isabella et Daniel Vargas ; David Jr., Laurie et Olivia Sola ; Tron Jr., Taina, Destiny et Terrence Jones-Bosse, Julian et Milagros DeJesus, Dorothy, Simon, Nneka, Nya et Jordyn Spence, Ti any, Lole, Rowan et Ivan Techeira, Jennifer Jacinto et Tina Honeycutt ; Beth, Tara et Matthew Benjamin-Botas ; Dawn Benjamin et Anthony

Purge, Lucille Urquhart Darlene Horton, Dawn Horton et toute la famille, Jimmie Horton et toute la famille, LaMont Horton et toute la famille, Renee, Cameron Jr. et Cameron Kelly, Dondria, Gary et Ty Gadsden ; Elena, Raquel « Mama Rock » et Howard « Pop » Pinderhughes ; mes tantes du côté Jones : Angela, Laverne, Mallie, Mary et Rita ; mes cousins du côté Jones : Cheryl, Christine, Christopher, Daniel, Eric, Ebony, Elijah, Isiah, Jacob, Jamal, Jason, Jordan, Joshua, Justin, Kelly, Lashawn, Michael, Monae, Sean, Shauna, Stephanie ; Lester Wint, Shannette Duncan-Wilson et toute la famille, Nicole Wilson, Starr Lester et toute la famille, Keesha Peets et toute la famille, James Peets et toute la famille, Willie « DJ Ill Will (Your Wifey's Favorite DJ) » White, Daniella « DAN-NELA » White, Octavia « Tay » Davison, William « Goddy » White, Jr., Rashawn « Red » White, Quincy « Penguin » White, Kimora « Whoop De Whoop » Simon, Summer « Zibba Zobba » Simon, Ashley « Ash Cash » Saint Louis, et toutes les familles Davison et White, Michelle et Dream Holder, Tanya Edwards ; Songhai, Glenn, Caleb, Kendi, Eli et Taylor Deveaux ; Karen et Joe McCord, Lori Petty, Anaya McLaurin, Valerie Complex, Stephanie Acevedo-McCardle-Blunk, Miles Law, Paula Bryant (Brion), Margaret Prescod, Chanda et Kevin Hsu Prescod-Weinstein, Mary, Cheryl, Wanda, Felicia Diane et Dawn Carpenter ; Baldwin le chat, tous les Benjamin, Bethea, Denmark, Gainese, Hine, Joneses, et les Wilson. Merci.

Votre insondable créativité, vos accomplissements artistiques et votre génie resplendissant m'ont permis d'imaginer une réalité dans laquelle j'avais une chance : Wallace Thurman, Gloria Naylor, Alice Walker, Octavia Butler, Zora Neale Hurston, Chinua Achebe, Michelle Alexander, Maya Angelou, Kola Boof, Ta-Nehisi Coates, Edwidge Danticat, Debra Dickerson, Tananarive Due,

Max S. Gordon, Joseph Illidge, Lorraine Hansberry, Ernest Hardy, James Early Hardy, E. Lynn Harris, N. K. Jemisin, Jamaica Kincaid, Gabriel García Márquez, Aiyana Mathis, James McBride, Herman Melville, Nell Irvin Painter, Gabby Rivera, Sonia Sanchez, Ntozake Shange, Danyel Smith, Brandon Thomas, Jean Toomer et Isabel Wilkerson.

Quand j'étais perdu, vos voix et vos chansons m'ont ramené chez moi : Aaliyah, Marsha Ambrosius, Ashford & Simpson, Bobby et IZ Avila, Bahamadia, Anita Baker, Big Freedia, Black Stax, Radha Blank, Mary J. Blige, Boyz II Men, Brandy, Dennis Brown, Foxy Brown, Bry'Nt, B. Slade, Cakes Da Killa, Tevin Campbell, Mariah Carey, Chika, Sam Cooke, Bernadette Cooper, D'Angelo, Frenchie Davis, Deadlee, Smoke E. Digglera, Johnathan Douglass, Earth Wind & Fire, Missy « Misdemeanor » Elliot, En Vogue, Rachelle Farrell, Aretha Franklin, Rah Rah Gabor, Kenneth Gamble et Leon A. Hu, Medino Green, « Cat » Harris-White, Donny Hathaway, Lalah Hathaway, Lauryn Hill, Whitney Houston, Phyllis Hyman, Stasia « Stas » Irons, Freddie Jackson, Mahalia Jackson, Millie Jackson Jidenna, Syleena Johnson, Jimmy Jam et Terry Lewis, Kevin Kaoz, Chaka Khan, Patti LaBelle, Ledisi, Lady Leshurr, Le1f, Ari Lennox, Lil' Kim, Enongo « Sammus » Lumumba-Kasongo, Cheryl Lynn, Janelle Monae, Stephanie Mills, Laura Mvula, Meshell Ndegeocello, Mr. Strange New Edition, Kimberly Nichole, Gene Noble, Jessye Norman, Sinead O'Connor, Rahsaan Patterson, Leontyne Price, Prince, Rapsody, Della Reese, Rihanna, Amber Riley, Minnie Ripperton, Diana Ross, Sade, Salt-N-Pepa, Bobby Short, Nina Simone, Bessie Smith, The Staple Singers, Sandra St. Victor, Donna Summer, Sylvester, Tank and the Bangas, Sister Rosetta Tharpe, Monifah et Terez Thorpe, Tina Turner, Tweet,

Usher, Dionne Warwick, Jody Watley, Vesta Williams, Angela Winbush, Stevie Wonder et Nicole « Lady » Wray.

Vous voir sur des écrans et des scènes, ainsi qu'en dehors, m'a donné confiance en moi et m'a fait le cadeau d'oser poursuivre un rêve : Yahya AbdulMateen II, Adepero Adoye, Kofi Agyemang, Erika Alexander, Alana Arenas, Nicholas L. Ashe, Reginald L. Barnes, Angela Bassett, Nicole Behari, Asante Blackk, Nahum Bromfield, Yvette Nicole Brown, Roscoe Lee Browne, Jade Bryan, Dyllón Burnside, LeVar Burton, Rosalind Cash, Diahann Carroll, Rashan Castro, Denzel Chisholm, Stanley Bennett Clay, Ryan Coogler, Emayatzy Corinealdi, Laverne Cox, Julie Dash, Loretta Devine, Aunjanue Ellis, Yance Ford, Dawn Lyen Gardner, Marla Gibbs, Rashad E. Greene, Danai Gurira, Lisa Gay Hamiton, dream hampton, Winnie Harlow, Jackée Harry, Brian Tyree Henry, Monique Angela Hicks, José Hollywood, Gwen Ifill, Dominique Jackson, Michael R. Jackson, Barry Jenkins, Jharrel Jerome, Christopher Jirau, Mustapha Khan, Regina King, Eartha Kitt, Kasi Lemmons, Deondray et Quincy LeNear-Gossett, Donja Love, Moms Mabley, Tina Mabry, Rajendra R. Maharaj, Sara'o Maozac, Sonequa Martin-Green, Sampson McCormick, Tarell Alvin McCraney, Akili Mc-Dowell, Edgar Mendez, S. Epatha Merkerson, Janet Mock, Indya Moore, Stacey Muhammad, Terrence Nance, Niecy Nash, Adaora Nwandu, Lupita Nyong'o, LaWanda Page, Keke Palmer, Tammy Peay, Numa Perrier, Patrik-Ian Polk, Billy Porter, Aamer Rahman, Naima Ramos-Chapman, Dee Rees, Della Reese, Shonda Rhimes, Beah Richards, J. August Richard, Bobby Rivers, MJ Rodriguez, Anika Noni Rose, Angelica Ross, Shaun Ross, Aston Sanders, Narubi Selah, Gabourey Sidibe, Justin Simien, Madge Sinclair, Brian Michael Smith, Jussie Smollett, Darryl Stephens, Tika Sumpter, Ryan Jamaal Swain, Andre Leon

Talley, Regina Taylor, Lorraine Toussaint, Cicely Tyson, Leslie Uggams, Gabrielle Union, Alok Vaid-Menon, Pernell Walker, Kerry Washington, Benjamin Charles Watson, Jr., Alek Wek, Rutina Wesley, Emile Wilbekin, Paul Winfield, Oprah Winfrey, George C. Wolfe, Charlayne Woodard, Tyquane Wright et Bradford Young.

Votre talent sans égal et votre enviable rigueur sont un spectacle merveilleux. Merci : Simone Biles, DeWanna Bonner, Elena Delle Donne, Gabby Douglas, Candice Dupree, Chelsea Gray, Brittney Griner, Natasha Howard, Mae Jemison, Allie Quigley, Caster Semenya, Courtney Vander- sloot, Dwyane Wade, Serena Williams et Venus Williams.

Merci pour la beauté de la vérité esthétique : Derrick Adams, Jean-Michel Basquiat, Jamal Campbell, Olivier Coipel, Njideka Akunyili Crosby, Jermaine Curtis Dickerson, Bilquis Evely, Tatyana Fazlalizadeh, Ramona Fradon, Vashti Harrison, Phil Jiménez, Kerry James Marshall, Jamie McKelvie, Kadir Nelson, Mikael Owunna, Jennifer Packer, Gordon Parks, Khary Randolph, Trina Robbins, Roger Robinson, Will Rosado, Jacolby Satterwhite, Augusta Savage, Ashleigh Shackelford, Liam Sharp, Alma Thomas, Hank Willis Thomas, Alberto Vargas, Kara Walker, Kara Mae Weems, Kehinde Wiley et Ashley A. Woods.

Votre vision m'aide à me diriger en terrain inhospitalier. Merci : Gloria E. Anzaldúa, Ella Baker, Joseph Beam, Derrick Bell, Charles M. Blow, Tarana Burke, Kimberlé Crenshaw, Angela Davis, Joy DeGruy, Mona Eltahawy, bell hooks, Barbara Jordan, Barbara Lee, Audre Lorde, Manning Marable, Marlon Riggs, Assata Shakur, Harriet Tubman, Desmond Tutu et Malcolm X.

Votre courage est un baume, mais aussi un bouclier. Merci pour votre engagement et vos sacrifices : Mumia

Abu-Jamal, Phillip Agnew, John Amaechi, Robert Bailey, Dee Barnes, Jesse Ray Beard, Mychal Bell, Richard Blanco, Lanisha Bratcher, Robyn Crawford, Victoria Cruz, Wade Davis II, Anita Hill, Rachel Jeantel, Marsha P. Johnson, Carwin Jones, Gia Marie Love, Antron Mc-Cray, Michel'le, Wes Moore, Bree Newsome, Stella Nyanzi, Bryant Purvis, Kevin Richardson, Sylvia Rivera, Yusef Salaam, Karol Sanchez, Raymond Santana, Theo Shaw, William Dorsey Swann Ciara Taylor, Zaya Wade, Jewel Thais-Williams, Korey Wise.

J'ai beaucoup appris à l'autel de votre sagesse sans bornes. Merci d'avoir été mes professeurs : Moustafa Bayoumi, Prudence Cumberbatch, Michael Cunningham, Stacy D'Erasmo, Wendy Fairey, Howard Firestone, Pamela Grace, Irene Horowitz, Rosamond King, Jerome Krase, Laura Mattiga, Jenny Offil, Laurie Pea, Alexis Emilia Pierre-Louis, Madelon Rand (RIP), Joan Reale, Dorothy Rompalske, Ramsey Scott, Robyn C. Spencer, Brooke Watkins, Salim Washington et Kee Yong.

Merci pour vos dons, pour votre engagement au service du verbe et de la vérité : Ashley Akunna, Zaheer Ali, Michael Arcenaux, Eroc Arroyo-Montano, Kenyette Barnes, Regina N. Bradley, Yaba Blay, Richard Brookshire, Jericho Brown, Clay Cane, Jasmyne Cannick, Maisy Card, Rebecca Carroll, Cody K. Charles, Hillary Lemu et King Kinti Crosley-Coker, Timothy DuWhite, Chana Ginelle Ewing, Ayesha K. Faines, Kimberly N. Foster, Donte Gibson, Kieron Gillen, Jenn Jackson, Fatima Jamal, George M. Johnson, Myles E. Johnson, Sarah Karim, Ibram X. Kendi, R.O. Kwon, Angel Laws, Creighton Lee, Inigo Leguda, Jamilah Lemieux, Felice León, Maurice Lucas, Shane McCrae, Tiq Milan, Darnell L. Moore, Isabelle Mosado, Frank Mugisha, Eddie Ndopu, Mark Anthony Neal, Tambay Obenson, Oronike Odeleye, Josh Odom, Nnedi

Okorafor, Daniel Jose Older, José Guadalupe Olivarez, LaSha Patterson-Verona, Brontez Purnell, Imani Perry, Tony Puryear, Helen Phillips, Ayanna Pressley, Donovan X. Ramsey, Franchesca Ramsey, Kiley Reid, Sonya Renee, Maurice Carlos Ruffin, Namwali Serpell, Aishah Shahidah Simmons, Danez Smith, Rebecca Theodore-Vachon, Steven Thrasher, Ezinne Ukoha, Ocean Vuong, Imani J. Walker, Lawrence Ware, Kirsten West-Savali, G. Willow Wilson, De'Shawn Charles Winslow, Ashley Yates, Damon Young et Hari Ziyad.

Merci, le squad, de m'avoir élevé, d'avoir veillé sur moi et d'être « mes gars » : Clinton Adams, Irva Adams, Robert Agyemang, Trey Alexander, Yasmin Ali, Henry Anderson, Keisha-Gaye Anderson, Torrese Arquee, John Avelluto, Ivan Baptiste, Monique Baylor-McCall et toute la famille, Marie-Helene Bertino, Lemmie Blakemore, Jonathan Lee Bowles (à toi maintenant !), D'Ambrose Boyd, Jason Boston, Beqi Brinkhorst, Daniela Brown, Zedrick Brown, Aishah Bruno, Quonnetta Calhoun, Horace et Bryant Campbell-Coleman et toute la famille, Tyrone H. Cannon, Ray Caspio, Seve Chambers, Madonna Charles, Sandra Clarke, Don « DJ » Davis, Kiev Davis et toute la famille, Camille DeBose, Lisa Del Sol, Gwen Devoe, Gerado « Gee » Di-Feo, Robert Finley, Jr., Zinga A. Fraser, Erika Frierson, Steven G. Fullwood, Stephen Funches, Tungi Fussell, Alyssa Gargiulo, Tanisha Green, Natalia Guarin-Klein, Feargal Halligan, Justin LaRocca Hansen, Mobina Hasmi, Addie Hopes, Reginald Idlett, Lacy D. Jamison, Loretta Jenkins, James W. Jennings, Tasha Jones, Vondia « Peaches » Jones, Thomas Jordan, Greg Jurick-Blackshear, Meghan Keane, Jennifer Kikoler, Amy Klopert, Kevel C. Lindsay, Katy Maslow, Dina Maugeri, Shayne McGregor, Kristen Meinzer, Kamela Mohabeer, Cristina Moracho, Cynthia

Naughton-Goodman et toute la famille, Doreen Naughton, Michelle Naughton et toute la famille, Natalie Naughton et toute la famille, Nicole Naughton-Lincoln et toute la famille, Pamela Naughton-Allen et toute la famille, Barry Nelson, Kevin Dwayne Nelson, Karen Parker, Bernadette Parker-Canty, Lucille Pascall, Bones Patterson, Audrey Peterson, Anthonine Pierre, Alexzia Plummer, Temika Polk, Cory Provost, Anthony Punt, Rhea Rahman, Shais Rison, Carrie Roberts (RIP), Maya Rock, Marlene Saez, Michael Santana, Crystal Schloss, Jeffrey Severe, Nichole Simon, Mark Simpson, Jared Shuler, Kevin Smith, Moraima Smith, Nicole St. Clair, Tyrone « Flyronee » Stevens, Aimee Stevland, Renee Straker et toute la famille, Bernard Tarver, Mammen Betsy Saramma et Suma Thomas, Lealand Thompson, Randi Vegh (RIP), Stanley Walker, Raina Washington, Darryl « The Griot » Watson, Zora Wells, Trina Yearwood et Keith Zackowitz.

À toute la communauté Son of Baldwin : merci pour les discussions, les désaccords, les rires, les larmes, l'amour et la douleur. Vous m'avez permis de grandir et offert un refuge. Vous m'avez éduqué et éclairé. Vous êtes tous vraiment trop, trop bien. Merci infiniment.

À tous ceux de JanFam et de Rhythm Nation : vous êtes tous des diamants noirs : Shawn Arnold, Vincent Bernard, Roger Brown, Elgin « Emperor » Charles, Michaela Harrison, Lamont Hicks, Harold Jacobs, Gray Lappin, Jordan Listenbee, J. C. et Mike Litherland-Neilson, Denise P. Oliver, Ralphie Scaborough, Robert Snowden et Thomas « Trey » Simpson.

À ma famille du Marlboro Projects : à travers tous les hauts et les bas – et que ces bas-là furent RAIDES ! –, notre communauté s'est forgée. Merci.

Aux librairies, aux bibliothèques, aux lecteurs, à tous les faiseurs de livres et leurs amoureux : merci. En particulier à Sarah McGrath chez Riverhead, Peter Blackstock chez Grove, Kate Medina chez Random House, Alison Lorentzen chez Viking, Erin Wicks chez HarperCollins et Barbara Jones chez Henry Holt.

Aux opprimés englués dans les rouages de l'industrie carcérale : puissent la justice véritable, la réhabilitation et la réconciliation l'emporter un jour.

Spéciale dédicace aux travailleurs du sexe et à toutes les Maisons de la scène Vogue. Puissiez-vous tous échapper aux dangers.

Halsey Street : tu resteras à jamais dans mon cœur.

Nous proclamons vos noms : Tanesha Anderson, Ahmaud Arbery, Ricky Beeks, Sean Bell, Sandra Bland, Muhlaysia Booker, Rekia Boyd, Rashawn Brazell, Kalief Browder, Venida Browder, Michael Brown, Eleanor Bumpers, Philando Castile, Stephon Clark, John Crawford III, Kaladaa Crowell, Michelle Cusseaux, Amadou Diallo, Jamie Doxtator, Henry Dumas, Ezell Ford, Korryn Gaines, Erica Garner, Pearlie Golden, Ramarley Graham, Oscar Grant, Freddie Gray, Sakia Gunn, Akai Gurley, Latasha Harlins, Markis Hannah Jeremiah Devonte Abigail et Ciera Hart, Yusuf Hawkins, Stephen Hicks, Tony Hughes, Kyra Inglett, Botham Jean, Atatiana Jefferson, Marquis Jefferson, Duanna Johnson, Kendrick Johnson, Kathryn Johnston, Bettie Jones, India Kager, Oliver Lacy, Lilith, Errol Lindsey, Renisha McBride, Laquan McDonald, Brandi Mells, Ernest Miller, Margaret LaVerne Mitchell, Kayla Moore, Shanta Jeremiah et Shanise Myers, Yahira Nesby, Islan Nettles, Sean Reed, Bailey Reeves, Tamir Rice, Relisha Rudd, Walter Scott, Anthony Sears, Konerak Sinthasomphone, Eddie Smith, Raymond Smith, Aiyana Stanley-Jones, Curtis Straughter, David Thomas, Emmett Till, Tituba, Mary Turner, Matt Turner, Nia Wilson, et tant d'autres, beaucoup trop nombreux.

Aux peuples autochtones, indigènes, premiers de cette terre, la vôtre, qui m'a vu naître et m'a nourri : merci.

À toute la diaspora africaine et à toutes les personnes marginalisées, partout : ensemble, nous pouvons créer un mouvement. Ensemble, nous pouvons fracasser l'injustice. L'amour nous rend capables des deux.

PAPIER À BASE DE FIBRES CERTIFIÉES

Le Livre de Poche s'engage pour l'environnement en réduisant l'empreinte carbone de ses livres. Celle de cet exemplaire est de :
250 g éq. CO_2
Rendez-vous sur www.livredepoche-durable.fr

Composition réalisée par PCA

Achevé d'imprimer en France par
CPI BRODARD & TAUPIN (72200 La Flèche)
en mai 2023
N° d'impression : 3053115
Dépôt légal 1re publication : juin 2023
LIBRAIRIE GÉNÉRALE FRANÇAISE
21, rue du Montparnasse – 75298 Paris Cedex 06

15/8649/5